中国古代叙事思想研究

丛书主编　赵炎秋

第三卷

明清近代叙事思想

⊙赵炎秋　著

湖南师范大学出版社

图书在版编目（CIP）数据

明清近代叙事思想／赵炎秋著．—长沙：湖南师范大学出版社，2011.3

（中国古代叙事思想研究·第三卷）

ISBN 978 - 7 - 5648 - 0400 - 8

Ⅰ．①明… Ⅱ．①赵… Ⅲ．①叙述—文学研究—中国—明清时代②叙述—文学研究—中国—近代 Ⅳ．①I206

中国版本图书馆 CIP 数据核字（2011）第 014473 号

明清近代叙事思想

赵炎秋 著

◇责任编辑：谭南冬
◇责任校对：胡晓军
◇出版发行：湖南师范大学出版社
　　　　　　地址／长沙市岳麓区　邮编／410081
　　　　　　电话／0731 - 88873071　88873070
　　　　　　网址／https：//press. hunnu. edu. cn
◇经销：湖南省新华书店
◇印刷：天津画中画印刷有限公司
◇开本：670×960　1/16
◇印张：28.25
◇字数：430 千字
◇版次：2011 年 4 月第 1 版
◇印次：2024 年 8 月第 2 次印刷
◇书号：ISBN 978 - 7 - 5648 - 0400 - 8
◇定价：99.00 元

建构中国本土叙事理论

（代序）

  本套丛书的目的，是挖掘、整理中国古代叙事资源，以在中国叙事理论与叙事经验的基础上，建立中国本土叙事理论。

  从世界范围看，进入 20 世纪以后，抒情文学与戏剧文学逐渐衰落，叙事文学一枝独秀。随着叙事文学的繁荣，叙事理论也得到了超常规的发展。但现有的叙事理论基本上是建立在西方叙事传统与叙事经验的基础上的，部分内容与中国叙事经验和叙事传统并不一致，而根据西方叙事理论来研究中国叙事文学特别是古代叙事文学，便难免出现"水土不服"的情况。比如布斯提出的隐含作者。一般认为，"在叙述中，隐含作者的位置可以说介于叙述者和真实作者之间，如果说现实中的作者是具体的，那么隐含作者就是虚拟的，它的形象是读者在阅读过程中根据文本建立起来的，它是文本中作者的形象，它没有任何与读者直接交流的方式，它通过作品的整体构思，通过各种叙事策略，通过文本的意识形态和价值标准来显示自己的存在"①。但是中国古代小说特别是白话小说如话本和章回小说中作者的形象不仅通过作品的整体构思和各种叙事策略建构，而且也通过他自己在作品中的出现、议论等方式建构。而且，他同真实作者和叙事者的距离也没有西方叙事作品中隐含作者那样大。与其说他是"隐含作者"，不如说他是"影子作者"。②再如，西方是拼音文字，有丰富的词形变化，轻音重音相间，句子成分严谨完整；而中国是方块汉字，没有词形变化，不强调句子的完整，字形兼具表意，有平仄

---

① 罗钢：《叙事学导论》，云南人民出版社，1994 年，第 214 页。

② 参看《明清近代叙事思想·附录》第一节第一部分。

四声的变化，这些也必然要对中国的叙事实践与叙事思想产生影响。也正因为如此，用建立在西方叙事实践基础上的隐含作者的概念来分析中国古代话本与章回小说就会遇到困难，有时甚至有隔靴搔痒之感。

或许有人认为，中国是诗的国度，历来占主导地位的是抒情文学，叙事文学一直处于从属的地位，这一情况直到明清才略有好转；另一方面，就中国古代文论而言，其绝大部分都是诗论，而且由于受"诗言志"、"文以载道"等思想的影响，中国古代文论一贯重表达的内容，而不重表达的形式；因此，"叙事"本身一直未能成为理论家们关注的中心，在中国古代文艺思想中，有意识的纯理论形态的叙事理论不多。这是事实。但是我们也应该看到，中国古代叙事文学同样是源远流长，而且实际上也占了半壁江山——虽然相对而言不大引人注目。明清章回、宋元话本、唐代传奇、六朝志怪笔记小说自不待言，史传文在一定意义上也可以纳入叙事文学的范围。其内容虽然是史，但在谋篇布局、事件叙述、人物塑造、技巧运用等方面则实有文学之品格。如果去掉"文学"二字，单从叙事的角度考虑，作品更是洋洋大观。创作实践必然要在理论上有所反映。中国古代文学与文论中，虽然不存在系统的叙事理论，但相关的叙事思想还是比较丰富的。如刘勰的《文心雕龙》以近半的篇幅讨论各种文体及其发展，其中涉及叙事的地方就不少。至于明清小说理论如明清评点，包含的叙事思想就更加丰富。而自近代以后，叙事文学在中国的地位得到大幅度的提高，叙事文学的创作持续繁荣，出现了吴趼人、刘鹗、李伯元、曾朴和后来的鲁迅、茅盾、巴金、老舍、沈从文、曹禺、田汉等一大批著名叙事文学作家，有关小说理论的探讨也十分繁荣。因此，建立中国本土叙事理论并不缺少叙事思想与叙事实践方面的资源。

因此，剩下的问题就是，中国古代叙事经验和叙事传统在今天是否还有价值，是否还有必要进行总结和理论提升，在古代叙事经验与叙事思想的基础上构建本土叙事理论？

答案无疑是肯定的。这不仅仅是弘扬传统文化，保持民族特性与民族凝聚力的问题，更重要的是，古代叙事文学至今对我们仍有巨大的艺术感染力和思想启迪作用。"三言"、"二拍"、《红楼梦》、《三国演义》、《水浒传》、《西游记》、《牡丹亭》、《长生殿》、《桃花扇》至今仍有巨大的艺术生命力。金圣叹、李渔等的叙事批评，现在仍给我们巨大的启迪，既然如此，我们就不应将之弃之如敝屣，而应对之进行研究，将其中有价值的东西挖掘出来，注入到我们今天的叙事理论与叙事实践中来。T·S·艾略特认为，过去与现在是紧密相联的，现在的每一部真正新的作品的产生，都要对它所在的那个系统产生影响，引起一定的哪怕是很小的调整。反过来，过去的传统也总是影响和制约着今天的现实。中国是有着几千年文明史的文明古国，文化传统深厚，这是中华民族的宝贵遗产，我们不应将其抛弃，而应继承发扬，使其在新的时代发挥新的作用。传统无法割断，中国的文化需要中华民族自己的根。古代叙事文学是我们今天叙事文学的根。留住了根，也就留住了我们的历史，留住了我们的文化，保持了我们的特性与凝聚力。

自然，要在古代叙事思想与叙事经验的基础上构建本土叙事理论，并不意味排斥西方叙事理论。各民族叙事文学是相通的。西方叙事理论有其普遍性的内容。故事、叙事者、叙事话语、人称、视角、复调、叙事方式、叙事时间、叙事声音，等等，在各民族叙事文学中都存在着，但它们在各民族叙事文学中有着不同的表现形式。构建中国本土叙事理论应该吸收现代西方叙事理论的成果，借鉴其相关范畴与理论体系，梳理、提炼、升华中国本土叙事思想与叙事经验，使之成为系统的可以在当前叙事环境中运用并与西方叙事理论展开对话的理论。只有这样，中国本土叙事理论才算真正构建起来，中国叙事传统与传统叙事经验也才能真正在当代中国叙事理论与叙事实践的构建与发展中发挥自己应有的作用。

构建中国本土叙事理论，有三个基础性的工作，一是把握中国古代的叙事思想与叙事经验，一是把握西方的叙事理论，一是把握中国现当代的叙事理论及叙事实践。其中，中国古代叙事思想由于容易被人忽略，因而在某种意义上尤为重要。中国古代叙事思想不仅存在于理论形态的文本之中，也存在于具体的叙事作品之中，不仅存在于文学文本之中，也存在于历史文本之中。而且，中国古代叙事思想与中国古代文化、社会状况也有密切的联系，在研究时应该综合考虑。本丛书试图做这方面的工作。然而万事开头难。我们的研究不能说毫无依傍，但可资借鉴的经验不多。"摸着石头过河"，难免有许多不如意的地方。好在开头的一步迈出去后，再接着迈第二步也就容易了一些。

以此代序。

赵炎秋

2010 年 12 月 31 日

明清近代叙事思想

目 录

明
清
近
代
叙
事
思
想

第一章　明清叙事文学与叙事思想

　　明清是中国封建社会的衰落期。一方面，封建制度日趋腐朽，成为生产力发展的障碍，另一方面，封建制度的对立面——资本主义经济——在封建社会的母体中逐渐兴起、发展，市民阶层逐渐壮大。1860年鸦片战争之后，西方列强侵入中国。西方资本主义势力的入侵，一方面打断了中国社会发展的正常进程，使中国日益沦为西方帝国主义的附庸，另一方面，也给中国社会带来了新的思想、文化、科学与技术，给中国带来了新的发展的契机。明清叙事文学在这样的社会现实中曲折发展，达到了中国古代叙事文学的最高峰，明清叙事思想也进入中国古代叙事思想的成熟期。

第一节　明代社会与叙事文学的发展

　　明朝是中国封建社会最后一个汉族政权，也是中国封建社会走向衰落的开始。就对叙事文学的影响来说，明代社会最重要的特征是市民阶层的兴起与壮大。适应市民阶层的兴趣与需求，以话本和拟话本小说为代表的白话小说得到了长足的发展，文言小说与戏曲也有较大的成就。

一、明代社会及其对叙事文学的影响

　　明朝从1368年朱元璋在应天（今江苏省南京市）即皇帝位起，到1644年崇祯皇帝在北京煤山（今景山）自杀时止，前后共276年时间，大致可以分为三个时期：第一时期从1368年明朝建立至1435年明英宗即位，为明的早期，就明朝的历史来说，也是其盛期；第二时期从1435年至1506年武宗即位，为明的中

期，这一时期，明王朝升始衰落；1506 年到 1644 年，为明的晚期，这一时期明王朝逐渐走向腐朽与灭亡。[①]

在元末农民大起义的风云际会中，朱元璋领导的农民起义军逐渐壮大，最终推翻了元朝的统治，建立了明朝。明朝政权的性质自然仍是地主阶级专政，这是由中国历史发展阶段所决定的，不以个人的主观意志为转移。但是朱元璋的个人出身与其夺取政权的经历仍然对朱明王朝及其政策的走向产生了一定的影响。元末农民起义结束了元朝的残酷统治，也削弱了地主阶级的力量。朱元璋在夺取政权的过程中，曾依靠广大农民的力量。建立明朝后，他吸取元朝统治失败的教训，采取了抑制豪强兼并、恢复和发展生产、休养生息、适当减轻民众负担以及反奢崇俭、惩治贪官污吏等政策，使农业生产逐步得到恢复与发展，人口增加，手工业与商业也得到一定程度的发展。继朱元璋之后，明成祖朱棣继续采取措施发展生产，推行屯垦与移民政策，明代社会经济获得较快发展。

但是，明代生产力的发展总的来说是比较缓慢的，未能达到李唐王朝那样的繁荣。封建社会发展到明代，已经过了其盛期，传统农业生产力的挖掘已经比较充分，经济的发展主要依靠手工业与商业，但是朱明王朝的统治者未能清醒地认识到这一点，仍然采取传统的重农轻商政策，封锁海疆，实行专卖制度、手工业官办等，这在一定程度上抑制了工商业的发展。虽然明成祖、宣宗多次派遣郑和下西洋，但郑和下西洋的主要目的不是通商，而是"出使"，即与当时的"西洋"各国进行国与国之间的交往，并没有带来与这些国家的商贸的繁荣。而在农业方面，虽然明代初期采取了抑制豪强兼并的政策，但实际上这种政策并未能贯彻到底。一方面，在封建土地所有制下，土地的兼并是一种必然的趋势，另一方面，皇族与大官僚本身也需要通过土地的兼并来集聚财富，扩大自己的权势与地位。依靠他们来抑制土地兼并，实际上也很难奏效。地主阶级的土地兼并和对农民的压迫与剥削，在一定程度上阻碍了农业的发展。

① 白寿彝主编：《中国通史纲要》第九章，上海人民出版社，1980 年。

明代社会矛盾十分尖锐。朱元璋由于创业艰难和出身穷苦，还比较注意节俭，其后代则抛弃了这一传统。由于挥霍过度，国库经常空虚。但这并不影响统治集团的奢侈生活。明世宗时，正赋所入不过200多万两白银，但每年的支出少则300多万，多则500多万，1551年，达590多万。正赋既然入不敷出，就只好以各种名目进行搜刮，从而大大增加了人民的负担。人民不堪忍受，只好揭竿而起。整个明代，从洪武皇帝到崇祯皇帝，农民起义和市民斗争一直没有中断。统治阶级为了维护自己的统治，不得不保持大量的军队，进行频繁的军事活动。另一方面，明朝与周边少数民族的矛盾也十分尖锐，早中期的瓦剌、鞑靼，后期的满族，以及贯穿了整个明代的东南沿海的倭患，都给明朝带来了很大的威胁。为了防御与抵抗它们，明朝耗费了大量的人力物力，而这些负担最终又只能加在老百姓的头上，从而引起民众不满，由此形成恶性循环。

明代统治阶级的内部矛盾，在中国历代封建王朝中是十分突出的。这主要表现在两个方面。一是皇帝与大臣的矛盾。朱元璋对大臣持猜疑态度，经常诛杀他不喜欢的大臣。1380年，他诛杀大臣胡惟庸，辗转株连致死者达3万多人。1393年，他诛杀大将蓝玉，株连致死者15000多人。当年帮助他打天下的开国功臣，很少能够善终。他的子孙继承了他的这一传统，对大臣缺乏起码的尊重。明神宗靠张居正之力登上皇位，并在继位初期依靠他进行统治多年，但在张居正死后，为了树立自己的权威，发泄对张居正在世时管束自己的不满，不仅撤掉了张居正所有的封号，抄了张居正的家，株连了张居正的家人，甚至还想掘墓鞭尸，只因朝廷内外阻力太大，才没最后施行。为了有效地控制官吏与民众，朝廷先后成立了锦衣卫、东厂、西厂等侦缉机构。这些机构独立于正式的司法系统之外，直接听命于皇帝，成为朝廷控制、惩罚、清除官吏与民众的有力工具。另一方面则是宦官与朝臣的矛盾。宦官干政是明代政治的一大顽疾。宦官生活在皇帝身边，容易得到皇帝的信任，但宦官由于出身、学识、经历以及所从事的职业等方面的原因，很难有宽阔的眼界、博大的胸怀，很难胜任军国大事。朱元璋曾规定宦官不许干政，但这一规定从他死后便很少执行。明成祖起用宦官典兵、守边，以后，宦官的权力越来越大，干预朝政的能力越来越强，与朝臣的矛盾也越来越大。明代皇帝大多宠信宦官。明英宗早期宠信宦官王振，听了王振的唆使，御驾亲征瓦剌，结果在土木堡被俘，差点送掉性命。复位之后，不吸取教训，又宠信宦官曹吉祥，结果差点被曹吉祥篡权夺位。明宪宗宠信宦官汪直，明孝宗宠信宦官李广，明武宗宠信宦官刘谨，明熹宗宠信宦官魏忠贤。而且有时是儿子继位之后，杀了父亲宠信的宦官，自己又宠信新的宦官。宦官专权之后，往往不以国事为重，打击正直、有能力的大臣，营私舞弊，买卖官职，中饱私囊，结党营私，蒙蔽皇帝，使朝政更加窳败。朝臣与宦官的斗争，几乎贯穿了明朝的始终。这种内斗，耗费统治集团大量的精力，在一定程度上影响了国家的治理。

当然，明代的统治也不是一片黑暗，也出现了明成祖等有作为的皇帝，张居正、于谦、杨士荣等有能力的大臣。另外，经济发展有自己的规律。明代经济的发展虽然比较缓慢，但还是在向前发展。特别是工商业的繁荣与市民阶层的壮大，是明代经济社会的一大特点与亮点。较之宋代，明代市民的成分更为复杂。既有手工业主、店铺老板、中上层官吏、达官贵人家中的管理人员等市民上层，也有手工业工人、独立手工业者、小商小贩、商店店员、船夫苦力游民、士兵隶役、下层官吏、城市知识分子等市民下层。他们的政治观点并不一致，经济利益往往对立。但是两者处于一个大的共同体中，也有许多共同的地方。市民特别是下层市民为了自己的利益，常常起来斗争，矛头直指封建朝廷。如1599 年临清（今属山东省）商民反对税监的斗争、1600 年武昌市民反抗矿监与税监的斗争、1601 年苏州织工反对税监的斗争。苏州织工在葛贤的领导下，包围了税监孙隆的衙门，打死他的随从，放火焚烧与他相勾结的地头蛇汤莘的住宅。不过，市民的斗争往往局限于经济领域，没有农民起义那样的规模，也没有农民起义常有的夺取政权的目的。这与市民阶级还不够壮大及其经济状况有密切关系。

市民阶层由于居住集中，闲暇时间较多，消费能力与文化水平相对而言比农民也要高一些。他们构成了当时的话本和拟话本小说的主要消费群体，对明代的叙事文学产生了积极的影响。这从冯梦龙"三言"的题材、内容和思想中就可以看出来。市民阶层的思想与要求、其思想与要求中积极与消极的方面在当时的叙事文学中得到了比较充分的反映。

　　明代统治阶级对于思想文化的控制是比较严的。朱元璋以八股取士，试题大多取自"四书"、"五经"，答卷只能根据指定的注解写文章。统治者试图以此禁锢广大士子的思想，使其遵循皇家的规范，不出奇思异想。为了进行思想控制，朱元璋还兴了不少文字狱，一篇文章中，只要有几个字引起他的猜疑，作者便难逃杀身之祸。在这方面，后来的继位者大都继续了祖先的传统。明代统治者对于文艺的作用的认识是比较清楚的。一方面，对于有着强烈的政治倾向、对于统治阶级不敬、对他们的统治不利的文艺作品，他们一律进行压制、禁止。《大明律》"禁止搬做杂剧律令"条："凡乐人搬做杂剧戏文，不许妆扮历代帝王后妃、忠臣节烈、先圣先贤象，违者杖一百。官民之家容扮者与同罪。其神仙道扮及义夫节妇、孝子顺孙、劝人为善者，不在禁限。"永乐年间颁布的"国初榜文"中也说："但有亵渎帝王圣贤之词、驾头杂曲、非律该载者，敢有收藏传诵印卖，一时拿送法司究治。奉圣旨，但这等词曲，出榜后，限他五日都要干净将赴官烧毁了，敢有收藏的，全家杀了。"①另一方面，对于那些无碍其统治，特别是那些娱乐性强的文艺作品，他们则比较宽容，甚至提倡，即使里面有许多因果迷信、色情猥亵的因素。皇帝自己也常常涉猎文艺作品，甚至不惜以重金收购。②统治阶级的思想文化政策对于明代叙事文学产生了较大的影响。比如与宋代相比，明代叙事文学的斗争精神明显要弱许多，而更多道德教训等方面的

　　① 明顾起元：《客座赘语》卷十。转引自胡士莹：《话本小说概论》，中华书局，1980年，第361页。
　　② 明李开先《张小山小令后序》："洪武初年，亲王之国，必以词曲一千七百本赐之。史言宪庙好听杂剧及散词，搜罗海内词本殆尽。武宗亦好之，有进者即蒙厚赏，如杨循吉、徐霖、陈符所进，不止数千本"。《金陵琐事剩录》卷一《金统残唐》记载："武宗一日要《金统残唐》小说看，求之不得。一内侍以五十金买之以进览。"明刘銮《五石瓠》卷六《水浒传》记载："神宗好览《水浒传》。或曰，此天下'盗贼'萌起之徵也。"

内容。

明代叙事文学主要有白话小说、文言小说以及戏曲三个部分。白话小说主要是话本和拟话本小说、章回体长篇小说。戏曲是表演艺术，但戏曲的本子也可供阅读，应该也是叙事文学的一种。本章讲的戏曲指的是戏曲文本。

二、明代白话小说

明代白话小说主要包括话本、拟话本小说和章回体长篇小说两个部分。

胡士莹认为："话本小说是'说话'艺术的文学底本。"[①]"说话"的核心是讲故事。[②]人类出于求知、好奇、求乐的天性，对故事情有独钟。讲故事这种活动，在人类社会的早期就开始了。远古的神话传说，实际上便是人类先民集体创造、口耳相传的故事，后来写成文字。随着社会的发展，分工的形成，出现了职业、半职业的讲故事的人。胡士莹认为，"说话"是一种伎艺，以娱乐为目的。先秦两汉时期以讲故事、笑话，扮小丑等来娱乐统治阶层人士的俳优侏儒，是后来"说话"的先驱，因为他们已有职业化、娱乐性的特点。[③]但是俳优侏儒只是"说话"的雏形和渊源，还不是真正的"说话"。真正的"说话"是一种民间的职业性的活动，是市民阶层兴起之后的产物。

唐代是"说话"正式形成的时期。中国封建经济在唐代达到了盛期。随着封建经济的繁荣，城市也逐渐扩大，由单纯的政治中心成为政治、经济、文化中心。随着城市的扩大，市民阶层初步形成。在此基础上，"说话"逐渐从宫廷与贵族府邸中走出来，开始以广大市民作为自己的服务对象。这对说话艺术的形成与发展是关键性的一步。因为市民不仅是"说话"的主要消费者和支持者，而且是"说话"艺人收入的主要来源。只有进入市民社会，"说

---

① 胡士莹：《话本小说概论》，中华书局，1980年，第1页。

② 在先秦，"说"含有故事的意思。《韩非子·说林》，刘向《说苑》，都是故事的结集。战国时的"游说"也少不了比喻、寓言与故事。故事有"严肃"与"浅俗"之分，内容浅俗琐屑的故事，称为"小说"。

③ 胡士莹：《话本小说概论》第一章，中华书局，1980年。

话"才有繁荣的基础。

宋代是"说话"发展与繁荣的时期。宋代国力没有唐代强盛，但经济、社会尤其是城市与唐代相较仍有一定的发展，柳永在《望海潮》中形容南方都市钱塘是"烟柳画桥，风帘翠幕，参差十万人家"。城市的发展与工商业的繁荣，使市民阶层空前壮大，从而为"说话"的发展与繁荣提供了坚实的基础。另一方面，宋代经济比唐代更为自由。唐代实行坊市制，市场根据官府的法令设置，由官府进行管理，开市闭市有一定时间，夜间一般不得营业。宋代早期仍沿用了唐代的坊市制，但到北宋中期，坊市制就取消了，商业活动市场化，营业时间、地点没有限制，并且出现了大量为市民服务的游乐性场所——瓦子。瓦子中设有许多表演各种技艺的地方，这些地方或者用栏杆围出，或者搭上简单的棚子，俗称勾栏，各种演艺活动便在里面进行。据《东京梦华录》卷二记载，北宋汴京有大型瓦子多个，其中一个叫桑家瓦子的有"大小勾栏五十余座。内中瓦子、莲花棚、牡丹棚、里瓦子、夜叉棚、象棚最大，可容数千人。自丁先现、王团子、张七圣辈，后来可有人于此作场。瓦中多有货药、卖卦、喝故衣、探博、饮食、剃剪、纸画、令曲之类。终日居此，不觉抵暮"①，由此可见当时娱乐消遣活动之盛。在此基础上，宋代"说话"出现繁荣，无论是规模与听众还是内容与技巧都得到了长足发展。

明代"说话"在宋代的基础上继续发展。主要表现在说书活动在社会上更为普遍，说书艺术有明显提高，而更重要的，是话本和拟话本的大量出现。

话本是说话艺人使用的底本。说话艺术的一个重要特点是艺人的主导作用。说话的质量高低、成功与否在很大程度上靠说话艺人的临场发挥。但是说话艺人也不是凭空发挥，一般都有一个底本。最初的底本可能是一些民间流传的故事，在说话艺人中口耳相传逐渐完善，然后写成文字。后来一些有一定文化或才能的说话艺人根据一些现实或历史的事件或传说自己编写故事，再后来则有一些文人专门创作说话的底本供说话艺人采用并以此为谋

---

① 转引自胡士莹：《话本小说概论》，中华书局，1980年，第46页。

生的手段。这就是话本，它的主要作用是作为说书艺人说书的凭借。早期的话本一般比较粗糙、简单，便于说书艺人发挥。但是话本一旦成为书写的文本，它就有其一定的独立性，不一定完全依赖"说话"而存在，在供说话艺人采用的同时，它也可供能识字的读者阅读。由于阅读的需要，话本的形式逐渐完善，艺术水平也逐渐提高。到了明代，由于民众文化普及程度的提高，以及印刷技术的发展，民众对于话本的需求量不断增长，为了应对这种不断增加的需要，部分文人便开始按照话本的形式自己编写故事，这就是拟话本。拟话本以直接供人阅读为主要目的。由于没有说话艺术的介入与发挥，拟话本在形式上更为精细复杂，艺术水平也有较大提高。

话本由以讲述为主转化为以阅读为主，是一个重要的变化，它不仅促进了话本形式的成熟、艺术的提高和内容的丰富，也为话本的编辑、印行准备了条件。在以讲述为主的时期，话本主要作为说书艺术的底本使用，阅读者少，社会需求量不大，从而抑制了话本的创作和书商的刊行。到以阅读为主之后，话本直接面向读者，社会需求量大大增加。这一方面促使文人大量创作，另一方面也使书商有利可图，促使他们大量刊印话本和拟话本的总集、专集与选集。冯梦龙编辑"三言"，凌濛初撰写"二拍"，都与当时书商的支持与敦促分不开。

话本与拟话本集子的大量出现，在明中叶嘉靖之后。在这之前，话本一般以单篇的形式流传，既不容易搜罗，也不容易保管。嘉靖之后，一方面由于城市经济的繁荣、市民阶层的扩大，一方面由于印刷业的发达，话本集的刊印得以大规模的展开。其中最著名的是"三言"和"二拍"。

"三言"是冯梦龙编辑的三部话本小说集《喻世明言》（又名《古今小说》）、《警世通言》和《醒世恒言》的总称。冯梦龙，江苏长洲（今苏州市）人，生于明万历二年（1574），少负才气，但科场失意，57岁时才补了一名贡生，充当学官。61岁时任过一届知县，有政声。三年后退休，过着有闲阶级的生活。冯梦龙兴趣广泛，在诗文、小说、戏曲、民间文学等方面均有一定的成就。但使他在文学史上留下盛名的还是他编辑的话本小说集"三言"。三部集子每部 40 篇，总共收了 120 篇话本小说。这些作品除了冯梦龙自己的一些拟作外，绝大多数是宋元时期的旧本或明代的话本，但由冯梦龙作了认真的加工整理。这主要表现在四个方面：一是对各篇题目进行改订，使其趋于整饬、对称；二是去掉了一些说书人的术语，使小说更加适于阅读；三是增加了一些小故事作为头回或入话，使所收作品在体例上趋于一致；四是根据情况对所编作品进行了改写。这些改写有的只是进行文字的修改和内容的增删，有的则是推倒重来，等于是重新创作，只是借用了原本的材料。从题材上看，"三言"写爱情、知识分子与科举制度以及市民生活与道德的作品占了大多数，也有一些作品描写了统治阶级内部的矛盾和社会的黑暗，社会意义较大。但总的来看，由于明代统治者对于思想文化的控制以及冯梦龙本人思想的保守，"三言"在思想上反封建的色彩不很浓厚，批判精神不是很强，作品主要反映的是市民阶级的思想、愿望与道德观念，由于商品化的影响，作品也表现了很多市民的庸俗思想，以及封建迷信、因果报应之类的东西。

　　"二拍"是凌濛初撰写的《初刻拍案惊奇》和《二刻拍案惊奇》的简称。凌濛初，浙江乌程（今吴兴）人，生于明万历八年（1580），祖父与父亲均为官吏，但凌濛初本人却科场失意。50 岁以后，曾任上海丞、徐州判。明末农民起义风起云涌之时，他坚决站在明王朝一边，与农民军对抗。最后因在徐州房村带病抵抗李自成的农民起义军，呕血而死，年 65 岁。凌氏编著"二拍"在冯梦龙"三言"之后，他赞扬冯氏"三言""颇存雅道，时著良规，一破今时陋习"。然而宋元话本，亦被冯氏"搜刮殆尽"，剩下的少数文本，"皆其沟中之断，芜略不足陈已"。因此他只好"取古今来杂碎事，可新听睹、佐谈谐者，演而畅之"。①要而言之，"二拍"中的作品虽然采用了话本的形式，但大都为凌濛初个人创作，其目的是供读者阅读，这也就是人们通常所说的拟话本。从这个角度，可以说凌濛初的"二拍"，开了文人大规模创

---

　　①　见凌濛初《拍案惊奇·序》，凌濛初著，石树人点校：《拍案惊奇》，北京十月文艺出版社，1994 年，第 1 页。

作拟话本小说的先河。《初刻拍案惊奇》收话本小说40篇，《二刻拍案惊奇》收作品40篇，其中1篇是杂剧，39篇话本，但其中一篇与《初刻》中的重复，实际上只有话本38篇，两部集子共收话本小说78篇。作品的题材与冯梦龙的"三言"类似，如爱情、市民生活与思想意识、社会的阴暗面等。但"二拍"中有许多曲折离奇的公案故事，这却是"三言"中较少的。公案故事具有较强的可读性，对社会的黑暗面也有一定的揭露。凌濛初的政治思想比冯梦龙更为保守，这在"二拍"中有明显的表现，小说肯定封建统治，反对民众的犯上作乱，反对农民起义。小说里还有比较露骨的色情描写，浓厚的宗教迷信、因果报应和宿命论的思想。

凌濛初的"二拍"，对拟话本小说的创作影响很大。文人参与白话小说的创作，大概是从刊行于明嘉靖年间的《清平山堂话本》开始的。凌濛初以世家子弟和著名文士的身份撰写"二拍"并取得成功，成为许多人学习、模仿的对象。从明末到清乾嘉之际，白话短篇小说专集如雨后春笋，大量出现，保存至今的仍有四五十种，这与凌濛初的影响是有关系的。

话本与拟话本小说的形式在冯梦龙和凌濛初手里得到确立，形成了一套比较完备的体制。其基础体裁，可以分为六个部分：①题目。题目根据正话的故事拟定，表明了故事的主要内容。往往由七到八言的句子组成，或单句，或对偶。②篇首。篇首由一首诗或词，或一诗一词组成，放在小说的开头。诗词或写书人自撰，或引用古人。其作用是点明主题，概括大意；烘托气氛，形成意境；抒发感叹，衬托故事等。③入话。入话通过对篇首的诗词进行解释，引入正话。主要起承上启下、进一步点明正话意义的作用。④头回。头回是插在入话和正话之间的一段故事，篇幅较短，但独立完整，内容与正话故事相类或相反，作用是从正面或反面映衬正话故事，突出正话的主题思想。头回不是话本必不可少的部分，但大多数话本都有头回。⑤正话。正话是话本的主体部分，一般包括一个完整的故事，话本反映生活、塑造人物、表达作者思想感情的功能主要由正话承担。正话内容如果较多，可以分回。⑥篇尾。篇尾是话本的结尾。它不是正话故事的组成部分，而是正话故事结束之后附加的一段文字，或诗词，或议论，或诗词加议论，作用主要是联系现实，对话本的意义进行总结、评论，对读者进行劝诫。

章回体长篇小说是明代白话小说的另一主要组成部分，与话本小说有比较密切的联系。由于竞争与分工的细化，宋代的"说话"逐渐形成四种传统，即所谓的"说话四家"：小说、说铁骑儿、说经和讲史。① 其中小说与讲史最受听众欢迎。小说主要讲述烟粉、灵怪、杠棒、公案等与现实生活联系比较密切的故事，篇幅比较短小。讲史主要讲述王朝更迭、征战杀伐等历史故事，篇幅较长。随着历史的发展，这两类故事逐渐出现合流的现象，小说中增加了历史的内容，而讲史也吸收许多小说甚至杂剧中的故事。这种合流发展到一定程度，再经过文人的加工改造，就形成了长篇章回小说。明代几部重要的长篇小说，除《金瓶梅》外，基本上是这样形成的。如《水浒传》与《大宋宣和遗事》、《三国演义》与《三国志平话》、《封神演义》与《武王伐纣书》等。胡士莹认为，从讲史发展到章回体长篇小说，大致经历了三个阶段。首先，是讲史；其次，是讲史与"小说"、"铁骑儿"等的合流；再次，是长篇章回小说脱离讲唱伎艺成为独立的文学作品。②而就章回小说本身发展来看，先出现的是文人根据已有材料加工创作的世代累积型作品如《水浒传》、《三国演义》，然后再是《金瓶梅》等文人独创的小说。

长篇章回小说虽然与话本小说同源，在叙事形式上也采用分回以及全知叙事、空间勾连等话本小说常见的叙事技巧，和"花开两朵，各表一枝"、"话说"等话本小说常见的叙事术语，但它并不是话本小说的拉长。它们之间至少有如下几个区别。首先，话本小说的主体一般只有一个故事，而长篇章回小说则是一个故事体系，这使长篇章回小说能够表现更加复杂的社会生活，具有更加广阔的时间与空间。其次，话本小说主要受说话影响，章回

---

① 说话四家有不同的分法，本节采用胡士莹《话本小说概论》中的分法，见胡士莹《话本小说概论》，中华书局，1980年，第107页。

② 参看胡士莹：《话本小说概论》，中华书局，1980年，第733页。

体长篇小说除了受说话的影响之外，还从史传文学、文言小说中吸取了不少营养。再次，话本小说与"说话"比较接近，主观色彩比较浓厚，全知叙事者作为说书者的化身，横梗在故事与读者之间，起着中介的作用。长篇章回小说离"说话"较远，客观叙事成分较强，叙事者有较强的独立性，不一定是作者的代言人，虽然一般也是全知，但不热衷于充当读者与故事之间的中介，常常有意将自己隐藏起来，让故事自己发展。最后，体制不同。话本小说一般比较严格地按照题目、篇首、入话、头回、正话和篇尾六个部分结构内容，章回体长篇小说则没有这种体制，在结构上要灵活得多。即使有些部分看似相似，但实际上仍有区别。比如话本中的"头回"和长篇小说中的"楔子"，两者都与主体故事有一定程度的脱离，都在作品的开头，但区别也是明显的。石昌渝认为，话本中的"头回"来源于"说话"，不是主体故事的有机构成部分，删去对作品没有大的影响。而长篇小说中的"楔子"来源于戏曲（元杂剧一般分为四折，前面加一个楔子），是故事的有机组成部分，不能删去。①因此，话本与章回体长篇小说同源不同体，实际上是两种不同的文体样式。

　　明代章回体长篇小说主要有罗贯中的《三国演义》，施耐庵的《水浒传》，吴承恩的《西游记》，兰陵笑笑生的《金瓶梅》，以及许仲琳的《封神演义》，冯梦龙的《新列国志》，熊大木的《杨家府演义》，荑荻散人的《玉娇梨》，以及作者不详的《包龙图判百家公案演义》、《好逑传》等。这些作品中，《三国演义》、《水浒传》、《西游记》、《封神演义》等都是民间创作与文人加工相结合的产物，《金瓶梅》、《玉娇梨》等则是文人独创的小说。世代累积型作品受原有材料、思想与格局的限制，内容与形式两个方面都难以达到完全的完美与独创，而且世代累积型小说依靠长期在民间流传的故事，素材也不可能源源不断。独创小说则克服了这两个不足，是长篇小说发展的方向。因此，世代累积型小说在明代大量出现之后，明末以后便难以为继，没有出现著名作品，而章回小说中内容与形式最完美的作品如《红楼梦》、《儒林

---

① 石昌渝：《中国小说源流论》，三联书店，1994 年，第 25 - 26 页。

外史》等都是独创小说。从这个意义上说，开创文人独创长篇章回小说的《金瓶梅》在文学史上是有着重要地位的。

三、明代文言小说

文言是中国古代汉民族通用的书面语言。文言小说从先秦到唐一千多年的时间一直是中国叙事文学的主导文类。宋代之后，由于话本与章回小说的兴起，文言小说逐渐退出主导地位，与白话小说平分天下，直到近代新小说运动特别是五四白话文运动之后，文言小说才基本退出文学领域，成为文人偶一为之的遣兴之作。

文言小说的源头可以追溯到先秦时期。先秦就已出现一些类似于小说的叙事文。如史书和杂记中的一些带想象性的散文故事，以及子书中的一些具有想象色彩的故事，实际上已经初步具有作为散文体虚构作品的小说的性质。前者如《战国策》中的"鲁仲连义不帝秦"、"唐且劫秦王"等，不仅故事完整，而且带有一定的想象虚构成分。后者如《庄子》中的寓言以及《渔父》、《盗跖》等篇章。但是，这些作品还没有独立的形态，长期与非文学形态的"史"、"子"共生共存，"史"、"说"同体，无法得到独立的发展，因此虽然具有一定的小说的性质，但还不能被看作小说作品。

文言小说在形态上独立并出现初步的繁荣，是在两汉魏晋南北朝时期。首先出现的是杂史杂传。杂史杂传与正史的根本区别在于它们所写的"史实"不可考，有许多想象、传说甚至虚妄的成分，作者的目的也不是写出一部信史，以供读者鉴照。其中杂史以史实为叙事线索，杂传以人物为描述对象，而杂记则侧重故事。它们是历史文学化的产物，实际上是一种历史小说。如无名氏的《燕丹子》、赵晔的《吴越春秋》、刘向的《列仙传》等。这些作品，都有比较完整的故事、比较鲜明的人物和一定的铺叙与描写，而更重要的是，它们不再依附于"史"、"子"等书，形成了自己独立的形态，这在小说发展史上具有重要意义。刘上生认为，"小说从与'子''史'共生中获得形态独立，是对小说创作生产力的解放，它使古代小说找到了自己有别于历史和议论散文的存在形式（杂史杂传杂记）和写作方法（记载传说异闻，描述人物故事，即传说散文化和历史文学化），从而推动魏晋南北朝时期出现了古代小说的第一次繁荣①。这里所说的"繁荣"主要是指志人志怪小说的兴盛。所谓志怪小说，指的是专记"张皇鬼神，称道灵异"之事的小说，志人小说，则指"记人间事"的小说，又称轶事小说。②汉魏六朝时期，远古的神话仍在民间流传，佛教东来，与本土的道教相激相生，撒播了不少带有神话色彩的宗教故事，盛行于民间的宗教迷信信仰也催生了大量精灵鬼怪故事，这些为志怪小说提供了丰富的土壤。而弥漫于魏晋士林的人物品评、清谈、崇尚言行的高标、脱俗的风气，又为志人小说提供了丰富的素材。志人志怪小说素材本身具有很强的想象性，人物描写简略传神，故事情节完整，时有生动细腻的细节描写，已经具有浓厚的文学性。

但是，严格地说，志人志怪小说还很难算是成熟的小说。这主要是其虚构精神的缺乏。魏晋南北朝时期主张实录，反对虚构。虽然志怪小说中有不少神奇怪诞的故事，但诚如鲁迅所说："当时以为幽明虽殊途，而人鬼乃皆实有，故其叙述异事，与记载人间常事，自视自无诚妄之别矣。"③实际上，故事不管如何荒诞，只要它在社会或传说中确实存在，作者就可以将它记下来，如果不是确实存在而是作者虚构的，即使合情合理，作品也会受到批评与否定。裴启的《语林》编辑汉魏以来名人言语，流行一时，但因谢安对其中记载的他的两句话表示否定，认为那是裴启虚构的，《语林》便从此无人问津。虚构意识的缺失，影响了志人志怪小说走向成熟。另一方面，志人志怪小说偏于记异，情节的曲折、细节的丰富、人物性格的完整都还有所不够。这也使它与成熟的小说有一段距离。

---

① 刘上生：《中国古代小说艺术史》，湖南师范大学出版社，1993年，第34－35页。

② 鲁迅：《中国小说史略》，上海古籍出版社，1998年，第24页、第37页。

③ 鲁迅：《中国小说史略》，上海古籍出版社，1998年，第24页。

文言小说的真正成熟是从唐传奇开始的①。鲁迅指出："小说亦如诗，至唐代而一变，虽尚不离于搜奇记逸，然叙述宛转，文辞华艳，与六朝之粗陈梗概者较，演进之迹甚明，而尤显者乃在是时始有意为小说。"②唐代文言小说有两种类型，一种是传统的记闻性质的杂记体小说，为六朝志人志怪小说的继续；一种是新起的具有文学文体性质的杂传体小说，即唐传奇。唐传奇一方面具有明显的文学文体特征（叙述宛转，文辞华艳），一方面具有明确的虚构意识（有意为小说）。这种虚构与六朝时期阮籍的《大人先生传》、陶渊明的《桃花源记》又有不同。这些作品虽系虚构，但实际上是一种寓言式写作，作者的目的是通过虚构故事表现自己的理想，与先秦诸子通过一个故事说明一个道理没有本质的区别。而唐传奇的虚构则是对于生活本身的想象性创造，重在生活本身的创造，而不是思想的表达。唐传奇产生的原因是多方面的，它与唐代的经济繁荣、政治安定、思想开放密不可分，是唐代作家对小说的性质与功能的认识走向自觉的结果，也是小说艺术发展的自然趋势。唐代科举，有关人士对考生的印象十分重要。传奇以叙述为主，包括诗词歌赋与议论，牵涉历史和现实，文体众备，便于文人多方面地展示自己的才华。因此也有不少举子借作传奇小说来展示自己的才华文笔，以求得到上层人士的赏识，使自己在科举中得到提拔。这也在一定程度上促进了传奇的盛行。唐传奇属于雅文学的范畴，在唐代上层人士中十分流行。许多有影响的文人都参与了传奇的创作，如元稹、白行简等。重要作品也很多，如沈既济的《枕中记》、白行简的《李娃传》、元稹的《莺莺传》、陈鸿的《长恨歌传》、李公佐的《南柯太守传》、李朝威的《柳毅》等。晚唐之后，唐传奇受"文以载道"思潮的影响，多寓劝诫，篇幅渐趋短小，内容趋向记录见闻，作者队伍的整体水平也逐渐下降，重要作品不多。宋代话本兴起，传奇也就失去了其在叙事文学中的主导地位。

---

① 这里所说的成熟指的是小说作为一种文体样式的真正形成，而不是说小说艺术的成熟。因为其时尚无成熟的白话小说，因此文言小说的成熟实际上也就意味着中国小说的成熟。

② 鲁迅：《中国小说史略》，上海古籍出版社，1998年，第44页。

明代文言小说没有取得白话小说那样的成就，但也有一些可读的作品。唐代传奇在宋元时受古文运动与说话伎艺的影响，逐渐走向通俗化。但到明初，这种通俗化出现了暂时的停顿，传奇小说出现了向雅复归的现象。其代表就是成书于洪武十一年（1378）的瞿佑的《剪灯新话》。传奇小说的重新雅化，显示出文言小说在白话小说蓬勃发展的形势下，寻找自己的定位与出路的努力。但是传奇小说的重新雅化只是昙花一现，不久又复归于通俗，说明在与白话小说的竞争中，文言小说已不可避免地处于劣势。《剪灯新话》包括 21 篇小说。作者瞿佑生于元末明初的乱世。由元入明的知识分子因为朱元璋的出身和发迹之路，以及他的猜忌残暴，对他大多没有好感，不愿为他服务，而朱元璋对于不为他用的文人们也残酷地实行打压，文人们心怀不满但又无力反抗，心中不免郁愤。瞿佑在小说中反映了这种郁愤，隐含了对现实的讽刺。如描写爱情的作品，作者侧重描写的是战争与动乱给男女主人公带来的苦难与不幸，突出了社会背景，隐含着批判的精神。小说也写了不少文人形象。《水宫庆会录》写潮州士人余善文因为在南海龙宫新殿撰写《上梁文》而受到龙王的器重，东海龙王的侍从瞧不起余善文，想将他驱逐出席，受到龙王的斥责。《修文舍人传》写夏颜博学多才，性气英迈，却因贫穷客死异乡，到阴间后却得到重用，得以施展才华。这些故事，都反映了元末明初文人们的真实处境与他们的希冀。在题材上，传奇进入宋元之后，逐渐转向世俗生活，多写宫闱艳情与儿女私情，《剪灯新话》中则又回到唐代传奇，多写神怪，但侧重点又有不同。唐传奇侧重写情，以情胜，《剪灯新话》侧重写志，以理胜，神怪往往有所寄托。在语言上，《剪灯新话》以散文体文言为主，但杂入大量诗词。这种文体在唐传奇就已开始，在《剪灯新话》中得到确立。《剪灯新话》印行后产生很大影响，模仿之作很多，其中最重要的是印行于永乐年间的李祯的《剪灯余话》，以及印行于万历年间的邵景詹的《觅灯因话》，后人将这三种书合刊在一起，总称为《三灯丛话》。但后两种无论在思想还是艺术上都比不上《剪灯新话》。《剪灯余话》的作者李祯进士出身，官至左布政使，参与编修过《永乐大典》。《剪灯余话》出版后，李祯受到上流社会的攻击，明代传奇小说因此沉寂了五六十年，直到弘治年间（1488—1506）才重新振作起来，出了不少作品，但作者则主要是下层知识分子，上层文人很少参与。嘉靖、万历时期，明代政治日益腐败，朝廷对于政治、思想、文化的控制渐趋削弱。士人们感到明朝的危机，世事不可为，于是走向放荡与颓废，以此缓解内心的空虚与苦闷。传奇小说受此影响，走向艳情甚至色情。前者如《天缘奇遇》，男主人公祁羽狄先后与几十名女性通情，然后分别把她们纳为妻、妾与侍婢。后者如《痴婆子传》，小说女主人公上官阿娜以过来人的身份现身说法，将自己过去的性爱生活毫不隐讳地叙述出来。小说采用倒叙与第一人称，叙事平实，技巧上有一定可取之处。

除了传奇之外，明代文言小说还有通俗类书和笔记小说。通俗类书是为了满足大众业余消遣需要而印行的按文体分类的知识性与趣味性读物，有点类似于现在的某些综合性通俗读物，内容包括小说、书翰、诗话、琐记、笑话等，不全是文言作品，也有一定的白话作品。笔记小说是六朝志人志怪小说的发展。但到唐代，随着社会的发展与人们认识的提高，志人作品已经没有六朝志人小说的人伦鉴识功用，志怪小说也去除了证神道之不巫的目的，因此这类作品在唐代不再叫做志人志怪，而统称笔记文，记故事的叫笔记小说，记言行或考据辩证的叫野史笔记。重要作品有明末詹詹外史所编《情史》。《情史》选录了包括明代在内的历代笔记小说中有关情爱的故事，对明末清初的拟话本小说影响很大。笔记小说与传奇的主要区别在于传奇要求虚构，而笔记小说强调实录；传奇小说篇幅相对蔓长，笔记小说比较短小；传奇小说重视文词，重视情感表现与个性意识，笔记小说强调简练，倾向客观记述。因此，总的来看，笔记小说在文学性上比不上传奇。两者之间的取长补短，为清代蒲松龄《聊斋志异》的出现做好了准备。

四、明代戏曲

王国维认为："戏曲者，谓以歌舞演故事也。古乐府中，如《焦仲卿妻》"等，"虽咏故事，而不被之歌舞，非戏曲也。［柘枝][菩萨蛮]之队，虽合歌舞，而不演故事，亦非戏曲也。唯汉之角抵，于鱼龙百戏外，兼搬演古人物。……然所演者实仙怪之事，不得云故事也。演故事者，始于唐之大面、拨头、《踏摇娘》等戏"①。现在一般认为，中国戏曲的主要来源有三个：一是以先秦歌舞、两汉百戏、六朝歌舞、唐宋大曲为代表的歌舞戏，一是以先秦俳优、唐参军戏等为代表的滑稽戏，一是以六朝俗讲、唐变文、宋诸宫调为代表的讲唱文学。而叙事性小说的形成与繁荣也对戏曲的形成产生了重要的影响。②中国戏剧的正式形成是在宋代。分为南北两支。南方一支是南北宋之交在南杂剧和南方民间村坊小曲的基础上形成的温州杂剧，北方一支是在金院本基础上，综合当时的讲唱文学特别是诸宫调的若干因素而形成的北杂剧。北杂剧进入元代形成了严格的体制。元朝统一中国之后，元杂剧以其自身的艺术优势借助元朝的政治统治，很快席卷整个中国，出现了不少的名家名作。如关汉卿的《窦娥冤》、《救风尘》，王实甫的《西厢记》，马致远的《汉宫秋》，白朴的《梧桐雨》，纪君祥的《赵氏孤儿》等。温州杂剧产生于北宋末年，南渡后继续发展，到南宋中叶成为一种新的戏剧形式进入都城临安，并逐渐以南戏之名行世。宋亡之后，南戏不敌元杂剧的内容及艺术形式，退出城市的舞台，但仍在广阔的南方乡村继续流行，在流行的过程中，吸取元杂剧的优点，借鉴元杂剧的体制，逐渐发展成熟。元代末年，杂剧衰落，南戏重新繁荣，并逐渐由戏文过渡到传奇，出现了被称为"荆、刘、拜、杀"的四大传奇，即《荆钗记》、《刘知远白兔记》、《拜月记》、《杀狗记》。特别是高明的《琵琶记》，取材于民间流传的赵五娘与蔡伯喈的故事，并作改动，以宣传"子孝共妻贤"的伦理原则，不仅在思想、艺术上取得了极大成就，而且在体制与写法上为南戏作了最后的完善与定型工作，成为南戏中兴的代表作品。定型后的南戏，其戏剧形式较北杂剧有了明显改进，运用戏剧手段表现生

① 王国维：《戏曲考原》，见《王国维戏曲论文集》，中国戏剧出版社，1984年，第163页。

② 马积高、黄钧主编：《中国古代文学史·下册》第三章，湖南文艺出版社，1992年。

活，塑造人物形象的能力也大大加强。因而在明清两代，南戏压倒杂剧，以传奇的形式在舞台占据了主导地位。

明代早中期，统治阶级对思想文化控制较严，与民间结合紧密的戏曲难以发展，戏剧舞台不甚繁荣。中期之后，明朝政治腐败，朝廷对政治、思想、文化的控制能力削弱，加上城市繁荣，广大市民与农民需要精神娱乐，戏剧走向繁荣。

明代戏剧繁多，主要分为两大系统，即从元杂剧发展而来的明杂剧和从宋元南戏发展而来的明传奇。而明传奇随着声腔的发展，又形成昆曲一系和弋阳诸腔一系。两大系统和系统内部的各个支派既相互对峙、相互竞争，又相互影响、相互吸收。明代前期，南北系统以竞争和对峙为主，嘉靖之后，更多地走向融合。明后期，昆曲风靡全国，杂剧进一步衰落，南北两戏进一步交融，两者的差别大多不复存在，区别只在长短的不同。杂剧一般为十一折以内的短剧，而传奇则大多在二十出以上。不少剧作家都兼写传奇与杂剧。

明杂剧在明代初期（洪武至成化，1368—1487）承元杂剧的余势，以及上流社会人士的喜爱①，出现过短暂的繁荣，随后逐渐萧条。中期（弘治至隆庆，1487—1572）作家作品不多，但出现变化与创新。其中徐渭值得注意。徐渭的重要作品是杂剧合集《四声猿》，包括《狂鼓史渔阳三弄》、《玉禅师翠乡一梦》、《雌木兰替父从军》、《女状元辞凰得凤》四部杂剧。其中《雌木兰》与《女状元》赞扬女性才干，有为妇女张目的思想。《狂鼓史》写弥衡阴间骂曹操，淋漓尽致，豪气如虹，实际寄寓了徐渭对于当时现实的不满。《四声猿》在体制、音律上有不少创新。徐渭突破南北戏的界限，将传奇体制用于杂剧之中，开南曲写杂剧的先河，促使了杂剧的革新，在当时产生了重要影响。明代后期（万历至崇祯，1572—1644），杂剧再次繁荣，作家作品众多。重要作家有沈璟、孟称舜、吕天成、王骥德等。这一时期，明代杂剧形成了自己的体制与风格，并且形成了南杂剧与北杂剧两种不

---

① 如朱元璋的第十六子、宁王朱权，朱元璋第五子的长子、周王朱有燉等，不仅喜爱杂剧，同时也是当时著名的杂剧作家。

同的类型。北杂剧比较传统，南杂剧则大量吸收了南曲和传奇中的一些因素，是一种新起的杂剧类型。但由于时代以及杂剧本身存在的问题，明杂剧在与南戏的竞争中最终未能胜出，南戏逐渐取代杂剧成为明末舞台的主要剧种。

明代传奇是在南戏的基础上发展而来的，在宽泛的意义上也可称为南戏。由于明初社会的巨大变化和朝廷对思想文化的严密控制，加上没有得力人物的支持，尽管在四大传奇和《琵琶记》后南戏得以复兴，但传奇的创作在明代初期极为萧条，只有两部宣传忠孝的作品值得注意，其中一部是丘濬的《伍伦全备忠孝记》，一部是邵灿的《五伦香囊记》。两部作品迎合朱明王朝的需要，在明初舞台上掀起了一股以戏载道、宣传封建道德的风气。但丘濬是台阁大臣，曾任礼部尚书、太子太保、武英殿大学士等要职，他对传奇的重视并亲自参加传奇创作，有助于传奇得到士大夫阶层的重视与支持，使之重新走向繁荣。实际上，邱濬也是明初第一个接上元亡后传奇中断的线索，接过高明以"关风化"来改造戏曲的人。嘉靖时期，明传奇发生演变，标志之一是李开先的《宝剑记》、佚名作者的《鸣凤记》、梁辰鱼的《浣纱记》。《宝剑记》取材《水浒》，将农民起义中的人物作为主角，并把林冲带领义军包围京城、以清君侧的行为也作为"忠"加以肯定，实际上是对封建道德的突破。《鸣凤记》写明代大臣与奸相严嵩父子的斗争，涉及现时政治。《浣纱记》写越王勾践君臣发愤图强、灭吴复仇的故事，西施的形象塑造比较成功。作者一方面试图表现西施的美丽多情、理想与操守，一方面又让她承担以色倾吴的重任，两者之间形成对立又产生张力，从而使西施的形象呈现出复杂的色彩。三大传奇的出现说明当时的一些剧作家们已开始有意识地运用戏曲对社会、人生进行探索，使南戏达到了新的思想深度。发生演变的另一标志是昆曲的兴起。昆腔本是元末明初流行于昆山一带的地方声腔。嘉靖年间，音乐家魏良辅对昆腔音乐进行改进、整理与提高，使之发展成为一种细腻、婉转的新腔，加上其舞台表演艺术的完美，昆曲遂逐渐上升成为主导剧种。从明嘉靖到清乾隆之间，几乎所有著名剧作家写的传奇，都是用昆腔写成的。

上述演变使南戏在明代舞台占据了主导位置，明代后期传奇创作出现繁荣，大批优秀作家作品不断涌现，不同的创作流派正式形成并相互竞争。这一时期传奇创作的主要流派有强调格律的吴江派、重视内容的临川派和讲求辞藻用典的骈俪派。吴江派的代表作家是沈璟，其理论的核心是重视舞台演出，要求文辞服从格律、服从观众。临川派的代表作家是汤显祖，他强调文学性，要求格律服从文辞、服从内容。从叙事文学的角度看，自然是临川派的剧本更为出色，尤其是汤显祖的创作。汤显祖的主要作品是《紫钗记》(1587)、《牡丹亭》(1598)、《南柯记》(1600)和《邯郸记》(1601)，四部作品均写于明万历年间。由于汤是江西临川人，而四个剧本都有一个梦作为关键情节，因此四个剧作又合称"临川四梦"。其中《紫钗记》取材小说《霍小玉传》，将小说中李益负心与霍小玉多情之间的矛盾，改为小玉与卢太尉之间的对立，李、霍两人最终由于具有特殊势力的黄衫客的成全，得以团圆。《牡丹亭》写杜丽娘与书生柳梦梅之间的爱情。杜丽娘为情所思、为情所死、又为情所生，两人终成眷属的情节，将情推向了极致。《南柯记》取材于小说《南柯太守传》，写淳于棼梦醒后经一老僧点化，知道梦中的大槐安国原来就是院中老槐树上的一个蚁穴，于是醒悟，决心去掉追求功名富贵的"恶情"，专心向佛。《邯郸记》取材小说《枕中记》，写卢生在邯郸旅店梦中娶妻崔氏，并借崔氏家族的力量做了大官，并在与奸臣宇文融的斗争中取得胜利，位极人臣，醒来后却是一梦，店主的黄粱米饭尚未蒸熟，于是悟破人生，随吕洞宾云游而去。汤显祖剧本思想的核心是一个"情"字，作者肯定"真情"，批判"恶情"，在艺术风格上具有明显的浪漫色彩。

第二节　清代社会与叙事文学的发展

清朝是中国最后一个封建王朝，也是中国最后一个由少数民族建立的全国性政权。中国封建社会在唐代发展到高峰便逐渐衰落，这一过程在清代得以终结。清朝从努尔哈赤崛起于白山黑水到顺治入关到康乾盛世到道咸乱世到慈禧光绪衰世再到宣统的被迫退位，不到三百年时间，将两千多年的中国封建社会小规模地重新上演了一次。正是在清代，中国由一个闭关锁国的主权国家沦为被列强控制的半殖民地，由一个以自然经济为主的农业社会向商品经济与工业社会缓慢转化，从一个君主独裁的封建国家解放出来，向着民主共和的新体制迈出重要一步。这一切决定了清王朝在中国历史上的特殊地位，反映着这些变化的清代文学在中国文学史上也具有重要地位。

一、清代社会及其对叙事文学的影响

清朝是满族人建立的政权。满族的前身是女真族。公元 12 世纪，女真族的完颜部从东北迁入黄河流域，建立金国，另外一些部落仍留居东北，过着氏族社会末期的生活。金亡后，女真各部先后臣属于元、明。1616 年，建州女真的努尔哈赤统一了东北女真，建立后金，自称大汗，并乘明朝内部腐败混乱的机会迅速发展。努尔哈赤去世后，儿子皇太极继位，1636 年，皇太极废大汗称号，即皇帝位，改国号为大清，改建州女真为满洲，满族由此得名。1644 年，清乘明末农民起义之机，由明朝降将吴三桂、尚可喜、孔有德等带路，大举入关，很快打败李自成的农民起义军，建立清朝，并经过近四十年的努力，于 1683 年统一了包括台湾在内的全部国土。

从 1644 年清朝全国政权的建立，到 1911 年宣统皇帝退位，267 年的历史可以分为三个时期。早期从 1644 年清军入关到 1796 年乾隆退位，这是清朝由建立、巩固政权到全面兴盛的时期。中期从 1796 年嘉庆继位到 1860 年咸丰皇帝晚期鸦片战争爆发，这是清朝逐渐衰落的时期。晚期由 1860 年到 1911 年宣统皇帝退位，这是清朝进一步衰落并逐渐成为受西方列强控制的半殖民地的时期。这一时期又可分为两个阶段，前一阶段从 1860 年鸦片战争至 1895 年中日甲午海战。这一阶段清朝虽然逐步沦为半殖民地，但由于传统的惯性和人民对清朝在一定程度上还寄予希望，清朝的统治基本上还能比较平稳地进行，社会还在按照过去的传统运行。后一阶段由于中国在同日本的战争中的失利，全国沸腾，清

朝的腐朽进一步暴露，人民对清朝统治者彻底失望，民主共和的思想迅速蔓延，清朝终于在孙中山领导的资产阶级革命中灭亡。就社会性质来说，清代后期特别是后期第二阶段已经由封建社会逐步沦为半封建半殖民地社会，并逐步向资产阶级共和政体过渡。这一时期与辛亥革命至五四运动这段时间合起来构成了中国近代时期，其社会、文学与早中期清代社会与文学都有重大不同，因此在本书中，我们将这一时期的叙事文学与叙事思想单独分章进行讨论，不列入清代文学的范畴。

清朝由于建国时间较短，入关之后，除军制外，许多方面借鉴明制。在官制方面仿明制设内阁、六部、都察院、大理寺等机构。雍正皇帝时期，设军机处，取代议政王大臣会议，成为最高决策机构，形成了有自己特色的权力体系。在法典方面，开始亦沿用明律，再逐渐修订。1740 年乾隆皇帝时修成《大清律例》，形成了自己的法律体系。清朝统治者吸取明朝失败的经验教训，对人民的剥削比较缓和。1712 年，清宣布，以 1711 年的丁银额为标准，以后不管人口如何增加，不再多征丁银。1716 年后，又逐渐推广"摊丁入亩"，将丁银全部摊入地亩中征收，实际上减轻了无地和少地的人的负担，缓和了社会矛盾。与明相比，清代的行政效率较高，清代皇帝在位时间较长，特别是康熙与乾隆，在位时间均长达六十年。政权的稳定，有利于社会的发展。与明朝皇帝相比，清朝皇帝要勤政一些，清帝没有宠任宦官和多年不上朝的事，清帝与军机处的关系，比明帝与内阁的关系也要密切得多。这一切导致了清代社会的稳定与发展，在康熙、雍正、乾隆三朝长达一百多年的时间里，清代社会出现了全面繁荣，经济增长很快，全国人口从 1711 年统计的 2462 万迅速增加到 1774 年统计的 22102 万。①

但是，清代的社会矛盾并不比明代社会少，有的比明代更为尖锐。

首先是民族矛盾。清代的民族矛盾有一个发展的过程。从入

---

① 由于 1711 年还没有实行"盛世滋丁，永不加赋"的政策，各地上报的人口有少报、漏报、瞒报的现象，因此，两千多万人口是一个比较保守的数字，全国实际人口应不止这个数目。但即使这样，仍可从中看出这 60 年间清代人口的增长之快。

关到康熙时期，是民族矛盾尖锐的时期。康熙之后，随着由明入清的一代汉人的去世，清朝统治的逐渐稳固，社会经济的发展，民族矛盾相对缓和。鸦片战争之后，随着清王朝的日益腐败，在西方列强的侵略面前节节败退，以及西方文化和民主共和思想的影响，民族矛盾再次尖锐起来。满族人口在入关时不足200万，到康乾盛世最多时也未超过800万，以这样少的人口统治人口数量是其数十倍的汉族，清朝统治者对于汉人采取的必然是既利用又防范、既打压又适当给予一定利益的政策，对于与其合作、为其服务的汉人，加以任用，对于那些有反清排满思想和情绪的人，则实行无情打击。同时，举行科举，开放政权特别是下层政权，让汉族中的上层人士以及知识分子能够进入统治集团，成为政权的参与者和拥护者。另一方面，在保证满人在军事上的控制与政治上的特权的同时，清朝统治者也大量吸收汉族文化，要求满人学习汉字，与汉人融洽相处。这些措施在一定程度上缓解了民族矛盾，在一定时期内维护了清代社会的稳定。

另一重要矛盾是与西方列强的矛盾。清采用的是重农轻商、闭关锁国的基本国策，这种国策在封建社会的框架与整体环境中，能够有效推动经济与社会的发展。但在工业革命已经开始，资产阶级已将世界的各个部分组成一个相互联系的整体的时候，这种政策的负面效应便显露出来，它使清代社会在18世纪、19世纪发展的关键时期远远地落在西方各国与东方日本的后面。康熙、乾隆时期，西方各国还处于工业革命初期，影响、干预东方的意愿、能力和手段都还有所局限，这种落后的后果还没有明显的表现。而到了道光、咸丰时期，西方各国基本完成工业革命，影响、干预东方的愿意、能力和手段大大增强，日本通过明治维新迅速富强，在经济社会发展上落在后面清朝便处处处于落后挨打、受制于人的地步。西方列强对于中国的侵略的后果是双重的，一方面，它使中国沦为西方殖民地，经济社会更加落后，另一方面，它也给中国带来新的思想、文化与科学技术，客观上促进了中国资本主义的发展。与西方列强的矛盾贯穿了几乎整个有清一代，① 对清代社会的发展产生了重要影响。

---

① 在康熙年间，清朝就与俄国发生过多次武装冲突，并于1689年在双方平等的条件下签署了《中俄尼布楚条约》。这也是清朝与西方列强签署的唯一一个平等条约。

在思想文化方面，清朝的控制是比较严的。第一，尊崇孔子，鼓吹程朱理学，并明确规定，科举只能根据朱熹注的四书，造成一种"非朱子传义不敢言，非朱子家礼不敢行"[①] 的社会风气，以此控制士阶层及人民大众的思想。第二，实行科举，提倡八股文，将广大知识分子的思想言行纳入朝廷预定的轨道。第三，大兴文字狱，查禁对于清朝不利的书籍。禁书在封建社会是一个老话题，从战国初期商鞅"燔《诗》、《书》"就开始了，但是清朝禁书的规模之大、持续的时间之长、涉及的人数之多，却是空前的。而且，清代的禁书经常与文字狱相结合，因而格外的血腥与残酷。有清一代，从顺治时的庄廷珑明史案到光绪时期的邹容《革命军》案，文字狱连绵不断，其中最严重的则是清朝前期康熙、雍正、乾隆三朝，而其侧重点又有不同。康熙时期重点是消除汉人的民族意识，乾隆时期的重点是打击不满时政者，但其基本目的则是维持清朝的统治，共同手段则是血腥的镇压。仅因庄史案遭祸的家庭就近七百户，被杀的人不下一千，被流放、发配为奴的数以千计。第四，是寓禁书于修书之中。雍正、乾隆两朝，清朝官修两部大书。一部是 1725 年编成的《古今图书集成》，全书共一万卷。一部是 1772 年开始纂修、历时十余年的《四库全书》，全书共七万九千多卷。清廷借修书之机，大肆征集民间与地方藏书，加以销毁，而对收入全书的书籍则进行删削窜改，去掉于清朝统治不利的内容。因此，《四库全书》的编修，客观上虽然保存了大量文献，但也导致了许多文献的亡失，改变了许多文献的原来面貌。

清朝的禁书、修书与文字狱，对清代叙事文学的影响是深远的。一方面，它禁锢了士人与广大民众的思想，另一方面，它也限制了叙事文学的思想、内容，不光有涉清朝的统治、体面与尊严的不能写入书中，就是历史上有关汉人抵抗外族入侵的内容等也不能写入书中。清代叙事文学比如话本的斗争性不如宋元明三代，与清朝统治者对于思想文化的控制是有关系的。

在学术上，清代的主流是朴学。朴学又称考据学，针对理学的空疏而言。朴学主张学问重史实依据，解经由文字入手，以音

---

① 朱彝尊：《曝书亭集》。

韵通训诂，以训诂通义理。主要从事审订文献、辨别真伪、校勘谬误、注疏和诠释文字、典章制度以及考证地理沿革等，少有理论的阐述及发挥，也不注重文采，因而被称作"朴学"或"考据学"。由于朴学成熟与鼎盛在清乾隆、嘉庆年间，因而又被称为"乾嘉学派"。朴学在清代兴起有其社会历史的原因。首先，清代前期经济发展，社会繁荣，朝廷有人力、物力进行学术研究，支持一些远离经济社会发展的学术活动如考据、图书典籍的修订出版等。其次，封建文化发展到清代已经进入总结期。数千年来积累的典籍、思想丰富复杂，有些真伪难辨，需要进行考认整理。再次，宋明理学的流行引起学术界的反感，清代人认为宋明理学空谈义理，对国计民生不闻不问，只强调个人的道德修养，把儒家治国平天下的传统丢掉了，要想真正把握孔孟的精神，只有回到儒家原典中去寻找依据，从考证、实据的角度提出论据。最后，应该强调指出的是，清代的禁书与文字狱使学者们忌讳接触现实政治，使大批学者转入古籍的考据、整理中。朴学的盛行对清代学术、思想影响较大。清代出了不少大学问家，但大思想家不多，这对叙事文学自然也产生了一定的影响。鲁迅认为，"雍乾以来，江南人士惕于文字之祸，折而考证经子以至小学，若艺术之微，亦所不废；惟语必征实，忌为空谈，博识之风，于是亦盛。逮风气既成，则学者之面目亦自具，小说乃'道听途说者之所造'，史以为'无可观'，故亦不屑道也"①。再如一些文人受乾嘉学派的影响，喜欢在小说中"掉文袋"，炫耀知识与才学，有的作者如陈球之用排偶句写小说。这些，对小说创作均产生了不好的影响。

1860 年鸦片战争之后，中国社会处于转型期，加上西方文化的冲击、中国文化的自我调整等原因，这一时期未能产生重要作品，中国叙事文学发展进入近代。

与明代一样，清代叙事文学也主要是白话小说、文言小说以及戏曲三个部分，但又有新的发展和自己的特点。以下分别讨论。

---

① 鲁迅：《中国小说史略》，上海古籍出版社，1998 年，第 179 页。

二、清代白话小说

清代白话小说仍主要是话本、拟话本和章回体长篇小说。

清代"说话"在明代的基础上继续发展。清初经济发展较快，乾隆时代，城镇十分繁荣，但是清代城市的繁荣并没有导致资本主义经济的迅速发展，成为中国社会至少是经济的主导力量，市民阶层也没有演变为独立强大的资产阶级，清代城市仍牢牢处于封建阶级的统治之下，封建统治力量在政治、经济、文化等各个方面，较之明代后期都要更为强盛。而到1860年之后，随着西方资本主义的入侵，中国慢慢成为半封建半殖民地社会，许多城市特别是沿海大城市的政治、经济、文化又受到帝国主义的影响和控制，中国资产阶级仍处于弱小的、被压抑的状态。在这种情况下，清代的说书业虽然繁荣，较明代有一定的发展，但对文学并没有产生如明代说书那样的影响。这主要表现在如下几个方面。首先，是与宋元明三代相比，清代说书的内容相对而言要落后一些，揭露社会黑暗、表达对统治阶级的不满、反封建的内容要少一些，而一些封建的、黄色的东西则要多一些。胡士莹认为，造成这种现象的原因有两个：一是说书的基本听众反封建的思想有所减弱，一是封建统治阶级对说书的控制和对说书阵地的争夺。①但是，还有一个原因我们也不能忽略，那就是说书的职业化、娱乐化倾向的增强。说书艺人靠说书谋生，听众来说书场的目的是消遣，过于严肃的内容自然就不是特别受人欢迎。《老残游记》中的白妞说书，作者渲染的是她的技巧，而不是她说书的内容征服了听众，似乎间接地证明了这一点。其次，是故事原创性的减弱。清代说书的许多材料都是现成的、由文人创作的叙事作品，说书人根据历史、现实生活即时创作的鲜活的故事大大减少，而这些故事中优秀的作品又更为稀少。这样，说话自然就难以向话本提供丰富的材料，从而无法对话本、拟话本以及章回体小说产生大的影响。再次，是说话对话本、拟话本以及章回小说的影响逐渐减少，而后者对前者的影响则逐渐增加。话本、拟话本及章回小说本来都是在说话的影响下发展起来的，进入清代

---

① 胡士莹：《话本小说概论》，中华书局，1980年，第612–613页。

之后，由于说话内容的趋于消极、故事原创性的减弱，在说话基础上产生的话本小说自然也就相应地减少，而拟话本与章回小说向说话取材也逐渐减少，受说话影响越来越少。另一方面，清代的印刷技术更为先进，印刷业更为发达，拟话本与章回小说与读者的联系更为直接，无需经过说话的中介，这也在一定程度上减少了这些小说与说话的联系。自然，这并不是说清代小说就不再受说话的影响，说话与民间联系更紧，来自民间的鲜活的东西总是会对文人的创作产生影响。说话与小说总是相互影响的，但是，在宋元乃至明代，说话对小说的影响是主要的，而在清代，小说对说话的影响则成为了主导的现象。

清代话本小说未能产生如"三言"、"二拍"那样重要的作品，拟话本小说则在明代的基础上继续发展，出现了一些有一定影响的作家与作品。如李渔的《无声戏》、《十二楼》，徐震的《珍珠舶》、《美人书》，石天基的《雨花香》，徐述夔的《五色石》，艾衲居士的《豆棚闲话》等。清代拟话本小说在艺术上较之明代更为成熟，叙事技巧也更为精细。如李渔的《十二楼》，十二个故事中的每个故事都以一座楼作为情节的纽结，同时又通过这些"楼"将十二个故事联系起来，使其见出一定的整体性。艾衲居士的《豆棚闲话》以豆棚之下的谈话作为线索，将十二个故事贯穿起来。作者善于设置情节，使故事娓娓道来，又一波三折，离奇而不失情理，曲折又不露斧凿痕迹，这在明代拟话本小说中是比较少见的。由于和说话离得较远，而又无需经过说书艺人的中介，清代拟话本虽然形式上还保留着话本小说的一些特点，但实际上很多地方已经摆脱口头文学的一些特征如说话人中介、全知讲述，等等，不少地方已经开始尝试限知视角，出现了类似于叙事者的角色，在一定程度上成为了书面文学。因此，不少学者也不再以拟话本小说称呼这些作品，而直接将其称为白话短篇小说。

清代章回体长篇小说创作取得了重大成就。主要表现在如下几个方面：其一，是《红楼梦》、《儒林外史》等思想艺术均达到极高成就的代表性作品的出现；其二，世代累积型小说逐渐为文人独创小说所取代。世代累积型小说来自民间，由文人加工而成。世代累积型小说中出现了不少优秀作品如《水浒传》、《三国演义》、《西游记》等，但世代累积型作品也有其无法克服的弱点：它取材民间，受原有材料、思想、格局的限制，作品的各个部分难免出现不平衡的现象；民间故事的流传与形成需要较长的时间，世代累积型作品常常面临无米之炊，很难满足作家创作的需求；世代累积型作品受原有材料的限制，作家的主体性很难得到充分发挥。文学创作是一种独创性极强的精神活动，需要作家主体性的充分发挥，因此，文学创作的主体应以个人为主。文人独创作品的大量出现，是文学创作走向成熟的标志之一。其三，是不同风格流派的形成。如以《儒林外史》为代表的讽刺小说，以《镜花缘》为代表的才学小说，以《三侠五义》为代表的侠义公案小说，以《品花宝鉴》、《海上花列传》为代表的狭邪小说，以《水浒后传》、《说岳全传》、《隋唐演义》为代表的历史小说和英雄传奇小说，而被鲁迅称为"人情小说"的《红楼梦》作为中国古代小说创作的高峰则或多或少地涵盖了所有这些小说的因素，将中国古典小说推到了发展的最高峰。自觉的风格与流派的形成标志着小说创作的多样化和作家主体因素的充分发挥，是小说成熟的重要标志。清代长篇章回小说代表了中国古代小说的最高成就。

清代初期，一方面由于《三国演义》、《水浒传》的巨大成功，一方面由于社会形势的动荡、民族矛盾的尖锐，作家们无法深入地观察生活，因而转入历史取材，历史演义和英雄传奇小说十分繁荣，主要有蔡元放的《东周列国志》、褚人获的《隋唐演义》、陈忱的《水浒后传》、钱彩的《说岳全传》等。《东周列国志》以春秋时五霸争雄为主要内容，全面展示了春秋战国时期那段动荡而丰富多彩的日子。《隋唐演义》以隋炀帝、朱贵儿和唐玄宗、杨贵妃的"两世姻缘"为基本线索，写了从隋文帝伐陈，到唐代安史之乱后，唐玄宗从四川返回长安之间约一百八十年的历史。《说岳全传》在民间传说的基础上，叙述了岳飞从出生到屈死，以及他的儿子岳雷和部将牛皋继续抗金的故事。《水浒后传》接着《水浒传》，描写梁山英雄李俊、阮小七等在宋江死后，不堪忍受宋朝统治者的欺压，再度起义，并最终杀死蔡京、高俅，移居海外重创基业的故事。这些作品除《水浒后传》外，大多根据史料加以敷演，思想深度不够，艺术也谈不上上乘，与《三国演义》和《水浒传》相比，要逊色许多。

清代初期的文人创作小说首先是继承《金瓶梅》等世情小说

遗风的一些以家庭及社会生活为题材的作品，如《醒世姻缘传》、《林兰香》。作者署名西周生的《醒世姻缘传》叙述了一个两世姻缘的故事，描写家庭、夫妻之间的矛盾。山东武城官僚子弟晁源在围场射死一只狐仙，屡遭狐仙报复。后又纵妾虐妻，致使其妻计氏自缢身亡，而他自己也因淫人妻子而身首两分。若干年后，晁源转世为狄希陈，狐仙转世为薛素姐，计氏转世为童寄姐，两人分别嫁与狄希陈为妻妾，为报前世之仇，百般地虐待凌辱狄希陈。小说的因果报应观念自然不足为训，但作者对清代农村熟悉，小说对清代农村社会生活的描写是对章回小说题材的一大扩展，值得肯定。另一方面，小说通过家庭写社会，通过家庭成员与社会的广泛接触，将家庭与社会广泛联系起来，借以反映社会的某些真实，这种写法，对《红楼梦》多少有些影响。《林兰香》作者署名随缘下士，真实姓名不详。小说取名模仿《金瓶梅》，取自耿朗妻妾林云屏、燕梦卿（兰即梦卿）和任香儿三人的名字。小说共六十四回，以耿朗一家的盛衰为主要情节，既生动地描写了一批市井人物，又成功地刻画了几位女性形象。其中最重要的是燕梦卿。她是一个恪守闺范妇道的典范。她本是耿朗的未婚妻，后父遭诬陷，自愿代父充军，甘心为奴，昭雪后耿朗已娶，她宁愿为妾，也不另嫁。但另一方面，她又要求与丈夫平等，希望与丈夫建立一种"名为夫妻，实为朋友"的关系，敢于面斥丈夫的过失，因此无法得到丈夫的欢心，最终抑郁而死。燕梦卿的悲剧实际上是由她自身的因素造成的。她一方面严守传统道德，另一方面又要追求与传统对立的独立人格，两者之间的不可调和造成了她的悲剧。这个人物透露出了《红楼梦》中新女性的先声。

才子佳人小说在清初比较繁荣，这一方面是市场的需要，另一方面也是晚明小说、戏曲"以情反理"思潮演变以及小说发展文人化进程的结果。主要作品有《玉娇梨》、《平山冷燕》和《好逑传》等。《玉娇梨》二十回，题为"荑荻散人编次"。小说写大家闺秀白红玉才貌双全，有意以诗择婿。才子苏友白赋诗相应，诗稿却被恶少张轨如所窃，幸被识破。红玉与友白约为婚姻。后友白赴京赶考，得遇另一才女卢梦梨，亦相互倾慕。小说最后以"一夫二妻"的模式，使三人美满团圆。《平山冷燕》作者不详，情节与《玉娇梨》大致相似。《好逑传》则写御史之子铁中玉和兵部侍郎之女水冰心的曲折婚姻，共十八回，题为"名教中人编次"。才子佳人小说没有《金瓶梅》等世情小说的纵欲倾向，强调"情"的价值与力量，小说的情节一般比较曲折，篇幅比较短小，因此容易受到普通市民的欢迎。另外，为了突出"佳人"，小说的女主人公往往有才有貌，才学与胆识甚至超过男性。这对《红楼梦》产生了一定的影响。

清代中期，章回小说创作继续繁荣，《儒林外史》和《红楼梦》则把这种繁荣推向高峰。

吴敬梓的《儒林外史》是中国讽刺小说的代表作，其讽刺对象是科举考试，但作者的高明之处在于，他批判的矛头针对的不是科举考试的参与者，而是整个的科举制度。小说中的科举参与者，无论是"考迷心窍"的范进、依仗功名巧取豪夺的严贡生与严监生，还是心地善良的马二先生，或者是被科举改变了心性的匡超人，其所作所为都不仅仅是个人原因，而是整个科举制度造成的。小说讽刺艺术十分高超，"戚而能谐，婉而多讽"，将我国古代写实型的讽刺艺术推向了顶峰。小说结构是章回小说中常见的缀段体，但又有自己的特点。小说没有贯穿始终的人物与事件，而是通过人物穿插，多个故事单元波浪式地向前推进。这种结构很好地适应了小说整体构思与主旨表达的需要。

曹雪芹的《红楼梦》将中国古代小说推到了顶峰。《红楼梦》以贾宝玉和林黛玉、薛宝钗三人之间的恋情为主要线索，展示了贾史王薛四大家族特别是贾府的兴衰，描绘了广阔的社会生活。小说的思想内涵极其丰富：它揭示了封建社会的黑暗及其不可克服的内在矛盾，揭示其必然崩溃的历史命运；它反映了地主贵族阶级对农民和下层民众的压榨与剥削，反映了贵族主子与下层奴仆之间的矛盾与斗争；它表现了贵族阶级内部正统与反叛力量之间的矛盾与斗争，展示了封建阶级内部的矛盾；它对封建制度与封建思想进行了全面的反思，揭示、批判了其不合理性。小说敏锐地捕捉到了社会的发展趋势，表现了自由、民主、人格独立和个性解放等新的时代精神。同时，小说也展示了青春、爱情、生命等的毁灭，表现了"色空"、"虚无"等消极思想。作者无法正确解释人生忧患、社会变迁的内在原因，将之归于一种无法避免的普遍性的命运，提出"好"就是"了"，"色"即是"空"，从而使小说具有一种深沉的悲剧氛围。《红楼梦》塑造了一大批栩栩如生的成功的人物形象，特别是作为封建社会叛逆的贾宝玉和林黛玉，封建社会的忠实维护者薛宝钗，以及八面玲珑、歹毒又不乏才干的王熙凤。但是小说并没有把人物类型化，而是现实地表现出人物性格的全部丰富性。如薛宝钗，她虽然是封建正统的自觉维护者，但她并不是一个反面的形象。她美丽、聪明、贤淑，"罕言寡语"、"稳重平和"，在人事复杂、矛盾重重的贾府，能够博得上下左右的喜欢，是一个典型的贤妻良母的形象。相对林黛玉，她虽然思想上保守，但性格上则更为可爱。在艺术上，《红楼梦》取得了极高成就，诚如鲁迅在《中国小说的历史的变迁》中所说："自有《红楼梦》出来以后，传统的思想和写法都打破了。"[1]小说人物多达四百以上，主要人物性格无不具有高度的复杂性、鲜明的个体性和充分的真实性。《红楼梦》以描写日常生活为主，小说情节不以奇取胜，但也不像《金瓶梅》那样流于自然主义，小说中的生活画面就像现实生活本身那样自然、真实、丰富多彩，但又经过精心挑选，富含丰富的美学、哲学和社会学、心理学的内容。《红楼梦》以宝黛爱情与贾府兴衰为两条贯穿始终的主线，穿插刘姥姥三进贾府、贾雨村的宦海沉浮等支线，将整部小说结构成一个有机的整体，小说的各个部分互相联系，各种事件互为因果，牵一发而动全身。《红楼梦》的语言丰富多彩，根据不同的情景和人物描写的需要配以不同文体、不同风格的语言，人物语言高度个性化。《红楼梦》叙事技巧成熟丰富，对视角、时间、叙事复调等的处理十分娴熟。

曹雪芹约逝世于1764年。由于他的早逝，《红楼梦》只写出了前八十回。曹雪芹去世之后，各种续作、补作层出不穷，其中以高鹗的续作比较流行。除此之外，还有"《后红楼梦》、《红楼后梦》、《红楼梦补》、《红楼补梦》、《红楼重梦》、《红楼再梦》、《红楼幻梦》、《红楼圆梦》、《增补红楼》、《鬼红楼》、《红楼梦影》"。鲁迅认为，这些作品"大率承高鹗续书而更补其缺陷，结以'团圆'；甚或谓作者本以为书中无一好人，因而钻刺吹求，大加

---

① 鲁迅：《中国小说史略》，人民文学出版社，2007年，第346页。

笔伐"①。与原作构思出入较大，思想艺术也无法与原作相提并论。

《红楼梦》之后，清代小说创作由盛而衰，一百多年时间中没有出现能与《红楼梦》、《儒林外史》以及《聊斋志异》相媲美的作品。其原因是多方面的。其一，《红楼梦》等的巨大成功，使某些类型的小说如历史演义、英雄传奇相形失色，创作数量急遽减少。而由于思想水平和艺术功力等方面的原因，后来的一些长篇小说作家又无法创作出能与《红楼梦》、《儒林外史》相媲美的作品，于是只好另辟蹊径。这产生了两种后果，一是大量的仿作、续作的出现。这些仿作、续作首先是仿《红楼梦》，也有仿《水浒传》、《聊斋志异》等作品的。其次是在题材、写法上的翻新。如《施公案》进入侠义公案的领域，《镜花缘》在知识才学方面大做文章。其二，直到近代，小说的地位一直不高。主流文人不大参与，这在一定程度上限制了小说创作的队伍。另一方面，小说作为不登大雅之堂的通俗文学，其主要消费者是下层市民，主要功能是消遣、娱乐。小说创作的文人化提高了小说的品位，并最终导致《红楼梦》这样的文学巨著的出现。但文人化与小说的大众娱乐文化性质有一定的矛盾，《红楼梦》将古代小说推向顶峰，后来的创作难以为继便必然会出现向通俗、娱乐的回归。但由于小说本身的发展，和大众思想旨趣和阅读要求的变化，这种回归既没有了《红楼梦》、《儒林外史》的思想深度与艺术高度，又无法重现宋元话本那种富于活力的生机，因此只能是一种浅层次的回归。其三，清代中期兴起的乾嘉学派，强调考据、知识与才学，这对文人产生了较大影响，从而间接影响到小说的创作。而更重要的则是其四。清朝自道光开始，由于固守成法、闭关锁国、重农轻商、轻视科学技术，国力下降，社会动荡，西方势力的入侵，导致中西文化的冲突、碰撞，传统思想观念发生动摇，新的思想观念正在酝酿，整个社会处于变化的前期，旧的徘徊不前，新的有待产生，小说由此陷于停滞的状态。

清代后期章回小说出现了两种新的类型：一类是侠义公案小说，一类是鲁迅所说的狭邪小说。

狭邪小说与才子佳人小说有一定的联系，都是描写男女情

① 鲁迅：《中国小说史略》，人民文学出版社，2007 年，第 244 页。

爱，但是小说人物的身份却有了变化，女主人公从贵族小姐变成了青楼妓女，男主人公也不再全是多才多艺的风流才子，其中夹杂了不少脑满肠肥的乡绅、政客与商人，以及放荡不羁的浪子与无赖。狭邪小说的兴起一方面反映了文人们人文精神的衰退，另一方面也与当时的社会现实和社会风气有关。清代初期，朝廷严禁官绅狎妓，娼妓业一度得到一定程度的抑制。乾隆之后，随着城市的发展和商业的繁荣，娼妓业重新兴盛，道光、咸丰时期达到繁荣，上海、北京等大都会妓院比比皆是，官绅与士大夫们出入青楼习以为常，甚至以有青楼相好为荣。这种现象反映在文学上，就是狭邪小说的大量出现。主要作品有陈森的《品花宝鉴》、魏秀仁的《花月痕》、俞达的《青楼梦》和韩邦庆的《海上花列传》等。狭邪小说缺少了才子佳人小说常有的风花雪月和往往贯穿其中的忠奸斗争，更多日常生活的场景和世俗社会的人际摩擦，更加贴近现实生活，从这个角度看，具有一定的积极意义。

侠义公案小说是侠义小说与公案小说的合流，也是对以《水浒传》为代表的英雄传奇小说的另类继承与发展。这类小说以清代中叶的《施公案》（作者不详）为开端，道光以后大为发展，主要作品有石玉昆述、入迷道人编定的《三侠五义》，俞樾在《三侠五义》的基础上改定的《七侠五义》，以及作者不详的《三侠五义》的续书《小五义》、《续小五义》等。侠义公案小说中的侠客一般先是散处民间，后被清官收编，成为清官的得力助手，并在清官的率领下，铲除奸臣，主持公道。如《施公案》中的黄天霸，原来闯荡江湖，后因行刺施仕伦被擒，"改邪归正"，改名施忠，帮助施公铲恶除奸。侠义公案小说将侠客义士的自发反抗纳入忠君的范畴，变为可控的行动，符合统治阶级主流的意识形态，另一方面，它又满足了大众对贤明政治的要求和对豪强贪官的愤慨。小说情节曲折，传奇性强，侠客们个个手段高明，与对手们斗智斗勇，具有很强的可读性。

这一时期，还有两部小说值得一提。一部是俞万春的《荡寇志》，一部是文康的《儿女英雄传》。《荡寇志》以金圣叹七十回本《水浒传》为基础，叙述退职军官陈希真与其女陈丽卿与梁山作对，率领官兵与地主武装将起义英雄一个个"斩尽杀绝"的故事。小说思想不值称赞，但文字精练流畅，人物塑造比较成功。《儿女英雄传》写男主人公安骥去救被奸臣陷害的父亲安学海，中途被奸僧所陷，幸得侠女十三妹相救。十三妹真名何玉凤，因父被大将军纪献唐所害，遂隐居避祸，立志报仇。后安学海被赎出，纪献唐亦被朝廷所诛，十三妹遂与安骥结婚，由侠女变成贤妻。《儿女英雄传》将侠义小说与才子佳人小说结合起来，在类型上有所创新。作者认为，儿女真情与英雄本性是密不可分的，而只有忠臣孝子才能体现出英雄本性。小说结构紧凑，语言生动，十三妹的形象塑造比较成功。只是最后硬让她变成贤妻良母，体现了作者的说教倾向。

在叙事上，后期章回小说虽然没有取得《红楼梦》、《儒林外史》那样的成就，但在叙事结构、叙事技巧、人称视角、人物形象等方面也取得了一些新的进展，值得关注。

三、清代文言小说

文言小说发展到明代，形成传奇和笔记小说两大支脉。两者的主要区别在于传奇要求虚构，而笔记小说强调实录；传奇小说篇幅相对蔓长，笔记小说比较短小；传奇小说重视文词，重视情感表现与个性意识，笔记小说强调简练，倾向客观记述。然而，在发展的过程中，两者之间的界限有逐渐模糊的趋势。一方面传奇的篇幅逐渐短小，内容日益通俗化，另一方面，笔记小说也有重视文词的倾向。从与白话小说的关系来看，虽然明清文言小说的创作比较繁荣，也有一些新的发展，但总的来看，没有白话小说兴盛，影响力也不如白话小说。文言小说要发展，就不得不吸取白话小说的某些长处，在内容上更加贴近时代与社会。正是在这种背景下，出现了蒲松龄的《聊斋志异》

从内容上看，《聊斋志异》虽然仍是写狐仙鬼怪，但这些狐仙鬼怪除了保持一些异类的特点之外，与普通的人没有大的区别。作者描写狐鬼世界是为了表达他对社会的看法，影射人间生活与社会现实。从形式上看，《聊斋志异》采用的是笔记小说的体裁，但却突破了笔记小说实录的限制，对故事、人物进行虚构与想象。在写法上，也基本上摆脱了六朝志怪的粗陈梗概的传统，"叙述宛转，文词华艳"。鲁迅认为是书"描述委曲，叙次井然，用传奇法，而以志怪，变幻之状，如在目前"。[①]因此，实际

---

① 鲁迅：《中国小说史略》，上海古籍出版社，1998 年，第 147 页。

上它具有传奇的神韵。石昌渝认为《聊斋志异》"用笔记小说文体写传奇小说"，将其称为"笔记体传奇小说"。①这种看法是准确的。

《聊斋志异》共收故事431篇。其中大多是描写男女爱情与婚姻生活的作品，如《婴宁》、《小翠》、《聂小倩》、《红玉》、《瑞云》等。故事中的女主人公大多是狐鬼仙魅，然而美丽多情，情操高尚，才识超群，性格脱俗，其中不乏新女性的原型。作者肯定纯真的爱情，赞扬那些心地高洁、敢于冲破纲常礼法的女性，对封建礼教与封建婚姻制度进行了批判。作者心目中的男女之情，不一定要发展成性爱，也可以发展成纯真的友情。如《娇娜》中的书生孔雪笠与狐女娇娜，虽然关系异常密切，但并没有走上婚姻之途；虽然没有结为夫妻，却能始终保持友谊，生死与共。孔生为掩护娇娜一家，不惜以生命为代价，而娇娜为救孔生，也不避男女之嫌，与之"接吻而呵之"。这个故事显示了蒲松龄对新兴的男女关系的探讨。此外《聊斋志异》还对社会的黑暗与政治的腐败、对于封建科举制度进行了揭露与批判，对民众反抗暴政的行为进行了肯定，对世人的庸俗、社会的炎凉和人心的险恶进行了刻画与讽刺。

在艺术上，《聊斋志异》故事情节曲折而富于变化，人物形象丰满生动，人物语言极具个性。狐鬼外形、个性虽与常人无异，却又常显异类的特点，两者和谐统一。小说叙事娴熟，结构布局，常见机心。如名篇《促织》不到两千字，但却能将成名一家蟋蟀失而复得，儿子似死终生，灵魂化为蟋蟀，在斗蟋场上纵横捭阖，为全家争来富贵的过程写得波澜起伏，高潮迭出。

《聊斋志异》发表之后，影响巨大，模仿者甚多，如沈起凤的《谐铎》、浩歌子的《萤窗异草》、宣鼎的《夜雨秋灯录》等。《聊斋志异》所带来的文言小说的中兴一直持续到晚清。但也有人持批评态度，其代表是《四库全书》的总纂修纪昀。纪昀字晓岚，清代著名学者，但文学思想比较保守。他强调小说创作必须忠实于事实，反对虚构。纪昀的观点代表了传统目录学的小说观念与新起的散文体叙事文学的小说观念之间的冲突。虽然后者更

① 石昌渝：《中国小说源流论》，生活·读书·新知三联书店，1994年，第215页。

符合小说的本质与发展方向，但由于纪昀的地位与学识，他的批评在当时还是产生了较大的影响。

纪昀自己的作品是《阅微草堂笔记》，包括"滦阳消夏录"、"如是我闻"、"槐西杂志"、"姑妄听之"、"滦阳续录"五个部分，共计一千一百余则笔记小说。小说踵武晋宋，多记怪异之事和民间传说。但作者并不满足于纯粹记事，喜发议论，希望从故事中引出一些有关世道人心的教训。鲁迅认为，"《阅微》又过偏于议论。盖不安于仅为小说，更欲有益人心，即与晋宋志怪精神，自然违隔"。①小说有反理学的倾向，作者对道学家虚伪、拘迂、不近人情、不通权变颇多批评，提倡经世致用的崇实精神。此外，小说对世态人情的描绘十分深刻，对社会生活中的腐败现象也能有所批判。《阅微草堂笔记》篇幅短小，记事简要，重实录而少铺陈，语言简约而颇富意趣。但议论偏多，想象枯竭，结构松散，人物形象单薄，细节铺陈不够，艺术成就逊于《聊斋志异》。

与《阅微草堂笔记》大致同时，有袁枚的《新齐谐》，大约是作者晚年的遣兴之作。小说仍以志怪为主，其中有一些揭露社会黑暗、批判科举制度之作，但渲染恐怖，强调因果报应的成分更浓，思想与艺术价值皆不及《阅微草堂笔记》。

《阅微草堂笔记》发表之后也产生了较大的影响，出现了一批模仿之作，如梁恭辰的《池上草堂笔记》、许奉恩的《里乘》等。但这些作家既没有纪昀的才华，思想也更加保守。小说内容贫乏，形象干瘪，文字平庸，喜欢说教。

文言小说由此进入了它的衰落期，并在五四前后终于为现代白话小说所取代。

四、清代戏曲

清朝统治者入关之后，对明代制度、文化基本上采取了兼容并收的政策，清初戏曲在明代的基础上继续发展，只是适应政治的需要，倾向于那些表现褒忠贬奸、惩恶扬善的主题的作品。顺治至康熙年间，剧坛影响较大的是以李玉为首的苏州派。从明后

---

① 鲁迅：《中国小说史略》，上海古籍出版社，1998 年，第 151 页。

期开始，苏州就一直是昆曲发展的中心，同时由于商品经济的兴起，苏州又是东南地区的商业重镇，戏剧的创作与演出十分繁荣，到了清初，仍有许多作家在这里活动，出现了李玉、朱佐朝、朱素臣、毕魏、叶时章、张大复等戏剧家，因他们大都是苏州人，所以称之为苏州派。从身份上说，苏州派作家大都出生于社会中下层，传统文化修养不是很高，主要精力从事戏曲创作，可以说是专业化的剧作家。苏州派作家重视舞台演出，他们针对明代传奇冗长繁缛的弊端作了改革，使场次更加集中紧凑，曲白更加通俗浅近。其剧本故事性强，情节曲折，讲究穿插。苏州派作家大都来自民间并生活在民间，因此，他们的剧本与现实联系比较紧密，政治性题材较多。朱素臣的《十五贯》取材宋代话本《错斩崔宁》，写清官况钟勇于为民请命，纠正错案，影响很广，流传至今。李玉是苏州派的代表作家，剧本《清忠谱》取材于明代天启年间发生在苏州的一个真实事件。东林党人周顺昌领头反对宦官魏忠贤的死党、巡抚毛一鹭强迫苏州人民为魏阉修建生祠而被捕，市民颜佩韦等五人率众攻进府衙，失败之后，五人与周一起被魏党杀害。后苏州人民建五人墓以表彰其义。剧本表现了明末反阉党的斗争，表达了人民对于清正廉明的政治的追求与渴望。剧本善于在有限的舞台上表现波澜壮阔的群众斗争，语言简朴，富有个性。李玉的另一个剧本《千忠戮》写明初皇室的内部斗争，燕王朱棣攻破南京，建文帝朱允炆化装为僧被迫逃亡。剧本着重写朱棣的残暴和建文帝的漂泊。其中朱允炆在化装逃亡中有一段唱词："收拾起大地山河一担装，四大皆空相，历尽了渺渺程途、漠漠平林、垒垒高山、滚滚长江。但见那寒云惨雾和愁织，受不尽苦雨凄风带怨长！雄城壮，看江山无恙，谁识我一瓢一笠到襄阳。"［倾杯玉芙蓉］这支曲子流传很广，以至当时有"家家'收拾起'，户户'不提防'"的说法，①这一方面说明了这些曲子的流传之广，另一方面说明当时人们对戏曲的喜爱程度。

清初的另一部分剧作家来自社会上层，传统文化修养较高。

① "不提防"是洪昇《长生殿》"弹词"一出中李龟年由宫廷乐师流落为乞丐后沿街卖唱时的一段唱词的首句："不提防余年值乱离，逼拶得歧路遭穷败。受奔波风尘颜面黑，叹衰残霜鬓须白。今日个流落天涯，只留得琵琶在。揣羞脸上长街又过短街。那里是高渐离击筑悲歌，倒做了伍子胥吹箫也那乞丐。"［南吕·一枝花］

这些人大都是诗人、词人、散文家或哲学家，业余创作戏剧，借以抒发个人的怀才不遇或故国之思。由于侧重主体情思的抒发，他们的剧作不大注意情节结构和舞台要求，意境接近诗歌而不大适合演出，因此多为案头之曲。这一派剧作家可以称为文人化剧作家。主要有吴伟业、龙倜、王夫之、万树等。

介于上述两个戏曲流派之间、有着自己的鲜明特点的是李渔。李渔生于明末，主要活动于清初。李渔出自民间，是专业剧作家，不仅写剧本，而且自组剧团演戏维生，但李渔具有很高的文学修养，创作活动涉及戏曲、小说、散文、文学理论以及居室、服饰、器玩、种植各个方面，这又是苏州派作家比不上的。李渔最重要的成就是在戏曲方面，他既是我国古代集大成的戏曲理论家，又是清初颇有特色的戏曲作家。主要作品有理论著作《闲情偶寄》和戏曲集《李笠翁十种曲》。《十种曲》包括《怜香伴》、《风筝误》、《蜃中楼》、《凰求凤》等十部剧本，除了《蜃中楼》取材于元人杂剧《柳毅传书》、《张羽煮海》之外，其余都是他的新创。李渔的剧作大多是喜剧甚至闹剧，内容则是才子佳人、爱情婚姻。他的剧作构思新颖，情节曲折，结构巧妙，叙事干脆利索。如他最著名的《风筝误》，故事情节在貌美才高的韩世勋、詹淑娟和貌丑才低的戚施、詹爱娟之间展开，以一只风筝为线索，两对青年男女互相展开追逐，整个剧本充满争斗、误会、冒充与纠缠，最后美丑各得其所，构思十分巧妙。由于李渔的剧本讲究形式，因此也有人称他为清初戏曲创作中的形式派。

清初戏曲在康熙时期继续发展，这一时期，出现了两部重要作品《长生殿》与《桃花扇》。两部剧作是清代戏剧创作的双璧，将清代戏曲推向它的最高峰。

《长生殿》的作者洪昇 1645 年生于官宦之家，但由于为人疏狂不羁，什途一直不能如意。康熙二十七年（1688），他的《长生殿》问世，立即轰动整个剧坛。然而第二年八月，由于在佟皇后丧葬期间上演此剧，被人以大不敬的罪名加以弹劾，洪昇被革去国子监生籍，从此更加潦倒。1704 年在浙江乌镇酒后不慎落水而死。洪昇的《长生殿》以"安史之乱"前后的社会政治为背景描写唐玄宗李隆基与贵妃杨玉环的爱情悲剧。作者赞扬李杨爱情中真挚、忠贞、专一、平等的一面，将其作为生死不渝的理想爱情进行描写与歌颂。在汤显祖《牡丹亭》"愿普天下有情的都成了眷属"的基础上，《长生殿》进一步提出"成了眷属"之后更要"天长地久"的理想，这是洪昇思想超出前人的地方。但是另一方面，剧本也指出了李杨爱情中消极的一面，所谓"占了情场"，却"弛了朝纲"。一方面，两人的沉迷爱情导致唐玄宗精力的分散、朝政的荒废与任人的不明，另一方面，两人的穷奢极侈又极大地耗费了国家财富，加重了人民的负担，并最终导致严重的政治危机，给国家、人民带来巨大的灾难，在歌颂的同时进行了劝惩。艺术上，《长生殿》人物性格鲜明、丰满、多面，作者善于通过具有性格特征的戏剧冲突、情节和环境来描写人物，揭示出其性格的丰富性与发展性。如李隆基这个人物，在爱情上，他既有钟情的一面，又有滥情的一面，通过与杨玉环两次大的冲突，他终于克服自己的滥情，把感情集中在杨一人身上。在结构上，剧本采用复线结构，以李杨爱情为主线，以朝政军国之事为副线，两条线索互相联系，表现出"占了情场"与"弛了朝纲"之间的联系。而在主线上，剧本又以富于象征意义的道具——一对金钗和一只钿盒——作为情节的聚集点，使全剧结构紧凑，事件集中。剧本善于运用对比手法。李杨的爱情虽然真挚，但这爱情又是以"逞侈心"、"穷人欲"的形式表现出来的，爱情的内容与形式构成对比。而李杨爱情的奢侈又给民众带来了灾祸，李杨的爱情与民众的苦难构成对比。在小的细节上，也处处体现出这种对比。如李隆基为了要表现自己对杨玉环的爱，命人从南方速递荔枝，然而进荔枝的驿马在递送荔枝的过程中，不仅踏坏了庄稼，而且踩死了人。在曲词艺术上，《长生殿》的曲辞清丽流畅，音律和谐，语言生动活泼，充满诗意。

《桃花扇》的作者孔尚任（1648—1718）出身名门，是孔子的第六十四代孙。因乡试落第，隐居曲阜家中，闭门读书。后因在巡游江南的康熙面前讲解《大学》首章得到康熙赏识，被特简为"国子监博士"，做过一段时期的官。但他对仕途并不热衷，随着经历的增加，他对社会和清王朝的认识与不满也不断加深，甚至对他曾经感激涕零的康熙帝也有一定的怨诽，晚年基本上在乡下隐居。《桃花扇》是孔尚任花了十多年时间，"凡三易稿而书成"的心血之作。剧本取材于明末历史，以明末复社文人侯方域与秦淮名妓李香君之间的悲欢离合，反映了广阔的社会现实，探讨了明朝及南明小王朝覆亡的原因，分析了当时错综复杂的民族矛盾和阶级矛盾。剧本刻画了李香君这一正面形象。李香君虽为歌伎，但富于爱国精神与正义之感，关心国家安危，耻与奸党为伍。她准备与侯方域共结秦晋之好，得知自己的妆奁之资来自于阉党余孽阮大铖，立刻全数掷还。阮大铖挟私报复，强迫香君嫁给漕抚田仰为妾，她撞头自尽，宁死不从。她利用进宫演出的机会，当廷痛骂马士英与阮大铖。最后在国破家亡的情势下，与侯方域双双遁入道门。侯方域这一形象也有特色，他是复社文人，政治上有进步的一面，正直清廉，但他有软弱、动摇的一面，缺乏行动的能力，在国难当头、朝政日非的情况下束手无策，既不能像李香君那样与权奸进行面对面的斗争，又不能像史可法那样征战于沙场，在国破之后，也只好遁入道门。剧本还描写了南明弘光帝朱由崧的荒淫平庸，不以国事为重，马士英、阮大铖等权臣的把持朝政、排挤忠良，为了一己私利不惜牺牲国家利益的丑恶嘴脸。在艺术上，《桃花扇》善于处理历史事实与虚构之间的关系，在忠于历史的前提之下适当虚构，使史实更好地为整体构思服务。剧本"借离合之情，写兴亡之感"，以侯李两人的爱情，串连起南明时期的重大事件，通过这些重大事件写出国家之兴亡，爱情的主题从属于政治的主题，构思十分巧妙。《桃花扇》情节曲折，结构严密。情节波澜起伏，意外事件一个一个接踵而来，令人目不暇接。但事件尽管复杂，叙述却层次分明，天衣无缝。作者以一把扇子，巧妙地将侯李两人的爱情线索突出出来。先是两人定情，侯方域以扇子相赠。后李香君撞头自尽，血染宫扇，被杨龙友巧妙地勾画成一折枝桃花。再，李香君将此扇寄给侯方域，以明心意。最后两人在栖霞山相遇，扇子再回香君之手。结构十分巧妙。

洪昇是南方人，孔尚任是北方人，"南洪北孔"代表了清代戏曲的高峰。在这之后，以杂剧和传奇为代表的清代戏曲逐渐走向衰落。其原因有如下几个方面。其一是乾隆之后，清朝统治者加强了文化专制，文字狱增多，戏剧家们为避祸，大都从历史取材，写文人与仕女掌故，清初戏曲常有的民族意识、故国之思也随着时间的推移和清朝统治的日益稳固以及汉人对清朝统治的逐渐认同而渐渐消失，戏曲日益脱离现实。其二，以昆曲为主要唱腔的传奇与杂剧在艺术上逐渐老化，它的艺术优势已经发挥尽净，而它的不足如过于文雅、过于刻板、过于缓慢、过于雕琢等则日积月累，使其积重难返，导致观众的逐渐流失。其三是杂剧、传奇的案头化倾向日益发展，剧作家们重视文辞的优美，将戏曲当作诗词一样吟咏性情，戏曲创作脱离舞台，不适合演出，很多剧本成为案头之曲。这些原因使杂剧、传奇无法再继续清初的盛势。杂剧、传奇衰落时期的主要戏曲作家有唐英、蒋士铨、杨观潮等。蒋士铨的重要作品是戏曲《藏园九种曲》，其中包括《临川梦》、《冬青树》等九种传奇与杂剧。《临川梦》以汤显祖一生的事迹为题材，赞扬了汤的才华和藐视权贵的性格。《冬青树》歌颂文天祥等人以身殉国的事迹。蒋士铨的剧本文辞华艳，讲究音律，但不大注意舞台特点，结构松散，戏剧冲突不突出。

昆曲本来也是地方剧种，后来经过改良，得到士大夫和宫廷的欣赏和重视，在戏曲界取得了长期的正统地位。但其剧本重文藻，内容多讲古事，唱腔有一定的区域性，很难满足各地人民的要求。因此乾隆时期，地方戏曲在各地民众的推动下，在社会平稳与经济安定的基础上，得到迅速的繁荣与发展。当时的地方戏曲主要有京腔、秦腔、弋阳腔、梆子腔、罗罗腔、二簧调、徽剧、楚调等。与被称为雅部的昆曲相对，这些地方戏曲被统称为花部，也叫乱弹。在相互竞争中，徽剧逐渐脱颖而出。1790 年，乾隆皇帝 80 寿诞，各省戏班进京，之前已在北京有了一定基础的徽剧借机进京发展。当时进京的徽班有四个，即三庆、四喜、和春、春台四大班，它们的演出受到北京民众的欢迎。从此徽班留京，四大班子各展所长。后与道光年间进入北京的楚调（汉剧）融合，发展成一种新型的全国性剧种即皮黄戏。因地点在北京，故亦称京剧。1840 年左右，京剧替代昆曲登上剧坛盟主的地位，而称霸中国剧坛两百多年的昆曲则逐渐退居为地方性剧种。

在发展的过程中，京剧兼容并包，综合昆曲、弋阳腔、梆子腔、秦腔等各地方剧种的长处，成为一个丰富而完善的全国性剧种，并逐渐走向全国，形成继元杂剧和明清传奇之后我国戏剧史上的第三次高潮。京剧是以舞台为中心的剧种，它有十分规范甚至严格的舞台原则，讲究程式，强调师承，重视创新，因而得到全国民众持久不衰的喜爱。京剧改变了我国戏剧文化以剧本创作为中心的运作方式，使表演与演员成为戏曲活动的中心，戏剧艺术的核心不再是文学创作，而是表演艺术。演员而不是剧作家成为戏剧的灵魂人物，被民众挂在口上的不再是关汉卿、王实甫、汤显祖、孔尚任这些作家，而是谭鑫培、王瑶卿、金少山、梅兰芳等著名演员。不过，由于京剧以唱腔做工取胜，不在曲文上求工，从剧作的角度看，京剧的繁荣，并没有带来戏剧创作的繁荣。

第三节　明清叙事思想

中国古代叙事文学发展到明清走向成熟与繁荣，与此相应，古代叙事思想在明清也走向丰富与成熟。虽然由于时代的原因，这些思想还比较零散，缺乏自觉的叙事理论意识，但细加寻绎，也不难发现其中蕴含着的丰富性与完整性。

一、明清时期叙事思想的发展与特点

明清叙事思想大致可以分为四个发展时期。第一时期为明初。这一时期叙事思想在宋元的基础上有所发展，但没有大的突破，可以看作是明清叙事思想发展的初期。第二时期为明代中期至晚期。这一时期明清叙事思想涉及的范围有较大发展，理论上有新的突破，新的文学小说观逐渐占据主导地位，是明清叙事思想的发展期。第三时期为明末清初，为明清叙事思想的成熟期。这一时期明清文学批评的主要形式小说与戏曲评点形成高峰，出现了金圣叹、毛宗岗、张竹坡等评点大家。这些评点涉及叙事理论的各个方面，理论探讨更加具体、深入。第四时期从清代中期到1860年鸦片战争前后。这一时期明清叙事思想理论上没有新的建树，并且由于纪昀的力倡，一度沉寂的史家小说论再度成为文坛流行的观点，旧的叙事观念有回潮的趋势。

鸦片战争之后到五四之前，是中国古代叙事文学向现代叙事文学转换的时期，叙事观念也从古代向现代转化。这一内容我们将在第三章进行探讨。

中国古代文学诗文是正宗，古代文论中诗文理论比较发达，叙事理论直到明清一直没有发展起来。明清之后，随着戏曲、小说的繁荣，戏曲理论与小说理论随之发展起来，其中隐含着丰富的叙事思想。

明清戏曲理论包括"曲学理论"、"剧学理论"、"叙事理论"

三个部分①。中国古代戏曲的核心是声腔，一折戏就是一连串唱词的组合，其中宾白并不多。因此，戏曲理论主要研究的也是声腔、韵律与文采，曲学理论始终占据主导地位。明代中叶之后，评点进入戏曲批评，戏曲的叙事性逐渐引起人们的重视。清初，李渔创作《闲情偶寄》，提出"结构第一"的思想，要求"立主脑"、"密针线"、"减头绪"，戏曲叙事理论形成雏形。金圣叹评点《西厢记》基本不谈声腔、韵律，而侧重谈思想、人物、结构、语言、艺术技巧和谋篇布局，大致属于叙事学的范围。他与李渔一起，形成明清戏曲叙事理论的两个重镇。但是，中国古代戏曲始终未能摆脱声腔的主导地位，因此，戏曲叙事理论虽然在李渔、金圣叹那里有了良好的开端，但并未能够不断向前发展。乾隆之后，京剧兴起，重视唱念做打，人们的注意力集中在舞台表演上，剧本受到冷落，这在一定程度上限制了戏曲叙事理论的发展。戏剧叙事理论的长足发展还有待于主要使用宾白、靠行动取胜的西方话剧的引入和在中国的兴起。

与戏曲叙事理论的萎靡相反，小说叙事理论在明清得到了长足的发展。随着工商业的繁荣与市民阶层的壮大，小说在明清得到大的发展，其数量、质量都取得可观的成绩。特别是长篇章回小说的兴起与成熟，将中国古代小说推到最高峰。小说的繁荣推动了小说理论的发展。中国古代小说理论大多依附小说而生，主要有序跋、笔记、评点等形式。瞿佑、李昌祺在《剪灯新话》、《剪灯余话》的序跋中，冯梦龙在"三言"以及《石点头》、《情史》等的序文、评语及序跋中，凌濛初在"二拍"的序跋中，都提出了自己对小说的看法，其中包含了大量的叙事思想。嗣后，李贽、叶昼、金圣叹等人对《水浒传》的评点，叶昼对《西游记》的评点，毛纶、毛宗岗父子对《三国演义》的评点，张竹坡对《金瓶梅》的评点，脂砚斋的《红楼梦》评点，以及但明伦等人关于《聊斋志异》、闲斋老人关于《儒林外史》的评论将中国古代小说批评推到高潮。此外，一些批评家如李贽、胡应麟、刘廷玑、纪昀等在自己的著作、笔记等中也曾提出丰富的叙事思想。

---

① 参见谭帆：《中国古代戏曲理论史》第二章，中国社会出版社，1993 年。

小说评点是明清文学批评最重要的形式，也是明清叙事思想最为重要的来源。所谓"评"即评论，"点"即圈点，也就是对文学作品的某些内容和文字进行简短的解读。"评点"就是对文学作品进行评论与圈点。评点是中国古代文学批评的重要形式之一，它与文学作品连在一起，不能脱离文学作品，主要形式有序跋、读法、眉批、旁批、夹批、总批等。但是，批评家们在对小说进行评点的时候，往往喜欢根据自己的理解对所评点的文本进行批改，因此，小说评点往往并不限于简单的"评"，而是融"评"和"改"于一体。如金圣叹的评点《水浒传》。评点起源于诗文，南宋刘辰翁首先将这种批评形式用于志人小说《世说新语》的批评，从此，评点找到了最适合自己的用武之地。另一方面，宋元说书人在说书时往往喜欢加入自己的看法和评论，这一传统也为评点这一批评形式在小说中扎下根来提供了适宜的土壤。两下结合，小说评点便在明清之际蓬蓬勃勃地发展起来，为明清叙事思想提供了丰富的资源。

明清叙事思想具有以下特点。其一，寓整一于散论。由于缺乏系统的专论，叙事理论都散见于各种评点、随笔、序跋之中。但没有集中的论述并不意味明清叙事思想没有一定的系统性。明清叙事思想涉及的范围很广，从文学的本质、文学与生活的关系、叙事作品的特点，到叙事作品的结构、谋篇布局、人物描写和具体的叙事技巧，都有论述，认真梳理，能够整理出一个比较完整的理论体系。其二，与作品紧密结合。明清叙事思想紧扣明清叙事文学特别是小说创作实践，具有很强的针对性和现实性。明清叙事思想的主要载体序跋与评点都是针对具体的作品而发的，它们往往依附在具体作品之上，作者通过它们发表自己对于所评作品的看法与认识，具体明确，不侧重理论的玄思。笔记虽然没有依附在作品之上，但也是与作品紧密结合，是批评家们阅读作品之后的思考与感想。其三，偏重感悟。明清叙事思想大多是感悟型而不是论述型的。批评家们的目的主要是引导读者把握作品，了解作品的内涵与精彩之处，而不是做纯学理的探讨，因此在表达自己对作品的感悟时，往往是点到即止，不作长篇的阐述与分析。因此，有些观点的表达不一定十分深入透彻，但另一方面，也给读者的理解留下了较大的阐释空间。其四，缺乏自觉的理论意识。明清批评家们还没有形成叙事与叙事文学的总体概念，也没有相应的叙事意识，因此他们往往是从具体文类如小说、戏曲的角度进行批评。这种情况导致明清叙事思想缺乏纯粹的理论形态，往往与一般的小说戏曲理论融合在一起，需要我们去整理、补充与展开。

二、叙事虚构观念的确立与发展

小说是叙事文学的最重要的类型。中国古代小说的源头之一是史传文，《左传》、《国语》、《史记》中的许多篇章本身就是很好的叙事作品，后来很多文学性质的叙事作品如志人志怪小说也是在史传文的影响之下发展起来的。这种现象极大地影响了中国古代的小说观念。人们将实录作为小说的根本要求，将小说列入子部或史部，以"真实"作为衡量小说的主要标准，认为小说的作用主要是补史书之不足。这种文献目录学的小说观影响、制约了小说的发展，也影响与制约了与小说相关的叙事思想的发展。

然而，小说毕竟不是史著，史著必须真实，小说则允许虚构。实际上，《史记》、《国语》等早期历史著作中就有一些虚构的成分，小说自然无法完全排除虚构，只是早期小说如六朝志人志怪中的虚构尚是作者无意为之，到唐传奇，虚构则成为小说的重要品质。鲁迅说："小说亦如诗，至唐代而一变，虽尚不离于搜奇记逸，然叙述宛转，文辞华艳，与六朝之粗陈梗概者较，演进之迹甚明，而尤显者乃在是时则始有意为小说。"所谓"有意为小说"，"即意识之创造矣"。①随着小说创作的这种变化，相关的叙事思想也逐渐发生着变化，批评家们逐渐认识到小说虚构的性质。唐代韩愈提出"以文为戏"的观点，其中就隐含了小说虚构的意思。南宋洪迈认为"稗官小说家言不必信"，强调了小说虚构的特征。

进入明清，小说正式从史传的附庸地位中摆脱出来，明确了自己作为散文体叙事文学的文类特点，其虚构的性质也得到明确的肯定。明人胡应麟（1551—1602）认为："小说者流，或骚人墨客，游戏笔端；或奇士洽人，搜罗宇外。纪述见闻，无所回忌；覃研理道，务极其深。其善者，足以备经解之异同，存史官

① 鲁迅：《中国小说史略》，人民文学出版社，2007年，第71页。

之讨核，总之有补于世，无害于时。"肯定了小说游戏娱人的性质和有益无害的社会作用。针对时人轻视小说的观点，胡应麟指出："然古今著述，小说家特盛；而古今书籍，小说家独传。何以故哉？怪力乱神，俗流喜道，而亦博物所珍也；……至于大雅君子，心知其妄，而口竞传之，且斥其非，而暮引用之，犹之淫声丽色，恶之而弗能弗好也。夫好进弥多，传者弥众；传者日众，则作者日繁。"①小说形象具体，通俗易懂，雅俗共赏，拥有大量的读者，具有极大的影响力。因此，胡应麟在"更定九流"时，将小说列为一流，给以独立的地位，将其置于道释之上，与儒、兵、农诸家并列。与胡应麟同时的谢肇淛则进一步指出并肯定小说的虚构性质："凡为小说及杂剧戏文，须是虚实相半，方为游戏三昧之笔。亦要情景造极而止，不必问其有无也。古今小说家，如《西京杂记》、《飞燕外传》、《天宝遗事》诸书，《虬髯》、《红线》、《隐娘》、《白猿》诸传，杂剧家如《琵琶》、《西厢》、《荆钗》、《蒙正》等词，岂必真有是事哉？近来作小说，稍涉怪诞，人便笑其不经，而新出杂剧，若《浣纱》、《青衫》、《义乳》、《孤儿》等作，必事事考之正史，年月不合，姓字不同，不敢作也。如此，则看史传足矣，何名为戏？"②谢肇淛明确指出，小说不同于史传，史传要求真实，小说则需虚构，而更重要的是，小说正是因为虚构才取得了自己的价值和独立的不同于史传的地位。这样，谢肇淛便将小说与史传明确地区分开来，并肯定了小说虚构的性质。传统的史家小说观被抛弃，新的散文体叙事文学的文学小说观得以确立。

继谢肇淛之后，金圣叹、李渔、曹雪芹等人进一步阐述了文学小说观的思想，肯定了文学的虚构性。金圣叹认为，文学作品所描写的古人古事有些在古代根本就不存在，有些虽然存在，但时过境迁，今人也无从知晓，因此只能按照自己的理解进行创作。无论哪种情况，作者的想象与虚构都是不可避免的。他以《史记》和《水浒传》对比，进一步说明文学创作虚构的性质："《史记》是以文运事，《水浒传》是因文生事。以文运事，是先有事生成如此如此，却要算计出一篇文字来，虽是史公高才，也

---

① 胡应麟：《少室山房笔丛·九流绪论》。

② 谢肇淛：《五杂俎》卷十五。

毕竟是吃苦事。因文生事即不然，只是顺着笔性去，削高补低都由我。"①以文运事，也就是组织文字将既有的事件表现出来；因文生事，则是根据作文的需要，虚构出一定的事件来。一个强调真实，一个要求虚构；一个文字可以千变万化，但已有的事实不能改变，一个不仅文字可以千变万化，事件也可以根据写作的需要进行变化。金圣叹虽然仍然认为历史比文学难写，但他已经明确指出了历史与文学各自的特性，以及它们在语言运用上的区别，这不能不说是一大进展。李渔在金圣叹的基础上进一步阐述了小说的虚构性："传奇无实，大半皆寓言耳。欲劝人为孝，则举一孝子出名，但有一行可纪，则不必尽有其事。几属孝亲所应有者，悉取而加之。"大半皆寓言，自然离不开虚构。虚构不仅是小说的本质，也是小说魅力的源泉："未有真境这为所欲为，能出幻境纵横之上者。我欲做官，则顷刻之间便臻荣贵；我欲致仕，则转盼之际又入山林；我欲作人间才子，即为杜甫、李白之后身；我欲娶绝代佳人，即作王嫱、西施之元配；我欲成仙作佛，则西天蓬岛即在砚池笔架之前。我欲尽孝输忠，则君治亲年，可跻尧、舜、彭、篯之上。"②通过虚构，可以满足人们在现实生活中无法满足的要求与愿望，使人们获得身心的自由，这是历史所不能达到的，也正是小说的价值所在。李渔的论述不仅指出了文学与历史的区别，而且说明了这区别所在。曹雪芹以作者的身份，说明自己是以"假语村言"将"真事隐"去，"满纸荒唐言，一把辛酸泪。都云作者痴，谁解其中味"，明确宣布自己写的都是想象中的世界，然而，在这想象的世界里面，隐含了作者满腔的热情，有着无尽的意味。他对于作为散文体叙事文学的小说的看法，已经很接近今天的看法了。至此，叙事虚构观念作为明清叙事思想的一种主流看法得到确立。

　　不过，整个明清时期，反对叙事虚构的观念作为叙事虚构思想的对立面，也一直时起时伏地活跃着。其代表人物是纪昀。纪昀在编《四库全书》时，将小说分为"叙述杂事"、"记录异闻"和"缀辑琐语"三类，放在子部之中，唐代传奇，则被革出"小

---

① 金圣叹、李卓吾点评：《水浒传》，中华书局，2009 年，第 1 页。
② 李渔：《闲情偶寄·词曲篇》，艾舒仁编，冉云飞校点：《李渔随笔全集》，巴蜀书社，2003 年，第 18 页、第 43 页。

说"之门。在《四库全书总目提要》"小说家类"序文中，纪昀这样论述小说的起源、分类与功用："张衡《西京赋》曰，'小说九百，本自虞初。'《汉书·艺文志》载《虞初周说》九百四十三篇，注称武帝时方士，则小说兴于武帝时矣。故《伊尹说》以下九家，班固多注依托也。然屈原《天问》杂陈神怪，多莫知所出，意即小说家，而《汉志》所载《青史子》五十七篇，贾谊《新书·保傅篇》中先引之，则其来已久，特盛于虞初耳。迹其流别，凡有三派：其一叙述杂事，其一记录异闻，其一缀辑琐语也。唐宋而后，作者弥繁，中间诬谩失真，妖妄荧听者，固为不少，然寓劝戒，广见闻，资考证者，亦错出其中。班固称'小说家流盖出于稗官'，如淳注谓'王者欲知闾巷风俗，故立稗官，使称说之'。然则博采旁搜，是亦古制，固不必以冗杂废矣。今甄录其近雅驯者，以广见闻，惟猥鄙荒诞，徒乱耳目者，则黜不载焉。"纪昀强调小说的真实性，将其功用定为"寓劝戒，广见闻，资考证"，也是以其纪实性为前提的。他不能容忍虚构，他批评《聊斋》："《聊斋志异》盛行一时，然才子之笔，非著书者之笔也。虞初以下天宝以上古书多佚矣；其可见完帙者，刘敬叔《异苑》，陶潜《续搜神记》，小说类也，《飞燕外传》，《会真记》，传记类也。《太平广记》事以类聚，故可并收；今一书而兼二体，所未解也。小说既述见闻，即属叙事，不比戏场关目，随意装点；……今燕昵之词，媟狎之态，细微曲折，摹绘如生，使出自言，似无此理，使出作者代言，是何从而闻见之，又所未解也。"①纪昀认为小说属于叙事，而叙事就要真实，不能像戏剧那样随意虚构。他从实录的角度出发，质问《聊斋》描绘得栩栩如生的男女之间隐秘亲热的言行的根据何在：如果说是人物自言，不合情理，如果是作者代言，他又何从知道？由于纪昀的身份和地位，他的观点在当时产生了很大的影响，并一度影响到小说特别是文言小说创作的走向。但是"青山遮不住，毕竟东流去"，由于更加符合小说创作实际和小说发展的走向，叙事虚构观念一旦确立，就不是任何人的主观意志能够改变的。纪昀作为史家小说论的最后一位有影响的代表，其所阐述的传统目录学的小说观

---

① 转引自鲁迅：《中国小说史略》，上海古籍出版社，1998年，第150页。

念在经过一段时间的努力之后，终究无法改变现实，不得不从明清叙事思想的核心退出来。

三、对叙事文学美学特征的探讨

小说与剧本是中国古代叙事文学的两大主要类型。

中国小说的源头之一是史传文学，由于先秦两汉史传文学的巨大成就，小说一直处于史传的阴影之下，真实成为小说难以逾越的一道鸿沟，严重地束缚着小说的发展。另一方面，中国文学一直以传道为己任，小说事涉虚构，内容有时荒诞不经，常常遭人诟病。这种现象一直持续到明代初期。明太祖洪武十一年（1378），瞿佑出版的传奇小说集《剪灯新话》风靡一时，令"正统"文人忧心忡忡。国子监祭酒李时勉上书朝廷，指出此书"不仅市井轻浮之徒争相诵习，至于经生儒士多舍正学不讲，日夜记意（忆），以资谈论。……若不严禁，恐邪说异端日新月盛，惑乱人心"[①]。在李时勉们的努力下，《剪灯新话》于明英宗正统七年（1442）被禁，开封建王朝官方禁毁小说的先例。对此结局，瞿佑似有预感，在《剪灯新话》的《序》中，他曾这样为自己辩解："自解曰：《诗》、《书》、《易》、《春秋》，皆圣笔之所述作，以为万世大经大法者也；然而《易》言'龙战于野'，《书》载'雉雊于鼎'，《国风》取淫奔之诗，《春秋》纪乱贼之事，是又不可执一论也。"在小说备遭责难的当时，瞿佑以孔子亲手编写的经书也不一概排斥"乱贼之事"、"淫奔之诗"来为自己的作品辩解，在这种比附之中，小说自身独特的艺术品格也就被忽略了。这说明，在小说还在为自己的存在寻找理由的时候，探寻小说的美学特征还是一件奢侈的事。

然而，随着小说创作的繁荣，人们对于小说的看法也逐渐发生着变化。李贽（1527—1602）在其《童心说》中，将《水浒传》和《史记》、杜诗并提，称之为"天下之至文"，明确将小说与史传、诗词并列，肯定了小说独立的价值。胡应麟在《少室山房笔丛·九流绪论》中将"小说家"列为九流之一，将其放在道、释两家之上，与儒、兵、农诸家并列。金圣叹则将《水浒

---

① 顾炎武：《日知录之余》卷四《禁小说》，引《英宗实录》卷九十，见岳麓书社《日知录集释·附录》，1994年。

传》、《西厢记》与《庄子》、《离骚》、《史记》、杜诗合在一起，并称"六才子书"。至此，小说作为一种独立的义类逐渐得到大家的认可。

小说具有了独立的品格，对其审美特征与艺术品质的探讨也就有了可能。整个明清时期，这一探讨主要集中在以下几个方面。

其一，是小说的虚构特性。

小说与历史不同，小说需要虚构。但在作为散文体叙事文学的观念确立之前，真实成为衡量小说价值的标准，实录精神占据主导地位，小说的虚构性或被批判，或被有意回避。明清之际，小说虚构性得到确定。曹雪芹明确宣称自己的小说将"真事隐"去，代之以"假语村言"。而更重要的是曹雪芹不仅承认自己的作品是虚构的，而且认为这种虚构正是小说的价值所在。"满纸荒唐言，一把辛酸泪。都云作者痴，谁解其中味。"《红楼梦》虽然"荒唐"，却充满了"意味"，这正是它的价值所在。随着小说虚构特性的被肯定，想象在小说中的地位与作用也变得越来越重要。谢肇淛认为："以目视者非尽形也，以耳听者非尽声也，以意及者非尽事也。处无垠之中，而欲以耳目意知之，所及尽古今之变，复何异夏虫之疑冰，井蛙语海而规规自失乎！"[1]人的耳、目、意有其局限，不可能全面认识大千世界，这就需要想象参与其中。李渔进一步指出，想象是艺术的魅力之源："幻境之妙，十倍于真，故千古传之。能以十倍于真之事，谱而为法，未有不入闲情三昧者。"[2]想象的产物比真实的事物更有艺术魅力，更能打动读者。曹雪芹则从作者的角度，阐明小说中想象的必要性。《红楼梦》开头，作者写道："此开卷第一回也。作者自云：因曾历过一番梦幻之后，故将真事隐去，而借'通灵'之说，撰此《石头记》一书也。故曰'甄士隐'云云。……忽念及当日所有之女子，一一细考较去，觉其行止见识，皆出于我之上。何我堂堂须眉，诚不若彼裙钗哉？……我之罪固不免，然闺阁中本自历历有人，万不可因我之不肖，自护己短，一并使其泯灭也。虽今日之茅椽蓬牖，瓦灶绳床，其晨夕风露，阶柳庭花，亦未有妨我

---

① 谢肇淛：《小草斋文集·虞初志序》。

② 李渔：《闲情偶寄·声容部·选姿第一》，中华书局，2007年，第135页。

之襟怀笔墨者，虽我未学，下笔无文，又何妨用假语村言，敷演出一段故事来……故曰'贾雨村'云云。"① 作者明确指出，虽然小说所写内容有其事实依据，但却不能据实录写，而要将真事隐去，展开想象，运用假语村言，敷演出一段故事。可见，在小说创作中，想象是不可缺少的。

其二，是小说的情感特性。

情感，是文学的核心内容之一，表达与交流情感是文学的重要作用。早在陆机，就提出"诗缘情"的主张，可见古人对文学的情感特征早有深入的认识。但是这种认识主要是针对诗文特别是抒情诗而言，对以小说为代表的叙事文学，由于史传的影响，强调得更多的是真，相应的，对于情感的强调也就不够充分。

在理论上，高扬叙事文学中的情感是从明代开始的。明初瞿佑撰写《剪灯新话》，在序中强调传奇的文学品格："余既编辑古今怪奇之事，以为《剪灯录》，凡四十传矣。好事者每以近事相闻，远不出百年，近止在数载，襞积于中，日新月盛，习气所溺，欲罢不能，乃援笔为文以纪之。其事皆可喜可悲、可惊可怪者。所惜笔路荒芜，词源浅狭，无嵬目鸿耳之论，以发扬之耳。"② 瞿佑强调《剪灯新话》所载故事都是"可喜可悲、可惊可怪者"，而不再看重其"补正史之不足"的作用，说明这一时期的小说创作已经开始向情感倾斜。明代中期，李贽（1527—1602）提出"童心说"，指出："夫童心者，真心也。若以童心为不可也，是以真心为不可为也。夫童心者，绝假纯真，最初一念之本心也。若失却童心，便失却真心；若失却真心，便失却真人。人而非真，全不复有初矣。"③李贽认为童心便是真心、本心，是"赤子之心"。从童心出发，才能写出好的作品。若失去童心，写出来的作品便不真不美。而从童心出发，自然是情感的真实流露。李贽在这里不仅强调了情感，而且强调了情感的纯真性。有童心的人，是"绝假纯真"的，而"绝假纯真"的人，其情感也是真实自然的，没有做作、扭曲的成分。李贽继承韩愈"不平则

---

① 曹雪芹：《红楼梦》第一回，人民文学出版社，1996 年，第 1 - 2 页。

② 瞿佑：《剪灯新话·序》，侯忠义编：《中国文言小说参考资料》，北京大学出版社，1985 年，第 489 页。

③ 李贽：《童心说》，《焚书》卷三。

鸣"的观点，认为文学作品都是作者心有所感、不吐不快的产物。在《水浒传叙》中，他写道："太史公曰：'《说难》、《孤愤》，圣贤发愤之所作也。'由此观之，古之圣贤不愤则不作矣。不愤而作，譬如不寒而颤，不病而呻吟也，虽作何观乎！《水浒传》者，发愤之所作也。"①在《杂说》中，李贽进一步指出，"且夫世之真能文者，比其初，皆非有意于为文也。其胸中有如许无状可怪之事，其喉间有如许欲吐而不敢吐之物，其口头又时时有许多欲言而莫可所以告语之处，蓄极积久，势不能遏。一旦见景生情，触目兴叹，夺他人之酒杯，浇自己之垒块，诉心中之不平，感数奇于千载。既已喷玉唾珠，昭回云汉，为章于天矣，遂亦自负，发狂大叫，流涕痛哭，不能自止。宁使见者闻者切齿咬牙，欲杀欲割，而终不忍藏于名山，投之水火。"②作家在生活中郁积了情感，不吐不快，于是进行创作，写出作品，即使是明知这些作品会给自己带来灾祸，仍然不能自己。由此看来，情感不仅是小说的重要内容，也是小说创作的动力。李贽从理论的角度比较系统地论述了小说的情感特征。冯梦龙、袁宏道以及袁宗道和袁中道、金圣叹、李渔、曹雪芹等继续高扬文学的情感性。袁氏兄弟主张性灵说，推崇小说，强调自由地抒写真情实感，反对做作，反对模拟。金圣叹提出"怨毒著书"，认为作家心中有所不满，才发而为文章。曹雪芹批评"历来几个风流人物，不过传其大概以及诗词篇章而已；至家庭闺阁中一饮一食，总未述记。再者，大半风月故事，不过偷香窃玉、暗约私奔，并不曾将儿女之真情发泄一二"③，强调小说应该表现真情，记述日常生活细节。小说的情感特征得到大家的公认，成为主流观点。

其三，是小说的形象特征。

文学的本质是形象，形象是文学反映生活、表现情感的形式与手段。中国传统诗文强调"载道"与"抒情"，形象性不是很受重视。随着小说的日益繁荣并逐渐从文坛边缘向中心移动，形象也越来越受到人们的重视。凌云翰在《剪灯新话序》中指出：

---

① 李贽：《忠义水浒传叙》，明万历三十八年容与堂刊本影印本，上海人民出版社，1975 年。

② 李贽：《杂说》，《焚书》卷三。

③ 曹雪芹：《红楼梦》第一回，人民文学出版社，1996 年，第 9 页。

"昔陈鸿作《长恨传》并《东城父老传》，时人称其史才，咸推许之。及观牛增孺之《幽怪录》，刘斧之《青琐记》，则又述奇纪异，其事之有无不必论，而其制作之体，则亦工矣。乡友瞿宗吉氏著《剪灯新话》，无乃类是乎?"①作者强调传奇的制作、叙述描写的细腻（"工"），对形象的重视已然可见。谢肇淛评论《金瓶梅》："其中朝野之政务，官私之晋接，闺闼之媟语，市里之猥谈，与夫势交利合之态，心输背笑之局，桑中濮上之期，尊罍枕席之语，驵侩之机械意智，粉黛之自媚争妍，狎客之从臾逢迎，奴佁之稔唇淬语，穷极境象，骇意快心。譬之范式抟泥，妍媸老少，人鬼万殊，不徒肖其貌，且并其神传之。信稗官之上乘，炉锤之妙手也。"②谢氏称赞《金瓶梅》描写了明代广泛的社会生活，塑造了各式各样神形兼备的人物，肯定其是小说之上品，形象已经成为评价叙事作品的主要标准。到金圣叹，更是将形象塑造得成功与否直接与叙事作品的成功与否联系起来："别一部书，看过一篇即休。独有《水浒传》，只是看不厌，无非为他把一百八个人性格，都写出来。"③人物形象成功，小说也就获得了成功。

形象成为文学评价的重要甚至主要标准，是叙事文学发展的关键之一。因为叙事文学与抒情文学不同，它的侧重点不在表达作家的思想感情，而是描写广阔的社会生活，塑造形形色色的人物，这就需要形象的塑造。强调叙事文学的形象特征，是古代叙事思想走向成熟的标志之一。

其四，是小说的美感愉悦特征。

文学必然具备美感作用，能够使人愉悦。然而，中国传统文论侧重文学的教育、认识作用。孔子就较少纯从美感的角度论诗，他劝人学诗的著名论述："小子何莫学夫诗? 诗，可以兴，可以观，可以群，可以怨。迩之事父，远之事君；多识于鸟兽草木之名。"④谈了学诗的许多理由，但却没有直接涉及诗歌的美感愉悦功能。另一方面，古代小说很长时间笼罩在史传的阴影之

---

① 凌云翰：《剪灯新话序》，侯忠义编《中国文言小说参考资料》，北京大学出版社，1985 年，第 491－492 页。

② 谢肇淛：《小草斋文集·金瓶梅跋》。

③ 金圣叹、李卓吾点评：《水浒传》，中华书局，2009 年，第 1 页、第 2 页。

④ 孔子：《论语·阳货》，杨伯峻译注：《论语译注》，中华书局，1980 年，第185 页。

下，对于真实的强调也在一定程度上遮蔽了其审美愉悦的一面。然而，与诗文不同，小说特别是白话小说产生于民间，本来就是为了满足民众特别是市民阶层娱情遣兴的需要，因而，其审美愉悦的功能一开始就十分突出。①明清批评家们大多认识到了这一点。实际上，国子监祭酒李时勉上书朝廷、建议禁毁《剪灯新话》的重要原因之一就是因为是书吸引了众多儒生，使其"多舍正学不讲"，荒废了学业。这实际上是对小说审美愉悦功能的负面肯定。但更多的明清小说家与批评家对于小说的审美特性持正面的看法。唐代史学家刘知幾认为魏晋小说如《世说新语》等不是实录生活中的真事，因而粗鄙不足道，胡应麟反驳说："《世说》以玄韵为宗，非纪事比。刘知幾谓非实录，不足病也。……刘义庆《世说》十卷，读其语言，晋人面目气韵，恍忽生动，而简约玄澹，真致不穷，古今绝唱也。"②明确标举小说的虚构、美感特征，肯定《世说新语》的形象生动，将其与史传区别开来。凌濛初在《二刻拍案惊奇》小序中自谦自己"偶戏取古今所闻一二奇局可纪者，演而成说，聊舒胸中磊块。非日行之可远，姑以游戏为快意耳"。然"为书贾所侦，因以梓传请。遂为抄撮成篇，得四十种。支言俚说，不足供酱瓿；而翼飞胫走，较捻髭呕血、笔冢研穿者，售不售反霄壤隔也。嗟乎！文讵有定价乎?"③明确提出自己撰写小说的目的是游戏娱乐，消除自己胸中块垒，自豪于自己的消遣之作，却比那些呕心沥血的作品（如经书等）更加畅销。曹雪芹在《红楼梦》中则通过对贾宝玉和林黛玉阅读《西厢记》的情形的描写，形象地写出了小说勾人摄魄的艺术感染力："林黛玉把花具且都放下，接书来瞧，从头看去，越看越爱看，不到一顿饭功夫，将十六出俱已看完，自觉词藻警人，余香满口。虽看完了书，却只管出神，心内还默默记诵。宝玉笑道：'妹妹，你说好不好？'林黛玉笑道：'果然有趣。'"④虽然是小说人物的评价，实际上代表了曹雪芹自己的观点。

---

① 自然，从起源上说，诗歌也是来自民间。但很早便被官方与士阶层介入，载道与教化的因素大大增强。周朝设立采诗制度，其主要目的并不是娱乐，而是为了观民风明社情。

② 胡应麟：《少室山房笔丛·九流绪论》

③ 凌濛初：《二刻拍案惊奇》，北京十月文艺出版社，1994 年，第 1 页。

④ 曹雪芹：《红楼梦》，人民文学出版社，1996 年，第 315 页。

与此同时，李渔等戏曲批评家也从叙事的角度，对戏曲文学的美学特征进行了探讨。李渔强调结构第一，认为对于戏曲文学来说，结构是第一位的，音律是第二位的。李渔的这一观点在戏曲文学史上具有革命性的意义。结构放在音律之先，就使剧本从戏曲演出的附庸脱离出来，不是单纯的脚本，而是一个独立的存在。剧本具有了自己的主体存在，其各个方面的内容、特点才有充分发展的可能。另一方面，强调结构，也就必然要强调故事、事件与人物，强调故事、事件、人物之间的安排、联系，由此发展出各种叙事方法与叙事结构，剧本作为叙事文学的各种美学特征，也就逐渐明显，走向成熟。可惜的是，京剧兴起之后，更加重视舞台演出，剧本再次成为附庸，戏曲文学作为叙事文学的发展受到一定的影响，无法发展到成熟的阶段。戏剧文学作为叙事文学的成熟，有待以曹禺为代表的五四后新一代作家的努力。

四、对文学与生活关系的探讨

中国古代小说的源头之一是史传文学，这一事实决定了传统的目录学小说观念强调小说与生活的同一性，"实录"成为小说创作的主导思想，"真实"成为小说的主要价值，补正史之不足成为小说的主要作用。在这种小说观的指导之下，小说一般被认为是生活的如实记录。然而，在史家小说论盛行的同时，作为散文体叙事文学的文学小说观也在潜滋默长。魏晋时代就有"俳优小说"的说法。在小说前加上"俳优"二字，显然是要将其与"实录"小说区别开来。有学者认为，俳优小说是"一种伎艺，大体属于'百戏'范围，戏谑调侃之类，为'说话'伎艺的早期形态之一"①。既是"戏谑调侃"，里面就必然包含虚构的成分。"说话"兴起之后，小说成为"说话"的门类之一，与"说铁骑儿"、"说经"、"讲史书"等并列。但这种意义上的"小说"，与"传统目录学"概念上的"小说"已有区别，不再是"实录"意义上的，而具有了虚构的含意。元末明初，作为"说话"底本的"话本"逐渐脱离"说话"，成为独立的书面文学也即所谓的"拟话本"，与此同时，以《水浒传》、《三国演义》为代表的章

---

① 石昌渝：《中国小说源流论》，三联书店，1994年，第8页。

回体长篇小说也发展起来，小说成为散文体叙事作品的总称，虚构特征也日益明显。

一般认为，作为散文体叙事作品的小说与传统目录学意义上的小说的主要区别是虚构与实录。运用虚构的是散文体叙事作品意义上的小说，强调实录的是传统目录学意义上的小说。明清之前，后者占据主导地位，明清之后，前者占据主导地位。与前者相应的文学小说观主张小说虚构的权力，反对一味地实录生活。但另一方面，文学小说观也并不认为小说可以脱离生活而存在。叶昼认为："世上先有《水浒传》一部书，然后施耐庵、罗贯中借笔墨拈出；若夫姓某名某，不过劈空捏造，以实其事耳。如世上先有淫妇人，然后以杨雄之妻武松之嫂实之；世上先有马泊六，然后以王婆实之；世上先有家奴与主母通奸，然后以卢俊义之贾氏李固实之。若管营，若差拨，若董超，若薛霸，若富安，若陆谦，情状逼真，笑语欲活，非世上先有是事，即令文人面壁九年，呕血十石，亦何能至此哉？亦何能至此哉？此《水浒传》之所以与天地相终始也与？"①先有生活，再有文学作品，生活是文学创作的基础与源泉。叶昼的这一论述指出了文学与生活关系的实质。不过，生活是文学的源泉并不意味着文学就要照搬生活。冯梦龙论道："野史尽真乎？曰：'不必也。'尽赝乎？曰：'不必也。'然则去其赝而存其真乎？曰：'不必也'。六经、《语》、《孟》，谭者纷如，归于令人为忠臣，为孝子，为贤牧，为良友，为义夫，为节妇，为树德之士，为积善之家，如是而已矣。经书著其理，史传述其事，其撰一也。理著而世不皆切磋之彦，事述而世不皆博雅之儒。于是乎村夫稚子，里妇估儿，以甲是乙非为喜怒，以前因后果为劝惩，以道听途说为学问，而通俗演义一种，遂足以佐经书史传之穷。而或者曰：'村醪市脯，不入宾筵，乌用是齐东娓娓者为？'呜呼，《大人》、《子虚》，曲终奏雅，顾其旨何如耳！人不必有其事，事不必丽其人。其真者可以补金匮石室之遗，而赝者亦必有一番激扬劝诱，悲歌感慨之意。事真而理不赝，即事赝而理亦真，不害于风化，不谬于圣

---

①　《容与堂本水浒传》卷首，上海古籍出版社，1988年。

贤，不戾于《诗》《书》经史，若此者其可废乎!"①冯梦龙关于
小说与生活的关系的看法，基本上代表了文学小说观的看法。冯
梦龙认为小说不必全与生活相符，也不必全与生活不符，而且，
小说也不仅仅是对生活做一种去伪存真的选择。他用"事真而理
不赝，即事赝而理亦真"来概括小说与生活的关系。这里的
"事"，指的是小说中的事件，"理"，指生活中的情理，亦指正确
的道理。冯梦龙认为，小说中的事与理有两种关系：一是事是真
的，理也是正确的；一是事是虚构的，但理却是正确的。只要是
合乎生活的情理，表达了正确的思想，小说中的事件即使是虚构
的，也是可以的，是符合艺术的真实的。对于小说中的人物，冯
梦龙提出"人不必有其事，事不必丽其人"。人物的所作所为不
必是生活中真实存在的，而生活中真实发生过的事也不必非要附
着在做这件事的人物身上，作者可以按照创作的需要进行虚构，
创造出符合艺术真实的人物。

　　不过，在这段论述中，冯梦龙拿小说与经书、史传比较，有
为小说辩护的目的。为了突出小说的价值，他一方面指出，小说
中的事件虽然有可能是虚构的，但仍能反映生活的真实，表现正
确的道理；另一方面，他又指出，史传、经书所表达的事、理不
一定达于下层民众，因此，需要更为通俗的小说来"佐经书史传
之穷"。这样，他对于小说与生活关系的论述就受到一定的局限，
过于强调了"理真"的一面。相比而言，金圣叹的"因文生事"、
"事为文料"的观点就更为全面与准确。金圣叹在讨论史传与小
说的区别时说："《史记》是以文运事，《水浒》是因文生事。"②
以文运事，也就是组织文字将既有的事件表现出来，因文生事，
则是根据作文的需要，虚构出一定的事件来。在《水浒》第二十
八回的总评中，金圣叹又提出"事为文料"的观点："夫修史者，
国家之事也；下笔者，文人之事也。国家之事，止于叙事而止，
文非其所务也。若文人之事，固当不止叙事而已，必且心以为
经，手以为纬，踌躇变化，务撰而成绝世奇文焉。……马迁之
书，是马迁之文也。马迁书中所叙之事，则马迁之文之料也，以

　　① 冯梦龙：《警世通言·序》，《警世通言》，北京十月文艺出版社，1994年，
第1页。

　　② 金圣叹、李卓吾点评：《水浒传》，中华书局，2009年，第1页。

一代之大事，如朝会之严，礼乐之重，战阵之危，祭祀之慎，刑狱之繁，供其为绝世奇文之料。而君相不得问者。凡以当其有事，则君相之权也，非儒生之所得议也。若其操笔而将书之，是文人之权矣，君相虽至尊，其又恶敢置一喙嚎乎哉！此无他，君相能为其事，而不能使其所为之事必寿于世。能使君相所为之事必寿于世，乃至百世千世以及万世，而犹歌咏不衰，起敬起爱者，是则绝世奇文之力，而君相之事反若附骥尾而显矣。"①金圣叹认为，史书止于叙事，而小说则还要对其所叙之事进行组织，加以变化，使其成为优秀的作品。对于小说来说，生活中的事件只是它的素材（料），作者还需对这些素材进行加工变化，将其组织成作品（文）。因此，在创作的过程中，作家可以从现实生活中取材，也可以"因文生事"，虚构出生活事件，作为作品的内容。由此可见，金圣叹所谈的"事为文料"中的"事"，可以是现实生活中的事件，也可以是作者想象的产物。但不管是现实的还是想象的，它们都还只是一种素材，还需要作者"心以为经，手以为纬，踌躇变化"，才能成为一篇优美的作品。金圣叹生活在散文体叙事文学逐渐进入文坛主流、与诗文平分天下的时代，他无须再为小说的存在寻找理由，因此，他在文学与生活的关系问题上的认识比冯梦龙更加全面深入。

在给福楼拜的信中，乔治·桑提出了一个非常著名的观点，她认为有些作家按照事物实际有的样子写作，有些作家按照事物应该有的样子写作。一般认为，乔治·桑的这一看法道出了现实主义与浪漫主义的根本区别。但是仔细推敲，作家的创作与现实生活的关系不是乔治·桑认为的两种，而是三种。比照乔治·桑的说法，这三种分别是，按照事物实际有的样子写作，按照事物应该有的样子写作，按照事物感觉有的样子写作。所谓按照事物感觉有的样子写作，也就是描写作者自己感受到的生活。这些作家又可以分为两类：一类在侧重表现自己的感觉世界的同时，对生活进行变形、夸张，改变其原生形态，这类作家通向西方现代主义；一类在表现自己感受到的生活的同时，严格遵循生活的本来面貌表现生活，这类作家可称为感受型的现实主义作家，如狄

① 金圣叹、李卓吾点评：《水浒传》，中华书局，2009年，第246页。

更斯。与此相对，我们可以把福楼拜等尽量客观描写现实生活的作家称为客观型现实主义作家。

古代小说历来有写实与幻奇两种。明清时期，写实与幻奇同时发展。前者代表有《红楼梦》、《金瓶梅》、《儒林外史》，后者杰作如《西游记》、《聊斋志异》。与创作相对应，明清叙事批评家们对两者都是肯定的。但比较而言，主张写实的还是占了多数。这一方面是由于对于自发状态的小说来说，写实是一种天然的倾向，另一方面则是由于崇史倾向的影响。谢肇淛虽然肯定《西游记》的浪漫倾向，但这只是从小说有权虚构的角度说的，在总体上，他仍然主张写实，他肯定《金瓶梅》，认为这部小说反映了广阔的社会生活，塑造了各种人物，描绘了形形色色的世态人情："穷极境象，骋意快心。譬之范式抟泥，妍媸老少，人鬼万殊，不徒肖其貌，且并其神传之。"①人物事件形神兼备，符合生活的本来面貌，这既是《金瓶梅》的成功之处，也是谢肇淛肯定的地方。冯梦龙虽然主张"事赝而理真"，认为事件可以虚构，但这虚构应该符合现实生活的本来面貌，符合生活的情理。他的《喻世名言》中的《众名姬风流吊柳七》，本于《清平山堂话本》中的《柳耆卿诗酒玩江楼》。原本中的柳永是一个卑鄙小人，他看中妓女周月仙，遭到拒绝，于是叫一个船夫先去奸污了周，使周不得不听从他的摆布。在编撰时，冯梦龙则将故事改为柳永同情周月仙，不仅成全了她和书生黄秀才，而且惩罚了买通船夫奸污周的刘员外。之所以这样改，就是这样更符合人物性格，更符合生活情理，也更符合现实生活的本来面貌。张竹坡肯定《金瓶梅》对现实生活的如实描写，认为《金瓶梅》"其各尽人情，莫不各得天道，即千古算来，天之祸淫善福、颠倒权奸处，确乎如此。读之，似有一人亲曾执笔在清河县前西门家里，大大小小，前前后后，碟儿碗儿，一一记之。似真有其事，不敢谓为操笔伸纸做出来的。吾故曰，得天道也"②，肯定了小说细节的真实与符合生活的本来面貌。《红楼梦》第五十四回，贾母批评那些才子佳人小说："这些书都是一个套子，左不过是些佳人才子，最没趣儿。……父亲不是尚书就是宰相，生一个小姐必是

① 谢肇淛：《小草斋文集·金瓶梅跋》。
② 张竹坡：《金瓶梅读法》六十三。

爱如珍宝。这小姐必是通文知礼，无所不晓，竟是个绝代佳人。只一见了一个清俊的男人，不管是亲是友，便想起终身大事来，父母也忘了，书礼也忘了……再说，既说是世宦书香大家小姐都知礼读书，连夫人都知书识礼，便是告老还乡，自然这样大家人口不少，奶母丫鬟伏侍小姐的人也不少，怎么这些书上，凡有这样的事，就只小姐和紧跟的一个丫鬟？你们白想想，那些人都是管什么的，可是前言不答后语。……这有个原故：编这样书的，有一等妒人家富贵，或有求不遂心，所以编出来污秽人家。再一等，他自己看了这些书看魔了，他也想一个佳人，所以编了出来取乐。何尝他知道那些世宦读书家的道理！别说他那书上那些世宦书礼大家，如今眼下真的，拿我们这中等人家说起，也没有这样的事，别说是那些大家子。可知是诌掉了下巴的话。"[1]贾母不看好才子佳人小说，一是因为它们"都是一个套子"，一是因为它们写的大都与现实生活不符，而不符的重要原因之一，便是写这些书的作家并不属于他所描写的上流社会，不"知道那些世宦读书家的道理"，他们只是为了满足自己的某种欲望，凭空想出种种故事。由此可见，曹雪芹不仅要求小说的描写符合现实，而且要求作家熟悉自己描写的生活，不能凭空想象。这在张竹坡等人的基础上又向前走了一步。

强调写实与主张虚构并不矛盾。虚构指的是小说描绘的世界、塑造的形象不是现实生活中实有的，是作家想象的产物，写实指的是按照生活的本来面貌描写生活，这本来面貌的生活可以来自现实生活，也可来自作家的想象。应该指出的是，明清的写实小说的主流更多的是感受型的，而不是福楼拜似的客观型现实主义。作家在创作时，不隐瞒自己的情感、态度以及对于生活的感受。而批评家们在进行评论时，也时时对此进行肯定。

奇幻派虽然强调奇幻，但并不因此否定小说与生活的联系。睡乡居士认为："今小说之行世者，无虑百种，然而失真之病，起于好奇。知奇之为奇，而不知无奇之所以为奇。舍目前可纪之事，而驰骛于不论不议之乡，如画家之不图犬马而图鬼魅者，曰：'吾以骇听而止耳。'……至演义一家，幻易而真难，固不可

---

① 曹雪芹：《红楼梦》，人民文学出版社，1996 年，第 738 – 739 页。

相衡而论矣。即如《西游》一记，怪诞不经，读者皆知其谬；然据其所载，师弟四人各一性情、各一动止，试摘取其一言一事，遂使暗中摸索，亦知其出自何人，则正以幻中有真，乃为传神阿堵。而已有不如《水浒》之讥。岂非真不真之关，固奇不奇之大较也哉?"①睡乡居士不反对奇幻，但要求"幻中有真"，也就是说，在奇幻怪诞的描写中要有生活的基础，符合生活的本质真实。他把"真不真"作为"奇不奇"成败的关键，也就是要求奇幻不能脱离现实生活的基础，应该反映出本质的真实。

由此可见，明清时期虽然肯定虚构，肯定奇幻也即荒诞的脱离生活常态的描写，但总的来看，明清叙事思想家们仍是强调文学与生活的联系，强调文学的生活基础，要求文学表现出生活的真实的。

五、明清叙事思想中的人物观

人物描写是叙事文学与抒情文学的重要区别之一。抒情文学一般没有也无须完整的人物，而完整丰满的人物却是叙事文学不可缺少的要素，是叙事文学成功与否的关键之一。明清叙事思想家们深得此中三昧，在人物塑造方面提出了许多有价值的观点。袁宏道推崇小说，②要求独抒性灵，不拘格套。这在文学创作上，当然首先是要求作家自由地抒写自己的真情实感，反对模仿，如果将这种思想运用到人物塑造上，必然是要求人物的独创性与独特性。冯梦龙提出"人不必有其事，事不必丽其人"，主张作家在描写人物时，可以根据生活的情理进行艺术虚构与艺术概括，以塑造比现实生活更为完美的人物。《新刻绣像批评金瓶梅》（作者不详）肯定《金瓶梅》人物性格的复杂性，指出潘金莲性格中既有"出语狠辣"、"俏心毒口"、"爱小便宜"，喜欢"听篱察壁"的一面，也有"慧心巧舌"、"韵趣动人"的一面，李瓶儿既有"愚"、"浅"的一面，也有"醇厚"、"情深"的一面，并对此加以赞扬与肯定。

① 睡乡居士：《〈二刻拍案惊奇〉序》，凌濛初著：《二刻拍案惊奇》，北京十月文艺出版社，1994年，第1页。

② 袁宏道在《与董思白》信中写道："《金瓶梅》从何得来？伏枕略观，云霞满天，胜于枚生《七发》多矣。"对《金瓶梅》称赞有加。

明清小说评点是明清人物理论的重镇，而金圣叹又是其中之集大成者。金圣叹在前人探讨的基础上，提出了比较系统的人物观。他肯定人物是叙事作品的核心："或问：施耐庵寻题目写出自家锦心绣口，题目尽有，何苦定要写此一事？答曰：只是贪他三十六人，便有三十六样出身，三十六样面孔，三十六样性格，中间便结撰得来。题目是作书第一件事。只要题目好，便书也作得好。"①人物写好了，小说也就成功了一大半。金圣叹认为，人物描写不宜平均使用力量。他根据人物在作品中的重要性，将他们分为主要人物与次要人物，在主要人物中又分出中心人物。他认为，人物描写首先要写好中心人物与主要人物，特别是中心人物，要调动各种手段进行充分的描写。成功的人物，应该是典型性、丰富性、鲜明性、统一性、现实性等五个方面的统一。金圣叹强调人物和人物语言的个性化，要求在性格相同的人物中写出之间的不同。他重视人物塑造的方法，具体讨论了对照、矛盾、衬托、白描等人物描写手法。金圣叹的人物理论在当时产生了很大影响，同时也为之后的批评家探讨人物形象提供了良好的基础。

　　除金圣叹外，明清时期其他小说评点家对人物形象也提出了自己的看法。毛纶、毛宗岗父子根据《三国演义》的创作实际，提出抓住主导面、加以夸张、塑造鲜明突出的人物性格的主张。毛氏写道："古史甚多，而人独贪看《三国志》者，以古今人才之众未有盛于三国者也。"肯定人物在叙事作品中的重要性与中心位置。在讨论人物之间的关系时，毛氏认为："观才与不才敌，不奇；观才与才敌，则奇。观才与才敌，而一才又遇众才之匹，不奇；观才与才敌，而众才尤让一才之胜，则更奇。吾以为三国有三奇，可称三绝；诸葛孔明一绝也，关云长一绝也，曹操亦一绝也。"也就是说，英雄与狗熊相对，这样的作品没有意思，英雄与英雄相对，才有意思。而英雄与英雄相对，一英雄与其他众英雄没有什么区别，也谈不上绝妙，只有一英雄超出了其他众英雄，这种作品才会绝妙。《三国演义》中诸葛亮是"古今来贤相中第一奇人"，关羽是"古今来名将中第一奇人"，曹操是"古今

---

①　金圣叹、李卓吾点评：《水浒传》，中华书局，2009 年，第 2 页。

来奸雄中第一奇人"，①《三国演义》有了这"三绝"，小说的成功也就有了保证。而要塑造出这样奇绝的人物，就需要抓住他们性格的主导面，加以夸张，使其达到超过所有人物的程度，如诸葛亮的"智绝"、关羽的"义绝"、曹操的"奸绝"。这样，毛氏父子就在金圣叹的基础上给明清人物理论增添了新的东西。毛氏父子总结了《三国演义》"以无写有"的人物塑造手法："此卷极写孔明，而篇中却无孔明。盖善写妙人者，不于有处写，正于无处写。写其人如闲云野鹤之不可定，而其人始远；写其人如威凤祥麟之不易睹，而其人始尊。且孔明虽未得一遇，而见孔明之居，则极其幽雅；见孔明之童，则极其古淡；见孔明之友，则极其高超；见孔明之弟，则极其旷逸；见孔明之丈人，则极其清韵；见孔明之题咏，则极其俊妙。不待接席言欢，而孔明之为孔明，于此领略过半矣。"②《三国演义》第三十七回，刘备二顾茅庐拜访孔明不遇，然孔明虽未露面，整个一章却通过孔明的居所，孔明的童子、弟弟、友人、岳父，和孔明的题字诗词，极写孔明的为人、抱负和智慧，人虽未出，神却处处在场。这样杰出的间接描写，似只有法国作家莫里哀《伪君子》的开始可以媲美。毛氏将其名为"以无写有"，比"间接描写"或"衬托"、"烘云托月"更能表现这种人物塑造方法的神髓，且与中国古代"有无相生"、"虚实相应"的思想与说法相一致。

　　另一明清著名评点家张竹坡则在金圣叹的基础上，进一步深化了典型塑造的思想。"典型"一词来自刑名学，最初是金圣叹在评点《水浒传》时使用的，主要是"楷模"、"典范"的意思，但在张竹坡这里已经有了共性与个性的统一这一现代意义上的典型的含义。在第三十回回前总评中，他写道："在千个市井小人中，有一市井小人之西门庆。"③作为市井小人，西门庆与其他市井小人一样，有其共性，但他又是千个市井小人之中的一个，有其自己的特点。张竹坡认为，要写好典型，首先必须深入生活，"曾于患难穷愁，人情世故，一一经历过，入世最深，方能为众

　　① 毛宗岗：《读三国志法》，黄霖、韩同文选注：《中国历代小说论著选》（上），江西人民出版社，2000年，第342页。
　　② 毛纶、毛宗岗：《三国志演义》第三十七回回前总评。
　　③ 张竹坡：《张竹坡批评第一奇书金瓶梅》第三十回回前总评。

角色摹神也"。只有深入生活、熟悉生活、了解生活，才能写出作品中的人物。但是，小说中的人物是多种多样的，作家不可能全部熟悉，全都经历，比如，小说中要写一小偷，或写一杀人犯，作家不可能亲身经历，这就需要作家以心度之，抓住其中的情理。张竹坡认为："做文章，不过'情理'二字。今做此一篇百回长文，亦只是'情理'二字。于一个人心中，计出一个人的'情理'，则一个人的传得矣。虽前后夹杂众人的话，而此一人开口，是此一人的'情理'；非其开口便得'情理'，由于讨出这一人的'情理'方开口耳。是故写十百千人皆如写一人，而遂洋洋乎有此一百回大书也。"①这里的"情理"可以理解为事物的本质、规律，生活的可然律与必然律，人物性格的特点与内在逻辑等。就人物塑造而言，把握了人物性格的特点与内在逻辑，也就把握了人物塑造的关键。而每个人物的"情理"是不一样的，因而每个人物的性格也不可能一样。只要抓住了"情理"，即使是性格相似的人物也能写出不同。"写一伯爵，更写一希大。然毕竟伯爵是伯爵，希大是希大，各自的身份，各人的谈吐，一丝不紊。写一金莲，更写一瓶儿，可谓犯矣。然又始终聚散，其言语举动，又各各不乱一丝。……诸如此类，皆妙在特特犯手，又各各一款，绝不相同也。"②也正因为这样，所以张竹坡要求人物"各各一款，绝不相同"，要求写出人物的独特性。此外，张竹坡还注意到《金瓶梅》在对立与各种关系中刻画人物性格，在描写人物性格时，同时注意描写性格的变化发展及产生这种性格的环境的特点，并加以肯定。"总之为金莲作对，以便写其妒宠争妍之态也。故蕙莲在先，如意儿在后，总随瓶儿与之抗衡，以写金莲之妒也。如耍狮子必抛一球，射箭必立一的，欲写金莲，而不写一与之争宠之人，将何以写金莲？故蕙莲、瓶儿、如意皆欲写金莲之的也。"③这种见解是比较深刻的。

如果说张竹坡深化了典型塑造的思想，《红楼梦》脂评④则进

---

① 张竹坡：《张竹坡批评第一奇书金瓶梅·读法》。
② 张竹坡：《张竹坡批评第一奇书金瓶梅·读法》。
③ 张竹坡：《张竹坡批评第一奇书金瓶梅》第六十五回回评。
④ 脂评主要指脂砚斋与畸笏叟两人对《红楼梦》的评论，两人具体是谁，目前不详。

一步探讨了性格复杂、具有立体感的人物形象及其塑造方法。首先，脂评指出，《红楼梦》的人物与故事往往来自生活，有的虽然出自作者虚构，却酷似生活，"是天下必有之情事"。如贾宝玉："宝玉之为人，是我辈于书中见而知有此人，实未目曾亲睹者。又写宝玉之发言，每每令人不解；宝玉之生性，件件令人可笑。不独于世上亲见这样的人不曾，即阅古今所有之小说传奇中，亦未见这样的文字。"然而，"合目思之，却如真见一宝玉，真闻此言者，移之第二人万不可，亦不成文字矣"①。贾宝玉是作者虚构的一个独特人物，不仅现实生活中见不到，以往的文学作品中也见不到，然而"合目思之"，却如现实生活中的真人。这是因为贾宝玉这个人物是根据现实生活的"情理"塑造出来的，因此虽是虚构，却栩栩如生，酷似现实。其次，脂评指出，《红楼梦》善于抓住人物特点，写出人物个性。如史湘云，才貌兼备、天真爽朗、心直口快，却偏偏有点大舌头，咬音不准。脂评写道："可笑近之野史中，满纸羞花闭月，莺啼燕语，除（殊）不知真正美人方有一陋处，如太真之肥，飞燕之瘦，西子之病，若施于别个不美矣。今见咬舌二字加以湘云，是何大法手眼，敢用此二字哉，不独（不）见（其）陋，且更觉轻俏娇媚，俨然一娇憨湘云立于纸上，掩卷合目思之，其爱厄娇音如入耳内。然后将满纸莺啼燕语之字样，填粪窖可也。"②抓住湘云咬舌的特点，也就写活了这一人物。这段话还有另一层含义，即反对将人物写得十全十美，这既不符合真实，也难以写出特点。因为十全十美的东西总是容易雷同，有点瑕疵才容易写出特点。再次，脂评指出，《红楼梦》中的人物大都是些普通人物，诚如曹雪芹所说，《红楼梦》中"并无大贤大忠理朝廷治风俗的善政，其中只不过几个异样女子，或情或痴，或小才微善，亦无班姑、蔡女之德能"③。也正因为他们普通，他们就容易如现实生活中的人物一样，亦善亦恶、正邪交赋。如尤氏："尤氏亦可谓有才矣。论有德比阿凤高十倍，惜乎不能谏夫治家，所谓人各有当也。此方是至理至情。最恨近之野史中，恶由无往不恶，美则无一不美，何不近

① 庚辰本第十九回夹批，人民文学出版社，1974 年影印本。
② 庚辰本第二十回夹批，人民文学出版社，1974 年影印本。
③ 曹雪芹：《红楼梦》，人民文学出版社，1996 年，第 5 页。

情理之如是耶!"①尤氏虽然才德高于凤姐，但生性懦弱，既不能相夫，又不善持家。而凤姐虽然"德"上有所欠缺，但聪明能干，却非尤氏可比。其实，《红楼梦》中的人物特别是主要人物，没有一个十全十美，也没有一个是恶贯满盈的。林黛玉不免尖酸刻薄，薛宝钗难脱世故虚伪，即便贾雨村那种贪赃枉法、投机钻营、落井下石之徒也并非十恶不赦，不仅有真才实学，而且内心也并非没有正义闪现，如他初听薛蟠打死冯渊时的反应。最后，脂评还指出了《红楼梦》善于在动态的发展中描写人物性格。这有两个方面的意思。一个方面是指《红楼梦》中的人物性格不是静止的，而是发展的、变化的。另一个方面是指《红楼梦》中的人物性格与环境存在一种互动的关系，环境的变化影响着人物，而人物也对环境产生着作用。如贾宝玉与林黛玉的爱情。两人从两小无猜到两情相悦再到被人拆散，林黛玉情断泪尽、香销玉殒，两人之间试探、相猜、互疑并最终心心相印，两人的思想与情感随着时间的发展而发展，也随着环境的变化而变化，而其中又有一股真情一以贯之。这种发展与变化，自然造成了人物性格的复杂性，而一以贯之的深情，又保证了发展变化中的统一性。脂评的分析，准确地抓住了《红楼梦》人物塑造的特点，指出了小说人物性格复杂的内在原因。

六、明清叙事结构思想

就叙事作品的形式来说，叙事结构是明清叙事思想家们关注的重点之一。明清小说家与小说批评家观念中的结构是大结构的概念，它不仅指作品内容的组织与安排，也包括作品的整体构思如谋篇布局，以及具体的结构方法等。

明清叙事思想家们十分重视叙事作品的结构。李渔提出结构第一的思想："在引商刻羽之先，拈韵抽毫之始。如造物之赋形，当其精血初凝，胞胎未就，先为制定全形，使点血而具五官百骸之势。倘先无成局，而由顶及踵，逐段滋生，则人之一身，当有无数断续之痕，而血气为之中阻矣。工师之建宅亦然。基址初平，间架未立，先筹何处建厅，何方开户，栋需何木，梁用何

---

① 庚辰本第四十三回夹批，人民文学出版社，1974年影印本。

材，必俟成局了然，始可挥斤运斧。倘造一架而后再筹一架，则便于前者，不便于后，势必改而就之，未成先毁，犹之筑舍道旁，兼数宅之匠资，不足供一厅一堂之用矣。"①李渔用"造物赋形"、"工师建宅"两个比喻，强调结构的重要，要求动笔之前，先考虑结构。这在明清戏曲中，起了开风气之先的作用。此外，李渔还从"戒讽刺"、"立主脑"、"脱窠臼"、"密针线"、"减头绪"、"戒荒唐"、"审虚实"等七个方面讨论戏曲文学的结构，涉及戏曲文学结构的方方面面，提出了许多精辟的见解。

金圣叹对小说结构与戏曲结构都做过认真研究。他通过对《水浒传》与《西厢记》的分析，提出了叙事作品结构的四大原则。一是整一性原则。所谓整一性，指叙事作品的结构应该既是完整的又是有机的。二是因果律原则。金圣叹认为叙事作品中的人物、事件、情节之间应该存在一种因果关系，应通过这种因果关系将叙事作品的各个部分、各个事件联系起来。三是二元对立原则。这一原则强调叙事作品中的人物、事件既矛盾对立又相辅相成，通过这种方法，组织人物、事件，使其成为一个有机的整体。四是人物接力、穿插原则。所谓"接力"，指通过人物的相续，使情节从一个故事转到另一个故事，"穿插"，是指同一人物在不同的章节中出现，通过这种办法，将小说的各个部分联系起来，成为一个整体。这四个原则是互相联系的，其中，"整一性"原则是对叙事作品结构的总体要求，其他三个原则则是具体结构、谋篇布局时所遵循的原则，四者结合起来，共同打造有机整一同时又灵动多变的叙事结构。

毛纶、毛宗岗父子在评点《三国演义》时明确提出结构的概念。毛氏父子继承古人"天人合一"的思想，认为自然万物的发展变化都存在着一定的规律，其本身是有机统一，可以为小说家所效法。"观天地古今自然之文，可以悟作文者结构之法也。"②毛氏肯定《三国演义》的结构，认为"三国叙事之佳，直与《史记》仿佛，而其叙事之难则有倍难于《史记》者。《史记》各国分书，各人分载，于是有本纪、世家、列传之别，今《三国》则

---

① 李渔：《闲情偶寄·词曲部》，《李渔随笔全集》，巴蜀书社，2003 年，第 9 - 10 页。

② 毛评《三国志演义》，第九十二回回评。

不然，殆合本纪、世家、列传而总成一篇。分则文短易工，合则文长而难好也"①。毛氏分析了《三国演义》结构的难度及其原因，肯定了小说结构的整一与和谐。毛氏认为："《三国志》一书，总起总结之中，又有六起六结。"这"六起六结"包括汉王朝的没落，蜀汉的兴亡，刘、关、张的结义，诸葛亮的一生，曹魏的兴衰与孙吴的兴亡。但这六个方面的内容，并不是一种前后承续的关系，而是"联络交互于其间，或此方起而彼已结，或此未结而彼又起，读之不见其断续之迹，而按之则自有章法之可知也"②。六个方面的内容互相交织，错杂但有章法，这样，就避免了"本纪、世家、列传"各自为政的状况，使全书成为一个有机整一的整体。在叙事章法上，毛氏认为："《三国》一书，有首尾大照应，中间大关锁处。如首卷以十常侍为起，而末卷有刘禅之宠中贵以结之，又有孙皓之中贵以双结之。……照应既在首尾，而中间百馀之内若无有与前后相关合者，则不成章法矣。于是有伏完之托黄门寄书，孙亮之察黄门盗蜜以关合前后。"与照应相应，《三国演义》的伏笔，也运用得非常纯熟、巧妙："《三国》一书，有隔年下种，先时伏着之妙。""如西蜀刘璋乃刘焉之子，而首卷叙刘备先叙刘焉，早为取西川伏下一笔。又如玄德破黄巾时，并叙曹操带叙董卓，早为董卓乱国，曹操专权伏下一笔。"③"总起总结"、"首尾照应"肯定小说有一个贯穿始终的故事，"六起六结"、"中间关锁"、"隔年下种，先时伏着"等则从各个单元之间关系的角度说明这一故事内部的起、承、转、合、照应、勾联，探讨了《三国演义》结构整一与和谐的原因。

如果说李渔主要是讨论戏曲文学的结构，金圣叹、毛氏父子主要是讨论长篇章回小说的结构，那么，但明伦则主要讨论了短篇小说的结构。但明伦以《聊斋志异》为研究对象，对其结构及结构艺术进行了多方面的探讨。但明伦认为，短篇与长篇不同，长篇可以从容地展开叙事，小说的完整与曲折并不矛盾。而短篇

---

① 毛宗岗：《读三国志法》，黄霖、韩同文选注：《中国历代小说论著选》（上），江西人民出版社，2000年，第344页。

② 毛宗岗：《读三国志法》，黄霖、韩同文选注：《中国历代小说论著选》（上），江西人民出版社，2000年，第345页。

③ 毛宗岗：《读三国志法》，黄霖、韩同文选注：《中国历代小说论著选》（上），江西人民出版社，2000年，第353页、第351页。

篇幅短小，要在保证作品的完整性的同时，使情节错综变化，跌宕有致，则更加困难。但明伦赞赏《聊斋志异》的结构，认为其中的故事"夭矫变化，如生龙活虎，不可捉摸"。所谓"夭矫变化"，指的就是故事情节的波澜起伏，谋篇布局的复杂多变。但明伦从多个方面分析了《聊斋》的"夭矫变化"的结构艺术，如转笔法、蓄笔法、暗点法、反逼法、勾连法、蓄字决、忙中生趣法、先断后蓄法等。蒲松龄运用这些方法，使小说故事曲折多变，具有十分强的可读性。

但明伦不仅指出了《聊斋志异》"夭矫变化"的艺术手法，而且对此艺术手法进行了深入的分析。如"蓄字决"。在评点《王桂庵》时，但明伦写道："蓄字决与转笔相类，而实不同，愈蓄则文势愈紧、愈伸、愈矫、愈纵、愈捷；盖转以句法言之，蓄则以篇法言也。朗吟诗而女似解其为已，且斜瞬之，此为一伸；拾金而弃之，若不知为金也者，为一缩。覆蔽金钏，又伸；解缆径去，又缩；沿江细访，并无音耗，又再缩；复南而曩舟殊渺，半年资馨而归，又再缩；至于合欢有兆，佳梦初成……此借梦中而又作一伸，又作一缩。重游京口，再至江村，马缨之树依然，舟中之人宛在，妖梦可践，金钏犹存……极力一伸矣；乃讯之甚确，绝之愈深，来时一团高兴，不啻冷水浇面，又极力一缩。倩冰矣，委禽矣，孟不以利动为嫌，女不以远婚为却，计已遂矣，礼已初成，至此有风利不得泊之势，疑其一往无余矣，此则伸之又伸。……解此一决，为文可免平庸、直率、生硬、软弱之病。"[1] 但明伦认为，"蓄字决"讨论的是谋篇布局的问题。这里所谓的"伸"，指的是情节线向着积极的方向发展，而"缩"则是向着相反的方向发展。"蓄字决"的关键就是在故事情节向前推进的过程中，以伸缩相间的办法，使故事跌宕起伏，情节曲折变化。

七、明清叙事思想中的叙事技法论

叙事技法包括叙事技巧与叙事方法。明清叙事思想家十分注意叙事技法，金圣叹、张竹坡、毛宗岗、脂砚斋、但明伦等都在

---

① 蒲松龄著，但明伦评：《聊斋志异》，齐鲁书社，1994年，第929－930页。

自己的评点中用大量篇幅讨论了叙事技法的问题。这一方面是因为明清评点是一种以感悟为主的评点，而在以感悟为主的批评中，叙事技法这种具体的问题比较容易受到关注；另一方面则是因为明清评点的主要目的是指导读者阅读，评点叙事技法比较容易使读者领悟到叙事的妙处，增加对作品的认识。

不过，明清叙事技法不仅存在于理论形态的叙事批评中，更大量地存在于明清的叙事作品之中，《红楼梦》、《水浒传》、《三国演义》、《儒林外史》、《金瓶梅》、《西游记》、《聊斋志异》等小说以及《牡丹亭》、《长生殿》、《琵琶记》等戏曲文学都运用和包含了大量的叙事技法。因此，讨论明清叙事技法不应局限于理论性材料的研究，更应从叙事作品中归纳。明清叙事文学作家与批评家们并没有当代的叙事理论知识与背景，也不可能自觉地从当代叙事理论的角度进行创作与批评，因此，明清叙事文学作品与批评文字中的叙事技法不一定完全与当代叙事理论相符，具有原生态、紧扣中国古代叙事实际、丰富具体等特点。

当代经典叙事学一般将叙事理论分为故事、叙事话语和叙事者三个组成部分，三个部分分别对应于叙事作品讲述的内容、讲述的方式和讲述者三个方面。本节拟按这三个部分分别探讨。但由于明清叙事技法过于丰富，要在本节进行全面探讨既不可能，也非笔者能力所及，只能择要进行一二说明，以便读者能够管中窥豹。

1. 故事

故事是叙事作品的内容层面，包括事件、人物、情节、环境等因素。当代叙事理论并不研究故事的具体内容，而是研究故事的组织、形态和构成故事的因素。明清叙事思想家在探讨与故事有关的叙事技法时并没有局限于故事的形式方面，而是结合内容进行分析，提出了大量有价值的观点。

首先是人物。人物是明清叙事文学与叙事批评的重点，相关的叙事技法特别丰富，探讨也十分深入。如金圣叹在《水浒传》、《西厢记》的评点中对人物叙事技法的分析就十分精到。比如，他提出，在写"极骇人之事"的时候，应用"极近人之笔"。所谓"极骇人之事"，指的是那些超出常规的事情，如武松赤手空拳打死吊睛白额大虫一事。所谓"极近人之笔"，指符合常情常理的人物思想、感情、行动。如武松初见老虎时惊出一身冷汗，打死老虎后全身酥软，等等。用"极近人之笔"描写武松打虎这一"极骇人之事"，在突显武松的神勇的同时，也写出了他的凡人本色，而写出其凡人身份，又更能突出其英雄本色。因而，这是塑造人间英雄的有效方法。

其次是情节。与西方小说相比，中国小说更重视情节。明清叙事文学在情节、结构方面的叙事技法也是十分丰富的。如金圣叹的"草蛇灰线法"、"鸾胶续弦法"等。再如毛宗岗的"横云断岭法"。毛宗岗认为："文有宜于连者，有宜于断者。如五关斩将，三顾茅庐，七擒孟获，此文之妙于连者也。如三气周瑜，六出祁山，九伐中原，此文之妙于断者也。盖文之短者不连叙则不贯串，文之长者连叙则惧其累坠，故必叙别事以间之，而后文势乃错综尽变。"①故事过短，连贯起来叙述给人一气呵成之感，而故事过长，叙述起来就缺少变化，容易使读者产生审美疲劳，因此，需要在其中插入其他故事，将原有的故事隔断一下。但又不是绝对隔断，而是似断非断。如《三国演义》中的三气周瑜，中间就隔了"赵子龙计取桂阳"、"关云长义释黄汉升"、"刘皇叔洞房续佳偶"、"曹操大宴铜雀台"等故事，但这些又不是与"三气周瑜"毫无关系，这样，就使情节错综变化，结构波澜起伏。毛宗岗将这种方法叫做"横云断岭，横桥锁溪"，十分形象生动。

再次是环境。明清叙事思想家们一般将环境与人物联系起来分析，要求通过环境的描写对人物的性格、思想、行为提供支撑。如《水浒传》第五十二回戴宗与李逵到蓟州寻找公孙胜，到其隐居地时，有一段风景描写："两个抹过山嘴来，见有十数间草房，一周围矮墙，墙外一座小小石桥，两个来到桥边，见一个村姑提一篮新果子出来。"金圣叹赞道："山居如画……一樵夫，一村姑，一石桥，一果篮，写来真令人想杀山居也。"这段文字表面上是写风景，实际上是写人，它通过山野风光的美丽，从一个侧面暗示了公孙胜回家后不主动再上梁山的原因。这种叙事技法可以称为环境暗示。

最后是事件。事件是叙事的基本单位，从叙事学的角度看，

明清近代叙事思想

---

① 毛宗岗：《读三国志法》，黄霖、韩同文选注：《中国历代小说论著选》（上），江西人民出版社，2000年，第349页。

所谓事件，就是事物从某一状态向另一状态的转化。金圣叹将事件理解为作为情节的一个组成部分的生活片断。这也是大多数明清叙事思想家们的看法。明清叙事思想家们对事件的探讨主要集中在事件的功能（如金圣叹的正文与波澜）和事件之间的关系上，其中涉及不少叙事技法。如对事件的"犯"和"避"的处理。所谓"犯"就是重复相同或类似的事件，所谓"避"就是选用不同的事件。明清叙事思想家们大多主张有犯有避，犯中求避。如毛宗岗认为："《三国》一书，有同树异枝，同枝异叶，同叶异花，同花异果之妙，作文者以善避为能，又以善犯为能。不犯之而求避之，无所见其避也。惟犯之而后避之乃见其能避也。"①犯，是处理事件关系的一种手法，避，也是处理事件关系的一种手法，但更高明的手法则是犯中求避。如《三国演义》写孔明七擒孟获，六出祁山，事件大多类似，但在类似之中，作者又能写出不同，粗看大体相似，细较处处不同，这才更显作者功力。

2. 叙事者

叙事者就是叙事作品中讲故事的人。在叙事作品中，叙事者与故事的关系是最重要的关系。这种关系可以从五个方面考察：①叙事者以什么身份来讲述故事，是作为故事中的一个人物，还是一个与故事无关的旁观者，这是"人称"问题；②叙事者站在什么角度、处于什么位置来观察故事，角度是固定的还是在不断变化的，这是"视角"问题；③叙事者在故事中参与的程度，是经常参与故事，在讲故事的同时也发表自己的观点和意见，还是只是客观地讲述故事，不表达自己的思想情感等主观因素，这是"叙事声音"的问题；④叙事者用什么方式把故事讲述出来，是通过自己的口将故事转述出来，还是让故事直接地呈现出来，这是"叙事方式"的问题；⑤叙事者如何将自己观察到的东西表达出来，这是"表述"问题。以下我们分别讨论。

首先是人称。中国古代小说大多使用第三人称，但也有使用第一人称的成功例子。如明代传奇小说《痴婆子传》。小说通过女主人公上官阿娜的自述，描写了一个妇女在性方面的不幸遭

---

① 毛宗岗：《读三国志法》，黄霖、韩同文选注：《中国历代小说论著选》（上），江西人民出版社，2000年，第347页。

遇。阿娜的叙事均采用第一人称。值得注意的是，小说开始是一个自称燕笋客的前往拜访阿娜，然后再由阿娜自述。阿娜的自述占了小说的绝大多数篇幅，而燕笋客拜访也是采用自述的方式。因此，这篇小说从头至尾基本都是第一人称。

其次是视角。中国古代叙事文学在视角运用上已经比较成熟，除了普遍使用的全知视角之外，限知视角与戏剧视角的运用也十分纯熟。《红楼梦》第四十一回，刘姥姥喝酒喝高了，错进了宝玉的住处，"转了两个弯子，只见有一房门。于是进了房门，只见迎面一个女孩儿，满面含笑迎了出来。刘姥姥忙笑道：'姑娘们把我丢下来了，要我碰头碰到这里来。'说了，只觉那女孩儿不答。刘姥姥便赶来拉他的手，'咕咚'一声，便撞到板壁上，把头碰得生疼。细瞧了一瞧，原来是一幅画儿。刘姥姥自忖道：'原来画儿有这样活凸出来的。'一面想，一面看，一面又用手摸去，却是一色平的，点头叹了两声"①，这是限知视角。《水浒传》第八回开头，两个公人想谋杀林冲，"薛霸双手举起棍来，望林冲脑袋上便劈下来。说时迟，那时快，薛霸的棍恰举起来，只见松树后雷鸣也似一声，那条铁禅杖飞将来，把这水火棍一隔，丢去九霄云外，跳出一个胖大和尚来"②，这里采用的则是戏剧视角。

第三是叙事声音。叙事声音指的是叙事者在叙事过程中介入的程度。叙事声音可以分为三种。第一种是缺失的叙事声音。在这种类型的叙事声音中，叙事者不介入叙事，只是纯客观地表现事件、人物的言行和人物语言化了的思想，不表露自己的思想与情感。第二种是隐蔽的叙事声音。在这种类型的叙事声音中，叙事者介入叙事，但他不是公开地介入，而是通过间接的方式表达自己的思想、感情与看法。在阅读的过程中，我们能感到叙事者的观点与态度，但是我们却不能明确地指出这种观点与态度的来源。第三种是公开的叙事声音。在这种类型的叙事声音中，叙事者介入叙事，明确地表达自己的思想与感情。由于说书等的影响，中国古代叙事作品大多采用公开的叙事声音，但有时作者也采用缺失和隐蔽的叙事声音，以取得某种叙事效果。如《红楼

① 曹雪芹：《红楼梦》，人民文学出版社，1996年，第557页。
② 金圣叹、李卓吾点评：《水浒传》，中华书局，2009年，第75-76页。

梦》第三十二回，王夫人听到金钏儿与宝玉调笑，不由大怒，打了她一个嘴巴，将她撵了出去，烈性的金钏儿因此跳井自杀。王夫人和宝钗谈起此事，"点头哭道：'你可知道一桩奇事？金钏儿忽然投井死了！'宝钗见说，道：'怎么好好的投井？这也奇了。'王夫人道：'原是前儿他把我一件东西弄坏了，我一时生气，打了他几下，撵了他下去。我只说气他两天，还叫他上来，谁知他这么气性大，就投井死了。岂不是我的罪过'"①。其实，王夫人完全明白金钏儿为何寻死，实际上是被逐的耻辱使她走上了绝路。她曾求王夫人"我跟了太太十来年，这会子被撵出去，我还见不见人呢？"王夫人当时充耳不闻，现在又试图推卸她对金钏儿的死应负的责任。《红楼梦》的叙事者正是通过这种策略，来揭露王夫人的伪善与自私。这是隐含的叙事声音。

第四是叙事方式。叙事方式指的是叙事者用什么方式将故事表述出来，是通过自己的话把故事讲出来，还是让人物与事件按照自己的面貌呈现出来。前者是讲述，后者是显示。《红楼梦》十分善于交叉运用讲述与显示，来达到叙事的效果。如第五回，交替运用讲述与显示，将太虚幻境描写得栩栩如生。

第五是表述。表述指叙事者的讲述本身。表述与叙事声音不同，表述指的是叙事者的表达，叙事声音指的是在这种表达中，叙事者主体参与的程度。表述与视角也有区别，热奈特认为，在叙事理论中，很多关于视角的看法"混淆了谁看与谁说的问题。二者的区别，看上去清晰可辨，实际上几乎普遍不为人所知"②。表述是"谁说"的问题，视角是"谁看"的问题。表述与视角往往是同一的，但也有分离的时候。承担表述任务的叙事者有时为了取得某种效果，将观察的任务转让给作品中的人物承担。仍以《水浒传》第八回开头那段叙述为例："话说当时薛霸举起棍来，望林冲脑袋便劈下来。说时迟，那时快，薛霸的棍恰举起来，只见松树后雷鸣也似一声，那条铁禅杖飞将来，把这水火棍一隔，丢去九霄云外。跳出一个胖大和尚来，喝道：'洒家在林子里听你多时！'两个公人看那和尚时，穿一领皂布直缀，跨一口戒刀，

① 曹雪芹：《红楼梦》，人民文学出版社，1996年，第438页。
② ［法］热奈特：《叙事话语·新叙事话语》，王文融译，中国社会科学出版社，1990年，第126页。

提起禅杖，抡起来打两个公人。林冲方闪开眼时，认得是鲁智深。"这段描写的视角承担者开始是叙事者，后来是两个公人，再后来是林冲。但两个公人与林冲并不是叙事者，叙事者通过他们进行观察，以取得更好的叙事效果，整个叙述仍由叙事者进行。表述与视角暂时地分离开来。

3. 叙事话语

叙事话语主要研究叙事作品中的结构要素及其相互之间的关系。叙事话语主要有叙事逻辑、叙事时间和角色模式等。

叙事逻辑讨论叙事功能之间的连接关系。中国古代叙事思想家们虽然没有有意识地从叙事功能的角度进行讨论，但有关的思想并非没有。如《水浒传》第三回，鲁达打死郑屠出逃遇见他曾救过的金老父女，结识了金老的女婿赵员外。赵员外请鲁达在自己庄上居留，两人在书院里闲坐说法。金圣叹批道："书院里说闲话，何也？避王进在史家庄身分也。盖员外爱枪棒，只是借作入港之法耳，非比史进是条好汉，定要出色。"①金圣叹认为，就人物本身来看，赵员外是否爱枪棒并不是小说叙述的目的，作者只是借此作为他与鲁达相交得来的一个原因。其实就整个情节来说，赵员外也只是一个功能性的人物，其作用主要是作为鲁达上五台山做和尚的一个中介，鲁达成了鲁智深之后，他的作用也就完成了，从此不再在作品中出现。因此，这个人物的性格究竟怎样，甚至究竟是否姓赵，都是无关宏旨的。至于功能之间的连接，明清叙事思想家们虽然并没有讨论，但与此相关的事件之间的连接、情节的组合、结构的安排等，这方面的叙事技法则十分丰富，讨论也很充分。这在本节"故事"部分已经讨论，此处不再重复。

叙事时间是叙事话语的重要内容。文学是一种在时间中展开和完成的艺术。一部叙事作品必然要涉及两种时间，即故事时间与叙事时间。两者之间并不是一致的，故事越复杂，两者之间的不一致就越严重。一般从叙事顺序、叙事速度、叙事频率三个方面讨论两种时间之间的关系。

叙事顺序讨论的是故事时序与叙事时序之间的关系。所谓故

---

① 金圣叹、李卓吾点评：《水浒传》，中华书局，2009 年，第 33 页。

事时序，指的是故事中的事件的自然排列顺序，即事件按照自然时间从开始到结束的排列顺序。叙事时序指的是在故事讲述的过程中事件先后出现的顺序。很明显，这两种时序并不是一致的。叙事顺序有顺叙、倒叙、预叙三种类型。明清叙事文学大都采用顺叙，如《三国演义》从东汉灵帝中平元年（184）黄巾起义开始写起，到晋武帝太康元年（280）吴亡为止，按照时间顺序叙述魏、蜀、吴之间的争斗。但也有整部作品都采用倒叙的，如《痴婆子传》，小说从阿娜70岁时写起，追述其青年与中年时发生的事件。至于在作品中间运用倒叙与预叙的，则举不胜举。本书附录专门设一节讨论《红楼梦》中的预叙，有关的讨论这里从略。

叙事速度讨论的是故事时间与叙事时间之间的关系。故事时间指叙事作品中的故事所牵涉的自然时间，叙事时间是指叙事文本讲述这个故事所需要的时间。叙事速度一般按照零度参照点来计算。所谓零度参照点，指的是一段叙事，故事在自然时间中占用了多少时间，在文本中展开也需要多少时间。叙事学家们认为，对话可以满足这一要求。对话是不能压缩的，它在自然时间中占用了多少时间，在文本中展开也就需要多少时间。一般将零度参照点定为故事时间1小时，叙事篇幅20页左右。叙事速度有五种类型。第一是等叙。所谓等叙，即符合零度参照点的叙事速度，也就是说，故事时间过去1小时，文本篇幅也过去了20页。如《红楼梦》中的人物对话、内心活动等都是等叙。第二是快叙。所谓快叙，就是故事时间过去1小时，文本篇幅少于20页。如《三国演义》的开头一章，十几页的篇幅就讲了上百年的事情。第三是慢叙。所谓慢叙就是故事时间过去了1小时，文本篇幅超过了20页。如《红楼梦》第五回贾宝玉梦游太虚幻境。在梦游太虚幻境前，小说有一句话："秦氏便吩咐小丫环们，好生在廊檐下看着猫儿狗儿打架。"梦游太虚幻境后，小说又写道："却说秦氏正在房外嘱咐小丫头们好生看着猫儿狗儿打架，忽听宝玉在梦中唤他的小名。"根据这两句话分析，宝玉的梦境持续的时间并不长，但梦的内容却很丰富，用了将近7000字的篇幅。这就是一个慢叙。再如《水浒传》第二十五回中对武松杀西门庆的叙述："西门庆认得是武松，吃了一惊，叫声：'哎呀！'便跳起在凳子上去，一只脚跨上窗槛，要寻出路。见下面是街，跳不下去，心里正慌。说时迟，那时快，武松却用手略按一按，托地已跳在桌子上，把些盏儿、碟儿，都踢下来。两个唱的行院，惊得走不动。那个财主官人，慌了手脚，也惊倒了。西门庆见来得凶，便把手虚指一指，早飞起右脚来。武松只顾奔入去，见他脚起，略闪一闪，恰好那一脚正踢中武松右手，那口刀踢将起来，直落下街心里去了。西门庆见踢去了刀，心里便不怕他，右手虚照一照，左手一拳，照着武松心窝里打来。却被武松略躲个过，就势里从胁下钻入来，左手带着头，连肩胛只一提，右手早揪住西门庆左脚，叫声：'下去！'那西门庆一者冤魂缠定，二乃天理难容，三来怎当武松勇力，只见头在下，脚在上，倒撞落在街心里去了，跌得个发昏章第十一。"①这段叙述大约 400 字，半页篇幅，而故事时间大约 1～2 分钟，按照零度参照点，这段叙述也接近或者说达到了慢叙。第四是停叙。所谓停叙，即故事时间没有动，而文本篇幅却过去了许多。明清叙事作品中的环境描写大都属于停叙。第五是零叙。所谓零叙，就是故事时间过去了，文本篇幅却没有动。如《三国演义》第五回对关羽斩华雄的描写："言未毕，阶下一人大呼出曰：'小将愿往斩华雄头，献于帐下！'众视之，见其人身长九尺，髯长二尺，丹凤眼、卧蚕眉，面如重枣，声如宏钟，立于帐前。绍问何人。公孙瓒曰：'此刘玄德之弟关羽也。'绍问现居何职。瓒曰：'跟随刘玄德充马弓手。'帐上袁术大喝曰：'汝欺吾众诸侯无大将耶？量一弓手，安敢乱言！与我打出！'曹操急止之曰：'公路息怒。此人既出大言，必有勇略；试教出马，如其不胜，责之未迟。'袁绍曰：'使一弓手出战，必被华雄所笑。'操曰：'此人仪表不俗，华雄安知他是弓手？'关公曰：'如不胜，请斩某头。'操教酾热酒一杯，与关公饮了上马。关公曰：'酒且斟下，某去便来。'出帐提刀，飞身上马。众诸侯听得关外鼓声大振，喊声大举，如天摧地塌，岳撼山崩，众皆失惊。正欲探听，鸾铃响处，马到中军，云长提华雄之头，掷于地上。其酒尚温。"②关羽斩华雄，不管如何迅速，总需一定时间，但小说只用"众诸侯听得关外鼓声大振，喊声大举，如天摧地塌，岳撼山崩，众皆失惊"等字加以渲染，时间过了，

明清近代叙事思想

① 金圣叹、李卓吾点评：《水浒传》，中华书局，2009 年，第 230 页。
② 罗贯中：《三国演义》，人民文学出版社，1973 年，第 43－44 页。

文本篇幅基本没动，因此应属零叙。

叙事频率讨论的是事件在故事中出现的次数与它在文本中出现的次数的比例。叙事频率有实叙、复叙、概叙三种。复叙指事件在故事中只发生过一次，文本中却被叙述多次。叙事中采用复叙，往往为了取得某种特殊的效果。《水浒传》常常运用复叙的手法。如武松打虎，景阳冈实地描写一次，以后又通过武松之口讲述了几次。金圣叹认为："实是异常得意之事，不得不说了又说。"再如《水浒传》第七十回，梁山英雄的座次，先后以不同形式叙述了四次。金圣叹评曰："文字既毕，例有结束；此回固一部七十篇之结束也。一部七十篇，则非一番结束所得了，故特重重叠叠而结束之。"[①]金圣叹认为，《水浒传》以梁山英雄排座次为全书的结尾，这是一件大事，因此得反复叙述，才能与前面的内容相平衡，不致虎头蛇尾。实叙指事件在故事中出现了多少次，在文本中就也叙述多少次。概述指事件在故事中多次发生，但在文本中只叙述一次。这是明清叙事作品基本的叙事频率，不再讨论。

角色模式讨论叙事作品中的角色及其相互关系。角色是一种人物类型，叙事作品中的角色指的是在故事中起功能性作用的人物类型。根据其在作品中不同的功能，可以将叙事作品中的角色分为三类六种。第一类是主角和对象。在故事中，最重要的功能关系是追求某种目的的角色与他所追求的目的之间的关系，两者可以称为主角与对象。如果一个角色 X 追求目的 Y，那么，X 就是主角，Y 就是对象。如《西厢记》中，张生追求崔莺莺，那么，张就是主角，崔就是对象。第二类是支使者和承受者。主角既然要追求某种目的，就可能存在着某种引发他的追求或为他提供目标与对象的力量，这种力量称为"支使者"，而获得这种力量的对象就是"承受者"。张生追求崔莺莺是因为崔莺莺的美丽与聪明，因此，崔莺莺就是支使者，张生就是承受者。第三类是助手和对头。助手是帮助主角达到自己目的的角色，对头则是阻挠主角达到自己目的的角色。《西游记》中，唐僧师徒四人的目的是上西天取经，帮助他们达到这一目的的如来、观音、众菩

---

① 金圣叹、李卓吾点评：《水浒传》，中华书局，2009 年，第 192 页、第 602 页。

萨、天兵天将等就是他们的助手，而阻挠他们达到这一目的的妖魔鬼怪以及人间想与唐僧结婚的女王等，就是对头。一部叙事作品中，主角和对象可以不变，但助手和对头可以不断变化，从而使故事跌宕、起伏、曲折，增加可读性。如《西游记》。

明清叙事思想中与叙事技法相关的内容十分丰富。本节只能给读者一个简单的提示，进一步的研究，还有待专门的著作。

第二章　金圣叹和李渔的叙事思想

明清时期，不少批评家与作家在自己的著述与作品中涉及了丰富的叙事思想，其中金圣叹与李渔最为突出。两人的著述均涉及当时叙事文学的两大种类——小说与戏曲文学，但金圣叹主要侧重小说叙事，而李渔主要侧重戏曲叙事。[①] 两人在各自的领域均取得了重要的成就，而明清叙事思想的基本特点和主要观点也在两人的著述中得到了比较充分的表现。

第一节　金圣叹的叙事思想

一、金圣叹的生平及叙事思想简介

金圣叹的生平，有关资料不多。一般认为，金圣叹名采，字若采[②]，后因应科举考试取名人瑞，"圣叹"是他二三十岁时为自己取的别号。有人认为，"圣叹"之名来源于《论语》，《论语》中有两处"喟然叹曰"。《论语·子罕篇》中颜渊赞叹他的老师孔子："颜渊喟然叹曰：'仰之弥高，钻之弥坚。瞻之在前，忽焉在后。'"《论语·先进篇》中曾皙、子路、冉有、公西华侍座言志，其他三人的抱负都是经世济民，曾皙的志向则是"暮春者，春服既成，冠者五六人，童子六七人，浴乎沂，风乎舞雩，咏而归"，孔子对之大为赞赏："夫子喟然叹曰：'吾与点也。'"前者为

---

① 杜书瀛认为，中国古典文论有三个发展阶段，明中叶以前，主要是以诗文为主体的抒情文学理论，明中叶以后，自李贽、叶昼起到清初的金圣叹诸人，建立并发展了叙事艺术理论，但主要是叙事文学（小说）理论，至李渔，才真正建立和发展了叙事戏曲理论。此说是有道理的。杜书瀛评注：《闲情偶寄》，中华书局，2007 年，第 17 页。

② 一说字"若采"不可信。见陆林辑校整理：《金圣叹全集·附录》（六），凤凰出版社，2008 年，第 164 页。

"叹圣"，后者为"圣叹"。由此可见金圣叹对孔子的景仰，以及自负为孔子传人的心理。此说有一定道理，可以聊备一格。

金圣叹生于明神宗万历三十六年（1608）阴历三月初三，早年生活于长洲乡村，后迁居至苏州西城甜桥巷，这两个地方都在当时江苏吴县治下，因此也可以说他是江苏吴县人。家中兄弟三人，妹妹一人，金圣叹排行第二。金圣叹的父亲姓名不详，应该是一个没有入仕的中小地主，金圣叹曾写自己小时"窥见大人彻夜吟诵，其意乐甚"①，可见他的父亲是有一定文化的，这应该为金圣叹以后走上文学之路提供了较好的环境。金圣叹小时家境比较宽裕，在《记舍弟》一诗中，他写道："记得同君八岁时，一双童子好威仪。拈书弄笔三时懒，扑蝶寻虫百事宜。一自爷娘为异物，至今兄弟并差池。前朝略续游仙梦，此后相思知不知？"②由此可见，金圣叹的童年生活应该是比较优裕的，至迟在8岁已经"拈书弄笔"，发蒙读书了，而且也像一般小孩子一样地贪玩。而自父母死后，家境应该就开始败落。在金评《水浒传》第四十八回夹评中，他写道："我年虽幼，而眷属凋伤独为至多，骤读此言，不觉泪下。"③从"年虽幼"可以推知这段评语应该写于他十几岁时（金圣叹12岁开始评点《水浒传》），从"眷属凋伤独为至多"可以推知，至少在他十几岁时，他父母应有一人已经去世，也很可能是双亡，而其家境也应该在这时开始凋落。金圣叹21岁左右结婚，生有一子三女。三十岁左右，家里就已比较贫穷，妻病多年，靠授馆为生。④

金圣叹七八岁时开始启蒙，十岁左右进入乡塾读《大学》、《中庸》、《论语》、《孟子》，但他并没有接受儒家积极入世的思想。他曾回忆自己小时读书的情况："随例读《大学》、《中庸》、

① 曹方人、周锡山标点：《金圣叹全集》第一卷，江苏古籍出版社，1985年，第9页。

② 曹方人、周锡山标点：《金圣叹全集》第四卷，江苏古籍出版社，1985年，第847页。

③ 金圣叹、李卓吾点评：《水浒传》，中华书局，2009年，第425页。

④ 金圣叹有《妇病》诗："妇病连年月，襦裙不复全。降严随子女，背眼弃钗钿。昼鼠骄游枕，春虫化出筵。呦呦听不得，一笑当相怜。"此诗大约作于其三十岁左右，可见此时他的境况已经很差了。陆林辑校整理：《金圣叹全集》（二），凤凰出版社，2008年，第1156页。

《论语》、《孟子》等书，意昏如也。每与塾儿窃作是语：'不知习此将何为者?'又窥见大人彻夜吟诵，其意乐甚。殊不知其何所得乐？又不知尽天下书当有几许？其中皆何所言，不雷同耶？如是之事，总未能明于心。"①由此可见，少年金圣叹不仅对"四书"等儒家经典不感兴趣，而且还有点厌倦。而对于当时被正统文人视为闲书的文学类书籍，他却十分爱好。"明年十一岁，身体时时有小病。病作，辄得告假出塾。吾既不好弄，大人又禁不许弄，仍以书为消遣而已。吾最初得见者，是《妙法莲华经》；次之，则见屈子《离骚》；次之，则见太史公《史记》；次之，则见俗本《水浒传》。是皆十一岁病中之创获也。《离骚》苦多生字，好之而不甚解，记其一两句吟唱而已。《法华经》、《史记》解处为多，然而胆未坚刚，终亦不能常读。其无晨无夜不在怀抱者，吾于《水浒传》可谓无间然矣。"②金圣叹少年时身体不大好，这使得他有可能经常避开乡塾刻板的功课而阅读文学作品。这一方面使他没有受到严格的举业训练，大概对他以后的科举之路产生了一定的影响，另一方面则使他很早便接触文学作品，为他以后走上文学批评之路在兴趣与知识两个方面打下了坚实的基础。他曾略带自夸地写道："吾犹自记十一岁读《水浒》后，便有于书无所不窥之势。""十二岁便得贯华堂所藏古本，吾日夜手抄，谬自评释，历四、五、六、七、八月，而其事方竣。"③阅读《水浒》使金圣叹养成了博览群书的习惯与爱好，这使他终身受益。但是，说他十二岁时便已基本完成了对《水浒传》的评点，则不能不说是一种文人自我抬举的习惯与夸张。很难相信一个一年前读《离骚》还"苦多生字"，而且由于"胆未坚刚"，于《法华经》、《史记》"不能常读"的少年，十二岁时就能对《水浒传》进行比较系统的评点。而且，就现有的《水浒传》评点本看，其中的许多思想、人生经验和艺术感悟不可能是一个十二岁的孩子所可能具有的。可能金圣叹十二岁读《水浒传》的体会为

---

① 曹方人、周锡山标点：《金圣叹全集》第一卷，江苏古籍出版社，1985 年，第 9 页。

② 曹方人、周锡山标点：《金圣叹全集》第一卷，江苏古籍出版社，1985 年，第 9 页。

③ 曹方人、周锡山标点：《金圣叹全集》第一卷，江苏古籍出版社，1985 年，第 9 页、第 10 页。

他以后评点《水浒传》打下了一定的基础，也许他十二岁时读《水浒传》所作的一些文字后来也收进了他的《水浒传》评点之中，但《水浒传》评点的主要部分还应该是他成年之后所作。这样说可能更符合事实一些。

金圣叹是封建社会典型的狂生，他出名很早，知识渊博，聪颖绝世，恃才傲物，嬉笑怒骂，不拘礼法，不守规矩。他曾热心于降神活动，自称女仙附体，用扶乩的方式与各界人物笔谈。他终身未仕，虽然少年聪慧，才气超群，17 岁就补了长洲博士弟子员①。但他受佛老思想影响较重，对功名不大热衷，对官场也有看法。虽然也参加过几场科举考试，但并未认真对待，更谈不上全力以赴。相传有一次会试，考题是"如此则动心否乎？"金圣叹却写了这样一段话："空山穷谷之中，黄金万两；露白葭苍而外，有美一人。试问夫子动心否乎？曰：'动动动……'"连写了三十九个动字。试官不解，金圣叹说："只注重'四十不'三字耳。"这样的考生与文章，自然很难得到考官的认可。而以金圣叹的性格，进了官场，也不一定是好事。金圣叹性好自由，喜饮酒。清人徐而庵在顺治癸卯周雪客覆刻本《才子必读书》的序中写道："圣叹性疏宕，好闲暇，水边林下是其得意之处，又好饮酒，日辄为酒人邀去，稍暇又不耐烦，或兴至评书，奋笔如风，一日可得一二卷，多逾三日则兴渐阑，酒人又拉之去矣。""每相见，圣叹必正襟端坐，无一嬉笑容。同学辄道其饮酒之妙，余欲见之而不可得，叩其故，圣叹以余为礼法中人而然也。盖圣叹无我与人相，与则辄如其人，如遇酒人则曼卿轰饮，遇诗人则摩诘沉吟，遇剑客则猿公舞跃，遇棋客则鸠摩布算，遇道士则鹤气横天，遇释子则莲花绕座，遇辩士则珠玉随风，遇静人则木讷终日，遇老人则为之婆娑，遇孩赤则啼笑宛然也。以故称圣叹善者各举一端，不与圣叹交者则同声訾之，以其人之不可方物也。"②

明清近代叙事思想

---

① 亦称"博士弟子"。汉代太学中博士所教授的学生，称博士弟子。汉武帝时，兴立太学，由太常选送一批青年，就博士受业，各郡国同时选送。博士弟子免徭役、赋税，至一定年限，经考核，一般可在郡国任文学职务，优异者可授中央及地方行政官，不勤学及学而无成者退学。所授以儒家经学为主。明清时亦用为生员的别称。生员习称秀才，亦称诸生。

② 转引自周作人：《谈金圣叹》，见：《苦竹杂记》，岳麓书社，1987 年，第 5页。

由此可见金圣叹性格之一斑。

明亡时，金圣叹 37 岁，从此绝意仕进，以读书、著述、授馆为务。对于清朝统治者，金圣叹开始是持抵触情绪的。但随着清朝统治的稳固，社会秩序的逐渐恢复正常，他也接受了这一事实。毕竟，对于一个普通文人来说，他既无力改变现实，也无必要为朱明王朝守节，他的反应，与当时绝大多数老百姓的反应是一样的。对于金圣叹与官场的关系，也应辩证地看，一方面他厌恶官场，无意仕进，在《水浒传》评点中，他痛批官场的腐败黑暗。另一方面，这也并不意味他对自己的沉沦下潦、怀才不遇没有想法。他实际上是以此为苦的，希望有发达的一日。自然，这发达不一定是高官厚禄，成为统治集团的一员，但肯定也不排除能为统治集团所认可的想法。作为社会中的一员，这种想法其实也很自然。因此，在听到顺治皇帝在一次谈话中称他为"古文高手，莫以时文眼看他"时，他不禁顿生知遇之感，写了《春感八首》，中有"忽承帝里来知己，传道臣名达圣人"、"何人窗下无佳作，几个曾经御笔评"、"半生科目沉山外，今日长安指日边。借问随班何处立？香炉北上是经筵"等诗句。①有人认为这表现了金圣叹向清朝统治者的妥协、献媚，认为其骨子里是奴才文人。其实，作为布衣文人，虽然对统治集团有种种不满，但并不意味着他与统治集团誓不两立。对于来自封建社会最高统治者的赞誉，金圣叹感到兴奋，甚至产生某些幻想，是可以理解的，不宜过度阐释。

顺治帝死于 1661 年。在这之前的一年，一个叫作任维初的官吏被派到吴县做县令。任维初为人贪酷，一到任所，便借口"功令森严，钱粮最急"，非刑催逼拖欠。"欠数金者，重责三十，欠三星者亦如之。……受刑者皆鲜血淋漓，难于起立。……居无何，杖一人毙堂下，邑民皆股栗。"同时，他又公开盗卖常平仓米三千多石，并强令全县民众为之补偿。这引起了吴县上下的不满。在顺治帝驾崩期间，以倪用宾、薛尔张等为首的一百多名秀才聚集到文庙痛哭，并击鼓鸣钟，以示抗议，之后，抗议队伍向苏州府衙进发，沿途有上千人参加。正在苏州府衙祭奠顺治帝的江苏巡抚朱国治当即下令镇压，当场逮捕 11 人。之后又以震惊

---

① 陆林辑校整理：《金圣叹全集》（二），凤凰出版社，2008 年，第 1234－1235 页。

先帝之灵、目无朝廷、纠集民众等三大罪名将18名要犯处以死刑，其中就有金圣叹，这就是历史上有名的"哭庙案"。其实，在"哭庙案"中，金圣叹既不是发起者也不是组织者，但他写了一篇《十弗见》及哭庙告文参与其中，又鼓动了一些友人同赴文庙，因此惹祸上身。据载，在狱中听到死讯时，金圣叹道："杀头，至痛也；籍没，至惨也；圣叹以无意得之，不亦异乎？若朝廷有赦令，或可免耳；不然，死矣!"① 说明他当时并没有意识到自己的行为会引来杀头之祸。事实也是如此，"哭庙案"从本质上说是反对贪官污吏，对清朝统治实际上是有利的。清朝统治者之所以小题大做，除了朱国治等谎报事实、罗织罪名之外，也与清朝统治者在立国之初，为强化统治，消除潜在的反抗心理，有意"立威"有关。至于为什么秀才们选择在顺治驾崩时到文庙痛哭，大概与此事件在当时是件大事，触动人心，并给大家提供了聚会的机缘有关，并不是像朱国治所言的要"震惊先帝"。一代文豪就这样死于非命，也暴露出当时清朝统治的残暴。

有关金圣叹受刑的轶事很多。其中一则说，临刑前，金圣叹问刽子手，刀是否快利。刽子手答曰：快利。金圣叹指着自己的手说，如果下手麻利，他死后有礼物相赠。刽子手会意，一刀下去，人头落地。刽子手扳开金圣叹的手，里面果然有一纸条，打开一看，上写：哎唷喂。这些轶事不一定是真的，但它们也说明，金圣叹获死刑虽是"无意得之"，但他面对死亡是坦然的，显示出一代文豪的幽默本性。

金圣叹生活在明末清初之际。明末政治腐败、内忧外患、朝政废弛，统治比较薄弱，这一方面使广大士人失去了一些仕进的机会，产生忧愤的情绪，另一方面也为他们自由思想，走向民间，从事文学活动创造了条件。而清初尖锐的民族矛盾和统治集团的高压政策又使一些有正义感的士人无法适应。金圣叹的终身未仕，除了自身的原因之外，应该说与当时的社会状况是有关系的。在政治上，金圣叹其实并不特别激进。他有民贵君轻的思想，反对贪官污吏，抨击社会黑暗，在一定程度上肯定官逼民反的合理性。但在总体上，他对封建制度、对封建王朝的最高统治

---

① 陆林辑校整理：《金圣叹全集》（六），凤凰出版社，2008年，第971页。

者是认同的，对正统的封建思想也往往采取维护的态度。《水浒传》第十九回，林冲火拼王伦之后，众人推他坐第一把交椅，林冲力推不就，其重要理由便是"据着我胸襟胆气，焉敢抗拒官军，他日剪除君侧元凶首恶？"金圣叹批道："《水浒》一书大题目，林冲一生大胸襟。"①由此可见金圣叹对朝廷的基本态度。在思想上，金圣叹总的来看还是以儒家思想为主，但受佛老思想影响很深，特别是佛教对他有着重要影响，他的很多思想都有佛学的痕迹。这些都在他的文学批评中表现出来，由此形成其叙事思想的复杂性。

　　金圣叹的叙事思想主要表现在他对《水浒传》和《西厢记》的评点上。金圣叹对《水浒传》、《西厢记》的评价很高，将它们与《庄子》、《离骚》、《史记》、杜诗合在一起，看作是中国文化的精华，合称"六才子书"，平生最大愿望就是对它们进行评点，将自己的知识、抱负、思想、情感和艺术修养通过评点表现出来。不幸由于飞来横祸，英年早逝，六部书实际上只完成了第五才子书《水浒》和第六才子书《西厢记》的评点，以及杜诗的部分评点，这不能不说是中国文化的一个重大损失。但就已完成的评点看，金圣叹的才华、思想和艺术观点均已表现得比较充分。由于《水浒传》和《西厢记》②都是叙事作品，金圣叹实际上也是从叙事角度对两部作品进行评点的，因此金圣叹的文艺思想中，叙事思想占了很大的分量。本节拟根据金圣叹对《水浒传》和《西厢记》的评点，从文学创作与叙事作品、叙事者、故事与人物、叙事章法、叙事技巧和叙事接受等六个方面，对金圣叹的叙事思想作一比较系统的论述。

二、金圣叹论文学创作与叙事作品

1. 金圣叹论文学创作

　　金圣叹评点《水浒传》与《西厢记》，主要是从两部作品的

----

　　①　金圣叹、李卓吾点评：《水浒传》，中华书局，2009年，第161页。
　　②　《西厢记》虽是剧本，但就叙事这一点来说，它与小说有很多相似之处。实际上，在评点时，金圣叹也是从叙事文学的角度对《西厢》进行评论的。他认为《西厢》并不适合舞台演出。（参看《读第六才子书〈西厢记〉法》第七十九条，等，周锡山编校：《贯华堂第六才子书〈西厢记〉》，万卷出版公司，2009年，第19页。）因此，笔者将金圣叹对《西厢记》的评点也纳入其叙事思想研究的范围。

思想与艺术入手的，但是对于文学创作本身他在评点时也作了一定的论述。

按照马克思主义的观点，社会存在决定社会意识。文学与社会生活的关系，是任何批评家都无法回避的问题。在有关《水浒传》的评点中，最早对这一关系的实质作了透彻说明的是叶昼。金圣叹承续了叶昼的观点，同样认为生活是文学创作的基础，作家只有了解了生活，才能写好作品。为了使作家的创作不脱离生活，金圣叹提出"格物致知"的原则，强调作家只有深入生活，认识、了解生活，才能正确地把握、反映生活。《水浒传》第二十二回，武松不信酒店店主景阳冈上有虎的警告，管自走上山来，到山上的一座旧山神庙前，看到了官方的告示，才知道真的有虎，"欲待转身再回酒店里来"。在这里，金圣叹批道："有此一折，反越显出武松神武。不然，便是卒然不及回避，侥幸得免虎口者矣。"大虫搏武松，一扑一掀一剪，都被武松躲过。小说写道，"原来那大虫拿人只是一扑、一掀、一剪，三般提不着时，气性先自没了一半。"金圣叹在这里批曰："才子搏物，定非妄言，只是无处印证。"①知道有虎，武松萌生返回酒店的想法，这是符合生活真实的，因为武松是个精明人，并不是蛮汉；老虎搏人的手段虽然"无处印证"，但金圣叹认为小说的描写也"定非妄言"。这正是因为作者长期格物，达到了对生活的深入认识，因此写起来符合生活真实的缘故。

不过，虽然金圣叹肯定文学的基础和源泉是生活，但他并不认为文学作品所描写的都是生活中的实事，相反，他认为文学作品往往是虚构的。这方面，他仍然承续了叶昼的观点②，但比叶昼更为深入、系统、透彻。

金圣叹从文学作品中所写的古人古事的真实性入手，进行探讨，得出结论："古人实未曾有其事也。乃至古亦实未曾有其人也。即使古或曾有其人，古人或曾有其事，而彼古人既未尝知十

① 金圣叹、李卓吾点评：《水浒传》，中华书局，2009 年，第 190 页、第 190 - 191 页。

② 叶昼认为："《水浒传》事节都是假的，说来却是逼真，所以为妙。""《水浒传》文字原是假的，是为他描写得真情出，所以便可与天地相终始。"《容与堂本水浒传》第一回回末总评、第十回回末总评。

百千年之后，乃当有我将与写之，而因以告我。我又无从排神御气，上追至于十百千年之前，问诸古人。然则今日提笔而曲曲所写，盖皆我自欲写，而于古人无与。"①这段话包括两层意思：一是文学作品所描写的古人古事在古时根本就不存在；一是这些古人古事虽然存在，但时过境迁，古人既不可能告诉我，我也不可能溯时间而上去问古人，因此只能按照自己的理解进行创作。无论哪种情况，作者的想象与虚构都是不可避免的。他以《史记》和《水浒传》对比，进一步说明文学创作虚构的性质："《史记》是以文运事，《水浒》是因文生事。以文运事，是先有事生成如此如此，却要算计出一篇文字来，虽是史公高才，也毕竟是吃苦事。因文生事即不然，只是顺着笔性去，削高补低都由我。"②以文运事，也就是组织文字将既有的事件表现出来，因文生事，则是根据作文的需要，虚构出一定的事件来。一个强调真实，一个要求虚构；一个文字可以千变万化，但已有的事实不能改变，一个不仅文字可以千变万化，事件也可以根据写作的需要进行变化。金圣叹的这段论述不仅指出了历史与文学各自的特性，而且指出了它们在运用语言上的区别。

不过，文学创作虽然需要虚构，但这虚构也不能是信口开河，随意挥洒。《水浒传》虽然是由"才子文心捏造而出"，但却应是"文所本无，事所必有"，写的是"未必然之文"，但表现的却应是"必定然之事"③。小说中的事件、人物虽是虚构的，但却应符合生活规律与常识，按照生活的可然律与必然律是可能发生的。

从肯定文学的虚构性出发，金圣叹又提出了"无实写"论。他认为，"从来妙文，决无实写一法"，"自古至今无限妙文，必无一字是实写"。④而"著书之家"也从来不计其所写的"其事其

---

　　① 金圣叹点评，周锡山编校：《贯华堂第六才子书〈西厢记〉》，万卷出版公司，2009 年，第 49 页。

　　② 金圣叹、李卓吾点评：《水浒传》，中华书局，2009 年，第 1 页。

　　③ 金圣叹、李卓吾点评：《水浒传》，中华书局，2009 年，第 305 页、第 295 页、第 191 页。

　　④ 金圣叹点评，周锡山编校：《贯华堂第六才子书〈西厢记〉》，万卷出版公司，2009 年，第 90 页、第 93 页。

人之为有为无"①。不过，金圣叹这里所说的"实写"主要不是从文学与生活的关系的角度，而是从文学与生活的描写关系的角度来说的。换句话说，所谓"从来妙文，决无实写一法"的意思主要不是说文学的内容完全来自虚构，与生活无关，而是说文学不可能完全如实地描写生活。《西厢记》第一卷第四折写张生第三次见到莺莺，称赞她"檀口点樱桃，粉鼻倚琼瑶，淡白梨花面，轻盈杨柳腰"。金圣叹评道："世之不知文者，谓此是实写，不知此非实写也，乃是写张生。直至第三遍见莺莺，方得仔细，以反衬前之两遍全不分明也。……从来文章家决无实写之法。吾见文之最实者，无如左传《周郑交恶》，传中'涧溪沼沚之毛，苹蘩蕴藻之菜，筐筥锜釜之器，潢汙行潦之水'，板板四句，凡下四四一十六字，可称大厌。而实则止为要反挑王子狐、公子忽两家俱用所爱子弟为质，乃是不必，故言不过只采那涧溪沼沚中间之毛，唤作苹蘩蕴藻寻常之菜，盛于筐筥锜釜野人之器，注以潢汙行潦不清之水，只要明信无欺，便可荐鬼神而羞王公。四句不意乃是一句，四四一十六字，不意乃是一字，正是异样空灵之笔，然后谛信自古至今无限妙文，必无一字是实写，此言更为不诬也。"《周郑交恶》描写"毛、菜、器、水"可谓非常之实了，但它的意思却不是要实写这四样东西，而是为了说明只要有了诚信，随便什么东西都可以为质，不一定非要自己宠爱的子弟。这里看似实写，实际仍是虚写。金圣叹曾说自己的好友王斫山从未到过庐山，但对庐山奇景的描写却令人神往。而这种情况，"吾于读《左传》往往遇之，吾于读《孟子》往往遇之，吾于读《史记》、《汉书》往往遇之，吾今于读《西厢》亦往往遇之"②。由此可见，文学作品并不一定要实写，只要逼真，虽是虚构，仍是妙文。那么，为什么文学作品不要"实写"呢？原因之一，有些事物因条件限制，无法亲见，只能想象，如王斫山笔下的庐山。原因之二，有些事物实写不出，只能虚写，如莺莺之美。原因之三，有些事物过于复杂多面，只能选择性地描写，如白马解围。原因之四，即使是实写的，也往往含有其他的含义，如《周

明清近代叙事思想

---

① 金圣叹、李卓吾点评：《水浒传》，中华书局，2009年，第598页。

② 金圣叹点评，周锡山编校：《贯华堂第六才子书〈西厢记〉》，万卷出版公司，2009年，第92－93页、第89页。

郑交恶》。原因之五，描写总要渗进作者自己的感情，无法完全客观，如张生讲述的莺莺长相。也正因为真正的"实写"难以达到，所以"文到入妙处，纯是虚中有实，实中有虚，联缩激射，正复不定"。如"张青述鲁达被毒，下忽然又撰出一个头陀来，此文章家虚实相间之法也。然却不可便谓鲁达一段是实，头陀一段是虚，何则？盖为鲁达虽实有其人，然传中却不见其事，头陀虽实无其人，然戒刀又实有其物也"[1]。就虚实而言，这段话至少有两层意思：①鲁达是实，头陀是虚，因为前者是《水浒传》中的一个人物，而后者只是人物口中提到的一个人名而已。②鲁达不一定是实，因为相关的历史记载中没有这个人，而头陀也不一定是虚，因为他的两把戒刀的的确确在张青的店里。就这样有虚有实，虚实相间，打造出世上无数妙文。

如果稍作引申，金圣叹的"无实写"论实际上涉及了语言表达的问题，他似乎隐约意识到了语言与现实之间的距离，意识到了语言无法完全如实地表现现实的问题。而这正是 20 世纪西方语言论文论的核心思想。金圣叹叙事思想的超前性在这里再次显露出来。

不过，在前面那段论述中，史书上没有与鲁达相关的记载，这是历史事实，而头陀的两把戒刀则是小说中的描写。金圣叹将两者都作为论据来说明自己的虚实论，似乎有将现实与文学混为一团的嫌疑。的确存在这个矛盾，金圣叹在这一点上似乎没有想清楚。但由此引出另一个问题——文学创作的假定性。所谓假定性是指文学作品将自己建构的虚拟世界设定为真实存在的一种性质。接受文学作品，就必须接受它的假定性，否则文学创作与文学接受都不可能进行。比如《红楼梦》设定贾宝玉的父亲是贾政，你就得将这一点作为接受的基础，如果你在接受时怀疑这一点，接受就无法进行下去。中国文艺实践一直具有很强的假定性。比如戏曲舞台上人物做一个动作，就表示开门、关门；几个人在舞台上厮杀一阵，就表示千军万马在鏖战。都是对于假定性的运用。但到金圣叹为止，理论上的讨论并不多。金圣叹涉及了这一点。在《水浒传》第五回的回评中，他写道："耐庵忽然而

---

① 金圣叹、李卓吾点评：《水浒传》，中华书局，2009 年，第 232 页。

写瓦官，千载之人读之，莫不尽见瓦官也。耐庵忽然而写瓦官被烧，千载之人读之，又莫不尽见瓦官被烧也。然而一卷之书，不盈十纸，瓦官因何而起，瓦官因何而倒，起倒只在须臾，三世不成戏事耶？又摊书于几上，人凭几而读，其间面与书之相去，盖未能以一尺也。此不能一尺之间，又荡然其虚空，何据而忽然谓有瓦官，何据而忽然又谓烧尽，颠倒毕竟虚空，山河不又如梦耶？"[1]一卷书就十来页，作者写有一个瓦官寺，然后又写瓦官寺被烧了，读者也就相信有那么一个瓦官寺，有那么一个瓦官寺被烧了。金圣叹在这里提出了疑问——"何据"，读者凭什么相信呢？金圣叹的回答虽然有点虚无的色彩，但他毕竟肯定了读者这样理解是正确的，也是必需的。他虽然没有正面阐述文学创作的假定性原则，但却天才地"猜到"了这一原则。

与虚构相联的，是灵感问题。金圣叹对于灵感，有比较清醒的认识。他将《水浒传》、《西厢记》等书称为才子书，就隐含对于灵感的肯定。"才子"一词在古代出现较早，《左传·文公十八年》中就有"高辛氏有才子八人"的字样，但这时的才子主要指德才兼备之士，与文学关系不大。大约从南北朝开始，"才子"一词才较多地指称有才学的文墨之士。从唐到元，才子逐渐成为文人特别是优秀文人的专称。元人辛文房为唐代诗人作传，就以《唐才子传》为其书名。金圣叹以"才子书"称《水浒传》、《西厢记》，将其与《庄子》、《离骚》、《史记》、杜诗等中国传统文人公认的名著并列，一者是为了提高当时还不登大雅之堂的小说、戏曲的文学地位，一者也是为了强调两者的独创性。而这独创性，就与灵感有关。金圣叹云："文章最妙，是此一刻被灵眼觑见，便于此一刻放灵手捉住。盖于略前一刻，亦不见，略后一刻，便亦不见，恰恰不知何故，却于此一刻忽然觑见，若不捉住，便更寻不出。"灵感是什么，金圣叹没有作明确的界定，但是他却生动地描绘了灵感来去无踪、把握不定的特点。[2]

关于灵感，金圣叹有两个重要的观点。其一，是灵感既有天赋的成分，也有后天的成分。"仆今言灵眼觑见，灵手捉住，却

明清近代叙事思想

① 金圣叹、李卓吾点评：《水浒传》，中华书局，2009 年，第 52 页。
② 金圣叹点评，周锡山编校：《贯华堂第六才子书〈西厢记〉》，万卷出版公司，2009 年，第 13 页。

思人家子弟，何曾不觑见，只是不捉住。盖觑见是天付，捉住须人工也。今《西厢记》实是又会觑见，又会捉住。……圣叹深恨前此万千年，无限妙文，已是觑见，却捉不住，遂成泥牛入海，永无消息。"灵感虽然飘游不定，但人人都会有灵感的时候，但是灵感来了，不一定能将其表现出来，因为他不一定能够"捉住"，这需要修养、需要技巧、需要运用语言的能力，而这些都必须经过后天的勤学苦练才能获得。这样，金圣叹不仅肯定了灵感先天的一面，也肯定了其后天的一面。因此，他要求读者在阅读《西厢记》时，不仅要学其"觑见"，更要学其"捉住"。其二，是灵感的不可重复性。"仆尝粥时欲作一文，偶以他缘不得便作，至于饭后方补作之，仆便可惜粥时之一篇也。"一顿饭的功夫，飘逝的灵感便不再回来，留下的徒有叹息。从这里出发，金圣叹提出了创作的不可重复性的问题："今后任凭是绝代才子，切不可云：此本《西厢记》，我亦做得出也。便教当时作者而在，要他烧了此本，重做一本，已是不可复得。纵使当时作者，他却是天人，偏又会做得一本出来，然既是别一刻所觑见，便用别样捉住，便是别样文心，别样手法，便别是一本，不复是此本也。"①赫拉克利特认为，人无法两次进入同一条河流。歌德74岁时，重读自己的《少年维特之烦恼》，曾感叹自己当时的才华。不仅灵感具有转瞬即逝、逝不再来的特性，作家的思想、经历、技巧等也是在不断变化，而且作家还必须不断地与自己的遗忘作斗争。人脑的机制决定了人们无法把自己创作的东西原封不动地恒久地保存下来，作者头脑中的形象实际上是处于流动之中的，只要它没有以物化的形式固定下来，他就总是处于和遗忘斗争的过程中。他总是要做出努力，以"抓住"逐渐消失的东西，而这种"抓住"往往不是原样的重复，总会有些细微的变化。②因此，文学作品是无法重复的，即使是同一作家重新创作自己的同一作品，新的作品也不可能与原来的作品一模一样。金圣叹的观点具有很强的现代性。

---

① 金圣叹点评，周锡山编校：《贯华堂第六才子书〈西厢记〉》，万卷出版公司，2009年，第14页、第13-14页。

② 赵炎秋：《形象诗学》第三章第二节"物化"部分，中国社会科学出版社，2004年。

文学创作的动力，是批评家们一直关心的问题。我国批评家从创作心理的角度，提出了"诗言志"（《尚书》）、"成一家之言"（司马迁）、"不平则鸣"（韩愈）等观点。金圣叹继承这一传统，从创作心理的角度，提出了三个重要的命题——"怨毒著书"、"锦心绣口"和"成奇文以自娱"。

所谓"怨毒"，也即怨恨、不满，因为怨恨、不满，所发言词便不免激愤，有伤中庸之道，因而为"毒"。在《水浒传》第十八回回评中，金圣叹写道："此回前半幅借阮氏口痛骂官吏，后半幅借林冲口骂秀才。其言愤激，殊伤雅道。然怨毒著书，史迁不免，于稗官又奚责焉。"作家居于社会之中，亲历、感受着社会的种种不平，而又无力匡正，只好发为议论，形诸文章。因此，"天下有道，然后庶人不议也"①。只要天下还处于无道的状态，作家就无法不议论。金圣叹肯定了作家怨毒著书的权利与合理性，并把这种"怨毒"的产生归诸于社会和统治阶级。金圣叹继承孔子的"兴观群怨"说和韩愈的"不平则鸣"说，并将作家"怨毒"与否同社会状况联系起来，这种思想是值得肯定的。

如果说"怨毒著书"主要是从作家与社会的关系的角度立论，那么，"锦心绣口"则主要是从文学创作的角度着眼。金圣叹指出："大凡读书，先要晓得作书之人是何心胸。如《史记》须是太史公一肚皮宿怨发挥出来……《水浒传》却不然。施耐庵本无一肚皮宿怨要发挥出来，只是饱暖无事，又值心闲，不免伸纸弄笔，寻个题目，写出自家许多锦心绣口，故其是非皆不谬于圣人。后来人不知，却于《水浒》上加'忠义'字，遂并比于史公发愤著书一例，正是使不得。"② 这段论述从另一个方面指出，作家创作是源于表达与展示的需要。作家禀赋才华、富于想象，在现实生活中，不免常常生出无限遐思，涌现许多念头、场面、人物、形象。当这些遐思、形象在心中充塞、活跃的时候，作家便必然会试图将其发为作品。因此，作家创作并不一定是出于"怨毒"，也可能是为了表现自己的才华（绣口），或内心的想象与思绪（锦心）。

"锦心绣口"与"怨毒著书"表面看似矛盾，实际并不矛盾。

---

① 金圣叹、李卓吾点评：《水浒传》，中华书局，2009 年，第 152 页、第 10 页。
② 金圣叹、李卓吾点评：《水浒传》，中华书局，2009 年，第 1 页。

创作本身是多面的。一方面，作家有社会责任，有义务也有权利批评社会；另一方面，他又有自己的艺术追求，需要通过作品将自己层出不穷的思绪、上天入地的想象、操纵语言的能力表现出来，写出自己的"锦心绣口"。从这个角度看，"锦心绣口"与"怨毒著书"其实是同一事物的两个侧面，两者是相辅相成的。中国古代文论往往强调"不平则鸣"、"穷愁出诗人"、诗"穷而后工"，这主要是从文学的社会作用而言的。诗人感到社会的黑暗与不平，自己也处于不利的处境，因而产生"怨毒"，发而为文学作品。但这只是问题的一个方面。作家创作不仅仅是因为社会原因，他也可能因为娱乐、消遣、表达，甚至仅仅只是为了表现自己的才华、为引人注目而进行创作。金圣叹的"锦心绣口"说概括了这种现象。自然，作家要为娱乐而创作，必须无后顾之忧，因此金圣叹强调作家要处于"饱暖无事，又值心闲"的状态，才可能写出"锦心绣口"。宋代之后，市民阶层兴起，对文艺的休闲、消遣、娱乐功能的要求大大增加，文学创作成为文人谋生的手段之一。金圣叹的"锦心绣口"说实际上是这一社会现象的反映，相对于"怨毒著书"说，更是一个纯文学性的命题。

但更有创新意义的还是"成奇文而自娱"说。金圣叹认为"君相能为其事，而不能使其所为之事必寿于世。能使君相所为之事必寿于世，乃至百世千年以及万世，而犹歌咏不衰，起敬起爱者，是则绝世奇文之力"。因此，史书一方面要为"一代纪事"，一方面仍要"出其珠玉锦绣之心"。而"稗官之家，无事可纪，不过欲成绝世奇文以自娱乐"，就更需惨淡经营，写出锦绣文章。[①]这段话从两个方面说出了文史的区别。一方面，史书的任务是记载真实的历史事件，而文学则无此任务；另一方面，史者著书是为了将历史事件传诸千古，而作家创作则是为了自娱，自我欣赏。这就像某些女性在年轻时将自己的玉体拍下来，其目的并不是要示之于众，而是想时时自己欣赏，以记得自己曾经多么美丽。"成绝世奇文以自娱"说从作者自我欣赏的角度探讨文学创作的动机，虽然有一定的偏颇，但也不是没有一定的道理。它

———————
① 金圣叹、李卓吾点评：《水浒传》，中华书局，2009 年，第 246 页。

肯定了作家个人的精神愉悦对于文学创作的推动作用，肯定了文学创作的动力不一定都是功利、实用的考虑。马克思认为，人在自己的活动中将自己的本质力量对象化到自己所接触的对象上面，"人不仅通过思维，而且以全部感觉在对象世界肯定自己"①。人在这种对象化中不仅肯定自己的力量，而且感到精神的愉悦。作家的创作从某种意义上说也是一种本质力量的对象化，因此他在创作中能够感到愉悦，是当然的。因此，金圣叹的"自娱说"在理论上也是站得住脚的。"自娱"说作为创作动力说的一种，有较强的超前性。在这里，我们看到了康德的"无功利的功利性"、唯美主义的"为艺术而艺术"，以及语言论文论的"文学作品是不及物"的等观点的影子。

自然，我们不应将金圣叹的三种观点对立起来，三者实际上是互相联系、相辅相成的，它们从不同的侧面说明了文学创作的动力问题。

在创作方法上，金圣叹提倡现实主义，要求描写不违现实，情节符合逻辑。《水浒传》第十二回，写杨志与周谨比武，各用沾了石灰的枪械，"两人斗了四五十合。看周谨时，恰似打翻了豆腐似的，斑斑点点，约有三五十处。看杨志时，只有左肩胛上一点白"。这里金圣叹评道："写周谨点多不足喜，喜其写杨志肩胛上亦有一点也。"②因为这样更符合现实，而杨志不是神人，则更能显出其英武。《水浒传》中，英雄往往有气短的时候。第四回，鲁智深嫌李忠、周通不爽快，乘他们不在时卷了他们的银器，独自溜走。武松虽英雄，第二十九回却被张都监屈打成招。但这并不影响金圣叹对他们的评价。他称武松为"天人"，认为鲁达私自卷走人家的东西，从后山滚下山去，是"爽快，自是天性"。因为，英雄气短正好显出他们的凡人本色，更加符合生活的真实。对于《水浒传》中的超自然因素，金圣叹是不以为然的，有时加以揶揄。第六十九回写张清用石子连打梁山一二十员大将，最后吴用定计，公孙胜用道法祭起满天乌云黑雾，使张清的部队在黑暗中辨不清方向，最后将张清连人带马赶入河中，使

① 马克思：《1844 年经济学哲学手稿》，《马克思恩格斯全集》第 42 卷，人民出版社，1979 年，第 125 页。

② 金圣叹、李卓吾点评：《水浒传》，中华书局，2009 年，第 104 页。

之束手就擒。金圣叹讽刺地问道："何不早行，我欲问之。"明显地表现出对小说用这种超自然因素解决问题的不满。好在《水浒传》在使用这些超自然力量时比较克制，对于妖法、道法，只是点到为止，没有展开。金圣叹对此十分赞赏，第五十二回回评认为："不张皇高廉，斯无以张皇公孙也。顾张皇高廉以张皇公孙，而斯两人者，争奇斗异，至于牛蛇神鬼，且将无所不有，斯则与彼《西游》诸书又何以异？此耐庵先生所义不为也。吾闻文章之家，固有所谓避实取虚之法矣。今兹略于破高廉，而详于取公孙，意者其用此法与？"第五十三回具体写公孙胜与高廉斗法，但也均只点到为止，金圣叹十分赞赏，多次夹批："只是略述，不肯极力铺张。"并在回评中写道："写公孙神功道法，只是一笔两笔，不肯出力铺张，是此书特特过人一等处。"①自然，金圣叹对《西游记》的浪漫主义特征肯定不够，这是他的不足之处，但他少写、略写、虚写超自然因素的主张，应该是正确的。《水浒传》中的超自然因素一方面与小说的现实性描写不合，另一方面，也减轻了化解冲突的难度，破坏了情节的吸引力。

恩格斯在谈到倾向性的时候曾经指出，倾向应在情节的描写中自然地表现出来。这是现实主义创作方法的一个基本原则。金圣叹的观点与这一原则是相符的。在《西厢记》读法里，他反复强调这一点。"仆思文字不在题前，必在题后，若题之正位，决定无有文字。不信，但看《西厢记》之一十六章，每章只用一句两句写题正位，其余便都是前后摇曳之，可见。""知文在题之前，便须恣意摇之曳之，不得便到题；知文在题之后，便索性将题拽过了，却重与之摇之曳之。""文章最妙，是先觑定阿堵一处，已却于阿堵一处之四面，将笔来左盘右旋，右盘左旋，再不放脱，却不擒住。"②这些论述的出发点虽然是文章写法，但包含的现实主义创作观也是很明显的，作者的思想、倾向（金圣叹名为阿堵、题目）不宜直接表现出来，但文章的描写又需围绕这一中心，左右摇曳，构成鲜明的形象，然后于形象之中，将自己的

---

① 金圣叹、李卓吾点评：《水浒传》，中华书局，2009 年，第 453 页、第 466 页、第 463 页。

② 金圣叹点评，周锡山编校：《贯华堂第六才子书〈西厢记〉》，万卷出版公司，2009 年，第 14 页、第 13 页。

思想、倾向暗示出来。因此，金圣叹十分赞赏《水浒传》中形象的鲜明和人物的丰满，认为这是《水浒传》成功的关键。

2. 金圣叹论叙事文学

金圣叹评点的两部作品都属于叙事文学的范围，在评点中自然要对叙事文学发表自己的观点。不过，金圣叹关于叙事文学的评论往往有普遍的性质，因此也可以看作是他对于文学本身的看法。

金圣叹对《水浒传》、《西厢记》评价很高。他将《水浒传》、《西厢记》与《庄子》、《离骚》、《史记》、杜诗等中国正统的诗文典范并列，合称"六才子书"，并经常拿《水浒传》、《西厢记》与这些作品以及《左传》、《国语》等史传文学的典范作品进行比较，甚至认为《水浒传》、《西厢记》有些方面超过了这些作品，如"《水浒》方法，都从《史记》出来，却有许多胜似《史记》处。若《史记》妙处，《水浒》已是件件有"①，"文章最妙，是目注彼处，手写此处。若有时必欲目注此处，则必手写彼处。一部《左传》，便十六都用此法。若不解其意，而目亦注此处，手亦写此处，便一览已尽。《西厢记》最是解此意"②。金圣叹如此重视《水浒传》、《西厢记》，除了两部作品的确取得了极高的艺术成就之外，也与他有意提高小说、戏曲等叙事文学的地位，打破传统的看法有关。

关于叙事文学，金圣叹提出了一些值得注意的观点。

其一，肯定叙事文学的社会地位。中国传统文论重诗文，轻小说、戏曲。其重要原因之一是受史传文巨大成就的影响，中国传统文论将"真实"作为评价作品的重要标准，而对这真实又作了狭隘的理解，以为只有符合历史事实才是真实，没有像亚里士多德那样认识到，写出生活的可然律与必然律也是一种真实而且是更高的真实。而小说戏曲往往是虚构的，因此只能补史书之缺，供人消遣，没有多大的社会作用。金圣叹不同意这种观点。他一方面强调虚构是文学的特点，也是文学之所以为文学的关键所在，肯定虚构的必要性；另一方面他又反复强调小说戏曲的有

明清近代叙事思想

---

① 金圣叹、李卓吾点评：《水浒传》，中华书局，2009年，第1页。
② 金圣叹点评，周锡山编校：《贯华堂第六才子书〈西厢记〉》，万卷出版公司，2009年，第13页。

用、有益于世。如《水浒传》第十八回写何涛带官兵到石碣村捕捉晁盖等人，未捕之前，先将村中百姓的船收缴了。针对此事，金圣叹在回评中写道："稗史之作，其何所放？当亦放于风刺之旨也。……嗟乎，捉船以捉贼，而令百姓疑其以贼捉贼，已大不可，奈何又捉船以乘凉，而令百姓竟指为贼要乘凉，尚忍言哉，尚忍言哉！世之君子读是篇者，其亦恻然中感而慎戢官军，则不可谓非稗史之一助也。"第二十九回回评："看他写快活林，朝蒋暮施，朝施暮蒋，遂令人不敢复做快意之事。稗官有益于世，乃复如此不小。"第六十回回评："卢员外本传中，忽然插出李固、燕青两篇小传。李传极叙恩数，燕传极叙风流。乃卒之受恩者不惟不报，又反噬焉。风流者笃其忠贞，之死靡贰，而后知古人所叹。狼子野心，养之成害，实惟恩不易施，而以貌取人，失之子羽，实惟人不可忽也。稗官有戒有劝，于斯篇为极矣。"①《西厢记》读法认为："子弟欲看《西厢记》，须教其无看《国风》。盖《西厢记》所写事，便全是《国风》所写事。然《西厢记》写事，曾无一笔不雅驯，便全学《国风》写事，曾无一笔不雅驯；《西厢记》写事，曾无一笔不透脱，便全学《国风》写事，曾无一笔不透脱：敢疗子弟笔下雅驯不透脱、透脱不雅驯之病。"②孔子曾经说："小子何莫学乎诗？诗，可以兴、可以观、可以群、可以怨。迩之事父，远之事君，多识于鸟兽草木之名。"③总起来看，金圣叹论述叙事文学的作用基本上还是从认识、教育与审美三个方面进行的，并没有超出中国传统文论的范围。他的功劳在于将小说、戏曲等传统视为小道的文学样式列入到正统的诗文之中，将诗文具有的功能与作用赋予它们，肯定它们的社会功用，从而有力地转变了人们的文学观念，开启了 19 世纪末、20 世纪初梁启超提倡"小说界革命"的先声。

其二，强调叙事作品的叙事特征。"书以纪事，有其事，故

① 金圣叹、李卓吾点评：《水浒传》，中华书局，2009 年，第 152 页、第 253 页、第 519 页。

② 金圣叹点评，周锡山编校：《贯华堂第六才子书〈西厢记〉》，万卷出版公司，2009 年，第 12 页。

③ 《论语·阳货篇》，杨伯峻编校：《论语译注》，中华书局，1980 年，第 185 页。

有其书也；无其事，必无其书也。"①这里的"书"指的是叙事作品，"事"指的是事件、故事。事件是叙事作品的主要内容，有事件，就有叙事作品；没有事件，也就没有叙事作品。这一观点在今天是一种常识，但在金圣叹生活的17世纪中叶，却具有较强的前沿性。他以虚构与否将文学与历史区分开来，又以是否重在"纪事"将叙事文学特别是小说与其他文学类型区分出来，这实际上已经具有了现代文学分类的雏形。只可惜他的这一思想未能得到很好的发展与继承。一百多年后纪昀在主编《四库全书》时，仍然按照中国传统的分类方法，将小说分别归入叙述杂事、记录异闻，缀辑琐语三类，划入子部、集部与史部，戏曲则根本没有收入。这说明文艺思想发展的艰难性与曲折性，也说明金圣叹的叙事作品叙事特征的强调在当时所具有的理论意义。

其三，强调叙事作品结构的有机性与统一性。金圣叹认为，好的文学作品必须是一个有机完整的整体。所谓有机，是指作品的各个部分是互相联系、互相支撑、相辅相成的，就像一个活的东西，去掉哪个部分都不行。所谓统一，是指作品具有内在自足性与整一性，没有游离的部分。在将《水浒传》与《三国演义》、《西游记》进行比较时，他指出："《三国》人物事体说话太多了，笔下拖不动，辊不转，分明如官府传话奴才，只是把小人声口替得这句出来，其实何曾自敢添减一字。《西游》又太无脚地了，只是逐段捏捏撮撮，譬如大年夜放烟火，一阵一阵，中间全没贯穿，处处可住。"②金圣叹对《三国演义》的史诗性质和《西游记》的浪漫特征重视不够，但这段话对两部作品结构上的弱点的批评可谓是一针见血。《三国演义》叙事太快、太满，人物、情节展开不够，《西游记》各个故事各自为政，相互之间未能形成有机的整体，而《水浒传》则克服这些不足，达到了有机与统一。

金圣叹所说的有机性和统一性可以从四个方面论述：

首先，是整体构思的有机与统一。在《读第六才子书〈西厢记〉法》中，金圣叹写道："最苦是人家子弟，未取笔，胸中先

---

① 金圣叹点评，周锡山编校：《贯华堂第六才子书〈西厢记〉》，万卷出版公司，2009年，第43页。

② 金圣叹、李卓吾点评：《水浒传》，中华书局，2009年，第1页。

已有了文字。若未取笔，胸中先已有了文字，必是不会做文字人。《西厢记》无有此事。"、"最苦是人家子弟，提了笔，胸中尚自无有文字。若提了笔，胸中尚自无有文字，必是不会做文字人。《西厢记》无有此事。"所谓"未取笔，胸中先已有了文字"，是指尚未创作，心中就有了主观的先入之见，这样，必然会影响形象的创作，造成思想大于形象甚至干预形象的现象，这是不可取的。"提了笔，胸中尚自无有文字"是指创作开始后，心中对于要写的东西还没有一个整体的规划，没有一个完整的构思，写起来必然是修修补补，丢三落四，这也是不可取的。因此，金圣叹反复申言："若是字，便只是字；若是句，便不是字；若是章，便不是句。岂但不是字，一部《西厢记》，真乃并无一字；岂但并无一字，真乃并无一句。一部《西厢记》，只是一章。""若是章，便应有若干句；若是句，便应有若干字。今《西厢记》不是一章，只是一句，故并无若干句，乃至不是一句，只是一字，故并无若干字。《西厢记》其实只是一字。""《西厢记》是一'无'字。"①前一段是从整体结构而言，《西厢记》结构有机统一，整部作品就像一章一样。后一段从思想倾向而言，《西厢记》的创作精义就是"无"。自然，这"无"不是没有，而是"空"，是"有生于无"的"无"，是"只可意会，不可言传"的"无"。在结构与思想方面达到整一，整个构思也就完整了。

与此相联，金圣叹还提出了"写好当前"的创作主张。在分析《西厢记》时，他指出："《西厢记》正写《惊艳》一篇时，他不知道《借厢》一篇应如何；正写《借厢》一篇时，他不知道《酬韵》一篇应如何。总是写前一篇时，他不知道后一篇应如何。用煞二十分心思，二十分气力，他只顾写前一篇。""《西厢记》写到《借厢》一篇时，他不记道《惊艳》一篇是如何；写到《酬韵》一篇时，他不记道《借厢》一篇是如何。用煞二十分心思，二十分气力，他又只顾后一篇。"②自然，这并不是说作者在创作时无须总体规划，无须把握上下文之间的联系，而是要求作

① 金圣叹点评，周锡山编校：《贯华堂第六才子书〈西厢记〉》，万卷出版公司，2009 年，第 16 页、第 15 页。

② 金圣叹点评，周锡山编校：《贯华堂第六才子书〈西厢记〉》，万卷出版公司，2009 年，第 16 页。

者将所有精力放在当前的创作上，暂时"不记道"前后篇，将其搁置起来。只有这样，才能写好当前，写好整部作品。与他反对"提了笔，胸中尚自无有文字"的观点结合起来，金圣叹的完整主张实际是，创作时既要"胸有成竹"，又要"写好当前"，要在"胸有成竹"的前提下，将主要精力放在当前章节的创作上，集中精力打歼灭战，而不能分散用力，写着这章，想着那章，这里写一点，那里写一点。应该说，这是金圣叹的经验之谈，是有道理的，至少，是有效的创作方式之一种。

其次，是结构的有机与统一。《西游记》结构之所以没有《水浒传》有机统一，主要原因就是它的故事相互之间联系松散，没有结构上的规定性，同一个故事，可以把它放在前面、放在中间，也可以把它放在后面，不会影响作品的完整性，也不会影响人物的塑造、思想的表达。而《水浒传》则不同，整个结构十分严谨，以石碣起，以石碣终，以乱自上作起，到英雄聚义终。①而小说的各个部分又以事件相互勾连，情节线索的前后贯穿和主题的表达构成一个有机整体，无法随意调动。如《水浒传》写一百单八将，为什么要从高俅写起？因为"不写高俅便写一百八人，乃是乱自下生也，不写一百八人先写高俅，则是乱自上作也。乱自下生，不可训也，作者之所必避也；乱自上作，不可长也，作者之所深惧也。一部大书七十回，而开书先写高俅，有以也。"②对于梁山好汉，金圣叹持矛盾态度。一方面，他反对梁山好汉抗上作乱，另一方面，他又认识到朝廷失道，奸臣当权，好汉们无法不上梁山。他的办法是各打五十大板，既反贪官，又惩好汉。因此，第一回必须先写高俅，既为官逼民反提供背景，又对逼民选择的官吏朝廷进行批判。因此，《水浒传》这样开头是必然的，是由作品的主题思想所决定的。

第三，是各个部分要围绕中心，服从一个主旨。只有这样，作品的各个部分才能成为一个整体，没有游离的部分。他认为，《西厢记》的主旨是写莺莺与张生这一天下"第一无双才子佳人"，而续本第五卷第三章却花了一章篇幅来写郑恒。而此郑恒

①　这也是金圣叹坚持"腰斩"《水浒》的原因之一。从结构上看，《水浒传》到第七十回的确可以告一段落，后五十回从结构和思想来说，都属于另一个范畴。

②　金圣叹、李卓吾点评：《水浒传》，中华书局，2009年，第10页。

"不过夫人赖婚，偶借为辞耳。令必欲真有其人，出头寻闹，此为是点染莺莺，为是发挥张生耶？既不为彼二人，则是单写郑恒"，这就殊无必要。因为郑恒不过是一"学唱公鸡，吃虱猴孙"，这样的人物，天下"万万千千"，[1]写出来，不仅不能给剧本增光添彩，而且由于不合主旨，成为剧本的游离部分，破坏了作品的有机与统一。因此，金圣叹坚持认为第五卷是续作，不在《西厢记》的有机整体之内，是有道理的。

第四，要上下语境协调。文学作品讲究的是整体效果，单独一个部分，有时很难说是好是坏，只有与上下文互相协调，形成一个有机整体，才能判断出其是否恰当。如"悔教夫婿觅封侯"，在王昌龄的原诗中是绝好佳句，但《西厢记》续五卷第一章崔莺莺有段唱词："他那里为我愁，我这里因他瘦。临行时掇赚人的巧舌头。他归期约定九月九，已过了小春时候。到如今'悔教夫婿觅封侯'。"这段唱词中，这一句诗却用得不好。因为原诗妙"在第一句'不知'字，第三句'忽见'字，非妙于第四落句也。盖其通首所有'闺中''中'字，'少妇''少'字，'凝妆''凝'字，全副皆是写'不知'神理；而又别用'春日'、'上楼'、'柳色'等字，全副又写'忽见'神理，此分明欲于一倾刻中写得此妇实是幽闲贞静，忽地触绪动情，所谓'国风好色不淫'，其体有如此也。今遭此人独用其落句，遂令妙诗，一败涂地，至于此极，真使我恨恨无已也！"[2] 在王昌龄原诗中，第四句与前三句互相配合，融为一个有机整体，因此是妙句。而在这段唱词中，作者将第四句单独剥离出来，放在与其不协调的上下文中，便失去了原来的韵味。因此，要达到作品的有机统一，还要注意语境的协调与配合。

其四，强调叙事作品的内容应该具有普遍性。这里的普遍性不是共性与个性层面上的普遍性，而是社会生活层面上的普遍性。金圣叹认为："想来王字实父此一人，亦安能造《西厢记》？他亦只是平心敛气，向天下人心里偷取出来。""总之世间妙文，原是天下万世人人心里公共之宝，决不是此一人自己文集。""若

---

① 金圣叹点评，周锡山编校：《贯华堂第六才子书〈西厢记〉》，万卷出版公司，2009年，第285页。

② 金圣叹点评，周锡山编校：《贯华堂第六才子书〈西厢记〉》，万卷出版公司，2009年，第272页。

世间又有不妙之文，此则非天下万世人人心里之所曾有也，便可听其为一人自己文集也。"①金圣叹的这些论述，理论内涵非常丰富。一方面，它提出并回答了一个重要问题，即文学作品是要表现作者一个人的思想、情感，还是要表现大众的思想、情感？是要表现作者一人关心的问题，还是要表现大众关心的问题？是要表现作者个人狭隘的生活，还是要表现大众共同熟悉的生活？金圣叹明显是赞成后一点的。这与恩格斯、别林斯基等人的观点相似，恩格斯曾批评"恶劣的个性化"，别林斯基要求写出"熟悉的陌生人"都含有这方面的意思。自然，这并不是说作者不能写个人的东西，只是这个人的生活、思想、感情要与大众的生活、思想、感情相通，只有这样，才能写出好的作品。由此，金圣叹提出了作者与社会、与大众的关系问题。作者不应是天马行空式的孤独者，他应该深入生活，熟悉社会、熟悉人民大众的思想感情，才能创作出好作品。另一方面，金圣叹的理论也接触到原型理论所关注的一个问题。原型理论认为，文学作品的主要内容是集体无意识。而集体无意识是存在于人类意识深处的东西，人们一般认识不到。作家意识到了它，并把它描写了出来。其实作家写的，是人们意识中早已存在的东西，作家只是将其打上了自己的标签。因此，"不是歌德创造了《浮士德》，而是《浮士德》创造了歌德"。自然，金圣叹的"人人心里公共之宝"主要还是指生活中大家所历、所思、所想、所感的东西，而不是集体无意识，但他的确天才地接触到了这一问题，虽然他不可能用现代的理论将其阐述出来。

其五，强调写好细节。恩格斯曾经指出，现实主义的意思是除了细节真实之外，还要塑造典型环境中的典型人物。巴尔扎克也认为，细节的真实决定作品的成败。对于文学作品特别是叙事作品来说，细节具有重要的意义。因为叙事作品是用具体的形象来反映生活、表达作者的思想感情。细节写不好，形象自然立不起来，形象立不起来，作品必然是失败的。金圣叹对这个问题十分重视，他借用佛教思想，提出"极微说"，认为"娑婆世界中间之一切所有，其故无不一一起源于极微"。有人轻视极微："以

① 金圣叹点评，周锡山编校：《贯华堂第六才子书〈西厢记〉》，万卷出版公司，2009年，第19页。

明清近代叙事思想

为人生一世，贵是衣食丰盈，其何暇费尔许心计哉？"其实不然，"此固非不必费之闲心计也"。极微小的事物，中间又有大世界在。比如灯花："吾尝相其自穗而上，讫于烟尽，由淡碧入淡白，此如之何其相际也；又由淡白入淡赤，此如之何其相际也；又由淡赤入干红，由干红入黑烟，此如之何其相际也。必有极微，于其中间，分焉而得分，又徐徐分焉，而使人不得分，此一又不可以不察也。"可见，极微处有大妙在。写作也是这样，再小的事情，其中都有极微，"他人以粗心处之，则无如何，因遂废然以阁笔也"。有成就的作家则能从极微处入手，写出一篇优秀的文字。如果"虽于路旁，拾取蔗滓，尚将涓涓焉，压得其浆，满于一石，彼天下更有何逼迮题，能缚我手腕使不动也哉？"①从叙事文学创作的角度看，金圣叹的"极微说"包含了极其丰富的含义：首先，任何作品都是由具体的细节组成的，细节本身也有丰富的内涵；其次，细节的成功与否是作品成败的关键之一；第三，细节需要仔细观察、辨认与分析；第四，细节需要从不同的角度展开描写；第五，描写细节是一种重要的能力，需要反复练习。由此推论，写好了细节，作品也就有了成功的基础。在《西厢记》第二卷第三章的回评中，他又引用民谚"狮子搏象用全力，搏兔亦用全力"，提出"狮子搏兔"说，主张只要是作品中的内容，无论大小、重要与否，都要竭尽全力将其写好，与他的"极微说"遥相呼应，进一步说明他对细节的重视。

三、金圣叹论故事

本节所讲的"故事"，主要是叙事学上的概念②。叙事理论一般分为故事、叙事话语和叙事者三个部分，三个部分分别对应于叙事作品讲述的内容、讲述的方式和讲述者三个方面。故事是叙事作品的内容层面，但叙事学并不研究故事的具体内容，而是研究故事的组织、形态和构成故事的因素如事件、人物、情节、环

---

① 金圣叹点评，周锡山编校：《贯华堂第六才子书〈西厢记〉》，万卷出版公司，2009 年，第 77 – 78 页。

② 之所以说"主要"，是因为本节主要是按照叙事学上"故事"的概念确定讨论的范围，但由于金圣叹的故事观无法完全纳入叙事学的范畴，因此有关论述又往往超出了叙事学的范围，进入到传统的小说理论。

境等。

本节拟从事件、人物、情节、环境四个方面对金圣叹的故事观展开讨论。

1. 事件

故事由事件组成。从叙事学的角度看，所谓事件，就是事物从某一状态向另一状态的转化。这里"转化"强调事件必须是一个过程，包含了一种变化。事件有大有小，大的事件下面包含中的事件，中的事件下面又包含着小的事件。以哪个层面的事件作为分析对象，要看研究的需要。

金圣叹主要是从生活的角度理解事件的。他理解的事件是作为情节的一个组成部分的生活片断，它需要有外在的起止与时间。在《水浒传》第三十三回回评中，他写道："稗官固效古史氏法也，虽一部前后必有数篇，一篇之中凡有数事，然但有一人必为一人立传，若有十人必为十人立传。夫人必立传者，史氏一定之例也；而事则通长者，文人联贯之才也。故有某甲、某乙共为一事，而实书在某甲传中，斯与某乙无与也。又有某甲、某乙不必共为一事，而于某甲传中忽然及于某乙，此固作者心爱某乙，不能暂忘，苟有便可以及之，辄遂及之，是又与某甲无与也。"①事件与人物既有联系又有区别。有时甲乙两人共做一事，但作者却只用这件事来表现甲这个人物。有时乙并没有参与甲做的事，但在描写甲时，作者又可顺带对乙进行描写。由此可见，金圣叹的事件实际上指的是生活的一个片断，是一个比较大的概念，具有比较丰富的内容。

对于事件，金圣叹是重视的。他曾指出，书以纪事，有其事，故有其书也。叙事作品必须有事件，没有事件，也就不成为叙事作品。但他并不认为事件是叙事作品最重要的部分。他曾批评那些看书"不理会文字，只记得若干事迹"的读者②，认为他们把作品的妙处都忽略了。

在事件上，金圣叹最大的理论贡献是区分了正文与波澜。在《水浒传》第二十一回回评中，他写道："即如宋江杀婆惜一案，夫耐奄之繁笔累纸，千曲百折而必使宋江成于杀婆惜者，彼其文

---

① 金圣叹、李卓吾点评：《水浒传》，中华书局，2009 年，第 287 页。

② 金圣叹、李卓吾点评：《水浒传》，中华书局，2009 年，第 3 页。

心，夫固独欲宋江离郓城而至沧州也。而张三必固欲捉之，而知县必固欲宽之。夫诚使当时更无张三主唆虔婆，而一凭知县迁罪唐牛，岂其真将前回无数笔墨，悉复付之唐案乎耶？夫张三之力唆虔婆，主于必捉宋江者，是此回正文也。若知县乃至满县之人，其极力周全宋江，若惟恐其或至于捉者，是皆旁文踢蹴，所谓波澜者也。"金圣叹认为，宋江杀婆惜案的情节发展方向是宋江离郓城去沧州，符合这一发展方向的事件都属于正文的范畴，而不符合这一方向的事件则是波澜。这一划分法金圣叹在评点《水浒》时经常用到，虽然有时叫法不同。如第二十八回回评："如此篇武松为施恩打蒋门神，其事也，武松饮酒，其文也。打蒋门神，其料也，饮酒，其珠玉锦绣之心也。"这里的"事"、"文"其实也是正文与波澜的意思。这一回情节发展方向是武松打蒋门神，因而凡是与此有关的事件都是正文（事），而武松饮酒，则是波澜（文）。再如"楔子"的回评："楔子者，以物出物之谓也。以瘟疫为楔，楔出祈禳；以祈禳为楔，楔出天师；以天师为楔，楔出洪信；以洪信为楔，楔出游山；以游山为楔，楔出开碣；以开碣为楔，楔出三十六天罡、七十二地煞，此所谓正楔也。中间又以康节、希夷二先生，楔出劫运定数；以武德皇帝、包拯、狄青，楔出星辰名字；以山中一虎一蛇，楔出陈达、杨春；以洪信骄情傲色，楔出高俅、蔡京；以道童猥獕难认，直楔出第七十回皇甫相马作结尾，此所谓奇楔也。"[①] 中国文化弥漫着一种宇宙意识，人们习惯于从大到小，从一般解释个别，从整体生出部分。中国小说在叙事时，大多从宇宙天地、一般规律或故事渊源说起，逐渐落实到具体的人和事。《水浒》也是一样，将一百单八将与天上星宿联系起来。"楔子"的主要目的就是要引出三十六天罡、七十二地煞，以开启后面的叙事。因此，楔子中的事件，凡是属于这一行动线上的，就是"正楔"，与这一行动线隔得较远的，就是"奇楔"。由此可见，"正楔"、"奇楔"，其实仍是"正文"、"波澜"的意思。

现代叙事学认为，从故事结构的角度看，事件在故事中所起的作用是不同的，有的事件所起的作用是功能性的，有的是非功能性的。功能性事件是构成故事发展的事件，它必须在故事发展

---

① 金圣叹、李卓吾点评：《水浒传》，中华书局，2009年，第179页、第246页、第1页。

的两种可能性中做出某种选择，而这种选择一旦做出，必然引发故事中接踵而至的下一个事件。非功能性事件不对故事的发展产生影响。罗兰·巴特将前者称为"核心"，将后者称为"卫星"。金圣叹的"正文"、"波澜"与巴特的"核心"、"卫星"有异曲同工之妙，但它却比巴特早了两百多年，虽然没有巴特那样的语言论背景，理论体系也没有巴特那样完整、明晰。

从结构的角度看，"正文"比"波澜"重要。"正文"决定着小说故事的发展与发展方向。如第二十八回，正因为武松打了蒋门神，才会引出后文张都监设计陷害武松、武松血洗鸳鸯楼、投奔二龙山。在这个意义上，有无"波澜"，"波澜"的多少，都没有关系，不会对故事的发展产生影响。但是，从形象塑造、性格描写、制造叙事效果、表达思想情感的角度看，"波澜"也并不总是处于次要的位置，有时，甚至比"正文"更重要。还是第二十八回，武松打蒋门神只是提供故事的行动线，真正能够体现武松的神勇、表现其性格的，则是他的饮酒。金圣叹显然也认识到了这一点，他在二十八回回评中，分别从"酒人"、"酒场"、"酒时"、"酒监"、"酒筹"、"行酒人"、"下酒物"、"酒杯"、"酒风"、"酒赞"、"酒题"等各个方面，对武松的饮酒作了深入的分析。而对其打蒋一事，则一笔带过。

"正文"、"波澜"在金圣叹的叙事思想中占有重要地位，他的很多论述，都隐含着"正文"、"波澜"因素。如他著名的"闲笔"说。陈果安认为，金圣叹的"闲笔"有以下几层意思：小说的次要情节；作者写人叙事的非紧要非重点处；主旨之外的余韵旁响、小说中关于非情节因素的描写。[1]但如果从功能的角度看，金圣叹所说的"闲笔"其实也就是"波澜"。如第二回回评："打郑屠忙极矣，却处处夹叙小二报信，然第一段只是小二一个，第二段小二处又陪出买肉主顾，第三段又添出过路的人，不直文情如绮，并事情亦如镜。"[2]从结构的角度说，这些人、事都是可有可无的，但从增加叙事效果、显示鲁达神威的角度，却又是不可少的，"闲笔"实际上并不"闲"。再如他的"急事缓笔"说："写急事不得多用笔，盖多用笔则其事缓矣。独此书不然，写急

① 陈果安：《金圣叹小说理论研究》。湖南师范大学出版社，1999年，第139页。

② 金圣叹、李卓吾点评：《水浒传》，中华书局，2009年，第2页。

事不肯少用笔，盖少用笔则其急亦遂解矣。如宋江、戴宗谋逆之人，决不待时，虽得黄孔目捱延五日，然至第六日已成山穷云尽之际，此时只须去'只等午时三刻，便要开刀'一句便过耳。乃此偏写出早辰先着地方打扫法场，饭后点士兵刀仗刽子，已牌时分，狱官禀请监斩，孔目呈犯由牌，判'斩'字，又细细将贴犯由牌之芦席亦都描画出来。"然后写"牢里打扮宋、戴两人"，然后写法场待斩，然后写围观者，"使读者乃自陡见有'第六日'便吃惊起，此后读一句吓一句，读一字吓一字，直至两三页后，只是一个惊吓"①。从结构的角度看，这仍是一种"正文"与"波澜"。宋江、戴宗被判死刑，法场行刑，好汉劫场，宋、戴得救，齐上梁山，这是情节的主要发展线，是"正文"，其中环节一个都不能少，而"缓笔"则可多可少。但另一方面，要制造紧张气氛，吊起读者胃口，使行文波澜曲折，"缓笔"又少不得。《水浒传》作者深明这一奥妙，这正是《水浒传》能吸引读者，超出其他小说的地方之一。而金圣叹能看出这一奥妙，进行分析、评点，又是他的高明之处。

2. 人物

人物是金圣叹作品评点的重点之一。

中国早期叙事作品，如唐代传奇、宋元话本，往往偏重情节，人物形象展开不充分。这一现象在明清时期得到改变，人物逐渐占据中心地位。金圣叹敏锐地感觉到这一变化，在自己的评点中及时作了总结。他指出："《水浒》一个人出来，分明便是一篇列传。至于中间事迹，又逐段逐段自成文字，亦有两三卷成一篇者，亦有五六句成一篇者。"这里以列传作为《水浒传》的叙事单元，自然受了史传文的影响，但这也说明，金圣叹的确抓到了《水浒传》人物中心的特点，因为既是列传，相比人物，情节便自然要退到第二位。人物是《水浒传》的核心。"或问：施耐庵寻题目写出自家锦心绣口，题目尽有，何苦定要写此一事？答曰：只是贪他三十六人，便有三十六样出身，三十六样面孔，三十六样性格，中间便结撰得来。题目是作书第一件事。只要题目好，便书也作得好。"人物是叙事作品重心所在，选好了人物，

---

① 金圣叹、李卓吾点评：《水浒传》，中华书局，2009年，第340页。

叙事作品就成功了一半，写好了人物，也就写好了叙事作品：
"别一部书，看过一篇即休。独有《水浒传》，只是看不厌，无非
为他把一百八个人性格，都写出来。"①

　　一部叙事作品特别是大型叙事作品的人物众多，不宜平均使
用力量。金圣叹按照人物在作品中的重要性，将他们分为主要人
物与次要人物，在主要人物中又分出中心人物。他认为，人物描
写首先要写好中心人物与主要人物，特别是中心人物，要调动各
种手段，进行充分的描写。在评论《西厢记》时，他指出："《西
厢记》止写得三个人：一个是双文，一个是张生，一个是红娘。
其余如夫人，如法本，如白马将军，如欢郎，如孙飞虎，如琴
童，如店小二，他俱不曾着一笔半笔写，俱是写三个人时，所忽
然应用之家伙耳。""若更仔细算时，《西厢记》亦止为写得一个
人。一个人者，双文是也。""《西厢记》止为要写此一个人，便
不得不又写一个人。一个人者，红娘是也。若使不写红娘，却如
何写双文？然则《西厢记》写红娘，当知正是出力写双文。"
"《西厢记》所以写此一个人者，为有一个人，要写此一个人也。
有一个人者，张生是也。若使张生不要写双文，又何故写双文？
然则《西厢记》又有时写张生者，当知正是写其所以要写双文之
故也。"②《西厢记》的其他人物是为描写莺莺、红娘与张生服务
的，而红娘与张生又是为描写莺莺服务的。金圣叹的这一判断是
否准确，尚可商榷，但是他的首先写好中心人物、然后写好主要
人物的主张，是值得重视的。

　　需要指出的是，金圣叹《西厢记》评点中对次要人物之所以
持上述观点，与《西厢》的体裁是有关系的，作为一个剧本，
《西厢》描写的人物不多，写得多的也的确只有莺莺、红娘、张
生三人。其实，就总的思想来看，金圣叹并不认为次要人物是可
有可无的摆设，他们同样应该有自己的性格，在作品中有自己的
作用。他称赞"《水浒传》写一百八人性格，真是一百八样"③。

---

　　① 金圣叹、李卓吾点评：《水浒传》，中华书局，2009 年，第 2 页、第 1 页、第
2 页。

　　② 金圣叹点评，周锡山编校：《贯华堂第六才子书〈西厢记〉》，万卷出版公司，
2009 年，第 16 - 17 页。

　　③ 金圣叹、李卓吾点评：《水浒传》，中华书局，2009 年，第 2 页。

这一百八人中，自然有主有次，但无论主次，作者都写出了他们的性格，这才是真正的大手笔。即使是《西厢记》中的次要人物，性格写得鲜明的，他也是赞赏的，如和尚惠明，金评称之曰"今看惠明，真是荆卿以上也"，"只三字，便抵易水一歌"①。由此可见，次要人物的次要是相对于主要人物与中心人物而言的，在写好中心人物与主要人物的同时，有必要写好的同样应该写好。

成功的人物，应该是典型性、丰富性、鲜明性、统一性、现实性等五个方面的统一。

所谓典型性，指的是既有共性，又有个性。如《水浒传》三十六天罡，"任凭提起一个，都是旧时熟识"。之所以都是旧时熟识，是因为这些人物身上都有一些同类人物身上共有的性格因素。如李逵的粗蛮、天真、朴质、真诚，石秀的精细、狠毒，鲁达的豪爽、磊落、急性、粗鲁、疾恶如仇，都具有广泛的共同性，读者一见，便有似曾相识之感。《水浒》"写淫妇便写尽淫妇，写虔婆便写尽虔婆"。之所以能够写尽，正是因为小说将淫妇、虔婆的主要特点都惟妙惟肖地写了出来。但是，人物又不应是一堆共同点的聚合，除了共性，还应有自己的个性。《西厢记》中，莺莺、红娘、张生性格各有特点。《水浒传》中，即使是性格相同的人物，也各有不同的特色。如同是粗卤，"鲁达粗卤是性急，史进粗卤是少年任气，李逵粗卤是蛮，武松粗卤是豪杰不受羁靮，阮小七粗卤是悲愤无说处，焦挺粗卤是气质不好"②。个性与共性两者结合起来，才能塑造出成功的人物。

如果说典型性是对人物形象的总体要求，那么，丰富性、鲜明性、统一性和现实性则从四个方面对人物性格作出了具体的规定。

丰富性有两个方面的意思，一是多样，一是复杂。多样是指性格因素较多，性格有着多个侧面。比如武松，铮铮铁汉，但对兄长武大却特别地温顺，任凭嫂子挑拨，只是委曲求全，然而一旦武大被害，他报起仇来，却是毫不手软。武松杀人如麻，但对

---

① 金圣叹点评，周锡山编校：《贯华堂第六才子书〈西厢记〉》，万卷出版公司，2009 年，第 110 页，111 页。

② 金圣叹、李卓吾点评：《水浒传》，中华书局，2009 年，第 2 页、第 170 页。

两个押送他的公人，却能仁慈为怀，只因这两人小心，一路上伏侍过来。面对潘金莲的挑逗，武松毫不动心，怒目以待，但在十字坡酒店，却也能风言风语，打情骂俏，尽显风流。武松对于仇人，睚眦必报，对于滴水之恩，却能涌泉相报。只因施恩对他敬重，好酒好菜地管待了他几天，他便为施恩痛打蒋门神，自己几乎为此失去性命。性格丰满多面，金圣叹十分赞赏，几次叹为"天神"、"天人"①，认为他"具有鲁达之阔，林冲之毒，杨志之正，柴进之良，阮七之快，李逵之真，吴用之捷，花荣之雅，卢俊义之大，石秀之警"，是《水浒》中的"第一人"。②复杂与多样有联系，但亦有区别。多样单指人物性格因素的多，复杂除多之外，还兼指人物性格因素性质的多样。武松的性格已有一定的复杂性，但最典型的代表则是宋江。金圣叹曾经指出，宋江"骤读之而全好，再读之而好劣相半，又再读之而好不胜劣，又卒读之而全劣无好矣"。之所以这样，正是因为宋江的性格不仅多样，而且复杂。比如忠孝，宋江以忠孝自居，也以忠孝示人，但正如金圣叹所说，他浔阳楼题反诗（虽是酒醉，但平时没有这样的想法，也不可能写出这样的诗）；不听父亲的严命，私自与梁山好汉交往，因此实际上既不忠也不孝，至少没有真正做到忠孝。而且，他"处处以权诈行其忠孝"，也不可取。③不同性质的性格因素多重地交织在宋江身上，正是这个人物的成功之处。因此，金圣叹虽然极其不喜欢宋江这个人物，但有时也不得不由衷地夸赞这个人物塑造的成功，说他"以非常之人，负非常之才，抱非常之志"，"真乃人间俊杰"，"其人如此，即欲不出色，胡可得乎"④。《水浒传》中，金圣叹称赞的人物，性格往往具有丰富性。

鲜明性也有两层含义，一是生动，一是突出。生动也就是形象具体，可感可触，栩栩如生。比如第二回鲁达拳打镇关西，第一拳打在鼻子上，"便似开了个油酱铺：咸的、酸的、辣的，一

① 金圣叹、李卓吾点评：《水浒传》，中华书局，2009 年，第 2 页、第 219 页、第 240 页。

② 金圣叹、李卓吾点评：《水浒传》，中华书局，2009 年，第 219 - 200 页。

③ 金圣叹、李卓吾点评：《水浒传》，中华书局，2009 年，第 304、第 306 页。

④ 金圣叹、李卓吾点评：《水浒传》，中华书局，2009 年，第 331 页、第 147 页。

发都滚出来"。第二拳打在眼睛上，"也似开了个彩帛铺的：红的、黑的、紫的，都绽将出来"。第三拳打在太阳穴上，"却是做了一个全堂水陆的道场：磬儿、钹儿、铙儿，一齐响"。金圣叹十分欣赏，连着批道："鼻根味尘，真正奇文。""眼根色尘，真正奇文。""耳根声尘，真正奇文。""三段，一段奇似一段。"①奇就奇在它用精确的比喻，将鲁达打人的阔绰，和郑屠被打的狼狈，惟妙惟肖地描写了出来。突出就是性格鲜明。《水浒传》中光梁山好汉就有一百单八人，可谓人物众多。但作者都赋予他们鲜明的性格，如鲁达的粗、秦明的急、石秀的精、林冲的狠、王伦的窄、小七的快、关胜的儒雅、花荣的文秀、吴用的多智和心机、宋江的忠孝与权诈，而且外貌长相也各有特色，鲁达的胖大、武松的长大、李逵的粗黑、宋江的黑矮、宣赞的丑陋，等等，读者很难把他们混淆起来。金圣叹对此是极为肯定的，认为"《水浒传》写一百八个人性格，真是一百八样"。这正是《水浒传》成功、读者百"看不厌"的主要原因。②从某种意义上说，在《水浒传》中，性格的鲜明性比性格的多样性更加重要，因为多样只有建立在鲜明的基础之上，才是真正的多样；另一方面，《水浒传》人物众多，能够写出其性格的复杂多样性的只能是少数，大多数人物的成功只能靠其性格的鲜明。

统一性指人物性格有着内在的规定性，不管人物外围的性格因素怎么变化，以及人物在不同的处境下有怎样不同的表现，这核心的规定性却是不变的。比如鲁智深，金圣叹指出："自第七回写鲁达后，遥遥直隔四十九回而复写鲁达。乃吾读其文，不惟声情鲁达也，盖其神理悉鲁达也。尤可怪者，四十九回之前，写鲁达以酒为命，乃四十九回之后，写鲁达涓滴不饮，然而声情神理无有非鲁达者。夫而后知今日之鲁达之涓滴不饮，与昔日之鲁达以酒为命，正是一副事也。"③之所以这样，是因为鲁达饮酒的习惯虽然变了，但其"声情"与"神理"仍旧依然，仍然是那样的豪爽、磊落、急性、粗鲁、疾恶如仇。《水浒传》中的有些人物，前后性情变化很大。比如林冲，风雪山神庙前，凡事忍让，

---

① 金圣叹、李卓吾点评：《水浒传》，中华书局，2009 年，第 29 页。

② 金圣叹、李卓吾点评：《水浒传》，中华书局，2009 年，第 2 页。

③ 金圣叹、李卓吾点评：《水浒传》，中华书局，2009 年，第 497 页。

连妻子被人调戏，也不敢发作；风雪山神庙后，性情大变，挑柴烧庄客，举刀杀王伦，好似两个人一样。但林冲外表的性情虽然变了，骨子里的东西却没有变。金圣叹评林冲，认为这是个"上上人物，写得只是太狠。看他算得到，熬得住，把得牢，做得彻，都使人怕。这般人在世上，定做得事业来，然琢削元气也不少"①。林冲性格有三个核心的因素即勇、义、狠，这在他初次露面时就显示出来了。听见有人调戏他妻子，他抓住那人，举拳便打。陆谦为给高衙内创造机会，赚林冲娘子到自己家里，林冲知道后，将陆谦家里打得粉碎，又提了把解腕尖刀，在街上连寻陆谦三日。可见林冲骨子里是"狠"的，只是身为高俅部下，不得不暂时隐忍，待到杀了陆谦等人，上了梁山，没了顾忌，"狠"的一面便充分表现了出来。因此，林冲看似性情变化较大，骨子里其实没变，性格前后是统一的。除了内在的规定性外，统一性还要求人物的语言与人物性格一致，人物的知识、行为、举止、谈吐、风貌要与人物的身份一致。《西厢记》里，金圣叹批评第五卷第一章中的莺莺写得不像相国小姐："于张生半年之别，不胜啧啧怨怒，亦不解三年大比是何事，亦不解礼部放榜在何时……一味纯是空床难守，淫啼浪哭。盖才子佳人，至此一齐扫地矣。"②在《水浒》评点中，则称赞"写杨志，便有旧家子弟体，便有官体"，"关胜写来全是云长变相"，③人物知识、行为、举止、谈吐、风貌全都符合人物身份。语言是表现人物性格的重要手段，金圣叹十分重视人物语言，要求"一样人，便还他一样说话"。④也就是说，人物语言要符合人物性格。所谓"言为心声"，有什么样的性格，便有什么样的语言；反过来，什么样的语言，又反映出什么样的性格。人物语言用得好，有助于表现人物性格。如《水浒传》第三十七回，李逵初见宋江，想请他吃饭，苦于没钱，便去赌房。不想又输了，正在赖账，被宋江、戴宗劝住，反请李逵去酒楼吃酒。"开了泥头，李逵便道：'酒把大碗来

明清近代叙事思想

---

① 金圣叹、李卓吾点评：《水浒传》，中华书局，2009年，第3页。

② 金圣叹点评，周锡山编校：《贯华堂第六才子书〈西厢记〉》，万卷出版公司，2009年，第268页。

③ 金圣叹、李卓吾点评：《水浒传》，中华书局，2009年，第499页、第3页。

④ 金圣叹、李卓吾点评：《水浒传》，中华书局，2009年，第2页。

筛，不耐烦小盏价吃。'"金圣叹批道："不得做主，又来做客，在世人便有无数殷勤周至之语，今偏写得朴至慷慨，政不解谁主谁客，妙哉，至于此乎！李逵传妙处，都在无字句处，要细玩。"①金圣叹之所以盛赞，因为这句话正好表现了李逵豪爽、天真、胸无城府的性格。反之，即使语言有趣，金圣叹也不赞赏。如第三回写鲁达初到五台山，"仆倒头便睡。上下肩两个禅和子推他起来，说道：'使不得！既要出家，如何不学坐禅？'智深道：'洒家自睡，干你甚事？'禅和子道：'善哉！'智深喝到：'团鱼洒家也吃，什么"鳝哉？"'禅和子道：'却是苦也！'智深便道：'团鱼大腹，又肥甜了，好吃，那得苦也！'"金圣叹批道："此等世人以为佳，予独不取。"②鲁智深是个性急的人，且不苟言笑。这段插科打诨不仅由于缺乏具体情境的引导，显得突兀，更与鲁智深的性格不合，不仅不能帮助鲁智深性格的塑造，反而有损他的性格。因此这段话虽然写得有趣，但金圣叹仍然不予认可。

现实性要求人物性格符合现实的规定性，符合生活常识与规律。金圣叹称赞《西厢》中莺莺"赖简"。莺莺自写信约张生幽会，"其如之何而有勃然大怒之事？夫双文之勃然大怒，则又双文之灵慧为之也。其心以为张生真天下才子。夫使张生非真天下才子，而我奈之何于彼乎倾倒，则至于如是之甚哉？然而其心默又以为身为相国千金贵女，其未可以才子之故，而一时倾倒遂至于是也。即我自以才子之故，而一时倾倒不免于遂至于是，其未可令余一人，得闻我则遂至于是也"③。金评认为，崔莺莺以其相国小姐的身份，一把不准张生的才学究竟如何，同时也不愿让自己的心事让外人过于明白地知道，因此虽然倾心张生，但见张生真的来赴约，仍不免发火。这一反复看似无理，实则符合人物性格和生活逻辑。《水浒传》中，梁山好汉虽然个个英雄，但却常有英雄气短的时候，显出其凡人本色。鲁达英雄，但当在瓦官寺斗不过生铁佛和飞天药叉的时候，拖着禅杖便走；武松英雄，初

① 金圣叹、李卓吾点评：《水浒传》，中华书局，2009 年，第 325 页。
② 金圣叹、李卓吾点评：《水浒传》，中华书局，2009 年，第 35 页。
③ 金圣叹点评，周锡山编校：《贯华堂第六才子书〈西厢记〉》，万卷出版公司，2009 年，第 186 页。

见老虎，同样惊出一身冷汗；杨志英雄，卖刀时却受泼皮牛二欺侮，且在酒店吃霸王餐，不仅不给钱，还要打人。①但金圣叹都给以了肯定。给鲁达的评语是"写禅杖，不必写到定是赢，却早已十分出色"。武松的评语是"有此一折，反越显武松神威。不然，便是三家村中说子路，不近人情极矣。"杨志的评语是"豪杰失路，往往遭此矣，宝刀不能哭，其奈之何哉"，"又无赖，又没意思，真是写出可怜"②。由此可见，《水浒》写英雄气短，正是要写出其凡人的一面，使其性格符合客观现实的规定性。这样，人物才更加真实，更有艺术的魅力。

现实性的另一层含义是，人物性格的发展变化要合乎情理，具有合理性。《水浒传》第十八回，王伦不愿收留晁盖等人在山寨，前已受到吴用挑拨的林冲大怒，先是坐在交椅上大喝，然后两人对骂，再然后林冲踢翻桌子，拔出刀来，手刃了王伦。在林冲开始发难时，金圣叹有一段评语："此处若便立起，却起得没声势，若便踢倒桌子立起，又踢得没节次。故特地写个'坐在交椅上'骂，直等骂到分际性发，然后一脚踢开桌子，抢起身来，刀亦就势掣出。有节次，有声势，作者实有设身处地之劳也。"③如果王伦才拒绝晁盖等人，林冲就跳起来，抽刀杀人，这就既无理又无节。因此，小说让他先在椅子上骂，慢慢蓄势，直至怒发冲冠，才让他一脚踢开桌子，抽刀杀人，这样就合乎情理，合乎性格发展的逻辑。《水浒传》中的许多英雄包括宋江，大都开始不愿落草，直到最后，才不得不上山。这一方面固然是要写出"乱自上作"，官逼民反，另一方面也是要写出其性格发展的合理性。这些英雄大都忠于朝廷，有的家境尚可，如史进、宋江，有的甚至富甲一方，如柴进、卢俊义，有的虽然犯了事，但还有起复的希望，如朱仝，要他们一遇挫折，或者一听劝说，就放弃已经习惯的思想与生活，是不可能的，只有在一连串的打击之后，走投无路，才可能聚义梁山。只有这样，才符合性格发展的逻辑与情理。

---

① 分别见《水浒传》第五回，第二十九回，第十一回，第十六回。

② 金圣叹、李卓吾点评：《水浒传》，中华书局，2009年，第55页、第190页、第99页、第136页。

③ 金圣叹、李卓吾点评：《水浒传》，中华书局，2009年，第159页。

《水浒传》塑造人物，运用了多种方法，金圣叹主要总结了其中四种：对照、矛盾、衬托、白描。

对照法在《水浒传》中运用得十分广泛。有人物之间的对照。"只如写李逵，岂不段段都是绝妙文字，却不知正为段段都在宋江事后，故便妙不可言。盖作者只是痛恨宋江奸诈，故处处紧接出一段李逵朴诚来，做个形击。其意思自在显宋江之恶，却不料反成李逵之妙也。""此回方写过史进英雄，接手便写鲁达英雄；方写过史进粗糙，接手便写鲁达粗糙；方写过史进爽利，接手便写鲁达爽利；方写过史进剀直，接手便写鲁达剀直。"鲁达爽直，武松精细，"写鲁达不顾事之不济，写武松必求事之必济，活画出两个人"①。有人物自身的对照。"此书但要写李逵朴至，便倒写其奸猾。写得李逵愈奸猾，便愈朴至。""忽然相忘，便放出狠毒，直要洗荡村坊；忽然提着，便装出仁心，又赐粮米一石。接连二事，绝不相蒙，顷刻之间做人两截，写宋江内小人而外君子，真是笔笔如镜。"②对照不仅便于刻画人物性格，更能突出人物性格特点，写出人物之间的不同。③

矛盾法与对照法有联系，但又有不同。对照可以是性质相反的事物，也可以是性质相近甚至相同的事物之间的比较，如鲁达的粗鲁与李逵的粗鲁之间的比较。而矛盾则是指两对相反而又相成的事物之间的比较。《水浒传》中运用矛盾法写得最好的人物是宋江与李逵，此外还有武松、公孙胜等人。比如李逵，金圣叹一再指出："写李大哥，偏用又憨又猾之笔，令人绝倒。"打下高唐州后，李逵下井去救柴进："李逵笑道：'我下去不怕，你们莫要割断了绳索！'吴学究道：'你却也忒奸猾！'"金圣叹批道："骂得妙，妙于极不确，却妙于极确，令人忽然失笑。"极不确，是因为李逵的确不奸猾；极确，则是因为李逵处处想使奸猾。然而他所想出的最"奸猾"的事，也不过是叮嘱别人在他下井之后别割断绳子之类根本不用担心的事，从而证明他不奸猾。再如武

① 金圣叹、李卓吾点评：《水浒传》，中华书局，2009 年，第 2 页、第 23 页、第 503 页。

② 金圣叹、李卓吾点评：《水浒传》，中华书局，2009 年，第 463 页、第 433 页。

③ 对照是《水浒传》的基本艺术手法之一，广泛地运用在小说人物、情节、场景的描写之中，本节因主旨关系，无法展开，特此说明。

松，平生只打天下硬汉，在武大面前却一片柔肠。本来四海为家，似无牵挂，在张青家住几天后却"忽然感激张青夫妇两个"。金圣叹评道："'忽然感激'四字，写武二真天人也。"①矛盾法有利于突出人物性格，写出人物的复杂性。

衬托法在《水浒传》、《西厢记》中也运用得十分广泛。衬托有正衬、反衬与暗衬。所谓正衬，指用性质相同的事物来作陪衬，以突出要描写的对象。《水浒》第二十一回，宋江杀了婆惜，来投柴进。庄客听说是宋江，"慌忙便领了宋江、宋清，径投东庄来"。金圣叹评道："柴进慌忙，何足为奇，妙在庄客慌忙也。"庄客慌忙，一是说明柴进喜欢结交江湖好汉，二也说明宋江名气之大以及常为柴进提到，已为庄客知晓。一个"慌忙"衬托了两个方面，可谓一石二鸟。反衬是用性质不同的事物来衬托要表现的对象。《水浒传》第六十三回，关胜领军围剿梁山，张横等人因想立功，带人前去劫寨，却入关胜圈套，统统被捉。阮氏三兄弟等前去救应，也中了关胜埋伏。金圣叹评曰："此回写水军劫寨，何草草如此？盖意在衬出大刀，则余人总非所惜。"②写张横等两次劫寨失败，正是为了突出关胜智慧谋略，反衬关胜英雄。暗衬指只描写了衬托者，衬托对象没有出来，但却与衬托者形成暗指关系。如《西厢记》第一卷第二章，张生未见莺莺，先见红娘，对红娘评价极高。金圣叹评曰："将他人欲写双文之笔先写却阿红，后来双文自不愁不出异样笔墨，别成妙丽。""又用别样空灵之笔，重写阿红一遍也。抹，抹倒也，抹杀也，不以为意也。将欲写阿红不是叠被铺床之人，以明侍妾早是一位小姐矣，其小姐又当何如哉？"③反复写红娘不简单的目的，正是为了暗衬莺莺的超群出众。

白描，就是用极省俭的笔墨，勾勒出描写对象的特点。白描是中国古典小说的传统技法，在《水浒传》的人物描写中，白描的手法用得十分广泛。第五十回，雷横听说书因没带钱，被白玉

① 金圣叹、李卓吾点评：《水浒传》，中华书局，2009 年，第 454 页、第 468 页、第 240 页。

② 金圣叹、李卓吾点评：《水浒传》，中华书局，2009 年，第 183 页、第 548 页。

③ 金圣叹点评，周锡山编校：《贯华堂第六才子书〈西厢记〉》，万卷出版公司，2009 年，第 68 页。

乔羞辱，打了他，被枷号示众。其母见了，来解他身上绳索，被白秀英殴打。"这雷横已是衔愤在心，又见母亲吃打，一时怒从心发，扯起枷来，望着白秀英脑盖上只一枷梢，打个正着，扑地倒了。"雷横被收监。"少间，他娘来牢里送饭，哭着哀告朱全道：'老身年纪六旬之上，眼睁睁地只看着这个孩儿！望烦节级哥哥看日常兄弟面上，可怜见我这个孩儿，看觑看觑。"金圣叹对这些描写大加赞赏，评道："绝世妙文，绝世奇文，读之乃觉《陈情表》不及其沉痛。天下岂有无母之人哉，读之其能不泪下也！""写雷横孝母，不须繁辞，只落落数笔，便活画出一个孝子。"朱全监押雷横去济州，路上建议去酒店吃酒。"众人都到店里吃酒。朱全独自带过雷横，只做水火，来后面僻净处，开了枷，放了雷横，分付道：'贤弟自回，快去家里取了老母，星夜去别处逃难'。金圣叹又评道："叙得直截爽快。""可谓子与子言孝矣，写得妙绝。"①《水浒传》中，往往寥寥几笔，就刻画出人物的某一方面、某一特点、某一性格，或者叙述出人物的某一行为、描写出人物的外貌特征。对于这种炉火纯青的白描手法，金圣叹十分欣赏，常常不厌其烦地点出。

3. 情节

情节是中国古代叙事文学中的重要因素。中国古代叙事文学重视故事，情节往往以曲折多变、发展迅速见长。金圣叹的情节观受古代叙事文学的影响，但也有一定的突破。

金圣叹的情节观受佛教"因缘生法"思想的影响很大。《水浒传》评点中，他曾反复指出："耐庵作《水浒》一传，直以因缘生法为其文字总持，是深达因缘也。""宋江之杀，从婆惜叫中来，婆惜之叫，从鸾刀中来，作者真已深达十二因缘法也。"②"因缘生法"本是佛家用语，佛教用它来解释宇宙、社会、人生以及各种精神现象产生的根源。"法"指一切物质和精神现象，"因缘"则指生起"法"的内外原因。世间万象纷纭，无非各种关系、条件相互联系交织而成的因缘之网，其中无一能孤立存

① 金圣叹、李卓吾点评：《水浒传》，中华书局，2009 年，第 439 页、第 435 页、第 439 页。

② 金圣叹、李卓吾点评：《水浒传》，中华书局，2009 年，第 478 页、第 177 页。

在，本性是空。"因缘生法"论有唯心的倾向，它抽空了宇宙万象存在的物质性，而将其归诸于心，认为大千世界事物的生与灭都是主观精神的表现。金圣叹在其整个《水浒传》评点中，都贯穿了"因缘生法"的思想，但在情节上，则主要是通过"因缘生法"来强调情节之间的因果关系，要求写出事件之间的前因后果。"佛言，一切世间皆从因生。有因者则得生，无因者终竟不生。不见有因而不生，无因而反忽生；亦不见瓜因而豆生，豆因而反瓜生。"①比如《西厢记》，崔相国在世时建了普救寺，死后才可能停尸寺中，才可能有崔、张相会，崔、张因缘在崔相国手中其实就种下了因由。再如《水浒传》第十九回，就宋江买阎婆惜一事，金圣叹评道："一路只是要宋江失事，便特特生出杀婆惜来，杀之无名，便特特倒装出张三勾搭来。又恐张三有玷宋江闺闺，便特特倒装出讨做外宅，以明非系正妻妾来。讨做外宅，即宋江不免近于赵员外、西门官人之徒，便特特倒装出鸨儿见他没有娘子，情愿把女与他。鸨儿为何情愿把女与他，便特特倒装出施棺木来。"②整个情节就通过这种因果关系一波一波地发展开来。

自然，有因果关系的事件并不一定要完全按照因果关系展开的顺序安排。比如《水浒传》第五十三回，为胜高廉，戴宗与李逵请得公孙胜回来，途中戴宗先回去报信，李逵出去买枣糕，结识了汤隆。金圣叹评道："李逵结识汤隆，所以为打造钩镰枪也。夫打造钩镰枪，以破连环马也。连环马之来，固为高廉报仇也。高廉之死，则死于公孙胜也。今公孙胜则犹未去也。公孙胜未去，是高廉未死也。高廉未死，则高俅亦不必遣呼延也。高俅不遣呼延，则亦无有所谓连环马也。无有所谓连环马，则亦不须所谓钩镰枪也。无有连环马，不须钩镰枪，则亦不必汤隆也。乃今李逵已预结识之也。为结识故，已预买糕也。为买糕故，戴宗亦已预去也。夫文心之曲，至于如此，洵鬼神之所不得测也。"③从情节之间的因果联系看，应该是公孙来，高廉死，高廉死，呼延

① 金圣叹点评，周锡山编校：《贯华堂第六才子书〈西厢记〉》，万卷出版公司，2009年，第43页。
② 金圣叹、李卓吾点评：《水浒传》，中华书局，2009年，第167页。
③ 金圣叹、李卓吾点评：《水浒传》，中华书局，2009年，第463页。

来，呼延来，连环马，连环马，钩镰枪。需要钩镰枪了，才需要其打造者也就是汤隆。但小说却在高廉尚未死时就把汤隆写了出来，这样就违反了因果的顺序。但是外部的违反并不影响内在因果关系的存在，只能使小说情节变得更加鬼神莫测。

与因果相关，金圣叹提出情节要符合逻辑。第五回写鲁达与史进林中相遇，大战十几回合，才得相认。金圣叹认为这不合逻辑，因为两人前面已经相识，不至于见面后认不出："其在史进，固为鲁达出家，不好厮认，若在鲁达，则即使气忿性急，亦何至不认史大郎耶？"后来书中补出史进戴着个大毡笠儿，金圣叹大加赞赏，认为这就说明了鲁智深没有认出史进的原因："殊不知作者胸中，自隐然有个毡笠盖着大郎，而于前文中，偏故意不说出，直到此处，方轻轻放得一句掀起笠子，彼真不顾世眼也。"①第二十四回，武大捉奸，反被西门庆踢伤。病床之上，他警告潘金莲好好服侍他，医得他的病好，一切罢休，否则武松回来有他们的好看。金圣叹评道："数语妙绝，然武大死于此数语矣。"②西门庆与潘金莲勾搭，起初并没有想置武大于死地，导致武大死的，是一连串事件的结果。而武大的这几句话，则起了转折的作用。有了这几句话，武大的死便顺理成章，符合逻辑。由此可见，所谓符合逻辑，实际上也就是要符合事件的因果关系，符合生活的常识与规律。

不过，叙事作品终究是一种虚构，其对艺术效果的追求有时与逻辑难免发生矛盾。在这个时候，金圣叹主张为了效果可以适当地牺牲逻辑。如《水浒传》第四十六回，石秀奉命前去祝家庄探路，知道路径后却不回去报告，而是宿在了钟离老人家里。金圣叹认为这不合逻辑："事莫急于进兵，尤莫急于进兵之有探路也，岂有机警如石秀者，而肯于得路之后，再住一夜者？"但是情节的发展又需要石秀当晚不回去。"只因作者一心要铺张祝家号令严整，一心又要写得宋江轻入重地，作一险势，便暂留石秀一笔，若惟恐为杨林之续者？此皆文人惨淡经营之处，不可不知也。"③祝家庄号令严整，组织严密，这是宋江等久打不下的原因

---

① 金圣叹、李卓吾点评：《水浒传》，中华书局，2009 年，第 57 页。
② 金圣叹、李卓吾点评：《水浒传》，中华书局，2009 年，第 215 页。
③ 金圣叹、李卓吾点评：《水浒传》，中华书局，2009 年，第 412 页。

之一。如果让石秀当晚回去，不仅无法展示出这一点，更无法让后来宋江兵马身陷绝境，造成情节的波澜起伏。两下权衡，金圣叹认可了这一情节的不合逻辑之处，称为"文人惨淡经营之处"。这实际上是对作者创作权的一种承认。

金圣叹认为，成功的情节应该是完整、曲折、奇险、跳脱的。

所谓完整，一是指有头有尾，一是指情节发展有机整一。金圣叹"腰斩"《水浒传》，一是他从封建正统思想出发，反对犯上作乱。二是他认为《水浒传》"天下无道"、"乱自上出"的主旨到梁山英雄大聚义的时候就已完全表达出来了。三是他认为从整体上看，《水浒传》应是"始之以石碣，终之以石碣"。四是他觉得后五十回的主旨与情节线索都与前七十回有所脱节。因此，他将后五十回全部砍去，在七十回上增加卢俊义的一个梦境作为全书的结尾。这一处理是否妥当当然可以讨论，但金圣叹这样处理与他追求情节的完整是有关系的。金圣叹认为："《水浒传》七十回只用一目俱下，便知其二千余纸，只是一篇文字。中间许多事体，便是文字起承转合之法。"[1]金圣叹将整部《水浒传》看作一篇文字，说明他是肯定《水浒传》情节发展的有机性的。《水浒传》是一篇呕心沥血之作，情节的处理十分精细，"起承转合"十分到位，是符合金圣叹"完整"的要求的。

文似看山不喜平。金圣叹强调情节的曲折、波澜起伏。"只看宋江出名，直在第十七回，便知他胸中已算过百十来遍。若使轻易下笔，必要第一回就写宋江，文字便一直帐，无擒放。"[2]这样的情节也就失去了艺术的吸引力。因此，他极力称赞《西厢记》情节之曲折，认为是"百曲千曲万曲，百折千折万折之文"。"赖婚"、"赖简"平地起波，情节一百八十度回转自不必说，即使是"前候"中红娘探病、张生传书这种没有多少戏剧性的情节，也能写得波澜曲折，"丽丽然有如许六七百言之一大篇"[3]。《水浒》第六十回写"吴用智赚玉麒麟"情节曲折，令人称奇，

① 金圣叹、李卓吾点评：《水浒传》，中华书局，2009年，第598页、第1页。
② 金圣叹、李卓吾点评：《水浒传》，中华书局，2009年，第1页。
③ 金圣叹点评，周锡山编校：《贯华堂第六才子书〈西厢记〉》，万卷出版公司，2009年，第3页、第185页、第157页。

读者"以为已作收煞，而殊不知乃正在半幅也。徐徐又是朱仝、雷横引出宋江、吴用、公孙胜一行六七十人，真所谓愈出愈奇，越转越妙。此时忽然接入花荣神箭，又作一断，读者于是始自惊叹，以为夫而后方作收煞耳，而殊不知犹在半幅。徐徐又是秦明、林冲、呼延灼、徐宁四将夹攻，夫而后引入卦歌影中"①。《水浒传》第二十四回，西门庆害怕武松回来后找他算账，王婆问他是要长做夫妻还是短做夫妻："你们若要长做夫妻，每日同一处，不担惊受怕，我却有一条妙计，只是难教你。"说着便停住了。金圣叹评曰："非写王婆亦复软，只是行文忌直，且图一顿耳。"②可见在金圣叹看来，不仅情节是越曲折越好，就是行文，也应摇曳多姿。这样，才有艺术感染力，才能吸引读者。

奇险是金圣叹对情节的第三个要求。曲折往前发展，就是奇险。所谓"奇"，就是新奇，出人意料，所谓"险"，就是惊险。情节既奇又险，自然能够取得比"曲折"更好的效果。比如《水浒传》第三十六回，宋江得罪了穆氏兄弟，连夜逃命，浔阳江上，又落到张横手里，差点丧命。金圣叹批道："此篇节节生奇，层层追险。节节生奇，奇不尽不止。层层追险，险不绝必追。真令读者到此，心路都休，目光尽灭，有死之心，无生之望也。如投宿店不得，是第一追；寻着村庄，却正是冤家家里，是第二追；掇壁逃走，乃是大江截住，是第三追；沿江奔去，又值横港，是第四追；甫下船，追者已到，是第五追；岸上人又认得梢公，是第六追；舱板下摸出刀来，是最后一追，第七追也。一篇真是脱一虎机，踏一虎机，令人一头读，一头吓，不惟读亦读不及，虽吓亦吓不及也。"③《水浒传》中这样的情节不少，金圣叹总是不厌其烦地加以详批，如第七回野猪林，第三十九回劫法场，第五十回赚朱仝，第六十一回劫法场，第六十四回张顺水上遇险，等等，足见他对情节的奇险的肯定与爱好。

跳脱有两层含义。一层含义是情节进展快，出人意料，一层含义是相联两个事件之间没有过渡环节，有时甚至脱节。如第五十回吴用、雷横、李逵等人赚朱仝上山。朱仝正带知府的小衙内

① 金圣叹、李卓吾点评：《水浒传》，中华书局，2009年，第519页。
② 金圣叹、李卓吾点评：《水浒传》，中华书局，2009年，第215页。
③ 金圣叹、李卓吾点评：《水浒传》，中华书局，2009年，第312页。

看河灯，忽然雷横扯他的衣袖；和雷横讲不到几句，吴用突然出现；朱仝不肯上山，吴用等人转身就走；朱仝返回原处，却不见了小衙内；正在发急，却被告知是李逵抱走；找到李逵，却发现小衙内已经死了。情节进展的速度真有点叫人应接不暇。金圣叹反复批道："笔势亦跳脱而出，读之吃惊。""笔笔跳脱而出，令人吃惊。""更不商量，笔势跳脱之甚。""突然而来，瞥然而去，笔笔跳脱。""笔笔做奇鬼之状。""笔笔做奇鬼攫人之势，跳脱之极。"①对这一情节给予了极度的肯定。

跳脱与奇险相联，情节要达到奇险，一定程度的跳脱往往不可免。跳脱容易产生意外之感，抓住读者的眼球。总起来看，曲折、奇险、跳脱在性质上是一样的，都是反对平铺直叙，要求波澜起伏，三者实际上只有程度的不同。自然，从现代的角度来看，情节的曲折只是小说成功的条件之一，甚至不一定是必需的条件。然而古代小说主要靠故事与人物来反映生活、吸引读者，描写比较粗线条，情节自然就有着重要的地位。金圣叹强调情节的曲折有历史的原因，不宜过多地用现代叙事文学的要求来衡量。

4. 环境

环境是故事的另一个重要构成部分。环境是人物生存的空间，人物的存在与活动总是在一定的环境中进行的。所以，任何叙事作品都有环境。与大多数中国古代叙事作品一样，《水浒传》中的环境大多与人物、情节联在一起，为人物服务，没有西方近现代小说那种独立的大段的环境描写。

从表现形态上看，环境大致可以分为写实、假托和虚幻三种。写实的环境是比较接近现实生活、有明确所指的环境。假托的环境是较接近现实生活但是虚指的环境。这类环境描写符合生活的逻辑，但时间、地点等常常是虚指和假托的。虚幻的环境是一种非现实的环境。《水浒传》中的环境主要是假托的。梁山、东京、浔阳江等虽为宋时实有，但作者作了不少变换，同时又虚构了不少地方，然而都写得真实、具体。《水浒传》中也有一些虚幻的环境，如罗真人居住的二仙山，以及公孙胜、高廉等人变

---

① 金圣叹、李卓吾点评：《水浒传》，中华书局，2009 年，第 441 页、第 442页。

出的风雨雷电、阴云惨雾等，但这些环境大都是配合情节的需要偶尔出现，在《水浒传》环境中没有什么重要性。

从性质上看，环境又可分为自然环境和社会环境。自然环境指整个自然界，它是人物活动的时空依凭。社会环境主要指人与人之间的社会关系、文化氛围以及风俗习惯等。金圣叹十分重视社会环境。他认为，《水浒传》第一回不从一百单八人，却从高俅写起，正是为了写出"乱自上作"的社会环境，为《水浒传》英雄的造反提供社会背景。第五十一回他就殷天锡的横行发表评语："吾观高廉倚仗哥哥高俅势要，在地方无所不为，殷直阁又倚仗姐夫高廉势要，在地方无所不为，而不禁愀然出涕也。曰：岂不甚哉！夫高俅势要，则岂独一高廉倚仗之而已乎？如高廉者，仅其一也。若高俅之势要，其倚仗之以无所不为者，方且百高廉正未已也。乃是百高廉，又当莫不各有殷直阁其人，而每一高廉，岂仅仅于一殷直阁而已乎？如殷直阁者，又其一也。若高廉之势要，其倚仗之以无所不为者，又将百殷直阁正未已也。夫一高俅，乃有百高廉，而一一高廉，各有百殷直阁，然则少亦不少千殷直阁矣！是千殷直阁也者，每一人又各自养其狐群狗党二三百人，然而普天之下，其又复有宁宇乎哉！呜呼，如是者，其初高俅不知也，既而高俅必当知之！夫知之而能痛与戢之，亦可以不至于高俅也。知之反而若纵之甚者，此高俅之所以为高俅也。"第六十二回，写关胜听得朝廷宣他统领大军，进剿梁山，不禁大喜。金圣叹评道："何遽'大喜'？只四字写尽英雄可怜。"[1]这些评语代表了金圣叹对当时社会的看法。朝廷无道，奸臣横行，上下勾结，形成一张巨大的网络，在这网络之下，一般平民、下层官佐无法安居乐业，懦弱者忍气吞声，强悍者铤而走险，有才能者得不到重用，平庸者却反而高升。而这正是梁山好汉生活的社会环境，因此，他们聚义水泊，也就有了充足的理由。因此，金圣叹虽然总体上反对造反，但对梁山好汉们的上山，却给予了比较充分的肯定。

金圣叹也重视人物具体生活环境与自然环境的描写。如《水浒传》第二十回对阎婆惜房中陈设的描写，第二十三回对武大为

---

① 金圣叹、李卓吾点评：《水浒传》，中华书局，2009 年，第 444 页、第 546 页。

武松安排的房间里的陈设的描写，第九回、第六十三回对雪的描写。但金圣叹不大认可环境独立的价值，要求环境与人物有机地联系起来，为人物塑造服务。如《水浒传》第六十三回写宋江雪地擒索超，金圣叹评道："写雪天擒索超，略写索超而勤写雪天者，写得雪天精神，便令索超精神。此画家所谓衬染之法，不可不一用也。"①写雪天是为了写索超，一方面通过雪的盛大、铺天盖地，来反衬索超的精神，一方面也为梁山方面掘陷阱擒索超准备了条件。

环境要为人物塑造服务，另一方面，人物性格的发展也需环境的支撑。林冲虽然个性刚强，但开始并不想造反，只求全家平安，生活安稳。然而周围的环境却不断地逼迫着他。先是高衙内看中他的妻子，后又受到高俅诬陷，发配沧州，再又受到陆谦等人的反复追杀。直到这时，他才手刃仇敌，因走投无路，反上梁山。在评点中，金圣叹反复提醒读者林冲的处境，"皆极力写英雄失路"，"十二字写千载豪杰失意如画"，"写豪杰历历落落处，只用七字，遂使读者目眦尽裂"，②极写林冲上梁山的必然性。如果没有这些环境的支撑，林冲上梁山也就失去了合理性。

由于环境与人物关系密切，金圣叹强调环境与人物之间的相互协调。所谓相互协调，就是性质、特点等大致一致。《水浒传》第二十六回，武松犯事之后，阳谷县上下，东平府府尹、节级、牢子都看觑他。金圣叹评道："此篇写武松既写得异常，则写四边人定不得不都写得异常。譬如画虎者，四边草木都须作劲势，不然，便衬不起也。不知文者，竟漫谓难得陈文昭，真痴人说梦矣。"③在金圣叹看来，并非阳谷、东平府的官吏都是好人，而是因为武松写得如此豪杰，与他相关的人也得有几分正气，否则便与人物无法协调。《水浒传》中的人物与其周围的环境，往往带有这样的特点：柴进天潢贵胄，周围的环境皆带富贵气象；关胜名将后代，周围的环境也沾染儒将色彩。金圣叹对此均予肯定。环境与人物协调的思想，是金圣叹环境观一个有特色的地方。

四、金圣叹论作者与叙事者

故事总是要通过一定的人讲述出来，这讲故事的人就是叙事者。叙事者不等于作者，作者是叙事作品的创造者，是现实生活中真实的人，叙事者则是作者构建的在叙事作品中讲故事的人。

受拟话本情境的影响，《水浒传》中的叙事者还未能完全与说书人（也即作者）脱离开来，有时两者合二为一。金圣叹受时代与所评对象的限制，在理论上对叙事者也缺乏充分的认识，但他在作者与叙事者方面仍提出了一些值得我们注意的思想。

在作者方面，金圣叹主要从创作的角度，提出了"格物致知"和"亲动心"说。这是他在作家论中最重要的理论贡献。

"格物致知"这一术语最早见于先秦典籍《礼记·大学》："古人欲明明德于天下者，先治其国；欲治其国者，先齐其家；欲齐其家者，先修其身；欲修其身者，先正其心；欲正其心者，先诚其意；欲诚其意者，先致其知。致知在格物。格物而后知至，知至而后意诚，意诚而后心正，心正而后身修，身修而后家齐，家齐而后国治，国治而后天下平。"[1]这里的"格"是推究的意思，"致"是求得的意思。从字面上讲，"格物致知"的意思是穷究事物原理，从而获得知识。但是，在《大学》中，"格物致知"并不是一个纯认识论的概念，它实际上是儒家学派为实现自己修身、齐家、治国、平天下的政治思想而提出的阶段性行为目标。治国、平天下是儒家的最高理想，而格物与致知则是达到这一理想的最初两个阶段，具有浓厚的政治伦理色彩。"格物致知"说在宋代得到多方探讨，其中朱熹的观点最为重要。朱熹认为"致知"先要"格物"，格物的目的是致知，致知是在格物的过程中实现的。朱熹理解的"物"，是指一切事物，既包括客观的物质实体，也包括主观的思想精神，"知"则是他所说的"理"。他认为，"格物"就是要广泛地学习、研究事物（包括书本），格物达到一定程度，就会贯通而得到普遍原理，用这个得到的原理进行推类，就可以知道那些未知的事物之理。朱熹将"格物致知"从先秦儒家的以修身齐家为根本的政治伦理哲学范畴转到了认识

---

① 《礼记·大学》。

论的范畴，对"格物致知"论是一个大的推进。但朱熹所说的"理"并非客观事物的规律，而是一种先于自然现象与社会现象的形而上的东西，它也存在于人心之中，这样，朱熹便把格物致知引向了人的主观的一面，又有一定的局限性。明末清初，随着西方科学技术的传进，中国人研究自然科学的热情高涨，"格物致知"转向客观方面，偏重于探究自然，把握客观规律。这是金圣叹提出"格物致知"说的主要背景。

金圣叹是从认识论的角度提出"格物致知"说的。他的格物致知说既继承了前人的思想又增添了新的内容。在金评《水浒·序三》里，他写道："施耐庵以一心所运，而一百八人各自入妙者，无他，十年格物而一朝物格，斯以一笔而写百千万人，固不以为难也。格物亦有法，汝应知之。格物之法，以忠恕为门……忠恕，量万物之斗斛也。因缘生法，裁世界之刀尺也。施耐奄右手握如是斗斛，左手持如是刀尺，而仅乃叙一百八人之性情、气质、形状、声口者，是犹小试其端也。"①施耐庵十年格物而一朝物格，通过长期地观察、探究事物，而终于达到了对于事物的深入认识和透彻把握，在这种认识与把握的基础上再来创作小说，描写人物，反映生活，自然得心应手。在评点中，碰到描写发挥得精彩的，金圣叹常用"诚乃格物君子"加以肯定。如《水浒传》第四十二回，写李逵沂岭遇虎："那母大虫到洞口，先把尾巴去窝里一剪，便把后半截身躯坐将入去。"金圣叹批道："耐庵从何知之？诚乃格物君子，奇绝妙绝。"第二十四回，武大听说潘金莲与西门庆偷情，便要去捉，"郓哥道：'你老大一个人，原来没些见识！那王婆老狗怎么利害怕人，你如何出得他手？他须三人也有个暗号'"。金批："此等事，郓哥固不得知，第耐庵又何由知之？诚乃博物君子。"②这些事情都是施耐庵不应知道的，但却写得合情合理，正是因为他通过长期格物，而达到了对于自然、社会、人性的透彻了解，因此能够充分合理地发挥想象，写得真实可信。

---

① 曹方人、周锡山标点：《金圣叹全集》第一卷，江苏古籍出版社，1985 年，第 10 页。

② 金圣叹、李卓吾点评：《水浒传》，中华书局，2009 年，第 375 页、第 213 页。

金圣叹认为，格物之法，以忠恕为门。何为"忠恕"？金圣叹在《水浒传》第四十二回回评中作了比较详细的解释："夫中心之谓忠也，如心之谓恕也。见其父而知爱之谓孝，见其君而知爱之谓敬。夫孝敬由于中心，油油然不自知其达于外也。……善亦诚于中形于外，不善亦诚于中形于外，不思善，不思恶，若恶恶臭、好好色之微，亦无不诚于中形于外。盖天下无有一人，无有一事，无有一刻不诚于中形于外者也。""盖忠之为言中心之谓也。喜怒哀乐之未发，谓之中。发而为喜怒哀乐之中节，谓之心。率我之喜怒哀乐自然诚于中形于外，谓之忠。知家国、天下之人率其喜怒哀乐无不自然诚于中而形于外，谓之恕。知喜怒哀乐无我无人无不自然诚于中形于外，谓之格物。能无我无人无不任其自然喜怒哀乐，而天地以位，万物以育，谓之天下平。""能忠未有不恕者，不恕未有能忠者。看宋江不许李逵取娘，便断其必不孝顺太公，此不恕未能有忠之验。看李逵一心念母，便断其不杀养娘之人，此能忠未有不恕之验也。"[1]心中情感自然生成，自然表现出来便是"忠"，能按心中情感行事并且知道我这样别人也必定这样就是"恕"，能从自身推及他人乃至万事万物便是格物。因此，格物必经忠恕，忠恕是格物之门。

另一方面，既然无论善恶，都是诚于中而形于外，天下无一人一事一刻不诚于中而形于外者，忠恕自然可以成为"量万物之斗斛"。而因缘生法，则是"裁世界之刀尺"。这里"斗斛"、"刀尺"都是标准、尺度的意思。"因缘生法"本是佛教用语。"法"指包括精神与物质在内的大千世界中的一切事物和现象，"因缘"指产生这些现象的内外原因。"因缘生法"指一切事物都是由一定的原因产生、发展的，存在于一定的因果链中。既然一切事物都处于因果关系之中，"因缘生法"自然可以做为格物的"刀尺"。另一方面，格物的目的又必须通晓万物之间的因果、规律。在这个意义上，"因缘生法"又是格物的目的之一。不过，佛教与金圣叹所说的"因缘生法"都有唯心的倾向，它将"因缘"归诸于心，认为大千世界事物的生与灭都是主观精神的表现。

由此可见，金圣叹的"格物致知"说一方面强调要研究事

---

① 金圣叹、李卓吾点评：《水浒传》，中华书局，2009年，第367页、第368页。

物，把握其内在的规律，另一方面又把这种规律归诸于人的内心，强调推己及人。前者值得肯定，后者有待商榷。不过，即使归诸内心，它的目的还是要把握人的思想、心理与性格的特点与规律，而这正是叙事作品创作所需把握的重点之一。而且，在具体的评点中，"格物致知"在金圣叹那里也往往用来指对客观事物的考察。因此，宽泛地说，金圣叹的"格物致知"是作者把握包括人的主观精神在内的外部世界的重要方法，主要是相对于作者之外的客观世界说的。

与"格物致知"相对，金圣叹的"亲动心"说则主要针对作者的主观世界而言。《水浒传》第五十五回，金圣叹称赞施耐庵写豪杰像豪杰，写奸雄像奸雄，写淫妇像淫妇，写偷儿像偷儿。人们说："非圣人不知圣人。然则非豪杰不知豪杰，非奸雄不知奸雄。"施耐庵能够写好豪杰与奸雄，还可以说他身上兼有豪杰与奸雄之气，然而，他肯定不是淫妇，也不是偷儿，他又怎么能够"写淫妇居然淫妇，写偷儿居然偷儿"呢？金圣叹经过思考，得出结论："谓耐庵非淫妇非偷儿者，此自是未临文之耐庵耳。夫当其未也，则岂惟耐庵非淫妇，即彼淫妇亦实非淫妇；岂惟耐庵非偷儿，即彼偷儿亦实非偷儿。经曰：'不见可欲，其心不乱。'群天下之族，莫非王者之民也。若夫既动心而为淫妇，既动心而为偷儿，则岂惟淫妇偷儿而已。惟耐庵于三寸之笔，一幅之纸之间，实亲动心而为淫妇，亲动心而为偷儿。既已动心，则均矣，又安辩泚笔点墨之非入马通奸，泚笔点墨之非飞檐走壁耶？经曰：'因缘和合，无法不有。'自古淫妇无印板偷汉法，偷儿无印板做贼法，才子亦无印板做文字法也。因缘生法，一切具足。是故龙树著书，以破因缘而弁其篇，盖深恶因缘；而耐庵做《水浒》一传，直以因缘生法为其文字总持，是深达因缘也。夫深达因缘之人，则岂惟非淫妇也，非偷儿也，亦复非奸雄也，非豪杰也。何也？写豪杰、奸雄之时，其文亦随因缘而起，则是耐庵固无与也。或问曰：然则耐庵何如人也？曰：才子也。何以谓之才子也？曰：彼固宿讲于龙树之学者也。讲于龙树之学，则菩萨也。菩萨也者，真能格物致知者也。"①现实生活中的施耐庵当

① 金圣叹、李卓吾点评：《水浒传》，中华书局，2009 年，第 478 页。

然既非淫妇也非偷儿，但在创作的时候，他却可以设想自己是淫妇、是偷儿，从而体会到淫妇、偷儿的心理，了解他们的性情、特点，把握他们的习惯、言行，从而写出栩栩如生的淫妇、偷儿来。那么，为什么施耐庵将自己设想为淫妇、偷儿，就能知晓淫妇、偷儿？金圣叹仍是用"因缘生法"来解释。世上的道理都是一样的，深达因缘的人，自然能够通过"亲动心"把握到淫妇、偷儿、奸雄、豪杰等一切类型的人。那么，为什么施耐庵"亲动心"就能把握，而其他的人"亲动心"则不一定能够把握呢？联系到金圣叹其他的论述，这是因为施耐庵"十年格物一朝物格"，通过"格物致知"达到了因缘的深处，而一般的人没有下他那样的工夫，也没他那样的才华，自然也就难于像他那样格物致知，难于达到他那样的境界。这样，金圣叹就根据自己的理论体系，阐明了他的"亲动心"说。

用今天的话说，"亲动心"就是创作时的设身处地，化身为自己要描写的人物，体察他们可能具有的思想、性格、习惯、言行，并加以适当的想象，从而写出栩栩如生的人物。而"因缘生法"是作者体察、想象的依据，"格物致知"则是作者能够把握"因缘"也即事物的本质与规律的基础与保证。

《水浒传》第二十二回，写武松打虎时，金圣叹批道："传闻赵松雪好画马，晚更入妙。每欲构思，便于密室解衣踞地，先学为马，然后命笔。一日管夫人来，赵宛然马也。今耐庵为此文，想亦复解衣踞地，作一扑、一掀、一剪势耶？"①由此可见，不仅写人，即使写物，作者也应设身处地，展开合理的想象。

"格物致知"与"亲动心"是金圣叹关于作家创作的两个重要理论。前者主要从客观方面说明了作者认识、把握大千世界的方法与途径，强调观察、研究、了解事物的重要性。后者主要从主观方面说明作家创作时的一个重要心理现象，指出作家把握世界、塑造众多栩栩如生的艺术形象的一个重要途径。而"因缘生法"则将两者联系起来，由此形成金圣叹作家创作论的主体框架。

由于对现代意义上的叙事者缺乏明确的认识，金圣叹在叙事者方面的理论建树不多，但他对叙事视角十分敏感，提出了许多

① 金圣叹、李卓吾点评：《水浒传》，中华书局，2009 年，第 190 页。

有价值的观点，这在当时还是比较前沿的。

所谓视角，指叙事者观察故事的位置与角度。视角可以从两个角度划分。一是可以根据视角承担者与故事的关系将视角分为人物视角与叙事者视角。人物视角中的视角承担者是作品中的人物，叙事者视角中的视角承担者是叙事者，两者在功能与性质上都有区别。人物视角受人物和人物活动范围的影响，受到的限制比较大，它不能无所不在，也不能深入到作为叙事承担者的人物之外的其他人物的内心世界。而置身于故事之外的叙事者讲述的实际上是别人的故事，这种身份使他免去了这些限制，因而叙事者视角十分灵活，可以无所不在，不受限制。视角划分的另一角度是视角的运用情况，据此可以把视角分为不定视角和固定视角。不定视角中的观察点没有固定，可以设在任何可能的位置，没有任何限制。固定视角中的观察点固定在某一或某些位置，不能任意移动。它又可以分为三种形式：一点式、多点式、多重式。一点式固定视角只有一个视点，叙事者只能叙述从这一点上所看到的东西。如罗伯－格利耶的《嫉妒》，整个故事都是从那个没有在小说中出现的丈夫的眼中看到的，这一视点之外的任何东西，小说都没有表现。多点式固定视角有几个视点，叙事者可以通过这几个视点叙述故事。如福克纳的《喧哗与骚动》，小说的故事就是通过班吉、昆丁、杰生和迪尔西等四人的视点表达出来的。多重式固定视角与多点式有点类似，也有几个视点。但多点式一般是从几个视点叙述几个不同的对象，或同一对象的几件不同的事情，而多重式叙述的则是同一对象，如日本影片《罗生门》。这部影片通过旁观者、死者妻子、侦探和凶手等人的视点，叙述了一桩凶杀案。人物视角、叙事者视角和不定视角、固定视角是从不同的角度划分的，它们不是平行关系而是交叉关系。这样，叙事视角实际上有四种类型：人物不定视角、人物固定视角、叙事者不定视角、叙事者固定视角。但在叙事实践中，人物不定视角较少出现，主要的叙事视角只有其他三种。

由于拟书场传统，中国古代小说大多是叙事者视角，这是一种叙事常态，因此，在《水浒传》与《西厢记》评点中，金圣叹主要注意的是人物固定视角。《水浒》第四十四回写潘巧云和裴如海暗中勾搭，金圣叹评曰："'只见'二字，总是那淫妇，那贼秃，那一堂和尚三段之头，皆石秀眼中事。"说明这里采用的是人物固定视角。第五十二回，戴宗与李逵前去蓟州请公孙胜回梁山帮助破高廉，公孙胜躲着不见，戴宗要李逵进去吵闹，惊倒了公孙胜的母亲，"只见公孙胜从里面奔将出来"，"只见戴宗便来喝道"。金圣叹评曰："看他用两个'只见'，便知都从李逵眼中写出，笔法之妙如此。"①《西厢记》第四卷第三章，莺莺唱词："我见他蹙愁眉死临侵地。阁泪汪汪不敢垂，恐怕人知。猛然见了把头低，长吁气，推整素罗衣。"金圣叹对这段唱词特别欣赏，认为妙在"写双文看张生也，然则真看杀张生也"，"今却转从双文口中体贴张生之体贴双文，便又多得一层，文心漩澓，真有何说。"② 这段唱词的妙，就在于它是从莺莺口中说出张生对自己的体贴，同时通过这一"说出"又表现出莺莺对张生的体贴。从视角的角度看，这实际上是一种人物固定视角。自然，视角不仅仅是看，也可以是听，是其他的感知方式。如《水浒传》第二十回，宋江被婆惜冷落了一晚，清晨自去，却发现招文袋忘在了婆惜房里，返回去取。进门上楼的过程，却从婆惜耳中听出："正在楼上自言自语，只听得楼下呀地门响。床上问道：'是谁？'门前道：'是我。'床上道：'我说早呢，押司却不信，要去，原来早了又回来。且再和姐姐睡一睡，到天明去。'这边也不回话，一径已上楼来。"金圣叹在"只听得"三字后批道："三字妙绝。不更从宋江边走来，却竟从婆娘边听去，神妙之笔。"在"已上楼来"后面批道："一片都是听出来的。有影灯漏月之妙。"③第二十六回武松在张青酒店假装中了蒙汗药倒下后，母夜叉孙二娘的所作所为，也是从武松耳中听来。

相对叙事者视角，人物固定视角有其特点与优势，金圣叹在评点中作了比较深入的分析。《水浒传》第九回写陆谦、管营等人在李小二酒店商议谋害林冲，被李小二夫妇听得。金圣叹评道："陆谦、富安、管营、差拨四个人坐阁子中议事，不知所议何事，详之则不可得详，置之则不可得置。今但于小二夫妻眼

①　金圣叹、李卓吾点评：《水浒传》，中华书局，2009 年，第 390 页、第 457页。

②　金圣叹点评，周锡山编校：《贯华堂第六才子书〈西厢记〉》，万卷出版公司，2009 年，第 244 页。

③　金圣叹、李卓吾点评：《水浒传》，中华书局，2009 年，第 390 页、第 176页。

中、耳中写得'高太尉三字'句，'都在我身上'句，'一帕子物事，约莫是金银'句，'换汤进去，看见管营手里拿着一封书'句，忽断忽续，忽明忽灭，如古锦之文不甚可指，断碑之字不甚可读，而深心好古之家自能于意外求而得之，真所谓鬼于文、圣于文者也。"第十六回，杨志黄泥冈上被劫生辰纲，本拟跳冈自杀，后转念放弃，自下冈子去了。小说先从杨志眼中写十四人，后从十四人眼中写杨志。金圣叹评曰："本是杨志看十四人也，却反看出十四个人看杨志来，两'看'字，写得睁睁可笑。""上文一路写来，都在杨志分中，忽然写出'去了'二字，却似在十四人分中者，当知此句，真有移云拉月之巧。盖杨志一路自去，固也，然冈上十四人，一夜毕竟作何情状，不争只要写杨志，却至后日重又追叙今夜耶？轻轻于杨志文尾，用'去了'二字，便今杨志自去，而读者眼光自住冈上，重复发放此十四人，此皆作者着乖处，偷力处。"第四十八回，顾大嫂、孙新为救解珍、解宝，叫人去请孙立："饭罢时分，远远望见车儿来了，载着乐大娘子，背后孙提辖骑着马，十数个军汉跟着。"金圣叹批道："远望是车，车上是乐大娘子，乐大娘子背后是孙提辖，孙提辖背后是军汉。写得一行如画。非画来人，画望来人者也。"①按金圣叹的看法，《水浒》中人物视角，至少有如下几个方面的作用。第一，能够有效地遮蔽、选择信息。人物视角由于受人物活动范围的限制，不可能全知全能，这正好为信息的遮蔽与选择提供了条件。利用人物视角，可以将那些不需要的信息去掉，只表现需要的信息，而且自然、真实。如李小二夫妇的阁楼偷听。第二，使叙事简洁、连贯。如《水浒传》第九回。这一回写林冲反上梁山，主线是林冲，而陆谦等人的陷害，则是他反上梁山的原因，因此不能不写，但又不可多写。写多了一是冲淡了主线，二是使叙事显得累赘，三是使叙事头绪增多。如果采用叙事者视角，很难避免这一点，采用人物固定视角，则很容易地就达到了目的。第三，是写出人物情感、心理。《水浒传》第四十八回，孙新打发火家去叫哥哥孙立之后，便在门前等候，生怕他因什么原因不来。终于远远地望见孙立与嫂嫂等人来了，一块石头落地，心里

① 金圣叹、李卓吾点评：《水浒传》，中华书局，2009 年，第 83 页、第 135 页、第 425 页。

明清近代叙事思想

是既高兴又轻松。这种心情如果用一段文字描写既无必要，又与
《水浒传》的叙事风格不符。采用人物视角，就很巧妙地将孙新
以及这一边的人的心情表达出来了。金圣叹很恰当地评为一行写
得如画，但非画来人，画盼人来者。第四，叙事头绪的巧妙转
换。大型叙事作品往往头绪繁多，一般叙事作品在转换叙事头绪
时，往往用"花开两朵，各表一枝"之类的话来进行线索的转
换。《水浒传》中少用这种方法而采用人物接力、事件旁生等方法
进行转折，而视角转换则是最巧妙的一种。如第十六回，叙事头绪本
在杨志身上，但又必须交代众军汉的下落，小说通过将视角从杨志身
上转到众军汉身上的办法，不露痕迹地进行了叙事线索的转移。

杨志的例子已涉及视角转移的问题。所谓视角转移是指叙事
过程中，观察点从一个视角承担者转到另一个视角承担者身上的
情况。《水浒传》中这样的事例不少，金圣叹的评点也很精彩。
《水浒传》第八回："话说当时薛霸双手举起棍来，望林冲脑袋上
便劈下来。说时迟，那时快，薛霸的棍恰举起来，只见松树背后
雷鸣也似一声，那条铁禅杖飞将来，（金评：第一段，单飞出禅
杖，却未见有人。）把这水火棍一隔丢去九霄云外，跳出一个胖
大和尚来，（金评：'说时迟，那时快'六字，神变之笔。○行文
有雷轰电掣之势，令读者眼光霍霍。○看他先飞出禅杖，次跳出
和尚，恣意弄奇，妙绝怪绝。○第二段，单跳出和尚，却未曾看
得仔细。）喝道：'洒家在林子里听你多时！'两个公人看那和尚
时，穿一领皂布直裰，跨一口戒刀，提着禅杖，轮起来打两个公
人。（金评：第三段，方看得仔细，却未知和尚是谁。）林冲方才
闪开眼看时，认得是鲁智深。（金评：第四段，方出鲁智深姓名，
弄奇作怪，于斯极矣。[眉批] 此段突然写鲁智深来，却变作四
段：第一段飞出一条禅杖隔去水火棍；第二段水火棍丢了，方看
见一个胖大和尚，却未及看其打扮；第三段方看见皂布直裰，跨
戒刀，轮禅杖，却未知其姓名；第四段直待林冲眼开，方出智深
姓名。奇文奇笔，遂至于此。）林冲连忙叫道：'师兄，不可下
手，我有话说。'（金评：极急时下语不及，只此四字，妙妙。○
顷刻不至即休矣，又有甚话说耶？）"①此段引文开始是叙事者固定

① 金圣叹、李卓吾点评：《水浒传》，中华书局，2009 年，第 75－76 页。

视角，从"两个公人看那和尚时"转为人物固定视角，视角承担者是两个公人。从"林冲方才闪开眼看时"，视角承担者又转为林冲。短短一段文字，视角经过三次转换，也正因为如此，这一事件才写得波澜起伏，有声有色，变化多端。金圣叹的评点虽然主要不是从视角转换的角度着眼，但也的确指出了其中的奥妙。

"野猪林"这一事件也牵涉视角与表述分离的问题。简单地说，视角是看的问题，表述是说的问题。一般情况下，叙事中的看与说是同一的，也就是说，视角的承担者与表述的承担者是同一个人。但在特殊的情况下，两者是可以分离的。如"野猪林"中的视角经过三次变换，有明显的标志，但表述的承担者却始终是叙事者，没有变换。第十六回，黄泥冈上视角从杨志转到十四人身上，表述的承担者也同样没有变化。在《水浒传》中，常常有视角的承担者变了，但表述的承担者并不变换的情况，这实际上是叙事者临时借用他人的眼睛来做观察点，以取得某种叙事效果。这也是中国古代小说的叙事特点之一。

五、金圣叹论叙事话语

叙事话语主要研究叙事作品中的结构要素及其相互之间的关系。叙事话语的内容很多，主要有叙事逻辑、叙事时间和角色模式等。金圣叹讨论叙事话语主要是从章法和文法两个角度进行的。本节试作分析。

1. 叙事章法

在对《水浒》的评点中，"章法"是金圣叹用的十分频繁的一个术语。有学者认为："金圣叹所说的'章法'……是指小说情节展开过程中相同、相异、相似的事物在形式上的对称呼应。"①这种观点有它的依据，但过于局限于就事论事，缩小了金圣叹章法的范围。

从叙事学的角度看，金圣叹的章法属于叙事话语的范畴。与章法相对，金圣叹还提出了"文法"、"句法"、"字法"的概念。在《读第五才子书书法》中他写道："《水浒传》章有章法，句有句法，字有字法。""《水浒传》有许多文法，非他书所曾有，

---

① 陈果安：《金圣叹小说理论研究》，湖南师范大学出版社，1999 年，第 322 页。

略点几则于后。"①这里的"句法"与"字法"更多地属于文体学的范畴。"文法"则主要指与叙事相关的技巧，但其侧重点与现代叙事学上的叙事技巧又有区别，它主要不在时间、人称、视角、功能等方面下功夫，而是侧重于和行文谋篇有关的方面，如金圣叹所例举的"倒插法"、"夹叙法"、"草蛇灰线法"、"大落墨法"等。而章法的涵义则比较复杂。我们先看金圣叹的评论：①"《水浒传》章有章法"。②《水浒》"篇必谋篇，段必谋段，之后忽然结以如卷如扫，如驰如撒之文，真绝奇之章法也"。③"张横望见灯烛荧煌，关胜看书；三阮望见灯烛荧煌，并无一人，两灯烛荧煌句，相照作章法。"④"一部大书以石碣始，以石碣终。章法奇绝。"⑤"以诗起，以诗结，极大章法。"⑥"桃花庄一条板桥，瓦官寺一座青石桥，此处又一座独木桥，亦是闲中点缀联络，以为章法也"。⑦"前篇写偷甲，此篇写偷马，章法对而不对，不对而对，奇妙之极。"⑧"'说'字与上'听小僧'本是接着成句，智深自气忿忿在一边，夹着'你说，你说'耳，章法奇绝，从古未有。"②评论①、评论②、评论③讨论的是章节内部的组织安排，所谓"章有章法"，指的是一章之内的安排与结构规则；评论④、评论⑤指的是整部作品的安排联接，作者通过什么手法将各个故事连结成一个有机的整体；评论⑥、评论⑦讲的是章与章之间的联系；评论⑧讲的是与遣词造句有关的文章作法。总的来看，除了"文章作法"之外，其他的都是有关谋篇布局也就是作品结构的问题。因此，从叙事学的角度看，金圣叹的"章法"谈的实际上是结构问题，但它既涉及谋篇布局，也涉及组织安排，不像现代叙事学中的结构，主要只讨论作品内容的组织形态。

金圣叹以《水浒传》、《西厢记》为例，探讨了章法的基本原则。

首先是整一性原则。金圣叹认为，叙事作品的结构必须是有机整一的。在《读第六才子书〈西厢记〉法》中，他认为："一部《西厢记》，真乃并无一字；岂但并无一字，真乃并无一句。

---

① 金圣叹、李卓吾点评：《水浒传》，中华书局，2009年，第2页、第3页。

② 金圣叹、李卓吾点评：《水浒传》，中华书局，2009年，第2页、第593页、第549页、第599页、第605页、第58页、第492页、第55页。

一部《西厢记》，只是一章。"下面又接着说："今《西厢记》不是一章，只是一句，故并无若干句，乃至不是一句，只是一字，故并无若干字。《西厢记》其实只是一字。"金圣叹这里自然不是在玩文字游戏。《西厢记》结构严谨，字句融合到一个有机整体之中，消失了自己的独立性，因此《西厢记》只是一章。从主题思想的角度看，《西厢记》的主旨、核心精神用一个字便能概括，剧本的各个部分都体现了这一个字并为表达这一个字服务，因此《西厢记》只是一字，"《西厢记》是一'无'字"。①金圣叹从两个方面强调了结构的有机整一。他"腰斩"《水浒传》，一个很重要的原因就是足本《水浒传》后五十回在结构上与前七十回有所脱节，而且艺术上也比前七十回逊色。他把《西厢记记》第五卷排除在《西厢记》的有机结构之外，断定其是伪作，其重要原因之一也是他认为《西厢记》应是一个悲剧，第五卷硬把它拉成一个大团圆的结局，破坏了《西厢记》结构的有机整一，而且，第五卷在艺术质量上也无法与前四卷相比，放在一起反而降低了整部剧本的艺术水平。

具体到《水浒传》、《西厢记》，金圣叹认为两部作品的结构都是有机整一的。《西厢记》从"惊艳"开始，围绕着张崔恋情，情节一波一波地发展，发展到"酬简"，达到高潮，然后以"拷艳"、"哭宴"转折，再以"惊梦"结束，余味悠长，给人无限遐想。《水浒传》长篇巨制，结构更加复杂，金圣叹从两个方面指出其整体结构上的特点。其一，故事有一个总的框架。"三个'石碣'字，是一部《水浒传》大段落。""一部大书，诗起诗结，'天下太平'起，'天下太平'结。""始之以石碣，终之以石碣者，是此书大开阖。为事则有七十回，为人则有一百单八者，是此书大眼节。""晁盖七人以梦始，宋江、卢俊义一百八人以梦终，皆极大章法。""以诗起，以诗结，极大章法。"②《水浒传》从洪太尉揭石碣误走"妖魔"开始，中经晁盖等七人在三阮所住石碣村反上梁山，到天降石碣，宋江等人排座次结束，具体

---

① 金圣叹点评，周锡山编校：《贯华堂第六才子书〈西厢记〉》，万卷出版公司，2009年，第15页。

② 金圣叹、李卓吾点评：《水浒传》，中华书局，2009年，第1页、第1页（正文）、第598页、第605页。

叙事则围绕一百单八人，分为七十回进行，然后又以"天下太平"、"诗"、晁盖和卢俊义的梦等反复说明全书的起讫。这样，就形成了一个总的叙事框架，使小说的故事、人物有了一个总的规划与定位。其二，在内容的组织上，则采用人物传记相续的形式。《读第五才子书书法》指出："《水浒传》一个人出来，分明便是一篇列传。至于中间事迹，又逐段逐段自成文字，亦有两三卷成一篇者，亦有五六句成一篇者。"第十七回夹批又指出："一百八人中，独于宋江用此大书者，盖一百七人皆依列传例，于宋江特依世家例，亦所以成一书之纲纪也。"①金圣叹认为，《水浒传》基本上是按人物传记的形式来组织的。一百八人就是一百八个传记，其中宋江按世家体，其他人按列传体。传记有分有合，有的单独成传，如宋江、武松；有的几人合传，如朱仝、雷横；有的穿插、依附在别人的传记里面，如时迁、燕青。传记有大有小，大的占几回甚至上十回，如宋江、武松、鲁达等；中的两三回，如花荣、关胜、柴进、卢俊义、杨雄、石秀等；小的只一回，如朱仝、雷横、解珍、解宝等。有的好汉虽然故事很少，但也像列传一样，有姓名、有身世、有事迹、有交代，如时迁。杨雄、石秀杀了潘巧云和迎儿，准备投梁山去，"只见松树后走出一个人来"，"杨雄却认得这人，姓时名迁，祖贯是高唐州人氏，流落在此，只一地里做些飞檐走壁、跳篱骗马的勾当。曾在蓟州府里吃官司，却是杨雄救了。人都叫他做'鼓上蚤'"②。然后写他祝家庄偷鸡、徐宁府上偷甲、大名府中放火等，文字虽少而且零散，但仍大致勾画出了时迁的基本行状，成为一个小型的列传。《水浒传》将这大大小小的传记巧妙地联结、穿插起来，构成一个有机的整体。自然，将虚构的小说完全与史传作比，还是有一定的不妥之处，毕竟史传中的传记是历史实事，而《水浒传》中的"传记"是作者虚构的，但也应承认，金圣叹的"传记"说的确抓到了《水浒传》结构的主要特点。

其次，是因果律原则。金圣叹仍以"因缘生法"为其理论出发点，强调因果关系，要求以因果将叙事作品的各个部分、各个事件联系起来。如《西厢记》："今夫一切世间太虚空中，本无有

---

① 金圣叹、李卓吾点评：《水浒传》，中华书局，2009 年，第 2 页、第 146 页。

② 金圣叹、李卓吾点评：《水浒传》，中华书局，2009 年，第 402 页。

事，而忽然有之，如方春本无有叶与花，而忽然有叶与花，日生。既而一切世间妄想颠倒，有若干事，而忽然远无，如残春花落，即扫花，穷秋叶落，即扫叶，日扫。然则如《西厢》，何为生？何谓扫？最前《惊艳》一篇谓之生，最后《哭宴》一篇为之扫。盖《惊艳》已前，无有《西厢》；无有《西厢》，则是太虚空也。若《哭宴》已后，亦复无有《西厢》；无有《西厢》则仍太虚空也。此其最大之章法也，而后于其中间，则有此来彼来。何谓此来？如《借厢》一篇是张生来，谓之此来。何谓彼来？如《酬韵》一篇是莺莺来，谓之彼来。盖昔者莺莺在深闺中，实不图墙外乃有张生借厢来；是夜张生在西厢中，亦实不图墙内遂有莺莺韵来。设使张生不借厢，是张生不来，张生不来，此事不生；即使张生借厢，而莺莺不酬韵，是莺莺不来，莺莺不来，此事亦不生。今既张生慕色而来，莺莺又慕才而来，如是谓之两来，两来则南海之人已不在南海，北海之人已不在北海也；虽其事殊未然，然而于其中间，已有轻丝暗絷，微息默度，人自不觉，势已无奈也。"①一部作品，开头、结尾就像花开花落，应有其不得不开、不得不落的理由，作品的内容应该形成因果联系，就像《西厢记》张生、莺莺本无联系，然而一个慕色，一个慕才，自然就产生了联系。产生联系，自然就会发生后面的故事。而张生之所以能够慕色，是因为老夫人不谨慎，让红娘陪莺莺在庭院散步，暴露了美色。而老夫人与莺莺之所以暂栖普救寺，是因为崔相国生前修了这座寺，因此死后暂时停尸于此。可见，从崔相国开始，莺莺与张生的事就已埋下了伏线，以后慢慢发展，终至两情相悦，和合生美。因生果，果又成因，因又生果，其中虽有很多巧合，但实际上都是因果链上的一个环节，作品的各个部分都由因果关系贯穿起来。作品主体如此，各个部分也是如此。宋江之上梁山，起因于私放晁盖，晁盖上山之后，遣刘唐暗馈书信与百金，书信落在早有二心的阎婆惜手中，迫使宋江不得不杀她。宋江杀她后，其上梁山便已基本定局，以后的波折不过是故做翻迭，说明宋江上山之难而已。金圣叹深明这一点，指出："宋江杀婆惜一案，夫耐庵之繁笔累纸，千曲百折而必使宋

① 金圣叹点评，周锡山编校：《贯华堂第六才子书〈西厢记〉》，万卷出版公司，2009 年，第 199 － 200 页。

明清近代叙事思想

江成于杀婆惜者，彼其文心，夫固独欲宋江离郓城而至沧州也。"①而到了沧州，离上梁山也就不远了。有的因果关系虽未前后相接，但却实际存在，金圣叹特意加以点出。《水浒传》第十七回，朱仝奉命去捉晁盖，却私自放了他。晁盖临走时说："深感救命之恩，异日必报。"金圣叹批道："小衙内死于此十字也。"②果然，一段时间之后，晁盖等人为报救命之恩，着吴用、李逵等人下山，杀死了朱仝照管的知府的儿子，逼迫朱仝上山共享荣华。有的实际上并无因果关系，但在形式上仍要翻出因果联系，以满足结构的要求。《水浒传》第四十六回，晁盖听杨雄、石秀说起在祝家店时迁因偷鸡惹起冲突，时迁被捉，不禁大怒，"喝叫：'孩儿们，将这两个与我斩讫报来！'"金圣叹批道："此等波磔，非为山寨忠义，乃所以翻跌出宋江问罪之师也。脱无此一番，而便轻举妄动，三打祝庄恐类儿戏，故不得已而不生此也。"③金圣叹看出了晁盖发怒的目的只是为了给后面的三打祝家庄提供一个理由。他发怒的理由其实并不充分（金圣叹也已指出），但小说以此为由头，引出了祝家庄一贯与梁山为敌的事实，这样就为三打祝家庄提供了依据，在形式上构成了因果关系。

再次，是二元对立原则。二元对立首先是一个哲学概念，它指两个因素既相互联系又相互矛盾、对立。二元对立同时也是一种思维方式，它倾向于将事物分为相对的两个方面，同时给这两个方面赋予主次、正负等品质。中国哲学中二元对立的思想源远流长，从老子的有无之辨到理学天理与人欲的对立，二元对立的传统一直绵延不绝。作为中国传统儒道释文化的继承者，金圣叹也有浓厚的二元对立思想，但是作为叙事作品的一种结构原则，他主要吸取的是二元对立理论中矛盾对立、相辅相成的思想，而忽略了主次、正负等价值上的评判。二元对立原则贯穿到金圣叹《水浒传》、《西厢记》评点的方方面面。

其一，它是作品情节内在的推动力量。金圣叹指出，《水浒传》中的事件，往往有两种对立的因素贯穿其中，它们的矛盾对立，推动着事件的发展。如《水浒传》，从总体上看，它的情节

---

① 金圣叹、李卓吾点评：《水浒传》，中华书局，2009 年，第 179 页。
② 金圣叹、李卓吾点评：《水浒传》，中华书局，2009 年，第 150 页。
③ 金圣叹、李卓吾点评：《水浒传》，中华书局，2009 年，第 409 页。

有两大推动力，即朝廷失道、"乱自上作"和"忠孝"。金圣叹指出："夫江等之终皆不免窜聚水泊者，有迫之必入水泊者也。若江等生平一片之心，则固皎然如冰在玉壶，千世万世，莫不共见。故作者特于武松落草处顺手表暴一通，凡以深明彼江等一百八人，皆有大不得已之心，而不必其后文之必应之也。"①梁山英雄，大都有想做良民而不得的经历。一方面，想安分守己，通过苦熬，得一出身，但环境却逼迫着他，使他作为良民无法安身，甚至生命都无法得到保障，不得已而走上梁山。如宋江、林冲、柴进、杨志等人。有的好汉，其不利处境似乎是自己造成的，如鲁达因打死郑屠而出走，武松因杀潘金莲而获罪，雷横因枷杀白秀英而被捕。有的在征剿梁山的过程中因军事失利而上山，如关胜、呼延灼。有的则干脆就是梁山做下圈套，迫使他们不得不上山，如卢俊义、朱仝。但他们之所以如此，主要还是由于朝廷失道、官场腐败、社会黑暗。武松原想通过诉讼惩罚奸夫淫妇，但县官因收受了西门庆的贿赂，不肯为他做主，他只能自己动手。关胜长期处于下潦，一旦获得朝廷重用，他不禁大喜。金圣叹批道："何遽'大喜'，只四字写尽英雄可怜。"②为何"可怜"？无非长期沦落，升迁无望。卢俊义一心想清白做人，梁山虽将他赚上山去，但这实际只是一个引子，如果不是官府不明，恶仆做乱，他仍可安安稳稳地在北京做他的员外。所谓"逼上梁山"，"逼"说明这些人本意并不想上梁山，但社会又迫使他们不得不上梁山。整个《水浒传》实际上是由这两股相反的力量推动的，结构也是围绕这对矛盾建构起来的。具体到个别事件也是如此。比如宋江杀婆惜后的情节发展，金圣叹指出："张三必固欲捉之，而知县必固欲宽之。夫诚使当时更无张三主唆虔婆，而一凭知县迁罪唐牛，岂其真将前回无数笔墨，悉复付之唐案乎耶？"③整个二十一回，实际上是捉宋（张文举、阎婆惜）、放宋（知县、朱仝、雷横等）两股力量在推动，结构也是围绕这两股力量的争斗而组织。

其二，它是结构篇章的基本原则。《水浒传》、《西厢记》的

明清近代叙事思想

---

① 金圣叹、李卓吾点评：《水浒传》，中华书局，2009年，第270页。
② 金圣叹、李卓吾点评：《水浒传》，中华书局，2009年，第546页。
③ 金圣叹、李卓吾点评：《水浒传》，中华书局，2009年，第179页。

篇章往往是根据二元对立的原则组织安排的。如《西厢记》："前文一大篇，破贼也；后文一大篇，赖婚也。""破贼之一大篇，既必无暇与彼一双两好，写此如云如火，如贼如春一段神理；而赖婚之一大篇，即又何暇与彼一双两好写此如云如火，如贼如春之一段神理乎？"因而"于两大篇中间，忽然闲闲写出一红娘请宴。亦不于张生口中，亦不于莺莺口中，只闲闲于闲人口中恰将彼一双两好之无限浮浮热热、脉脉荡荡。不之觉两边都尽"①。"诗警"与"赖婚"都是大波折，如果直接相连，不免过于紧张，因此作者在中间加入"请宴"，以调节气氛，造成波澜。文武之道，一张一弛，篇章安排上的一紧一松，正符合二元对立的要求。《水浒传》也是如此。如第七回："此回两段文字，一段写林武师写休书，一段是野猪林吃闷棍；一段写儿女情长，一段写英雄气短。"②"写休书"的"儿女情长"，与"吃闷棍"的"英雄气短"正好两两相对，小说按此原则组织起全篇的内容。再如第十五回杨志押送生辰纲，金圣叹指出："今也一杨志，一都管，又二虞候，且四人矣，以四人而欲押此十一禁军，岂有得乎？……今中书徒以重视十万轻杨志之故，而曲折计划，既已出于小人之道，而尚望黄泥冈上万无一失，殆必无之理矣。"③杨志押运生辰纲，外有晁盖等八位好汉的觊觎，内有老都管的制肘和众军健的不满，两对矛盾交织在一起，不仅决定了情节的发展走向，而且构成了这一回的主要结构。

　　其三，二元对立原则也是《水浒传》、《西厢记》处理各种具体的人物、事件、情节常常依据的原则。《水浒传》、《西厢记》中的人物、事件、情节往往相对而出，或前后相续，或遥相呼应，或明成对照，或暗构对比，既各自分立，又相辅相成。如在事件上，有武松打虎，便有李逵杀虎："二十二回写武松打虎一篇，真所谓极盛难继之事也。忽然于李逵取娘文中，又写出一夜连杀四虎一篇。句句出奇，字字换色。若要李逵学武松一毫，李逵不能。若要武松学李逵一毫，武松亦不敢。各自兴奇作怪，出

　　① 金圣叹点评，周锡山编校：《贯华堂第六才子书〈西厢记〉》，万卷出版公司，2009 年，第 120 - 121 页。

　　② 金圣叹、李卓吾点评：《水浒传》，中华书局，2009 年，第 69 页。

　　③ 金圣叹、李卓吾点评：《水浒传》，中华书局，2009 年，第 124 页。

妙入神，笔墨之能，于斯竭矣。"有江州劫法场，便有大名劫法场："六日后斩宋江，已成险绝之笔，此更写出当日斩卢俊义，令我读至此处，不敢更望有转笔处。"有林冲路上遭暗算，便有卢俊义路上遭暗算，而且连押送公人都是一样："董超、薛霸押解之文，林、卢两传可谓一字不换，独至于写燕青之箭，则与昔日写鲁达之杖，遂无纤毫丝粟相似，而又一样争奇，各自入妙也。"①人物方面，写宋江，便有李逵相陪；写粗鲁，便有鲁达、史进、阮小七、焦挺相对；戴宗神行，比不过罗真人的手帕；杨志旧家子弟，怎敌关胜"云长变相"。"西门庆一篇，已极尽淫秽之致矣，不谓忽然又有裴如海一篇，其淫其秽复又极尽其致。读之真似初春食河豚，不复信有深秋蟹螯之乐。及至持螯引白，然后又疑梅圣俞'不数鱼虾'之语，徒虚语也。"②情节方面也是如此。林冲与宋江、呼延灼与关胜、卢俊义与朱仝，等等，这些人的上梁山，事件虽然不同，过程却大致相似。《水浒传》中这种两两相对或多方相对的情况，可谓不胜枚举。这是因为《水浒传》人物、事件众多，而其写法和归宿却大致相同，因此不可能不出现类似甚至重复的人和事。作者用二元对立的方法，将这些人和事组织起来，一方面使人、事不至杂乱，另一方面使人、事虽然类似，却不给人重复之感，充分显示了作者高超的艺术技巧和谋篇布局的能力。"此书笔力大过人处，每每在两篇相接连时，偏要写一样事，而又断断不使其间一笔相犯。如上文写过何涛一番，入此回又接着写黄安一番是也。看他前一番，翻江搅海，后一番，搅海翻江，真是一样才情，一样笔势，然而读者细细寻之，乃至曾无一句一字偶尔相似者。……只觉干同是干，节同是节，叶同是叶，枝同是枝，而其间偃仰斜正各自入妙，风痕露迹变化无穷也。"③此外，金圣叹总结的"写急事不肯少用笔"，"以极高兴语，写极败兴事"，"虚实相间"、"虚中有实，实中有虚"④ 等人物、事件的处理方式，也都包含了二元对立的思想。

---

① 金圣叹、李卓吾点评：《水浒传》，中华书局，2009 年，第 369 页、第 539 页、第 530 页。

② 金圣叹、李卓吾点评：《水浒传》，中华书局，2009 年，第 161 页。

③ 金圣叹、李卓吾点评：《水浒传》，中华书局，2009 年，第 161 页。

④ 金圣叹、李卓吾点评：《水浒传》，中华书局，2009 年，第 340 页、第 34 页、第 232 页。

二元对立的广泛运用，不仅使《水浒传》、《西厢记》结构严谨、均衡，而且也使作品的各个部分形成对照，文情更加摇曳，意义更加显豁，技巧更加复杂多样。

　　最后，是人物接力、穿插原则。一般认为，《水浒传》是缀段体结构，金圣叹将它称为"传记体"，认为小说是由很多大大小小的传记组合而成的，而传记之间，则通过人物接力、穿插组合起来。所谓"人物接力"，是笔者杜撰的一个术语，意指通过人物的相续，使情节从一个故事转到另一个故事。如宋江杀婆惜之后，被发配沧州，路投柴进庄上，却遇武松。然后搁下宋江，情节转到武松身上。十回之后，武松因醉打孔亮，被孔明、孔亮兄弟捉到庄上，又碰到宋江作客孔庄，情节又自然从武松转到宋江身上。《水浒传》中的许多段落，都是通过这种方法在形式上联为一体。"人物穿插"是指同一人物，在这一传记中为主要人物，在那一传记中则成为次要人物，在这一人物传记里提及那一人物，而在那一人物传记里，又涉及这一人物。金圣叹指出："夫人必立传者，史氏一定之例也；而事则通长者，文人联贯之才也。故有某甲、某乙共为一事，而实书在某甲传中，斯与某乙无与也。又有某甲、某乙不必共为一事，而于某甲传中忽然及于某乙，此固作者心爱某乙，不能暂忘，苟有便可以及之，辄遂及之，是又与某甲无与。故曰：文人操管之际，其权为至重也。夫某甲传中忽及某乙者，如宋江传中再述武松，是其例也。书在甲传，乙则无与者，如花荣传中不重宋江，是其例也。"再如："杨志初入曹正店时，不必先有曹正之妻也。自杨志初入店时，一写有曹正之妻，而下文遂有折本入赘等语，纠缠笔端，苦不得了，然而不得已也。何也？作者之胸中，夫固断以鲁、杨为一双，锁之以林冲，贯之以曹正，又以鲁武为一双，锁之以戒刀，贯之以张青，如上所云矣。然而，其事相去越十余卷，彼天下之人方且眼小如豆，即又乌能凌跨二三百纸而得知其文心照耀，有如是之奇绝横极者乎？故作者万无如何而先于曹正店中凭空添一妇人，使之特与张青店中仿佛相似，而后下文飞空架险，结撰奇观，盖才子之才，实有化工之能也。"①金圣叹认为，单杨志遇曹正这件

---

　　①　金圣叹、李卓吾点评：《水浒传》，中华书局，2009 年，第 287 页、第 135 页。

事本身而言，曹正之妻是多余的，反而因为有了这个人物，得交代一番其来历，文字上显得啰嗦。但从情节的角度看，此处第十六回志与鲁智深结为一双，由林冲和曹正联系起来，后面第二十六回武松又与鲁智深结为一对，由张青和戒刀联系起来，两处遥相呼应，又伏笔后面三人聚义二龙山，结构非常之妙。苦于两处情节相隔太远，读者不一定能够注意到，因此特给曹正加上一个妻子，以与张青店中的情形一样，使读者一见张青酒店，便会想起曹正酒店，从而注意到作者的苦心。人物的相互穿插，有利于《水浒传》这种人物中心型的缀段体小说的各个部分相互联系、呼应，使作品成为一个有机的整体。

金圣叹叙事章法的四大原则，是互相联系的。其中，"整一性"原则是对叙事作品结构的总体要求，"因果律原则"、"二元对立"原则和"人物接力、穿插"原则则是具体结构、谋篇布局时所遵循的原则。因果律原则主要侧重人物、事件、情节相互之间的关系，二元对立原则主要侧重人物、事件、情节的相互组合，人物接力、穿插原则主要侧重各个部分（传记）之间的转换与联系。三者结合起来，共同打造有机整一同时又灵动多变的叙事结构。

2. 叙事文法

宽泛地说，金圣叹的"文法"就是技巧，叙事文法就是叙事技巧。但其侧重点与现代叙事学上的叙事技巧又有区别，它主要不在时间、人称、视角、功能等方面下工夫，而是侧重于和行文谋篇、篇章结构有关的方面。

金圣叹在《水浒传》、《西厢记》的评点中涉及的文法很多，主要有倒插法、夹叙法、草蛇灰线法、大落墨法、绵针泥刺法、背面铺粉法、弄引法、獭尾法、正犯法、略犯法、极不省法、极省法、欲合故纵法、横云断山法、鸾胶续弦法、烘云托月法、移堂就树法、月度回廊法、羯鼓解秽法、那碾法、狮子滚球法、叠床架屋法、回护法、勺水兴波法、两头一结法、对章作锁法，等等。这些文法，涉及叙事技巧的各个方面，既是金圣叹对中国古代叙事技巧的感悟，也是他对中国古代叙事技巧的总结，值得认真研究。由于篇幅关系，本节只拟对这些技巧作一简单的阐释。

①倒插法

倒插法指"将后面要紧文字，蓦地先插放前面。如五台山下铁匠间壁父子客店，又大相国寺岳庙间壁菜园，又武大娘子要同王干娘去看虎，又李逵去买枣糕，收得汤隆等是也"①。《水浒传》第五十三回，李逵出去替公孙胜买枣糕，遇见打铁的汤隆，两人结识后，李逵邀汤隆去梁山入了伙。金圣叹认为，汤隆上梁山是为了打造钩镰枪破呼延灼的连环马，本应在公孙胜破了高廉的妖法，高俅派呼延灼攻打梁山之后，现在前面就讲述了，因此是倒插。又，《水浒传》第二十三回，武松随武大到武大住处，与潘金莲相见。潘金莲提起早些日子与王婆同去看打虎英雄，不想去得迟了，没有看见的事。金圣叹认为这也是倒插。可见金圣叹的倒插涉及时间与逻辑两个方面，与叙事学上的倒叙专指时间上的提前是有区别的。

②夹叙法

夹叙法指"急切里两个人一齐说话，须不是一个说完了，又一个说，必要一笔夹写出来。如瓦官寺崔道成说'师兄息怒，听小僧说'，鲁智深说'你说你说'等是也"②。夹叙是在一段文字里同时记载两人的话，第一人的话还没说完，第二人的话就接了进来。这又有两种情况，一种是两人同时说话，第二人承接第一人的话而来；一种是两人同时说话，但各说各的。崔道成与鲁智深的对话是第一种。夹叙是一种叙事或者说写作技巧，但现代叙事学一般不涉及。

③草蛇灰线法

草蛇灰线法指"骤看之，有如无物，及至细寻，其中便有一条线索，拽之通体俱动"，"如景阳冈勤叙许多'哨棒'字，紫石街连写若干'帘子'字是也"③。草蛇灰线法谈的是线索问题。这种线索隐藏在一段或整个情节之中，就像隐藏在草中的蛇，不注意看不出来，仔细搜寻，则朗然在目。不过，草蛇灰线所指的不是一般意义上的线索，即将事件联系起来的要素，而是指的故事之中一些特殊的信息点，这些信息点不断地重复，前后呼应，在给故事带来整体性的同时，达到某种叙事效果。金圣叹举的例子是一些物件如"哨棒"、"帘子"，其实，同一的事件、人物、场景、话语、习惯性动作等，都可以构成这种信息点。有时，相

① 金圣叹、李卓吾点评：《水浒传》，中华书局，2009年，第3页。
② 金圣叹、李卓吾点评：《水浒传》，中华书局，2009年，第3页。
③ 金圣叹、李卓吾点评：《水浒传》，中华书局，2009年，第4页。

似或相关的物件、场景等也可构成这种信息点，如《水浒传》第九回中的"火种"与"大火"等。

④大落墨法

对于大落墨法，金圣叹没做阐释，只举了一些例子："如吴用说三阮，杨志北京斗武，王婆说风情，武松打虎，还道村捉宋江，二打祝家庄等是也。"① 这些例子的共同特点都是扣住主线，突出重点，浓墨重彩，反复描写。从现代叙事学的角度看，大落墨法应该属于剪裁、构思的范围。

⑤绵针泥刺法

绵针泥刺法"如花荣要宋江开枷，宋江不肯；又晁盖番番要下山，宋江番番劝住，至最后一次便不劝是也。笔墨外，便有利刃直戳进来"。《水浒》第三十五回，宋江被押去江州，梁山好汉中途劫住，"花荣便道：'如何不与兄长开了枷？'宋江道：'贤弟，是甚么话！此是国家法度，如何敢擅动！'"宋江口说"国家法度"，实际上是不愿上山落草。《水浒传》中，晁盖每次要领兵下山，都被宋江劝住，但第五十九回晁盖要领兵去打曾头市，吴用劝阻，宋江却不曾劝，而晁盖也就在这次征战中死去。金圣叹认为，叙事者正是用宋江过去劝，这次不劝，吴用劝，宋江不劝，层层对比，说明晁盖之死，罪在宋江，宋江表面尊晁盖，实际却一心想取而代之。由此可见，绵针泥刺法实际上就是所谓"意在言外"，相当于现代叙事学中的复调。

⑥背面铺粉法

背面铺粉法"如要衬宋江奸诈，不觉写作李逵真率；要衬石秀尖利，不觉写作杨雄糊涂是也"②。背面铺粉法本是中国传统绘画的一种技巧，即在画幅的背面敷上一层铅粉，来衬托正面的墨迹。金圣叹用其来说明人物之间的相互衬托，在某一人物旁边特设另一与之相反或相对的人物，以突出这一人物的特点，与此同时，映衬人物的特点又因这一人物突出了出来。严格地说，背面铺粉法应该属于传统修辞学的范畴。

⑦弄引法

弄引法"谓有一大段文字，不好突然便起，且先做一段小文

① 金圣叹、李卓吾点评：《水浒传》，中华书局，2009 年，第 4 页。
② 金圣叹、李卓吾点评：《水浒传》，中华书局，2009 年，第 4 页。

明清近代叙事思想

字在前引之。如索超前，先写周谨；十分光前，先说五事等是也。庄子云：'始于青萍之末，盛于土囊之口。'《礼》云：'鲁人有事于泰山，必先有事于配林'"①。《水浒传》第十二回，梁中书想抬举杨志，传下号令比武试艺。比武场上，杨志与索超大战，但在此次大战之前，却先写了杨志与周谨之间的比试。杨周比试的作用是引出、衬托杨索比武，就像暴雨之前先有雷声，大军到来之前先开来一队尖兵。弄引法不同于现代小说理论中的开端、发展、高潮、结尾中的开端，它不是小说情节的开始，而是重要情节、事件前的小引。

⑧獭尾法

獭尾法"谓一大段文字后，不好寂然便住，更作余波演漾之。如梁中书东郭演武归去后，知县时文彬升堂；武松打虎下冈来，遇着两个猎户；血溅鸳鸯楼后，写城濠边月色等"②。獭尾法与弄引法相对而言。弄引指重要事件之前应有陪衬、铺垫，獭尾则指重要事件之后应有余波余韵。之所以这样，一是因为情节发展有它的规律，一个重大事件之后，不可能没有一点余响；一是从读者阅读的角度看，重要事件之后有一定的余韵，也便于读者充分回味，缓解紧张的心理，从而取得更好的审美效果。在叙事学上，弄引、獭尾均属于情节安排或叙事逻辑的范围。

⑨正犯法

正犯法"如武松打虎后，又写李逵杀虎，又写二解争虎；潘金莲偷汉后，又写潘巧云偷汉；……正是要故意把题目犯了，却有本事出落得无一点一画相借，以为快乐是也。真是浑身都是方法"③。犯，抵触、冲突之意。正犯是指题材、事迹的相似。《水浒传》一百零八好汉，个个都是英雄，经历与所作所为难免有时相近，情节、事件也往往有相似之处，要完全避免是很困难的。关键在是否能于相似中写出不似，在看似雷同的人物、事件、情节中写出不同。金圣叹将这称为"犯中求避"。在相同的事物中写出多样性与复杂性，这是中国古代小说创作的一条重要的成功经验。从叙事学的角度看，它涉及人物、情节的处理。

① 金圣叹、李卓吾点评：《水浒传》，中华书局，2009年，第4页。
② 金圣叹、李卓吾点评：《水浒传》，中华书局，2009年，第4页。
③ 金圣叹、李卓吾点评：《水浒传》，中华书局，2009年，第4页。

⑩略犯法

略犯法"如林冲买刀与杨志卖刀，唐牛儿与郓哥，郑屠肉铺与蒋门神快活林，瓦官寺试禅杖与蜈蚣岭试戒刀等是也"①。略犯中相犯的两个事件、人物等之间的相似程度不如正犯，但性质与正犯相同，因此，两者的处理方式、要求等都是一样的。

⑪极不省法

极不省法"如要写宋江犯罪，却先写招文袋金子，却又先写阎婆惜与张三有事，却又先写宋江讨阎婆惜，却又先写宋江舍棺材等。凡有若干文字，都非正文是也"②。极不省法指写一事件，却把这一事件的来龙去脉、相关事件一一交代出来。

⑫极省法

极省法"如武松迎入阳谷县，恰遇武大也搬来，正好撞着；又如宋江琵琶亭吃鱼汤后，连日破腹等是也"③。极省法指写一事件就写这一事件，有关的事件、前后交代都不提起。极不省法和极省法是处理与一事件相关的其他事件的方法，属于剪裁、详略的范围，如何处理应该由作者的整体构思与要达到的目的决定。

⑬欲合故纵法

欲合故纵法"如白龙庙前，李俊、二张、二童、二穆等救船已到，却写李逵重要杀入城去；还道村玄女庙中，赵能、赵得都已出去，却有树根绊跌，士兵叫喊等，令人到临了，又加倍吓是也"④。《水浒传》第三十九回，众好汉劫法场，救了宋江，大家正在白龙庙聚会，忽报江州兵马追来，李逵高叫："杀将去！"众好汉响应，杀退官兵，取了无为军，再回梁山。欲合故纵法指情节本应向某一方向发展，但在向这一方向发展之前，先让情节向其他方向发展，然后再回到原来的发展线上。这种方法能够使情节曲折，取得好的叙事效果。

⑭横云断山法

横云断山法"如两打祝家庄后，忽插出解珍、解宝争虎越狱事；又正打大名城时，忽插出截江鬼、油里鳅谋财倾命事等是

---

① 金圣叹、李卓吾点评：《水浒传》，中华书局，2009 年，第 4 页。
② 金圣叹、李卓吾点评：《水浒传》，中华书局，2009 年，第 4 页。
③ 金圣叹、李卓吾点评：《水浒传》，中华书局，2009 年，第 4 页。
④ 金圣叹、李卓吾点评：《水浒传》，中华书局，2009 年，第 4 页。

也。只为文字太长了，便恐累坠，故从半腰间闪出，以间隔之"①。横云断山法指在一大段情节之中插入另一段情节，使这一完整的情节断成两到多节，从而收到情节波澜起伏、故事错综变化之妙。横云断山法的关键是插进来的情节要与被插的情节互相融合，不给读者以生硬之感。这种方法与叙事逻辑中的"镶嵌式"相似。

⑮鸾胶续弦法

鸾胶续弦法"如燕青往梁山泊报信，路遇杨雄、石秀，彼此须互不相识。且由梁山泊到大名府，彼此既同取小径，又岂有止一小径之理？看他将顺手借如意子打鹊求卦，先斗出巧来，然后一拳打倒石秀，逗出姓名来等是也。都是刻苦算得出来"②。鸾胶续弦典出《十州记》，写西王母以凤凰骨髓熬成胶，献给汉武帝，武帝用此胶将扯断了的弓弦重新连接起来。文学作品中免不了巧合，但巧合也要写得合情合理，不给人生拉硬扯的感觉。如《水浒传》第六十一回，卢俊义大名府被捕，燕青去梁山报信，梁山派杨雄、石秀下山打听消息。双方并不认识，事先又无沟通，按理很难相遇。作者设计了两个细节，先是燕青射鹊求卦，喜鹊带箭飞下岗去，导致双方相遇；然后又写燕青借取两人的盘缠不着，反被杨雄打倒，从而导致双方相识。这样，本来看似不可能的情节便显得自然合理。鸾胶续弦法强调情节的逼真性，是中国古代小说艺术成熟的表现。

⑯烘云托月法

烘云托月法指"欲画月也，月不可画，因而画云。画云者，意不在于云也；意不在于云者，意固在于月也"③。烘云托月原指绘画中通过渲染云彩来衬托月亮的手法，金圣叹用来指通过描写次要人物来塑造主要人物。如《西厢记》中，核心人物是崔莺莺，但第一折却先写张珙，写好了张珙，也就为崔莺莺的塑造打好了基础。采用烘云托月的方法有两种情况：一种如金圣叹所说，是月不可画或不好画，这时可通过画云的方法来表现月；一

① 金圣叹、李卓吾点评：《水浒传》，中华书局，2009年，第4页。
② 金圣叹、李卓吾点评：《水浒传》，中华书局，2009年，第4页。
③ 金圣叹点评，周锡山编校：《贯华堂第六才子书〈西厢记〉》，万卷出版公司，2009年，第49－50页。

种是月虽可画，但为了写出层次或进行渲染、衬托，先描云再画月。烘云托月法涉及的是事件、人物的处理。

⑰移堂就树法

移堂就树法"如长夏读书，已得爽垲，而堂后有树，更多嘉荫，今欲弃此树于堂后，诚不如移此树来堂前。然大树不可移而至前，则莫如新堂可以移而去后，不然，而树在堂后，非不堂是好堂，树亦好树，然而堂已无当于树，树尤无当于堂。今诚相厌便宜，而移堂就树，则树固不动，而堂已多荫，此真天下之至便也"。移堂就树法指要善于借用前文已有的信息，来为当下的描写、人物塑造等服务。如《西厢记》第二卷"寺警"一章，孙飞虎带兵围寺，索娶崔莺莺，张生挺身而出，全力相救。莺莺对张生的这一举动深铭在心，但当时的情势又使她无法对张生说出自己的深情，"作者深悟文章移就之法，因特地于未闻警前，先作无限相关语，写得张生已是莺莺心头之一滴血，喉头之一寸气，并心、并胆、并身、并命，殆至后文则只需顺手一点，便将前文无限心语隐隐然都借过来"。[1]移堂就树法与传统修辞学中的"承前省"有相似之处，但它不是一种修辞方法，而是一种叙事方法。

⑱月度回廊法

月度回廊法"如仲春夜和，美人无眠，烧香卷帘，玲珑待月。其时初昏，月始东升，泠泠清光，则必自廊檐下度廊柱，又下度曲栏，然后渐渐度过间阶，然后度过琐窗，而后照美人"。这样，便把"未照美人以前之无限如迤如逦，如隐如跃，别样妙境"尽显出来。"非此即将极嫌此美人何故突然便在月下，为了无身份也。"[2]月度回廊法要求刻画人物或推进情节时，按照人物性格和情节发展的层次与阶段，逐次描写，层层推进，表现出丰富的层次和层次的递进，不要直接进入高潮与核心，这样才能收到好的效果。如《西厢记》对崔莺莺与张生之间爱情的萌发与发展的描写。

---

① 金圣叹点评，周锡山编校：《贯华堂第六才子书〈西厢记〉》，万卷出版公司，2009年，第101页、第102页。

② 金圣叹点评，周锡山编校：《贯华堂第六才子书〈西厢记〉》，万卷出版公司，2009年，第102页。

明清近代叙事思想

⑲羯鼓解秽法

羯鼓解秽法，如唐玄宗坐花萼楼下，与妃子小饮，命乐工作乐，“每一段毕，上攒眉视妃子，或视三姨，或视五王，天颜殊悒悒不得畅。既而将入第十一段，上遽跃起，口自传敕曰：‘花奴，取羯鼓速来，我快欲解秽。’便自作《渔阳掺挝》，渊渊之声，一时栏中未开众花，顷刻尽开”①。羯鼓解秽指以一种奔放昂扬的激情取代沉郁、沉闷的笔调，使作品的基调从抑郁转为高昂。如《西厢·寺警》一折，贼兵围寺，众人恐慌，寺中气氛沉闷，忽然莽和尚惠明出来，踊跃递书，慷慨激昂，整个气氛为之一振。

⑳那辗法

那辗法：“‘那’之为言‘搓那’，‘辗’之为言‘辗开’也。”“题则有其前，则有其后，则有其中间。……诚察题之有前，又察其有前前，而于是焉先写其前前，夫然后写其前，夫然后写其几几欲至中间，夫然后始写其中间，至于其后，亦复如是。”金圣叹这里说的“题”既有题材又有题旨之意。那辗就是要想法将“题”铺展开来。其具体做法是在关注题之本身的前提下，把握题之左右前后，然后再细细地描写，从而达到“题固蹙而吾文乃甚舒长也，题固急而吾文乃甚纡迟也，题固直而吾文乃甚委折也，题固竭而吾文乃甚悠扬”的效果。②如《西厢·前候》一折写的是红娘探病，张生寄简，题材既不重要，也无什么戏剧性，但作者用那辗之法，细细地将崔张前事，两人的相思，红娘与张生之间的对话、交锋描写出来，写足了红娘的热情灵慧、张生的深情和莺莺的相思，在小的题材里做出了大的文章。那辗法处理的是情节的展开，关键是写细写具体。

㉑狮子滚球法

狮子滚球法是指写文章时“先觑定阿堵一处，已却于阿堵一处之四面，将笔来左盘右旋，右盘左旋，再不放脱，却不擒住。分明如狮子滚球相似，本只是一个球，却叫狮子放出通身解数

① 金圣叹点评，周锡山编校：《贯华堂第六才子书〈西厢记〉》，万卷出版公司，2009年，第102页。

② 金圣叹点评，周锡山编校：《贯华堂第六才子书〈西厢记〉》，万卷出版公司，2009年，第157页、第158页-159页。

……盖滚者是狮子，而狮子之所以如此滚，如彼滚，实都为球也"。这里"阿堵"可以理解为目的、主旨，写文章时，作者的笔围绕这一目的、主旨，左旋右绕，既不离开，也不揭示，而让读者自己在这左旋右绕之中将目的、主旨体会出来。狮子滚球法与那辗法有相似之处，其不同点在于，那辗法侧重的是情节、事件的展开，而狮子滚球侧重的则是情节、事件与主旨的关系。所谓"文章最妙，是目注此处，却不便写，却远远处发来，迤逦写到将至时，便且住；却又重去远远处更端再发来，再迤逦又写到将至时，便又且住；如是更端数番，皆去远远处发来，迤逦写到将至时，即便住，更不复写出目所注处，使人自于文外瞥然亲见"①。

㉒叠床架屋法

叠床架屋法这一术语出于《水浒传》第十四回。吴用邀三阮参加智取生辰纲，故意挑起梁山的话头，阮小七道："这个梁山泊去处，难说难言。"金圣叹评道："四字文墨不通之极，盖难说即难言也，难言即难说也，而必重之。不通极矣。然吾每见今之以文名世者，亦止有叠床架屋一法。"②由此可见，叠床架屋法就是故意重复意思相同的词句、事件、情节，以达到突出、强调的效果。

㉓回护法

《水浒传》第二十二回，先说柴进不喜欢武松，然而再补叙："原来武松初来投奔柴进时，也一般接纳管待。次后在庄上，但吃醉了酒，性气刚，庄客有些管顾不到处，他便要下拳打他们，因此满庄里庄客没有一个道他好。众人只是嫌他，都去柴进面前告诉他许多不是处。柴进虽然不赶他，只是相待得慢了。"金圣叹在这段文字后面批道："回护法。"③由此可见，回护法是指前面描写某一现象，后面再说明原因。由于原因总是在其所产生的现象之前，因此回护法也就是叙事上的倒叙。在中国古典小说中，回护法运用得较多。但回护法的目的是对某一现象进行解释说

① 金圣叹点评，周锡山编校：《贯华堂第六才子书〈西厢记〉》，万卷出版公司，2009 年，第 13 页。

② 金圣叹、李卓吾点评：《水浒传》，中华书局，2009 年，第 120 页。

③ 金圣叹、李卓吾点评：《水浒传》，中华书局，2009 年，第 187 页。

明，因此，其所涉及的事件与文字的量一般不会太大，有点像电影里的闪回，这又是它与现代叙事学中的倒叙的不同之处。

㉔勺水兴波法

勺水兴波法指通过一个小的事件逐渐引出一系列的事件，引出大的波澜。《水浒传》第四十三回，杨雄行刑后带着众相识送给他的花红锦缎回家，却被一个叫作"踢杀羊"的军汉张保带着几个人拦住了。金圣叹评道，"杨志被牛所苦，杨雄为羊所困，皆非必然之事，只是借勺水兴洪波耳。"①《水浒传》中的许多事件，往往是通过一个很不起眼的小事件牵引出来的。如第四十三回，通过杨雄被张保纠缠引出石秀，引出二人结义，引出杨雄杀妻，引出时迁，引出三人投奔梁山，引出时迁偷鸡，最后引出三打祝家庄这一重大事件，一勺水最后兴起了轩然大波。第十一回，杨志如果不杀牛二，就不会被捕发配到大名府，以后的一系列情节包括智取生辰纲也就难以行云流水般地引出来了。勺水兴波法中的事件往往是一个连着一个，头一个事件的结尾往往是后一个事件的开头，与叙事逻辑中的连接式比较相似。

㉕两头一结法

两头一结法指两个头绪，放在一处做结，做一总的交代。《水浒传》第五十回是朱仝、雷横两人合传，后雷横上了梁山，朱仝后来也被套上了梁山，但放心不下家小。第五十一回，宋江请朱仝见了他的家小，然后"便请朱仝、雷横山顶下寨"。金圣叹评道："陡然将朱、雷一结，令两龙齐来入穴，看他何等笔力。……不但结朱仝，并结雷横，谓之两头一结法。"②两头一结法常常用于两个互有关联的事件，不仅可以节省笔墨，而且使叙事简洁。

㉖对锁作章法

对锁作章法指两个相似的事件、描写前后互相呼应。《水浒传》中这样的情况很多。如第五十二回，李逵被戴宗使起神行法，只听得"耳朵边如有风雨之声，两边房屋树木一似连排价倒了的，脚底下如云催雾趱"。后面罗真人因李逵杀心太重，罚他受点苦，用一阵恶风，将李逵吹入空中，"耳朵边有如风雨之声，

① 金圣叹、李卓吾点评：《水浒传》，中华书局，2009 年，第 383 页。

② 金圣叹、李卓吾点评：《水浒传》，中华书局，2009 年，第 446 页。

下头房屋树木一似连排曳去似的，脚底下如云催雾趱"。金圣叹评道："与前神行法对锁作章法。"①对锁作章法能突出事件、描写的相似点，增加作品的有机性。

六、金圣叹论叙事接受

自从1967年德国美学家姚斯发表《文学史作为向文学理论的挑战》一文之后，接受美学便蓬蓬勃勃地发展起来，并以极快的速度传到世界各地。接受美学认为，文学作品只是一种潜在的文本，要使它成为现实的文本，就必须经过读者的阅读，文学作品的意义是读者赋予的，因而是多样的。文学作品是一个召唤结构，存在许多空白与不定点，需要读者去补充、具体化，读者阅读文学作品之前存在一个既定的心理图式也即期待视野，期待视野在阅读过程中通过顺向相应与逆向受挫而不断调整，从而改变与提高着读者的阅读水平。

从接受美学的角度来观照金圣叹的叙事思想，我们发现，在他的叙事思想中也有许多与接受美学类似的思想，虽然作为17世纪的中国批评家，他的文学接受思想不可能与接受美学完全合拍，也不可能这样"现代"，但其中却有着许多在今天仍然值得我们重视的内容。

金圣叹的叙事接受思想可以从文学批评的目的、叙事接受的性质、叙事文本的内涵、叙事接受的环境与心绪以及如何进行叙事接受五个方面进行探讨。

文学批评的目的是金圣叹认真思考的一个问题。从大的范围来说，文学批评也是一种文学接受，一种专业化的文学接受。批评家为什么要进行文学批评？金圣叹从三个方面进行了思考。

首先，文学批评是生命存在的一种形式，是人的活动的一种方式。金圣叹受佛教宇宙观的影响，认为自上次浩劫以来，已经几万万年。而这几万万年间，多少生命"皆如水逝云卷，风驰电掣，无不尽去"。而他自己作为一个生命的个体，其生也偶然，其在也短暂。但金圣叹并不认为人应该消极无为地度过自己的一生，他认为："我既前听其生，后听其去，而无所于惜；是则于

---

① 金圣叹、李卓吾点评：《水浒传》，中华书局，2009年，第454页、第460页。

其中间幸而犹尚暂在，我亦于无法作消遣中随意自作消遣而已矣。"①生命既已存在，就要想法度过，金圣叹将之称为消遣，虽然从终极意义上说，所谓消遣也无意义，因为生命终究还是逝去，但即使这样，人还是要选择自己的消遣方式。有各种各样的消遣方式，而金圣叹给自己选择的消遣方式就是著书立说，进行文学批评。"嗟乎！生死迅疾，人命无常，富贵难求，从吾所好，则不著书，其又何以为活也！"②这样，金圣叹实际上将文学批评作为人的生命的一种活动形式做了肯定，从而也就肯定了文学批评的价值与意义。金圣叹的人生观虽有一定的消极与游戏的成分，然而，在意识到生命的偶然性与不可逆性的同时又强调人的作为，这实际上是一种抗争。正是在这种抗争中显示出了金圣叹人生观中积极的一面。

其次，文学批评是对文学创作的一种接受、继承与发扬光大。"或问于圣叹曰：《西厢记》何为而批之刻之也？圣叹悄然动容，起立而对曰：嗟乎！我亦不知其然，然而于我心则诚不能以自已也。""是则古人十倍于我之才识也，我欲恸哭之，我又不知其为谁也，我是以与之批之刻之也。"古人以十倍于我之才识，创作出优秀的文学作品，但是古人已逝，"今日已徒见有我，不见古人"。这样，古人的创作和古人创作的妙处就有可能湮没无闻，需要有人"批之刻之"，将其阐发出来。这一方面是对古人的尊敬，另一方面也是对古人创作的发扬与光大。金圣叹将之称为"恸哭古人"。③

自然，对于金圣叹所说的"古人"，我们不能胶柱鼓瑟地理解。"前乎我者为古人，后乎我者为后人。"与我同时者自然就是今人了。在《贯华堂第六才子书西厢记之一圣叹外书》里，金圣叹谈到了古人，也谈到了后人，却没有涉及今人，似乎他的批评与今人无关。不能做这样的理解。金圣叹从历史发展的角度，涉及古人与后人两个维度，但并不意味着他的批评与今人无关。在

---

① 金圣叹点评，周锡山编校：《贯华堂第六才子书〈西厢记〉》，万卷出版公司，2009年，第3页、第4页。

② 金圣叹、李卓吾点评：《水浒传》，中华书局，2009年，第116页。

③ 金圣叹点评，周锡山编校：《贯华堂第六才子书〈西厢记〉》，万卷出版公司，2009年，第3页、第5页、第3页。

《水浒传》第五十八回的总评中，他写道："吾因叹文章生于吾一日之心，而求传于世人百年之手。夫一日之心，世人未必知，而百年之手，吾又不得夺。当斯之际，文章又不能言，改窜一唯所命，如俗本《水浒》者，真可为之流涕呜咽者也。"①作者的构思读者难以知晓，作品又不能自诉，因此，就需要批评家发挥作用。这里，金圣叹虽然还是从古人、后人的角度立论，但很明显，这段论述也包括与自己同时的读者。因此，宽泛地说，金圣叹所说的古人和古人的创作，实际上是包括了同时代人和同时代人的创作的。

第三，文学批评是对读者接受的一种启发与指引。"今人不会看书，往往将书容易混帐过去……吾特悲读者之精神不生，将作者之意思尽没，不知心苦，实负良工，故不辞不敏，而有此批也。"②作者已逝，无法向读者解说自己的作品，作品不能自言，而读者又不一定能够正确地阅读作品。因此，就需要批评家居间其中，解说作品，启迪读者。金圣叹将这看作是自己也即批评家的一种责任，是对读者的一种回报。他从自己思念古人出发，联想到后之读者也必然思念自己，那么，批评家以什么来回报后之读者的深情呢？"后之人必好读书。读书者，必仗光明。光明者，照耀其书所以得读者也。我请得为光明以照耀其书而以为赠之。""择世间之一物，其力必能至于后世者；择世间之一物，其力必能至于后世，而世至今犹未以知之者；择世间之一物，其力必能至于后世，而世至今犹未以知之，而我适能尽智竭力，丝毫可以得当于其间者"③进行评点，以对读者进行启迪、指引。金圣叹将这称为"留赠后人"。自然，对他所谓的"后人"也应作宽泛的理解，是包含了今人在内的。

值得注意的是，在"恸哭古人"与"留赠后人"之间，金圣叹更重视的是后者。因为"古人与后人，又不皆同。盖古之人，非唯不见，又复不思，是则真可谓之无亲。若夫后之人虽不见我，而大思我……如之何其谓之无亲也？是不可以无所赠之"。

① 金圣叹、李卓吾点评：《水浒传》，中华书局，2009年，第504页。

② 金圣叹、李卓吾点评：《水浒传》，中华书局，2009年，第1页。

③ 金圣叹点评，周锡山编校：《贯华堂第六才子书〈西厢记〉》，万卷出版公司，2009年，第7页、第8页。

"总之，我自欲与后人少作周旋，我实何曾为彼古人致其矻矻之力也哉！"①往者之不谏，来者犹可追。以往的作者已逝，作品已存，无法再作改变，批评家能做的，就是启迪后之读者。批评家的主要目的不是解读古人，而是引导后人。由此可见，金圣叹是把文学批评的重点放在读者身上的。这与接受美学的重视读者，有一定的相似之处。

就叙事接受的性质而言，金圣叹认为，叙事接受是种再创造。

作者已逝，作品不言，读者按照自己的理解去阅读文学作品，阅读的结果肯定因人而异。金圣叹对此有清醒的理解。在批判《西厢记》是淫书的说法时，他写道："《西厢记》断断不是淫书，断断是妙文。今后若有人说是妙文，有人说是淫书，圣叹都不与做理会。文者见之谓之文，淫者见之谓之淫耳。"②读者由于生活经历、知识结构、艺术修养、思想观点等的不同，阅读的结果自然也不一样。这与后来鲁迅所说的：一部《红楼梦》，"单是命意，就因读者的眼光而有种种：经学家看见《易》，道学家看见淫，才子看见缠绵，革命家看见排满，流言家看见宫闱秘事"③是一样的意思。但不知鲁迅是否受到金圣叹的启发。

更进一步，金圣叹并不认为在这种种的阅读理解中，有一种理解就是绝对正确、人人都需遵守的。他一再重申，他的评点表达的是他自己的观点，并不是作者的观点，也不是人人必须遵守的观点："夫我此日所批之《西厢记》，我则真为后之人思我而我无以赠之，故不得已而出于斯也。我真不知作《西厢记》者之初心，其果如是，其果不如是也。设其果如是，谓之今日始见《西厢记》可；设其果不如是，谓之前日久见《西厢记》，今日又别见圣叹《西厢记》可。"《西厢记》所写之人之事，不管有无，古人都没有告诉圣叹，而"我又无从排气御神，上追至于千百年之前，问诸古人。然则今日提笔而曲曲所写，盖皆我自欲写，而

---

① 金圣叹点评，周锡山编校：《贯华堂第六才子书〈西厢记〉》，万卷出版公司，2009 年，第 7 页、第 8 页。

② 金圣叹点评，周锡山编校：《贯华堂第六才子书〈西厢记〉》，万卷出版公司，2009 年，第 11 页。

③ 鲁迅：《〈绛花洞主〉小引》，《鲁迅全集》第 8 卷，人民文学出版社，1982 年，第 145 页。

于古人无与"。"圣叹批《西厢记》是圣叹文字，不是《西厢记》文字。""天下万世锦绣才子读圣叹所批《西厢记》，是天下万世才子文字，不是圣叹文字。""《西厢记》，不是姓王字实父此一人所造，但自平心敛气读之，便是我适来自造。亲见其一字一句，都是我心里恰正欲如此写，《西厢记》便如此写。"①这些论述，有几层意思值得注意：第一，文学接受是一种独立的活动，它独立于作者的创作活动之外，读者在接受过程中不一定要了解作者的创作意图。第二，读者阅读《西厢记》的过程也是自我创造的过程。第三，读者阅读文学作品，要受到自身条件与素养的限制，每个读者的理解，都要受到其前理解的影响。第四，不同的读者阅读同一部文学作品会有不同的结果，这些结果都是有道理的，不能轻易否定。第五，即使是阅读经过批评家解读的作品，读者仍会产生自己不同的看法，不会完全跟着批评家走。金圣叹的这些思想接触到文学接受中接受者的主体性与能动性的问题，肯定了读者在文学活动中的重要地位，很有超前的因素。它早已超过了"我注六经，六经注我"给予批评家的那点自由，直指接受美学的核心观念。只有金圣叹这样对文学活动有深刻了解与深入思考的非体制文人，才可能产生这样的思想。那些体制中的儒生，知识再渊博，也很难提出这种想法，因为这其中实际隐含着对有着最高标准的封建大一统思想的否定。

对于叙事文本的内涵，金圣叹持文本多重性的观点。文学作品具有多重性，在中国古代文论中并不是新鲜的命题，古代学者早就提出了"文无达诂"的思想，但金圣叹是从文学接受的角度提出文本的多重性的，这就给这一古老的思想增添了新的内容。他认为："《西厢记》，是《西厢记》文字，不是《会真记》文字。""圣叹批《西厢记》是圣叹文字，不是《西厢记》文字。""天下万世锦绣才子读圣叹所批《西厢记》，是天下万世才子文字，不是圣叹文字。"②这里，他至少区分了四种不同的文本，一是《西厢记》所依据的唐传奇《会真记》的文本，二是《西厢

① 金圣叹点评，周锡山编校：《贯华堂第六才子书〈西厢记〉》，万卷出版公司，2009年，第8页、第49页、第18页。
② 金圣叹点评，周锡山编校：《贯华堂第六才子书〈西厢记〉》，万卷出版公司，2009年，第18页。

记》本身的文本，三是金圣叹自己所评点的《西厢记》文本，四是"天下万世才子"也即其他读者阅读所产生的《西厢记》文本。而其他读者阅读《西厢记》所产生的文本与金圣叹批点所产生的文本是不一样的，由此推论，这些读者之间的文本也肯定是不一样的。这样，在实际的阅读过程中，实际上存在着无数的《西厢记》，不同的读者有自己不同的《西厢记》。它们虽然是在阅读王实甫所创作的《西厢记》的基础上产生的，但又与王创《西厢记》不同。"文章又不能言。"①文学作品无法自己说明自己，读者也就只能根据自己的理解得出自己的阅读结果。王创《西厢记》作为既定文本，并不能告诉读者它表达了什么思想，塑造了什么形象，用了什么艺术手法，这些只能由读者在阅读过程中自己领会。在读者的不同理解中，王创《西厢记》也呈现出不同的样子。这里，金圣叹实际上接触到了作为接受美学核心思想之一的潜在文本与现实文本的问题。

　　对于文学接受的环境与心态，金圣叹十分重视，且有理想化的色彩。他认为，阅读文学作品是一件郑重的事，要有良好的环境与心绪。在《读第六才子书〈西厢记〉法》中，他指出："《西厢记》必须扫地读之。扫地读之者，不得存一点尘于胸中也。""《西厢记》必须焚香读之。焚香读之者，致其恭敬，以期鬼神之通之也。""《西厢记》必须对雪读之。对雪读之者，资其洁清也。""《西厢记》必须对花读之。对花读之者，助其娟丽也。""《西厢记》必须与美人并坐读之。与美人并坐读之者，验其缠绵多情也。""《西厢记》必须与道人对坐读之。与道人对坐读之者，叹其解脱无方也。"②读《西厢记》如此，读其他的古典名著也是如此。总之，阅读文学作品，应该创造良好的环境与心绪，只有这样，才能深入到作品中去，把握作品的精髓。对于金圣叹的这一观点，应该辩证地分析。一方面，文学阅读是种高智力的活动，需要全神贯注，只有这样，才能深入到作品内部，把握其微妙之处。因此，从实质来说，金圣叹要求阅读文学作品取一种郑重的态度，保持一种适宜的环境与心绪，是应当的也是必

---

　　①　金圣叹、李卓吾点评：《水浒传》，中华书局，2009年，第504页。

　　②　金圣叹点评，周锡山编校：《贯华堂第六才子书〈西厢记〉》，万卷出版公司，2009年，第18页。

需的。另一方面，金圣叹的一些具体要求的确有理想化的成分，一般读者很难达到，因此又不宜胶柱鼓瑟，生搬硬套。

对于普通读者，叙事接受的相关理论固然重要，但他们最需要的，还是对于叙事作品阅读的具体指导与建议。金圣叹对此十分重视，在评点的过程中，提出了许多有价值的见解。

第一，是阅读叙事作品应注意的方法与原则。金圣叹强调"读稗史亦有法"①，不得因其是小说而轻之。在这方面，他提出了许多值得注意的思想。首先，是接受者接受文学作品时应取的态度。金圣叹认为，对于阅读对象，应该尊敬、郑重。"读《西厢记》，便可告人曰：读《西厢记》。旧时见人讳之曰'看闲书'，此大过也。""读《西厢记》毕，不取大白，酹地赏作者，此大过也。""读《西厢记》毕，不取大白自赏，此大过也。"②阅读文学作品，应取庄重、感激、认真的态度。只有这样，才能认识到阅读对象的价值，具有极大的诚心，极其专心致志，从而达到阅读的目的。如果把文学作品看作闲书，取随便翻翻或者无聊时消遣的态度，很难对文学作品有深入的理解与把握。其次，对于阅读对象应该全面把握，不仅要知道它在说什么，而且要知道它怎么说。"古人著书，每每若干年布想，若干年储材，又复若干年经营点窜，而后得脱于稿，哀然成为一书也。"而今人对于书中的妙处，往往"付之于茫然不知，而仅仅粗记前后事迹，是否成败，以助其酒前茶后，雄谭快笑之旗鼓"。对于这种阅读方式，金圣叹是深为惋惜甚至深恶痛绝的。他希望读者阅读时不仅要关心故事、情节，更要注意人物、艺术、思想，注意文学作品"所有得意处，不得意处，转笔处，难转笔处，趁水生波处，翻空出奇处，不得不补处，不得不省处，顺添在后处，倒插在前处，无数方法，无数筋节"。③只有把握了这些叙事上的妙处，才算真正读懂了文学作品。文学作品"说什么"是一回事，"怎么说"是另一回事。金圣叹十分重视怎么说。比如《西厢记》写了男女情爱，道学家们以此说它是淫书，金圣叹大不以为然："细思此一

① 金圣叹、李卓吾点评：《水浒传》，中华书局，2009 年，116 页。
② 金圣叹点评，周锡山编校：《贯华堂第六才子书〈西厢记〉》，万卷出版公司，2009 年，第 19 页。
③ 金圣叹、李卓吾点评：《水浒传》，中华书局，2009 年，第 1 页。

事，何日无之，何地无之？不成天地中间有此一事，便废却天地耶！细思此身自何而来，便废却自身耶？一部书，有如许丽丽洋洋无数文字，便须看其如许丽丽洋洋，是何文字，从何处来，到何处去，如何直行，如何打曲，如何放开，如何捏聚，如何公行，如何偷过，何处慢摇，何处飞渡。"①总之，不要总是眼盯在《西厢记》写了情爱上面，更要看它是怎么写的，这才是会读书、真读书的人。值得指出的是，强调"怎么说"，正是当代叙事学的核心观念之一，金圣叹的叙事观念，的确有一定的超前性。再次，他提出，阅读叙事作品要"一气读之"与"精切读之"相结合："一气读之者，总揽其起尽也。""精切读之者，细寻其肤寸也。"叙事作品，尤其是优秀的叙事作品，内涵丰富，艺术精湛，不是一次阅读就能把握的，必须从不同角度反复阅读，既要从总体上把握其故事构架、人物关系、情节线索，又要从细微处把握其艺术技巧、形象塑造、思想表达的细处与妙处，这就需要整体把握与反复吟咏相结合。金圣叹认为，反复阅读优秀的文学作品，不仅可以把握作品的思想与艺术，而且可以把握阅读的方法，提高自己的阅读水平："子弟读得此本《西厢记》后，必能自放异样眼光，另去读出别部奇书。"②因此，反复阅读看似花了时间，其实是节省了时间。最后，金圣叹认为，阅读叙事作品需要多思。在第五十一回的总评中，他写道："此是柴进失陷本传也。然篇首朱仝欲杀李逵一段，读者悉误认为前回之尾，而不知此已与前了不相涉，只是偶借热档，趁作煎饼，顺风吹花，用力至便者也。吾尝言读书者切勿为作书者所瞒。如此一段文字，瞒过世人不为不久。今日忍俊不禁，就此一处道破，当于处处思过半也，不得以稗官也而忽之也。"③读者阅读时只有勤于思考，才能了解作品的妙处，了解作者的构思。同时，也只有多思，才能全面地把握阅读对象。

第二，是对《水浒传》、《西厢记》的思想与艺术进行具体的

---

① 金圣叹点评，周锡山编校：《贯华堂第六才子书〈西厢记〉》，万卷出版公司，2009年，第18页、第11页。

② 金圣叹点评，周锡山编校：《贯华堂第六才子书〈西厢记〉》，万卷出版公司，2009年，第18页、第12－13页。

③ 金圣叹、李卓吾点评：《水浒传》，中华书局，2009年，第444页。

提示，以指导读者阅读，帮助读者理解。这又可以分为三个方面。

一是对作者的构思与作品的总体结构进行分析。在评点《水浒传》与《西厢记》时，金圣叹十分注意对作者构思与作品整体结构的分析，因为只有把握了作者构思与作品的整体结构，进一步理解作品才有了坚实的基础，不至于只见树木不见森林。他的"腰斩"《水浒》、将《西厢记》第五卷排除在王本《西厢记》的整体结构之外，都是源于他对《水浒传》、《西厢记》总体结构的认识。在评点的过程中，他十分注意对作品结构和作者构思的提示。如在《水浒传》第七十回的总评中，他指出："盖始之以石碣，终之以石碣者，是此书大开阖。为事则有七十回，为人则有一百单八者，是此书大眼节。"在第七十回夹评中，他又反复指出："文字既毕，例有结束，此回固一部七十篇之结束也。一部七十篇，则非一番结束之所得了，故特重重叠叠而结束之，今第一重结束。""第二重结束。""第三重结束。""第四重结束。""一百八人姓名，凡写四番，而后以一句总收之，笔力奇绝。""晁盖七人以梦始，宋江、卢俊义一百八人以梦终，皆极大章法。""以诗起，以诗结，极大章法。"①在结尾一回对文章结构反复说明，以使读者对《水浒传》的结构有一清醒的认识。再如第五十一回夹评："上文吴用只合云：那厮会使'神师计'，必须请将公孙胜来方可。却忽然又算两军并杀方急，若必须请将公孙胜来，则又将如何按住高廉一面耶？左思右想，陡然算到不如射他一箭。然日里方夺路逃命之际，情势必所不及，故又左思右想，算出预备劫寨一番。此皆良工心苦，独我能知之也。""后文又劫寨者，盖言高廉惯要劫寨，以遮掩此文笔墨之迹，切勿为古人所瞒，则称善读书人矣。"②从作者构思的角度说明，之所以安排高廉劫寨中箭，是为请公孙胜腾出时间。至于后面又写高廉劫寨，是为了使前面的劫寨不显得斧凿痕迹太重。这种分析，对于读者了解作者的构思、理解小说的微妙之处，是很有帮助的。

二是对读者阅读的重点与方向进行提示。叙事作品特别是大

---

① 金圣叹、李卓吾点评：《水浒传》，中华书局，2009年，第598页、第602页、第603页、第604页。

② 金圣叹、李卓吾点评：《水浒传》，中华书局，2009年，第451－452页。

型叙事作品往往内容丰富，艺术手法多样，一般读者在阅读时，有时难以把握重点，找不到欣赏的途径，从而对理解与欣赏作品产生不利的影响。这就需要专业批评家发挥作用。金圣叹在评点《水浒传》和《西厢记》时很注意这一点，经常进行有关的提示与启发。如在《水浒传》第三十回总评，金圣叹告诉读者："此文妙处，不在写武松心粗手辣，逢人便斫，须要细细看他笔致闲处，笔尖细处，笔法严处，笔力大处，笔路别处。"后面则用三四百文字一一分析这些"闲处"、"细处"、"严处"、"大处"、"别处"具体表现在哪些方面。第十八回写晁盖等人劫取生辰纲后投奔梁山，王伦怕影响自己的地位，不想收留。吴用试图用言语挑动林冲，让他火拼王伦。正好这时林冲前来探望，金圣叹提醒读者道："此写吴用文中，亦将林冲夹杂而写。读者须分作两分眼色，一半去看吴用，一半去看林冲，乃双得之也。"①这些评语言简意赅，对于提起读者阅读时的注意却有着很好的作用。

三是对两部作品内容与形式进行分析，指出其特点与妙处。如《西厢记》第一卷第一章，张珙登场，借助黄河，抒发了一番自己的雄心壮志。金评写道："张生之志，张生得而言之；张生之品，张生不得自言之也。张生不得自言，则将谁代之言，而法又决不得不言，于是顺便反借黄河，快然一吐其胸中隐隐岳岳之无数奇事。呜呼！真奇文大文也。"张生对崔莺莺一见钟情，但这一见钟情是建立在共同的思想与真挚的情感的基础之上的，如果仅仅将张生写成偷香窃玉之徒，张崔的恋情也就没有了意义。因此有必要在张未见崔之前，将其胸怀抱负表露出来。作者借黄河让张生倾吐胸臆，正是文章的巧妙之处。但读者由于艺术修养等方面的原因，容易忽视，金圣叹将其指点出来，从而使读者欣赏其中的妙处。再如第四卷第三章"长亭送别"，莺莺见张生愁眉苦脸，唱道："我见他蹙愁眉死临侵地。阁泪汪汪不敢垂，恐怕人知；猛然见了把头低，长吁气，推整素罗衣。"金评写道："真写杀张生也。然是写双文看张生也，然则真看杀张生也。……《打枣杆歌》云：'捎书人，出得门儿骤。赶梅香，唤转来，我少分咐了话头。见他时，切莫说，我因他瘦。现今他不

① 金圣叹、李卓吾点评：《水浒传》，中华书局，2009 年，第 261 页、第 157 页。

好，说与他又担忧。他若问起我的身中也，只说灾悔从没有.'
已是妙绝之文，然亦只是自说。今却从双文口中体贴张生之体贴
双文，便又多得一层，文心漩渡，真有何限。"①崔莺莺的这段唱
词，妙就妙在从她口中说出张生因为她而憔悴。金圣叹又分析又
比较，将这段唱词的妙处说得清清楚楚，读者自然能够领略。

　　自然，在提出自己的建议与指导的时候，金圣叹也存在不够
精严的地方，有些地方难免掺进了他个人的一些不正确的看法甚
至偏见。如他对宋江的贬斥，对某些情节、事件、字词的过度阐
释，以及语不惊人誓不休，喜说"过头话"的习惯，等等，都有
值得商榷的地方。但总的来说，金圣叹对《水浒传》、《西厢记》
的阅读建议是有自己独特的见解的，总体上看是站得住脚的。它
们与金圣叹关于文学批评的目的，叙事接受的性质、内涵、条件
等思想一起，共同构成了金圣叹叙事接受思想的主体内容。

第二节　李渔的叙事思想

一、李渔的生平及叙事思想简介

　　李渔（1611—1680）初名仙侣，后改名渔，字谪凡，号笠
翁，又号天徒、湖上笠翁、随庵主人等。在与别人的信中，李渔
写道："渔虽浙籍，生于雉皋。"② 李渔祖籍浙江兰溪下李村。兰
溪位于衢江、金华江与兰江汇流之处，交通便利，邻近山区的药
材大多汇集于此，由此形成颇具规模的中草药市场。自明代开
始，兰溪人中多有经营中草药者，并逐渐辐射到周边地区。李氏
家族中不少人在外经商，李渔的父亲李如松和伯父李如椿就在离
兰溪不是很远的雉皋（今江苏如皋）经营中草药。1611 年（明
万历三十九年，另一说是万历三十八年，1610 年），李渔便生于
此地。

　　①　金圣叹点评，周锡山编校：《贯华堂第六才子书〈西厢记〉》，万卷出版公司，
2009 年，第 18 页、第 54 页、第 244 页。
　　②　李渔：《与李雨商荆州太守》，《李渔全集》卷一，浙江古籍出版社 1992 年，
第 207 页。

李渔的童年与少年时期在如皋度过。少时的李渔聪明好学，家境也比较富裕。李家祖上几代无人为官，父辈们将读书做官、光宗耀祖的希望寄托在李渔身上。李渔也将此作为自己努力的方向，整天埋头儒家经典，认真读书，准备科举。在《闲情偶寄·词曲部·音律第三》中，他曾不无自负地写道："予襁褓识字，总角成篇，于诗书六艺之文，虽未精穷其义，然皆浅涉一过。"①由此可见他的勤奋。他在自己的家门前种了一棵梧桐树，每到新的一年，便在上面刻上一首小诗，以激励自己努力向学。

然而，辛勤的耕耘并没有收获丰硕的果实。明崇祯八年（1635），李渔25岁时，赴婺州（今浙江金华）参加童子试，以优秀的成绩考取秀才。当时的浙江提学副使许豸十分赞赏李渔的才华，将他的试卷印成专帙，到各州县散发。李渔自己也很得意，四十年后仍对此事津津乐道："侯官夫子（指许豸）为先朝名宦，向主两浙文衡。予出赴童子试，人有专经，且间有止作书艺而不及经题者，予独以五经见拔。吾夫子奖誉过情，取试卷灾梨，另为一帙。每按一部，辄以示人曰：'吾于婺州得一五经童子，讵非快事！'予之得播虚名，由昔徂今，为王公大人所拂拭者，人谓自嘲风啸月之曲艺始，不知实自采芹入泮之初，受知于登高一人之说项始。"②

然而，李渔的仕运似乎也就到此为止了。考取秀才后的第三年，李渔进入金华府攻读举业，准备乡试。明崇祯十二年（1639）赴杭州应乡试，结果名落孙山。李渔将自己考试的失利归于考官的不公。其中的真实原因现在的我们自然难以判定，不过可以肯定的是，这一次的失利使李渔对科举有了负面的看法。但他并没有就此罢手。崇祯十五年（1642），明王朝举行最后一次乡试，李渔再次赴杭州应试。但此时已是明朝末年，局势动荡不安，到处兵荒马乱。李渔行到半路，就遇警报，道路不通，他只好打道回府。两年后，明朝灭亡，清军入关。满清王朝夺取、巩固中央政权的过程残暴而血腥，李渔出于对清朝统治者的不满，采取了不合作的态度；另一方面，连年的战乱也使他看淡仕

① 《李渔随笔全集》，巴蜀书社，2003年，第26页。
② 李渔：《春及堂诗跋》，《李渔全集》卷一，浙江古籍出版社，1992年，第134页。

情，对功名利禄心灰意冷，①而家境的困难也使他无法安心举业，因此明亡之后，李渔再也没有参加科举考试。

李渔的父亲在他19岁时去世。父亲死后，李渔家道开始衰落，另一方面，当时科举须在原籍参加考试，因此李渔回到浙江兰溪。不久，娶兰溪徐村徐氏为妻。徐氏出身农家，没有文化，但心地善良，李渔曾多次在自己的诗文中提到她，称其为"山妻"，由此可见两人鱼水比较和谐。结婚之后，李渔依靠从如皋带回的一些家财，尚能度日。但由于埋头举业，无多进项，也难免有家境日蹙之虞。清兵南下之后，李渔的住房毁于战火，经历了一段流离失所之后，在亲友的资助下，他在兰溪下李村伊山宗祠的后面买了一块地，盖了几间茅屋，美其名曰"伊山别业"、"伊园"，过起了隐居生活。这段时间不长，前后不过三年，但李渔自认为是其一生最值得留恋的时光："予绝意浮名，不干寸禄，山居避祸，反以无事为荣。……计我一生，得享列仙之乐者，仅有三年。"②隐居期间，李渔种花养草，与友人唱和，同时积极参与村里的公益事业，兴修水利，改善当地的农田灌溉与人们的饮水质量，他由此得到村人的尊敬。清顺治八年（1651），他41岁的时候，曾被族人推举为祠堂总理，可见这时他在当地已有一定的威望。

不过，隐居不是也不可能成为李渔的长久打算。一方面，他虽隐居乡下但并不从事农业生产，只出不进，难免坐吃山空；另一方面，他虽不再参加科举，但并不愿意自己的满腹才华就此没世无闻。因此，三年闲暇之后，李渔卖掉"伊山别业"，于清顺治九年（1652）42岁时举家移居杭州，走"砚田糊口"③、著书卖文的谋生之路。

李渔"砚田糊口"的主要途径是小说和戏曲。他选择小说与戏曲作为谋生的主要手段，人们一般认为有两个原因，一是明清

---

① 清兵入关之后，李渔曾应金华府同知许檄彩之邀出任幕僚。他曾兴奋过一阵，以为可以建功立业，复地救主。然而，金华很快被清兵攻破，许檄彩逃走，李渔幻想破灭，只好避居山野。这一事件对于他对仕宦之途的看法可能产生了一定的影响。

② 李渔：《闲情偶寄·颐养部·行乐第一·夏季行乐之法》，《李渔随笔全集》，巴蜀书社，2003年，第267－268页。

③ 李渔：《曲部誓词》，《李渔随笔全集》，巴蜀书社，2003年，第415页。

时期小说、戏曲盛行，读者面广，一是李渔精通音律，熟悉填词。①但从心理动因的角度看，这与李渔的家族传统和他的个人性格也很有关系。李渔祖上无人做官，父辈都是商人，靠卖中草药为生（伯父还兼做医生），因此，李渔没有很强的仕宦情绪，也不可能瞧不起商业行为，在做官无望的时候，为了养家糊口，选择卖文为生是很自然的事。从个人性格上说，李渔并不是一个很有操守的人，他比较世俗、十分现实，没有陶渊明那种"不为五斗米折腰"的气节，为了换得生活资源，他可以阿谀逢迎，奔走于权贵之门。因此，在一家老小生计的压力之下，他走文学商业化的道路也是很正常的。换一个角度看，李渔凭着自己的能力赚钱，一不坑蒙拐骗，二不弄虚作假，似乎也没有可以过多指责的地方。非要他十年磨一剑，像曹雪芹那样埋头著书，不走文学商业化的道路，最后弄得自己衣食无着，在贫病中死去，似乎也太苛责古人了。毕竟，像曹雪芹那样的文圣，是千古一遇的，高山仰止，但要人人做到，则是不可能的。

李渔的小说主要有长篇小说《合锦回文传》、《肉蒲团》，短篇小说集《无声戏》和《十二楼》，两部短篇集各收拟话本小说12篇。②拟话本是宋元话本小说的继续与发展，它脱离了话本小说的说书场景，排除了听众的参与，成为文人的创作。而李渔则使拟话本的创作更加文人化和个人化。他喜欢将自己的经历化入故事，小说中的人物身上常有他的影子。拟话本创作的文人化与个人化是柄双刃剑。从积极的一面来说，它使小说更具个人色彩，艺术上更加成熟，更易形成独特的风格；而从消极的一面来说，它也容易使小说脱离社会现实，漠视民众的诉求，思想趋于狭窄。不幸的是，李渔的拟话本小说正好具有以上毛病。李渔的思想本来不够深刻，加上其讨好读者、突出作品娱乐性与消遣性的

---

① 俞为民：《李渔评传》，南京大学出版社，1998年，第16－17页。

② 《无声戏》是李渔的第一部短篇小说集，最初分初集与二集二次刊行，初集收拟话本小说12篇，二集已佚。后李渔将初集与二集合在一起刊行，题作《无声戏合集》，收似话本小说12篇，其中初集7篇，二集5篇。再后李渔又将《无声戏合集》改刊为《连城璧全集》，并将《无声戏合集》中未收的初集中的5篇小说与新写的1篇集为《连城璧外编》附于《连城璧全集》之后，这样，《全集》与《外编》共收拟话本小说18篇。这里说收拟话本小说12篇的《无声戏》实际上指的是《无声戏合集》。

诉求，李渔小说的思想不够深厚，大多是扬善惩恶、男女爱情之类，缺乏重大的主题、深刻的思想和对社会生活的深广反映。李渔试图通过艺术上的创新来弥补思想上的缺陷，他加强小说的传奇性和戏剧性，强调情节的曲折生动和变幻离奇，不时以尖新之语插科打诨，但终不免小家子气。因此，李渔的拟话本虽然艺术上很有特点，而且创新性强，但很难说是上品，对当时的拟话本创作也未能产生很好的推动作用。有学者认为："李渔小说以情节为主，故事显得过分戏剧化，巧合误会比比皆是，充满斧凿之痕，令人难以置信。在人物塑造问题上他强化的是文人情趣，漠视了市民的心灵诉求，故此很难继续得到市民阶层整体的青睐。"这一观点是有道理的。但认为李渔的拟话本创作的"负面影响远远超过了积极作用"，甚至断言他的创作导致了清代拟话本小说的衰落，则似乎过于严厉。① 拟话本小说的衰落有其自身的必然性。话本小说与说书艺术和听众是分不开的，拟话本继承话本的形式，却又去掉了话本小说的基础，本身就有矛盾。另一方面，同为通俗小说的章回小说在明清时期的兴起，也对短篇的拟话本产生了不利影响，特别是中等篇幅章回小说的兴起，在很大程度上抢占了拟话本的市场，而为了应对，拟话本也逐渐扩展自己的篇幅，慢慢地与中等篇幅的章回小说合流了。

戏曲是李渔最主要的也是其成就最高的文学活动，李渔在中国文学史上的地位，主要是由他在戏曲上的贡献确立的。李渔创作的戏曲主要是喜剧，现存有《怜香伴》、《风筝误》、《意中缘》、《蜃中楼》、《凰求凤》、《奈何天》、《比目鱼》、《玉搔头》、《巧团圆》、《慎鸾交》等十种，合称《笠翁十种曲》。李渔的喜剧与他的小说一样，思想性不是很高，这与其"砚田糊口"的创作目的有关。李渔认为，观众看戏的目的是消愁解闷，寻取欢乐，所谓"传奇原为消愁设，费尽杖头歌一阕。何事将钱买哭声？反令变喜成悲咽"②。这种创作宗旨使李渔很难在戏曲作品中反映社会的重大题材，表达深刻的思想，探索人性的深度。但李

① 参见何天杰：《拟话本小说的转捩点：李渔〈无声戏〉、〈十二楼〉论略》，《光明日报》2004 年 9 月 29 日。

② 李渔：《风筝误·释疑》，《李渔全集》卷四，浙江古籍出版社，1992 年，第203 页。

渔的戏曲作品在艺术上很有特点，情节新奇，结构严谨，机智幽默，语言通俗，人物真实生动，适合舞台演出，在当时很受欢迎。

在创作剧本之外，李渔还进行了舞台实践。李渔成名之后，常与达官贵人交往。这些人与李渔交往，当然有附庸风雅的成分，但也不乏真心喜爱文学、看重李渔才华的人。在交往的过程中，这些人对李渔常有所馈赠。有的则按当时的风俗，干脆买上一个或几个聪明伶俐的女孩送给他。在这些女孩子中，有一个姓乔的和一个姓王的特别有艺术天赋，经过李渔调教，很快掌握了戏剧表演艺术。于是李渔以乔王二姬为核心，组织了一个以家姬为主要成员的家庭戏班，自己则担任戏班班主、编剧与导演。李家班很快红遍大江南北，各地显贵豪富、文人学士纷纷发出邀请，以能一睹李家班的演出为快事。李渔带着他的家班走遍了大半个中国，"履迹几遍天下，四海历其三，三江五湖则俱未尝遗一"。①然而好景不长，清康熙十一年（1672），乔姬在赴外演出时，因过度劳累，客死汉阳，第二年，王姬也因病去世。李渔对乔王二姬的死十分悲痛，自称"自乔姬亡后，不忍听歌者半载"。②而李家班因连失两根台柱，在成立五年之后也就解散了。李家班的演出活动不仅给李渔带来了丰厚的收入，在一段时间内解决了李家数十口人的生计问题，更重要的是，李渔通过这些演出活动，实践了自己的演出主张，提高了自己的戏曲实践能力，这对他的戏曲创作和戏曲理论都有积极的作用。

李渔是个兴趣十分广泛的文人，除了小说与戏曲，他还写了大量的诗文、随笔、理论著作及序、跋、历史散论等等。此外，他还从事园艺、种植等方面的活动，并成立了自己的书坊，刊印自己的著作和其他畅销书如《芥子园画谱》，自己设计并印制了相当于现在的题事本、信笺的韵事笺八种、织绵笺十种，上市出售。这些作品当时都十分畅销，然而盗版也随之出现。李渔是个维权意识十分浓厚的作家（当然，这也与他靠这些作品营利谋生有关），为了维护自己的利益，他发公告，在自己的书中严词谴

① 李渔：《闲情偶寄·饮馔部·肉食第三·零星水族》，《李渔随笔全集》，巴蜀书社，2003年，第217页。

② 李渔：《自乔姬亡后……遂成四首》，《李渔全集》卷二，浙江古籍出版社，1992年，第212页。

责，并东奔西跑，与盗版者进行了坚决的斗争。并于清康熙元年（1662）干脆举家迁到当时印刷业最为发达、盗版也最为严重的金陵（今江苏南京），就近维护自己的权益。

李渔晚年体弱多病，在金陵居住了近二十年后，不禁起了"首丘之念"。1677 年，李渔再次迁徙，将家从南京迁回杭州。这次迁徙花费很大，使他负债累累，陷入贫病交加的困境。他不得不向友人求援："切思辇毂之下，尽有贵交。当今之世，若望一人一手，拯此艰危，此必不得之数也。众擎易举，但求一二有心之人，顺风一呼，各助以力，则湖上笠翁尚不即死。俾从前已著之书，赎出梨枣，仍为己有。其已脱稿而梓之未竟，与未成书而腹稿尚存者，乘其有手，急使编摩，则尚有一二种可阅之书，新人耳目。否则，此书一函，竟为笠翁之绝笔矣。……嗟乎！死后怜才，常有生不同时之恨；生前抱璞，反有见哭不救之人。非去之后，惟日向长安饮泣而已。"[①] 言词恳切，谦恭但不失尊严与自信。但这虽然为李渔带来了一点外援，毕竟杯水车薪，无法解决他的困境。清康熙十九年（1680），在迁回杭州三年之后，李渔在贫病中逝世，享年 69 岁。

坎坷的经历、满腹的才华以及出身和家世等养成李渔复杂的人格，在他身上，崇道宗经思想和商业意识并存，恃才傲物却又甘处民间，凡事较真而又豁达自放，奔走权贵却又自尊自信，惜福安贫又不拒绝享受。评价李渔不能脱离他所生活的时代，以及他的文学商业化之路和一家几十口需他养活这一大的背景，[②]既不

---

① 李渔：《上都门故人述旧状书》，《李渔随笔全集》，巴蜀书社，2003 年，第 491－492 页。

② 李渔经常慨叹自己因为家贫，无法做自己想做的事。如："予终岁饥驱，杜门日少，每有所作，率多草草成篇，章名急就，非不欲删，非不欲改，无可删可改之时也。"（《闲情偶寄·词曲部·宾白第四·文贵洁净》）李渔曾述自己有意改写《南西厢》、《北琵琶》："然著此二书，必须杜门累月，窃恐饥来驱人，势不由我，安得雨珠雨粟之天，为数十口家人筹生计乎？伤哉！贫也。"（《闲情偶寄·词曲部·音律第三》）"渔无半亩之田，而有数十口之家，砚田笔耒，止靠一人。一人徂东则东向以待，一人徂西则西向以待，今来自北，则皆北面待哺矣。"（李渔：《复柯岸初掌科》、《李渔随笔全集》，巴蜀书社，2003 年，第 474 页）这些叙述，或有夸大之处，但一家几十人主要靠他笔耕养活，则是事实。而李渔又不是一个甘于清贫自守的人。这些，都使他不得不把挣钱放在一个非常重要的位置。他的走文学商业化之路、他的干谒权贵、他的组织巡回演出，以及他的有些有价值的文学设想不能付诸实现，都与此有关系。

能过苛，也不宜过分肯定。

对自己的才华，李渔是有自信的："渔自解觅梨枣以来，谬以作者自许。鸿文大篇，非吾敢道；若诗歌词曲以及稗官野史，则实有微长。不效美妇一颦，不拾名流一唾，当世耳目，为我一新。使数十年来，无一湖上笠翁，不知为世人减几许谈锋，增多少瞌睡？"[①] 但他主要所长还是在戏曲、小说方面，既有创作也有理论，由此构成他叙事思想的主要来源。李渔的叙事思想主要表现在他的理论著作《闲情偶寄》与他的叙事作品主要是小说与剧本之中。由于熟知戏曲艺术，李渔讨论得最多的是戏曲，他的理论与创作也更多地侧重于戏曲方面。对于戏曲李渔是内行，他讨论戏曲不仅仅从文学的角度，也从演出的角度，十分注意剧本的演出性。不过，总的来看，李渔更重视的，仍是戏曲的文学方面。《闲情偶寄》中与戏曲相关的主要是"词曲部"与"演习部"，其中"词曲部"讨论的都是戏曲的文学方面，"演习部"中的"选剧"、"变调"等也主要是从文学的角度讨论剧本的，虽然与演出有关。另一方面，李渔的小说与他的戏曲在理论与实践上有许多相同之处。他将自己的第一部小说集命名为《无声戏》，并在《十二楼·拂云楼》第四回的结尾处要读者"各洗尊眸，看演这出无声戏"[②]，说明他在某种程度上是将小说与戏曲同等看待的。当然，李渔作为小说家与戏曲家，不可能不知道小说、戏曲之间的区别。在《三国演义·序》中，他就曾指出："《水浒》在小说家，与经史不类，《西厢》系词曲，与小说又不类。"[③]但他的确更加重视两者之间相同和相联的部分，如结构、情节、人物、虚构特性等。而这些方面基本上都属于叙事的层面。因此，从叙事的角度探讨李渔的戏曲与小说是可能也是必要的。本节拟主要根据李渔的《闲情偶寄》和他的小说、戏曲实践，从文学创作与叙事作品、叙事结构、叙事情节与叙事语言、读者与批评等几个方面探讨他的叙事思想。在探讨的时候主要注意两者所表现出的共同的叙事思想，而不过分强调文体上的差异。

李渔不是一个哲思型的批评家，其思想的深刻性比不上稍前

① 李渔：《与陈学山少宰》，《李渔随笔全集》，巴蜀书社，2003 年，第 441 页。
② 《李渔全集》卷九，浙江古籍出版社，1992 年，第 176 页。
③ 《李渔随笔全集》，巴蜀书社，2003 年，第 342 页。

的李贽，也比不上同时代的金圣叹。他的文学思想更多的是从其创作与批评实践中产生的。因此，他的长处不在纯理论的探讨，而在具体的文学问题的解决和创作经验的总结。这也正是他的叙事思想的特色。

二、李渔论文学创作与叙事作品

中国古人讲究天人合一，文道常与天道联系起来。刘勰认为："文之为德也大矣，与天地并生者何哉？夫玄黄色杂，方圆体分；日月叠璧，以垂丽天之象；山川焕绮，以铺理地之形；此盖道之文也。仰观吐曜，俯察含章，高卑定位，故两仪既生矣。惟人参之，性灵所钟，是谓三才。为五行之秀，实天地之心。心生而言立，言立而文明，自然之道也。""人文之元，肇自太极，幽赞神明，《易》象惟先。"①人与自然，本是一体。天地之道，通过自然显示出来，是自然之文，通过人显示出来，则是人文之文也即文章。李渔对于文学，也持类似的看法："文章者，心之花也；溯其根荄，则始于天地。天地英华之气，无时不泄。泄于物者，则为山川草木；泄于人者，则为诗赋词章。故曰：文章者，心之花也。"②这里所说的"天地英华之气"，也即刘勰所说的"道"，通过物表现出来，是山川草木，通过人表现出来，则是诗赋文词。李渔的这一思想，可以说只是吸取了传统的说法，无甚创新，但他从这一思想出发，提出了文学与时代相联系、随时代而发展的观点，则有一定的新意。在前引那段话的后面，李渔接着指出："花之种类不一，而其盛也亦各以时，时即运也。桃李之运在春，芙蕖之运在夏，梅菊之运在秋冬。文之为运也亦然：经莫盛于上古，是上古为六经之运；史莫盛于汉，是汉为史之运；诗莫盛于唐，是唐为诗之运；曲莫盛于元，是元为曲之运。运行至斯，而斯文遂盛；为君相者特起而乘之，有若或使之者在，非能强不当盛者而使之盛也。"③在《闲情偶寄》中，他将四季所开之花比如为天工作文的过程，"梅花、水仙，试笔之文也"，"开之桃、李、棠、杏等花，则文心怒发，兴致淋漓"，"迨

① 周振甫著：《文心雕龙今译》，中华书局，1988年，第9–10页、第11页。
② 李渔：《名词选胜·序》，《李渔随笔全集》，巴蜀书社，2003年，第319页。
③ 李渔：《名词选胜·序》，《李渔随笔全集》，巴蜀书社，2003年，第319页。

明清近代叙事思想

牡丹、芍药一开，则文心笔致俱臻化境"，而金钱、金盏等花，则为天工精力不济之时的塞责之作，"犹人诗文既尽，附以零星杂著者是也"①。李渔认为，文学的盛衰与时代有着密切的联系，不同的时代有不同的文学，当时代不利于某种文学的繁盛时，单凭人力是无法使这种文学繁盛的。有的时候某种文学的繁盛看似因为某些有地位、有影响的人的提倡，但其实这些人也只是顺应了时势而已。因此，李渔提出，文学应该随着时代而变："凡人作事，贵于见景生情，世道迁移，人心非旧，当日有当日之情态，今日有今日之情态，传奇妙在入情，即使作者至今未死，亦当与世迁移，自啭其舌，必不为胶柱鼓瑟之谈，以拂听者之耳。"②时代是变化的，读者也是变化的，文学贵在与时代、读者相契，而不应一成不变。应该说，李渔的这些观点是正确的而且是比较深刻的，虽然他得出这些观点的前提现在看来有些牵强，但放在"天人合一"的思想传统中，也不是不可理解的。刘勰在《文心雕龙》"通变"、"时序"等篇中从政治教化、学术风气、文学作品自身的发展、杰出人物的提倡、时代风气和作家个体因素等六个方面探讨文学与时代的关系，强调文学随着时代的变化而变化，强调继承与革新。与刘勰相比，李渔的观点不够全面、系统，但也有自己的特点。他强调了读者的因素，强调了文学的发展不以人的主观意志为转移，杰出人物的提倡也只能在顺应时势的前提下才能产生作用。这些观点，都增添了新的因素，在皇权至上的封建社会，是难能可贵的。

李渔强调文学的变化与"道"和"天地之气"的联系，是从"根源"的角度出发的，在"现实"的层面上，他并非没有看到文学与社会生活的关系，上段"世道迁移，人心非旧"的引文就说明了这一点。实际上，作家的创作从根本上说是离不开生活的："七情以内，无境不生，六合之中，何所不有。幻设一事，即有一事之偶同；乔命一名，即有一名之巧合。"③因此，李渔强

---

① 李渔：《闲情偶寄·种植部·草本第三·金钱》，《李渔随笔全集》，巴蜀书社，2003 年，第 246 页。

② 李渔：《闲情偶寄·演习部·变调第二·变旧成新》，《李渔随笔全集》，巴蜀书社，2003 年，第 64 页。

③ 李渔：《闲情偶寄·词曲部·结构第一·戒讽刺》，《李渔随笔全集》，巴蜀书社，2003 年，第 11 – 12 页。

调文学作品必须以现实生活为依据："凡作传奇，只当求于耳目之前，不当索诸闻见之外。"戏曲或者说叙事作品要描写人们熟悉的日常生活，这样才有真实性，才能为读者所喜爱。如果写的情节荒诞不经，则必然为读者所唾弃："凡说人情物理者，千古相传；凡涉荒唐怪异者，当日即朽。"①李渔认为，作者只有深入生活，才能了解生活，写好作品。他少时读《孟子》，中有"自反而缩，虽褐宽博，吾不惴焉"，朱熹注解："褐，贱者之服；宽博，宽大之衣。"他百思不得其解。因当时在南方，毛织品乃贵人之服，而且，"既云贱衣，则当从约，短一尺，省一尺购办之资，少一寸，免一寸缝纫之力，胡不窄小其制而反宽大其形，是何以故？"及至到了北方，他才发现，当地天寒地冻，人们"牧养自活，织牛羊之毛以为衣，又皆粗而不密，其形似毯，诚哉其为贱者之服"。而当地人除了这种衣服之外，没有其他衣物，白天遮身，晚上当被，因而必须宽长："非宽不能周遭其身，非长不能尽覆其足。"②了解古文如此，创作戏曲与文学作品自然更是如此。在《闲情偶寄》中，李渔反复强调文学创作贵在自然。这里的"自然"大都有两重意思：一是要符合生活真实；一是水到渠成，天机自露，所谓"我本无心说笑话，谁知笑话逼人来"。③

　　不过，在这方面，李渔讨论的重点并没放在文学与生活的关系上，而是放在文学应该如何反映生活上。李渔不主张照搬生活，而是强调虚构："传奇所用之事，或古或今，有虚有实，随人拈取。古者，书籍所载，古人现成之事也；今者，耳目传闻，当时仅见之事也；实者，就事敷陈，不假造作，有根有据之谓也；虚者，空中楼阁，随意构成，无影无形之谓也。人谓古事多实，近事多虚。予曰：不然。传奇无实，大半皆寓言耳。"④既然"大半皆寓言"，戏曲以及文学作品就是以虚构为主，在现实生活

---

　　① 李渔：《闲情偶寄·词曲部·结构第一·戒荒唐》，《李渔随笔全集》，巴蜀书社，2003年，第17页。

　　② 李渔：《闲情偶寄·词曲部·宾白第四·少用方言》，《李渔随笔全集》，巴蜀书社，2003年，第48页。

　　③ 李渔：《闲情偶寄·词曲部·科诨第五·贵自然》，《李渔随笔全集》，巴蜀书社，2003年，第52页。

　　④ 李渔：《闲情偶寄·词曲部·结构第一·审虚实》，《李渔随笔全集》，巴蜀书社，2003年，第18页。

中难以找到对应的人和事，无法坐实的。如果"阅传奇而必考其事从何来、人居何地者，皆说梦之痴人，可以不答者也"①。

文学作品为什么需要虚构？李渔认为："未有真境之为所欲为，能出幻境纵横之上者。我欲做官，则顷刻之间便臻荣贵；我欲致仕，则转盼之际又入山林；我欲做人间才子，即为杜甫、李白之后身；我欲娶绝代佳人，即作王嫱、西施之元配；我欲成仙作佛，则西天蓬岛即在砚池笔架之前；我欲尽孝输忠，则君治亲年，可跻尧、舜、彭篯之上。"② "楚襄王，人主也。六宫窈窕，充塞内庭，握云携雨，何事不有？而千古以下，不闻传其实事，止有阳台一梦，脍炙人口。阳台今落何处？神女家在何方？朝为行云，暮为行雨，毕竟是何情状？岂有踪迹可寻，实事可缕乎？皆幻境也。幻境之妙，十倍于真，故千古传之。"③ 虚构的作用与重要性，两段论述讲得很清楚。其一，文学作品描写的，往往是"幻境"，是虚构的产物。其二，文学作品之所以需要虚构，是因为现实生活无法满足文学创作的需要，需要通过虚构、想象进行补充、改造、升华。其三，虚构能够使人摆脱现实生活的种种制约，随心所欲地达到自己向往的境界。其四，虚构的世界比现实的世界更高、更完美、更美妙，因而更有艺术感染力，因此能够"千古传之"。此外，李渔的论述实际上已经涉及了语言艺术的根本特性——无物质性。语言是心灵的产物，无需物质的依托，因而能够自由地构建虚构的世界，使人随心所欲地成为将相、才子、佳人、仙佛，想到什么，构建什么。如果换成其他艺术门类，即便是戏曲，也无法这样的心想事成。

关于艺术虚构，李渔有三个观点值得注意。首先，是概括化，也即今天的典型化的原则。"欲劝人为孝，则举一才子出名，但有一行可纪，则不必尽有其事，凡属孝亲所应有者，悉取而加

① 李渔：《闲情偶寄·词曲部·结构第一·审虚实》，《李渔随笔全集》，巴蜀书社，2003年，第18—19页。

② 李渔：《闲情偶寄·词曲部·宾白第四·语求肖似》，《李渔随笔全集》，巴蜀书社，2003年，第43页。原文将"西天"误为"西大"，据杜书瀛评注《闲情偶寄》改。

③ 李渔：《闲情偶寄·声容部·选姿第一》，《李渔随笔全集》，巴蜀书社，2003年，第94页。

之，亦犹纣之不善，不如是之甚也，一居下流，天下之恶皆归焉。其余表忠表节，与种种劝人为善之剧，率同于此。"①也就是说，先以现实生活中的某一人物为原型，然后将相关的性格与行为都加在此人身上。自然，这种相加不应是简单地堆积，而是根据可然律与必然律，将这一人物"应有"性格与行为加以集中。这样塑造出来的人物，虽然不是生活中实有，却符合生活与艺术的真实，比生活中的原型更加完整，更加突出，更有普遍意义。

其次，是虚构必须符合生活的真实。在《闲情偶寄》与其他文章中，李渔反复强调叙事作品的内容、情节要自然，要符合情理。他认为"传奇妙在入情"②，强调"传奇无冷热，只怕不合人情"③。这里所谓"入情"、"合人情"指的都是符合生活的常识和规律，符合人们对于事物的看法。区别故事、情节是否真实，不应看其在现实生活中是否真的发生过，而应看它是否符合生活与人们情感的可然律与必然律。"如五娘之剪发，乃作者自为之，当日必无其事。……然不剪发，不足以见五娘之孝。以我作《琵琶》，《剪发》一折必不能少。"④李渔认为，《琵琶记》中赵五娘剪发换钱安葬公婆从现实生活的角度来看是不可信的，这不仅是因为有急公好义的张大公的帮助，也因为仅靠她的头发换来的钱根本无法安葬她的公婆。然而这一细节彰显了五娘的"孝"，符合"人情"，因而又是可取的。这就像雨果的《悲惨世界》中芬汀为了抚养自己的女儿，先后卖掉了自己的头发和牙齿一样，虽不一定是事实，但却符合人的情感逻辑，符合可然律，因而是值得肯定的。再次，是所谓"实则实到底"、"虚则虚到底"的主张。所谓实则实到底，是指在采用古代题材时，严格按照典籍所载，所写人事，必须"班班可考，创一事实不得"。所谓虚则虚

---

① 李渔：《闲情偶寄·词曲部·结构第一·审虚实》，《李渔随笔全集》，巴蜀书社，2003年，第18页。

② 李渔：《闲情偶寄·词曲部·变调第二·变旧成新》，《李渔随笔全集》，巴蜀书社，2003年，第64页。

③ 李渔：《闲情偶寄·演习部·选剧第一·剂冷热》，《李渔随笔全集》，巴蜀书社，2003年，第61页。

④ 李渔：《闲情偶寄·词典部·结构第一·密针线》，《李渔随笔全集》，巴蜀书社，2003年，第15页。

到底，是指写当代题材时可以随意虚构，"非特事迹可以幻生，并其人之姓名亦可以凭空捏造"①。李渔在这里提出了处理古代与当代题材时不同的虚构方式。这里的"实则实到底"似乎与李渔"传奇大半皆寓言"的观点相矛盾，因为既然是寓言，就应该可以虚构，又怎能要求"实到底"呢？李渔自己也意识到了这一点，接着加以解释道："予既谓传奇无实，大半寓言，何以又云姓名事实必须有本？要知古人填古事易，今人填古事难。古人填古事，犹之今人填今事，非其不虑人考，无可考也。传至于今，则其人其事，观者烂熟于胸中，欺之不得，罔之不能，所以必求可据，是谓实则实到底也。"②

他又以自己的经历加以说明："向在都门，魏贞庵相国取崔郑合葬墓志铭示予，命予作《北西厢》翻本，以正从前之谬。予谢不敏，谓天下已传之书，无论是非可否，悉宜听之，不当奋其死力与较短长。较之而非，举世起而非我；即较之而是，举世亦起而非我。何也？贵远贱今，慕古薄今，天下之通情也。谁肯以千古不朽之名人，抑之使出时流下？彼文足以传世，业有明征；我力足以降人，尚无实据。以无据敌有征，其败可立见也。"③

可见，李渔所说的古事指的不是古人的实际生活，而是已经流传多年且已定型了的文献与文学材料。比如《西厢记》，张生与崔莺莺的故事已经流传多年，观众已经烂熟于心，即使有新的材料说明两人的故事不是戏曲中所传说的样子，也不能随意更改。很明显，李渔"实则实到底"的主张实际上不是从艺术虚构的角度，而是从如何处理已有的文学材料的角度提出的，因而与虚构并不冲突。因为这种"古事"实际上已经经过了古人的虚构。这样，李渔在创作中处理古代题材时，并没完全遵循"实则实到底"的原则，而是有所改动、有所创造，就不难理解了。他的"实则实到底"考虑的实际上是传统的继承和观众的欣赏习惯

---

① 李渔：《闲情偶寄·词典部·结构第一·审虚实》，《李渔随笔全集》，巴蜀书社，2003 年，第 19 页。

② 李渔：《闲情偶寄·词典部·结构第一·审虚实》，《李渔随笔全集》，巴蜀书社，2003 年，第 19 页。

③ 李渔：《闲情偶寄·词曲部·音律第三》，《李渔随笔全集》，巴蜀书社，2003 年，第 29 页。

的问题，着眼点在作品的效果和观众的认可。他在这方面的观点虽然倾向于保守，但也不是没有道理的。

叙事作品是叙事文学家的创造，作家的主观因素对叙事作品的创作有着重要影响，从某种意义上说，起着决定性的作用。对于创作主体，李渔有些值得重视的观点。

首先，李渔认为，创作主体本身的修养，是决定文学创作成败的关键之一。"凡作传世之文者，必先有传世之心，而后鬼神效灵，予以生花之笔，撰为倒峡之词，使人人赞美，百世流芬。传非文之传，一念之正气使传也。"作者应该"务存忠厚之心，勿为残毒之事"①。所谓"传世之心"，也就是一颗正气、良善、忠厚的心。文学作品能否传世，主要不是由于其文字、形式的优美，而是其思想、内容的端正。只有作者本人的思想、性格、感情、人品端正了，才能写出好的作品。

其次，李渔提出了文学创作中创作主体"设身处地"的问题："言者，心之声也，欲代此一人立言，先宜代此一人立心，若非梦往神游，何谓设身处地？无论立心端正者，当设身处地，代生端正之想；即遇立心邪辟者，我亦当舍经从权，暂为邪辟之思。务使心曲隐微，随口唾出，说一人，肖一人，勿使雷同，弗使浮泛，若《水浒传》之叙事，吴道子之写生，斯称此道中之绝技。果能若此，即欲不传，其可得乎？"②这段话的内涵十分丰富。其一，它讨论了作家与其所塑造的人物之间的关系，认为人物有自身的性格与情感逻辑，要写好人物，就必须把握人物的性格与情感逻辑，代其立心。这里的"代其立心"与金圣叹的"亲动心"说有异曲同工之妙，都是指创作主体在创作时要设身处地，化身为自己所描写的人物，体察他们可能具有的思想、性格、习惯、言行，并加以适当的想象，这样，才能写出栩栩如生的人物。其二，这段论述涉及了作家创作时的两种状态。一种是"梦往神游"，处于一种不清醒的无意识的状态；一种是"设身处

---

① 李渔：《闲情偶寄·词曲部·结构第一·戒讽刺》，《李渔随笔全集》，巴蜀书社，2003年，第11页。

② 李渔：《闲情偶寄·词曲部·宾白第四·语求肖似》，《李渔随笔全集》，巴蜀书社，2003年，第43页。

地"，又处于一种有意识的理智状态。实际上，在创作中，作者的理智与无意识是互相交织、互相作用的，只有较好地把握两者之间的分寸，才能创作出好的作品。有学者将这两种状态称为"醒"和"醉"，认为李渔既看到了作家创作时"醉"的一面，"梦往神游"，又看到了其"醒"的一面，对这种"梦往神游"的有意识的控制。这种观点是正确的。①其三，这段论述还讨论了人物语言个性化的问题，要求"说一人，肖一人"。

再次，李渔讨论了创作中作家"心"、"笔"之间的关系："圣叹之评《西厢》，其长在密，其短在拘，拘即密之已甚者也。无一句一字不逆溯其源，而求命意之所在，是则密矣，然亦知作者于此有出于有心，有不必尽出于有心者乎？心之所至，笔亦至焉，是人之所能为也；若夫笔之所至，心亦至焉，则人不能尽主之矣。且有心不欲然，而笔使之然，若有鬼神主持其间者，此等文字，尚可谓之有意乎哉？文章一道，实实通神，非欺人语。千古奇文，非人为之，神为之、鬼为之也，人则鬼神所附者也。②"这里所说的"心"，即作者的意图，所说的"笔"，即实际的表达。李渔认为，这两者之间并不是完全一致的，有些表达，是作者意识到了的，而有些表达，则不一定是作者意识到了的。李渔对"心"、"笔"之间的关系进行了探讨，认为有三种：一种是作者所表达的都是他意识到了的；一种是作者所表达的他并没有完全意识到；另一种是作者所表达的他根本没有意识到。因此，他对金圣叹通过字句逆溯作者命意的做法持保留意见，认为不一定准确。这种思想是值得肯定的，且有一定的超前性，实际上暗合现代文艺理论中"形象大于思想"的命题。自然，"心"、"笔"关系还可能有第四种，即心至而笔不能至，也即《文心雕龙·神思》中所说的："方其搦翰，气倍辞前，暨乎篇成，半折心始。何则？意翻空而易奇，言徵实而难巧也。"③作者意识到了，但却无法表达出来。不过，李渔对"心"、"笔"关系的论述是在对金

---

① 杜书瀛评注：《闲情偶寄》，中华书局，2007 年，第 76 页。
② 李渔：《闲情偶寄·词曲部·格局第六·填词余论》，《李渔随笔全集》，巴蜀书社，2003 年，第 58 页。
③ 周振甫著：《文心雕龙今译》，中华书局，1988 年，第 248 页。

圣叹评《西厢记》的"密"与"拘"的评论的基础上生发出来的，因此，没有把"心"、"笔"关系的第四种类型包括在内是可以理解的。

最后，李渔探讨了作家创作中无意识的问题。在前面那段引文中，李渔提出了"心不欲然，而笔使之然"的情况，创作过程脱离了作家意识的控制。其实，作家的创作不光在"心不欲然而笔使之然"的情况下有脱离其意识控制的现象，在"心至笔亦至"等情况下，也有脱离其意识控制的现象，李渔对此也有一定的认识，前面所说的"梦往神游"实际上也就包括了创作过程与作家意识的脱离。其实，作者的"心"与"笔"并不是直接联系的，在两者之间，有一个广阔的中间地带，这个中间地带，是无意识活跃的地方。无意识常常渗入创作过程，影响甚至主宰创作结果，从而造成"心不欲然而笔使之然"的现象。这在一些著名作家如普希金、托尔斯泰等人的创作中经常出现。虽然李渔由于缺乏现代心理学知识，将其不恰当地归之于"鬼神"的作用，但他正确地认识到了这一现象并以比较精练的命题将其表达出来，是值得肯定的。

李渔强调叙事作品的通俗易懂，他认为："传奇不比文章。文章做与读书人看，故不怪其深；戏文做与读书人与不读书人同看，又与不读书妇人小儿同看，故贵浅不贵深。"①与此相联，李渔强调小说、戏曲的审美性与娱乐性。他在《风筝误·释疑》中曾经夫子自道，说明自己写作传奇的目的，就是要让观众从中得到愉悦："惟我填词不卖愁，一夫不笑是吾忧；举世尽成弥勒佛，度人秃笔始堪投。"②在与友人的信中，他自谦道："大约弟之诗文杂著，皆属笑资。以后向坊人购书，但有展阅数行而颐不疾解者，即属赝品。"甚至非文学作品，他也要求具有一定的可读性与趣味性："昨梁老向弟云，迩来多恶抱，昨得快书一种，才读数卷了，不觉沉郁顿开。弟问何书？答曰：即尊著《闲情偶寄》也。"③高兴、自豪之情跃动于字里行间。李渔强调小说、戏曲的

---

① 李渔：《闲情偶寄·词曲部·词采第二·忌填塞》，《李渔随笔全集》，巴蜀书社，2003 年，第 25 页。
② 《李渔全集》卷四，浙江古籍出版社，1992 年，第 203 页。
③ 李渔：《与韩子蘧》，《李渔随笔全集》，巴蜀书社，2003 年，第 486 页。

娱乐性和审美性，从消极的角度看，与他的文学商业化之路和媚众倾向有关；但从积极的方面看，则与他重视文学本身特性、重视普通民众在文学活动中的地位有关。李渔生活在市民社会之中，看到了对娱乐性的追求是读者阅读文学作品的重要原因。《古今笑》"始名《谭概》而问者廖廖，易名《古今笑》，而雅俗并嗜，购之惟恨不早，是人情畏谈而喜笑也明矣"①。中国古代文论主张文以载道，一直强调文学的教化功能，文学的审美娱乐特性被放在次要的地位。李渔强调文学的娱乐性与审美性，应该说是抓住了重点，与明清时期市民在文学活动中占据越来越重要的地位，和文学审美意识的自觉的总趋势是相符的。在这个意义上，他对叙事文学的娱乐性与审美性的强调是值得肯定的。

自然，作为受正统儒学思想影响极重的作家，李渔在强调文学的审美性与娱乐性的时候，也不会忽略文学的教化功能："传奇一书，昔人以代木铎，因愚夫愚妇识字知书者少，劝使为善，诚使勿恶，其道无由，故设此种文词，借优人说法，与大众齐听。谓善者如此收场，不善者如此结果，使人知所趋避，是药人寿世之方，救苦弭灾之具也。"② 戏曲（文学）扬善惩恶，教导民众做人的道理，从而达到教化的目的，在这一点上，李渔与前人没有什么区别。有区别的是，李渔认识到，文学达到其教化的目的，依靠的是它的受众面与审美性。他曾谈到妇女读书的问题，认为应该先教女子识字，识字之后，"不令读书而自解寻章觅句矣"。"乘其爱看之时，急觅传奇之有情节、小说之无破绽者，听其翻阅，则书非书也，不怒不威而引人登堂入室之明师也。其故维何？以传奇、小说所载之言，尽是常谈俗语，妇人阅之，若逢故物。譬如一句之中，共有十字，此女已识者七，未识者三，顺口念去，自然不差。是因已识之七字，可悟未识之三字，则此三字也者，非我教之，传奇、小说教之也。由此而机锋相触，自能曲喻旁通。"③

---

① 李渔：《古今笑史·序》，《李渔随笔全集》，巴蜀书社，2003 年，第 316 页。

② 李渔：《闲情偶寄·词曲部·结构第一·戒讽刺》，《李渔随笔全集》，巴蜀书社，2003 年，第 10—11 页。

③ 李渔：《闲情偶寄·声容部·习技第四·文艺》，《李渔随笔全集》，巴蜀书社，2003 年，第 124 页。

识字如此，明理白然也是如此。小说、戏曲通俗易懂，又有情节、故事，民众自然爱读。读的同时，书中的道理也就潜移默化地影响到读者的心灵。也正因为小说、戏曲有如此大的影响力，李渔反对"刻薄之流"借文学"报仇泄怨"。他告诫作家们说："凡作传奇者，先要涤去此种肺肠，务存忠厚之心，勿为残毒之事。以之报恩则可，以之报怨不可；以之劝善惩恶则可，以之欺善作恶则不可。"①这与梁启超在1915年《告小说家》中告诫作家们要意识到自己的责任重大，要用小说为人类"造福"，不能用小说"造孽"，有异曲同工之妙。②

小说、戏曲既通俗易懂，可读性强，受读者喜爱，又有巨大的教化功能，有如此大的作用，因此，李渔大声疾呼，要求提高戏曲、小说的地位，也就顺理成章。"填词非末技，乃与史传诗文同源而异派者也。"③ "施耐庵之《水浒传》，王实甫之《西厢记》，世人尽做戏文小说看，金圣叹特标其名曰'五才子书'、'六才子书'者，其意何居？盖愤天下之小视其道，不知为古今来绝大文章，故作此等惊人语以标其目。噫，知言哉！"④李渔先从正面说明戏曲小说与诗文同源同派，地位应该一样。再从侧面例举金圣叹对《水浒传》、《西厢记》的评论。虽然他认为金圣叹此举有故意高标的意图，但无疑他对此是持肯定态度的。中国古代一直重视诗词、史传与论说性质的文章，对小说、戏曲等虚构性的叙事文学则不够重视。从明代开始，以小说、戏曲等为代表的叙事文学逐渐受到人们重视。李渔再次肯定小说、戏曲的作用与地位，实际上也是对传统轻视虚构性叙事文学的观念的反拨。

如果将李渔与梁启超作一比较，我们便会发现，梁启超也是先论述小说通俗易懂，为民众所喜爱，然后再论述小说因此也具有巨大的影响力，在此基础上再提出小说是文学最上乘，要求提

---

① 李渔：《闲情偶寄·词曲部·结构第一·戒讽刺》，《李渔随笔全集》，巴蜀书社，2003年，第11页。

② 参看梁启超：《告小说家》，载陈平原、夏晓虹编：《二十世纪中国小说资料》（第一卷），北京大学出版社，1997年。

③ 李渔：《闲情偶寄·词曲部·结构第一》，《李渔随笔全集》，巴蜀书社，2003年，第8页。

④ 李渔：《闲情偶寄·词曲部·词采第二·忌填塞》，《李渔随笔全集》，巴蜀书社，2003年，第25页。

高小说的地位，其论证思路实际上与李渔是一样的。

三、李渔论叙事结构

李渔的一生都是以叙事文学为主轴进行活动的。他兴趣广泛，诗词歌赋、花卉园艺、饮食养生门门涉猎、样样精通，但其成就最大的还是戏曲与小说。李渔是一个当行的演出实践家，自称为"曲中之老奴，歌中之黠婢"①，但在他的戏曲活动中，占主导的仍是剧本创作，他终生都在创作剧本，而演出实践只有短短的 5 年。戏曲是一种复杂的文艺活动，既有舞台演出，又有剧本创作。作为一个当行的批评家，李渔不轻视舞台演出，但相对而言，他更重视剧本的创作。在《闲情偶寄·演习部》中，李渔提出"选剧第一"，认为"演习之工而首重选剧"，如果所选剧本不佳，"则主人之心血，歌者之精神，皆施于无用之地。使观者口虽赞叹，心实咨嗟，何如择术务精，使人心口皆之为得也"。他批评"方今贵戚通侯，恶谈杂技，单重声音，可谓雅入深致，崇尚得宜者矣。所可惜者：演剧之人美，而所演之剧难称尽美；崇雅之念真，而所崇之雅未必果真"②。剧本为一剧之本、戏曲演出的依据，戏曲中的其他要素如演员的唱念做打做得再好，如果所表现的内容缺乏价值，演员的演出也就没有至少是减损了价值。因此，戏曲演出首先要选择好剧本。而好剧本不是从天而降的，需要剧作家艰辛的努力。这样，剧本的创作便提到了重要的位置。从某种意义上说，重视剧本，无疑是重视戏曲活动中的文学因素。

而在剧本中，李渔则将结构放在第一位。他的《闲情偶寄》，"词曲部"摆在最前面，而在"词曲部"中，"结构"又放在首位。他宣称："填词首重音律，而予独先结构……结构二字，则在引商刻羽之先，拈韵抽毫之始。……工匠之建宅亦然。基址初平，间架未立，先筹何处建厅，何方开户，栋需何木，梁需何材，必俟成局了然，始可挥斥运斧。倘造成一架而后再筹一架，

---

① 李渔：《闲情偶寄·演习部·授曲第三》，杜书瀛评注，中华书局，2007 年，第 114 页。

② 李渔：《闲情偶寄·演习部·选剧第一》，杜书瀛评注，中华书局，2007 年，第 100 页。

则便于前者，不便于后，势必改而就之，未成先毁，犹之筑舍道旁，兼数宅之匠资，不足供一厅一堂之用矣。故作传奇者，不宜卒急拈毫，袖手于前，始能疾书于后。有奇事，方有奇文，未有命题不佳，而能出其锦心、扬为绣口者也。尝读时髦所撰，惜其惨淡经营，用心良苦，而不得被管弦、副优孟者，非审音协律之难，而结构全部规模之未善也。"①

戏曲剧本，既是戏曲演出的蓝本，同时本身亦可作为文学作品供人阅读。音律与结构，则是戏曲剧本的两大要素，相对而言，结构更多地属于叙事文学的范围，音律则更多地属于舞台演出的范围。李渔将戏曲结构放在首位，认为结构是决定戏曲成败的关键，比音律等其他要素更为重要。结构不好，即使用心良苦地将剧本创作出来，也不一定能够在舞台上演出。这样，李渔就把结构放在了戏曲活动的首要位置。

粗略地说，李渔的结构就是广义的构架，是作品其他要素依附的基础。结构立起来了，作品的其他因素才有取舍的标准，也才能各就其位。具体地说，李渔的结构大致包括三个方面的含义。

第一层含义指叙事作品的整体构思、全盘规划。李渔认为，文学创作之先，要先把握、构思全局："如造物之赋形，当其精血初凝，胞胎未就，先为制定全形，使点血而具五官百骸之势。倘先无成局，而由顶及踵，逐段滋生，则人之一身，当有无数断续之痕，而血气为之中阻矣。"②也就是说，文学创作之前，作者就应对自己的作品有一个全面的规划和整体的把握，这样，动笔之后，才能各方协调，思路不致阻滞，不做无用之工。正是在此意义上，他强调创作剧本时"不宜卒急拈毫，袖手于前，始能疾书于后"。所谓"袖手于前"，也就是说在创作之前，先应构思，对整部作品成竹在胸之后，写起来才能得心应手。这就像工匠建宅，必须对房屋有了整体规划之后，才能开始工作，否则，必然边建边改，事倍功半。

---

① 李渔：《闲情偶寄·词曲部上·结构第一》，杜书瀛评注，中华书局，2007年，第7页。

② 李渔：《闲情偶寄·词曲部上·结构第一》，杜书瀛评注，中华书局，2007年，第7页。

李渔对剧本的构思提出了一系列的要求。

其一，是"戒讽刺"。李渔的"讽刺"不是一般意义上的讽刺，而是指借文学作品"报仇泄怨"，达到个人不正当的目的："心之所喜者，处以生旦之位，意之所怒者，变以净丑之形，且举千百年未闻之丑行，幻设而加于一人之身。"李渔看到了文学巨大的社会作用，认为笔与刀一样，"皆杀人之具"，[①] 而且以笔杀人之痛，比刀更为持久，且可延之后世。因此要求作者修养文德，创作之时持心以正，扬善惩恶，对观众读者施以正面、积极的影响；而不要将文学作品作为泄私愤的工具，对观众读者施以负面的影响。

其二，是"脱窠臼"。李渔主张创新："新也者，天下事物之美称也。而文章一道，较之他物，尤加倍焉。戛戛呼陈言务去，求新之谓也。"、"窠臼不脱，难语填词。"李渔的"新"，指的是已存的作品中没有的情节、事件。"是以填词之家，务解'传奇'二字。欲为此剧，先问古今院本中，曾有此等情节与否，如其未有，则急急传之，否则枉费辛勤，徒作效颦之妇。"[②]自然，李渔要求"脱窠臼"，也不是不要传统。在"格局第六"中，李渔批评"近日传奇，一味趋新，无论可变者变，即断断当仍者，亦加改窜，以示新奇"[③]。他认为这种做法是不好的。不过在"格局第六"中，李渔所说的格局指的是戏曲的结构程式，在这方面，李渔比较尊重传统，有一定的保守性。而在"脱窠臼"中，李渔要求创新的主要是情节与事件。细细品味，这里仍有一定的区别，需要辩证地看。总的来说，李渔强调的是在继承的基础上的创新，但在情节、事件方面，他更强调创新的一面，而在结构程式方面，他更强调继承的一面，戏曲、小说皆然。

其三，是"戒荒唐"。"戒荒唐"与"脱窠臼"是相辅相成的。"脱窠臼"强调创新，道前人所未道。"戒荒唐"则指出，这种创新并不是要写一些"荒唐怪异"、"魑魅魍魉"的荒诞的东

---

① 李渔：《闲情偶寄·词曲部上·结构第一·立主脑》，杜书瀛评注，中华书局，2007 年，第 15 页。

② 李渔：《闲情偶寄·词曲部上·结构第一·脱窠臼》，杜书瀛评注，中华书局，2007 年，第 17 页、第 18 页。

③ 李渔：《闲情偶寄·词曲部上·格局第六》，杜书瀛评注，中华书局，2007 年，第 90 页。

西，而是要在"人情物理"、"家常日用之事"中发掘所未见的内容。他批评"家常日用之事，已被前人做尽"的观点，指出"世间奇事无多，常事为多；物理易尽，人情难尽"，认为"前人已见之事，尽有摹写未尽之情，描画不全之态。若能设身处地，伐隐攻微，彼泉下之人，自能效灵于我，授以生花之笔，假以蕴绣之肠，制为杂剧，使人但赏极新极艳之词，而意忘其为极腐极陈之事者"①。也就是说，已有的事件，即便曾被人写过，也仍有一些未曾披露的内涵，只要善于发掘，仍能写出新意。结合"脱窠臼"中的主张一起理解，李渔的观点是比较全面、辩证的。

其四，是"审虚实"。文学需要虚构，但中国古代文学又有崇真的传统。文学作品是写实还是虚构，这也是构思时就需要考虑的问题。李渔提出"传奇无实，大半皆寓言"，认为文学创作应以虚构为主，为文学创作提供了广阔的天地。此问题在本节第二部分已经作了比较详细的讨论，此处不再展开。

应该注意的是，李渔的上述主张虽然主要是针对整体构思与全盘规划而言的，但也牵涉了具体的创作过程。换句话说，只有在整体构思与创作过程中都遵循了这些主张，这些主张才能取得良好的效果。

结构的第二层含义指作品的主题，也即李渔说的"主脑"。它包括两个方面，一是作品的主旨，一是作品的题材。两者是相辅相成的，主旨决定着题材的选择，而题材的选择又体现着作品的主旨。

李渔认为："古人作文一篇，定有一篇之主脑。主脑非他，即作者立言之本意也。"②这里的"本意"，也就是作者的意图、主旨。主旨是作家创作想要达到的目的、希望表达的思想和情感，是作品成功的关键之一。一部作品如果主旨不好，其他方面写得再好，也很难成为优秀作品。因此李渔认为"未有命题不佳，而能出其锦心、扬为绣口者也"，这里的"命题"，也即主旨之意。主旨不佳，作品的价值就大打折扣，其他方面如文字、情

---

① 李渔：《闲情偶寄·词曲部上·结构第一·戒荒唐》，杜书瀛评注，中华书局，2007年，第25页。

② 李渔：《闲情偶寄·词曲部上·结构第一·立主脑》，杜书瀛评注，中华书局，2007年，第15页。

节再好，作品也很难成功。

另一方面，李渔认为，一部剧本，要涉及很多人物，一个人物有许多事迹。但在这些人物中，只能有一个主要人物，而在这个人物身上，又只能有一件事是为主的。"此一人一事，即作传奇之主脑也。"其他人、事，都是从属、服务于这一人一事的。"如一部《琵琶》，止为蔡伯喈一人，而蔡伯喈一人又止为'重婚牛府'一事，其余枝节皆从此一事而生。"①蔡伯喈的"重婚牛府"在剧中的矛盾冲突中起着枢纽的作用，从结构上看，是全剧的关键性事件，剧中的其他事件都是通过它联系或引申出来的。李渔的"一人一事"实际上也就是作品的主要题材，是主题另一层次上的含义。立定了主旨，确定了题材，作品的"主脑"也就确定了。

为了做到"一人一事"，李渔提出"减头绪"的主张。所谓"减头绪"，有剧本表达的思想要简练、集中的意思，但主要强调的还是围绕主旨，突出重点，去掉与主线无关的枝节。李渔认为："头绪繁多，传之大病也。《荆》、《刘》、《拜》、《杀》②之得传于后，止为一线到底，并无旁见侧出之情。"一根主线贯穿到底，不仅便于剧情的组织安排，更重要的是，便于观众把握剧情，理解剧意。"三尺童子观演此剧，皆能了了于心，便便于口，以其始终无二事，贯串只一人也。"戏曲是一次性的艺术，不能像小说一样反复翻看。而当时的观众大多不识字，即便识字，也不一定能在演出前看到剧本，把握动辄几十出的传奇主要只能靠观看演出，头绪太繁，观众很难把握。另一方面，当时戏场的角色有限，"便换千百个姓名，也只此数人装扮"，人物设置太多，反而增加混乱，使观众无法把握。不如少设一点人物，使角色只扮数人，"使之频上频下，易其事而不易其人"，③这样反而能够收到好的效果。

由此可见，李渔"一人一事"的主张与当时舞台演出的条件

　　① 李渔：《闲情偶寄·词曲部上·结构第一·立主脑》，杜书瀛评注，中华书局，2007 年，第 15 页。
　　② 分别指《荆钗记》、《刘知远》、《拜月亭》、《杀狗记》等四剧。
　　③ 李渔：《闲情偶寄·词曲部上·结构第一·减头绪》，杜书瀛评注，中华书局，2007 年，第 23 页。

与特点是有关系的，主要是针对戏曲剧本而言的。但这种创作主张一旦形成，便不仅影响着他的戏曲创作，也影响着他的小说创作。在自己的小说创作中，李渔实际上也是严格遵循着"一人一事"的原则的。《无声戏》、《十二楼》中的小说自不必说，即便其长篇小说也是如此。如《合锦回文传》主要写梁栋材与桑梦兰爱情上的悲欢离合，主要人物是梁栋材，主要事件则是分为两半的一幅回文锦。据信为李渔所写的《肉蒲团》的主要人物是未央生，主要事件则是他从追求男女欢情到看破红尘出家为僧。

"一人一事"使叙事作品线索清晰，结构严谨。但也影响了李渔作品表达的生活面，使李渔无法创作出视野宏阔、结构复杂的史诗性作品。

结构的第三层含义指作品的谋篇布局。中国古代作家与批评家一直重视作品的谋篇布局，这也是"结构"一词在古代批评中通常的含义。李渔认为："编戏有如缝衣，其初则以完全者剪碎，其后又以剪碎者凑成。剪碎易，凑成难。"[①]文学作品不能照搬生活，必然要对生活进行选择、补充、变更，然后再将这些"剪碎"的材料，经过作家的创作，构成一部新的作品。这部作品必须是有机完整的，具有内在自足性。这就对作品的结构提出了很高的要求。好的文学作品，结构应该具有整体性与严谨性。

整体性一方面指作品结构的完整，一方面指部分与整体的相谐，部分服从整体。古代戏文一般很长，因为时间的原因，人们有时只演出其中的一部分，李渔不赞成这种做法："予尝谓好戏若逢贵客，必受腰斩之刑。虽属谑言，然实事也。与其长而不终，无宁短而有尾，故作传奇付优人，必先示以可长可短之法：取其情节可省之数折，另作暗号记之，遇清闲无事之人，则增人全演，否则拔而去之。此法是人皆知，在梨园亦乐于为此。但不知减省之中又有增益之法，使所省数折，虽去若存，而无断文截角之患者，则在秉笔之人略加之意而已。"或者，干脆在原本的基础上"另编十折一本，或十二折一本之新剧，以备应付忙人之

---

① 李渔：《闲情偶寄·词曲部上·结构第一·密针线》，杜书瀛评注，中华书局，2007年，第20页。

用".①

　　李渔宁愿删去剧中不重要的部分，甚至重编新剧，也不愿"腰斩"剧本或者只演出其中几折，主要原因就在于"腰斩"或"选折"破坏了剧本的整体性，从而不能完整地表达出作者的整体构思，达不到应有的效果。②同时，在去掉剧中的部分内容之后，李渔又要求创作者做一定的加工，使去掉的部分"虽去若存"，不影响剧本的完整性，不给人不连贯的感觉。这仍是从整体性的角度考虑。李渔认为："文章一道，结构全体难，敷陈零段易。唐宋八大家之文，全以气魄胜人，不必句栉字篦，一望而知名作。以其先有成局，而后修饰词华，故粗览细观同一致也。若夫间架未立，才自笔生，由前幅而生中幅，由中幅而生后幅，是谓以文作文，亦是水到渠成之妙境；然但可近视，不耐远观，远观则襞裣缝纫之痕出矣。"③以文作文之文就部分看，也可能出精妙之作，但就整体看，却不可能成为好文章，原因就在于文章缺乏整体性，部分之间不相协调，流露出斧凿之痕。

　　部分效果再好，整体效果不行，仍不能成为好的文章。上面这段引文，已经含有部分服从整体的思想。部分应该成为整体的一个有机组成部分，这是李渔一贯坚持的观点。另一方面，整体没有确定，部分也很难写好。比如传奇中的"家门"，"虽云为字不多，然非结构已完、胸有成竹者，不能措手"。这是因为，"家门"怎样写，是由整个剧本的内容决定的，有如画龙点睛，龙画到最后，才把睛点上去。"非故迟之，欲俟全像告成，其身向左则目宜左视，其身向右则目宜右观，俯仰低徊，皆从身转，非可预为计也。"④整体出来了，部分才能最终确定。这是部分服从整

---

　　①　李渔：《闲情偶寄·演习部·变调第二·缩长为短》，杜书瀛评注，中华书局，2007年，第106－107页。

　　②　李渔的这一主张与后来中国剧坛盛行的折子戏似乎相反。但李渔强调的是剧本的完整，而折子戏突出的则是演艺，观众欣赏的主要是演员的演出，而且，由于经常演出，折子戏前后的剧情，一般观众也大都了解。相比而言，李渔的主张更偏重文学方面。

　　③　李渔：《闲情偶寄·居室部·山石第五·大山》，杜书瀛评注，中华书局，2007年，第207页。

　　④　李渔：《闲情偶寄·词曲部下·格局第六·家门》，杜书瀛评注，中华书局，2007年，第91页。

体的另一层意思。①

严谨性指作品结构严密整一，各个部分互相联系，构成一个有机的整体。严谨性的最低要求是作品没有自相矛盾之处。李渔认为，传奇由于篇幅长，容易出现"前是后非，有呼不应，自相矛盾之病"。作家应该尽力避免，要像《水浒传》那样，虽然篇幅长大，却"寻不出纤毫渗漏者"。②严谨性的最高要求是整部作品一气呵成，浑然天成。李渔赞扬《三国演义》"行文如九曲黄河，一泻直下，起结虽有不齐，而章法居然井秩"③。他曾替朋友修改文章，但修改之后，很不满意，认为是"索瘢西子之面，着粪如来之顶，无益本来，徒自增其罪过，惟听材择可耳。以渔视之，即使补缀有当，终不若仍旧贯之为一气呵成"④。李渔这样说也许有自谦的成分，但在本质上是他自己的真实想法，修改别人的文章很难在各个方面都与原作协调一致，即使是修改成功，也很难达到"一气呵成"这种结构上的最高境界。

要使作品结构严谨，整体的构思、"立主脑"等都是必不可少的方面，在具体的结构方法上，李渔则提出了"密针线"的主张："凑成之工，全在针线紧密。一节偶疏，全篇之破绽出矣。"⑤要想结构严谨，全在针线紧密。"密针线"主要指情节、事件、人物之间的照应、联系。"每编一折，必须前顾数折，后顾数折。顾前者，欲其照映，顾后者，便于埋伏。照映埋伏，不止照映一人、埋伏一事，凡是此剧中有名之人、关涉之事，与前此后此所说之话，节节俱要想到，宁使想到而不用，勿使有用而忽之。"⑥

---

① 金圣叹也强调作品结构的整体性，但含义与李渔的有所不同。金圣叹主要是从有机整一的角度谈结构的整体性的，相比而言，李渔的整体性的内涵要丰富一些。参看本章第一节第五部分"金圣叹论叙事话语"。

② 李渔：《闲情偶寄·词曲部下·宾白第四·时防漏孔》，杜书瀛评注，第85页。

③ 李渔：《三国志演义·序》，《李渔随笔全集》，艾舒仁编，冉云飞校点，巴蜀书社，2003年，第341页。

④ 李渔：《复陈大司成》，《李渔随笔全集》，艾舒仁编，冉云飞校点，巴蜀书社，2003年，第447页。

⑤ 李渔：《闲情偶寄·词曲部上·结构第一·密针线》，杜书瀛评注，中华书局，2007年，第20页。

⑥ 李渔：《闲情偶寄·词曲部上·结构第一·密针线》，杜书瀛评注，中华书局，2007年，第20页。

李渔的"照映埋伏"有现在结构论中伏笔照应的含义。如《巧团圆》一剧，姚克承与曹小姐的婚姻由一把玉尺相联系。在剧本开始，姚克承曾梦登一小楼，一老人谓此玉尺与他的婚姻有关。后来姚克承将此玉尺赠给曹小姐，后又凭此玉尺将被乱军装在麻袋中出卖的曹小姐买回，最后两人又终因玉尺而结为夫妻。剧本虽然充满巧合，但由于有玉尺前后照应，并不使人觉得牵强。不过，李渔的"照映埋伏"又不仅仅指结构上的伏笔照应，它还含有情节、事件、人物之间相互协调、互相照应的意思。李渔曾批评《琵琶记》中赵五娘剪发一事，认为没有顾及到张大公这一人物，有关文字"并无一字照管大公，且若有心讥刺者"①。这有损急公好义的张大公的形象，也不符合五娘的性格，是剧本的一个瑕疵。因此，李渔要求作者创作时要瞻前顾后，把每一细节都考虑清楚，以免出现结构上的疏漏。

此外，李渔提倡与运用的结构方法还有线索的清晰、结构的紧凑和构架的匀称。

线索清晰与结构紧凑与李渔"立主脑"、"一人一事"的结构原则有着密切的关系，是这一原则在结构上的具体体现。线索清晰故事便能井然有序，即使内容丰富也能杂而不乱，结构紧凑则使事件、人物联系紧密，少出漏洞。李渔的剧本、小说大都以一组人物和一条矛盾冲突线索贯穿始终，结构紧凑集中。如《无声戏》中的《美男子避惑反生疑》，整篇小说以赵玉吾与儿媳何氏、蒋瑜与未婚妻陆小姐以及知府一组人物为核心，以一个扇坠为贯穿线索结构故事。赵玉吾送给儿媳一个扇坠，扇坠被老鼠拖到隔壁的蒋瑜家，知府以此断定蒋瑜与何氏有私情。赵玉吾让儿子与何氏离婚，故意将因嫌蒋瑜贫穷早有悔婚之意的蒋瑜的未婚妻陆小姐娶为儿媳。后真相大白，知府还了蒋瑜清白，并把已经离婚的何氏配给蒋瑜。整篇小说一环套一环，线索清楚，结构紧凑。

构架匀称指结构的均衡、对称。但匀称、对称又不意味着死板，而是匀称中有变化，对称中有灵动。李渔不仅是一个文学家，也是一个建筑师、园艺家，深谙艺术中的均衡、对称与变化

---

① 李渔：《闲情偶寄·词曲部上·结构第一·密针线》，杜书瀛评注，中华书局，2007年，第20页。

原则。李渔吸收建筑、园艺的美学原则，运用到自己的文学创作中，使自己的作品在谋篇布局上均衡、匀称而又富于变化。如他的剧本《风筝误》，写了戚友先的放风筝，又写韩世勋的放风筝；写了詹烈侯与掀天大王的交战，又写韩世勋与掀天大王的交战；写了韩世勋假冒戚友先题诗，又写詹爱娟假冒詹淑娟相会；写了戚友先的大闹洞房，又写韩世勋的大闹洞房。但这些情节虽然相似，却不雷同，在这些相似的重复之中，情节得到了推进，人物性格在对比中得到了更加鲜明的表现。再如小说《丑郎君怕娇偏得艳》，写阙里侯连娶三妻，但三妻都因嫌他丑陋，身有恶臭，不肯与他同房。最后第三个妻子吴氏想出三人轮流陪睡，同房不同床，只在要紧的一刻在一起的主意，大家才相安无事。最后儿子中举，阙里侯活到八十岁。作者刻意在重复中求变化，在相似的情景中写出不同的情由，写出人物的不同的性格，表达出自己美妻配丑夫是理之常、处常则应相安的思想（这一思想是否值得肯定姑且不论）。

应该指出的是，李渔对于结构的讨论主要是从戏曲创作的角度进行的，但实际上，李渔的结构思想具有一定的普遍性，不仅适用于戏曲创作，也适用整个叙事文学的创作。李渔的小说创作就贯彻了他的这些思想。现在看来，李渔的叙事结构思想有其不完善、片面的地方，但在当时，却代表了叙事结构特别是戏曲结构思想的最高成就，产生了积极的影响，是值得重视的。

四、李渔论叙事情节和叙事语言

李渔关于叙事情节的论述有些内容是与其结构思想相联系的，本节在讨论其叙事情节观的时候，前面涉及了的内容不再涉及。另一方面，李渔对于文学语言特别是戏曲语言的论述内容十分丰富，本节只涉及其中与叙事相关的内容。两个部分的内容相对而言比较单薄，因此本节将其放在一起进行论述。

1. 叙事情节

由于强调"一人一事"，李渔的戏曲与小说情节都比较单纯，往往是一条线索贯穿到底，没有很多的旁枝斜逸。这在一定程度上限制了李渔小说、戏曲结构的复杂性，使他的小说、戏曲在情节的多样与结构的复杂方面无法与《红楼梦》或莎士比亚的戏剧相比。但是弱点与长处往往是相辅相成的，李渔限制了叙事情节的复杂与多样，却突出了它的新奇与曲折，从某个角度受到了影响的艺术表现力，在另一个角度又得到了补偿。李渔的小说、戏曲的情节仍然具有自己的特色与魅力，值得我们探讨。

从某种意义上说，"新奇"是李渔对整个艺术活动甚至生活的基本要求与特色。他曾自陈，自己"性又不喜雷同，好为矫异"①，喜欢独出心裁，自为匠心。如在论词的时候，他强调"文字莫不贵新，而词为尤甚，不新可以不作"，②创造园亭，则要求"因地制宜，不拘成见，一榱一角，必令出自己裁"，③而最需独创性的小说、戏曲，当然更是如此。在讨论小说、戏曲的情节时，李渔反复强调"新奇"二字，他认为："古人呼剧本为'传奇'，因其事甚奇特，未经人见而传之，是以得名，可见非奇不传。'新'即'奇'之别名也。若此等情节业已见之戏场，则千人共见，万人共见，绝无奇也，焉用传之，是以填词之家，务解'传奇'二字。"④小说是"无声戏"，情节自然也要新奇。李渔赞扬《三国演义》，一个重要原因，是在所有奇书中："奇又莫奇于《三国》矣。……或曰：凡自周秦而上，汉唐而下，依史以演义者，无不于《三国》相仿，何独奇乎《三国》？曰，三国者乃古今争天下之一大奇局，而演三国者，又古今为小说之一大奇手也。异代之争天下，其事较平，取其事以为传，其手又较庸，故迥不得与《三国》并也。吾尝见三国争天下之局，而叹天运之变化，真有所莫测也。"⑤ 三国之事奇，而作者的惨淡经营，更使其奇上加奇，《三国》由此成为奇书中的奇书。

李渔的"新奇"有新颖奇特的意思。他要求剧作家创作时，首先要"问古今院本中，曾有此等情节与否，如其未有，则急急

---

① 李渔：《闲情偶寄·居室部·房舍第一》，《李渔随笔全集》，巴蜀书社，2003年，第134页。

② 李渔：《窥词管见·第五则》，《李渔随笔全集》，巴蜀书社，2003年，第650页。

③ 李渔：《闲情偶寄·居室部·房舍第一》，《李渔随笔全集》，巴蜀书社，2003年，第134页。

④ 李渔：《闲情偶寄·词曲部·结构第一·脱窠臼》，《李渔随笔全集》，巴蜀书社，2003年，第14页。

⑤ 李渔：《三国演义·序》，《李渔随笔全集》，巴蜀书社，2003年，第342页。

传之，否则枉费辛勤，徒作效颦之妇"①。换句话说，作品的情节、事件必须是别的作家、作品没有接触过的。李渔小说、戏曲的情节往往具有新奇的特点。如他的小说集《十二楼》，十二个故事，每个故事都选择了一个新奇的情节，如《合影楼》写一姨表姐弟因见水中倒影而生情；《夺锦楼》写一对夫妇各将两个女儿许给别人，因互不相让打起官司，评审官判夫妇两人的许婚都无效，另举考试为两个女儿官媒择婿，结果两个女儿嫁给了同一生员；《夏宜楼》写一青年凭着一架当时还很少见的望远镜而料事如神，终于娶到了自己心仪的女子。这些小说每篇都写了一件新奇的事件，小说的情节围绕这一事件展开，给人耳目一新之感。

李渔"新奇"的另一层意思是曲折多变。情节曲折多变，常常出人意料，细细想来，却又在情理之中，自然也能给人新奇之感。李渔认为，故事情节的发展要有波折，"不贵一直去"，他把这种情节安排方法称为"文字荡漾法"。②他称赞《三国》为奇书中之奇书，不仅因为其事奇，也因为"作演义者，以文章之奇而传其事之奇，而且无所事于穿凿，第贯穿其事实，错综其始末，而已无不奇"。《三国演义》不仅事奇，而且叙述文字也很奇，叙事者"错综"事件，使情节曲折起伏，因而李渔才称《三国》是天下"第一奇书"。③李渔自己的戏曲、小说，善用悬念、伏笔、误会、巧合，情节极尽曲折之能事。如他的《风筝误》，戚友先放风筝，风筝落在詹淑娟的院子里，上面有韩世勋的诗。詹淑娟在母亲的鼓励下续了一首诗。韩世勋看中了詹淑娟的才貌，再在风筝上题诗表明心迹，谁知风筝却落在詹爱娟手中。詹爱娟乘此机会约韩世勋相会，但她的丑陋和不检点却吓跑了韩。后韩在戚补臣的安排下被迫与詹淑娟成亲，他以为詹淑娟就是那晚与他约会的詹爱娟，因而大闹洞房。最后真相大白，两人喜结良缘。这主要是靠误会和巧合造成情节的曲折。《十二楼》中的《三与楼》则主要靠伏笔与悬念造成情节的曲折。虞素臣因家贫将自己精心所建的"三与楼"卖给一直觊觎着它的土财主唐玉川。在卖房之前，虞的一个朋友来住了一晚，走时告诉虞说晚上看见一白老鼠走来走去，是财星出现的征兆。虞素臣去世后，他的儿子虞嗣臣得了科名，做了京官。后从唐玉川孙媳口中得知，唐玉川因贪婪过度，死后遭人诉讼，又被人告发窝有强盗赃银，因而她的丈夫被抓入狱。后真相大白，那所谓赃银是那晚借宿的朋友事先藏在楼板下的，目的是想帮助虞素臣，因而只说有白鼠出现，想要虞素臣挖出来，以救燃眉之急。谁想虞不信迷信，没有挖掘。那朋友不愿看到唐玉川父子既乘人之危占了楼，又白得藏金，因而投匿名状说他私藏贼金。事情至此真相大白，唐玉川的孙子出狱，"三与楼"重归虞嗣臣所有。

情节新奇容易引人入胜，但一味追求新奇也容易走上歧途，导致内容上荒诞无稽，情节上牵强附会。李渔认识到这种危险，他提出从日常生活中求新、在普通事件中出奇的主张，"既出寻常视听之外，又在人情物理之中，奇莫奇于此矣"①。情节的新奇不在于追求怪诞，而是要在平常题材中翻出新意，既在人们意料之外，又在自然社会的情理之中。传奇应该出自自然，"新而妥，奇而确。妥与确，总不越一理字"②。所谓"新而妥，奇而确"，也就是要求传奇的情节在新奇的同时遵循社会与自然的常识和规律，符合人们的思想感情。③如《琵琶记》中，蔡伯喈"身赘相府，享尽荣华，不能自遣一仆，而附家报于路人；赵五娘千里寻夫，只身无伴，未审果能全节与否，其谁证之？诸如此类，皆背理妨伦之甚者"④。李渔认为，这些情节都不符合生活的逻辑，不符合人们的常识，因而应该修改。

总的来看，李渔要求在日常生活中挖掘新颖奇特的部分与内涵，在自然的前提下构建曲折多变的情节。在创作实践中，李渔的小说与戏曲大都做到了这一点。因此，李渔对于情节新奇的要

---

① 李渔：《香草吟传奇》，《李渔随笔全集》，巴蜀书社，2003 年，第 335 页。

② 李渔：《窥词管见》，《李渔随笔全集》，巴蜀书社，2003 年，第 651 页。

③ 关于这一点笔者已在本章第三节讨论结构的第一层含义时作了比较详细的阐述，请参阅。

④ 李渔：《闲情偶寄·词曲部·结构第一·密针线》，《李渔随笔全集》，巴蜀书社，2003 年，第 15 页。

求总起来看是值得肯定的。但过分重视情节的新奇也有一定的消极作用。它使作家过分注意生活中新颖奇特的方面，而忽略了生活中深厚的内容。批评家常常批评李渔的作品对于生活的广度与深度的挖掘不够，这与他强调"新奇"应该有一定的关系。另一方面，李渔强调新奇，但他还能抓住新奇的生活基础，使之符合自然。而那些李渔的追随者、受其影响的人们则难免画虎类犬，抓了新奇，丢了生活，使新奇走向荒诞。

情节与结构有密切的联系。从某个角度看，情节可以说是事件的连续，结构是事件的安排与组合。李渔结构观中的一些主张、特点与思想也体现到他的情节观中，最重要的就是其"密针线"的主张。密针线不仅是李渔结构观的重要内容，也是其情节观的主要原则。李渔的小说、戏曲的情节虽然新颖奇特、曲折多变，但却线索清楚，伏笔照应，衔接严密。①如他的小说集《无声戏》第四回"失千金福因祸至"。小说写一个叫杨百万的人会看相，认定一个叫秦世良的书生将大福大贵，便借他五百两银子让他做生意。可是秦世良第一次出海，所携绸缎就全被强盗抢走，五百两银子分文未留。杨百万再借他五百两银子。但秦运气不佳。先是一个主人被军门羁押的仆人偷走了其中的三百两。后又因为其结义兄弟秦世芳的二百两银子被人偷走，众人都怀疑是他偷的，他只好赔了剩下的二百两，回家后教馆为生。由此留下四个悬念。后来秦世芳做生意发了财，发现自己准备的二百两银子放在家中忘了带走，自己做生意的本钱原是秦世良的，于是，将自己赚的钱分了他一半。偷他三百钱银子的仆人的主人后来做了秦世良所在县的知县，对他颇多关照。抢他五百两银子货物的强盗后来做了朝鲜国的驸马，为了报答，花十倍的价钱买了他与秦世芳的货物。秦世良由此大发，娶了杨百万新寡的女儿。杨百万的预言成真。小说以四个悬念为中心，四个悬念破解，小说也就结束，情节曲折而又紧凑。

在文学批评史上，李渔是古代少有的高度重视读者与观众的批评家中的一个。他强调文学作品的娱乐功能，认为观众阅读文学作品、走进戏场是寻开心的，没必要弄得他们心情沉重，或者

明清近代叙事思想

① 参看本节第三部分"结构的第三层含义"。

哭哭啼啼。这影响到他的情节观。在事件的选择上，李渔喜欢选用日常生活中具有喜剧因素的题材，在情节的组织上，李渔又往往突出其中的喜剧成分，虚化其中的悲剧因素，小说、戏曲往往以大团圆结尾。这样，又形成了李渔作品情节的另一个特点——喜剧性。

2. 叙事语言

语言是文学作品的重要组成部分，在文学中起着举足轻重的作用。明清之前，中国古代文学以诗词为主，重视语言的典雅、凝练，强调语言的抒情性。所谓"为人性僻耽佳句，语不惊人死不休"（杜甫），"吟安一个字，拈断数茎须"（卢延让），"爱好由来落笔难，一诗千改始心安"（袁枚），强调的都是炼字炼句。白居易等人发起的"新乐府"运动，要求诗歌"明白如话"、"老妪能解"。但很显然，这些主张在当时的文学语言论中没有占到主导地位。文学语言过分追求典雅、凝练和抒情不大适合叙事文学的发展。这倒不是说叙事文学的语言不要典雅、凝练和抒情，而是说过于强调语言的这一方面会影响叙事的进行。因为与抒情文学不同，叙事文学强调表现与表现对象的一致性，强调逼真生活，过分追求典雅、凝练、抒情必然会影响这种一致与逼真，对于起源于民间、消费者主要是城市市民的明清小说、戏曲来说更是如此。作为小说、戏曲的创作者与批评者的李渔很清楚地认识到了这一点，在对语言的相关论述中，他有意识地对传统语言观进行修正，提出了新的有自己的特色的语言观念，主要是强调语言中的叙事因素，要求语言逼真地表现生活，为民众服务。具体表现在如下几个方面：

首先，李渔改变了过去的戏曲过分重视唱词而忽视宾白的传统，强调宾白的重要性："自来作传奇者，止重填词，视宾白为末着，常有'白雪阳春'其调，而'巴人下里'其言者，予窃怪之。……曲之有白，就文字论之，则犹经文之于传注；就物理论之，则如栋梁之于榱桷；就人身论之，则如肢体之于血脉，非但不可相无，且觉稍有不称，即因此贱彼，竟作无用观者。故知宾白一道，当与曲文等视，有最得意之曲文，即当有最得意之宾白，但使笔酣墨饱，其势自能相生。常有因得一句好白，而引起无限曲情，又有因填一首好词，而生出无穷话柄者。是文与文自相触发，我止乐观厥成，无所容其思议。"①

李渔从有机整体的观念出发，认为宾白与曲文一样，同为剧本的有机组成部分，两者相辅相成、互相影响、互相促进，反对重视曲文、轻视宾白的倾向。他要求改变过去写剧本只写曲文，宾白只"略留数言，示之以意"，由演员临时增减的做法，认为"词曲一道，止能传声，不能传情。欲观者悉其颠末，洞其幽微，单靠宾白一着"。所谓"悉其颠末，洞其幽微"，也就是叙述故事情节，使观众了解剧情发展，了解具体的情节与细节。按照李渔的看法，宾白在剧本中，至少有三个作用：一是传情达意；一是叙述故事，交代情境；一是串联贯通，承上启下。一个剧本如果没有宾白，整体剧情也就无法展开。因此，宾白不能减省，应该完整地写出。这不是不相信演员，而是要保证作者的构思与情感能够得到准确的表现。演员临时发挥，无法"悉如作者之意"，"与其留余地以待增，不若留余地以待减，减之不当，犹存作者深心之半，犹病不服药之得中医也"②。李渔自己的剧本，宾白都写得十分详细，故事交代得清清楚楚，如他的《风筝误》的故事主要建立在误会的基础之上，但他却将误会的背景、原因交代得清清楚楚，事件虽然翻空出奇，但又都合乎情理，真实可信。这里面，宾白就起了很大的作用。值得注意的是，与曲文相比，宾白显然更加长于叙事。因此，重视宾白，实际上也就是重视剧本中的叙事因素。

其次，重视语言的动作性。

语言的动作性可以从两个层面理解。显性层面是指通过语言表现人物的动作如言行、心理活动等。叙事作品如小说、剧本以塑造人物、叙述故事为主，自然要求语言具有动作性。李渔重视戏曲中的宾白，一个重要原因就是唱词无法很好地叙述故事情节与事件细节，因而需要突出宾白的作用。语言的动作性的隐性层面，是指语言推动情节、人物性格发展的作用，这是语言动作性的深层含义，也是比较难以做到的一个方面。李渔的小说、戏曲

---

① 李渔：《闲情偶寄·词曲部下·宾白第四》，杜书瀛评注，中华书局，2007年，第69－70页。

② 李渔：《闲情偶寄·词曲部下·宾白第四·词别繁减》，杜书瀛评注，中华书局，2007年，第77－78页。

较好地发挥了语言这一方面的功能。如他的戏曲《风筝误》，詹爱娟冒充詹淑娟与韩世勋相会，韩世勋要詹爱娟将她的和诗念出来，詹爱娟百般推脱不掉，只得念了妇孺皆知的《千家诗》中的第一首。韩世勋发现詹爱娟既无貌又无才，连忙找借口脱身。这段描写不仅刻画了詹爱娟的性格，也推动了情节的发展，具有很强的动作性。

第三，强调语言的个性化。

人物是叙事文学的核心，语言应为塑造人物性格服务，不同的人物性格不同，身份、地位、教养、经历不同，说出的语言也决不会一样，因此，人物语言要与人物性格、身份、教养等一致。李渔提出"语求肖似"的主张，要求"说一人，肖一人，勿使雷同，弗使浮泛，若《水浒》之叙事，吴道子之写生，斯称此道中之绝技。果能如此，即欲不传，其可得乎？"[1]人物语言的最高境界是与人物性格相符，在这方面达到炉火纯青，作品想不成功，也很困难。为了做到人物语言的个性化，李渔提出了"代人立心"的观点，认为"言者，心之声也，欲代此一人立言，先宜代此一人立心"。[2]人物语言是由人物性格决定的，只有把握了人物性格，时时从人物性格出发，才能写出个性化的语言。因此作家在写作人物语言的时候，先得设身处地，把握人物的性格与精神（心）。只要把握了人物的"心"，即使在相同的情景下也能写出人物之间不同的语言。如"《琵琶·赏月》四曲，同一月也，牛氏有牛氏之月，伯喈有伯喈之月。所言者月，所寓者心。牛氏所说之月，可移一句于伯喈？伯喈所说之月，可挪一字于牛氏乎？"[3]蔡、牛两人新婚赏月，牛氏是满心欢喜，蔡伯喈想到父母妻子，不禁悲从中来。因此，同样的场景同样的月亮，在两人眼中却呈现出不同的样子，在心中唤起不同的感受，发为不同的声音。不同的语言反映了两人不同的性格、不同的心境，是值得肯定的。

第四，要求语言尖新、浅显。

① 李渔：《闲情偶寄·词曲部·宾白第四·语求肖似》，《李渔随笔全集》，巴蜀书社，2003 年，第 43 页。

② 李渔：《闲情偶寄·词曲部·宾白第四·语求肖似》，《李渔随笔全集》，巴蜀书社，2003 年，第 43 页。

③ 李渔：《闲情偶寄·词曲部·词采第二·戒浮泛》，《李渔随笔全集》，巴蜀书社，2003 年，第 24 页。

李渔所说的"尖新",也就是"纤巧",只是"纤巧二字,为文人鄙贱已久,言之似不中听,易以尖新二字,则似变瑕成瑜。其实尖新即是纤巧"。李渔谈的尖新,有两层含义,一层含义是生动、新鲜、新颖,它的反义词是"老实"。老实是陈旧、呆板之意。"同一话也,以尖新出之,则令人眉扬目展,有如闻所未闻;以老实出之,则令人意懒心灰,有如听所不必听。白有尖新之文,文有尖新之句,句有尖新之字,则列之案头,不观则已,观则欲罢不能;奏之场上,不听则已,听则求归不得。"但纤巧还有另一层含义,就是精致、细密。李渔认为:"纤巧二字,行文之大忌也,处处皆然,而独不戒于传奇一种。传奇之为道也,愈纤愈密,愈巧愈精。"①传奇的语言为什么不避"尖新"?因为传奇以叙事为主,语言精致、细密,才能很好地描绘细节,表达人物细微的思想感情。其实不光戏曲,所有叙事作品的语言都是不避尖新的。只有尖新的语言,才能很好地承担叙事传情的任务。

"贵浅显"是李渔对叙事作品语言的另一要求。李渔认为:"曲文之词采,与诗文之词采非但不同,且要判然相反。何也,诗文之词采,贵典雅而贱粗俗,宜蕴藉而忌分明。词曲不然,话则本之街谈巷议,事则取其直说明言。凡读传奇而有令人费解,或初阅不见其佳,深思而后得其意之所在者,便非绝妙好词,不问而知为今曲,非元曲也。"② 李渔的"浅显"有通俗如话之意,也有明白易懂之意。通俗如话意指语言来自、贴近现实生活。在《窥词管见》中,李渔曾谈到如何使语言达到"如话"的境界:"'如话'则勿作文字做,并勿作填词做,竟作与人面谈,又勿作与文人面谈,而与妻孥臧获辈面谈,有一字难字即为易去,恐因一字模糊,使说话之本意全失。此求'如话'之方也。"③只有将作品语言像日常生活中与人交谈那样去写,才能达到"如话"的效果。自然,浅显指的是文字表达这一层面,并不意味着戏曲、

① 李渔:《闲情偶寄·词曲部·宾白第四·意取尖新》,《李渔随笔全集》,巴蜀书社,2003 年,第 47 页。

② 李渔:《闲情偶寄·词曲部·词采第二·贵浅显》,《李渔随笔全集》,巴蜀书社,2003 年,第 20 页。

③ 李渔:《窥词管见·第十二则》,《李渔随笔全集》,巴蜀书社,2003 年,第654 页。

小说不能表现深刻的思想。"元人非不深心，而所填之词，皆觉过于浅近，以其深而出之以浅，非借浅以文其不深也，后人之词则心口皆深矣。"①对于叙事作品的作者来说，思想需要深刻，但深刻的思想需用浅近的文字表达出来。也就是现在"深入浅出"的意思。李渔反对"深入深出"，更反对"浅入深出"，他认为，用浅显的文字表达出深刻的思想、丰富的感情，是传奇作者必需的本领，也是他们展现才华的地方。"人曰：文人之作传奇与著书无别，假此以见其才也，浅则才于何见?"针对这种观点，李渔明确指出："予曰，能于浅处见才，方是文章高手。"②

叙事文学的语言之所以贵浅显，原因之一是其题材来自日常生活，"话则本之街谈巷议，事则取其直说明言"，日常生活的语言是浅显的，叙事作品的语言自然也要浅显。原因之二是叙事作品的读者与观众大多为普通民众，语言过于深奥无法为他们理解。"传奇不比文章，文章做与读书人看，故不怪其深，戏文做与读书人与不读书人同看，又与不读书之妇人小儿同看，故贵浅不贵深。使文章之设，亦为与读书人、不读书人及妇人小儿同看，则古来圣贤所作之经传，亦只浅而不深，如今世之为小说矣。"因此，写作传奇要"其事不取幽深，其人不搜隐僻，其句则采街谈巷议。即有时偶涉诗书，亦系耳根听熟之语，舌端调惯之文，虽出诗书，实与街谈巷议无别"。③这样，才能使广大民众明白易懂，也才能受到他们的欢迎。叙事作品的语言贵浅显的第三个原因与体裁有关。叙事作品的目的是叙述故事、塑造人物，故事人物来自生活，要表现生活就须运用来自生活的语言。语言过于深奥、生僻，过于提炼，便有可能脱离生活，因而无法表现出生活的本来面貌。在自己的著作中，李渔虽然没有明确地论述这一点，但这方面的思想是明确的。他一再强调"传奇不比文章"、"曲文之词采，与诗文之词采非但不同，且要判然相反"，都意识到了体裁的问题。他要求传奇"说何人，肖何人……说张

① 李渔：《闲情偶寄·词曲部·词采第二·贵浅显》，《李渔随笔全集》，巴蜀书社，2003 年，第 20 页
② 李渔：《闲情偶寄·词曲部·词采第二·忌填塞》，《李渔随笔全集》，巴蜀书社，2003 年，第 25 页
③ 李渔：《闲情偶寄·词曲部·词采第二·忌填塞》，《李渔随笔全集》，巴蜀书社，2003 年，第 25 页

三要像张三，难通融于李四"①，都涉及传奇语言生活化的问题，语言不生活化，很难达到"说何人，肖何人"的要求。而生活化的语言必然是原生态的、浅显的。

李渔对于语言叙事性的要求与强调既是叙事作品在明清时期逐渐占据中心地位的表现，是其对叙事作品认识的深入，同时又规范、促进了叙事文学语言的发展。他在这方面的主张，在当时是有积极意义的，不少观点，在今天也还站得住脚，有一定的启示意义。

五、李渔论读者与文学批评

读者是文学活动的重要一环。按照接受美学与读者反应批评的观点，作品的意义是由读者赋予的。作为符号系统的文学文本只具潜在的意义，读者的阅读参与才赋予其现实的意义。读者与文本之间存在永恒的对话与交流，这种对话与交流的基础是文本中大量存在的"空白"与"不确定点"。由于历史语境与读者视野总是处于变动之中，因此文本的意义也永远处在变动之中。李渔的读者思想没有这样的超前，但说他是中国古代最重视读者的批评家之一，则并非言过其实。

李渔重视读者，与他走"砚田糊口"的文学商业化道路有关。为了养家糊口，他必须保证自己的作品受到读者与观众的欢迎，以收到更好的经济效益。但是他重视读者又不仅仅是文学商业化的结果，它是叙事文学日益发展，读者在文学活动中的作用越来越重要的时代趋势在文学思想中的表现。李渔敏锐地认识并突出地表达了这种思想，是值得肯定的。

读者是李渔文学创作与批评的一个重要的出发点。李渔的戏曲创作均为喜剧，他的小说不写真正的悲剧，一个重要的原因就是他认为读者阅读小说、观看戏曲的目的是追求欢乐。描写悲伤，无法吸引读者与观众。由此出发，他强调文学的娱乐性，认为"作传奇者，全要善驱睡魔"。因此，作传奇少不了插科打诨，科诨是"看戏之人参汤"，"养精益神，使人不倦，全在于此"，

---

① 李渔：《闲情偶寄·词曲部·词采第二·戒浮泛》，《李渔随笔全集》，巴蜀书社，2003 年，第 23 页。

不可"作小道观"。①他的很多创作主张，实际上都是从读者的角度出发的。如他在论述戏曲结构时提出的"减头绪"的主张，一个重要目的就是要使观众易于把握剧情，即使"三尺童子观看此剧，皆能了了于心，便便于口"。②在谈剧本的编写时，他要求一部剧本应有长短不一的几个版本，短的版本供时间紧的人看，长的版本供有空闲的人看，等等，这些观点的背后，都有对读者因素的考虑。

不过，李渔也认识到，读者不是一个抽象的概念，而是由不同的个体组成的。不同的人的欣赏趣味，也是不同的。"予谓人之性情，各有所嗜，亦各有所厌，即使嗜之不当，厌之不宜，亦不妨自攻其谬。自攻其谬，则不谬矣。"李渔肯定个人的喜好，并推到极端，认为即使是自己的这种喜好错了，也不妨坚持下去，坚持下去，错的喜好也就取得了肯定的色彩。他反对某些"富贵之人，听惯弋阳、四平等腔，极嫌昆调之冷，然因世人雅重昆调，强令歌童习之，每听一曲，攒眉许久，座客亦代为苦难，此皆不善自娱者也"③。李渔的这些论述，不仅强调了读者的个体性，而且已经含有趣味无争辩的思想，是值得重视的。同样值得重视的是，李渔不认为趣味有高低，只要能给欣赏者带来愉悦，便都是值得肯定的趣味。那种因某种艺术被认为高雅或有身份，欣赏不了而硬去欣赏的做法，只会给欣赏者带来痛苦。

不过，李渔并不主张对读者放任自流，他认为读者的主体状态在艺术鉴赏中有着重要的作用。比如行乐，"睡有睡之乐，坐有坐之乐……苟能见景生情，逢场作戏，即可悲可涕之事，亦变欢娱。如其应事寡才，养生无术，即征歌选舞之场，亦生悲戚"④。李渔及时行乐的思想有一定的糟粕，但他看到了主体的状态在行乐中的作用，还是正确的。既然主体的状态在艺术鉴赏中

①　李渔：《闲情偶寄·词曲部·科诨第五》，《李渔随笔全集》，巴蜀书社，2003年，第50页。

②　李渔：《闲情偶寄·词曲部·结构第一·减头绪》，《李渔随笔全集》，巴蜀书社，2003年，第16页。

③　李渔：《闲情偶寄·声容部·习技第四·丝竹》，《李渔随笔全集》，巴蜀书社，2003年，第126页。

④　李渔：《闲情偶寄·颐养部·行乐第一》，《李渔随笔全集》，巴蜀书社，2003年，第259页。

有着重要的作用，因此，在欣赏艺术作品的时候，读者与观众一方面要调整自己的状态，另一方面也要不断提高自己的欣赏水平。"琴音易响而难明，非身习者不知，惟善弹者能听。……吾观今世之为琴，善弹者多，能听者少；延名师、教美妾者尽多，果能以此行乐，不愧文君、相如之名者绝少。"①对于某种艺术，懂得了往往更能欣赏，更能感受到其中的魅力。读者有必要提高自己的艺术修养，这显示了李渔辩证的一面。他虽然认为趣味无争辩，但趣味只是一种主观的偏爱与嗜好，不同的趣味之间无高低，不等于趣味本身无须提高。因此，李渔主张读者应不断增加自己的艺术修养，提高自己的欣赏水平，而不应将趣味无争辩作为自己低级的鉴赏水平和错误的艺术见解的借口。

文学批评，是一种特殊的文学鉴赏，是一种由专业人士也即批评家进行的文学鉴赏。严格地说，批评家也是读者，是读者中较有理论与文学修养、专业从事文学批评的人，相比而言，他们的批评活动比读者的批评活动更值得重视。李渔对文学批评的性质、规律、标准等进行了比较深入的探讨。

李渔认为，文学创作的发展与繁荣，有待批评的指导。他指出，明清之际，喜爱戏曲的人不少："而究竟作者寥寥，未闻绝唱。其故维何，止因词曲一道，但有前书堪读，并无成法可宗。暗室无灯，有眼皆同瞽目，无怪乎觅途不见，问津无人，半途而废者居多，差毫厘而谬千里者，亦复不少也。尝怪天地之间有一种文字，即有一种文字之法脉准绳，载之于书者，不异耳提面命，独于填词制曲之事，非但略而未详，亦且置之不道，揣摩其故，殆有三焉：一则此理甚难，非可言传，止堪意会。……一则为填词之理变幻不常，言当如是，又有不当如是者。……一则为从来名士以诗赋见重者十之九，以词曲相传者犹不及什一，盖千百人一见者也。凡有能此者，悉皆剖腹藏珠，务求自秘，谓此法无人授我，我岂独肯传人。"②

明清相交之际，戏曲缺少名家佳作，一个重要的原因，是理

明清近代叙事思想

---

① 李渔：《闲情偶寄·声容部·习技第四·丝竹》，《李渔随笔全集》，巴蜀书社，2003年，第127页。

② 李渔：《闲情偶寄·词曲部·结构第一》，《李渔随笔全集》，巴蜀书社，2003年，第8页。

论的研究没有跟上来。作家们只有前人的作品可看，却没有相关的理论指导，结果大家只好暗自揣摩，自作主张，自然是事倍功半，甚至误入歧途。由此可见批评的重要。

批评的作用不仅限于指导创作，它也可以指导读者阅读，分析作品的成败得失，指出其中的妙处，使读者更好地理解作品的思想与艺术。比如《三国演义》，"独是事奇矣，书奇矣，而无有人焉起而评之，即或有之，而使心非锦心，口非绣口，不能一一代古人传其胸臆，则是书亦终与周秦而上汉唐而下诸演义等，人亦乌乎知其奇而信其奇哉！"①李渔认为《三国》是一部奇书，事奇，作家写得也奇。但光是事奇、书奇，如果没有批评家将这些奇处一一指出，或虽有批评家评论，但评论得不到位，甚至评论错了，读者就仍然无法知道《三国》的奇处何在，这部小说也就可能淹没在周、秦以来众多的演义之中，无法显示自己的本来面貌。

在上段引文中，李渔还探讨了批评不发达的原因。第一，相对而言，研究理论比创作更加困难。第二，文学作品是形象、感性的，灵活多变的，而理论则要求探讨具有普遍性的原则与规律，具有相对的滞后性，这样就难免出现理论上说应该如此、创作实践中却不如此的现象，这也增加了批评的难度。第三，则是有些批评家与作家出于种种原因甚至纯粹出于自私，不愿将自己的创作经验或研究所得传给别人。对于这种藏之名山的做法，李渔是不以为然的，他认为："文章者，天下之公器，非我之所能私；是非者，千古之定评，岂人之所能倒？不若出我所有，公之于人，收天下后世之名贤，悉为同调。胜我者，我师之，仍不失起予之高足；类我者，我友之，亦不愧为攻玉之他山。"本着这种态度，他"遂不觉以生平底里，和盘托出，并前人已传之书，亦为取长弃短，别出瑕瑜，使人知所从违，而不为诵读所误"②。文章天下公器，是非自有公论，批评家应该出于公心，倾其所有，为天下提出创作所应遵循的标准。至于解决第一、第二两个原因，则需要提高批评家的学识与胆气。

---

① 李渔：《三国演义·序》，《李渔随笔全集》，巴蜀书社，2003 年，第 344 页。
② 李渔：《闲情偶寄·词曲部·结构第一》，《李渔随笔全集》，巴蜀书社，2003年，第 9 页。

李渔认为，批评家不仅要能判断一部作品是好还是不好，更要能说出其好或不好的原因。他指出："誉人而不得其实，其去毁也几希。但云千古传奇当推《西厢》第一，而不明言其所以为第一之故，是西施之美，不特有目者赞之，盲人亦能赞之也。自有《西厢》以迄于今，四百余载，推《西厢》为填词第一者，不知几千万人，而能历指其所以为第一之故者，独出一金圣叹。"① 批评不仅要知其然，更要知其所以然。知其然即使是正确的，也如瞎子赞美西施，不过是人云亦云；知其所以然才能有批评家自己的见解，也才能使读者明白一部作品，好，好在哪里，不好，不好在哪里。这样的批评才是有的放矢，是有价值的批评。应该说，李渔的这一见解至今还有它的现实意义。

当局者迷，旁观者清。对于自己的作品，自己看得往往不如旁人清楚。"演《西厢》、《琵琶》，不必实甫、则诚在座；譬之杜康造酒，未必自谙酒味，孰清孰浊，某圣某贤，反不若刘伶、阮籍辈之能明而善辨也。"② 这段论述提出了作家在批评上不一定有批评家看得清楚的思想，质疑了作家批评自己作品的权威性，有较强的超前性。李渔自己的作品写成之后，往往要请同行友人过目："不经公输之手，难入离娄之目。"③ "惟近体诗及绝句尚未灾木，先录二册寄上。乞宾主二人细细校阅，可删者删之，不则赐以佳评，藉光不朽。"④ 这不仅仅是谦虚，也不是对自己的作品缺乏自信，而是对于同行间切磋的重视，其前提则是对于作家的自我评判的不足的认识。

李渔认为，批评应该坦率。在给友人送书的同时，他明确要求友人"须有以教我，且直示之。勿仅做皮里春秋，令弟于褒中索贬可也"⑤。在给友人的信中，他要求友人对自己的作品"痛铲严削，勿顾木之能堪与否"，并说明："弟非齐宣，即斫而小之，

① 李渔：《闲情偶寄·词曲部·格局第六·填词余论》，《李渔随笔全集》，巴蜀书社，2003 年，第 57 页。
② 李渔：《与某公》，《李渔随笔全集》，巴蜀书社，2003 年，第 489 页。
③ 李渔：《与孙宇台、毛稚黄二好友》，《李渔随笔全集》，巴蜀书社，2003 年，第 489 页。
④ 李渔：《与纪伯紫》，《李渔随笔全集》，巴蜀书社，2003 年，第 443 页。
⑤ 李渔：《复胡彦远》，《李渔随笔全集》，巴蜀书社，2003 年，第 455 页。

明清近代叙事思想

必不怒也。"以便友人能够无所顾忌地提出自己的看法。①而他自己对于那些低劣的作品，批评也是很严厉的："借来诸书，除某某二集外，皆属可焚。每见此等诗刻，即为梨枣称冤。秦始皇真英雄，惜乎不生于今日。嬴秦以前可焚之书尚少，此时再出一始皇，其功当百倍于秦一世耳。不审邺架之上置此何为？岂君家富于酱瓿，留此以待不时之需耶？谨一一归上。"②虽然呼唤秦始皇再世也许是愤激之词，但李渔对这些劣质作品的不屑则是溢于言表的。李渔在这封信里没有写明这些只配用来盖酱菜缸的作品的名字，但收信者是知道这些作品的。

自然，批评光有坦率是不够的，还需准确、中肯："阅评诗文，良非易事。看得出，批得当，即是棒喝作者处，不特涂铅抹黛，饰混沌以蛾眉，代掩世人耳目已也。"③作品的长处、不足要看得出来，评语要精当、准确，这是李渔对批评的要求。他认为，这样的批评才对创作有帮助，是作者所需要的，那种只会闭着眼睛说好话，把不足说成长处的批评，是不足取的。他赞赏友人对自己作品的批评："不独评语搔着痒处，使人身变紫薇花，不觉满树俱动；即论《闲情偶寄》数语，亦似按摩家作陈抟大睡，能令人死去，又能使之活来，真快手也。"④不仅大段论述中肯、准确，小段评论也能搔着痒处，令人受益无穷，身心俱悦，这样的批评才是好的批评。

具体到对于小说、戏曲等叙事文学作品的评判，李渔提出了三个标准。他认为，文学作品是否可传，在于三事："曰情，曰文，曰有裨风教。情事不奇不传；文词不警拔不传；情文俱备，无益于劝惩，使观者、听者哑然一笑而遂已者，亦终不传。"李渔的"奇"指的是奇特、曲折、出乎意外，"警拔"指的是文字优美、简洁、合韵（指戏文）。"三美俱擅，词家之能事毕矣。"⑤李渔的"情"、"文"、"风教"大致相当于今天所说的内容、形式与

①　李渔：《与孙宇台、毛稚黄二好友》，《李渔随笔全集》，巴蜀书社，2003年，第489页。
②　李渔：《与徐东来》，《李渔随笔全集》，巴蜀书社，2003年，第467页。
③　李渔：《与方绍村侍御》，《李渔随笔全集》，巴蜀书社，2003年，第480页。
④　李渔：《复程端伯司空》，《李渔随笔全集》，巴蜀书社，2003年，第468页。
⑤　李渔：《〈香草亭传奇〉序》，《李渔随笔全集》，巴蜀书社，2003年，第330页。

社会效果，三个方面都达到了上乘，作品才会优秀，才能流传后世。他还认为，对于小说、戏曲这种大型的叙事作品不宜求全责备："曲文最长，每折必须数曲，每部必须数十折，非八斗长才，不能始终如一。……此戏曲不能尽佳，有为数折可取而挈带全篇，一曲可取而挈带全折，使瓦缶与金石齐鸣者，职是故也。"① 大型叙事作品，因为篇幅宏大，难免在某些部分、某些方面出现疏漏，无法像诗词那样通体光彩，只要有某些可取的部分与方面，就应该肯定。不过，李渔的这段论述如果从语言的角度看，还应隐含着这样的意思：叙事作品以形象塑造为主，只要形象塑造达到了目的，语言上有什么不足无碍大局，不必要像诗词那样字斟句酌。李渔的这些论述中的具体观点是否完全合理，可以探讨，但从总体上看，他的这些看法还是站得住脚的，作为叙事文学作品的评价标准，也比较系统、全面。

文学批评的效果与批评家的主体修养有密切的关系，批评家修养好，文学批评的质量也相应地高，反之，批评的质量就要下降。李渔对批评家的条件与修养作了认真的探讨。

李渔认为，作文要先做人。"凡作传世之文者，必先有可以传世之心，而后鬼神效灵，予以生花之笔，撰为倒峡之词，使人人赞美，百世流芳。传非文字之传，一念之正气使传也。"②这段论述在本节第二部分讨论创作主体时也曾引用过，它主要是针对作家的修养而言的，但也可用于批评家的修养，作家创作作品、批评家评论作品都有一个做人的问题。只有立心端正，不存私心，批评才能做到客观公正，也才能做到准确中肯。

自然，批评家光是立心端正还是不够的。文学批评是一种专业的、需要一定的知识与修养的智力活动，从事批评，需要有一定的文学和其他方面的知识与修养。在谈治史的时候，李渔提出详略的问题，认为"史体"尚"略"，因为"略"才能突出重点、精义："详则寡精义，丰溢词，说铃书肆而已。故班详于马而逊于马，陈范详于班而远逊于班。"但"夫略亦难言矣，有宜

---

① 李渔：《闲情偶寄·词曲部·词采第二》，《李渔随笔全集》，巴蜀书社，2003年，第19页。

② 李渔：《闲情偶寄·词曲部·结构第一·戒讽刺》，《李渔随笔全集》，巴蜀书社，2003年，第11页。

焉，有称焉。识不足衡重轻、准是非，别端绪者，不知略；学未始窥三仓、历'四部'者，不敢略；力未能辩体割爱工剪裁者，不善略"①。李渔在这里提出了识、学、力三条标准，认为见识不足者因看不出好坏而不知道哪里该略；知识不足者因不知道相关情况而不敢省略；学力不足者因缺乏辨别写作剪裁的功底而不善于省略。文史有相通之处，治史如此，批评亦是如此。批评家只有在见识、知识、学力三个方面达到了一定的境界，才可能"看得出，批得当"。此外，李渔还认为，批评家要懂创作，最好是从事过一定的创作。就如绘画，"独是观人画，犹不若其自能画。人画之妙从外人，自画之妙由心出，其所契于山水之浅深，必有间矣"②。有无创作体验，对于文学作品的见解是不同的。李渔自己就是一个创作家兼批评家，有着丰富的创作经验，因此他的批评能够有的放矢，本色当行，"看得出，批得当"。

李渔认为，批评家要有敢于担当的勇气。这有两方面的含义。一方面要敢于批评，将自己的观点和意见无保留地讲述出来。他自陈自己读书时，"喜予夺前人，曲直往事"。③在《闲情偶寄》中，他有时自我调侃："非笠翁为千古痴人，不分一毫人我，不留一点渣滓者，孰肯尽出家私底蕴，以博慷慨好义之虚名乎？"④但实际上，他对自己这种全盘托出的做法是肯定而且自豪的。另一方面则是指批评家要敢于文责自负，承担批评的后果。在谈到词韵的时候，他认为词韵与诗韵有区别，但以前的词学家大都按照诗韵制定词韵，不敢大改。李渔认为这些人是"才胜于胆，胆为才制"。而他"则才细如丝，胆大于斗，故敢纵意为之，知我罪我，悉听于人，有延颈待诛而已"⑤。在《闲情偶寄》中，李渔也表达过类似的意思，"知我，罪我，怜我，杀我，悉听世人，不复能顾其后矣。但恐我所言者，自以为是而未必果是；人

① 李渔：《古今史略·序》，《李渔随笔全集》，巴蜀书社，2003年，第334页。
② 李渔：《芥子园画传·序》，《李渔随笔全集》，巴蜀书社，2003年，第339页。
③ 李渔：《笠翁别集·弁言》，《李渔随笔全集》，巴蜀书社，2003年，第332页。
④ 李渔：《闲情偶寄·词曲部·音律第三·慎用上声》，《李渔随笔全集》，巴蜀书社，2003年，第38页。
⑤ 李渔：《词韵例言》，《李渔随笔全集》，巴蜀书社，2003年，第337页。

所趋者，我以为非而未必尽非。但矢一字之公，可谢千秋之罚。"①由此可见，批评家不光要有识、学、力，还要有胆，有胆才能知无不言、言无不尽，才能够只以真理为追求，不为别人的毁誉所左右。

李渔还看到了批评家才能之间的区别。这一方面是因为不同的艺术门类有不同的界限与规定，另一方面是批评家主体的条件也不可能相同，如"磊石成山，另是一种学问，别是一番智巧。尽有丘壑填胸、烟云绕笔之韵士，命之画山题水，顷刻千岩万壑，乃倩磊斋头片石，其技立穷，似向盲人问道者。故从来叠山名手，俱非能诗善绘之人"②。文学也是如此。金圣叹所批《西厢》，"乃文人把玩之《西厢》，非优人搬弄之《西厢》"③，主要原因就是金圣叹不大了解戏曲演出的规定性，因而只能从文学的角度进行批评。李渔曾写过一本讨论女妆的书，写信请朋友"再赐佳评。但此册专言女妆，恐非莽男儿所能评骘，当以嫂夫人为大总裁，道翁如椽之笔，仅署纸底可耳。捧腹捧腹！"④此言虽有玩笑成分，却是真理。不同的人由于性别、身份、教养、经历等的不同，其知识、能力和适于从事的批评领域也必然有所不同。因此批评家要了解自己的才能，慎重选择自己的批评对象。

一般地说，中国古代作者往往用诗文表达自己的思想感情，干预社会，进行社会交际，在许多朝代，诗文还是士人进入社会高层和统治集团的重要工具与手段。古代诗文作者创作时虽然也要考虑读者问题，但读者在他们的文学活动中不占十分重要的位置。而明清时代的小说、戏曲作者则不同。首先，小说、戏曲不在国家考试的范围之内，无法直接将小说、戏曲的作者送入社会高层和统治集团。其次，小说、戏曲在明清时期已经开始商业化运作，读者是作者的衣食之源。再次，明清小说、戏曲的主要读

① 李渔：《闲情偶寄·词曲部·结构第一》，《李渔随笔全集》，巴蜀书社，2003年，第9页。

② 李渔：《闲情偶寄·居室部·山石第五》，《李渔随笔全集》，巴蜀书社，2003年，第167页。

③ 李渔：《闲情偶寄·词曲部·填词余论》，《李渔随笔全集》，巴蜀书社，2003年，第57页。

④ 李渔：《与余澹心五扎·之五》，《李渔随笔全集》，巴蜀书社，2003年，第465页。

者是城市市民与下层民众，他们以其数量的庞大对小说、戏曲的创作与市场产生着重要的影响。因此，从某种意义上说，李渔对读者和批评的重视是时代的必然，它标志着以小说和戏曲剧本为主要文类的叙事文学将逐渐取代传统的诗文在文学领域占据主导地位，预示着两百多年后梁启超等人的将小说推到时代的最高峰。

第三章　近代叙事文学与叙事思想

第一节　近代社会与叙事文学的发展

在中国，近代是一个比较短的历史时期。1840 年，鸦片战争爆发，标志着中国近代社会的开始。1919 年，五四运动爆发，标志着中国进入现代社会。[①] 就文学来看，以 1895 年中日甲午战争为界，中国近代可以分为前后两个时期。近代前期，中国叙事文学仍然沿着唐宋明清的传统向前发展，总体上还属于古代文学的范畴。真正具有近代性质的新文学产生于 1895 年之后，近代叙事思想也随之蓬勃发展起来。

一、近代社会及其对叙事文学的影响

中国近代历史，是由一系列失败的战争与屈辱的和约构成的。

1840 年，中英鸦片战争爆发，中国失败，两国签订《南京条约》，条约规定中国割让香港岛，赔偿 2100 万西班牙银元，开放广州、厦门、福州、宁波、上海五个口岸城市，此外英国还享有协议关税。《南京条约》是清政府签订的第一份不平等条约，条约严重地损害了中国的主权，并为其他列强提供了榜样，从此，中国走上半殖民地的道路。

1856—1860 年，中国与英法之间爆发第二次鸦片战争，中国

---

① 关于中国近代史的分期，有不同的看法，本书采用 1840—1919 这一分法。自然，近现代在现实中是互相纠缠的。1915 年《青年杂志》创刊（1916 年改为《新青年》），是中国现代史开始的一个重要标志。但在陈独秀、胡适等《新青年》派活动的同时，近代史上的一些代表人物如康有为、梁启超、林纾、王国维等仍很活跃。因此本书不将 1916 年作为近现代的分界，而将 1919 年作为近现代的分界。

失败，被迫签订《天津条约》与《北京条约》，清政府被迫同意：①外国公使常驻北京；②增开牛庄（后改营口）、登州（后改烟台）、台湾（后定为台南）、淡水、潮州（后改汕头）、琼州、汉口、九江、南京、镇江为通商口岸；③外籍传教士得入内地自由传教；④外人得往内地游历、通商；⑤外国商船可在长江各口岸往来；⑥修改税则，减轻商船吨税；⑦赔款白银八百万两；⑧开天津为商埠；⑨准许英国招募华工出国；⑩割让九龙司地方一区给英国。两个条约使中国主权进一步丧失。

1883—1985年，中法在越南和中国东南沿海爆发战争，清政府在战争互有输赢的情况下，与法国签订不平等的《中法会订越南条约》。条约规定：①清政府承认法国对越南的保护权，承认法国与越南订立的条约；②中越陆路交界开放贸易，中国边界内开辟两个通商口岸，税收减征；③日后中国修筑铁路，"应向法国业者之人商办"。《中法新约》的签订，使法国打开了中国的"后门"，使中国西南地区逐渐成为法国的势力范围。

1894—1895年，中日之间因朝鲜问题爆发战争。甲午战争失败后，清政府被迫与日本签订《马关条约》。条约的主要内容为：①中国承认朝鲜"完全无缺之独立自主"，实则是承认日本对朝鲜的控制；②中国将辽东半岛、台湾岛及所有附属各岛屿、澎湖列岛割让给日本（后在俄、德、法三国的干涉下，中国以三千万两白银为代价，换得日本"归还"辽东半岛）；③中国"赔偿"日本军费白银两亿两；④开放沙市、重庆、苏州、杭州四地为通商口岸，日本政府能派遣领事官在以上各口岸驻扎，日本轮船能驶入以上各口岸搭客装货；⑤日本臣民能在中国通商口岸城市任便从事各项工艺制造，将各项机器任便装运进口，其产品免征一切杂税，享有在内地设栈存货的便利；⑥日本军队暂行占领威海卫，由中国政府每年付占领费库银五十万两，在未经交清末次赔款之前日本不撤退占领军；⑦中国政府不得处分战俘中的降敌分子，立即释放在押的为日本军队效劳的间谍分子，并一概赦免在战争中为日本军队服务的汉奸分子，免予追究。甲午战争一方面使中国半殖民地化速度进一步加快，民族危机愈益深重，同时也促使中华民族日益觉醒，资产阶级维新运动和义和团反帝爱国运动迅速高涨，另一方面也使日本迅速崛起，成为亚洲乃至世界的一个危险的战争策源地。

1900 年，英国、美国、德国、法国、俄国、日本、意大利、奥匈帝国等八个国家组成联军，以义和团运动损害了列强利益为借口，侵略中国。战争失败后，清政府被迫签订《辛丑条约》。条约规定：①清政府向各国共赔款 4.5 亿两，以海关等税收收入做担保，分 39 年还清，本息共计 9.8 亿两。②划定北京东交民巷为使馆界，允许各国驻兵保护，不准中国人在界内居住。③清政府保证严禁人民参加反帝活动。④清政府拆毁天津大沽到北京沿线设防的炮台，允许列强各国派兵驻扎北京到山海关铁路沿线要地。《辛丑条约》的签订，使中国完全沦为半殖民地半封建社会，清政府完全成为"西方列强"统治中国的工具，变成"洋人的朝廷"。

一系列的战争失败与不平等条约的签订，使中国迅速从一个自给自足的封建社会沦落为半殖民地半封建社会。外国侵略者利用种种不平等条约所攫取的特权，向中国倾销商品和掠夺原料，逐渐把中国市场卷入世界资本主义市场，中国自给自足的封建经济逐步解体。战争破坏了中国的经济，各种战争赔款严重削弱了中国的国力，社会贫弱，民众生活在水深火热之中。中国社会的主要矛盾，转变为外国资本主义和中华民族的矛盾，封建主义和人民大众的矛盾退居第二位。

朝廷的腐败、社会的黑暗和人民的贫困，使国内矛盾更加显著，农民起义不断，其中规模最大的是 1851—1864 年的太平天国起义。这次运动虽然被清廷镇压下去，但其影响却十分深远。它建立了政权，提出了鲜明的反封建纲领。它坚持斗争 14 年，并导致了一系列的农民起义，这些起义沉重地打击了清朝的统治与外国资本主义势力，并导致湘军、淮军等地方势力的兴起，不少军政大权逐渐落到曾国藩、李鸿章以及后来的袁世凯等重臣的手中。

辩证地看，西方列强的入侵在给中国人民带来巨大灾难和亡国灭种危险的同时，也带来了新的生产方式，新的科学技术，新的文化、文学和思想观念、风俗习惯。同时，西方的入侵也削弱了清朝的专制统治，在中国建立起新的权力中心。一个显著的例子就是西方人和西方传教士和在他们庇护下的中国人的活动不受清政府的干涉与管辖，这在一定程度上导致了西方思想的传播和中国知识分子思想的活跃。

为了维护自己的统治，清王朝也进行了一定的改革，如废科举、办学堂、学习西学、办洋务、发展工商业、提倡维新、编练新军等。①但对于一个腐朽透顶的政权来说，这种小打小闹、不触及其根本利益与根本体制的修修补补是无法挽救其性命的，何况朝廷内部还存在着激烈的矛盾与斗争。1898 年 9 月 21 日，已经不问朝政的慈禧太后在一批顽固派大臣的支持下发动政变，囚禁光绪皇帝，搜捕维新派重要人物，废除变法举措。虽然慈禧太后后来也实行了一些改良，但总的来说，她的政变使清代社会的改革进程发生了倒退，从某种意义上说加速了清王朝的灭亡。

　　社会的黑暗和清政府内政外交的一系列倒行逆施与失败，削弱了民众对它的信任与认同，削弱了它的统治基础与思想控制能力。进步人士看透了清政府的腐败与无能，开始寻找新的道路。各种新的思潮如进化论、无政府主义、自由主义、民族主义以及自由民主的思想相继传入中国，社会思想空前活跃，中国社会处于变革的前夕。

　　从经济上看，帝国主义的入侵和洋务运动等的兴起，导致了工商业一定程度的繁荣和中国早期民族资本主义的产生，早期产业无产阶级从无到有。上海、天津、广州、香港、宁波等一批城市的兴起，导致市民阶层的进一步壮大和经济活动规模的扩展。新的经济因素与清王朝的封建性质是不相容的，它在清代社会的母体中成长起来，同时又必然突破这个母体，导致清王朝的灭亡。

　　1911 年，辛亥革命爆发，清朝灭亡，中华民国建立。但以孙中山为首的资产阶级政权还未能有所作为，胜利果实便被以袁世凯为首的北洋军阀所篡夺。袁世凯在做了百日皇帝梦之后，在全国人民的反对和内部的众叛亲离之下死去，中国陷入军阀混战之中。军阀们为了扩大地盘，巩固自己的势力相互混战，社会比清朝统治时期更不安定。但是这一时期没有形成全国统一的政权，军阀们对新的生产方式和科学技术的认识比清代统治者要先进一些，他们为了加强自己的势力，也支持现代工商业的发展。这时正处于一战前夕和一战之中，西方列强忙于应付战争，对中国的政治、经济侵略放缓，民族工商业得到发展良机。1912—1919 年的八年期间，中国民族资本建成厂矿 470 多个，新增资本至少一

————————

　　① 清廷后期曾表示有意实行君主立宪制，但终因有损满清贵族的根本利益而未能实行，所谓立宪最终成为一场闹剧。

亿三四千万元，超过过去 50 年的总和。民族工商业的发展，促进了中国社会资本主义因素的增加，城市的繁荣和市民阶层的扩大，对中国社会产生了重要影响。资产阶级为了维护自己的利益与发展，鼓吹西方资本主义制度，宣传资产阶级意识形态，引进西方科学与文化，提倡自由民主。军阀们忙于争夺地盘，巩固自己的统治，在意识形态方面控制相对较松，另一方面，租界的存在客观上也为人们的身体与精神自由提供了可选择的庇护所，因此，这一时期继晚清之后，社会思想继续活跃。

中国近代社会为近代叙事文学的发展提供了肥沃的土壤和强大的动力。首先，面对清政府的腐败和亡国灭种的威胁，资产阶级改良派与革命派都亟须找到一种能够批判现实、唤醒民众、进行社会改革的工具与途径，由于历史的原因，他们大多将此定为文学特别是民众喜闻乐见的小说，这导致了以小说为代表的叙事文学的迅速发展。其次，城市的繁荣与市民阶层的壮大，为叙事文学提供了读者基础。第三，社会思想的活跃与西方文化文学的输入，不仅为近代叙事文学提供了新的思想与内容，也为近代叙事文学提供了新的文类、方法与技巧，从而促使了近代叙事文学的变革与发展。第四，资本主义工商业的繁荣和文学商业化的发展，使近代叙事文学获得发展的经济动力，一大批带有赢利目的的民间出版社及民间报纸杂志的成立与举办，推动了以小说为主的叙事文学的发展。第五，清末的废科举、兴学堂使一大部分传统的读书人无法继续走读书做官的老路，其中一部分转到叙事文学的创作队伍中来。第六，印刷技术的发展、报刊的兴起以及发行手段的进步，扩大了叙事文学的生产规模。

1840—1919 年，近代文学 80 年的发展历程大致可以分为三个阶段。第一阶段从 1840 年第一次鸦片战争到 1894 年中日甲午战争，这一时期中国社会虽然正在发生着重大的变化，但由于传统的巨大惯性，近代文学仍然沿着古代文学传统的方向发展。这一时期小说的内容或者回忆、留恋旧时的生活，反映出创作者对于功名利禄的追求；或者粉饰、美化现实，妄想挽救封建末世的覆灭。小说领域很少反映出新的思想风貌来。作品以"狭邪小说"与"公案小说"占主导地位。前者以陈森的《品花宝鉴》（1849，一作 1835）、魏子安的《花月痕》（1858）、韩邦庆的《海上花列传》 （1892） 等为代表；后者以俞万春的《荡寇志》

（1851）、文康的《儿女英雄传》（大致成书于清道光年间，现存最早的本子为 1878 年北京聚珍堂活字本）、石玉昆的《三侠五义》（1879）以及俞樾在《三侠五义》的基础上修订的《七侠五义》（1889）等为代表。第二个阶段从 1894 年甲午战争到 1911 年辛亥革命。这一时期资产阶级改良运动兴起，改良派力图借助文学特别是小说改良群治，变革社会。1905 年同盟会成立，资产阶级革命派也力图利用小说宣传革命、排满的思想。这些导致文学内容与形式的重大变化。这一时期小说革命兴起，以新小说为代表的叙事文学取得突飞猛进的发展，以《官场现形记》、《二十年目睹之怪现状》、《老残游记》、《孽海花》为代表的谴责小说代表了新小说的最高成就。第三个阶段从 1911 年辛亥革命到 1919 年五四运动爆发。这一时期由于辛亥革命的成功，民众的革命热情有所消退，而革命后军阀割据，中国仍是半殖民地半封建社会的现实也使一部分知识分子感到失望，文学创作出现分化，在新小说内部，分化出"鸳鸯蝴蝶派小说"和"黑幕小说"等消沉甚至颓废的小说流派。这些小说的作者大多是一些封建文人、洋场才子以及失意颓唐的知识分子，以上海为大本营。其中，"鸳鸯蝴蝶派"作家大都远离政治，热衷描写"像一对蝴蝶、一对鸳鸯一样"的才子佳人式的爱情故事，因此被称为"鸳鸯蝴蝶派"。这一流派是在明清才子佳人小说、西方感伤主义小说影响下，在上海那种特有的半殖民地性质的十里洋场的基础上产生的。代表作品有徐枕亚的《玉梨魂》（1912）、吴双热的《兰娘哀史》（1915），李定夷的《美人福》等。① "黑幕小说"盛行于1917—1918 年间。它标榜揭发"全国社会射影含沙之事，魑魅魍魉之形"，但实际上成为社会罪恶的展览场，"其下者乃至丑诋私敌，等于谤书"②。代表作是路滨生的《中国黑幕大观》（1918）及其《续集》等。从篇幅来看，这一时期的小说大都是短篇，这对五四之后短篇小说体裁的发展，有一定促进作用。

---

① 徐枕亚、吴双热、李定夷主要以 1914—1922 年间在上海陆续出版的《民权报》、《小说丛报》、《小说新报》为阵地，用文言文进行创作。后周瘦鹃、王钝根等以 1914—1923 年间刊行的《礼拜六》周刊为阵地发表作品，这批作家虽然用白话文进行创作，但思想内容与艺术风格与徐枕亚等没有大的区别，因而仍被认为是"鸳鸯蝴蝶派"，亦称"礼拜六派"。

② 鲁迅：《中国小说史略》，人民文学出版社，2007 年，第 299 页。

近代叙事文学中，取得显著成就的是"新小说"，此外，传统的叙事文学在这一时期也仍然存在。戏曲方面，在京剧等传统戏曲之外，话剧等西方戏剧样式也逐渐传入中国，出现了中国人自己改编、创作的剧本。

二、新小说的产生与发展

1895 年甲午战争的失败，给中国近代社会带来极大的冲击。如果说以前败在西方列强手中，还可以过去对它们不大了解，自慰地生出许多理由，如它们不讲王道、船坚炮利，等等，可日本，"撮尔小国"，就在中国附近，自唐代以来，就一直在向中国学习，人口、国土、资源都有限，可却打败了一直自视为"天朝大国"的大清王朝，这对中国人的打击特别大。经过深入的探索与反思，有识之士发现，表层的原因是我们的物、技不如人，深层的原因是我们的制度不如人，再深层的原因则是我们的文化、思想不如人。因此，要使中国强大，就必须进行全面的社会改革。日本 1868 年实行明治维新，不到 30 年，就由一个弱国成为亚洲的强国，中国要强大，也必须进行维新。但是，中国的维新没有日本的顺利，轰轰烈烈地开展了 103 天，便以悲剧收场，维新人士有的被杀，剩下的被迫逃亡海外或者隐藏起来。痛定思痛，他们一方面痛恨清政权的反动，一方面感觉到唤醒民众的重要性。因为一方面，民众是社会变革不可缺少的中坚力量，另一方面，民众思想是社会思想、社会风气改变的关键。要唤醒民众、改变民众的思想就需要对民众进行教育，而最好的教育工具则是人人皆喜、妇孺皆宜的小说。于是，在梁启超等人的提倡下，一个蓬蓬勃勃的小说革新运动就开展起来了。

自然，维新派人士并非是在戊戌变法运动失败之后才开始认识到小说的重要的。1897 年，康有为指出："仅识字之人，有不读'经'，无有不读小说者。故'六经'不能教，当以小说教之；正史不能入，当以小说入之；语录不能谕，当以小说谕之；律例不能治，当以小说治之。"[1]这说明，在戊戌变法之前，资产阶级

---

① 康有为：《〈日本书目志〉识语》，陈平原、夏晓虹编：《二十世纪中国小说理论资料》（第一卷），北京大学出版社，1997 年，第 29 页。

维新派和有识之士就已认识到小说巨大的社会作用。但在这之前，他们大都参加了维新运动，试图在政治领域建功立业，施展自己的才华，拯救国家。只有在维新失败、避居海外、政治领域的大展宏图已经无望之后，他们才有精力顾及文学领域，提倡诗界革命、文界革命和小说界革命。

梁启超于 1902 年发表《论小说与群治之关系》，并创办《新小说》杂志，正式提出小说界革命的口号并进行创作实践。本来，戊戌变法失败之后，资产阶级与进步人士已经分成维新与革命两派。前者以康有为、梁启超为代表，继续主张改良，主张君主立宪；后者以孙中山为首，主张用武力推翻满清王朝，建立中华民国。两派的政治主张并不相同，但在运用小说启迪民众、实现政治目的方面两者却没有什么区别。因此，梁启超的理论与实践很快得到大家的响应，小说的地位迅速提升，创作队伍迅速扩大，很快便成为最为重要的一种文学样式。

当时的中国，正处于国民政治热情高涨的时期，而新小说作家又有意识地用小说为政治服务，因此，从某种意义上说，这一时期发表的新小说都可以说是政治小说。小说或批判社会，或阐明观点，或提出思想，着眼点主要在小说所产生的社会作用上，而对小说艺术与形式的关注大都不够，加之新小说处于传统小说和现代小说的过渡期，小说形式尚未固定，各种艺术还处于探索之中。因此，新小说艺术上大都比较粗糙，政治热情有余，艺术魅力不够；思想往往能够激动人心，美感上则动人情感不够。好在当时是一个政治化的时代，新小说乘着国民的政治热情，很快上升到前所未有的顶峰。但国民的政治热情不可能永远高涨，小说也不可能总靠政治来吸引民众。辛亥革命之后，清朝垮台，民国成立，国民的政治热情消退，小说也出现了分化，一部分作家仍然坚持"改良群治"的创作宗旨，另一部分作家则开始写作娱乐性的作品，如"礼拜六派"和"鸳鸯蝴蝶派"等。①这种现象引起一些批评家的不满。梁启超批评当时小说"其什九则诲盗诲淫而已，或则尖酸轻薄毫无取义之游戏文"，他要求小说家们担

---

① 陈平原将这两种相反的趋势归纳为"由俗入雅"和"回雅向俗"，比较好地总结了它们的特点。参看陈平原：《中国现代小说的起点》第 4 章，北京大学出版社，2005 年。

负起自己的责任，认识"吾侪操笔弄舌者，造福殊艰，造孽乃至易"①。从挽救"世道人心"的角度看，梁启超的批评有其一定的道理。总体上看，民初小说的确不如清末小说那样注重小说的救世功能，但是，小说的主要功能是审美，将小说与政治捆绑在一起，凭借政治将小说推到高峰，能够风行一时，却很难持久。因此，小说回归世俗，重新回到市场化的道路，未必不是一件好事。当然，"鸳鸯蝴蝶派"等的创作的"向俗"未免"俗"得太厉害了一点，以致产生许多负面作用，这又是问题的另一个方面。

从文学发展的内部原因来看，新小说产生的直接动力是域外小说的引进。域外特别是西方小说所描写的异域生活，表达的自由、民主、爱国思想以及个体、权利意识，以及与中国传统小说不同的艺术形式，都给新小说作家极大的启发，成为他们学习、模仿的对象。但另一方面，作为中国作家，他们又摆脱不了传统文化的影响，传统小说的内容与形式常常有意无意影响甚至左右着他们的创作。梁启超的《新中国未来记》明显是西方政治小说的样式，但却采用了中国传统的章回小说的形式。②林纾翻译西方现代小说，采用的却是中国古老的文言。陈平原认为："由于域外小说的输入，刺激乃至启迪了中国小说，使其发生变化；同时，中国小说从文学结构的边缘向中心移动，在移动的过程中汲取整个传统文学的养分而发生变化——这两种移位的合力，共同促成了新小说的演进。"而且，"这两种移位往往是纠合在一起的"，"当把前一种移位推到'前景'时，后一种移位并没有消逝，只是悄悄地隐入'后景'；反之亦然"③。这一论述比较透彻地说明了新小说发展过程中西方因素与中国因素的相互作用。

值得注意的是，新小说作家虽然热衷于言说西方，但他们对于西方、西方小说的了解并不十分深入，有些甚至是道听途说，

明清近代叙事思想

---

① 梁启超：《告小说家》，黄霖、韩同文选注：《中国历代小说论著选》（下册），江西人民出版社，2000年，第90页。

② 梁启超的《新中国未来记》未写完，已成部分的目录是：绪言；第一回：楔子；第二回：孔觉民演说近代史黄毅伯组织宪政党；第三回：求新学三大洲环游论时局两名士舌战；第四回：旅顺鸣琴名士合并榆关题壁美人远游；第五回：奔丧阻船两睹怪象对病论药独契微言。

③ 陈平原：《中国现代小说的起点》，北京大学出版社，2005年，第10页。

但被他们有意向地接受并夸大了。这种想象西方的倾向在新小说作家中比较普遍。其消极的一面自然是与西方的现实不符，对中国读者造成一定程度的误导；而其积极的一面则是为新小说的产生与发展提供了理由、目标与楷模。因此，这种想象西方在当时是有着其不可否定的积极作用的。

新小说是近代小说的主体，也是近代小说最有价值的部分。因此宽泛一点，也可以将新小说与近代小说等同起来。新小说与传统小说的不同在于：内容上，新小说表现近代政治思潮与革命思想，涉及的生活面更加广阔；形式上，新小说受域外小说特别是西方小说的影响，逐渐摆脱传统的章回小说、拟话本小说以及文言小说的格式，在向现代小说形式转变的同时，实验了各种新的叙事形式与叙事技巧。新小说的历史不到二十年，但作品十分丰富，大致可以分为政治、侦探、科学、谴责、狭邪、革命、演史、言情等不同类型。

政治、侦探、科学小说是从西方传过来的小说新类型。政治小说以小说的形式进行政治宣传，其主要目的不在形象的塑造，而在某种政治主张、政治思想的表达。侦探小说是西方法制逐渐健全后的产物，当时以英国作家柯南·道尔创作的《福尔摩斯探案集》为代表。侦探们以自己的力量，通过严密的调查与缜密的推理揭露犯罪、维护社会秩序与正义。科学小说是西方现代科学发展之后的产物，它以某种科学知识为基础，展开想象，虚构情节。这些小说产生于西方社会现实之中，从中既可感受到西方社会的各个方面，又能得到一定的美感享受，在近代中国很受欢迎，尤其是侦探小说，当时的译作很多。新小说作家对这三种小说都很有兴趣，作品很多。政治小说如梁启超的《新中国未来记》、蔡元培的《新年梦》、陈天华的《狮子吼》等；侦探小说如程小青的早期作品，吴趼人的《九命奇冤》，嘿生的《玉佛缘》等，刘鹗的《老残游记》、吴趼人的《二十年目睹之怪现状》，一般认为也带有侦探小说的因素；科学小说如吴趼人的《电术奇谈》、荒江钓叟的《月球殖民地小说》、徐念慈的《新法螺先生谭》等。这些小说一方面在内容上有全新的表现，另一方面在叙事形式上也有许多新的变化，如倒装手法的运用、视点的选择。叙事方式的改变不仅推动了近代小说叙事形式的变化，也对近代小说的内容产生了一定的影响。因为内容固然决定形式，然而内容也需适应形式。如果采用某种形式已经决定，那么内容也必然相应地要有所改变。如侦探小说常用倒装手法，不仅是因为侦探小说需要倒装的结构来吸引读者，也是因为侦探小说的故事适合采用倒装结构。反过来，如果一部作品的结构事先决定采用倒装，那么很明显，作者在考虑故事时也必然会有所选择。

谴责与狭邪小说的命名最早是由鲁迅提出的。鲁迅认为，谴责小说产生于人们对社会的不满："群乃知政府不足与图治，顿有掊击之意矣。其在小说，则揭发伏藏，显其弊恶，而于时政，严加纠弹，或更扩充，并及风俗。虽命意在于匡世，似与讽刺小说同伦，而辞气浮露，笔无藏锋，甚且过甚其辞，以合时人嗜好，则其度量技术之相去亦远矣。"①谴责小说继承了讽刺小说的传统，但重点在揭露与批判社会特别是官场的腐败与黑暗，主要有李伯元的《官场现形记》、吴趼人的《二十年目睹之怪现状》、刘鹗的《老残游记》、曾朴的《孽海花》等。从创作实绩来看，谴责小说可以算是新小说中成就最高的一支。这主要由它的创作规模、思想内容以及"匡世救人"的创作宗旨所决定的。谴责小说艺术上虽然比较粗糙，但其中的优秀作品艺术上也达到了一定的高度。如《官场现形记》嬉笑怒骂的叙事风格和从地方到北京再到地方、北京的圆弧形结构方式，《二十年目睹之怪现状》通过一个人物将整个故事贯穿起来的结构手法，《老残游记》结构的紧凑，描写的生动、细腻，《孽海花》对金雯青、傅彩云等人物形象的塑造，等等，都在传统叙事艺术上增加了新的东西，是值得肯定的。谴责小说发展到后来，部分作家失去了谴责小说所有的批判精神，只是热衷描写官场的黑幕，堕落为鲁迅所说的黑幕小说。这是谴责小说的末流，就不值一提了。

在《中国小说史略》中，鲁迅用"狭邪小说"指称描写妓院或优伶生活的小说。"狭邪"本指城市中的小巷，妓女们常居于此，后用"狭邪"指称妓院。狭邪小说的前身是青楼小说。到了近代，小说的男女主人公逐渐从风流倜傥的才子和才貌双全的佳人变为脑满肠肥的商人与品貌平常的妓女，妓女与客人之间的关系也缺少了青楼小说中的那种浪漫与激情，变成平平常常的日常

①　鲁迅：《中国小说史略》，人民文学出版社，2007年，第289页。

明清近代叙事思想

生活和充满算计的互相利用。韩邦庆的《海上花列传》（1892）形象生动地反映出了这一变化。除此之外，"光绪末至宣统初，上海此类小说之出尤多，往往数回辄中止，殆得赂矣；而无所营求，仅欲摘发伎家罪恶之书亦兴起，惟大多巧为罗织，故作已甚之辞，冀震耸世间耳目，终未有《海上花列传》之平淡而近自然者"①。

革命小说指那些描写革命者生活、理想和奋斗的小说。这里的革命者取其广义，意指对现实不满、要对现实进行改革的人。清末民初，社会黑暗，对社会不满的人比比皆是，其中进步、有理想者，便起而奋斗，试图将中国社会推向好的方向，其中人、事往往有很多可歌可泣者。反映在小说中，就是革命小说的兴起。如静观子著、描写秋瑾女士革命事迹的《六月霜》(1911)，羽衣女士的《东欧女豪杰》等。在这类小说中，最引人注目的是一批描写妇女解放的作品，如王妙如的《女狱花》（1904）、海天独啸子的《女娲石》（1904）、汤宝荣的《黄绣球》（1907）。这些小说都反映了当时的妇女解放问题，塑造了一批追求妇女解放的女性形象。其中又以《黄绣球》最为出色。阿英指出："所以说这是当时妇女问题小说的最好作品，主要由于这部书保留了当时新女性艰苦活动的真实姿态，当时社会中新旧斗争经历，反映了一代的变革。"②女主人公的成长经历与精神风貌值得我们注意。

中国文学历来有演史的传统，如《三国演义》、《东周列国志》等。新小说作家也常常通过对历史事件的演义，来表达自己对于历史与社会的看法，宣传革命的思想。如痛哭生第二的《仇史》(1905)、黄小配的《洪秀全演义》（1906）以及无名氏的《吴三桂演义》等。黄小配歌颂太平天国，将他们写成反清的英雄与追求民主政治的斗士。他虚构了一个诸葛亮式的人物钱江，将他作为小说的核心人物，说明这部小说并不是纯史实的演义，而有一定的虚构成分。作者这样处理，不仅是为了艺术上的成功，更有思想方面的考虑。这一时期还出现了不少对以往的演史小说进行改写的作品，阿英称之为"拟旧小说"，如陆士谔的《新三国》（1909）、《新水浒》（1909）、吴趼人的《新石头记》(1908)、陈冷血

① 鲁迅：《中国小说史略》，人民文学出版社，2007年，第273页。

② 阿英：《晚清小说史》，人民文学出版社，1980年，第105页。

的《新西游记》（1909）等。作者运用这些小说中原有的材料，加以改写，注入新的思想，以表达自己社会改革的思想。

言情小说主要指那些描写男女之情的作品。从这个角度看，狭邪小说在某种意义上也应归入言情的范围。但狭邪小说的男女主人公有其特殊的身份，如果去掉这种特殊身份，狭邪小说也就靠近了言情小说。近代言情小说十分丰富，如吴趼人的《恨海》（1904）、小白的《鸳鸯碑》（1908）等。这些作品中有一些社会生活的描写，但主要描写的还是男女主人公曲曲折折的生活际遇和情感历程。言情小说发展到"鸳鸯蝴蝶派"蔚为大观，艺术上也达到较高的程度，如徐枕亚的《玉梨魂》（1912）、苏曼殊的《断鸿零雁记》（1912）、吴双热的《孽冤镜》（1912）等。"鸳鸯蝴蝶派"的作品在思想上没有什么深度，但在描写男女情感与艺术手法上却颇有成功之处，适应市民阶层娱乐消遣的需要，在民初有其盛行的理由。五四之后，阶级矛盾、民族矛盾日益深重，"鸳鸯蝴蝶派"受到左翼文坛的批判，逐渐陷入低谷。但作为消遣文学的一支，其创作一直没有中断。

此外，还有描写商人与商战的商业小说，如姬文的《市声》、大桥式羽（假名，作者真名不详）的《胡雪岩外传》、吴趼人的《发财秘诀》等；写海外华人生活的，如佚名的《苦社会》、中国凉血人的《拒约奇谭》、碧荷馆主人的《黄金世界》等。

阿英认为："晚清小说，在中国小说史上，是一个最繁荣的时代。……当时成册的小说，就著者所知，至少在一千种上。"[1]据陈大康统计，1840—1911年的72年间，中国共出版通俗小说1653种，文言小说99种，翻译小说1003种。日本学者樽本照雄统计的数量分别是创作小说1805种，翻译小说1036种。[2] 而日本清末小说研究会1988年编辑并出版的《清末民初小说目录》中，收书目竟达近一万件（一书多种版本，一种版本为一件），剔除重复，计收创作小说5359种，翻译小说2567种，合计7926种。由此可见近代小说创作的繁荣。

在中国小说发展史上，近代是值得重视的。首先，它在不到二十年的时间，将小说从一个不登大雅之堂的文类推到了文学的

---

① 阿英：《晚清小说史》，人民文学出版社，1980年，第1页。
② 转引自韩伟表：《中国近代小说研究史论》，齐鲁书社，2006年，第21页。

顶峰，牢牢确立了小说在文学中的地位。其次，近代小说在内容与形式两个方面都做了众多的尝试，极大地开拓了小说的领域，后来小说发展的各种可能性，在近代小说那里都能找到相关的因素。第三，近代小说反映了那一特定时期社会生活的方方面面，作者们以极大的热情，表达了自己的思想与理想，对社会进行干预，在一定程度上推动了社会的前进。因此，不能将近代小说仅仅看作古代小说与现代小说之间的过渡，它有自己的价值。诚如王德威所说："没有晚清，何来'五四'？"[1]近代小说是现代小说产生与发展的基础与出发点。但是，对以新小说为代表的近代小说也不能评价过高，毕竟，选材不严，思想不够深刻、过于直露，形象性不够，艺术水准有待提高，等等，是其无法回避的不足。王德威认为，晚清小说隐含着现代性的多种可能性，"五四小说"则狭窄了这些可能性，发展了其中的某些可能性，使其成为现实，压抑了其他可能性。[2]这是正确的。不过，我们也没有必要仅仅因为近代小说隐含着的现代性的可能性多于现代小说，就认为近代小说高于现代小说。这里的关键在于，近代小说现代性的多种可能性还只是一些有待发展的可能性，而任何一种发展都不可能是对这些可能性的全面发展，只能是选择性的发展。这就像一个小孩，他身上存在着各种可能性，他可以成为文人，也可以成为工人、农民、军人、商人、政治家、运动员、科学家、教师、医生、律师、演员、歌唱家、社会工作者，等等，但最终，他只能成为其中的一种或几种。相对于幼时的多种可能性，成年后的他实现了其中的一种可能性而压抑了其他的可能性，这是他成长过程中必需的选择。因此，问题的关键不在近代小说与现代小说相比存在着更多的现代性的可能性，而在于现代小说所发展起来的现代性是否是正确选择的结果。尽管这可能是见仁见智的。

三、翻译小说与近代戏剧

1. 翻译小说

近代叙事文学发展的一个重要动因是域外特别是西方文学的

---

[1]　王德威：《被压抑的现代性》，北京大学出版社，2005年，第1页。
[2]　参见王德威：《被压抑的现代性·导论》，北京大学出版社，2005年。

影响。由于中国在与列强的抗争中屡屡失败，人们对中国社会问题的认识日益加深，中国人学习西方的热情也就日益高涨。绍介、翻译域外特别是西方文学，便是这种热情的一个方面。由于国内掀起的小说革命的浪潮，这一时期的翻译作品也以小说为主。根据阿英的介绍，当时国内翻译小说与创作小说之间的比率，大约是三分之二比三分之一，由此可见当时翻译的繁荣。"而中国的创作，也就在这汹涌的输入情形之下，受到了很大的影响。"①

阿英认为，中国翻译西方小说，大约始于清朝中期。"约当1740年左右，那时期都是根据《圣经》故事，和西洋小说的内容，重新写作，算为自娱，如《欧文杂记》之类。稍后始有长篇，最初的一种，是《瀛环琐记》（申报馆版）里的《昕夕闲谈》。译者署蠡勺居士。到光绪三十年（1904），经译者删改重定，印成单本（文宝书局），署名易为吴县黎床卧读生。前有《重译外国小说序》，称其目的在贯输民主思想，认为中国不变更政体，决无富强之路。大规模的介绍翻译，却在甲午中日战争（1895）以后。"②这段话勾勒了近代文学翻译的大致过程。不过，中国人接触西方文学的时间应该还要稍早一些。明清之际，耶稣会教士为了传播基督教，就翻译了一些西方文学作品如《伊索寓言》中的一些篇章《畸人十篇》、《七克》等，作为宗教书籍的附录，以帮助教义的说明。清廷在翻译方面也做了一定的努力。乾隆二十二年（1757），清廷设"俄罗斯文馆"，同治元年（1862），又设"同文馆"。这些都是专门的翻译机构与外语学校，加上清末与西方交往的扩大以及海外留学的开展，中国社会懂西文的人逐渐增多，为翻译储备了一定的人才。这样，一旦时机成熟，大规模的文学翻译才有展开的可能。

最早提倡文学翻译的是严复、梁启超等人。严复、夏曾佑在《本馆附印说部缘起》，梁启超在《译印政治小说序》、《论小说与群治的关系》等文章中大声疾呼提高小说的地位，主张大量译介域外小说，认为"欧、美、东瀛，其开化之时，往往得小说之助"，因此他们"不惮辛勤，广为采辑，附纸为送。或译诸大瀛

---

① 阿英：《晚清小说史》，人民文学出版社，1980年，第181页。
② 阿英：《晚清小说史》，人民文学出版社，1980年，第181页。

之外，或扶其孤本之微"①。在他们的倡导下，挟时代之潮流，翻译小说大潮很快兴起。按日本清末小说研究会编辑出版的《清末民初小说目录》，这一时期翻译小说有 2567 种，这里面肯定还有遗漏未收入的，因此，总数至少应在 3000 种以上。从 1897 年《国闻报》发表《本馆附印说部缘起》算起，到 1919 年，20 余年时间，每年翻译小说应该不少于 150 种，在现代出版事业刚刚起步的清末民初，这样的规模已经很可观了。

当时最著名的翻译家是严复与林纾。严复主要翻译学术著作，很少涉足文学作品。林纾的翻译则以小说为主。我们对林纾的翻译作一简单的盘点，借此可知当时小说翻译的概貌。按照韩洪举的研究，林纾一生共翻译小说 181 种，其中所涉及的世界著名作家 21 位、作品 57 种。其中包括托尔斯泰的作品 10 种，狄更斯的作品 6 种，莎士比亚的作品 5 种，司各特的作品 3 种，笛福的作品 2 种，菲尔丁的作品 1 种，斯威佛特的作品 1 种，乔叟的作品 1 种，柯南·道尔的作品 7 种，小仲马的作品 8 种，大仲马的作品 3 种，巴尔扎克的作品 1 种，雨果的作品 1 种，孟德斯鸠的作品 1 种，斯陀夫人的作品 1 种，华盛顿·欧文的作品 3 种，欧·亨利的作品 1 种，伊索的作品 1 种，塞万提斯的作品 1 种，易卜生的作品 1 种，德富卢花的作品 1 种。而在这 57 种作品中，属于世界名著的又只有 30 种。②在 181 种小说中，世界名著只有 30 种，可见林纾的翻译的确存在选材不严的问题。林纾的翻译存在的其他问题，研究者公认的大致还有：翻译没有紧扣原文，存在着一定程度的误译、漏译和故意的曲译；翻译前的准备和研究不够，对作者的国别和作品的体裁的介绍存在失误的情况；采用文言文体，语言不够通俗，也不能很好地适应原著的语言。

其实，除了不懂外语，需要与懂外语的人合作才能进行翻译和采用文言文体之外，林纾翻译中存在的问题也是近代小说翻译中存在的通病。小说革命与翻译大潮的兴起之速，中国翻译界无论在翻译人才还是在对域外小说的了解方面都准备不足。而社会

① 《本馆附印说部缘起》，黄霖、韩同文选注：《中国历代小说论著选》（下册），江西人民出版社，2000 年，第 5 页。

② 参见韩洪举：《林译小说研究》第 1 章第 3 节，中国社会科学出版社，2005年。

的急切需要又不可能等到各种条件具备之后再进行小说翻译，大家仓促上阵，看到感觉可以的作品便拿来译出以飨读者，有时甚至饥不择食，这样自然难以保证所译小说的质量。另一方面，近代是我国翻译草创的时期，大规模的翻译刚刚开始，各种标准、规则以及可供借鉴的表达方式都未成熟，翻译家只能自己摸索。虽然严复早就提出了"信、达、雅"的主张，但成为业内共识还有需时日。①这一时期的译者往往根据自己的理解，在译文中加入原文没有的内容，并认为是理所当然的事。在谈到《毒蛇圈》的译文时，趼廛主人写道："后半回妙儿思念瑞福一段文字，为原著所无。窃以为上文写瑞福处处牵念女儿，如此之殷且挚，此处若不略写妙儿之思念父亲，则以'慈'、'孝'两字相衡，未免似有缺点。且近时专主破坏秩序，讲家庭革命者，日见其众，此等伦常之蟊贼，不可以不有以纠正之。特商于译者，插入此段。虽然，原著虽缺此点，而在妙儿当夜，吾知其所以断不缺此思想也。故虽杜撰，亦非蛇足。"②根据自己的想法与文化背景对原著进行增删，而且并不感觉有什么不妥。再加上翻译家自己的中文特别是外文水平也有待提高，以及中外文化、思想意识上的差异，③因此，出现错译、漏译与曲译的现象也就在所难免。此外，还应注意文学商业化的影响。当时翻译外国小说也不完全都是为了"改良群治"，其中商业化的成分也不少，不少翻译家从事翻译是为了挣钱，在选择作品时重视的是它能否受市场欢迎，其内在质量不是首要的考虑对象。甚至不乏为了吸引读者而对原著进行改写、增删的，这也造成了翻译质量上的问题。

从某种意义上说，近代翻译小说也是近代叙事文学的有机组成部分。近代小说家中有许多人既进行创作又从事翻译，如林纾、苏曼殊、吴趼人、包天笑、徐念慈、刘鹗、梁启超等。在这些人身上，翻译小说与创作小说往往互相影响。另一方面，由于

---

① 甚至严复自己也没有完全按照"信、达、雅"的要求进行翻译，他译的《天演论》中，就有许多内容是按照自己的理解和需要增添或修正了的。

② 趼廛主人：《〈毒蛇圈〉评语》，陈平原、夏晓虹编：《二十世纪中国小说理论资料》，北京大学出版社，第112页。

③ 如蟠溪子（杨紫麟）在翻译哈葛德的小说《迦茵小传》时，为了保全迦茵的"贞节"，不坠其在中国读者心目中的美好形象，故意隐去了迦茵与亨利热恋并且怀孕生有一私生子的情节，而假托是原本不全。

当时的翻译规范尚不健全，有些译者在翻译的时候，往往抛开原著，自己撰写一些段落，使翻译小说带上了创作的色彩。

翻译小说对近代小说创作的影响是多方面的。首先，它开阔了国人的眼界，增进了国人对海外社会和域外文学的了解，改变了国人的思想意识。其次，它改变了国人对小说的看法，促进了近代小说观念的变化，促进了近代小说的繁荣与发展。第三，它拓宽了近代小说的形式与题材，为近代小说创作提供了演习与模仿的范例。第四，它提供了新的叙事方法与技巧，促进了小说叙事形式的变化与转型。讨论近代小说，如果不涉及翻译小说，很多问题将说不清楚，甚至无法言说。

2. 近代戏剧

近代剧坛，主要是京剧、昆曲与话剧三大剧种相互竞争。有学者将近代戏剧的发展分为三个阶段。第一阶段从鸦片战争到中日甲午战争。这一时期京剧继续发展，巩固自己在剧坛的领导地位，部分作家编出了一批京剧与地方戏的剧本，为京剧的保存与继续发展提供了比较好的基础。昆曲继续有新剧本出现，个别作家如范元亨开始认识到曲律解放的审美意义，透出近代戏剧改革的先声。第二阶段从戊戌变法到庚子事变前后。这一时期的戏剧理论透露出改革的意向，传递着崭新的时代气息和新的审美创作意向。这一时期的剧本形式虽然仍是传统的，但题材、内容和艺术表现形式都发生了新的变化。第三阶段是辛亥革命前后。这一时期随着剧作家与演员的社会责任感与民族民主意识的增加，戏剧的内容与艺术表现形式都有一定的变化，爱国主义思想进一步加强。西方的话剧这一时期传入中国，带来了新的戏剧形式，促进了近代戏剧的繁荣。①

京剧自 19 世纪中期取得剧坛盟主的地位之后，继续改革与发展。它在吸取昆曲的部分唱腔与表演技艺的同时，也吸收一些地方戏的精华，在艺术方面得到了很大的提高。另一方面，京剧又翻改了大量的传奇与杂剧剧本，不仅采用了它们原有的题材与情节，也改编其中一些精美的文词，使其雅俗共赏，进一步加强了京剧的艺术魅力。就戏剧文学而言，这一时期京剧有两个重要

---

① 陈永标：《论近代戏曲文学的民族精神——兼论近代戏曲文学的分期问题》，载《中国近代文艺美学论稿》，广东人民出版社，1993 年。

的剧作家值得注意。一个是汪笑侬（1858—1918）。汪笑侬是满人，原名德克俊（一作德克金），做过知县，因生性耿直，主持正义，被罢了官，后投身剧场。汪笑侬对当时社会的黑暗和政治的腐败不满，试图通过戏剧创作表达自己的思想与感情。他创作和改编了大量剧本，如取材于中国历史的《党人碑》、《哭祖庙》、《受禅台》、《博浪锥》，取材于外国历史的《瓜种兰因》等。这些剧本大都借古喻今，表达了浓郁的时代气息和强烈的爱国主义精神。汪笑侬自己是一个成功的演员，他创作和改编的剧本具有很好的舞台演出效果。另一个重要的剧作家是欧阳予倩（1889—1962）。欧阳予倩出生于官宦家庭，15 岁赴日本留学。留学期间，加入中国留学生最早的话剧团体"春柳社"，并参加了根据斯托夫人的长篇小说《汤姆叔叔的小屋》改编的《黑奴吁天录》和宣传革命思想的《热血》等剧的演出。1910 年回国，1916 年参与传统戏剧的创作，主要贡献是编演了一系列《红楼梦》题材的京剧，主要有《黛玉葬花》、《黛玉焚稿》、《鸳鸯剑》、《晴雯补裘》等，向广大群众宣传反封建、反礼教的思想。欧阳予倩将话剧的一些因素引入京剧中，他编写的剧本结构严谨，适当分幕，取消了京剧中常见的过场戏，注意语言的文学性。他的改革给京剧带来了新的活力。

在近代，昆曲同传奇与杂剧有着不可分割的联系。传奇与杂剧诞生之后，就形成了自己完整的结构体制、宫调配制与曲牌套数。其变革大致始于明嘉靖年间，主要方向是两者的互相靠拢、相互融合。到鸦片战争前夕，两者在曲律与体制上已经没有实质性的区别，将两者区别开来的主要标志是篇幅的长短。而昆曲产生之后，与传奇杂剧逐渐融合，传奇杂剧采取了昆曲的音乐体制与舞台表演形式。有学者认为，两者其实是"两位一体的东西"。昆曲指的是"音乐体制"，传奇杂剧指的是"文学体制"，"传奇杂剧以作家为中心，昆曲以演员为中心，离开搬演昆曲就不复存在"①。然而，与形式自由、更具生活气息的京剧相比，昆曲的形式则显得比较僵化，语言古雅艰深，脱离群众。因此，在京剧发展的同时，昆曲也进行了力度较大的改革。首先，昆曲采用一些

① 康保成：《中国近代戏剧形式论》，漓江出版社，1991 年，第 19 页。

新的剧本，如描写南宋民族英雄事迹的《爱国魂》、《指南梦》，写朝鲜沦亡的《亡国恨》，写秋瑾、徐锡麟等爱国志士为争取自由、独立与民权而英勇献身的《轩亭秋》、《开国奇冤》等。这些剧本以历史与现实为题材，表达了深厚的爱国之情与对统治阶级的不满。其次，在艺术形式上，昆曲也做了一定的改革。如在表演上向生活靠拢，"曲"的比重逐渐缩小，吸收京剧一些优点，向通俗化、自由化与口语化的方向靠拢，等等。

但无论是京剧还是昆曲，"曲"的成分都太重，戏剧性因而不足。此外，传统戏曲各种程式化的表演，使戏剧与现实生活拉开了一段距离，而唱念做打的演出方式，也无法继续吸引受到西方戏剧文化影响的年轻人。如果说这些特点在过去还不十分引人注目，那么在西风东渐、人们逐渐接受了西方文学的价值观念与表现形式的近代，这一特点便日益成为中国戏剧的弱点。康保成认为："西方在向中国输入大量鸦片烟的同时，也输入了以'写实'为特点的戏剧文化。处于巅峰时期的皮黄，遇上了一个无比强人的对手。从辛亥革命前夕到五四运动前后，以皮黄为代表的民族戏剧形式受到前所未有的挑战和打击。一些深受西方文化影响的有识之士纷纷指出，传统戏曲的症结在于受'曲'的束缚太重，缺乏戏剧性。"[①]这种不足在传统戏曲的体制内是无法解决的，其解决途径只能是通过西方戏剧的引进，建立起一种新的戏剧形式。这种新的戏剧形式就是话剧。

早期的话剧又叫"新剧"或"文明戏"，最早的尝试在19世纪与20世纪之交。1899年，上海圣约翰书院演出话剧《官场丑史》，1900年南洋公学演出《六君子》，但影响都不大。1906年，留日学生李叔同、曾孝谷等发起，欧阳予倩、吴我尊、黄喃喃、李涛痕、马绛士、谢抗白、庄云石、陆镜若等人参与的"春柳社"在东京成立，先后演出话剧《茶花女》（1907）、《黑奴吁天录》（1907）和《热血》（1909），在当时产生了巨大影响。《热血》表现了革命党人同反动当局的斗争以及慷慨就义的事迹，在中国留学生中深得好评，尤其是同盟会成员认为这次演出给了革命青年很大鼓舞，但也引起了清政府的注意。由于中国公使馆的干涉，

---

① 康保成：《中国近代戏剧形式论》，漓江出版社，1991年，第29页。

"春柳社"被迫暂时停止活动。1910 年，"春柳社"的成员陆续回国。1912 年，陆镜若邀集欧阳予倩、马绛士、吴我尊为骨干，成立了"新剧同志会"，开始了后期春柳的戏剧活动。1912—1915 年，"新剧同志会"以上海为基地，先后在常州、苏州、无锡、长沙、杭州一带做巡回演出，保留剧目有《家庭恩怨记》、《不如归》、《猛回头》、《社会钟》等，对新剧的发展起到了推动作用。"春柳社"是中国人成立的第一个话剧社团，他们重视剧本和排练，重视剧本的思想性与艺术性，注意保持话剧的完整性，对于我国后来的话剧发展产生了重要的影响。

除了"春柳社"外，这一时期重要的话剧演出团体还有任天知等人于 1910 年在上海成立的"进化团"，这是我国第一个职业的话剧团。剧团成立之后，编演了许多富有革命精神的话剧，如描写反帝斗争的《新茶花》、描写武昌起义的《黄鹤楼》、歌颂辛亥革命的《共和万岁》等，在当时也很受欢迎。但"进化团"不太重视剧本，演出时让演员自由发挥，同时不大注意保持话剧固有的特色，因此对中国话剧发展的影响不如"春柳社"。

由于适应现实生活的需要和当时中国的社会状况，话剧在世纪之交产生之后发展很快，短短二三十年时间，就成为与京剧等传统戏剧并驾齐驱、在青年知识分子中更受欢迎的重要剧种，出现了曹禺、洪深、田汉等一批重要剧作家和《雷雨》、《日出》等一批经典作品。但话剧毕竟产生较迟，其真正的发展是在五四之后，加上理论固有的滞后性，因此与小说相比，话剧对近代叙事思想未能产生重要的影响。而京剧、昆曲等传统戏曲虽然在近代也进行了改革，创作了不少新的剧本，但在理论方面的研究也不够深入，未能出现如梁启超《论小说与群治的关系》、王国维《〈红楼梦〉评论》这样重要的理论文章。因此，中国近代叙事思想的主要来源是近代小说理论与小说创作实践，戏曲在其中只贡献了比较次要的部分。

第二节　近代叙事思想

近代社会的急剧动荡、革命思潮的节节推进、小说界革命的提出与迅速发展，以及西方文化、文学思想的输入，对近代叙事思想产生了根本性影响。近代是叙事思想大变动的时期，其变化之深刻、范围之广泛，是前所未有的。本节拟从近代叙事思想的发展与特点等八个方面，对近代叙事思想作一初步的归纳与探讨。

一、近代叙事思想的发展与特点

近代叙事思想的发展与近代叙事文学大体同步。1840—1894年较长的一段时间里，虽然有龚自珍、黄遵宪等先驱性人物在诗歌领域提出变改的要求，但整个叙事思想没有大的变化。甲午海战之后，中国败于日本的事实使全国上下认识到中国经济与文化的落后，意识到亡国灭种的危机和变革的重要性，维新运动由此兴起。资产阶级改良派试图运用小说改良群治，进行社会革命，提倡小说革命，宣传西方的文学与小说观念，强调小说的社会作用，进行小说内容与形式的变革。1898年戊戌变法失败之后，以孙中山为首的资产阶级革命人士认识到在清朝政权的框架内无法进行有效的变革，遂走上革命的道路。1905年，同盟会在日本东京成立，提出"驱除鞑虏，恢复中华，创立民国，平均地权"的十六字纲领。以孙中山为首的资产阶级革命派在利用小说宣传革命思想、提倡小说内容与形式的变革、学习西方文化与文学等方面与资产阶级改良派没有大的区别，但他们更强调小说内容的革命性，要求小说为革命、反清服务，同时，他们对文学的作用进行了一定的修正，虽然仍然强调文学的巨大作用，但认为文学只是革命的手段之一。辛亥革命之后，全国民众的革命热情有所消退，批评界对于叙事文学有了进一步的认识，叙事文学回归本位的思想抬头，叙事文学的美学特点受到重视。但另一方面，也出现了片面强调文学的审美特别是娱乐功能的倾向，从而导致大量写情小说的出现。同时，受西方戏剧的影响，对中国传统戏曲的反思与批评也逐渐增加，产生了早期的话剧即文明戏运动，戏剧叙事思想也发生了变化，更加强调剧本，强调戏剧的结构、对白与戏剧中的叙事因素。

近代叙事思想有如下特点：

1. 强烈的政治色彩

强烈的政治色彩，是近代叙事思想的重要特色之一。近代中国社会存在着中华民族与西方列强以及广大民众与清朝政权的两大矛盾。前者是民族矛盾，后者主要是阶级矛盾，但由于清朝是由满清贵族建立起来的政权，因此它与全国民众的矛盾也就带有民族矛盾的性质。要解决这两大矛盾，就必须唤起民众，改变国人的思想。无论是资产阶级改良派还是资产阶级革命派，都对以小说为代表的叙事文学寄予厚望，将其作为解决矛盾的重要甚至唯一手段。梁启超认为："欲新一国之民，不可不先新一国之小说。故欲新道德，必新小说；欲新宗教，必新小说；欲新风俗，必新小说；欲新学艺，必新小说；乃至欲新人心，欲新人格，必新小说。何以故？小说有不可思议之力支配人道故。"①小说成为新国新民的重要途径。人们强调小说在教育民众、改造社会方面的作用与责任，使这一时期的小说理论与叙事思想带上了深厚的政治色彩。这种色彩首先表现在强调小说的社会作用，要求小说为政治服务。陶祐曾主张小说为社会政治服务，成为改革政治的工具。②这要求小说在内容上具有政治内涵。如张肇桐宣称，自己创作《自由结婚》的主要目的，一是"观察社会之腐败"，二是"振刷学界之精神"，三是"建立国家之大业"，全书"关于政治者十之七，关于道德教育者十之三"。③而道德教育实际上也与政治有一定的关联，因此小说的内容可以说基本上是政治化的。在形式上，则要突破传统的章回、话本、传奇小说的形式，从西方引进政治、侦探、科学、冒险等新的小说形式。引进这些小说形式，不仅是因为这些形式国内没有，更是因为这些形式有利于改良民治、改造社会。梁启超引进西方政治小说的目的自不待说。林纾也曾坦言，他译尚武小说《鬼山狼侠传》的原因是国人奴性太重，因此，想用这部小说中凌厉的"贼性"来"振作积弱之社会"，鼓动国民的"死气"，以与外人抗争。④

近代叙事思想强烈的政治色彩其次表现在学者们研究小说也往往是从政治的角度出发，为政治服务。黄霖、韩同文选注的

① 梁启超：《论小说与群治之关系》，黄霖、韩同文选注：《中国历代小说论著选》（下册），江西人民出版社，2000年，第41页。

② 陶祐曾：《论小说之势力及其影响》，黄霖、韩同文选注：《中国历代小说论著选》（下册），江西人民出版社，2000年。

③ 张肇桐：《自由结婚弁言》，黄霖、韩同文选注：《中国历代小说论著选》（下册），江西人民出版社，2000年，第123页。

④ 吴俊标校：《林琴南书话》，浙江人民出版社，1999年，第33页。

《中国历代小说论著选》认为："为适应政治的需要而倡导与研究小说，是晚清小说理论的一大特点。"①当时的批评家热衷从政治的角度研究小说，将小说研究为自己的政治目的服务。如蔡元培，在他的《红楼梦》研究中，常有牵强附会，将书中人物、情节强拉到满汉对立上来的地方。如认为"书中女子多指汉人，男子多指满人"，"书中红字多影朱字。朱者明也，汉也。宝玉有爱红之癖，言以满人而爱汉族文化也；好吃人口上胭脂，言捡汉人唾余也"②。这种失误不仅是由于其索隐派的研究方法，更是由于其反满抗清的政治目的。

2. 强调文学的功利性

近代文学特别是叙事文学的作家与批评家们大都将文学看作是干预现实、教育民众、改造社会的手段，因而特别强调文学的功利性。这种功利性不排除经济、名利等方面的因素，但主要是一种政治功利性，即着眼于社会变革的功利性。资产阶级改良派希望通过文学改良民治，革命派希望通过文学宣传革命思想，推翻清朝统治。因此，梁启超强调小说对于社会的影响力，要求作家们明白"吾侪操笔弄舌者，造福殊艰，造孽乃至易"，大家应"诉诸其天良"，写出对社会有益的作品。③三爱则认为："现今国势危急，内地风气不开，慨时之士，遂创学校，然教人少而功缓。编小说，开报馆，然不能开通不识字人，益亦罕矣。惟戏曲改良，则可感动全社会，虽聋得见，虽盲可闻，诚改良社会之不二法门也。"④无论提倡小说还是提倡戏剧，都是从其社会作用着眼，强调其改造社会的作用。

3. 强烈的实践性与群众性

强烈的实践性与群众性是近代叙事思想的又一特点。所谓群众性，不是说近代叙事思想家们认为叙事文学应该与群众性的运

① 参见黄霖、韩同文选注：《中国历代小说论著选》（下册）中黄人：《小说小话》一文中的"编者说明"，第289页。

② 蔡元培：《石头记索隐》，黄霖、韩同文选注：《中国历代小说论著选》（下册），江西人民出版社，2000年，第445页、第454页。

③ 梁启超：《告小说家》，黄霖、韩同文选注：《中国历代小说论著选》（下册），江西人民出版社，2000年，第90页。

④ 三爱：《论戏曲》，阿英《晚清文学丛钞·小说戏曲研究卷》，中华书局，1960年，第55页。

动结合起来，或者民众应该大量参与叙事文学的创作，而是说，近代叙事思想强调叙事文学的群众基础，强调叙事文学应该面向广大民众，认为只有通过影响民众才能达到改造社会的目的。管达如记叙道："今试一游乎通都大邑之书肆，则所陈列者，十之六七，皆小说矣。又试入穷乡僻壤，则除小说外，他项书籍，殆不可得见焉。与村夫野老妇人孺子谈，彼其除小说以外无所知，无足怪也。即学士大夫，号为通知古今者，其于小说，亦复津津乐道。"①由此可见小说广泛的群众基础。也正是因为其广泛的群众性，叙事文学才能产生巨大的社会影响力。梁启超认为，小说具有"熏、刺、浸、提"四力，小说通过这四种力影响人心并进而影响社会。"大圣鸿哲数万言谆诲之而不足者，华士坊贾一二书败坏之而有余。……于是华士坊贾，遂至握一国之主权而操纵之矣。"②小说影响人心、社会的力量，由此可见一斑。

近代叙事思想重视实践，这主要表现在三个方面：其一，由于现实问题的紧迫，近代叙事思想家们不愿也不擅长对叙事文学进行纯理论的探讨，而是侧重于探讨如何通过叙事文学改良人心，改造社会。其二，近代叙事文学作者与批评家们关注的核心是叙事作品对社会、人心的影响。无论是改良派梁启超的《告小说家》，还是革命派章炳麟的《洪秀全演义序》，抑或守旧派林纾的小说翻译，其关注的都是小说对社会人心的影响。"鸳鸯蝴蝶派"似不关心社会问题，强调趣味与消遣，但他们也要求"逞笔端之褒贬，作皮里之阳秋；借乐府之新声，写古人之面目"③。而更重要的是，他们关注小说对读者的影响，从某种意义上说，仍是对社会人心的关注，只是这种关注的方向与梁启超等人的不同而已。其三，近代叙事思想重视创作实践，积极提倡叙事文学作品的创作。梁启超等人认为"中国人心风俗之败坏"与小说的不善大有关系，"本社同人恫焉，是用因势而利导之，取方领矩步

① 管达如：《说小说》，黄霖、韩同文选注：《中国历代小说论著选》（下册），江西人民出版社，2000年，第342页。
② 梁启超：《论小说与群治之关系》，黄霖、韩同文选注：《中国历代小说论著选》（下册），江西人民出版社，2000年，第45页。
③ 李定夷：《〈小说新报〉发刊词》，陈平原、夏晓虹编：《二十世纪中国小说理论资料》（第一卷），北京大学出版社，1997年，第515页。

之徒所不屑道者，集精力而从事焉"①。而另一方面，部分批评家则认为"凡世界所有之事，小说中无不备有之；即世界所无之事，小说中亦无不包有之。……种种世界，无不可由小说造；种种世界，无不可以小说毁。过去之世界，以小说挽留之；现在之世界，以小说发表之；未来之世界，以小说唤起之。……有新世界乃有新小说，有新小说乃有新世界，传播文明之利器在是，企图教育之普及在是"，②"吾国今日之社会，其强半，直可谓小说所造成也"③。因此，新小说运动的重心在创作。而从某种意义上说，正是由于重心在创作，新小说运动才形成了我国小说发展史上的一个高潮。

4. 西方文化与文学的重大影响

西方文化与文学是近代叙事文学与叙事思想发展的重要推动力，近代叙事思想的各个方面，都受到西方文化、文学特别是西方小说的重要影响。这种全方位的影响一方面固然是因为近代西方在政治、经济、文化、军事等各个方面都远远走在了中国的前面，并且凭着这些方面的优势对中国进行文化渗透，但另一方面我们也要看到，近代中国知识分子与进步人士为了教育民众、改造社会，也往往有意识地引进西方的文化与文学。西方文化与文学对近代叙事思想的影响在显性层面上表现在对叙事文学的性质、作用、价值、与现实生活的关系的认识，以及叙事作品的思想、体裁、技巧等方面，在隐性层面上则表现为对中国社会、民众思想的影响，这种影响又潜移默化地影响着叙事文学的创作与叙事思想的发展。批评家世认为："晚近以来，莫不知小说为瀹导社会之灵符。顾其始也，以吾国人士，游历外洋，见夫各国学堂，多以小说为教科书，因之究其原，知其故，活然而知小说之功用。于是择其著名小说，足为社会进化之导师者，译以行世。渐而新闻社会，踵然效之，报界由是发达，民智由是增开。成效

---

① 《中国惟一之文学报新小说》，黄霖、韩同文选注：《中国历代小说论著选》（下册），江西人民出版社，2000年，第31页。（注：此文发表时署名"新小说报社"，但该报社由梁启超负责，因此此文当出自梁启超之手。）

② 无名氏：《新世界小说社报发刊辞》，黄霖、韩同文选注：《中国历代小说论著选》（下册），江西人民出版社，2000年，第203页。

③ 成之：《小说丛话》，黄霖、韩同文选注：《中国历代小说论著选》（下册），江西人民出版社，2000年，第357页。

既呈，继而思东西洋大小说家，如柴四郎、福禄特尔者，吾中国未必遂无其人，与其乞灵于译本，诚不如归而求之。而小说之风大盛。"①这段论述阐述了西方文化、文学对中国民众与文学影响的过程，虽然简略，但大体符合事实。

5. 创新性与多样性

无可否认，近代叙事文学的发展离不开古代叙事文学的基础，这一点陈平原在他的《中国现代小说的起点——清末民初小说研究》中已讲得很清楚。②但是由于近代社会危机引发的对于传统文化的怀疑与否定，近代叙事文学在形式与显意识上采取了与传统叙事文学对立的姿态。这表现在一方面否定传统小说的内容与思想，指责它们海淫海盗、言神说鬼，似"无烟毒炮、无形砒霜"，"错我脑灵，而阻碍进化之进步"。③另一方面，在形式上，则尽力回避传统章回、话本与传奇小说形式，追摹西方小说的形式，学习西方的叙事技巧。这样，近代小说便与古典小说拉开了距离。同时，由于传统、语言、读者、社会环境、现实生活等的不同，近代小说又不可能亦步亦趋地肖同西方小说，这是近代小说创新的基础。叙事文学与叙事思想是相互影响的，近代叙事思想具有极强的创新性。梁启超关于小说的价值与地位的论述、林纾对于西方小说观念与小说技巧的介绍、王国维中西结合的小说评论与戏曲研究，以及各种新的小说形式、叙事艺术和传统戏曲的革新、西方话剧的介绍与引入，都给近代叙事思想增添了崭新的内容。

与创新性紧密相联的是多样性。近代是叙事文学的探索时期，没有统一的规范与权威。虽然梁启超的三界革命特别是小说界革命一呼百应，王国维的《红楼梦评论》影响深远，但这只是大家在认识一致的基础上的普遍赞同，而不是在遵守规范或崇拜权威的前提下的自动服从。由于缺乏统一的规范与强制性的权威，近代叙事思想呈现出多样性的色彩。既有重视教育、强调改

---

① 世：《小说风尚之进步以翻译说部为风气之先》，陈平原、夏晓虹编：《二十世纪中国小说理论资料》（第一卷），北京大学出版社，1997年，第320页。

② 陈平原：《中国现代小说的起点——清末民初小说研究》第一章第二节。

③ 棠：《中国小说家向多托言鬼神最阻人群慧力之进步》，陈平原、夏晓虹编：《二十世纪中国小说理论资料》（第一卷），北京大学出版社，1997年，第233页。

良群治的梁启超，也有醉心娱乐、专写卿卿我我的鸳鸯蝴蝶；既有侧重学理的王国维，也有专注实践的吴趼人；既有倾向守旧、保卫文言的林纾，也有锐意革新、提倡白话的裘廷梁。自然，多样性并不意味着杂乱无章，在观点分歧之中，主流的声音比较强烈，这是处于过渡时期的近代叙事思想的一个特点。其中的重要原因之一在于体制化的东西尚未形成，行政力量的干预比较薄弱，意识形态也未形成明显的中心。不像五四之后，某种思想往往由于符合体制、政权或某种意识形态中心的要求而成为权威，进而要求其他思想的服从。

二、近代叙事与叙事文学观念的转变

近代叙事思想与近代叙事文学关系的重要特点之一，是近代叙事思想的超前性。近代叙事思想往往不是叙事实践的总结，而是来自时代、社会的需要，以及西方相关思想的输入。叙事思想形成之后，为作家与读者所接受，并进而对叙事实践产生作用。近代的小说革命、新的文类的引进等，都是先有相关的思想，再产生相关的实践。自然，叙事实践反过来又要对叙事思想产生重要的影响。

在这种复杂的双向运动中，近代叙事与叙事文学观念发生了巨大的变化。

变化最大的，自然是对叙事文学作用与地位的看法的改变。中国古代一直将小说、戏曲等看作"小道"，只能补历史之阙漏，难登大雅之堂。而在近代，经过梁启超等人的提倡，叙事文学的地位发生了天翻地覆的变化，小说成为"文学之最上乘"①，而戏剧也成为"国之衰亡之根源"。②

在内容方面，近代叙事思想家们一方面强调叙事文学与社会生活的联系，一方面从主题的角度，对叙事文学的内容进行了探讨。严复、夏曾佑认为："凡为人类……莫不有一公性情焉。……何谓公性情？一曰英雄，一曰男女。……非有英雄之性不能争

① 梁启超：《论小说与群治之关系》，陈平原、夏晓虹编：《二十世纪中国小说理论资料》（第一卷），北京大学出版社，1997年，第51页。
② 失名：《观戏记》，阿英：《晚清文学丛钞——小说戏曲研究卷》，中华书局，1960年，第72页。

存，非有男女之性不能传种也。六合之大，万物之繁，其间境界，难以智测，其亦有勿具此二性者乎？则吾虽不敢知，然可决此物之不足以存于世；即幸而暂存，而亦不能传至今也。"①两人认为，此二者，构成了中国小说、戏剧的主要内容。梁启超在两人的基础上增加一个要素——鬼神。梁启超认为，几道、别士"谓人类之公性情，一曰英雄，二曰男女，故一切小说，不能脱离此二性，可谓批郤道窾者矣。然吾以为人类于重英雄、爱男女之外，尚有一附属性焉，曰畏鬼神。以此三者，可以赅尽中国之小说矣"。英雄、男女、鬼神构成中国小说、戏剧的三大主题，囊括了两者的基本内容。这种说法有一定的道理，而且具有较强的概括力。从主题类型的角度看，中国古代小说的确可以分别划入此三种类型。如《红楼》、《金瓶》：男女；《三国》、《水浒》：英雄；《西游》、《封神》：鬼神。

　　不过，从主题类型的角度概括叙事文学的内容虽然有其道理，但未免简单了一点，也很难囊括内容的各个方面。梁启超自己就已认识到，他的三大主题，难以概括西方叙事文学的内容："若以泰西说部文学之进化，几合一切理想而治之，又非此三者所能限耳。"②因此，批评家们又开始从其他的角度探讨叙事文学的内容。瑹斋认为："英国大文豪佐治宾哈威云：'小说之程度愈高，则写内面之事情愈多，写外面之生活愈少，故观其书中两者分量之比例，而书之价值，可得而定矣。'可谓知言。持此以料拣中国小说，则惟《红楼梦》得其一二，余皆不足语于是也。"③与"外面之生活"相对，"内面之事情"应该指的是人的内在心理。虽然瑹斋的写内在心理的作品价值更高。中国小说只有《红楼梦》比较注意写人物心理等说法值得商榷，但他关于内在生活与外在生活的划分还是有意义的。他从另一个角度划分了小说内容，而这种划分必然会引起作者对于人物内在生活的注意。

　　更多的批评家则从生活与时代需要的角度探讨叙事文学的内

　　① 几道、别士：《本馆附印说部缘起》，陈平原、夏晓虹编：《二十世纪中国小说理论资料》（第一卷），北京大学出版社，1997年，第18页。

　　② 饮冰等：《小说丛话》，陈平原、夏晓虹编：《二十世纪中国小说理论资料》（第一卷），北京大学出版社，1997年，第84页。

　　③ 饮冰等：《小说丛话》，陈平原、夏晓虹编：《二十世纪中国小说理论资料》（第一卷），北京大学出版社，1997年，第84页。

容。梁启超要求小说有益于改良社会与群治。俞佩兰赞扬王妙如的《女狱花》："非但思想之新奇，体裁之完备，且殷殷提倡女界革命之事，先从破坏，后归建立。"①要求小说表现女界革命，提倡妇女解放。痛哭生第二撰文说明自己撰写《仇史》的目的是"专欲使我四万万同胞洞悉前明亡国之惨状，充溢其排外思想，复我三百余年之大仇"，"是书以明神宗万历年间，汉奸范文程投满起，至永历帝二十二年，台湾郑克塽降清止，为汉族生死存亡，颠扑起灭之一大惨剧"，"故鄙人焦思苦虑，振笔直书，极力描写本族之丧心病狂与异族之野蛮狂悖。言者无罪，闻者可兴。其或能成《自由魂》、《革命军》之价值欤？"②强调从反清排满的角度撰写历史，将小说内容纳入资产阶级革命派的要求之中。这些要求体现了近代叙事思想叙事内容观的主流：要求小说、戏剧为资产阶级改良或革命服务，描写与改良或革命相关的内容，表现有利于改良与革命的思想。

不少叙事批评家则从道德教育的角度强调小说的内容应该有助于提高国人的道德水准。钟骏文批评林纾译《迦因小传》不为迦因讳，将其未婚先孕等事如实译出，起着诲淫诲盗的作用："吾向读《迦因小传》，而深叹迦因之为人，清洁娟好，不染污浊，甘牺牲生命，以成人之美，实情界之天仙也；吾今读《迦因小传》，而后知迦因之为人，淫贱卑鄙，不知廉耻，弃人生义务，而自殉所欢，实情界之蟊贼也：此非吾思想之矛盾也，以所见译本之不同故也。""呜呼！迦因何幸而得蟠溪子之为讳其短而显其长，而使读《迦因小传》者咸神往于迦因也；迦因何不幸而复得林畏庐为之暴其行而贡其丑，而使读《迦因小传》者咸轻薄夫迦因也。世不少明眼人，当不河汉斯言。"③强调叙事作品的道德内涵，是近代叙事思想的重要原则之一。从这个角度看，钟骏文只不过是坚持了通行的观点，并无不妥。问题在于，林纾将《迦因小传》全部译出来，是否就会对国人道德起负面的作用？迦因与

---

① 俞佩兰：《女狱花叙》，黄霖、韩同文选注：《中国历代小说论著选》（下册），江西人民出版社，2000年，第142页。

② 痛哭生第二：《仇史凡例八条》，黄霖、韩同文选注：《中国历代小说论著选》（下册），江西人民出版社，2000年，第145页。

③ 寅半生（钟骏文）：《读迦因小传两译本书后》，黄霖、韩同文选注：《中国历代小说论著选》（下册），江西人民出版社，2000年，第188页。

亨利相爱，未婚先孕，从传统道德的角度看确有不妥之处，但此一情节却有着批判封建道德、与封建贵族作斗争的内涵，因此又是值得肯定的。而且，从翻译的角度看，随意删去原著内容，也并不是一种值得肯定的行为。因此，钟骏文的批评是不对的，他实际上是站在旧的封建道德的角度，对新的资产阶级道德进行否定。不过，这也从一侧面说明了当时对叙事文学道德内涵的强调。

西方文化与文学的传入对于近代批评家的叙事内容观也产生了重要影响。王国维是代表之一。王国维受叔本华思想的影响，强调生活之欲给人带来的苦痛，要求文学探寻解脱之道。他认为："吾人之知识与实践之二方面，无往而不与生活之欲相关系，即与苦痛相关系。"而要摆脱这种苦痛，只有经由文学与艺术。因为要摆脱生活之欲，必须要"超然于利害之外，而忘物与我之关系"。而"物之能使吾人超然于利害之外者，必其物之于吾人无利害之关系而后可，易言以明之，必其物非实物而后可。然则，非美术何足以当之乎"。这是就一般情况而言。就具体作品而言，则并不是每部作品都能使人进入解脱之道，这与作品的内容、思想等有关。而《红楼梦》，不仅指出了生活之欲以及由生活之欲带来的苦痛"之由于自造，又示其解脱之道，不可不由自己求之者也"；不仅指出了解脱之道在于自己，而且指出解脱的关键在于无欲："解脱之道，存于出世，而不存于自杀。出世者，拒绝一切生活之欲者也。彼知生活无所逃于苦痛，而求入于无生活之域。"①只有这样的作品，才能使人真正地摆脱生活的苦痛。王国维的思想与叔本华有很大的一致性，显示了西方文化对中国叙事思想家们的影响。

林纾也是受西方文化影响较大的叙事批评家之一。但与王国维不同，他所受影响主要不是来自西方哲学，而是来自西方文学。就叙事文学内容而言，他受狄更斯的影响很深。狄更斯对下层社会的出色描写给他留下很深的印象，他极力赞扬狄更斯："以至清之灵府，叙至浊之社会，令我增无数阅历，生无穷感谓矣。"他认为，中国小说善于描写现实生活的，以《红楼梦》最

① 王国维：《红楼梦评论》，周锡山编校：《王国维文学美学论著集》，北岳文艺出版社，1987年，第3页、第7-8页。

著："叙人间富贵，感人情盛衰，用笔缜密，着色繁丽，制局精严，观止矣。其间点染以清客，间杂以村姬，牵缀以小人，收束以败子，亦可谓善于体物。终竟雅多俗寡，人意不专属于是。若迭更司者，则扫荡名士、美人之局，专为下等社会写照，奸狯驵酷，至于人意未所尝置想之局，幻为空中楼阁，使观者或笑或怒，一时颠倒，至于不能自已，则文心之邃曲，宁可及耶？"①他大力提倡中国作家向狄更斯学习，描写下层社会。林纾的看法并不是空谷足音，近代中国叙事批评家不少人看到了表现下层社会的重要。王文濡认为："小说以叙述下流社会情况为最难着笔。非身入其中，深知其事者，断不能凭空结撰，摹绘尽致，此文人学士之所短。而旧小说如《金瓶梅》等书，所以旷世不一见也。西人亦然，小说名家如林，而工于此道者，在英则有迭更斯，在美则有马克吐温，在法国则有查拉，在俄则有杜瑾纳夫。前后相望，不过数人；数人之撰者，又皆脍炙人口，其如难能可贵则一也。"②强调小说表现下层社会。这种思想反映了时代的进步与发展，预示了我国叙事文学在内容与主要人物的选择上将出现新的革命性的变化。这种变化在近代开始，五四以后成为叙事文学的主要倾向之一。

艺术方面，近代叙事文学发生的变化似乎更大，中国现代叙事文学艺术的各个方面，在近代叙事文学中都已产生或出现了雏形。这些变化在近代叙事思想中得到了集中的表现。

首先，自然是叙事形式的变化。近代叙事文学受西方叙事思想与叙事文学的影响，形式上发生了质的变化。这种变化表现在两个方面：一是新的叙事文类的产生。由于反映社会生活的需要和西方叙事文学与叙事思想的影响，要求创作新的叙事文学类型已经成为近代叙事思想家与叙事文学作家的共识。在他们的共同努力下，新的文类观念与新的叙事文类不断出现。如戏剧中的文明戏（话剧），小说中的政治小说、科学小说、侦探小说，等等，

---

① 林纾：《孝女耐儿传·叙》，许桂亭选注：《林纾文选》，百花文艺出版社，2006年，第62－63页。

② 废物（王文濡）：《废物赘语》，黄霖、韩同文选注：《中国历代小说论著选》（下册），江西人民出版社，2000年，第471页。引文中所提作家今分别通译为狄更斯、马克·吐温、左拉、屠格涅夫。

可谓层出不穷，使人有应接不暇的感觉。二是原有叙事形式的变化。就戏曲而言，原有的京剧、昆剧受现实生活与西方戏剧的冲击，逐渐改变自己的叙事形式，减少"曲"的比重，增加叙事的因素，重视结构的谨严，生活化、口语化的倾向逐渐加强。小说方面，传统话本与拟话本形式逐渐淡出人们的视野，胡适等人更多地提倡西方短篇小说的叙事形式，要求短篇小说应用"最经济的文学手段，描写事实中最精彩的一段"，强调"体裁布局"、"琐屑节目"（细节描写）的重要性。[①]鲁迅、周作人1909年出版翻译小说《域外小说集》第一、二册，周瘦鹃1917年出版《欧美名家短篇小说丛刻》上、中、下三卷，在当时均产生了较大影响。在西方短篇小说的影响下，吴趼人、苏曼殊、林纾、周瘦鹃等人均创作了一批质量较高的短篇小说，借鉴、采用了西方短篇小说的结构技巧与写作手法，推进了中国短篇小说的发展。章回小说的形式仍然保存，但叙事形式也有较大的变化，《老残游记》采用了侦探小说的一些写法，《海上花列传》吸收了西方现实主义小说的细节描写。同时，与古代章回小说相比，近代章回小说中诗词歌赋的分量相比而言大大减少，许多作品如"四大谴责小说"除了叙事的需要之外，基本上不用诗词歌赋等韵文。韵文因素的减少，一方面意味着小说叙事因素的增多，另一方面也意味着小说的独立性。它不再需要韵文来支撑自己叙事的合法性，不再需要诗词歌赋来增加自己艺术上的吸引力。

其次，近代叙事思想继承了明清叙事思想的观点，继续强调文学的审美性、形象性与虚构性，并向前做了较大的推进。

文学是审美的艺术，它以审美性与人类其他的精神活动和精神产品如哲学、道德、宗教等区别开来。中国古代叙事思想强调叙事文学的真实性，对审美性有所忽略。明清叙事思想肯定了叙事文学的审美性，把叙事文学的审美性放到一个重要的位置。而近代叙事思想则高扬了叙事文学的审美性，将其放到一个极其突出的位置。梁启超认为："凡人之情，莫不惮庄严而喜谐谑。故听古乐，则惟恐卧，听郑、卫之音，则靡靡而忘倦焉。此实有生之大例，虽圣人无可如何者也。善为教者，则因人之情而利导

---

① 胡适：《论短篇小说》，黄霖、韩同文选注：《中国历代小说论著选》，第517页、第527页。

之，故或出之以滑稽，或托之于寓言。"①梁启超从人的本性的角度肯定文学的审美性及娱乐性，从而为叙事文学的审美性奠定了一个人类学的基础。实际上，从人性或人情的角度，肯定文学的审美性，是近代叙事思想家们的一个共同的倾向。近代叙事思想家大都强调小说的审美性。公奴认为："小说书亦不销者，于小说体裁多不合也。不失诸直，即失诸略；不失诸高，即失诸粗，笔墨不足副其宗旨，读者不能得小说之乐趣也。"②强调小说必须具有审美性，使读者在阅读中得到乐趣，否则，读者便会置之不顾。黄人认为："小说者，文学之倾向于美的方面之一种也。"小说如不讲求美，"则不过一无价值之讲义、不规则之格言而已"③。将美作为小说与人类其他精神产品的区别的根本标志。

应该指出的是，近代叙事思想家肯定叙事文学的审美性，一方面是因为对于叙事文学性质的认识，另一方面也有政治上的考虑。因为只有肯定叙事文学的审美性，才能促进叙事作品的审美品质，增加叙事文学对读者的吸引力，从而扩大读者面，通过叙事文学作品达到改良群治的目的。

形象性是文学的另一重要品质。叙事文学以表现现实生活为主，更重视形象特别是人物形象的塑造。早在黄遵宪，对此就已有比较精辟的论述。在评论梁启超的《新中国未来记》时，他指出："此卷所短者，小说中之神采（必以透切为佳）之趣味耳（必以曲折为佳）……仆意小说所以难做者，非举今日社会中所有情态一一饱尝烂熟，出于纸上，而又将方言谚语，一一驱遣，无不如意，未足以称绝妙之文。"④ 将社会中的"所有情态"在作品中表现出来，自然只能是形象。夏曾佑认为："人生所历之境，至实亦至琐。"文学描写的，就是这种"至实至琐"的人生。这里的"至实至琐"，应是真实具体的意思。小说描写事物，应

① 任公（梁启超）：《译印政治小说序》，陈平原、夏晓虹编：《二十世纪中国小说理论资料》（第一卷），北京大学出版社，1997年，第37页。

② 公奴：《金陵卖书记》，陈平原、夏晓虹编：《二十世纪中国小说理论资料》（第一卷），北京大学出版社，1997年，第65页。

③ 摩西（黄人）：《小说林发刊词》，黄霖、韩同文选注：《中国历代小说论著选》（下册），江西人民出版社，2000年，第251页、第252页。

④ 布袋和尚（黄遵宪）：《致饮冰室主人》，黄霖、韩同文选注：《中国历代小说论著选》（下册），江西人民出版社，2000年，第94页。

能使"闻者如在目前。如在目前之事，以画为最，去亲历一等耳，其次莫如小说。且世间有不能画之事，而无不能言之事，故小说虽稍晦于画，而其广过之"①。作者将小说与绘画相比，在肯定小说形象性的同时，也肯定了小说题材的广泛性。黄人认为："小说之描写人物，当如镜中取物，妍媸好丑令观者自知。最忌搀入作者论断……如《水浒》之写侠，《金瓶梅》之写淫，《红楼梦》之写艳，《儒林外史》之写社会中种种人物，并不下一前提语，而其人之性质、身份，若优若劣，虽妇孺亦能辨之，真如对镜者之无遁形也。"② 强调写人物要如"镜中取物"，具体、形象，栩栩如生。王国维则指出："美术之所写者，非个人之性质，而人类全体之性质也。惟美术之特质，贵具体而不贵抽象。于是举人类全体之性质，置诸个人之名字之下。"③ 王国维认为，文学描写的是人类之本质，但是因文学要求具体，因而以个体的形式出之。他的出发点虽然不是文学的形象性，但却明确地肯定了文学的形象本质。任何思想、情感、意图，在文学中都必须以形象的形式表达。胡适认为："做小说的人……要用全副精神替书中人物设身处地，体贴入微。"要将事实"作主体，才可有全神贯注的妙处。若带点迂气，处处把'本意'点破，便是把书中事实作一种假设的附属品，便没有趣味了"④，也是同样的意思。这里的"本意"，也就是作者的意图、思想，"事实"也就是作品中描写的生活也即形象。思想应该隐含在形象之中，自然而然地流露出来，如果特地将其说出来，必然会破坏作品的艺术性。由此可见，在近代叙事思想中，形象性作为叙事文学的基本特征，已经成为批评家们的理论共识。

　　叙事作品的虚构性在明清叙事思想中就已得到充分的肯定，明清批评家金圣叹、李渔等对于叙事虚构都有精辟的论述。近代

明清近代叙事思想

---

① 别士（夏曾佑）：《小说原理》，黄霖、韩同文选注：《中国历代小说论著选》（下册），江西人民出版社，2000年，第110页。

② 蛮（黄人）：《小说小话》、《小说原理》，黄霖、韩同文选注：《中国历代小说论著选》（下册），江西人民出版社，2000年，第265页。

③ 王国维：《红楼梦评论》，周锡山编校：《王国维文学美学论著集》，北岳文艺出版社，1987年，第19-20页。

④ 胡适：《论短篇小说》，黄霖、韩同文选注：《中国历代小说论著选》（下册），江西人民出版社，2000年，第523页。

叙事思想继承明清的思路，继续对叙事作品的虚构性进行肯定与阐述。管达如认为："自然界之事实有二：一事实界之事实，一理想界之事实。事实界之事实，人类形体之所触接者是已。理想界之事实，人类精神之所构造者是已。一切书籍皆所以记载事实界之事实，小说则所以记载理想界之事实者也。"① 所谓"理想界之事实"，自然有想象、虚构的成分，小说记载此种事实，自然少不了想象与虚构。吕思勉认为："美的制作者，非摹拟外物之谓，而表现吾人所想象之美之谓也。"因为"人之欲无穷，而又生而有能辨别妍媸之性也，故遇物辄有一美不美之观念存乎其间。惟其欲无穷也，故遇一美的现象辄思求其更美者，而想化之力生焉。想化既极，而创造之能出焉。……小说者，第二人间之创造也。第二人间之创造者，人类能离乎现社会之外而为想象，因以想化之力，造出第二社会之谓也"②。吕思勉不仅肯定了小说的虚构性，而且从人之本性的角度，探讨了虚构与创造产生的原因。虽然这原因并不全面，但是毕竟在明清时期虚构观的基础上又提供了一点新的东西。

再次，近代叙事批评家对于叙事文学的特点，有了进一步的认识。随着小说地位的上升、小说创作的繁荣和小说内容与形式的变化，小说的特点逐渐受到人们的重视，批评家开始探讨小说与人类其他精神产品特别是历史、哲学与科学的区别。严复、夏曾佑认为小说有"易传行远"的特点。他们认为，文字作品有五易传五不易传之分：①用母语写作者，易传，非母语写作者，不易传；②与口语相近者易传，与口语相远者不易传；③表现事物，语言详细具体者易传，过于简单者，不易传；④写日常生活者，易传，写非日常生活者，不易传；⑤言虚事者，易传，言实事者，不易传。③两人认为，相比而言，"具五不易传之故者，国史是矣"，"具有五易传之故者，稗史小说是矣"。正是因为"说部之兴，其入人之深，行世之远，几几出于经史上，而天下这人

① 管达如：《说小说》，黄霖、韩同文选注：《中国历代小说论著选》（下册），江西人民出版社，2000 年，第 337 页。

② 成之（吕思勉）：《小说丛话》，黄霖、韩同文选注：《中国历代小说论著选》（下册），江西人民出版社，2000 年，第 359 页。

③ 几道、别士（严复、夏曾佑）：《本馆附印说部缘起》，陈平原、夏晓虹编：《二十世纪中国小说理论资料》（第一卷），北京大学出版社，1997 年，第 26 - 27 页。

心风俗，遂不免为说部之所持"①。作者不仅指出了小说与史卷的区别，而且指出正是这种区别导致了小说的艺术感染力。在这之后，不少批评家陆续对小说的特点进行过归纳，而且有意思的是，往往将其归纳为五个方面。夏曾佑在另一篇文章中指出，作小说有五易五难：①"写小人易，写君子难"；②"写小事易，写大事难"；③"写贫贱易，写富贵难"；④"写实事易，写假事难"；⑤"叙实事易，叙议论难"。他认为："作小说者，不可不知此五难而先避之。吾谓今日欲作小说，莫如将此生数十年所亲见、亲闻之事实，略加点化，即可成一绝妙小说。然可以以牟利而不可以导世。若欲为社会起见则甚难。盖不能不写一第一流之君子，是犯第一忌；此君子必与国家大事有关系，是犯第二忌；谋大事者必牵涉富贵人，是犯第三忌；其事必为虚构，是犯第四忌；又不能无议论，是犯第五忌。五忌俱犯，而欲求其工，是犹航断港绝潢而至于海也。"②作者的意思是，小说写常人所历之事、所怀之情容易，写常人难历之事、罕怀之情困难；叙事容易，议论困难。③虽然他认为为了"导世"，小说应该迎"难"而上，知其不可为而为之，但他对小说特点的认识还是比较到位的。徐念兹指出，小说有五个鲜明的特征：①"醇化于自然"，"满足吾人之美的欲望"；②反映事物个性，"事物现个性者，愈愈丰富，理想之发现亦愈愈圆满，故美之究竟在具象理想，不在于抽象理想"；③"美之快感"，人的"种种感情，莫不对于小说而得之"；④形象性，"美的概念之要素，其三为形象性"；⑤理想化，"理想化者，由感兴的实体，于艺术上除去无用分子、发挥其本性之谓也"。实际上就是现在所说的典型化的意思。④作者着重从美学的角度分析了小说的审美作用和形象性、典型性与个体性，

明清近代叙事思想

---

① 几道、别士（严复、夏曾佑）：《本馆附印说部缘起》，陈平原、夏晓虹编：《二十世纪中国小说理论资料》（第一卷），北京大学出版社，1997年，第27页。

② 别士（夏曾佑）：《小说原理》，陈平原、夏晓虹编：《二十世纪中国小说理论资料》（第一卷），北京大学出版社，1997年，第75－76页。

③ 这与恩格斯"倾向应当从场面与情节中自然而然地流露出来，而不应当特别把它指点出来"的论断有相似之处，见《马克思恩格斯选集》（第四卷），人民出版社，1972年，第454页。

④ 东海觉我（徐念兹）：《小说林缘起》，黄霖、韩同文选注：《中国历代小说论著选》（下册），江西人民出版社，2000年，第292－293页。

认识是比较深刻的。管达如则从小说与其他人类精神产品的区别的角度探讨了小说的特点：①"小说者，通俗的而非文言的也。"说明了小说与古文的区别。②"小说者，事实的而非空言的也。凡事空谈玄理则难明，举例示之则易晓。"说明了小说与哲学等的区别。③"小说者，理想的而非事实的也。小说虽为事实的，然其事实，乃理想的事实，而非事实的事实，此其所以易于恢奇也。"说明了小说与历史等的区别。④"小说者，抽象的而非具体的也。理想界之事实，皆抽象的而非具体的，此其所以美于天然之事实也。……小说所述之事实，皆为抽象的。故其意味，较之自然之事，常加一倍之浓深。"这里所谓"抽象"，实际上是典型化的意思，"具体"则指未经加工的素材。这从一个侧面说明了小说与故事或事实的陈述之间的区别。⑤"小说者，复杂的而非简单的也。凡事详切言之则易晓，浑括述之则难明……社会上人之心理，大抵简单者多，复杂者少。对思想简单之人，而以浑括之词，说高尚之理，其不掩耳疾走者鲜矣。他种文字，无论如何委婉曲折，终不能如小说之详明，此一般简单之人，所以欢迎小说也。"小说的描写形象而具体，容易理解和接受，所以受人欢迎。这仍是在说小说与哲学等的区别。作者认为："凡此五者，皆小说与他种文学之异点，其所以能在文学界独树一帜者，即以此也。"①管达如的观点在当时的创新性虽然不是很强，但他能够将已有观点收集起来，添进自己的思想，加以系统化，是有价值的。

以上归纳的共同点都是试图全面系统地总结小说的特点，将小说与人类其他精神产品区别开来。也有批评家不执着于特点的全面归纳，而侧重于对某一方面的探讨。夏曾佑认为："小说者，以详尽之笔，写已知之理者也，故最逸。史者，以简略之笔，写已知之理者，故次之。科学书者，以详尽之笔，写未知之理者，故难焉。经文者，以简略之笔，写未知之理者，故最难。"②这里的"详尽之笔"指描写的具体细腻，"已知之理"指已存的现实

---

① 管达如：《说小说》，黄霖、韩同文选注：《中国历代小说论著选》（下册），江西人民出版社，2000年，第345－347页。

② 别士（夏曾佑）：《小说原理》，黄霖、韩同文选注：《中国历代小说论著选》（下册），江西人民出版社，2000年，第110页。

与生活。作者以此将小说与史卷、科学、经文（相当于哲学等）区别开来，很有启发性。陶佑曾则认为，小说以幻境、形象说明庙合之事理，所以能够"穷形极相，引人入胜"，[1]强调小说形象、虚构的特点。部分批评家侧重对某一类型小说特点的探讨。无名氏认为，报刊连载小说有五难：①以"振国民精神，开国民智识"为目的，因此"当以藏山之文、经世之笔行之"。②思想、意境是新的，但体裁是旧的，两者"往往不能相容"。③一般小说，可以精心构思完整后再发表，而报刊连载小说"月出一回，无从颠倒损益，艰于出色"。④一般小说整体出之，不一定要章章精彩，而报刊小说"按月续出，虽一回不能苟简，稍有弱点，即全书皆为减色"。⑤一般小说，往往开头故用"淡笔晦笔，为下文作势"，报刊小说则不能这样作，"于发端处"就必须"刻意求工"，否则就会使"读者彷惶于五里雾中，毫无趣味"。[2]除了前两点之外，其他三点均是针对报刊连载小说而言，指出了报刊小说与一般小说的不同特点以及与此相应的不同写作要求，对于读者进一步认识不同小说的特点是有助益的。

对于戏剧的特点，近代叙事批评家也做了一定的探讨。吕思勉认为："戏剧与小说，固各有所长者也。……小说者，专诉之于人之空想；而戏剧者，兼诉之于人之官能者也。……戏剧者，不惟以角本造出第二之人间，而同时又能以歌舞二技，刺激人之感官，以发挥其感情，而消耗其有余势力者也。惟其然也，故戏剧于象真之点，不及小说。于同一时间之内，所能演之事实，不若小说之多，其所演之事实，范围亦不及小说之广。然其刺激人感情之力，却较小说为强。"[3]作者将小说与戏剧进行对比，指出戏剧作为综合艺术，虽然表现社会生活不如小说那样广泛、灵活，但却比小说更具感官直接性，更能动人感情。另一批评家陈佩忍也认为，比之文字，戏剧动人更快："我青年之同胞，赤手制鲸，空拳射虎，事终不成，而热血徒冷，则曷不如一决樊篱，

---

① 陶佑曾：《论小说之势力及其影响》，黄霖、韩同文选注：《中国历代小说论著选》（下册），江西人民出版社，2000 年，第 321 页。

② 《〈新小说〉第一号》（作者姓名不详），陈平原、夏晓虹编：《二十世纪中国小说理论资料》（第一卷），北京大学出版社，1997 年，第 56 页。

③ 成之（吕思勉）：《小说丛话》，黄霖、韩同文选注：《中国历代小说论著选》，江西人民出版社，2000 年，第 397 - 398 页。

遁而隶诸梨园菊部之籍……上之则为王郎之悲歌斫地，次之则继柳敬亭之评话惊人，要反足以发抒其民族主义，而一吐胸中之块垒，此其奏效之捷，必有过于劳心焦思，孜孜矻矻以作《革命军》、《驳康书》、《黄帝魂》、《落花梦》、《自由血》者，殆千万倍。彼也囚首而丧面，此则慷慨而激昂；彼也间接于通人，此则普及于社会；对同族而发表宗旨，登舞台而亲演悲剧；大声疾呼，垂涕以道，此其情状，其气慨，脱较诸合众国民，在米利坚费城府中独立厅上，高撞自由之钟，而宣告独立之檄文，夫复何所逊让？"[1]作者从形象、情感、面对大众等方面探讨戏剧的特点，肯定戏剧直接、感人的作用。另一戏剧批评家蒋观云认为，中国戏剧"最大之缺憾，诚如訾者所谓无悲剧。曾见有一剧焉，能委曲百折，慷慨悱恻，写贞臣才子仕人志士，困顿流离，泣风雨动鬼神之精诚者乎？无有也。而惟是桑间濮上之剧为一时王，是所以不能启发人广远之理想，奥深之性灵，而反以舞洋洋，笙锵锵，荡人魂魄而助其淫思也"[2]。中国有无悲剧，是一个见仁见智的问题。但蒋观云的论述也不是没有一定道理。以西方悲剧的标准来看，中国古代戏曲的确不以悲剧见长，至少，没有类似西方如《俄狄普斯王》、《哈姆莱特》、《安德洛马克》那样的悲剧。用西方的标准衡量，中国的悲剧往往不够纯粹、彻底，或者融入太多的喜剧因素，或者有大团圆的结尾，如《窦娥冤》、《汉宫秋》、《清忠谱》、《长生殿》、《桃花扇》等。蒋观云虽然不是从文体的角度讨论中国戏剧的特点，但使人注意到了中西戏剧的差异。

三、叙事文学的作用与地位

关于文学的作用，古罗马批评家贺拉斯有一著名的论述："寓教于乐。"这里的"教"，可以理解为教育与认识，"乐"可以理解为审美与娱乐，而"寓"则说明了"教"与"乐"之间的关系，即"教"要"寓"于"乐"中，通过"乐"发生作用。

---

① 陈佩忍：《论戏剧之有益》，阿英编：《晚清文学丛钞——小说戏剧研究卷》，中华书局，1960年，第63页。

② 蒋观云：《中国之演剧界》，阿英编：《晚清文学丛钞——小说戏剧研究卷》，中华书局，1960年，第51页。

贺拉斯的认识是比较全面的。近代叙事思想则更重视"教"这一维。

中国古人对于"文"是重视的。曹丕认为，文章是"经国之大业，不朽之盛事"，韩愈提出"文以载道"。然而他们的"文"是广义的文章，而不专指文学，更不专指作为虚构的散文体叙事文学的小说与剧本。小说与戏曲在中国古代的地位是低下的，它在真实性上比不上史传，艺术性上又比不上诗词，既缺严肃，又不高雅，只是一种底层民众自娱自乐、不登大雅之堂的文学门类。这种现象一直持续到清末。1840 年之后，随着国家的日益衰败、社会的日益黑暗、民族危机的日益深重，有识之士在寻找兴国救亡之途径的过程中将目光投向叙事文学，希望通过小说、戏曲的大众性、通俗性与普及性来教育影响民众，达到改革人心、改造社会的目的。于是，以小说为代表的叙事文学的地位迅速提高，很快超过诗文，成为文学翘楚。小说的作用与地位被推到了极端的高度："凡世界所有之事，小说中无不备有之；凡世界所无之事，小说中亦无不包有之。……种种世界，无不可由小说造；种种世界，无不可以小说毁。过去之世界，以小说挽留之；现在之世界，以小说发表之；未来之世界，以小说唤起之。政治焉，社会焉，侦探焉，冒险焉，艳情焉，科学与理想焉，有新世界乃有新小说，有新小说乃有新世界。"①新小说与新世界成为二而一的关系。似乎有了新世界，就自然有了新小说；而有了新小说，新世界也就建成了。与这种极度的推崇相比，梁启超的那句夸张的判断："小说为文学之最上乘"②，反而成了一种谦虚的说法。

梁启超推崇小说的论证逻辑其实很简单。首先，他肯定小说有"熏、浸、刺、提"四种"支配人道"之力，能够"导人游于他境界，而变换其常触常受之空气"，能够描写人们"心不能自喻，口不能自宣，笔不能自传"的"所怀抱之想象，所经阅之境界"。因此人类"嗜他文终不如其嗜小说"，小说极受民众欢

① 《〈新世界小说社报〉发刊词》，陈平原、夏晓虹编：《二十世纪中国小说理论资料》（第一卷），北京大学出版社，1997 年，第 204 页。

② 梁启超：《论小说与群治之关系》，陈平原、夏晓虹编：《二十世纪中国小说理论资料》（第一卷），北京大学出版社，1997 年，第 51 页。

迎。其次，梁启超认为，小说对于人类，就像空气、菽粟一样，"欲避不得避，欲屏不得屏，而日日相与呼吸之餐嚼之矣"。① 即使是"有过人之智慧、过人之才力者，欲其思想尽脱离小说之束缚"，也是"绝对不可能之事"。因此，小说对于民众、对于社会有着极大的影响力、改造力。第三，梁启超认为，小说对民众的影响可以往好坏两个方向发展。坏，可以"直接阬陷全国青年子弟使堕无间地狱，而间接戕贼吾国性使万劫不复"；好，则可以改良群治、造福社会、拯救中国。因此，不仅要大大提高小说的地位，而且要对小说高度重视，对其进行正确引导、批评与监督，使其只"造福"而不"造孽"社会。②

梁启超的观点在当时具有代表性。当时的资产阶级改良派人士对于叙事文学的看法，与梁启超的观点大体一致，区别只在论述的侧重点和具体的看法。如严复、夏曾佑认为，小说具有"易传行远"的特点："说部之兴，其入人之深，行世之远，几几出于经史上，而天下之人心风俗，遂不免为说部之所持。""欧、美、东瀛，其开化之时，往往得小说之助"，因此，今日中国要"使民开化"，也不得不推崇、依仗小说。③另一批评家狄葆贤认为："小说与经传有互相补救之功用。故凡东西之圣人，东西之才子，怀悲悯，抱冤愤，于是著为经传，发为诗骚，或托之寓言，或寄之词曲，其用心不同，其能移易人心，改良社会则一也。然经传等书，能令人起敬心，人人非乐就之也。有师友之督率，父兄之诱掖，不能不循之。其入人也逆，国人之能得其益者十仅二三。至于听歌观剧，则无论老稚男女，人人乐就之。倘因此而利导之，使人喜，使人悲，使人哭，其中心也深，其刺脑也疾。举凡社会上下一切人等，无不乐于遵循，而甘受其利者也。其入人也顺，国人之得其益者十有八九。故一国之中，不可不生

① 梁启超：《论小说与群治之关系》，陈平原、夏晓虹编：《二十世纪中国小说理论资料》（第一卷），北京大学出版社，1997年，第51页、第50页、第52页。

② 梁启超：《告小说家》，陈平原、夏晓虹编：《二十世纪中国小说理论资料》（第一卷），北京大学出版社，1997年，第511页。

③ 几道、别士：《本馆附印说部缘起》，陈平原、夏晓虹编：《二十世纪中国小说理论资料》（第一卷），北京大学出版社，1997年，第27页。

圣人，亦不可不生才子。"①将作者与圣人、文学与经传相提并论，可见狄葆贤对文学的推崇。狄葆贤还进一步从文学的角度论述小说的重要价值，认为在"繁简、古今、蓄泄、雅俗、实虚"等五种性质中，小说"禀后五端之菁英以鸣于文坛"，"取天下古今种种文体而中分之，小说占其位置之一半"。小说具有其他文学样式所难以比拟的形象直观、真实细致、通俗易懂、虚实结合等艺术特点。因此他断言："吾以为今日之中国，得百司马子长、班孟坚，不如得一施耐庵、金圣叹；得百李太白、杜少陵，不如得一汤临川、孔云亭。"②而在文学中，他又推崇小说，将小说提到文学的最高地位。而其根本目的，仍是要利用小说"易传行远"、人们喜闻乐见的特点，以"移易人心，改良社会"。

戏剧方面也是如此。三爱认为，"戏曲者，普天下之人所最乐睹、最乐闻者也，易入人之脑蒂，易触人之感情。……戏园者，实普天下人之大学堂也。优伶者，实普天下人之大老师也"，戏剧是"改良社会之不二法门"。③天僇生认为："国之兴亡，政之理乱，由风俗生也。风俗之良窳，由匹夫匹妇一二人之心起也。"而戏剧，则是影响人心的最重要的途径之一。"昔者法之败于德也，法人设剧场于巴黎，演德兵入都时之惨状，观者感泣，而法以复兴。美之与英战也，摄英人暴状于影戏，随到随观，而美以独立。"中国要想"无老无幼，无上无下，人人能有国家之思想，而受其感化力者，舍戏剧未由"④。仍是由肯定戏剧的喜闻乐见到推崇戏剧对民众的影响再到要求戏剧起到改良人心、改革社会的作用。而且，由于戏剧的直观性、无需识字等特点，在戏剧批评家的眼中，它影响民心与社会的能力甚至比小说更强。

在对叙事文学的作用与地位的看法上，资产阶级革命派与以梁启超为代表的资产阶级改良派的观点大致是一致的，但是他们

明清近代叙事思想

---

① 饮冰等：《小说丛话》，黄霖、韩同文选注：《中国历代小说论著选》（下册），江西人民出版社，2000 年，第 54 页。
② 狄葆贤：《论文学上小说之地位》，黄霖、韩同文选注：《中国历代小说论著选》（下册），江西人民出版社，2000 年，第 117 页、第 120 页。
③ 三爱：《论戏曲》，阿英：《晚清文学丛钞·小说戏曲研究卷》，中华书局，1960 年，第 52 页、第 55 页。
④ 天僇生：《剧场之教育》，阿英：《晚清文学丛钞·小说戏曲研究卷》，中华书局，1960 年，第 55 页、第 57 页。

更强调叙事文学在宣传资产阶级革命思想，推翻清朝统治方面的责任与作用。另一方面，资产阶级改良派的目的是改良，其改革活动局限于现有政治体制之内，因此他们更加重视思想意识领域，因而更加推崇文学特别是以小说为代表的叙事文学，有的甚至将小说看作是改造社会的唯一有效途径。而资产阶级革命派的目的是推翻现有政治体制，建立新的以汉人为主体的国家与政府，因此，除了文学，他们同样重视政治、军事。陈天华的《狮子吼》中，几个年轻人，念祖想到美国学政治，肖祖想到德国学军事，绳祖则想留在上海开报馆、出小说，认为没有"新理想的小说"，是无法开通民智的。而民智不开通，"任凭有千百个华盛顿、拿破仑，也不能办出一点事来"。①作者肯定小说的作用，但对政治、军事等行政机关同样重视，甚至认为后者更重要。这样，就把改良派们搞乱了的小说与政治的关系纠正了过来，对文学作用的认识比改良派更为全面。革命派对小说的这种态度与他们更多地从事政治、军事方面的活动有关。实际上，与改良派的领袖人物如康有为、梁启超大都重视小说甚至自己从事小说创作不同，资产阶级革命派的领袖人物如孙中山、宋教仁、黄兴等则很少关注小说。

也有批评家从物质基础的角度探讨小说地位变化的原因，提出了值得重视的思想。吴敬恒认为："班氏云：'小说家者流，出于稗官。'稗官者，必为史官之贰，其所职掌，采取街谈巷说，记存当时著称者之逸事，俾与史篇同传。街谈巷说，似不为古世所重者，因记载之器，漆文竹简削治甚难，故繁细之事，不能不多从弃捐。……至于今日，研究社会真相之学。重于政制，则一社会中饮食日用之寻常，更足取验人群进化之迹。以之证合今古，益密益精。且书写印刷之事，极于轻便，几取一日间盈世界兆亿街巷所谈说，留迹于纸墨，亦非所难。而报章之一部，即小说之支流。然则今日之小说家者，综记载之掌，而史官将反为之贰，仰其余沥，成记志耳。"②古时小说地位低，一个重要原因便

---

① 陈天华：《狮子吼》，黄霖、韩同文选注：《中国历代小说论著选》（下册），江西人民出版社，2000年，第193页。

② 吴敬恒：《〈新华春梦记〉记》，陈平原、夏晓虹编：《二十世纪中国小说理论资料》（第一卷），北京大学出版社，1997年，第559页。

是书写记载工具的不方便，这使得小说无法大规模地展开，无法广泛地反映社会生活，产生重大的社会影响，因而在与历史的比量中，不得不处于从属地位。而现在，物质技术的发展，使小说大规模的展开成为可能，社会的各个方面都被纳入小说反映的范围，再加上现代社会对于民众生活本身的重视，这样小说的地位便超过历史，反而居于主导地位。吴敬恒的观点也许不完全对，但他能从物质生产与科技进步的角度探讨小说地位变化的原因，无疑是值得肯定的。

　　"梁启超们"希望用小说来改良群治，改造社会，这个任务对于小说来说无疑是太沉重了。另一方面，小说是因为它的愉悦性而对人们产生影响的，而过于强调小说的政治、社会作用无疑要在某种程度上削弱小说的愉悦性，从而影响它对人们的影响力。这里面存在的二律背反，一直忙于用小说改良群治的"梁启超们"似乎并没有清醒地意识到。但是在资产阶级改良派和革命派内部也不是没有人看到这一点。这些人同样肯定小说，推崇小说改造社会的作用，但他们在重视小说的政治作用的同时，也看到了小说是一种艺术，强调小说的艺术性。如黄遵宪在《致饮冰主人手扎》中，批评梁启超的《新中国未来记》："此卷所短者，小说中之神采（必以透彻为佳）之趣味耳（必以曲折为佳）。"他称赞罗普的小说《东欧女豪杰》"笔墨极为优胜，于体裁最合"①。在重视小说的作用的同时，强调小说的艺术性。吴趼人认为："读小说者，其专注在寻绎趣味，而新知识实即暗寓于趣味之中，故随趣味而输入之而不自觉也。"认为"深奥难解之文，不如粗浅趣味之易入也"，强调"小说之趣味之感情"。②这些看法从观点上看并不很新，但从一味强调小说的政治作用到强调小说的艺术性，是有意义的。罗普的《红泪影序》从进化论的角度解释与探讨小说的发展，认为"自迩年西风输入，事事崇拜他人，即在义理词章，亦多引西哲言为典据，于是小说一科，遂巍然占文学中一重要地位"，肯定"构境遣词，匠心独运"，"藻耀

---

　　① 黄遵宪：《致饮冰主人手扎》，黄霖、韩同文选注：《中国历代小说论著选》（下册），江西人民出版社，2000年，第94页。
　　② 吴趼人：《月月小说序》，黄霖、韩同文选注：《中国历代小说论著选》（下册），江西人民出版社，2000年，第233页、第232页。

高翔，情思宛转，移步换形，引人入胜"，写景能令观者"如神游其域，目睹其人"的作品。黄人认为，国人"昔之视小说也太轻，而今之视小说又太重也"，"小说者，文学之倾于美的方面之一种也"。小说有自己的规定性，不能将科学、哲学、法律等承担的责任都揽到自己身上。小说不讲求美，一味地鼓吹政治道德教育，"名相推崇，而实取厌薄"①，表面上是重视小说，实际上则忽视小说。这些论述，都已关注到小说的艺术方面，是对只强调小说的思想内容、政治功能的一种反拨。

不过，由于当时中国社会的特点，民众政治热情的高涨，以及资产阶级与进步人士急于改变现状的心态，对于小说艺术性的呼声虽然不绝于耳，但这种看似更加全面的看法并没有在叙事思想中占据主导地位。对叙事文学的作用与地位的看法中，仍是以梁启超为代表的政治功能派占主导。这里的关键在于，只要希望用文学或者小说干预、改造社会，就必然会推崇它的社会作用，是否认识到它的文学特性，都无法改变这一趋势。②历史有时是以片面的深刻性为其发展方向的。这种现象直到辛亥革命之后才得到一定程度的改变。造成这一改变的，主要是审美派与娱乐派。

审美派的代表是王国维。王国维也极力推崇文学的价值，认为"天下有最神圣、最尊贵而无与当世之用者，哲学与美术是已"③，认为"生百政治家，不如生一大文学家"。④然而，王国维不是从物质而是从精神的角度推崇文学，认为文学的作用不在物质、实用的方面，而在精神与情感的方面。王国维认为精神与情感高于物质与实用，因而，文学自然高于政治与法律。另一方

---

① 摩西（黄人）：《小说林发刊词》，黄霖、韩同文选注：《中国历代小说论著选》（下册），江西人民出版社，2000年，第250页、第251页、第252页。

② 实际上，高估或过度推崇小说的社会作用，是近代叙事批评家的通病，从资产阶级改良派到资产阶级革命派再到早期的五四青年，大都如此。如茅盾认为："自来一种新思想发生，一定先靠文学家做先锋队，借文学的描写手段和批评手段去'发聋振聩'。"（茅盾：《现在文学家的责任是什么》，黄霖、韩同文选注：《中国历代小说论著选》（下册），江西人民出版社，2000年，第584页。）这篇文章写于1919年，已经具有一定的现代意味，但对文学的社会作用，仍持一种高估的看法。

③ 王国维：《论哲学家与美术家之天职》，周锡山编校：《王国维文学美学论著集》，北岳文艺出版社，1987年，第34页。

④ 王国维：《文学与教育》，周锡山编校：《王国维文学美学论著集》，北岳文艺出版社，1987年，第51页。

面，王国维认为文学有自身的价值与目的，它不依附政治而存在，也不应将其"视为政治教育之手段"。①它的作用，是慰藉与满足人类"纯粹之知识与微妙之感情"，而正是这一点将人类与动物区别开来。②文学的另一作用是解脱。王国维受叔本华的影响，强调人生的痛苦。他认为，生活的本质是"欲"，这种欲使人们处于不断的追求之中。这种"欲"不满足是痛苦，满足了也是痛苦。要摆脱这种苦痛，只有从根本上摆脱"生活之欲"。③而摆脱的办法则是文学和艺术。因为文学艺术是一种与人无直接利害关系的知识，因此，人们在艺术之中，能够抛开生活之欲，暂时地从苦痛中解脱出来。王国维将文学的作用从社会政治的领域拉回到精神情感的领域，将文学的作用由改良群治、改造社会定位为慰藉精神与感情和解除心灵的痛苦。这样，文学的作用与地位便由政治功能转向审美功能，文学的政治内涵在一定程度上退居次要地位，审美特征被突出出来。王国维对于文学的看法并非空谷足音，也有人与其持相同或相近的看法，如吕思勉。吕思勉认为，小说属于近世文学，而"近世文学者，近世人之美术思想，而又以近世之语言达之者也"。小说是一种"美的制作"，需经"模仿、选择、想化、创造"四个阶段。因此，小说不是对社会简单的模仿，而是"人类离乎现社会之外"，运用想象造出的"第二之社会"。写作小说的方法有三，"第一理想要高尚"，"第二材料要丰富"，"第三组织要精密"。④作者对小说的分析运用的基本上是西方的美学观点。

　　与审美派不同，娱乐派在总体上虽然也是侧重文学的审美性，但他们对审美的理解更多是一种精神的娱乐和情感的消遣，而不是王国维所理解的精神与情感的慰藉、解脱与升华。娱乐派主要指包括"礼拜六派"在内的"鸳鸯蝴蝶派"。这派文人对于

---

　　① 王国维：《文学小言》，周锡山编校：《王国维文学美学论著集》，北岳文艺出版社，1987年，第108页。

　　② 王国维：《论哲学家与美术家之天职》，周锡山编校：《王国维文学美学论著集》，北岳文艺出版社，1987年，第34页。

　　③ 王国维：《红楼梦评论》，周锡山编校：《王国维文学美学论著集》，北岳文艺出版社，1987年，第2页、第3页。

　　④ 成之（吕思勉）：《小说丛话》，黄霖、韩同文选注：《中国历代小说论著选》（下册），江西人民出版社，2000年，第357页、第359页、第399页。

文学作用与地位的理解其实很简单：为读者提供消遣和娱乐。徐枕亚认为，文学的作用主要是一情字，写情为主，以情感人。文人一生，"惟与此情之一字，有息息相通之关系，既不得于世，此情无着处矣，不得已托之美人香草以自遣"。因此，文学感人，"非文人之笔墨足以感人，实文人之至情足以感人耳"。"能以至情发为妙文以赚人眼泪者"，①就是优秀的作品。徐枕亚借友人的话指出，文人不能生"千秋之望"，小说无法为经国之大业。文人大都是失意之人，著书"自娱娱人，余意不过如是。……值此物竞剧烈之世，世人必多愁苦。苟读吾书而额上皱纹为之一舒，则吾之造福亦已不浅"②。王纯银认为，小说应该"轻便有趣"，供人们闲暇时消遣。与"买笑、觅醉、顾曲"相比，读小说"省俭而安乐"，"一编在手，万虑都忘，劳瘁一周，安闲此日，不亦快哉！"③包天笑虽然认为小说应该"宗旨纯正，有益于社会，有功于道德"，但同时强调小说"无论文言俗语，一以兴味为主"，反对"枯燥无味及冗长拖沓"之作。④鸳鸯蝴蝶派虽不反对文学的社会功能，但第一，他们把这种功能主要局限于道德领域；第二，相对于社会功能，他们更看重的是文学的娱乐、消遣功能，强调文学的娱乐作用，并以此为文学定位。这样，他们就修正了以梁启超为代表的政治功能派的观点，对叙事文学的作用与地位作了自己的定位。

客观地看，审美派和娱乐派对于文学作用的看法有一定的正确性，弥补了政治功能派对文学作用与地位看法的某些不足。而且审美派和娱乐派强调文学的审美和娱乐功能，必然要重视文学的形象性和艺术性，重视文学体裁、形式的变化与革新，从而弥补并在一定程度上纠正了部分新小说作家与批评家只重内容和思想、不重艺术和形式的偏颇。但是在当时政治化的社会环境中，

① 徐枕亚：《孽冤镜序》，黄霖、韩同文选注：《中国历代小说论著选》（下册），江西人民出版社，2000 年，第 410 页、第 411 页。

② 徐枕亚：《〈铁冷碎墨〉序》，陈平原、夏晓虹编：《二十世纪中国小说理论资料》（第一卷），北京大学出版社，1997 年，第 494 页。

③ 王纯银：《礼拜六出版赘言》，黄霖、韩同文选注：《中国历代小说论著选》（下册），江西人民出版社，2000 年，第 413 页。

④ 包天笑：《〈小说大观〉例言》，陈平原、夏晓虹编：《二十世纪中国小说理论资料》（第一卷），北京大学出版社，1997 年，第 514 页。

作家、批评家大多有一种干预、改造社会的情结，因此，审美派与娱乐派关于文学作用与地位的观点始终未能在当时的叙事思想占据主导地位，娱乐派的观点还经常受到批判。这种批判一方面有利于发挥文学的社会政治作用，坚持文学改造社会的方向，但另一方面也导致了文学的政治化、宣传品化的倾向，其作用并不是完全正面的。

四、叙事文学与社会生活

在中国，叙事文学的真实与虚构问题一直是叙事理论讨论的核心问题之一。这一问题在近代基本得到了解决，文学的虚构性、作家虚构的权力以及虚构的文学价值基本得到公认。虽然这方面的论述仍然不绝如缕，但问题本身已不再成为近代叙事思想的关键问题。然而，文学与生活的关系问题永远是文学活动中的核心话题之一。近代叙事思想的核心是文学的社会价值与社会作用，文学与生活的关系必然成为其讨论的关键问题之一。只是这讨论不再像明清时期那样围绕文学的虚构与真实进行，而是围绕文学与生活的关系本身进行。

对于文学与生活的关系，近代叙事思想家们的认识是比较辩证的，他们看到了文学是社会生活的反映。曼殊认为："小说者，'今社会'之见本也。无论何种小说，其思想总不能出当时社会之范围，此殆如形之如模，影之如物矣。虽证诸他邦，亦罔不如是。即如所谓某某未来记、某星想游记之类，在外国近时之小说界中，此等书殆不少，骤见之，莫不以为此中所言，乃世界外之世界也，脱离今时社会之范围者也。及细读之，只见其所持以别善恶决是非者，皆今人之思想也。……如《聊斋》之□□□，以丑者占全社会之上流，而美者下之。观其表面，似出乎今社会之范围矣。虽然，该作者亦未尝表同情于彼族也，其意只有代某生抱不平，且借此以讥小人在位之意而已，总不能出乎世俗之思想也。"①曼殊不仅认为小说源自生活，而且进一步，他还认为，小

---

① 饮冰等：《小说丛话》，黄霖、韩同文选注：《中国历代小说论著选》（下册），江西人民出版社，2000年，第59页。按：按照此书编者意见，此引文的作者"曼殊"不是苏曼殊，而是麦仲华的笔名。又，引文中的三个方框所代的三个字，为原文所缺。

说中所表达的思想，无论怎样看似与社会不合，其实仍是作者所生活的时代、社会思想的曲折反映。这与新历史主义"一切历史都是当代史"的思想似有相同之处。浴血生则认为："小说能导人游于他境界，固也；然我以为能导人游于他境界者，必著者之先自游于他境界者也。昔赵松雪画马，常闭门不令人见。一日，其夫人窃窥之，则松雪两手距地，昂头四顾，俨然一马矣，故能以画马名于世。作小说者亦犹是。"①浴血生的这段论述对梁启超的观点有修正的作用。它一方面肯定了作家的创作与作家的生活之间的联系，另一方面也说明了作家要写好某种生活，必须自己先对这种生活有比较切身的体验。

但另一方面，近代叙事思想家们也看到，文学并不是生活的消极、机械、被动的反映，它也要有力地作用于社会。管达如认为："夫小说者，社会心理之反映也。使社会上无此等人物，此等事实，则小说诚无由成。然社会者，又小说之反映也。因有小说，而此等心理益绵延于社会。然则社会也，小说也，殆又一而二，二而一矣。"②管达如既看到了小说来源于生活，同时又看到小说对生活的影响。然而，他没有看到两者之间的主次，而是简单地将两者之间的关系归为"一而二，二而一"的关系。相比而言，吕思勉的观点则比他更加准确。吕思勉认为："中国社会之迷信，强半与小说相关，人遂谓迷信为此种小说所造，此亦过苛之论也。小说者，社会之产物也。谓有此种小说，而社会上此种势力，乃愈深厚，则有之矣。径谓社会为此种小说所造，则不可也。"③小说可以加强、助长某种社会现象、社会思想，但却不创造这种现象、思想，因为归根结蒂，小说是社会的产物，而不是社会是小说的产物。吕思勉的这一思想，已经很有辩证的味道。

不过，文学虽然来自生活，但毕竟不等于生活，也不能等于生活。吕思勉认为，读《红楼梦》必欲考"所隐者为何事，其书中之人物为何人，宁非笨伯乎！岂惟《红楼梦》，一切小说皆如

① 饮冰等：《小说丛话》，黄霖、韩同文选注：《中国历代小说论著选》（下册），江西人民出版社，2000 年，第 70 页。按，此段引文作者为浴血生，真名不详。

② 管达如：《说小说》，黄霖、韩同文选注：《中国历代小说论著选》（下册），江西人民出版社，2000 年，第 343 页。

③ 成之（吕思勉）：《小说丛话》，黄霖、韩同文选注：《中国历代小说论著选》（下册），江西人民出版社，2000 年，第 374 页。

此矣"。他将小说分为主观与客观两种，认为客观小说多复杂，"然偏于客观，亦易流于干燥无味之弊，使人读之，一若天然之事实，未经作者想象变化者然。故其最妙者，莫如合主客观而一之，使人读之，既有以知自然繁复之事实，而又有以知著者对之之感情，且著者对此事物之感情，恰可为此等事物天然之线索，而免于散无条理之诮，真文学中之最精妙者矣"①。吕思勉从小说的美学效果出发，认为小说与现实完全同一，就"干燥无味"了，表现在小说中的生活应该经过作者的"想象变化"，经过作者的虚构，加入作者的情感，这样才能创作出"精妙"的作品。因此，文学不能完全等同于现实。这一思想应该说是近代叙事思想中的主流看法。洪兴全认为："从来创作者，事贵出乎实，不宜尽出于虚，然实之中虚亦不可无者也。苟事事皆实，则必出于平庸，无以动诙谐者一时之听；苟事事皆虚，则必过于诞妄，无以服稽古者之心。是以余之创说也，虚实而兼用焉。"即如中日甲午之战，中国方面败绩、不光彩之事颇多，"若尽将其详而遍载之，则国人必以我为受敌人之贿，以扬中国之耻"，②因此，必有所虚之。由此可见，虚实结合，既有艺术效果的考虑，也有主题思想的考虑。文学既要虚实结合，自然便不可能完全与现实生活相合。因此，读者不能将小说当历史、当社会文献读。"吾谓《红楼》一书，尽教发明家搜出底里，决不能如斯之艳丽缠绵，反不如就此饰辞认假为真，反复寻绎，悱恻而有味也。是故董白自董白，黛玉自黛玉，历史自历史，《红楼》自《红楼》，发明自发明，批评自批评，离之具美，合之两伤。"③解弢的论述，虽然仍是从艺术效果的角度着眼，但其反对将小说作为历史和文献阅读的观点是很明确的。即使是小说所表现的人物、生活有其原型，也没必要将两者等同起来。

那么，文学描写的生活与实际的社会生活有什么区别？吕思勉认为主要表现在两个方面："一曰小，一曰深。何谓小？谓凡

明清近代叙事思想

---

① 成之（吕思勉）：《小说丛话》，黄霖、韩同文选注：《中国历代小说论著选》（下册），江西人民出版社，2000年，第394页、第395页。

② 洪兴全：《〈中东大战演义〉自序》，陈平原、夏晓虹编：《二十世纪中国小说理论资料》（第一卷），北京大学出版社，1997年，第41页。

③ 解弢：《小说话》，黄霖、韩同文选注：《中国历代小说论著选》（下册），江西人民出版社，2000年，第476页。

描写一种人物，必取其浅而易见者为代表；描写一种事实，必取其小而易明者为代表也。如写壮健侠烈之气，则写三军之帅可也，写匹夫之勇亦可也。而在小说，则宁取匹夫之勇。……何者？前者事大而难见，后者事小而易明；前者或令人难于想象，后者则多属于直观的故也。何谓深？凡写一事实，描一人物，必较实际加重数层是也。如写善人，则必极其善；写恶人，则必极其恶……要之，小说所写之人物恒单纯，实际社会之人物恒复杂。惟单纯也，对于他种事项皆一不措意，然后对于其特所注意之事项，其力量乃宏。"①文学应表现读者熟悉的平常的普通人物与事件，而在表现的时候，应该提取其某一方面的特征与品质，加以概括、强调、提升，从而更能表现这些特征与品质。这里实际上已涉及典型化、艺术真实的问题。经过典型化与艺术化的作品，其所描写的生活，自然不同于现实的生活。吕思勉的文学观主要是现实主义的观点，他关于文学与现实的区别主要在"小而深"的观点其实并不全面，但他的确抓住了文学与现实区别的一个重要方面。

文学不等于现实生活，主要是从两者的非同一性角度出发的，它不能否定生活对文学的影响。甚至可以说，正是因为文学源自生活，才有两者的非同一性问题。作为对文学与生活关系的进一步思考，近代叙事思想家们认识到，文学源于生活，不仅意味着文学的内容是由生活提供的，文学的产生、类型、形式、规模等实际上也是由生活决定的。黄人认为："有明一代之史，多官样文章，胡卢依样，繁重而疏漏，正与宋史同病。私家记载，间有遗轶可补，而又出于个人恩怨及道路传闻。若夫社会风俗之变迁、人情之渹漓、舆论之向背，反多见于通俗小说。且言禁方严，独小说之寓言十九，手挥目送，可自由抒写而内容宏富，动辄百万言，庄谐互引，细大不捐，非特可以刍荛补简册，又可为普通教育科本之资料。"②黄人从明代的社会状况探讨明代小说繁荣及影响明代小说内容的原因，已经意识到文学的产生、内容与

———————

① 成之（吕思勉）：《小说丛话》，黄霖、韩同文选注：《中国历代小说论著选》，第 376 页。

② 黄人：《明人章回小说》，黄霖、韩同文选注：《中国历代小说论著选》（下册），江西人民出版社，2000 年，第 258 页。

特点和社会现实的关系。周桂笙则以侦探小说为例，进一步说明了文学与生活的关系。周桂生认为，西方侦探小说繁荣，而中国"绝乏"，其原因是"吾国刑律讼狱，大异泰西各国，侦探之说，实未尝梦见。互市以来，外人伸治外法权于租界，设立警察，亦有包探名目，然学无专门，徒为狐鼠城社。会审之案，又复瞻徇顾忌，加以时间有限，研究无心。至于内地谳案，动以刑求，暗无天日者，更不必论。如是，复安用侦探之劳其心血哉！至若泰西各国，最尊人权，涉讼者例得请人为辩护，故苟非证据确凿，不能妄入人罪。此侦探学之作用所由广也。而其人又皆深思好学之士，非徒以盗窃充捕役，无赖当公差者所可同日而语。用能迭破奇案，诡秘神妙，不可思议，偶有记载，传诵一时，侦探小说即缘之而起"①。周桂生认为，西方侦探小说的盛行缘于西方的社会、制度、法律、习俗等因素适宜这类小说的生产，中国没有这样的社会与生活土壤，自然不可能产生侦探小说。这样，他就把文学的生产及其内容、形式同社会生活联系起来，说明了中西文学之所以不同的原因。胡适进一步认为，文学作品中的人物描写实际上也要受到社会与时代的影响。1917 年，在与钱玄同的信中，他指出，钱玄同认为《三国演义》"写刘备成一庸懦无用的人，写诸葛亮成一阴险诈伪的人"，其实不是由于"作者'文才笨拙'，乃其所处时代之影响也。彼所处之时代，固以庸懦无能为贤，以阴险诈伪为能，故其写刘备诸葛亮，亦只如此。此如古人'杀人不眨眼''喝酒三四十大碗'为英雄，今人如张春帆之徒以能'吊膀子'为风流"②。作家生活在社会之中，社会生活的现状与特点必然要影响到他的创作，影响到他笔下的人物。胡适的论述比较准确地涉及了这一点。

近代叙事学家对于文学与生活的关系的这一看法是难能可贵的。马克思指出："例如史诗来说，甚至谁都承认：当艺术生产一旦作为艺术生产出现，它们就再不能以那种在世界史上划时代的、古典的形式创造出来；因此，在艺术本身的领域内，某些有

明清近代叙事思想

---

① 周桂生：《歇洛克复生侦探案弁言》，陈平原、夏晓虹编：《二十世纪中国小说理论资料》（第一卷），北京大学出版社，1997 年，第 135 页。

② 钱玄同、胡适：《书信一组》，黄霖、韩同文选注：《中国历代小说论著选》（下册），江西人民出版社，2000 年，第 508 页。

重大意义的艺术形式只有在艺术发展的不发达阶段上才是可能的。"①雨果也表达过类似的意思，他说："的确，荷马在古代社会占极重要的地位。在这个社会中，一切都很单纯，一切都带有史诗色彩。诗便是宗教，宗教便是法律。继第一个时期的童贞之后，是第二个时期的贞洁。在家庭的习俗和公共的风尚中，到处都深深印记着一种非常的庄严，各民族从过去的游牧生活里，只保存下对异乡人和流浪者的尊敬。每一个家庭都有自己的乡土，一切都使它与乡土紧紧相连；于是，产生了对家庭的热爱和对祖辈的崇敬。我们要再次指出，这种文化的表现只可能是史诗。"②不同的时代有不同的文学，不同的现实决定着植根于这一现实基础上的文学的内容、形式、特点、规模等。这一认识高度是中国古代文学理论家们很少自觉地清楚意识到的，而在近代，却成为叙事思想家的共识。从这个角度，不能不肯定近代叙事思想家对文学与生活关系的认识的深度与广度。

近代叙事思想家还关注到了文学活动的读者一维。首先，他们注意到，读者是文学活动中的重要因素，读者的反应影响着叙事作品的创作，而读者如何反 应又与他们所处的社会有关。解弢认为："吾国言情小说，实可为世界冠。然考之法律典礼，其所以限制爱情者，则莫吾国酷矣。……然人于食色性也，自古风流士女，荡检逾闲之事，亦罄竹难书。而文人操觚，不特不加呵斥，反若叹羡不置者，虽以文章教世自命者，亦不尽徇法律礼教之势力，对于风月案里之罪人，往往曲为开脱。是犹专制虐政之下，人民渴想自由之乐，凡政府历禁之书，人民愈酷嗜之，其文章亦格外焕发也夫。"③在封建社会，爱情婚姻不自由，民众因而特别喜看言情的作品，这既是对于政府、礼教与法律的反抗，也是民众内心喜好与追求的表达。得此土壤，言情类的叙事作品便得到长足的发展。戏曲如《西厢记》、《牡丹亭》，小说如《金瓶梅》、《红楼梦》，都是如此。其次，近代叙事学家认识到，如文

① 马克思：《〈政治经济学批判〉导言》，《马克思恩格斯选集》第2卷，人民出版社，1972年，第113页。
② 伍蠡甫、胡经之主编：《西方文艺理论名著选编》（中册），北京大学出版社，1986年，第124－125页
③ 解弢：《小说话》，黄霖、韩同文选注：《中国历代小说论著选》（下册），江西人民出版社，2000年，第475页。

学创作一样，读者的阅读同样要受到社会生活的制约。徐念兹认为，小说的阅读与国民素质有关，而国民素质又与其所处的社会有关："夫侦探诸书，恒于法律有密切关系，我国民公民之资格未完备，法律之思想未普及，其乐于观侦探各书也，巧诈机械，浸淫心目间，余知其欲得善果，是必不能。艳情诸书，又于道德相维系，不执于正，则狭斜结契，有借自由为借口者矣，荡检踰闲，丧廉失耻，穷其弊，非至婚姻礼废、夫妇道苦不止。而尽国民之天职，穷水陆之险要，阐学术之精蕴，有裨于新闻自由处世诸小说，而反忽焉。"①徐念兹的观点可能有偏颇之处，然而社会现实决定着读者的素质，而读者的素质又影响着读者的阅读，他的这一基本观点却是站得住脚的。再次，近代叙事思想家们还探讨了读者应具备的一些基本条件。这主要表现在两个方面。其一，是读者的文学修养。俞明震认为："作小说难，读小说亦不易。率尔操觚者，固不足入著作林；而还珠买椟，亦为作者所深痛也。"而要善读小说，就需要知道一些读小说的方法，如金圣叹所说的"急读、缓读之二法"②。知道方法，扩展点说，也就是要有一定的文学修养。张冥飞也认为："作小说不可以无普通知识，读小说亦何尝可以无普通知识。作小说之难处，在具有此种常识，而笔足以达之，所谓人人意中之所有，人人笔下之所无是也。读小说者，苟具有同等之常识，乃能知作者所以运用此常识之心思及笔法。……然后作者之苦心及妙笔，遂为阅者所得，而作者真得一异代异地之知己矣。金圣叹确是一位具有常识之读者，但其常识之程度，比较的不及作者十分之五六，宜其对于作者之用心用笔深微处，尚有未了彻者矣。"③这里所说的"知识"、"常识"不是指生活知识和生活常识，而是指文学创作与文学作品的知识与常识。读者只有知道了这些常识，才能了解作者创作的妙处，真切地理解作品，得到美的享受。这仍是属于读者文学修养的范围。其二，是读者的生活经历。麦孟华认为："小说之

---

　　①　觉我（徐念兹）：《余之小说观》，陈平原、夏晓虹编：《二十世纪中国小说理论资料》（第一卷），北京大学出版社，1997年，第335页。

　　②　觚庵（俞明震）：《觚庵漫笔》，陈平原、夏晓虹编：《二十世纪中国小说理论资料》（第一卷），北京大学出版社，1997年，第268页。

　　③　冥飞（张冥飞）：《古今小说评林》，黄霖、韩同文选注：《中国历代小说论著选》（下册），江西人民出版社，2000年，第485页。

妙，在取寻常社会上习闻习见、人人能解之事理，淋漓摹写之，而挑逗默化之，故必读者入其境界愈深，然后其受感刺也愈剧。未到上海者而与之读《海上花》，未到北京者而与之读《品花宝鉴》，虽有趣味，其亦仅矣。故往往有甲国最著名之小说，译入乙国，殊不能觉其妙。"①小说的主要内容是社会生活，读者只有充分理解了小说所描写的社会生活，才能深入小说，读懂小说隐含的思想，获得审美的愉悦。这就要求读者具备一定的生活体验。

与作者一样，读者也是生活在一定的社会之中，其思想、爱好、艺术修养、生活体验等都要受到其所在社会、所处现实生活的制约。而读者的状况必然要反映到文学创作中来，影响到文学创作的各个方面。作为文学活动的重要一维，读者与生活的关系实际上也是文学与生活关系的一个侧面。从这个角度看，近代叙事学家对于读者与阅读的探讨，也可纳入文学与生活关系这一大的范畴。其很多观点是值得肯定的。

五、叙事语言

文学是语言的艺术，离了语言也就无所谓文学。中国叙事文学的语言历来有文言与白话两种语体。文言在中国叙事文学中源远流长，从远古神话、六朝志怪到唐代传奇、明清笔记，所用语言都是文言。但白话也有不俗表现，从《世说新语》、《颜氏家训》到敦煌变文、唐宋语录、宋元话本、明清章回，都是用的白话，而戏曲的语言特别是宾白，用的大都也是白话。如果仅从叙事文学的角度看，白话似乎比文言取得了更大的文学成就。但是，由于整个中国古代的书面语言系统中文言占据绝对的主宰地位，因此白话在叙事文学方面的成就非但没有提高叙事文学在整个文学中的地位，反而因为白话地位的低下而影响了白话叙事文学的地位。

白话的"白"是说的意思，"话"指所说的话，总的来说，白话就是口头语言的意思。作为书面语言的白话文，是建立在唐宋以来北方话的基础之上的。文言的意思则是只见于文而不口说

---

① 饮冰等:《小说丛话》，陈平原、夏晓虹编:《二十世纪中国小说理论资料》（第一卷），北京大学出版社，1997年，第83页。引文出自蜕庵（麦孟华）的文章。

的语言。从根源上说，文言也是建立在口语的基础之上的，只是这口语是先秦人的口语。文言在先秦口语的基础上形成之后，其形式就固定下来了，在其漫长的发展过程中，虽然也有变化，但其基本的词汇、语法、修辞体系等却没有大的改变。而口语的变化则快得多，在魏晋时期，就与先秦拉开了很长一段距离，到明清特别是近代，口语与文言几乎成了两个不同的语言系统，没有受过专门训练的普通民众，不仅无法使用文言，甚至连听懂文言都存在一定困难。就像鲁迅在《孔乙己》中所描写的，孔乙己一发起急来，便满口的"之乎者也"，咸亨酒店的小伙计们便一懂也不懂了。言文的长期分离阻碍了中国社会的发展与进步，使文化长期操在统治阶级与士大夫的手中，下层人民掌握文化首先就会遇到语言的障碍。这种现象引起了一部分有识之士的不满，他们要求进行文字改革，走言文合一的道路。实际上，明代中期李贽提出"童心说"，强调真情，就隐含了言文合一的思想。因为形式与内容是同一的。怎么想的就怎么说，想的是白话，说也自然要用白话说出来。1868 年，黄遵宪在《杂感》一诗提出"我手写我口，古岂能拘牵"的主张，认为"即今流俗语，我若登简编，五千年后人，惊为古斓斑"。黄遵宪的《杂感》正式提出了用白话写诗的主张，开了近代白话文运动的先河。①

但是，黄遵宪的主张在当时未能得到广泛的响应。文言作为传统文化的主要载体，它的命运实际上是与传统文化的命运紧密相联的。在传统文化仍然受到国人的信仰与尊敬的时候，要完全动摇文言的根基是不可能的。只有当传统文化遇到危机，国人对传统文化的信念与尊敬受到动摇甚至轰毁的时候，文言文才可能失去其不可动摇的尊贵地位。这一时机在 1895 年中日甲午战争之后到来了。中国在甲午战争中的失败，使国人对传统文化的优越性产生怀疑，人们开始反思传统文化的不足，而作为传统文化的主要载体，文言也自然受到攻击，作为这种怀疑与攻击的结果之一，白话文运动就蓬蓬勃勃地开展起来了。

近代白话文运动的主要提倡者有梁启超、裘廷梁等人。

梁启超等人主要是从政治的角度提倡白话文的。梁启超认

---

① 1904 年，在其编定的《人境庐诗草》的"自序"中，黄遵宪再次重申"我手写我口，古岂能拘牵"的主张。

为："古人文字与语言合，今人文字与语言离，其利病既娄言之矣。今人出话，皆用今语，而下笔必效古言，故妇孺农氓（田民），靡不以读书为难事，而《水浒》、《三国》、《红楼》之类，读者反多于六经。……今宜专用俚语，广著群书，上之可以借阐圣教，下之可以杂述史事，近之可以激发国耻，远之可以旁及彝情，乃至宦途丑态，试场恶趣，鸦片顽癖，缠足虐刑，皆可穷极异形，振厉末俗，其为补益岂有量耶！"①这里所说的"俚语"也即白话，民众日常生活中的语言。在《论小说与群治之关系》中，梁启超进一步指出，小说有熏、浸、刺、提四种力，而这些力"之为用也，文字不如语言。然语言力所被不能广不能久也，于是不得不乞灵于文字。在文字中，则文言不如其俗语，庄论不如其寓言。故具此力最大者，非小说末由"②。小说以语言为载体，因此小说的力量离不开语言。然而就语言来看，文言不如白话（俗语），长篇大论（庄论）不如形象（寓言）。因此，梁启超认为："文学之进化有一大关键，即由古语之文学，变为俗语之文学是也。各国文学史之开展，靡不循此轨道。……宋后俗语文学有两大派，其一则儒家、禅家之语录，其二则小说也。小说者，决非以古语之文体而能工者也。本朝以来，考据学盛，俗语文体，生一顿挫，第一派又中绝矣。苟欲思想之普及则此体非小说家当采用，凡百文章，莫不有然。"③梁启超在这里提出了小说应当使用白话的两大理由：一是小说用文言写作难工难好；二是小说的力量在于它的普及性，而如果用文言，其普及性就要大打折扣。因此，要普及思想，教育群众，改良群治，就必须使用白话。而且不光是小说，其他体裁的文章也应使用白话。这样，梁启超便把白话使用的范围从小说扩大到了整个书面语言。

没有梁启超那样大的名气但在提倡白话方面比他更加积极的是裘廷梁。裘廷梁（1857—1943 年）字葆良，又名可桴，无锡城内沙巷人。光绪十一年（1885）中举。会试落第后，致力于开通

---

①　梁启超：《变法通议·论幼学》，陈平原、夏晓虹编：《二十世纪中国小说理论资料》（第一卷），北京大学出版社，1997 年，第 28 页。

②　梁启超：《论小说与群治之关系》，陈平原、夏晓虹编：《二十世纪中国小说理论资料》（第一卷），北京大学出版社，1997 年，第 52 页。

③　梁启超等：《小说丛话》，陈平原、夏晓虹编：《二十世纪中国小说理论资料》（第一卷），北京大学出版社，1997 年，第 82 页。

民智和变法维新的宣传。戊戌变法前后，编辑《白话丛书》。1898 年创办《无锡白话报》，极力提倡白话文，进行文体改革，同年他在《无锡白话报》上发表著名论文《论白话为维新之本》，在"文界革命"中率先提出"崇白话而废文言"口号，因而被认为是我国白话文运动的先驱之一。裴廷梁指出："有文字为智国，无文字为愚国；识字为智民，不识字为愚民：地球万国之所同也。独吾中国有文字而不得为智国，民识字而不得为智民，何哉？裴廷梁曰：此文言之为害矣。"民智才能国强，而文言造成的言文分离使一些粗通文字的中国人即使识字也无法读懂文章，无法掌握相关的知识。因此，文言是"愚天下之具"，白话是"智天下之具"，"白话行而后实学兴，实学不兴，是谓无民"。裴廷梁总结了白话文的八大益处："一曰省目力：读文言日尽一卷者，白话可十之，少亦五之三之，博极群书，夫人而能。二曰除骄气：文人陋习，尊己轻人，流毒天下；夺其所恃，人人气沮，必将进求实学。三曰免枉读：善读书者，略糟粕而取菁英；不善读书者，昧菁英而矜糟粕，买椟还珠，虽多奚益？改用白话，决无此病。四曰保圣教：《学》、《庸》、《论》、《孟》，皆二千年前古书，语简理丰，非卓识高才，未易领悟。译以白话，间附今义，发明精奥，庶人人知圣教之大略。五曰便幼学：一切学堂功课书，皆用白话编辑，逐日讲解，积三四年之力，必能通知中外古今及环球各种学问之崖略，视今日魁儒耆宿，殆将过之。六曰炼心力：华人读书，偏重记性。今用白话，不恃熟读，而恃精思，脑力愈浚愈灵，奇异之才，将必叠出，为天下用。七曰少弃才：圆颅方趾，才性不齐；优于艺者，或短于文，违性施教，决无成就。今改用白话，庶几各精于一艺，游惰可免。八曰便贫民：农书商书工艺书，用白话辑译，乡僻童子，各就其业，受读一二年，终身受用不尽。"[①]裴廷梁的观点实际上也就是近代白话文运动的主要理由，后此的白话文提倡者所提出的观点只是裴氏观点的合乎逻辑的引申与发展。不过，我们可以看到，裴廷梁提倡白话的目的主要也是为了解决社会政治危机下的文化普及以及改良群治的问题，要求汉语书面语言通俗化，并未触动到汉字

① 裴廷梁：《论白话为维新之本》，《无锡白话报》，1898 年 19 期、20 期。http: //greatcourse. cnu. edu. cn/zggdwx/wlkc/kcxx/10/rz/05/

本身。

不过，反对用白话取代文言的也大有人在。其代表人物是林纾。林纾反对废除文言的理由主要有三点：其一，他认为文言与中华文化是联在一起的，废除文言，也就是否定传统文化，"必覆孔孟，铲伦常为快"；其二，他认为白话是下层民众所用的语言，粗俗低劣，"若尽废古书，行用土语为文字，则都下引车卖浆之徒，所操之语，按之皆有文法，不类闽广人为无文法之啁啾，据此则凡京津之稗贩，均可用为教授矣"；其三，林纾认为，中国古书量多质好，必须继承，而要读古书，则不能废文言："且使人读古子者，须读其原书耶？抑凭讲师之一二语，即算为古子？若读原书，则又不能全废古文矣。"①林纾的这些理由，第二条是精神贵族的看法，不值一提，第一条与第三条则有一定的道理。由于和历史与传统文化之间千丝万缕的联系，文言文是不能完全被废止的，实际上也无法完全废止。林纾的错误在于他没有认识到历史发展到近代，白话取代文言成为主要的书面语言已成为社会发展的必然趋势；他也没有认识到，矫枉必须过正，在文言占据绝对统治地位近两千年的近代，不暂时地彻底打倒文言，提倡白话实际上是不可能的。因此，虽然现在看来，林纾的主张中有不少合理的因素，而且他实际上也并不反对白话成为书面语言，而是希望文白并存，但他仍被视为顽固守旧派的代表，遭到批判，他的主张也受到彻底的否定。

不过，尽管梁启超等人的主张得到了比较广泛的响应，在近代，白话与文言之间的斗争还是持续了一段较长的时间。按照徐念慈在1908年的调查，"就今日实际观之，则文言小说之销行，较之白话小说为优"。其中的原因，徐念慈认为是"今之购小说者，其百分之九十出于旧学界而输入新学说者，其百分之九出于普通之人物，其真受学校教育而有思想、有才力、欢迎新小说者，未知满百分之一否"②。徐念慈的观点是有道理的，但另一个更为深层的原因他却忽略了，而梁启超则在一定程度上涉及了。

---

① 林纾：《致蔡鹤卿书》，薛绥之、张俊才编：《林纾研究资料》，福建人民出版社，1983年，第86页、第88页。

② 徐念慈：《余之小说观》，黄霖、韩同文选注：《中国历代小说论著选》（下册），江西人民出版社，2000年，第301页。

1920 年，在《〈晚清两大家诗钞〉题辞》中，梁启超仔细比较了当时文言与白话各自的优缺点，认为当时通行的白话，与文言相比有四大不足：一是冗长，不能做到词约义丰；二是浅露寡味，不够含蓄，容易陷入一览无余的境地；三是字不够用，许多意思在白话中找不到合适的词语表达；四是音节的问题，如果用白话作诗，不大容易合韵。因此，梁启超断言："我想白话诗将来总有大成功的希望，但须有两个条件：第一，要等到国语进化之后，许多文言，都成了'白话化'。第二，要等到音乐大发达之后，做诗的人，都有相当音乐智识和趣味。"①梁启超的论述隐含了一个十分深刻的思想，那就是，成熟的语言，需要历史与文化的积淀。文言经过几千年的发展和无数语言、文学大师的锤炼，到近代已经成为一种有着浓厚的历史内涵，在表现形式与表现内容等方面都十分成熟、优美的语言；而才从口头语言发展起来的白话还比较粗糙，无法与文言相比。因此，梁启超虽然提倡白话，但在翻译《十五小豪杰》时，原拟"纯用俗语，但翻译之时，甚为困难，参用文言，劳半功倍"②。鲁迅也是一样，在翻译《月界旅行》的时候，"初拟译以俗语，稍逸读者之思索，然纯用俗语，复嫌冗繁，因参用文言，以省篇页"③。姚鹏图总结自己的经验，写道："鄙人近年为人捉刀，作开会演说、启蒙讲义，皆用白话体裁，下笔之难，百倍于文话。其初每倩人执笔，而口授之，久之乃能搦管自书。然总不如文话之简捷易明，往往累牍连篇，笔不及挥，不过抵文话数十字、数句之用。"因此，他认为："语言之改良，第一须人之识字，乃能日趋高等之程度。若识字之人数，不能加增，则虽有通俗文，依然如瞽人之辨色，何能收效耶？"④

由此可见，近代白话迟迟不能取代文言，有两个重要原因：

———————

①　参看梁启超：《〈晚清两大家诗钞〉题辞》，夏晓虹编：《梁启超文选》（下），中国广播电视出版社，1992 年，第 13 – 15 页。

②　梁启超：《〈十五小豪杰〉译后语》，陈平原、夏晓虹编：《二十世纪中国小说理论资料》（第一卷），北京大学出版社，1997 年，第 64 页。

③　鲁迅：《〈月界旅行〉辨言》，阿英：《晚清文学丛钞·小说戏曲研究卷》，中华书局，1960 年，第 647 页。

④　姚鹏图：《论白话小说》，陈平原、夏晓虹编：《二十世纪中国小说理论资料》（第一卷），北京大学出版社，1997 年，第 150 页。

一是大多数文化人受的是文言教育，在文言到白话的转型期内，他们更加习惯于使用文言而不是白话；一是白话在其初期，无论是词汇的丰富性还是表达形式的成熟、优美还都无法与文言相比。《红楼梦》、《水浒传》等虽然是白话文学作品，但它们所使用的白话与近代民众的口语还是有一定的距离。林纾认为："《水浒》中辞吻，多采岳珂之《金陀萃篇》；《红楼》亦不止一人手笔，作者均博极群书之人。总之，非读破万卷，不能为古文，亦并不能为白话。"①现在看来，还是有一定道理的。因此，白话彻底战胜文言，需要具备三个条件：一是在理论与观念上有一彻底的转换。这一条件由五四前后的白话文运动实现，但运动的主力已是陈独秀、胡适、蔡元培、钱玄同等一批新的现代文人了。二是以白话为载体的文学创作取得文学上的实绩。这一条件在20世纪20年代得到实现。以鲁迅等为代表的小说创作、以郭沫若等为代表的诗歌创作、以朱自清等为代表的散文创作、以曹禺等为代表的戏剧创作，不仅说明了白话同样能够创作出好的文学作品，而且丰富了白话的表达方式、文化内涵与修辞技巧。三是接受白话教育的新的一代知识分子进入文坛。这一条件在20世纪30年代才得到实现。因此，历史上的文白之争，到20世纪30年代才以白话的最终胜利而盖棺论定，是有其深厚的历史原因的。

白话取代文言，成为汉语书面语的主要形式，对于中国叙事文学的发展有着重要的意义。首先，它扩大了叙事文学的读者群，使更多的"引车卖浆"者流加入到叙事文学的阅读中来，这必然导致叙事文学内容与形式的改变。第二，它帮助叙事文学的内容与形式相互匹配，和谐一致。叙事文学表达的主要是现实的生活，而文言文同现实生活有着一定的距离，白话使这种距离消失，使文学语言与普通民众的日常生活与语言达到一致，便于文学更好地表现社会生活。第三，它使叙事文学更能反映时代的精神。五四之后新的时代精神是民主与科学、个性解放与精神自由。精神自由需要表达形式的自由，思想的自由度与语言形式的自由度是相互关联的。而民主本质上是一种诉诸于多数人意志的社会政治形式，而政治上的民主必然要求语言形式的民主，要求

---

① 林纾：《致蔡鹤卿书》，薛绥之、张俊才编：《林纾研究资料》，福建人民出版社，1983年，第86页、第88页。

书面语言以民众的口头语言为基础，与之协调一致。而科学需要准确、精细的表达形式，在这方面，白话也比文言更能胜任。因此，相比文言，白话更能反映新的时代。叙事语言的白话化为叙事文学的迅速发展打下了基础，而这一基础是在近代奠基的。因此，中国历史上两次大的文白之争虽然主要发生在现代，但我们不能忽视近代的酝酿与准备。

六、叙事文学的文类

近代叙事文学的一个重要特点，也是近代叙事文学对中国叙事文学发展的贡献之一，是新的文类的大量出现与旧的文类的显著新变。就戏剧而言，出现了全新的剧种（话剧），[①]而且在西方文化与西方戏剧的影响和现实生活的推动之下，传统戏曲如京剧、昆剧也出现了显著的变化，剧作家们将正剧的因素引入戏剧，在形式上注意结构的严谨，增加剧本中的叙事成分。就小说而言，一方面是新的文类如政治、侦探、科学小说的引进与出现，一方面是传统的小说类型如历史小说不断出现新的变化。这种变化影响了当时的叙事思想，同时又是当时叙事思想影响的结果。

强调学习西方，引进新的文学文类，是近代叙事文学作家、批评家的共识。这种共识的大背景自然是国势的衰危，人们对传统文化包括传统叙事文学的信心的削弱。具体地说，则有以下三个原因：

其一，是西方强势文化的影响。鸦片战争之后，西方文化挟胜利之余威，凭借西方政治、经济、军事、科技以及文化自身的优势，涌入中国，在国人眼前呈现一个全新的世界。一时间，国人对西方文化趋之若鹜，将其视为解决中国问题的法宝之一。在这种氛围下，引进中国所没有的西方叙事文学文类，自然是顺理成章之事。

其二，是反映新的生活、解决社会问题的需要。近代中国社会是一个急剧动荡的社会，社会的发展速度往往超出了人们的预

---

① 除话剧外，当时介绍进来的西方戏剧还有悲剧、学校剧等。参见蒋观云：《中国之演剧界》，LYM：《学校剧之沿革》，阿英编：《晚清文学丛钞——小说戏曲研究卷》，中华书局，1960 年。

期。要反映变化了的社会，自然需要新的小说样式。管达如在谈到科学小说时，认为："此种小说，中国旧时无之，近来译事勃兴，始出见于社会，盖由吾国科学思想不发达故也。夫小说之性质，贵于凌虚；科学之性质，贵于征实。二者似不相容。然近来科学，一日千里，其事虽庸，其理则奇。事奇斯文奇。有深能科学兼长文学之士，覃精著述，未始不足于小说界中，别开一生面矣。"[①]科学的不发达，导致中国科学小说的阙如。而随着中国科学的发展、科学思想的普及，中国的科学小说自然也会随之产生、发展。梁启超提倡政治小说，目的则是变革中国社会，解决中国问题，促进中国政治的发展。[②]

其三，是叙事文学本身的发展。西方近代叙事文学无论在内容、形式还是叙事思想上都比近代中国叙事文学成熟，小说类型的分化较细且具有较高的艺术成就，"写情小说之绮腻风流，科学小说之发明真理，理想小说之寄托深远，侦探小说之机警活泼"[③]，都是中国小说比不上的。中西叙事文学要向前发展，自然要借鉴西方小说的类型。在梁启超等人关于小说的讨论中，于定一认为："中国小说之不发达，犹有一因，即喜录陈言，故看一二部，其他可类推，以至终无进步，可慨可慨。然补救之方，必自输入政治小说始、侦探小说、科学小说始。盖中国小说中，全无此三者性质，而此三者，尤为小说全体之关键也。若以西例律我国小说，实仅可谓有历史小说而已。即或有之，然其性质多不完全。写情小说，中国虽多，乏点亦多。至若哲理小说，我国尤罕。……故中国小说界，仅有《水浒》、《西厢》、《红楼》、《桃花扇》等一二书执牛耳，实小说界之大不幸也。"[④]在翻译方面，鲁迅认为："我国说部，若言情谈故刺时志怪者，架栋汗牛，而独于科学小说，乃如麟角。智识荒隘，此实一端。故苟欲弥今日

① 管达如：《说小说》，陈平原、夏晓虹编：《二十世纪中国小说理论资料》（第一卷），北京大学出版社，1997年，第401页。

② 梁启超：《译印政治小说序》，黄霖、韩同文选注：《中国历代小说论著选》（下册），江西人民出版社，2000年。

③ 周桂生（笙）：《歇洛克复生侦探案弁言》，黄霖、韩同文选注：《中国历代小说论著选》（下册），江西人民出版社，2000年，第137页。

④ 饮冰等：《小说丛话》，黄霖、韩同文选注：《中国历代小说论著选》（下册），江西人民出版社，2000年，第68－69页。

译界之缺点，导中国人群以进行，必自科学小说。"①戏剧方面也是如此。春柳社提倡话剧，坦言"演艺之大别有二：曰新派演艺（以言语动作感人为主，即今欧美所流行者），曰旧派演艺（如吾国之昆曲、二黄、秦腔、杂调皆是）。本社以研究新派为主，以旧派为附属科（旧派脚本故有之词调，亦可择用其佳者，但场面布景必须改良）"②。大家都把引进西方新的叙事文学类型作为改变中国叙事文学的现状，促进中国叙事文学的发展的关键之一。中西叙事文学传统不同，发展过程有异，但两者也必然有相通之处，在努力追赶西方、希望通过学习西方来拯救陷于颓势的国家的近代，处于更高成熟阶段的西方叙事文学自然会成为中国叙事思想家们提倡、学习的目标。这一学习过程在五四之后基本结束。五四之后，中国叙事文学至少在形态上更加接近西方而不是中国传统叙事文学。

对西方新的叙事文学类型的引入很快取得好的效果。话剧自19与20世纪之交引进中国之后不久就产生了一定的影响。就小说而言，1902年，《新小说报》将小说类型分为历史小说、政治小说、哲理科学小说、军事小说、冒险小说、探侦小说、写情小说、语怪小说、劄记体小说、传奇体小说、世界名人逸事、新乐府、粤讴及广东戏本等13种③。1905年，《小说林》将小说分为历史小说、地理小说、科学小说、军事小说、侦探小说、言情小说、国民小说、家庭小说、社会小说、冒险小说、神怪小说、滑稽小说等12种④。如果说新小说报社的分类还带着中西杂糅的开创期的特点的话，小说林社的分类已经是比较纯粹的西方小说类型了。

所谓政治、军事、侦探、冒险、历史小说，主要是就题材而言。小说还可从其他角度分类。1910年，管达如开始从不同角度

① 鲁迅：《〈月界旅行〉辨言》，阿英：《晚清文学丛钞——小说戏曲研究卷》，中华书局，1960年，第647页。

② 《春柳社演艺部专章》，阿英：《晚清文学丛钞——小说戏曲研究卷》，中华书局，1960年，第636页。

③ 新小说报社：《中国唯一之文学报〈新小说〉》，陈平原、夏晓虹编：《二十世纪中国小说理论资料》（第一卷），北京大学出版社，1997年。

④ 小说林社：《谨告小说林社最近之趣意》，陈平原、夏晓虹编：《二十世纪中国小说理论资料》（第一卷），北京大学出版社，1997年。

对小说进行分类。他从文体上将小说分为文言体、白话体、韵文体三种；从体制上分为笔记体、章回体两种；从性质上分为武力的、写情的、神怪的、社会的、历史的、科学的、侦探的、冒险的、军事的等 9 种。①而吕思勉的分类则更加复杂、详尽。1914年，他发表《小说丛话》，将小说从文学的角度分为散文和韵文，而散文小说又分为文言与俗语两种，韵文小说分为传奇和弹词两种，认为在散文与韵文中以散文为正格，在文言与俗语中又以俗语为正格；从所叙事实之繁简的角度将小说分为复杂小说和单独小说两类；从主客观的角度，将小说分为自叙式小说和他叙式小说两类；从所载事迹之虚实的角度将小说分为写实主义、理想主义和介乎写实与理想之间的社会小说三类；根据西方悲、喜剧的分类将小说分为悲情小说与喜情小说两类，然后又根据纯粹与不纯粹将悲情与喜情小说各分为绝对与相对两类；从有无主义的角度将小说分为有主义小说和无主义小说两类；从情与知两个方面，将小说分为纯文学小说与不纯文学小说；从小说所含材料的角度将小说分为武事、写情、神怪、传奇、社会、历史、科学、冒险、侦探等 9 类；从篇幅长短的角度，将小说分为长篇小说与短篇小说两类。②此外，刘复在 1918 年侧重论述了通俗小说，论述了其性质、特点。③周作人通过对日本 19 世纪末 20 世纪初小说的探讨，论述了日本小说的分类，以为中国小说之借鉴。④

　　上述这些探讨，都是在西方小说观念的影响下进行的。它不仅增加了当时人们对于小说类型的认识，促进了小说艺术的发展，也为中国现代小说的类型打下了基础。在这些分类中，最值得重视的是关于长篇小说与短篇小说的分类，它由吕思勉等人提出⑤，但大家对这种分类的认识没有到位，对其意义也重视不够。

---

　　① 管达如：《说小说》，黄霖、韩同文选注：《中国历代小说论著选》（下册），江西人民出版社，2000 年。

　　② 成之（吕思勉）：《小说丛话》，黄霖、韩同文选注：《中国历代小说论著选》（下册），江西人民出版社，2000 年。

　　③ 刘复：《通俗小说之积极教训与消极教训》，黄霖、韩同文选注：《中国历代小说论著选》（下册），江西人民出版社，2000 年。

　　④ 周作人：《日本近三十年小说之发达》，黄霖、韩同文选注：《中国历代小说论著选》（下册），江西人民出版社，2000 年。

　　⑤ 除吕思勉外，吴自牧在《梦粱录》中、天许斋在《古今小说题辞》中，也都讨论过短篇小说。

吕思勉在提出这种分类之后写道："然究竟满若干字，则可为长篇？在若干字以下，则当为短篇？苦难得其标准也。但此种形式的分类，殊非必要，竟从欲称之可矣。自实际言之，则长篇小说，趣味较深，感人之力亦较大。短篇小说则反是。由一为单纯小说，一为复杂小说故也。"①吕思勉完全从篇幅的长短界定短篇小说，对短篇小说性质特点的把握主要也是根据传统的笔记杂纂，其观点局限很多。因此，他虽然较早提出短篇小说的概念，但影响不大。真正从现代西方观念出发，对短篇小说这一文类作出明确阐述的是胡适。胡适1918年在北京大学国文研究所小说科作演讲时指出："中国今日的文人大概不懂'短篇小说'是什么东西。现在的报刊杂志里面，凡是笔记杂纂，不成长篇的小说，都可叫做'短篇小说'。……其实这是大错的。西方的'短篇小说'（英文叫做 Short Story）在文学上有一定的范围，有特别的性质，不是单靠篇幅不长便可称为'短篇小说'的。"他给短篇小说下了一个定义："短篇小说是用最经济的文学手段，描写事实中最精彩的一段，或一方面，而能使人充分满意的文章。"所为"事实中最精彩的一段，或一方面"，指的是能"代表全部"或"反映全形"的部分或方面，也就是能够反映生活的本质与整体的精彩生活片断。所谓"最经济的文学手段"指的是从材料上看，是做短篇的材料，"凡可以拉长演作章回小说的短篇，不是真正的'短篇小说'"；从叙事上看，要叙事充分，"凡叙事不能畅尽，写情不能饱满的短篇，也不是真正'短篇小说'"。胡适认为："最近世界文学的趋势，都是由长趋短，由繁多趋简要。"因为生活节奏越来越快，文学要适应新的生活，不得不"经济"，这是世界文学发展的趋势。而"今日中国的文学，最不讲'经济'"，那些写短篇的，"只会记'某时，到某地，遇某人，做某事'的死账，毫不懂状物写情是全靠琐屑节目的"。而那些写长篇的"又只会做那无穷无极《九尾龟》一类的小说，连体裁布局都不知道，不要说文学的经济了"。而"要救这两种大错，不可

明清近代叙事思想

---

① 成之（吕思勉）：《小说丛话》，黄霖、韩同文选注：《中国历代小说论著选》（下册），江西人民出版社，2000年，第376页。

不提倡那最经济的体裁……不可不提倡真正的'短篇小说'"①。中国传统文学中有短篇的小说，但现代意义上的"短篇小说"却是近代才开始出现的，从某种意义上说，也是一种新的文类。胡适的这篇演说，不仅从理论上界定了短篇小说，而且纠正了以前关于短篇小说的一些错误观念，对于促进现代意义上的中国短篇小说的发展，并进而促进小说艺术与形式的发展，都有着积极的意义。

除了新的叙事文类的引进，传统的叙事文类也在西方文化和新的叙事思想与叙事实践的影响下产生了新变。

戏剧方面。三爱在《论戏曲》中提出，传统戏曲应该在五个方面进行改良，一是多编有益风化之戏。二是采用西法。"戏中有演说，最可长人之见识，或演光学、电各种戏法，则又可练习格致之学。"三是不可演神仙鬼怪之戏。四是不可演淫戏。五是除却富贵功名之俗套。②他在内容与形式两个方面都提出了改革的要求。欧阳予倩在其《红楼梦》系列京剧中，将话剧的因素引入剧本，结构严谨，适当分幕，注意语言的文学性，在实践的角度推进了京剧的改革。

小说方面。总体上看，传统的英雄、男女、鬼神三大分类已逐渐为新的分类所取代，传统的章回、笔记、话本小说形式也逐渐向欧美现代小说形式转化。在新的分类中，历史、写情、神怪等小说类型可以说主要不是从西方引进而是从过去的小说类型中演变而来的，但其内涵已经有了一定的变化。这里以历史小说为例略作说明。

历史小说作为一种文类，在中国最早可以追溯到史传文学，宋代之后，以历史为题材的小说戏曲作品如《三国演义》、《长生殿》等可谓层出不穷，占了文学创作的半壁江山。进入近代，由于新的文类的不断引入，历史小说的范围有所缩小，只有描写历史且重点在演义历史人物与事件的才能说是历史小说，借历史而言他的则可能被划入政治、哲理小说等的范围。近代叙事思想家

① 胡适：《论短篇小说》，黄霖、韩同文选注：《中国历代小说论著选》（下册），江西人民出版社，2000年，第517页、第518页、第526页、第527页。

② 三爱：《论戏曲》，阿英：《晚清文学丛钞——小说戏曲研究卷》，中华书局，1960年，第54页。

们从不同角度对历史小说进行了论述。章炳麟将历史小说的萌芽推溯到战国，认为："晚周诸子说上世之事，多根本经典，而以已意饰增，或言或事，率多数倍。……演言者，宋明诸儒因之，如《大学衍义》；演事者，则小说家之能事：根据旧史，观其会通，察其情伪，推己意以明古人之用心，而附之以街谈巷议，亦使田家妇子知有秦汉至今帝王师相之业，不然，则中夏齐民之不知故国，将与印度同列。然则演事者虽多皮缚，而存古之功亦大矣。"①这段论述虽然不长，却将历史小说的起源、特点与作用作了比较清晰的概括。作者对历史小说秉承史实、不辞虚构的特点有比较清楚的认识，肯定了历史小说在保存古代史实、向民众普及历史知识方面的作用。吴趼人对历史小说的探讨更为全面，他认为："历史云者，非徒记其事实之谓也，旌善惩恶之意实寓焉。"他表示自己要"借小说之趣味之感情，为德育之一助"，②而"改良社会之心，无一息敢自已"。③历史小说的目的不仅仅是"存古"，更是通过对史实的演义旌善惩恶、培育美德、改良社会。与章炳麟相比，吴趼人对历史小说作用的看法无疑更为全面。对于历史小说与历史的关系，吴趼人反对"借一古人之姓名，以为一书之主脑，除此主脑姓名之外，无一非附会者"，也反对虽有史实，但"失于简略，殊乏意味"，以"蹈虚附会"为主的作品："小说虽小道，究亦同为文字，同供流传者，其内容乃如是，纵不惧生诬古人，岂亦不畏贻误来者耶！"因此，"撰历史小说者，当以发明正史事实为宗旨，以借古鉴今为诱导，不可过涉虚诞，与正史相刺谬，尤不可张冠李戴，以别朝之事实，率牵羼入，贻误阅者"。由此可见，历史小说贵在真实。但吴趼人也不绝对反对虚构，"蹈虚附会诚小说所不能免者"，④但虚构不能影响历史真实。在两者实在无法统一时，吴趼人建议用注释的办

---

① 章炳麟：《洪秀全演义》，黄霖、韩同文选注：《中国历代小说论著选》（下册），江西人民出版社，2000年，第196页。

② 吴趼人：《月月小说序》，黄霖、韩同文选注：《中国历代小说论著选》（下册），江西人民出版社，2000年，第233页。

③ 吴趼人：《两晋演义自序》，黄霖、韩同文选注：《中国历代小说论著选》（下册），江西人民出版社，2000年，第238页。

④ 吴趼人：《两晋演义自序》，黄霖、韩同文选注：《中国历代小说论著选》（下册），江西人民出版社，2000年，第237页、第238页。

法来加以解决："作小说难，作历史小说尤难，作历史小说而欲不失历史之真相尤难。作历史小说不失其真相，而欲其有趣味，尤难之又难。其叙事处或稍有参差先后者，取其笔势，不得已也。或略加附会，以为点染，亦不得已也。他日当于逐处加以眉批指出之，庶可略借趣味以佐阅者，复指出之，使不为所惑也。"①吴趼人在艺术上强调历史小说要有趣味，要使读者喜闻乐见。但要有趣味有时就需要虚构，而虚构过分则又影响历史真实。针对这种情况，他提出的处理办法是，在不影响整体真实的前提下，该虚构处不是不可以虚构，但应用注释的方法将虚构的内容指出，以存历史真相。这样处理兼顾了两个方面，不失为一个好的办法。吴趼人的观点代表了近代对于历史小说的主流看法。俞明震在评论《三国演义》时认为："虽无一事不本史乘，实无一语未经陶冶，宜其风行数百年，而妇孺皆耳熟能详也。"②这里的"陶冶"指的是艺术上的精心结构与仔细推敲。强调历史小说只有在历史真实与艺术陶冶紧密结合的情况下，才能产生杰出的作品。俞明震没有正面讨论真实与虚构的关系，但从行文构思的角度讨论了对于史实的处理，对于历史小说的创作提出了自己的思路。如果说在历史小说与历史的关系中，吴趼人、俞明震等人更多地强调历史小说的"历史"的一面，那么，胡适则更多地强调了"小说"的一面。胡适认为："凡做'历史小说'，不可全用历史上的事实，却又不可违背历史上的事实。全用历史的事实，便成了'演义'体，如《三国演义》和《东周列国志》，没有真正'小说'的价值。（《三国》所以稍有小说价值者，全靠其能于历史事实之外，加入许多小说的材料耳。）若违背了历史的事实，如《说岳传》使岳飞的儿子挂帅打平金国，虽可使一班愚人快意，却又不成'历史的'小说了。最好是能于历史事实之外，造成一些'似历史又非历史'的事实，写到结果却又不违背历史的事实。如法国大仲马的《侠隐记》。"③胡适虽然也强调

① 吴趼人：《两晋演义》第一回回评，转引自黄霖、韩同文选注：《中国历代小说论著选》（下册），江西人民出版社，2000年，第240页。
② 觚庵（俞明震）：《觚庵漫笔》，黄霖、韩同文选注：《中国历代小说论著选》（下册），江西人民出版社，2000年，第325页。
③ 胡适：《论短篇小说》，黄霖、韩同文选注：《中国历代小说论著选》（下册），江西人民出版社，2000年，第524页。

历史事实，但与吴趼人等相比，很明显更偏重"小说"一些，只要不违历史的整体真实，加上许多虚构的内容，在他看来是可以的。

近代叙事思想家们对历史小说的讨论，一方面给历史小说输入了现代的意识，使近代历史小说与传统历史小说拉开了一定的距离，产生了一定的新变；另一方面，也为现代历史小说的创作与理论提供了思想基础。比如，茅盾关于历史小说的思想就与近代吴趼人、胡适等人的思想有不少相似之处。①

七、叙事形式与技巧

近代叙事思想对叙事形式与技巧的关注有所不够。这有两个原因：一是由于近代特殊的历史与社会环境，近代批评家的兴奋点主要在文学的内容与社会作用上；一是近代中国叙事文学正处于转型期，人们的注意力更多地被与文学转型相关的问题所吸引，更多关注的是叙事文学的体裁与形式，而对更为具体的叙事形式与技巧的关注自然有所削弱。而从更大的范围看，对于叙事形式与技巧的关注在西方实际上也是 20 世纪以后的事，处于两个世纪之交的中国近代叙事思想家们自然也不可能在这方面有过多的探讨。就时间上看，近代前期，叙事批评家对叙事形式与技巧关注较少，近代后期，在这方面的探讨有所加强。总的来看，近代叙事批评家在叙事形式与技巧方面的贡献不是很大。这一方面是由于对于中国古典小说的叙事形式和技巧，金圣叹、张竹坡、毛宗岗、脂砚斋等人的总结已经比较全面；另一方面，对西方小说的叙事形式和技巧，近代叙事批评家们又还有一个熟悉与把握的过程。但尽管如此，在自己的论述中，近代批评家们对叙事的形式与技巧的见解还是有不少值得注意的地方。

1. 结构

结构是叙事形式的重要组成部分，也是近代叙事思想家们一直关心的问题之一。对于结构，近代批评家们作了多方面的探讨。

近代叙事批评家们肯定了结构的重要性。王国维、林纾等都

---

① 参见赵炎秋：《论茅盾的艺术真实观》，载李志宏、金永兵主编：《站在新的历史起点上——新时期文学理论研究的回顾与反思》，时代文艺出版社，2008 年。

强调结构的重要性。王国维提倡古雅，强调好的故事还需有好的表现形式。其他批评家在这方面也持一致的观点。张行认为，除了真情，"小说所恃以动人者，不外二事，一曰结构离奇，二曰笔墨优美"①。胡适认为："论文学者固当注重内容，然亦不当忽略其文学的结构。结构不能离内容而存在，然内容得美好的结构乃益可贵。"②比较好地论述了内容与结构之间的辩证关系。蟫红女史认为："著书以结构为第一要着，次则布置一切人物。如一室然，先建筑，后装饰。然建筑不佳，装饰虽美，譬如乡下婆涂脂抹粉，适见其丑。反之，只究建筑，不问装饰，亦足损其美。必也二者兼到，乃臻完备。"③结构与人物，蟫红女史虽然强调不能偏废，但很明显，重点还是偏向于结构。结构不仅是叙事的要素，也是叙事作品成功的关键之一。

结构必须严谨。林纾重视小说结构的系统与完整，肯定结构严谨、构思严密的作品。邱炜萲认为，小说"自有章法，有主脑在。否则，满屋散线，从何串起，读者亦觉茫无头绪，未终卷而思睡矣"。他指出："《水浒》主脑在于收结三十六人，故以梁山泊惊噩梦，戛然而止，意在于著书，故可止而止，不在于群盗。故凭空而起者，亦无端而息，所谓以不了了之也。"④这里的章法含有结构的意思，主脑则指作品的主题、主要情节。作者认为，应该以主脑为中心，结构整部作品。《水浒》的主题是三十六天罡，因此在排了座次之后，三十六人均已出场，归宿均已确定，就以卢俊义夜惊噩梦而告结束。这样，整个结构才严谨完整。而这样安排正是从结构的角度（意在于著书）而不是人物的角度（不在于群盗）着眼。另一批评家忏绮词人赞扬钱锡宝的《梼杌萃编》"倚伏之精密，结构之谨严，有蛛丝马迹之奇，无泻水散珠之弊"，称赞其小说照应伏笔，结构严谨，没有游离于小说主

① 张行：《小说闲话》，黄霖、韩同文选注：《中国历代小说论著选》（下册），江西人民出版社，2000年，第335页。

② 钱玄同、胡适：《书信一组》，黄霖、韩同文选注：《中国历代小说论著选》（下册），江西人民出版社，2000年，第502页。

③ 蟫红女史：《〈鸳湖潮〉评语》，陈平原、夏晓虹编：《二十世纪中国小说理论资料》（第一卷），北京大学出版社，1997年，第504页。

④ 邱炜萲：《梁山泊》，陈平原、夏晓虹编：《二十世纪中国小说理论资料》（第一卷），北京大学出版社，1997年，第30页。

体之外的东西。

对于结构方法，近代叙事批评家们也作了比较深入的探讨。张冥飞认为："布局为小说第一要义。通盘打算，某事安放某处，某人于某处出现，某处为小结束，某处为大结束，某处为小波澜，某处为大波澜，大致就绪，然后抽出一总线索，分为无数小线索，分途做去，则结构紧严，无懈可击，而且纲举目张，头头是道，虽情事断断续续，而不嫌其散矣。总线索为全书主要宗旨及目的所在。或以人为经，以事为纬；或以事为经，以人为纬。分线索则因人或因事而分，其所叙述，无论如何不能不归于主要之宗旨及目的，乃无游骑无归之病矣。"①这段论述不仅强调了结构的重要性，而且从整体构思、线索安排、线索与文章主旨的关系等三个方面论述了结构小说需要注意的问题，认为只要把握了这三个关键，小说也就"结构紧严，无懈可击"了。吕思勉提出，叙事作品结构要做到谨严，必须注意两点："第一事实要联贯。组织许多复杂之事实而成一大事实，其中须有一线索，不能有互相冲突之处。……一主从要分明。书中之人物，孰为主人翁，代表作者之理想；孰为副人物，代表四周之境遇；不可不极为明确，使人一望而知，然后读者知作者主意之所在，乃能读之，而有所感动。"②作者这一观点虽然新意不是很多，但将两者作为小说结构的基本原则加以强调，在纠正当时小说结构散漫方面还是有好处的。解弢认为："小说起首结尾，要有数法：一、神龙见首不见尾法，《水浒》、《西厢》是也。二、首尾照应法，《红楼》是也。三、乾龙无首法，欧美作者多用之，吾国未之见也。欧美小说之构局，变格实多。有两截法，如《喋血酬恩记》之叙艺叙获是也。有前后倒置法，《歇洛克奇案开场》是也。有截梢作根法，《薄幸男》是也。""章回小说之结构，有顺排法，有错排法。顺排法，回回相衔接，错排法，乃错综变化，次章与

① 冥飞（张冥飞）：《古今小说评林》，黄霖、韩同文选注：《中国历代小说论著选》（下册），江西人民出版社，2000 年，第 485 页。

② 成之（吕思勉）：《小说丛话》，黄霖、韩同文选注：《中国历代小说论著选》（下册），江西人民出版社，2000 年，第 400 页。

前章，或接或否。吾国小说多用顺排，西籍他述体多用错排。"①
解弢从不同角度提出了小说的结构的几种方法，虽然过于宏观，
但概括还是比较准确的。

　　对于单部作品的结构，近代批评家也常有涉及。李友琴评陆
士谔的《新上海》，认为这部小说"间架雄阔，结构精严，思致
绝卓，而笔墨尤灵动飞舞不可方物。文势突兀，起伏有峰峦之
形；奔放洄沿，有波涛之势；其渲染点缀处，亦历落有致"②。曼
殊赞扬《儿女英雄传》的前半部："其结构真佳绝矣。其书中主
人翁之名，至第八回乃出，已难极矣；然所出者犹是其假名也，
其真名直至第二十回始发现焉。若此数回中，所叙之事不及主人
之身份焉，则无论矣；或偶及之，然不过昙花一现，转瞬复藏而
不露焉，则无论矣；然《儿女英雄传》之前八回，乃书中主人之
正传也，且以彼一人而贯彻八回者也。作了一番惊天动地之大事
业，而姓名不露，非神笔其能若是乎。"③《儿女英雄传》共四十
回，但女主人公十三妹的真名何玉凤至第二十回才出现，在这之
前，作者用种种方法，在描写其人其事的同时，巧妙掩去了她的
名字，结构手法确有可取之处。吕思勉评论《儒林外史》的结
构，认为其"篇幅虽长，其中所包含之事实虽多，然其事实，殆
于个个独立，并无结构之可言（非合众小事成一大事）。与向来
通行之长篇小说，体例不合，实仍短篇小说之题材耳"。吕思勉
为了论证自己"记事小说多为短篇小说"的观点，④断言《儒林
外史》无结构可言，是可以商榷的。但他指出《儒林外史》"名

---

　　① 解弢：《小说话》，黄霖、韩同文选注：《中国历代小说论著选》（下册），江
西人民出版社，2000 年，第 476 页、第 477 页。按：《喋血酬恩记》主要叙孝子伊梵
为父复仇，后自杀身死之事。全书分两卷，上卷作者标明为"叙艺"，含"事之缘起
如播种"之意，下卷标明为"叙获"，含"恶果形成"之意。《歇洛克奇案开场》先
写杀人者败露，然后再叙其缘由。《薄倖男》主要叙述薄幸男亚立山与珠西拉的爱情
故事。

　　② 李友琴：《〈新上海〉评语》，陈平原、夏晓虹编：《二十世纪中国小说理论资
料》（第一卷），北京大学出版社，1997 年，第 385 页。

　　③ 饮冰等：《小说丛话》，黄霖、韩同文选注：《中国历代小说论著选》（下
册），江西人民出版社，2000 年，第 58 页。按黄霖等的考证，作者"曼殊"为麦仲华
的笔名。

　　④ 成之（吕思勉）：《小说丛话》，黄霖、韩同文选注：《中国历代小说论著选》
（下册），江西人民出版社，2000 年，第 366 页。

为长篇，实为短制"（鲁迅语）的缀段体特点，还是正确的。另外，他强调，长篇小说中的各个事件应该相互联系，共为一大事件中的组成部分，这一观点也有其可取之处，对于促进小说结构的严谨是有益的。

西方小说的输入使近代批评家探讨叙事作品的结构多了一个参照系。不少批评家对西方小说的结构作了探讨，其中用力最勤的当数林纾。林纾以狄更斯小说为核心，对西方小说的结构艺术作了比较深入的探讨，提出了不少有价值的观点。林纾的探讨没有只停留在宏观的层面，也进入到了微观。如他认为英国作家哈葛德"言男女事，机轴只有两法，非两女争一男，则两男争一女。……而读之使人作异观者，亦有数法。或以金宝为眼目，或以刀盾为眼目。叙文明，则必以金宝为归；叙野蛮，则以刀盾为用。舍此二者，无他法矣。然其文心之细，调度有方，非出诸空中楼阁，故思路亦因之弗窘"①。哈葛德的言情小说以三角恋爱为核心构架，以文明或野蛮为背景，以金宝或刀盾为情节的纽结，作品情节虽然相近，但由于种种因素调配得当，因而并不显雷同。林纾的观点虽仍较概括，但已有具体分析，进入到了微观的层面。半侬探讨福尔摩斯侦探故事的结构，认为"一案既出，侦探其事者，第一步工夫是一个'索'字，第二步工夫是一个'剔'字，第三步工夫是一个'结'字"。所谓"索"，就是所有的情况、线索都调查清楚，"储之脑海"。所谓"剔"字，"即根据搜索所得，使侦探范围缩小"。所谓"结"字，则是得出最后结论，揭出案情。②他对于柯南·道尔侦探小说的结构手法的把握，也是比较准确的。

2. 情节

与结构紧密联系的是情节。情节有两种类型：一种故事性强，曲折变化，事件进展快；一种比较平淡，事件进展缓慢。中国古典小说大多属于前一种，如《三国演义》、《水浒传》、《西游记》、《儒林外史》等。古代叙事批评家金圣叹、李渔等比较重

---

① 林纾：《〈洪罕女郎传〉跋语》，吴俊标校：《林琴南书话》，浙江人民出版社，1999年，第40页。

② 半侬：《〈富尔摩斯侦探案全集〉跋》，陈平原、夏晓虹编：《二十世纪中国小说理论资料》（第一卷），北京大学出版社，1997年，第548－549页。

视这种类型的情节，近代批评家也是如此。蠻红女史评论《红粉劫》，认为"此书以血案起，即无平铺直叙之嫌"，"书中无主无宾，各人俱有结局，结局又各不同"，"外国小说，多怪异离奇之作，此书其尤也"①，肯定小说情节的曲折离奇。二我认为："作文不喜平，作演义何莫不然？然使支节太多，便苦头绪繁重，顾此失彼，罣一漏万，非脱笋，即断气。此则回峦叠峰，邱壑环生，不露峥嵘之形，而自尽曲折之妙。"赞扬《黄绣球》的情节在回峦叠峰、曲折多变的同时，又互相照应，"脉接筋连，一无娇［矫］强"。②徐念兹也认为："小说之所以耐人寻索，端在其事之变幻，其情之离奇，其人之复杂。"③强调小说情节的曲折、事件的变化。不过，中国古典小说虽然大多以情节见长，但也有不靠情节的曲折离奇取胜的，如《红楼梦》、《金瓶梅》等。近代西方小说的大量传入，更加强了情节平淡的作品的影响。近代叙事批评家对此也大多持肯定的态度。无名氏赞扬徐忱亚《雪鸿泪史》"纯用白描，力趋高尚纯洁一派。虽所叙只一二人之事，情节极其淡漠，而洋洋十余万言，令人百读不厌。其深刻之处，直是呕心作字，濡血成篇，不徒以词华见长"④。作者看到《雪鸿泪史》以情感人、不以情节见长的特点并加以肯定，称其为"高尚纯洁一派"，评价很高。另一批评家老谈认为，李涵秋的《广陵潮》"结构穿插，固能尽小说之事，而于扬州社会情状，曲曲传来，矫正习俗，庄谐杂见，洵有功社会之作，非寻常小说比也。故虽眼前极寻常事，而以灵活之笔，变换写之，便能使阅者欣赏不置，写生妙手，吾无间"⑤。这段评论的重要之处在于，它不仅肯定了平淡情节、寻常之事的艺术价值，而且肯定了平淡情节、寻常之事在结构方面也能写出变化，增加小说的感染力。两段评

---

① 蠻红女史：《〈红粉劫〉评语》，陈平原、夏晓虹编：《二十世纪中国小说理论资料》（第一卷），北京大学出版社，1997年，第497、第498页。

② 二我：《〈黄绣球〉评语》，陈平原、夏晓虹编：《二十世纪中国小说理论资料》（第一卷），北京大学出版社，1997年，第149页。

③ 徐念兹：《余之小说观》，黄霖、韩同文选注：《中国历代小说论著选》（下册），江西人民出版社，2000年，第299页。

④ 《人人必读之小说〈雪鸿泪史〉》（作者不详），陈平原、夏晓虹编：《二十世纪中国小说理论资料》（第一卷），北京大学出版社，1997年，第516页。

⑤ 老谈：《〈广陵潮〉弁言》，陈平原、夏晓虹编：《二十世纪中国小说理论资料》（第一卷），北京大学出版社，1997年，第519页。

论说明，情节平淡的叙事作品在当时已经受到评论家的肯定和市场的欢迎。

情节的新奇独创仍是这一时期叙事批评关注的重要问题。解弢认为："作小说须独创一格，不落他人之窠臼，方为上乘。""俗语云：无奇不成书，无巧不成书。是矣。然作者处处设奇，则又嫌其不近情理，此乃作书最困难之境。然能者故意设奇，而复能使之入情入理，令阅者不见斧凿之痕，则天衣无缝矣。《红楼》宝玉娶亲一事，实千古奇闻，而自上数回层层节节看来，觉其势有必至理有固然，并不见其奇。"① "故意设奇"是创新，而"故意设奇"后又能"使之入情入理"则是另一种意义上的创新。解弢强调小说创作"须独创一格"，虽不完全指情节，但情节无疑是最重要的因素之一。周作人在介绍世纪之交的日本文学时，认为日本文学界也存在对西方文学的模仿，但他认为那是有诚意的模仿，不仅"模仿思想形式，却将他的精神，倾注在自己心里，混和了，随后又倾倒出来"。日本文学"因为有自觉肯服善，能有诚意的去'模仿'，所以能生出许多独创的著作，造成二十世纪的新文学"② 他也是将独创作为文学的最高追求。

3. 人物

人物是叙事文学的核心，近代叙事批评家对人物塑造的规则与技巧作了比较深入的探讨。

真实，是小说人物的生命。烂柯山人认为："小说者，人生之镜也。使其镜忠于写照，则即留人间一片影，此片影要有真价。"③ 烂柯山人此说与莎士比亚、司汤达等人的"镜子说"颇有相似之处。在他看来，小说只要忠于对现实生活的描写，就能写出真实，只要真实，就自有其价值。忏绮词人赞扬钱锡宝的《梼杌萃编》的反面人物描写建立在坚实的生活基础之上，"写貌为人而心为鬼，名为人而实为鬼"。不像有些小说，虽然"穷形尽相，无态不搜"，"然所摹写者，仍不外乎具鬼之形状，居鬼之名

---

① 解弢：《小说话》，黄霖、韩同文选注：《中国历代小说论著选》（下册），江西人民出版社，2000年，第473页、第474页。

② 周作人：《日本近三十年小说之发达》，黄霖、韩同文选注：《中国历代小说论著选》（下册），江西人民出版社，2000年，第548页。

③ 烂柯山人：《〈双枰记〉识语》，陈平原、夏晓虹编：《二十世纪中国小说理论资料》（第一卷），北京大学出版社，1997年，第561页。

称者"①，看似具体，实际上不符合生活真实。连梦青称赞李伯元的《官场现形记》写人记事"如颊上之添毫，纤悉毕露；如地狱之变相，丑态百出。每出一纸，见者拍案叫绝。熟于世故者皆曰：'是非过来人不能道其只字。'而长于钻营者则曰：'是皆吾辈之先导师。'知者见知，仁者见仁；入鲍鱼之肆，而不自知其臭，其斯之谓乎"②。《官场现形记》中的人物不仅形象生动，而且真实，仿佛现实生活中的人一样，因而是成功的。自然，这种真实不是指生活中的真人真事，而是一种艺术真实，一种符合亚里士多德的可然律与必然律的真实。因为"小说者，第二人间之创造也"，是人类以"想化之力"造出的"第二之社会"，③不一定是真人真事的如实记录。小说更多地是一种"逼真"："人人皆知小说为寓言，其所以读之津津有味，即在明知其假而俨然如真也。"而要达到这种"俨然如真"，则在于"作者之无处不设身处地"，④根据生活的常识、规律，按照生活的本来面貌，进行描写虚构。只有这样，小说与小说中的人物才能达到真实。

成功的人物形象，应该具有以下特点。

首先，是形象具体。文学以形象的方式反映社会、表达作者的思想感情。人物是叙事文学的主体，人物是否形象具体，决定着叙事文学的艺术感染力。周瘦鹃认为："小说亦名画也：凡写风景，无不历历如绘，或为山林，或为闺阁，或风或雨，或春或夏，但十数字，即能引人入胜，仿佛置身其间；写人物则声容笑貌，各各不同，或美或丑，或善良或奸慝，无不跃跃纸面，如活动写真，而描写心曲，一言一语，不啻若自其口出，则又为名画家所不能者。"⑤虽然小说与绘画有不可比的地方，但作者对于人物形象具体的要求是应该肯定的。孙毓修赞扬狄更斯"每一摇

① 忏绮词人：《栲栳萃编序》，黄霖、韩同文选注：《中国历代小说论著选》（下册），江西人民出版社，2000年，第468页。

② 忧患余生（连梦青）：《官场现形记叙》，黄霖、韩同文选注：《中国历代小说论著选》（下册），江西人民出版社，2000年，第102页。

③ 成之（吕思勉）：《小说丛话》，黄霖、韩同文选注：《中国历代小说论著选》（下册），江西人民出版社，2000年，第359页。

④ 冥飞：《古今小说评林》，黄霖、韩同文选注：《中国历代小说论著选》（下册），江西人民出版社，2000年，第484页。

⑤ 周瘦鹃：《〈小说名画大观〉序》，陈平原、夏晓虹编：《二十世纪中国小说理论资料》（第一卷），北京大学出版社，1997年，第561页。

笔，则一时社会上之人物之魂魄自奔腔下，如符箓之役使鬼物焉。尝有画师，写迭更斯著书之画。……其状则各忧其所忧，喜其所喜，得意于其所得意，失望于其所失望，是皆迭更斯小说中之主人也，是即世界众生之行乐图。无古无今，为此老写尽矣"①，强调的也是人物的形象具体性。

其次，是个性化。人物以个体的形式而存在，世上没有两个完全相同的个体，而且，有特点的人物才能吸引读者，给读者带来精神的愉悦。因此，人物个性化不仅是生活真实的需要，也是艺术创作的需要。侠人认为："孔子曰：'我欲托之于空言，不如见之于行事之深切著明也。'吾谓此言实为小说道破其特别优胜之处也。……凡人之性质，无所观感，则兴起也难；苟有一人焉，一事焉，立其前面树之鹄，则望风而趋之。小说者，实具有此种神力以操纵人类者也。夫人之稍有思想者，莫不欲以其道移易天下，顾谈理则能明者少，而指事则能解者多。今明著一事焉以为之型，明立一人焉以为之式，则吾之思想可瞬息而普及于最下等之人。"②抽象不如具体，说理不如形象示范。侠人所说的"型"与"式"已经含有典型化的意思。而典型化的要义之一就是人物的个性化。因此，平子（狄葆贤）赞扬《红楼梦》，认为"《红楼梦》之佳处，在处处描摹，恰肖其人"③。无名氏认为《水浒传》的妙处，在"每写一人之举动，即肖乎其人之神气；每写一人之言语，即肖乎其人之口吻"④。这些既是人物个性化的具体表现，也是对人物个性化的要求。

要做到个性化，就要写出人物之间的差异。曼殊认为："凡小说最忌者曰重复，而最难者曰不重复。"从这个角度出发，他认为《水浒》高于《红楼》。因为"《红楼》所叙人物甚复杂，

① 孙毓修：《司各德、迭更斯二家之批评》，陈平原、夏晓虹编：《二十世纪中国小说理论资料》（第一卷），北京大学出版社，1997年，第431页。

② 饮冰等：《小说丛话》，黄霖、韩同文选注：《中国历代小说论著选》（下册），江西人民出版社，2000年，第64页。

③ 饮冰等：《小说丛话》，黄霖、韩同文选注：《中国历代小说论著选》（下册），江西人民出版社，2000年，第55页。

④ 《著〈水浒传〉之施耐庵与施耐庵之著〈水浒传〉》（作者不详），陈平原、夏晓虹编：《二十世纪中国小说理论资料》（第一卷），北京大学出版社，1997年，第328页。

有男女老少贵贱媸妍之别，流品既异，则其言语举动事业自有不同，故不重复也尚易。若《水浒》，则一百零八条好汉，有一百零五条乃男子也，其身份同是莽男儿，等也；其事业同是强盗，等也；其年纪同是壮年，等也，故不重复也最难"①。曼殊强调写出人物性格和性格的差异性。《水浒》在同类型的人物中写出了不同，比《红楼梦》在不同类型的人物中写出不同更加困难，因而比《红楼梦》更高。不过，人物之间要写出差异，人物本身则要求有一致性。半侬认为："凡大部纪事之文，其难处有二：一曰难在其同；一曰难在其不同。"所谓"同"，是指人物性格、言行等的前后一致，"唯其如是，各人之真相乃能毕现，读者乃觉天地间果有此数人，一见其书，即觉此数人栩栩欲活，呼之欲出矣"。所谓"不同"，是指不同人物的身份、经历、教养等相似，但其性格、言行等却不一样，作者应该"一一为其写照，使言语举动一一适合其分际，而无重复之病"②。半侬这里提出同一人物性格的一致性和不同人物性格的差异性，这实际上是同一问题的两个方面，其目的都是人物性格的个性化。在这里，半侬的认识是比较准确与全面的。

再次，成功的人物形象还应有一定的复杂性。所谓复杂性，首先自然是要写出人物性格的多面性。徐念兹引用黑格尔的话："'事物现个性者，愈愈丰富，理想之发现亦愈愈圆满，故美之究竟在具象理想，不在于抽象理想。'"然后发挥道："西国小说，多述一人一事；中国小说，多述数人数事：论者谓为文野之别，余独谓不然。事迹繁，格局变，人物则忠奸贤愚并列，事迹则巧细奇正杂陈，其首尾联络，映带起伏，非有大手笔，不能为此，盖深明乎具象理想之道，能使人一读再读即十读百读亦不厌也。"③虽然对中西小说的认识有点偏颇，但强调个性应该丰富，则是正确的。复杂性的第二层含义是要写出人物的发展。这一点

① 饮冰等：《小说丛话》，黄霖、韩同文选注：《中国历代小说论著选》（下册），江西人民出版社，2000年，第57页。按黄霖等的考证，作者"曼殊"为麦仲华的笔名，而非苏曼殊。

② 半侬：《〈福尔摩斯侦探案全集〉跋》，陈平原、夏晓虹编：《二十世纪中国小说理论资料》（第一卷），北京大学出版社，1997年，第550页。

③ 东海觉我（徐念兹）：《小说林缘起》，黄霖、韩同文选注：《中国历代小说论著选》（下册），江西人民出版社，2000年，第292－293页。

近代叙事批评的认识不是很充分，但也有所涉及。无名氏探讨小说与社会心理，批评当时写小说者描写人物："夸说功名，则平蛮封王，而为驸马也；艳称富贵，则考试及第，而为裔婿也。其先则无不贫困之极，其后则无不豪华之极。由是骄奢淫佚，而为纨袴，为劣绅，为势恶土豪，为败家子，皆从此派而生。"①虽然选择的是作为批评对象的负面形象，但作者看到了人物形象发展的一面。

对于人物塑造的方法，近代叙事批评家也有一定的探讨。黄人认为："小说之描写人物，当如镜中取影，妍媸好丑令观者自知。最忌搀入作者论断，或如戏剧中之一角色出场，横加一段定场白，预言某某若何之善，某某若何之劣，而其人之实事，未必尽肖其言。即先后绝不矛盾，已觉叠床架屋，毫无馀味。故小说虽小道，亦不容着一我之见。如《水浒》之写侠，《金瓶梅》之写淫，《红楼梦》之写艳，《儒林外史》之写社会中种种人物，并不下一前提语，而其人之性质、身份，若优若劣，虽妇孺亦能辨之，直如对镜者之无遁形也。夫镜，无我者也。"②黄人反对创作中作者的介入，要求让形象本身说话，要求在作品中做到"无我"也即没有作者的痕迹。这在有着拟书体传统的中国文坛有着重要的意义，是在人物形象塑造中的一种突破。

另一叙事批评家采庵认为："中国除小说外，殆鲜文言并用者。泰西则不然，即小说之体裁，亦与吾国略异。其叙述一事也，往往直录个中人对答之辞，以尽其态，口吻毕肖，举动如生，令人读之，有如闻其声、如见其人之妙，而不知皆作者狡狯也。吾国白话小说，向不见重于社会，故载笔者无不刻意求工，欲以笔墨见长，而流弊所届，驯至相率搁笔不敢轻于操觚。坐使社会怪奇冤惨之事，人群颖异特达之才，皆湮没而弗彰。泰西则知无不言，言无不尽，虽妇稚优为之。然同一白话，出于西文，自不觉其俚；译为华文，则未免太俗。此无他，文、言向未合并

① 《新世界小说社报发刊辞》（作者不详），黄霖、韩同文选注：《中国历代小说论著选》（下册），江西人民出版社，2000年，第202页。
② 蛮（黄人）：《小说小话》，黄霖、韩同文选注：《中国历代小说论著选》（下册），江西人民出版社，2000年，第265页。

之故也。"①与黄人的观点一样，采庵的观点也受到了西方叙事文学与叙事的影响。人物语言是叙事作品的重要组成部分，也是塑造人物性格的重要手段。但中国古典小说中的人物语言，很多情况下都经过了叙事者的中介，留下了叙事者编辑的痕迹，这种现象即使在《红楼梦》这样的作品中也能找到，这不利于人物形象的塑造。采庵要求学习西方小说，用直接引语的方式叙述人物语言，这无疑更加贴近生活，也更有利于人物性格的塑造，是人物塑造艺术上的一个进步。采庵还进一步探讨了中国小说不重视人物语言的原因。其一，是小说在中国不受重视，造成作家创作时喜欢卖弄文墨，"刻意求工"。人物语言因要符合人物性格、身份，有时不免粗糙、俚俗，因而往往受到作者控制下的叙事者的改造。其二，是中国"文、言向未合并"，文言为雅，白话为俗。小说作者为求雅，有时便不免牺牲人物的语言。采庵的分析是有一定的道理的。虽然不能说中国古代小说没有精彩的个性化的符合生活真实的人物语言，但上述两点的确是中国小说人物语言不很受重视的重要原因之一。采庵指出这点，有利于近代叙事作家在创作时的注意与改正。

叙事文学中的人物是现实生活中人的反映，现实生活自然要成为作家创作和读者阅读的重要参照系。要使作品中的人物逼真现实生活中的人，一个应该注意的问题就是作品中的人物不能太完满。黄人认为："古来无真正完全之人格，小说虽属理想，亦自有分际，若过求完善，便属拙笔。《水浒记》之宋江、《石头记》之贾宝玉人格虽不纯，自能生观者崇拜之心。若《野叟曝言》之文素臣，几于全知全能，正令观者味同嚼蜡，尚不如神怪小说之杨戬、孙悟空腾挐变化，虽无理想而尚有趣焉。"②俞明震认为："《水浒传》、《儒林外史》，我国尽人皆知之良小说也。其佳处，即写社会中，殆无一完全人物。非阅历世情，冷眼旁观，不易得此真相。视寻常小说，写其主人公，必若天人者，实有

---

① 采庵：《〈解颐语〉叙言》，陈平原、夏晓虹编：《二十世纪中国小说理论资料》（第一卷），北京大学出版社，1997年，第276页。

② 蛮（黄人）：《小说小话》，黄霖、韩同文选注：《中国历代小说论著选》（下册），江西人民出版社，2000年，266页。

圣、凡之别，不仅上、下床也。"①两位批评家都认为，生活中无完全之人，文学也就不应塑造完美之人物。完美之人物一不符合生活之真实，二使人物呆板，缺乏应有的生气与变化。黄人还进一步探讨了文学类型与人物塑造的问题。他认为，神怪小说中可以描写不合情理比如会"腾拏变化"的人物，但现实型的作品就要符合生活的常识，人物塑造不违反生活的真实。这种看法无疑是正确的。

4. 语言

文学是语言的艺术，语言在文学作品中具有举足轻重的地位。近代叙事批评家对此有比较深刻的认识。解弢认为，内容好，还需文字好，"不然，虽有珍秘之闻，而蒙以拙劣之文字，正如西子蒙不洁，人皆掩鼻而过之矣"②，强调文学语言的重要性。狄平子认为："《金瓶》一书，不妙在用意，而妙在语句。吾谓《西厢》者，乃文字小说，《水浒》、《红楼》，乃文字兼语言小说，至《金瓶》则纯乎语言之小说，文字积习，荡除净尽。读其文者，如见其人，如聆其语，不知此时为看小说，几疑身入其中矣。此其故，则在每句中无丝毫文字痕迹也。"③这里的"文字"指的是文言、雅言，"语言"指的是白话、口语。作者认为，《金瓶梅》的成功之处在于它采用的纯是日常生活中的语言，与小说描写的世俗生活相配，读者阅读时能身入其境，感同身受。梁启超更是从语言成熟与否的角度探讨了白话文学作品在一定时期内不能完全取代文言文学作品的原因。④这些论述都强调了语言在叙事文学作品中的重要性。

由于近代正处于文言向白话过渡的时期，叙事批评家在讨论语言的时候，不少涉及了叙事文学的语体问题。除了少数对古文情有独钟的人如林纾之外，大多数叙事批评家都主张叙事文学作品应当使用白话。管达如认为，白话体小说是"小说之正宗。盖

---

① 觚庵（俞明震）:《觚庵漫笔》，陈平原、夏晓虹编:《二十世纪中国小说理论资料》（第一卷），北京大学出版社，1997年，第268页。

② 解弢:《小说话》，黄霖、韩同文选注:《中国历代小说论著选》（下册），江西人民出版社，2000年，第473页。

③ 狄平子:《小说新语》，陈平原、夏晓虹编:《二十世纪中国小说理论资料》（第一卷），北京大学出版社，1997年，第391页。

④ 参看本节第五部分。

小说固以通俗逯下为功，而欲通俗逯下则非白话不能也。且小说之妙，在于描写入微，形容尽致，而欲描写入微形容尽致，则有韵之文，恒不如无韵之文为便"[1]。吕思勉认为："小说之美在于意义，而不在声音，故以有韵 无韵二体较之，宁以无韵为正格。而小说者，近世的文学也。盖小说之主旨，为第二人生之创造，人之意造一世界也，必不能无所据而云然，必先有物焉以供其想化。而吾人之所能想化者，则皆近世之事物也。近世之事物，惟近世之言语，乃能建之。古代之语言，必不足用矣。（文字之所以历世渐变，今必不能与古同者，理亦同此。）故以文言俗语比较之，又无宁以俗语为正格。吾国小说之势力，所以弥漫于社会者，皆此种小说之为之也。若去此体，则小说殆无势力可言矣。"[2]两位评论家从四个方面论述了小说必须使用白话的原因。其一，是小说的民众性。小说产生于民间，主要内容为民众生活，主要为民众所阅读，这必然要求小说采用民众的日常生活语言即白话。其二，小说要求形象、具体、描写入微，而要达到此目的，文言自然不如白话。其三，小说不像诗歌，要求格律、押韵，它重视的是意义的表达和形象的塑造，而在这方面，白话可能做得更好。其四，小说表现的重点是作家生活的时代，而要表现作家生活的时代，就要使用这一时代的语言，在近代，就是白话。虽然两位批评家都不约而同地将押韵与文言、不押韵与白话联系起来，这一点是否正确还可商榷，但两人主张白话的理由还是很充分，方向是正确的。尤其是吕思勉将白话的使用与时代的发展、小说的性质联系起来，认为只有同时代的语言才能最充分贴切地表现本时代的生活，这一思想是很深刻的。

与语体相关，部分批评家进一步提出少用典、不用典的主张。在与胡适的通信中，钱玄同认为："文学之文，用典已为下乘。若普通应有之文，尤须老老实实讲话，务期老妪能解；如有妄用典故，以表象语代事实者，尤为恶劣。……弟以为古代文学，最为朴实真挚。始坏于东汉，以其浮词多而真意少也。弊盛

① 管达如：《说小说》，黄霖、韩同文选注：《中国历代小说论著选》（下册），江西人民出版社，2000年，第339页。

② 成之（吕思勉）：《小说丛话》，黄霖、韩同文选注：《中国历代小说论著选》（下册），江西人民出版社，2000年，第361页。

于齐梁，以其渐多用典也。唐宋四六，除用典外，别无他事，实为文学中之最下劣者。"他批评有些作品："专用典故堆砌成文，专从字面上弄巧"，强调"玄同之反对用典，与先生最有同情。（先生谓'所主张八事之中，惟"不用典"一条最受友朋攻击。'玄同则以为八事之中，以此及'务去烂调套语'二条为最有特见。）以为苟有文才，必会说老实话，做白描体；如无文才，简直可以不做。"胡适对此回应道："钱先生所论文中称谓，文之骈散，文之文法诸条，适皆极表同情。"①钱玄同、胡适反对用典，虽不是针对文言而言，但相比而言，由于文言作品更喜也更易用典，因而对文言作品的冲击更大。自然，钱、胡反对用典，要求"说老实话，做白描体"，更主要的还是要求叙事语言的通俗易懂，内容充实，接近现实，形象生动。

　　自然，叙事语言的通俗易懂，并非意味着平铺直叙。张冥飞认为："小说笔法之佳妙者，以意在语言文字之外，耐人寻味者为神品。此境在各小说中，不可多得（如《石头记》'潇湘馆春困发幽情'一回，宝玉窥窗时）。以语言作作有芒，及彼此发语针锋相对者为能品（如《石头记》'意绵绵静日玉生香'一回，黛玉之调侃宝玉）。其平铺直叙者为下。"②张冥飞要求小说语言有言外之意，耐人寻味，形成冲突，具有动作性，反对平铺直叙，在一定程度上抓住了小说语言的神髓，是值得肯定的。

　　此外，对于小说语言的个性化、形象性，以及小说语言的简洁等，近代叙事批评家们也都有涉及。胡适称赞古诗《上山采蘼芜》用字经济："他只用'上山采蘼芜，下山逢故夫'十个字，便可写出这妇人是一个弃妇，被弃之后，非常贫困，只得挑野菜度日。这是何等神妙手段！"③张行认为："大抵小说之笔，一宜简，不简则拖泥带水令人恶。"④这里的"简"也即文字简洁

---

　　① 钱玄同、胡适：《书信一组》，黄霖、韩同文选注：《中国历代小说论著选》（下册），江西人民出版社，2000年，第499页、第504页、第501页。

　　② 冥飞（张冥飞）：《古今小说评林》，黄霖、韩同文选注：《中国历代小说论著选》（下册），江西人民出版社，2000年，第485页。

　　③ 胡适：《论短篇小说》，黄霖、韩同文选注：《中国历代小说论著选》（下册），江西人民出版社，2000年，第522页。

　　④ 张行：《小说闲话》，黄霖、韩同文选注：《中国历代小说论著选》（下册），江西人民出版社，2000年，第333页。

之意。

5. 叙事技巧

总体上看，近代叙事思想家对于叙事技巧的探讨没有超过明清叙事思想家如金圣叹、李渔等。如张行对小说笔法的探讨，他认为，小说笔法不外四种，"一曰衬笔。如叙一女子，只叙其侍婢之美，则此女子之美不叙而自见……一曰补笔。欲叙一事，头绪纷繁，叙之既嫌杂沓，略之又不显豁，于是利用补笔先叙其一二，其他则于空闲时补之……一曰反笔。如并叙二人，极力描写甲之丑，不知正所以彰乙之美……一曰缩笔。一人一事，他人非数百言不能了者，能以数十言了之，而所叙又丝毫无遗也。"①张行这里所说的"笔法"，也就是叙事方法。他只总结了四种，与金圣叹的总结相比，就简单多了。即使有总结角度等的考虑在内，他也未能超过金圣叹。

不过，在时代精神与西方叙事思想、叙事文学的影响之下，近代叙事思想在叙事技巧方面，也有一些新的因素与突破。如在人称方面，近代叙事批评家对人称的意义与区别的认识已经比较深入，开始有意识地提倡人称的运用。吕思勉认为："小说之叙事，有主客观之殊。主观的者，书中所叙之事，均作为主人翁所述，著书者即书中之主人翁。或虽系旁观，而特为此书中之主人翁作记录者也。西洋小说，多属此种。客观的者，主人翁置身书外，从旁观察书中人物之行为，而加之以记述者也。中国小说，多属此种。要之主观的，著书之人，恒在书中；客观的，则著书之人，恒在书外。故亦可谓之自叙式（Auto - biograhpic）及他叙式（Biograhpic）也。自述式小说，宜于抒情，宜于说理。他叙式小说，则宜于叙事。小说以创造一境界为目的，以叙事为主，故他叙式胜于自述式。"② 这里的他叙式与自叙式，也就是现在的第三人称与第一人称。除部分说法如他叙式更适合叙事、西方小说更多自叙式等不够准确之外，吕思勉对于第一人称和第三人称的概括基本上是准确的。在叙事顺序上，中国小说虽然自明代开始

① 张行：《小说闲话》，黄霖、韩同文选注：《中国历代小说论著选》（下册），江西人民出版社，2000年，第333页。

② 成之（吕思勉）：《小说丛话》，黄霖、韩同文选注：《中国历代小说论著选》（下册），江西人民出版社，2000年，第364页。

小说创作就已有意识地运用倒叙如《痴婆子传》，但在理论上有意识地强调倒叙，则是近代的事。[①]解弢讨论欧美小说之构局，认为其"有前后倒置法，《歇洛克奇案开场》是也"[②]。《歇洛克奇案开场》先写杀人者败露，再写侦破的过程，将后发生的事件提前讲述，是典型的倒叙。鬏红女史肯定《鸳湖潮》的结构，认为"寻常小说体裁，除译本而外，大都从叙述身世开端。以序论次，自然不错，特平铺直叙，千篇一律之文字，易使读者生厌。此书从吴彤瑛一绝命书开始，实为惊人夺目之笔。彤瑛身世，后来从剑庐口里轻轻带出，便省却许多闲废笔墨。第一回一绝命书，将以前事实夹写在内，是变化的叙事法，读者勿仅以绝命书目之"[③]。作者不仅明确指出这是倒叙，而且说明了倒叙的好处，以及中西小说在倒叙运用上的差异，已经从感性上升到了理性的高度。视角是叙事技巧的重要组成部分。中国古代小说已有精彩的运用，如《水浒传》中野猪林鲁智深救林冲的那段描写，《红楼梦》中刘姥姥入宝玉卧室的那段描写。近代作家对此作了理论阐述。俞明震认为，《福尔摩斯探案》的"佳处，全在'华生笔记'四字。一案之破，动经时日，虽著名侦探家，必有疑所不当疑，为所不当为，令人阅之，索然寡欢者。作者乃从华生一边写来，只须福终日外出，已足了之，是谓善于趋避。且探案全恃理想规画，如何发纵，如何指示，一一明写于前，则虽犯人弋获，亦觉索然意尽。福案每于获犯后，详叙其理想规画，则前此无益之理想，无益之规画，均可不叙，遂觉福尔摩斯若先知、若神圣矣。是谓善于铺叙。因华生本局外人，一切福之秘密，可不早宣示，绝非勉强。而华生既茫然不知，忽然罪人斯得，惊奇自出意外。截树寻根，前事必须说明，是皆由其布局之巧，有以致之，遂令读者亦为惊奇不置。余故曰'其佳处，全在"华生笔记"四

明清近代叙事思想

---

① 金圣叹也曾讨论过"倒插法"，但金圣叹的倒插涉及时间与逻辑两个方面，与叙事学上的倒叙专指时间上的提前有一定区别。参看本书第二章第一节"叙事文法"部分。

② 解弢：《小说话》，黄霖、韩同文选注：《中国历代小说论著选》（下册），江西人民出版社，2000年，第476页。

③ 鬏红女史：《〈鸳湖潮〉评语》，陈平原、夏晓虹编：《二十世纪中国小说理论资料》（第一卷），北京大学出版社，1997年，第504页。

字'也"①。俞明震认为，《福尔摩斯探案》以华生为叙事者，通过华生的视角叙述故事，叙事时有所选择，有所规避，故能去除不必要的情节、事件、场面、交代，使故事生动、曲折、出人意外，这实际上主要是视角的问题。俞明震的分析是有道理的。

八、中西叙事文学比较

近代中国叙事文学是在西方文化与文学的冲击与影响下发展起来的，其中，西方叙事文学又占据了一个重要的位置。西方叙事文学在中国大量存在，国人每打开两本叙事文学作品，就至少有一本是西方的（包括日本）。披发生对此深有感慨："自迩年西风输入，事事崇拜他人，即在义理词章，亦多引西哲言为典据，于是小说一科，遂巍然占文学中一重要地位。译人蝟起，新著蜂出，直推倒旧说部，入主齐盟；世之阅者，亦从风而靡，舍其旧而新是谋焉。余尝调查每年新译小说，殆逾千种以外。呜呼，可谓盛而滥矣。"②在这样的环境中，进行中西叙事文学的比较，就是自然而然的事。这种比较的范围十分广泛，以下试从三个方面进行分析。

1. 特点比较

中西叙事文学来自两种不同的文化，有着不同的社会背景、文化文学传统，其发展路线、程度也不一致。两种异质文学摆在一起，首先吸引批评家的自然是它们不同的特点。

管达如从内容的角度指出："译本小说之善，在能以他国文学之所长，补我国文学之所短。盖各国民之理想，互有不同；斯其文学，亦互有不同。既有同异，即有短长。此无从讳，亦无庸讳也。"他认为，"中国小说之所短，第一事即在不合实际。"书上写的"一若著者曾经身历"，但"按之实际，则无一能合者"。而"西洋则不然"，他们的"国民崇尚实际，凡事皆重实验，故决无容著述家向壁虚造之余地"。而"译本小说之所长，又在能以他国社会之情形，报告于我国国民"。因为各国社会、民情不

---

① 觚庵（俞明震）：《觚庵漫笔》，陈平原、夏晓虹编：《二十世纪中国小说理论资料》（第一卷），北京大学出版社，1997年，第268页。

② 披发生：《〈红泪影〉序》，陈平原、夏晓虹编：《二十世纪中国小说理论资料》（第一卷），北京大学出版社，1997年，第379页。

同，而小说又以形象的方式反映生活，多读译本小说，能使国人更多地了解世界，"不徒可输入他国之文学思想，抑可为觇国之资矣"。译本小说也有两点不如自著小说的地方："一，矫正社会恶习之功力较小也。小说之所以能矫正社会之恶习者，以其感人之深。其感人之所以深，以其所述之事实，所陈说之利害，与读者相切近也。"译本小说写的是外国的事，陈述的是外国的利害，自然没有自著小说那样打动国人。"一，趣味不如自著者之浓深也。"这是因为"各国国民之好尚，互有不同。外国人所以为乐者，未必我国人亦以为乐"。自著小说"本为吾国之产物，且多以投合社会之心理而作者"，自然更能得到国人的喜爱。①

另一批评家吴虞认为："西人谓小说为文学与美术之菁华，必社会进步，而后小说进步。"因此，欧美作家创作态度严肃认真，取当世之材料，沉思默想后发而为文章，"以潜移世人之思想，纳诸进化之途，易俗移风，此小说之功用，所以伟也"。而"吾国后来之小说，多宗袭唐人，竦权慕势，奖盗诲淫，学术浅薄，思想陋劣，社会智识，弥弗周遍"②。吴虞的观点，似乎有点偏激，对于中国小说，评价过苛，但也部分指出了中西小说在创作取向与社会作用方面的差异，有一定的道理。

也有从艺术的角度指出两者的不同特点的。

曼殊认为："泰西之小说，书中之人物常少；中国之小说，书中之人物常多。泰西之小说，所叙者多为一二人之历史；中国之小说，所叙者多为一种社会之历史（此就佳本而论，非普通论也）。"③徐念慈认为："西国小说，多述一人一事；中国小说，多述多人多事。"④这是从材料与规模的角度进行比较，说明中国小说，材料更为丰富，人物更为众多。当然，这只是一般情况，就个案看，也不能排除西方小说中也有人物众多的史诗性的作品。

---

① 管达如：《说小说》，陈平原、夏晓虹编：《二十世纪中国小说理论资料》（第一卷），北京大学出版社，1997年，第407-408页。

② 吴虞：《〈松冈小史〉序》，陈平原、夏晓虹编：《二十世纪中国小说理论资料》（第一卷），北京大学出版社，1997年，第537页。

③ 饮冰等：《小说丛话》，陈平原、夏晓虹编：《二十世纪中国小说理论资料》（第一卷），北京大学出版社，1997年，第88-89页。

④ 东海觉我（徐念慈）：《小说林缘起》，黄霖、韩同文选注：《中国历代小说论著选》（下册），江西人民出版社，2000年，第292页。

但如果仅就人物、材料看，西方小说的人物、材料很难有超过《红楼梦》、《三国演义》的。因此，就一般情况而言，这种说法还是站得住脚的。

周桂笙认为："读中国小说，如游西式花园，一入门，则园中全景，尽在目前矣；读外国小说，如游中国名园，非遍历其境，不能领略个中况味也。盖以中国小说，往往开宗明义，先定宗旨，或叙明主人翁来历，使阅者不必遍读其书，已能料其事迹之半，而外国小说，则往往一个闷葫芦，曲曲折折，直须阅至末页，方能打破也。"①在评论《毒蛇圈》时，周桂笙再次指出："我国小说体裁，往往先将书中主人翁之姓氏、来历，叙述一番，然后详其事迹于后；或亦有用楔子、引子、词章、言论之属，以为之冠者，盖非如是则无下手处矣。陈陈相因，几于千篇一律，当为读者所共知。此篇是法国小说巨子鲍福所著。其起笔即就父母［女］问答之词，凭空落墨，恍如奇峰突兀，从天外飞来，又如燃放花炮，火星乱起。然细察之，皆有条理。自非能手，不敢出此。虽然，此亦欧西小说之常态耳。"②这种情况，与叙事顺序有关。中国小说，喜欢从头说起，来龙去脉，交待得清清楚楚。《水浒传》、《三国演义》、《红楼梦》、《西游记》皆是如此。而西方小说，则往往从中间开始，或以倒叙开头。即使是从头说起，也缺乏中国小说那种历时的追溯。如《水浒传》写一百单八将，非要从洪太尉误走妖魔说起；《红楼梦》叙贾府故事，非要从女娲补天开始。另一方面，中国小说人物出场，喜欢给他一个交代、亮相与定性，再叙述其事迹，西方小说则往往是边叙述边交代，不一定在人物出场时就交代完毕。这种不同的叙事方式，造成了读中国小说如游西式花园、读西方小说如游中国名园的阅读感受。周桂笙的看法，大致符合中西小说的实际。当然，也不能说中国小说的叙事方式就一定会造成一览无余的阅读效果。因为作者在叙事的过程中，仍然可以有各种变化，如《水浒传》。周桂笙的看法还是有一定的片面性。

① 饮冰等：《小说丛话》，陈平原、夏晓虹编：《二十世纪中国小说理论资料》（第一卷），北京大学出版社，1997年，第101－102页。

② 知新室主人（周桂笙）：《〈毒蛇圈〉译者识语》，陈平原、夏晓虹编：《二十世纪中国小说理论资料》（第一卷），北京大学出版社，1997年，第111页。

林纾在译完《利俾瑟战血余腥记》后写道："余历观中史所记战事，但状军师之撼略，形胜之利便，与夫胜负之大势而已，未有赡叙卒伍生死饥疲之态，及劳人思妇怨旷之情者。盖史例至严，不能间涉于此。虽开、宝诗人多塞下诸作，亦仅托诸感讽，写其骚愁，且未历行间，虽空构其众，终莫能肖。至《嘉定屠城记》、《扬州十日记》，于乱离之惨，屠夷之酷，纤悉可云备矣。然《嘉定》一记，貌为高古，叙事颠倒错出，读者几于寻条失枝。"《利俾瑟战血余腥记》"详叙拿破仑自墨斯科败后，募兵苦战利俾瑟，逮于滑铁卢。中间以老鳖约瑟为纲，参以其妻格西林之恋别，俄、普、奥、瑞之合兵，法军之死战，兵间尺寸之事，无不周悉。……既脱稿，侯官严君潜见而叹曰：是中败状，均吾所尝亲历而遍试之者，真传信之书也"。林纾认为："是书果能遍使吾华之人读之，则军行实状，已洞然胸中，进退作止，均有程限，快枪急弹之中，应抵应避，咸蓄成算。或不至于触敌即绥，见危则奔，则是书用代兵书读之，亦奚不可者？"①西方小说特别是现实主义小说重视细节描写，讲究细节的真实。巴尔扎克曾自述："法国社会将写它的历史，我只能当它的书记。"认为"小说在细节上不是真实的话，它就毫无足取了"②。置身这种写作氛围，西方作家喜欢描写细节，描写日常生活，描写真实的场景。而中国作家在这些方面则要差一些，很多中国小说特别是话本小说议论较多，描写比较粗疏。林纾曾在不同场合如对狄更斯创作的评论、对日本小说《不如归》的评论中谈到这一点，要求中国作家吸取西方小说的长处，在细节描写、小说的真实性上下工夫。这种观点是值得肯定的。

前面曾经引述，解弢认为："小说起首结尾，要有数法：一，神龙见首不见尾法，《水浒》、《西厢》是也。二，首尾照应法，《红楼》是也。三，乾龙无首法，欧美作者多用之，吾国未之见也。欧美小说之构局，变格实多。如《噀血酬恩记》之叙艺叙获是也。有前后倒置法，《歇洛克奇案开场》是也。有截梢作根法，

① 林纾：《〈利俾瑟战血余腥记〉叙》，吴俊标校：《林琴南书话》，浙江人民出版社，1999年，第14—15页。

② 巴尔扎克：《〈人间喜剧〉前言》，伍蠡甫、胡经之主编：《西方文艺理论名著选编》，北京大学出版社，1988年，第111页、第117页。

《薄倖男》是也。""章回小说之结构，有顺排法，有错排法。顺排法回回相衔接，错排法，乃错综变化，次章与前章，或接或否。我国小说多用顺排，西籍他述体多用错排。"①这是对小说结构的比较。解弢主要从中国传统的"章法"的角度，从开头结尾、小说结构等方面比较了中西小说的不同。虽然简单，但对中西小说结构不同的把握还是比较准确的。

　　有些比较没有明显地列出比较的两个方面，而只是论述了其中的一个方面。但由于批评者在论述的时候就有西方或中国的叙事文学存于心中，作为评论的参照系，因此，实际上也包含了浓厚的比较因素。如侠人认为："吾国小说，莫奇于《红楼梦》，可谓之政治小说，可谓之伦理小说，可谓之社会小说，可谓之哲学小说、道德小说。"政治、伦理、社会、哲学、道德小说都是西方的概念，作者虽然没有论述西方这些小说的情况，但比较的意思已含其中。如谈"元妃归省"时，作者写道："绝不及皇家一语，而隐然有一专制君主之威，在其言外，人读之而自喻。……大观园全局之盛宴，实与元妃相始终。读此曲（指写元妃的《恨无常》一曲，为《红楼梦》十二支曲之一，笔者按），则咨嗟累欷于人事之不常，其意已隐然言外矣。此其关系于政治上者也。"②这种思维方式有着深厚的西方因素。至于王国维之论《红楼梦》，西方哲学如叔本华的思想、西方文学的影响更是比比皆是，很多地方作者虽未明说，这些思想早已暗含其中。

　　由于文学与文化、社会是紧密相联的，不联系文化与社会，很多文学问题说不清楚。因此，中西叙事文学的很多比较，往往延伸到文化和社会的领域。周桂笙在谈到西方侦探小说时，认为侦探小说在西方的产生与西方社会有关，在中国的土壤上无法产生西方类型的侦探小说。③林纾在《〈不如归〉序》中指出，日本小说《不如归》之所以描写甲午海战实事求是，如实描写了中国海军的战绩，是因为"文明之国则不然，以观战者多，防为所

　　① 解弢：《小说话》，黄霖、韩同文选注：《中国历代小说论著选》（下册），江西人民出版社，2000年，第476页、第477页。
　　② 饮冰等：《小说丛话》，黄霖、韩同文选注：《中国历代小说论著选》（下册），江西人民出版社，2000年，第60页。
　　③ 周桂笙：《歇洛克复生侦探案弁言》，黄霖、韩同文选注：《中国历代小说论著选》（下册）。江西人民出版社，2000年。

讯，措语不能不出于纪实；既纪实矣，则日本名士所云中国之二舰如是能战，则非决然遁逃可知矣"①。因为日本观战者多，制度严明，因此日本作家在描写甲午海战时能够实事求是，不夸大不缩小。也正因为如此，所以林纾能够将此书中的记叙作为自己论证"镇远"、"定远"二舰在海战中奋勇抗敌，没有临阵脱逃的证据。

2. 优劣比较

与特点比较相联的，自然是优劣的比较。严格地说，优劣不能算是一种客观的比较，因为它主要取决于比较者主观的判定，而这种判定又取决于比较者自身的立场、观念。同样的事实，不同的比较者可能会得出不同的优劣结论。从文化相对主义的角度看，文化之间没有优劣之分，任何文化，都是与其所产生的民族、社会紧密相联的。这些民族与社会有其存在的价值，文化也就有其存在的价值。但是，在中国近代特殊的环境下，这种比较又是不可避免的。海登·怀特认为："一切历史都是当代史。"近代的中西比较也不可避免地要带上比较者的观点与立场。因此本节将优劣比较也纳入讨论的范围。

总体上看，对于中西叙事文学的优劣，大致有三种态度。

一种是褒中贬西。持这种态度的批评家一般对中国传统文化持肯定的态度，他们也看到了中西叙事文学的差异，但在比较中更倾向于肯定中国的长处。如侠人认为："西洋小说分类甚精，中国则不然，仅可约举英雄、儿女、鬼神三大派，然一书中仍相混杂。"这是中国小说的短处。但中国小说有三大长处。其一，是人物、事件众多，"而能合一炉而治之。除一、二主人翁外，其余诸人，仍各有特色"。而西洋小说"一书仅叙一事，一线到底"，一部小说只有一个主人公，其他陪衬人物，"几无颜色矣"。其二，是"中国小说，卷帙必繁重，读之使人愈味愈厚，愈入愈深"。西方小说则篇幅短小，很多作品不及中国小说的十分之一，"故读惯中国小说者，使之读西洋小说，无论如何奇妙，终觉其索然易尽"。其三，"中国小说起局必平正，而其后则愈出愈奇。西洋小说起局必奇突，而以后则渐行渐弛。大抵中国小说，不徒

① 林纾：《〈不如归〉序》，许桂亭选注：《林纾文选》，百花文艺出版社，2006年，第74页。

以局势疑阵见长，其深味在事之始末，人之风采，文笔之生动也。西洋小说专取中国之所弃，亦未始非文学中一特别境界，而已低一着矣"。经过这样的分析，侠人总结道："准是以谈，而西洋之所长一，中国之所长三。然中国之所以有三长，正以其有此一短。故合观之，而西洋之所长，终不足以赎其所短；中国之所短，终不足以病其所长。吾祖国之文学，在五州万国中，真可以自豪也。"不过，侠人虽然认为中国小说长于西洋小说，却还承认"唯侦探一门，为西洋小说家专长。中国叙此等事，往往凿空不近人情，且亦无此层出不穷境界，真瞠乎其后矣"①。另一批评家黄人不同意此观点。他认为："我国侠义小说，如《三侠五义传》等书，未遽出泰西侦探小说下，而书中所谓侠义者，其才智亦似非欧美名家所能及。盖同一办案，其在欧美，虽极疑难，而有服色、日记、名片、足印、烟、酒、用品等可推测，有户籍、守兵、行业册等可稽查，又有种种格致、药物、器械供其研究。警政完全，一呼可集；电车神速，百里非遥；电信电话，铁轨汽船，处处交通。越国则有交纳罪人之条约，搜牢则有羁束自由之捕符。挟法律之力，君主不能侵其权，故能操纵自如，摘奸发伏。而吾国则以上者一切不具，仅恃脑力腕力，捕风索影，而欲使鬼蜮呈形，豺狼就捕，其难易劳逸之相去，何可以道里计！吾国民喜新厌故，轻己重人，辄崇拜欧美侦探家如神明，而置己国侠义事迹为不屑道，何不思之甚也！"②不仅不承认侦探小说为西方所独有，而且认为其比不上中国的侠义小说，观点比较偏颇。

另一种是褒西贬中。持这种观点的批评家对中国社会与传统文化往往持比较激烈的批评态度，希望通过西方文化与思想的引进来矫正中国社会的不足。因此对西方叙事文学往往持全面肯定的态度，评价有时超过应有的限度。王国维认为："吾国人之精神，世间的也，乐天的也，故代表其精神之戏曲小说，无往而不著此乐天之色彩……吾国文学中，其具厌世解脱之精神者，仅有《桃花扇》与《红楼梦》耳。"但《桃花扇》之解脱，是假解脱，

① 饮冰等：《小说丛话》，陈平原、夏晓虹编：《二十世纪中国小说理论资料》（第一卷），北京大学出版社，1997 年，第 92－93 页。

② 蛮（黄人）：《小说小话》，黄霖、韩同文选注：《中国历代小说论著选》（下册），江西人民出版社，2000 年，第 273 页。

《桃花扇》之作者，但借侯、李之事，写故国之戚，而非以描写人生为事，"故《桃花扇》政治的也，国民的也，历史的也；《红楼梦》，哲学的也，宇宙的也，文学的也。此《红楼梦》之所以大背于吾国人之精神，而其价值亦即存乎此"。只有《红楼梦》，才是真正的悲剧，是真正探讨解脱之道的作品。①而按照王国维的看法，文学的主要作用，在于使人摆脱因"生活之欲"而带来的苦痛。因此，深入探讨解脱之道的作品是最有价值的，而这样的作品，中国却只有《红楼梦》一种。这实际上就暗含了对于中国叙事文学作品的贬低。其他批评家的评论则更明显。孙宝瑄认为："中国人喜言妖邪鬼怪，任意捏造，往往不合情理，西人亦往往说怪说奇，使人惊愕不定，及审观之，皆于人情物理无不密合者，此其所以胜我国也。""观西人政治小说，可以悟政治原理；观科学小说，可以通种种格物原理；观包探小说，可以觇西国人情土俗及其居心之险诈诡变，有非我国所能及者。故观我国小说，不过排遣而已；观西人小说，大有助于学问也。""国人叙述笔墨，每不能超过水穷山尽处，辄借神妖怪妄，以为转掳之机。西人则不然，彼惟善用科学之真理，以斡旋之。……无缥缈难信之谈，所以可贵"②蒋观云认为："我国之剧界中，其最大之缺憾，诚如訾者所谓无悲剧。……是所以不能启发人之广远之理想，奥深之性灵，而反以舞洋洋，笙锵锵，荡人魂魄而助其淫思也。……今欧洲各国，最重沙翁之曲，至称之为惟神能造人心，惟沙翁能道人心。而沙翁著名之曲，皆悲剧也。"③

应该指出的是，尢论是褒中贬西，还是褒西贬中，都有自己一定的事实根据。主要在于看问题的角度，在于这些批评家潜在的批评标准与参照系是中国的还是西方的。站在中国的立场来评判西方的文学，看到的自然更多地是西方的不足；站在西方的立场来评判中国的文学，看到的自然更多的是中国的不足。另一方面，异国文化传入之初，往往是不系统的，人们对它的认识也不

明清近代叙事思想

---

① 参看王国维：《红楼梦评论》第三章，周锡山编校：《王国维文学美学论著集》，北岳文艺出版社，1987 年。

② 孙宝瑄：《忘山庐日记》，陈平原、夏晓虹编：《二十世纪中国小说理论资料》（第一卷），北京大学出版社，1997 年，第 573—574 页。

③ 蒋观云：《中国之演剧界》，阿英编：《晚清文学丛钞·小说戏剧研究卷》，中华书局，1960 年，第 51 页。

可能全面，有的看到了这些方面，有的看到了那些方面。而且一般地说，异国文化也总是将自己好的一面更多地显示出来，这也是造成近代批评家对西方叙事文学多肯定的一个方面。

自然，也有不少批评家以比较平和的心态看待中西叙事文学的差异，将优劣比较放在比较客观的基础之上，比如林纾。一般认为，林纾的思想比较保守，但在中西叙事文学的比较上，他的观点却并不保守。他一方面充分肯定西方叙事文学的思想、内容、形式与技巧，另一方面也不贬低中国文学。在评论西方作家时，他喜欢拿他们与我国著名作家如司马迁、曹雪芹等作比较，以中国作家及其作品作为评价的参照系。如："伍昭扆太守至京师，访余于春觉斋，相见道故，纵谈英伦文家，则盛推司各德，以为可侪吾国史迁。……余曰：纾不通西文，然每听述者叙传中事，往往于伏线、接笋、变调、过脉处，大类吾古文家言。"[1]与"吾古文家"的作品相类，成为肯定司各特作品的理由。在谈到狄更斯的《小耐儿》时，林纾认为："中国说部，登峰造极者，无若《红楼梦》。叙人间富贵，感人情盛衰，用笔缜密，着色繁丽，制局精严，观止矣。其间点染以清客，间杂以村妪，牵缀以小人，以败子，亦可谓善于体物。终竟雅多俗寡，人意不专属于此。迭更斯者，则扫荡名土、美人之局，专为下等社会写照。""余谓古文中序事，惟序家常平淡之事为最难着笔。"《史记》中有这方面的精彩段落。然而，"究竟史公于此等笔墨，亦不多见，以史公之书，亦不专为家常之事发也。今迭更斯则专意为家常之言，而又专写下等社会家常之事，用意、着笔为尤难"[2]。虽然他认为《红楼梦》、《史记》在写下层社会家常之事方面比不上狄更斯，但还是属于客观的比较，未含很多的褒贬之意。林纾能够做到这一点，一方面与他对中国古典文学的热爱与深厚修养有关，另一方面，也与他对于西方文学的了解有关。一般的批评家，很难在这两个方面达到他的程度。不过，这也不是说近代批评家只有他一人做到了这一点，因为这实际上主要还是观点与态度而不

① 林纾：《〈撒克逊劫后英雄略〉序》，许桂亭选注：《林纾文选》，百花文艺出版社，2006年，第74页。

② 林纾：《〈孝女耐儿传〉序》，许桂亭选注：《林纾文选》，百花文艺出版社，2006年，第74页。

是知识的问题。曼殊认为："泰西之小说，书中之人物常少；中国之小说，书中之人物常多。泰西之小说，所叙者多为一二人之历史；中国之小说，所叙者多为一种社会之历史。昔尝思之，以为社会愈文明，则个人之事业愈繁赜；愈野蛮，则愈简单。如叙野蛮人之历史，吾知其必无接电报、寄像片之事也。故能以一二人之历史敷衍成书者，其必为文明无疑矣。初欲持此论以薄祖国之小说，由今思之，乃大谬不然。吾祖国之政治法律，虽多不如人，至于文学与理想，吾雅不欲以彼族加吾华胄也。盖吾国之小说，多追述往事；泰西之小说，多描写今人。其文野之分，乃书中材料之范围，非文学之范围也。"①曼殊的这段论述，不仅说明了不褒西贬中的理由，而且说明了，观点不同，对中西文学优劣的看法也就不同。

3. 中西比较中的想象西方问题

所谓想象西方，就是在认知、理解西方的过程中，掺杂了一定的主观因素，主观的把握与客观的现实有一定的距离。由于信息掌握的不全面、沟通渠道的不畅通和理解的不到位，在异质文化交流的过程中，或多或少都会出现想象对方的问题。中国近代，一方面是西方文化的大量涌入，社会上到处充斥着有关西方的信息，另一方面大众对于西方的了解仍不全面，十分匮乏。即使是知识分子，有关西方的知识也往往不够准确，涉及西方的书籍常常以讹传讹。在对西方的信息与了解普遍不够的情况下，国人往往只能通过想象的方式来填补事实的空白，由此产生严重的想象西方问题。而部分国人特别是部分知识分子更往往因为各种原因，故意对西方进行不实的介绍与描述，从而使这一问题更加突出。

就叙事文学来看，近代对于西方的想象在正反两个方面都存在着。

反面的想象大都集中在伦理道德、习俗礼仪等方面。在部分国人看来，西方虽然在科学技术、政治制度等方面超过中国，但在上述方面却比不上中国。如有些国人错误地理解西方叙事作品中描写的家庭关系，认为西方的子女不孝，在伦理水平上比不上

① 饮冰等：《小说丛话》，陈平原、夏晓虹编：《二十世纪中国小说理论资料》（第一卷），北京大学出版社，1997年，第88－89页。

中国。对此，林纾曾给予批驳："宋儒严中外畛域，几秘惜伦理为儒者之私产。其貌为儒者，则曰：'欧人多无父，恒不孝于其亲。'辗转而讹，几以欧洲为不父之国。……于是，吾国父兄始疾首痛心于西学，谓吾子弟宁可不学，不可令其不子。五伦者，吾中国独秉之懿好，不与万国共也。则学西学者，宜皆屏诸名教外也。呜呼，何所见之不广耶？彼国果无父母，何久不闻有商臣元凶劫之事？吾国果自于名教，何以《春秋》之书弑者踵接？须知孝子与叛子，实杂生于世界，不能右中而左外也。"①他指出孝与不孝，中外都有，在这方面中国并不强于西方。

但是作为一种弱势的文明，作为一个急于通过学习西方改变落后面貌的社会，近代中国对于西方的想象大多是正面的。与负面的想象不同，正面的想象大多集中在西方的社会制度、科学技术、民众的政治文化水平和叙事文学对西方社会的影响之上。这种想象很多在中西叙事文学的比较中间接地流露出来，也有不少是通过直接的表述表现出来的。如孙毓修认为："百年之前，英国政治之不公、风俗之龌龊为欧洲最。帝王之力不能整，宗教之力不能挽，转恃绘影绘声之小说，使读者人人自愧，相戒毋作此小说中之主人翁。政治风俗渐渐向善，国富兵强，称为雄邦。是则迭更司 Charles Dichens 之所为也。"②孙毓修的这段论述至少有两处与事实不符：一是小说的教化力量使英国从一个腐败的国家变为一个强国，一是狄更斯在这种转变中起了关键性的作用。虽然英国小说与狄更斯在推进、巩固英国社会向善与向上的过程中的确起过一定的作用，但不可能有孙毓修所说的这样重要。这里面无疑有着作者自己想象的成分。

正面的想象夸张到一定的程度，就成为神化。这种神化，有的是无意识的，有的则有着明确的目的。如梁启超为了改良中国社会，提倡政治小说，故意夸大政治小说在西方的影响："在昔欧洲各国变革之始，其魁儒硕学，仁人志士，往往以其身之所经历，及胸中所怀，政治之议论，一寄之于小说。于是彼中缀学之

---

① 林纾：《英孝子火山报仇录·序》，吴俊标校，浙江人民出版社，1999 年，第 27 页。

② 孙毓修：《司各德、迭更斯二家之批评》，陈平原、夏晓虹编：《二十世纪中国小说理论资料》（第一卷），北京大学出版社，1997 年，第 429–430 页。

子，黉塾之暇，手之口之，下而兵丁、而市侩、而农氓、而工匠、而车夫马卒、而妇女、而童孺，靡不手之口之。往往每一书出，而全国议论为之一变。彼美、英、德、法、奥、意、日本各国政界之日进，则政治小说，为功最高焉。"[1]凡对西方文学史比较了解的人都能看出，梁启超所说的政治小说对西方社会的影响是明显夸大了的。但他却正是凭着这一神话，在中国引进并推动了政治小说的创作。

---

① 梁启超：《译印政治小说序》，陈平原、夏晓虹编：《二十世纪中国小说理论资料》（第一卷），北京大学出版社，1997年，第37－38页。

第四章 王国维、梁启超与
林纾的叙事思想

在中国近代叙事思想发展史上，有三个重要人物，即王国维、梁启超和林纾。王国维与梁启超是近代中国最重要的思想家、文学理论家与文学批评家，而林纾则是近代中国最重要的翻译家、文学批评家和古文家。三人虽然没有提出过系统的叙事理论，也没有写过小说作法之类的书，但是，在他们的著述中，与叙事相关的论述，仍是十分丰富的。由于他们在近代中国历史特别是思想与文学史方面的重要地位，他们的著述对近代中国叙事思想产生了十分重要的影响，同时也构成了近代中国叙事思想的重要内容，我们有必要进行认真的研究。

第一节 王国维的叙事思想

一、王国维的生平及叙事思想简介

王国维（1877—1927），字静安，号观堂，浙江海宁人。1877年生于浙江海宁县一个中小地主家庭。父亲王乃誉饱读诗书，精通书画篆刻，但因家境不好，弃儒从商。王国维四岁时，母亲凌氏即因病去世，他在叔祖母与姑母的抚育下长大成人。由于母亲过早去世，加上自幼身体羸弱，王国维从小就感到生活的悲凉，形成了忧郁寡欢、不苟言笑的悲剧性格。

王国维五岁进私塾读书。20岁到上海，进入康梁派办的《时务报》做书记、校对。后在罗振玉的提携下进入东方书社学习，毕业后去日本留学，因病半年后回国。后又在罗振玉的介绍下到上海南洋公学（上海交通大学的前身）、通州师范学校、苏州师范学校任教。辛亥革命后，王国维因效忠清室而避居日本。1916年自日本返沪。先后担任仓圣明智大学教授、北京大学研究所国学门通讯导师。1923年应清废帝溥仪之召，举家北上，到北京做溥仪的老师，为五品"南书房行走"。1925年起应聘为清华大学研究院教授。1927年6月2日，正当北伐战争节节胜利的高潮之时，正当盛年的王国维在颐和园昆明湖自沉身亡，遗体身藏纸条，上云："五十之年，只欠一死。经此世变，义无再辱。"

对于王国维的自沉，同时及后世学者作了不少解释，主要有三种：一是殉清说，一是文化说，一是性格悲剧说。王国维政治思想方面比较落后，一直忠于已经灭亡的清朝，至死还拖着一根象征清室的辫子。北伐军的摧枯拉朽，对已经逊位但仍享受着特殊优待并时刻企图复辟的清室无疑是一个极大的威胁，这是王国维所不愿看到的。在文化上，王国维虽是近代中国引进西方学术思想研究中国的第一人，但实际上，他所熟悉、欣赏的还是中国封建社会的旧文化，随着时代的进展，这种文化越来越不能适应社会发展的需要，逐渐走向衰落。陈寅恪在谈到王国维的自杀时，曾经说过这样一段话：当一种文化走向衰亡的时候，为这种文化所化的人，必然会感到痛苦。这十分精当地指出了王国维自杀的文化方面的原因。从性格上看，王国维从小忧郁寡欢，不苟言笑，对人生持悲观的看法。在生命后期，他曾几次企图自杀，皆因家人监管严密而未能如愿。昆明湖自沉，则因事先计划周密，未露痕迹而得逞。其实，对于真心想自杀的人，任何监管都是很难奏效的。此外，王国维书生气较重，不善治家，也不善处理人际关系，加上生性正直，对遗老阵营中的钩心斗角、不以复辟大局为重颇为不满，加之疾病频发，晚年心绪极坏。种种合力，最终导致了他的自沉。因此，王国维的悲剧，实际上是一个性格存在缺陷的守旧文化人无法适应新的社会现实的悲剧。然而在他的自沉中，我们也能看到传统中国知识分子敢于抗争的勇气，虽然对于王国维来说，这种勇气是悲剧性的。

王国维一生以学术为第一生命，在短短二十余年的学术生涯中，其学术活动遍及文学、美学、史学、考古学、古文字学、音韵学、版本目录学、敦煌学、西北边疆地理、哲学等多个方面，在不少方面取得了划时代的成就，得到学术界的公认。文学方面的主要著述有《人间词话》、《宋元戏曲考》、《红楼梦评论》。其中《红楼梦评论》借鉴德国哲学家叔本华的理论研究《红楼梦》，并将《红楼梦》与歌德的《浮士德》进行比较，既是我国文学批评史与美学史上第一篇运用近代西方文艺理论研究文学名著的专论，也是我国近代第一篇运用比较文学的方法研究文学作品的论文。《宋元戏曲考》是我国戏曲史上的开山之作。它第一次比较全面地勾画了我国戏曲的发展轮廓，高度评价了中国古典戏曲的认识价值、艺术价值以及在世界文学史上的地位。《人间词话》是我国词论史上带有总结性质的一部专著。王国维在这部书中提出了著名的"境界说"，以及"隔与不隔"、"真景物、真感情"等一系列新的观点与术语，并对历史上的不少著名词人进行了品评，对文学理论与批评实践产生了深远的影响。这些著述以及王国维其他的一些著作和论文中都包含了丰富的叙事思想，本节拟从文学的价值、内容、形式与文学中的形象等四个方面进行阐述。

二、王国维的文学价值地位观

在中国封建社会，文学与文学家的地位是不高的。虽然许多大文学家同时也是大政治家，如王安石、欧阳修、韩愈、苏轼等，但时人所看重的，首先是他们政治上的成就，他们自己所追求的，首先也是政治上的抱负。王国维指出：在中国，哲学家与文学家往往都欲兼为政治家，在治国平天下中做出大成就。如果没有政治上的成就，至少也要在作品中表现出这种抱负。没有这种抱负的人，则"皆以俳儒倡优自处，世亦以俳儒倡优畜之。所谓'诗外尚有事在'，'一命为文人，便无足观'"。文学被当成一种爱好，一种工具，至多一种才能、修养，而不是可以托付终生的事业。因此，"美术之无独立之价值也久矣"，"纯粹美术上之著述，往往受世之迫害而无人为之昭雪"。[①] 对于这种现象，王国维极为不满，认为这是中国文学与哲学不发达的重要原因之一。

因此，在自己的著述中，王国维大力提高文学的地位，宣称"天下有最神圣、最尊贵而无与当世之用者，哲学与美术是已。天下之人嚣然谓之曰无用，无损于哲学美术之价值"，[②] "生百政

① 王国维：《论哲学家与美术家之天职》，周锡山编校：《王国维文学美学论著集》，北岳文艺出版社，1987年，第34-35页。

② 王国维：《论哲学家与美术家之天职》，周锡山编校：《王国维文学美学论著集》，北岳文艺出版社，1987年，第34页。

治家，不如生一大文学家"①。

王国维从三个方面论证了文学的价值和地位。

首先，是精神方面。王国维指出："政治家与国民以物质上之利益，而文学家与以精神上之利益，夫精神之于物质，二者孰重？且物质上之利益，一时的也；精神上之利益，永久的也。前人政治上所经营者，后人得一旦而坏之，至古今之大著述，苟其著作一日存，则其遗泽且及于千百世而未沫。故希腊之有鄂谟尔也（今译荷马，引者，下同），意大利之有唐旦也（今译但丁），迎击利（今译英吉利）之有狭斯丕尔也（今译莎士比亚），德意志之有格代也（今译歌德），皆其国人人之所尸而祝之社而稷之者，而政治家无与焉。何则？彼等诚与国民之精神之慰藉，而国民之所恃以为生命者，若政治家之遗泽，决不能如此广且远矣。"②这里的精神之利益，既包括知识的获得，也包括感情的慰藉和审美的满足。王国维认为，人类并不仅仅为实用而生活，"人于生活之欲外，有知识焉，有感情焉。感情之最高之满足，必求之文学、美术，知识之最高之满足，必求诸哲学"。而且，哲学与文学，两者往往是交融在一起的，如我国的《孟子》、《庄子》等，两者实际上"有同一之性质。其所欲解释者，皆宇宙人生上根本之问题"。③ 从另一方面说，"哲学与美术之所志者"，都是真理。哲学家"发明此真理"，而文学家"以记号表之"。④从这个角度看，文学与哲学具有同一性，它们都发现、传达包括真理在内的知识，只是哲学更偏重于知识，而文学除知识外，还有感情的慰藉与审美的满足。王国维吸收康德、席勒、叔本华等人的观点，从游戏的角度解释文学，认为"文学者，游戏的事业也"。人有剩余精力，于是发而为游戏。儿童的游戏是幼稚的，成人则不再"以小儿之游戏为满足，于是对其自己之感情及所观

① 王国维：《文学与教育》，周锡山编校：《王国维文学美学论著集》，北岳文艺出版社，1987年，第51页。

② 王国维：《文学与教育》，周锡山编校：《王国维文学美学论著集》，北岳文艺出版社，1987年，第51页。

③ 王国维：《奏定经学科大学文学科大学章程书后》，周锡山编校：《王国维文学美学论著集》，北岳文艺出版社，1987年，第54–55页、第57页。

④ 王国维：《论哲学与美术家之天职》，周锡山编校：《王国维文学美学论著集》，北岳文艺出版社，1987年，第34页。

察之事物而摹写之，咏叹之，以发泄所储蓄之势力"①，由此产生文学。因此，文学是自由的。只有在文学活动以及艺术活动中，人们才能摆脱利害关系，得到审美的享受与感情的慰藉。这样，王国维便通过物质与精神、实用与情感的二分，把精神的与情感的提到物质的与实用的之上，充分肯定了文学、哲学等的价值与地位。

其次，是教化方面。王国维强调文学本身的价值，反对把文学"视为政治教育之手段"。因为文学自有自身的价值与目的，不必依附于政治而存在。在《论近年之学术界》一文中，他断言："学术之所争，只有是非真伪之别耳。于是非真伪之别外，而以国家、人种、宗教之见杂之，则以学术为一手段，而非以为一目的也。未有不视学术为一目的而能发达者，学术之发达，存于其独立而已。"② 学术如此，文学更加如此，因为文学是一种无功利性的活动。那么，文学是否因此而不对民众起任何教育作用呢？答案是否定的。王国维借鉴康德的理论，认为文学与哲学一样，"有无用之用"，于无用中有大用，就直接的现实的功利来说，它的确是无用的，但就间接的知识和情感而言，它则有着无可替代的作用。③ 王国维认为，人有"生活之欲"，这一点人与动物是一样的，把人与动物区别开来的是"纯粹之知识与微妙之感情"。前者由政治家与实业家所满足，而后者"之慰藉满足非求诸哲学及美术不可"。因此，"就其所贡献于人之事业言之"，哲学与美术在性质上比政治与实业更加高贵。而"就其功效所及言之，则哲学家与美术家之事业，虽千载以下，四海以外，苟其所发明之真理，与其所表之之记号之尚存，则人类之知识感情由此而得其满足慰藉者，曾无以异于昔。而政治家及实业家之事业，其及于五世十世者希矣"④。这种满足与慰藉实质上就是一种教

---

① 王国维：《文学小言》，周锡山编校：《王国维文学美学论著集》，北岳文艺出版社，1987 年，第 24—25 页。

② 王国维：《文学小言》，周锡山编校：《王国维文学美学论著集》，北岳文艺出版社，1987 年，第 108 页、第 109 页。

③ 王国维：《奏定经学科大学文学科大学章程书后》，周锡山编校：《王国维文学美学论著集》，北岳文艺出版社，1987 年，第 55 页。

④ 王国维：《论哲学家与美术家之天职》，周锡山编校：《王国维文学美学论著集》，北岳文艺出版社，1987 年，第 34 页。

化，因为它一方面使人过上人的生活，一方面使人变得高尚、美好。他以嗜好与吸毒为例来说明这一点。他认为，所谓嗜好，实际上是人为消除心灵的空虚而发明的一种爱好。嗜好有好有坏，而文学、美术，则是"最高尚之嗜好"。人若欲成为高尚之人，就应用"高尚之嗜好"取代"卑劣之嗜好"，"不然，则必有溃决之一日"。[①] 吸毒与此类似。人们吸食鸦片，实际上是为了驱除心灵的空虚，寻求感情上的慰藉。这种感情上的疾病，"非以感情治之不可。必使其闲暇之时心有所寄，而后能得自遣"。因为"人之心力，不寄于此则寄于彼；不寄于高尚之嗜好，则卑劣之嗜好所不能免矣"。[②] 如果民众养成对美术的爱好，那么，吸食鸦片的恶习自然也就慢慢消除了。由此可见，文学的教化作用，实在是巨大而且无可替代的。只是由于"精神上之趣味，非千百年之培养，与一二天才之出"[③]，难以见到显著的成效，因此文学的教化作用，有时易被世人所忽视。但也唯其如此，人们更应重视文学的价值与作用。

再次，是解脱方面。这是颇具王国维特色的一个命题。王国维受叔本华的影响，强调人生的痛苦。他认为，生活的本质是"欲"，"欲之为性无厌，而其原生于不足。不足之状态，苦痛是也。既偿一欲，则此欲以终。然欲之被偿者一，而不偿者什伯。一欲既终，他欲随之。故究竟之慰藉，终不可得也。即使吾人之欲悉偿，而更无所欲之对象，倦厌之情即起而乘之。于是吾人自己之生活，若负之而不胜其重。故人生者，如钟表之摆，实往复于痛苦与倦厌之意者也，夫倦厌固可视为苦痛之一种。有能除去此二者，吾人谓之快乐。然当其求快乐也，吾人于固有之苦痛外，又不得不加以努力，而努力亦苦痛之一也。且快乐之后，具感苦痛也弥深。故苦痛而无回复之快乐者有之矣，未有快乐而不先之或继之以苦痛者。又此苦痛与世界之文化俱增，而不由之而减何则？文化愈进，其知识弥广，其所欲弥多，又其感苦痛亦弥

明清近代叙事思想

① 王国维：《人间嗜好之研究》，周锡山编校：《王国维文学美学论著集》，北岳文艺出版社，1987年，第45页。

② 王国维：《去毒篇》，周锡山编校：《王国维文学美学论著集》，北岳文艺出版社，1987年。

③ 王国维：《文学与教育》，周锡山编校：《王国维文学美学论著集》，北岳文艺出版社，1987年，第52页。

甚，故也"。由此可见，在王国维看来，人生无往而不是苦痛，而苦痛之源则是"生活之欲"。王国维的"生活之欲"与叔本华的"意志"近似，其实质就是生命的需求与满足这种需求的努力。它先于人生而存在并与人生相始终。不满足它是一种苦痛，满足它也是一种苦痛。要摆脱这种苦痛，只有从根本上摆脱"生活之欲"。而摆脱的办法则是文学和艺术。因为人要满足生活之欲，就要发明知识，进行实践。因此知识实际上是生活之欲的结果。它既是生活之欲的对立面，又与生活之欲有着密切的联系，从而也就与人有着密切的利害关系。这样，知识也就无法使人摆脱生活之欲，无法使其摆脱苦痛。但是，如果有这样一种知识，它能"使吾人超然于利害之外，而忘物与我之关系。此时也，吾人之心，无希望，无恐怖，非复欲之我，而但知之我"，[①] 人们便能暂时摆脱生活之欲，"而入于纯粹之知识"，从而使人们能够"于此桎梏之世界中，离此生活之欲之争斗，而得其暂时之平和"。然而，能够"使吾人超然于利害之外者，必其物之于吾人无利害之关系后可，易言以明之，必其物非实物而后可"，这种物或者说这种知识，"非美术何足以当之乎？"[②] 广义地说，艺术当然也是一种知识，但它却是一种与人无直接利害关系的知识，因此，人们在艺术之中，能够抛开生活之欲，暂时地从苦痛中解脱出来。

这样，王国维便从三个方面，论证与肯定了美术也即艺术的价值，把艺术摆在了一个十分崇高与重要的位置。而在艺术中，文学又是最重要的。这不仅因为文学文本比较易得，更是因为文学的纯心灵性，不会像雕刻、书画等，容易使欣赏者留意于物质载体本身，从而在欣赏的同时又陷入到利害关系之中。[③] 这是一方面，另一方面，艺术的目的是描写人生，而最能描写人生的，则非文学莫属。因此，在艺术中王国维推崇文学，认为"美术中

① 王国维：《红楼梦评论》，周锡山编校：《王国维文学美学论著集》，北岳文艺出版社，1987年，第2页、第3页。
② 王国维：《红楼梦评论》，周锡山编校：《王国维文学美学论著集》，北岳文艺出版社，1987年，第3页、第9页、第3页。
③ 王国维：《去毒篇》，周锡山编校：《王国维文学美学论著集》，北岳文艺出版社，1987年，第49页。

以诗歌、戏曲、小说为其顶点，以其目的在描写人生"。① 而在文学中，王国维又看重叙事文学，认为叙事文学是"最高之文学"。他从三个方面论证了自己的观点。首先，是创作的难易程度。王国维认为："抒情之诗，不待专门之诗人而后能之也。叙事，则其所需时日长，而其所取之材料富。非天才而又有暇日者不能。此诗家之数之所以不可偻数，而叙事文学家殆不能及百分之一也。"在王国维看来，叙事文学篇幅大，内容丰富，牵涉的生活面广，其创作难度比创作抒情文学更大，对作家的要求也更高。叙事文学的创作者不仅要有创作的才能与充足的时间，而且要有献身文学的精神。"吾人谓戏曲小说家为专门之诗人，非谓其以文学为职业也。……职业的文学家，以文学为生活；专门之文学家，为文学而生活。"② 作家必须具备这三个条件，才能创作出好的叙事文学作品。其次，是时代的角度，王国维认为，一代有一代之文学。他引叔本华的观点"抒情诗，少年之作也；叙事诗及戏曲，壮年之作也"，并加以引申说："余谓：抒情诗，国民幼稚时代之作也；叙事诗，国民盛壮时代之作也。"③ 而在他看来，他所生活的时代，中华民族已经进入了盛壮时代，因此，最需要的已不是抒情文学而是叙事文学。第三，是价值的角度。王国维认为："美术之价值，对现在之世界人生而起者，非有绝对的价值也。其材料取诸人生，其理想亦视人生之缺陷逼仄，而趋于其反对之方面。如此之病态，唯于如此之世界，如此之人生中，始有价值耳。"描写人们未尝经历过的人生的作品，对于人们实际上是没有意义的。因此，文学的价值存在于对现实生活的描写，这也正是《红楼梦》超过《桃花扇》的地方。④ 而就对于现实生活

---

① 王国维：《红楼梦评论》，周锡山编校：《王国维文学美学论著集》，北岳文艺出版社，1987年，第5页。

② 王国维：《文学小言》，周锡山编校：《王国维文学美学论著集》，北岳文艺出版社，1987年，第28页、第29页。

③ 王国维：《人间词话未刊稿》，周锡山编校：《王国维文学美学论著集》，北岳文艺出版社，1987年，第371页。

④ 王国维：《红楼梦评论》，周锡山编校：《王国维文学美学论著集》，北岳文艺出版社，1987年，第16页，第10页。

的全面描写来看，显然叙事文学超过了抒情文学，[1] 因此，其价值自然也就超过了抒情文学。王国维于文学中更看重叙事文学，也就是可以理解的了。

三、王国维的文学内容观

王国维一直强调，文学应该以"人生"为自己的内容。他曾多次重申了这一观点。在《红楼梦评论》中，王国维断言："美术中以诗歌、戏曲、小说为其顶点，以其目的在描写人生。"在《屈子文学之精神》一文中，他指出："诗歌者，描写人生也。（用德国大诗人希尔列尔之定义［现译席勒，引者注］）此定义未免太狭，今更广之日'描写自然及人生'，可乎？然人类之兴味，实先人生，而后自然。……其写景物也，亦必以自己深邃之感情为之素地，而始得于特别之境遇中，用特别之眼观之。"[2]因此，文学中所描写的自然，也是人化了的自然，仍是人生的一个组成部分，可以划入人生的范畴。

王国维仍是从"解脱"的角度论证自己的观点的。他认为，文学的目的是将人从"生活之欲"中暂时地解脱出来，使人摆脱痛苦，获得平和与安宁。而在"吾国之文学中，其其厌世解脱之精神者，仅有《桃花扇》与《红楼梦》耳。而桃花扇之解脱，非真解脱也：沧桑之变，目击之而身历之，不能自悟，而悟于张道士之一言：且以历数千里，冒不测之险投缧绁之中，所索之女子，才得一面，而以道士之言，一朝而舍之，自非三尺童子，其谁信之哉？故《桃花扇》之解脱，他律的也；而《红楼梦》之解脱，自律的也。且《桃花扇》之作者，但借候、李之事，以写故国之戚，而非以写人生为事。故《桃花扇》，政治的也，国民的也，历史的也；《红楼梦》，哲学的也，宇宙的也，文学的也。此《红楼梦》之所以大背于吾国人之精神，而其价值亦即存乎此"。王国维为了突出《红楼梦》的价值，把它说成是我国古典文学中

---

① 王国维把戏曲划入叙事文学，因此，对于文学，他采取的实际上是叙事、抒情两分的方法，而不是西方的叙事、抒情和戏剧三分的方法。参看王国维《文学小言》第14条。

② 王国维：《屈子文学之精神》，周锡山编校：《王国维文学美学论著集》，北岳文艺出版社，1987年，第31页。

唯一真正具有解脱之道的作品，这一点当然值得商榷，而且也不符合他对艺术的目的的论述，但在这段论述中，他的意思却是非常清楚的。《桃花扇》虽然也具有厌世解脱之精神，但由于它的内容并不是现实的人生，其目的也不是表现现实的人生，而只是借一些生活的材料来表达自己的政治思想，"故国之戚"，因此它虽然描写了解脱之道，但由于这种解脱之道并不存在于真正的生活中，而只存在于作者的想象之中，不是现实生活中所必然或可然发生的，因此，它也就不是真正的解脱之道，无法给读者提供可以借鉴甚至操作的解脱方法。这样，它的价值也就大大地打了折扣。而《红楼梦》则不同。它不仅以描写人生为目的，而且其所描写的，都是现实生活中所必然或可然发生的人和事，比如，"赵姨、凤姐之死，非鬼神之罚，彼良心自己之苦痛也"①。也正因为如此，它所描写的解脱之道就是真正的解脱之道，能够真正地打动读者，给读者提供可以借鉴甚至操作的解脱。王国维关于文学的目的在解脱的观点，许多读者也许并不一定赞成，但是他由此出发所得出的文学的内容是人生的结论，却是很有道理的。

在王国维的这段论述中，他不仅阐述了文学应该描写人生，而且说明了这人生应该具有现实与真实的品格。他在自己的论述中，多次阐明这些观点。

先谈现实的品格。所谓现实的人生，就是符合生活的本来面貌，符合生活的必然律与可然律的人生。像《桃花扇》那样，情节、事件经不起推敲，或者像某些中国古典小说那样，描写某人的死亡不是出于客观的或自己内心的原因，而是由于鬼神等超自然力量的惩罚等，都不能说是现实的人生。王国维认为，文学艺术只有针对现实之人生并处于现实之人生中，只有描写现实之事，针对现实之人，才有价值；否则，就没有意义。他写道："今设有人焉，自无始以来，无生死，无苦乐，无人世之挂碍而唯有永恒之知识，则吾人所宝为无上之美术，自彼视之，不过蚤鸣蝉噪而已。何则？美术上之理想，固彼之所自有，而其材料，又彼之所未尝经验故也。又设有人焉，备尝人世之苦痛，而已入于解脱之域，则美术之于彼也，亦无价值。何则？美术之价值，

① 王国维：《红楼梦评论》，周锡山编校：《王国维文学美学论著集》，北岳文艺出版社，1987年，第5页、第10页、第11页。

存于使人离生活之欲，而入于纯粹之知识。彼既无生活之欲矣，复进之以美术，是犹馈壮夫以药石，多见其不知量而已矣。"① 由此可见，文学艺术只有针对现实中之人，描写现实中之生活，才是有价值的。进一步分析，我们还可发现，即使是描写现实人生的作品，如果其所选取的生活材料是读者"所未尝经验"过的，对于人生也是没有价值的。因为人们如果没有经历过某种生活，也就比较难以理解这种生活，难以理解这种生活，描写这种生活的作品对于读者实际上就没有什么意义。因此，那种脱离现实生活、纯粹出于奇思异想的作品，或者那种专门描写闻所未闻的奇人怪事、海外奇谈并以之吸引读者的作品，在王国维看来，是没有什么价值的。

这一观点在王国维的悲剧观念中表现得更为清晰。王国维的悲剧观来自叔本华。他认为悲剧有三种："第一种之悲剧，由极恶之人，极其所有之能力，以交构之者。第二种，由于盲目的运命者。第三种之悲剧，由于剧中之人物之位置及关系而不得不然者；非必有蛇蝎之性质，与意外之变故也，但由普遍之人物，普通之境遇，逼之不得不如是；彼等明知其害，交施之而交受之，各加以力而各不任其咎，此种悲剧，其感人贤于前二者远甚。何则？彼示人生最大之不幸，非例外之事，而人生所固有也。"而《红楼梦》所描写的，则"不过通常之道德，通常之人情，通常之境遇"，"由此观之，《红楼梦》者，可谓悲剧之悲剧也"②。这里所谓的"通常"也就是生活中所固有的、经常发生的，也就是一般的现实的生活，现实的人生。文学作品只有描写这种内容，才有可能取得较大的价值。王国维不仅肯定了现实生活的巨大的文学价值，而且肯定了现实生活的巨大的美学价值，这在当时，不能不说是独具只眼的。

现实品格的另一方面，是文学作品所描写的生活不能局限于个人的范围。因为"人生者，非孤立之生活，而在家庭、国家及

---

① 王国维：《红楼梦评论》，周锡山编校：《王国维文学美学论著集》，北岳文艺出版社，1987年，第16页。

② 王国维：《红楼梦评论》，周锡山编校：《王国维文学美学论著集》，北岳文艺出版社，1987年，第11-12页。

社会中之生活也"①。人的生活不是孤立的，他总是要与自己周围的世界发生各种各样的关系。这世界，可能是一个家庭、一个集团、一个社会，也可能是一个民族、一个国家，甚至整个世界，当然更可能是所有这些的集合体。马克思说，人的本质是一切社会关系的总和。王国维可能没有读过马克思的书，但类似的思想对他也并不陌生。在他看来，人不能脱离他所生活的社会，也不可能凭空产生超出他所生活的社会的思想。比如诗歌，中国传统上分南北两派。北方派的理想是"改作旧社会"，而南方派的理想则是"创造新社会"；北人多感情，因而产诗歌；南人富想象，因而多浪漫；然而北人的感情没有想象之助，所以所作止于小篇，而南人的想象无感情作后援，所以"想象亦散漫而无所丽，是以无纯粹之诗歌"。像屈原《离骚》那样的雄伟瑰丽之作，只有在南北思想文化交融的过程中才能产生。② 由此可见，即使是屈原这样的大诗人，也不可能脱离自己所生活的社会与时代创造出《离骚》这样的作品。因此，文学在描写人生时，就不能只关注纯粹意义上的个人，而应该把个人置于社会之中，对个人、社会进行全面的描写。这样的人生，才是作为文学作品内容的人生。

再谈真实的品格。真实与现实是紧密联系的。如实地描写现实生活，表现现实的人生，文学自然就会在一定程度上具有真实的品格。但真实并不等于对现实的如实描写。作为一个独立的范畴，它有着自己独立的内涵。王国维所理解的真实，有三个方面的含义。首先，是真理。王国维一再表示："哲学与美术之所志者，真理也。真理者，天下万世之真理，而非一时之真理也。"③真理是真实的深层内涵，只有符合真理或者暗含了真理的真实，才是真正的真实。其次，是要如实地描写客观世界与人的主观世界。王国维一再强调文学要写"真景物、真感情"，认为"大家之作，其言情也必沁人心脾，其写景也必豁人耳目，其词脱口而

---

① 王国维：《屈子文学之精神》，周锡山编校：《王国维文学美学论著集》，北岳文艺出版社，1987年，第31页。

② 王国维：《屈子文学之精神》，周锡山编校：《王国维文学美学论著集》，北岳文艺出版社，1987年，第31－32页。

③ 王国维：《论哲学家与美术家之天职》，《王国维文学美学论著集》，北岳文艺出版社，1987年，第34页。

出，无矫揉造作之态。以其所见者真，所知者深也"①。这里的真景物与真感情可以分别看作是客观世界与主观世界，作者只有真实地把握并且理解了它们，才能写出沁人心脾、豁人耳目的作品。再次，是要能用自己的语言如实地把自己的所见所感表现出来。王国维认为，大诗人如屈原、苏轼等能"感自己之感，言自己之言"，次之者如"山谷可谓能言其言矣，未可谓能感所感也"，再次之的诗人，只能感他人之所感，言他人之所言，等而下之者，则只会"莺偷百鸟声"，鹦鹉学舌而已。② 王国维在这里提出了区分文学才能和文学作品的高下的两个重要标准：一是"感"，一是"言"。所谓"感"，是指对社会、人生有自己的把握、理解、感受和思想；所谓"言"，是指作家自己创造具有自己特色的语言。只有具备自己的感受并且能用自己的语言将这种感受恰当地表现出来的作家，才是好的作家，也只有这样的作品，才是好的作品。这里，王国维虽然把"感"摆在了前面，但"言"的作用也是不容忽视的。由此可见，真实并不等于对现实的如实描写，只有满足了上述三个层面的要求的作品，才会具有真实的品格。同样，只有符合上述三个方面的要求的人生，才是真实的人生。

现实和真实的人生，虽然存在于主客两个方面，但既然强调现实与真实，便不可避免地要侧重客观的方面。王国维在《屈子文学之精神》一文中认为，我国"古代之诗，所描写者，特人生之主观的方面；而对人生之客观的方面，及纯处于客观界之自然，断不能以全力注之也"③。这段话虽只就事论事，但也的确命中了抒情文学的短处。因此，强调描写现实真实的人生，实际上有侧重于人生的客观一面的含义。这一点在他的著名的"境界"说中也可以看出来。境界是王国维在他的词学名著《人间词话》中提出来的，他认为："词以境界为上。有境界，则自成高格，自有名句。五代、北宋之词所以独绝者在此。"指出，"境非独谓

---

① 王国维：《人间词话》第六条，第五十六条，周锡山编校：《王国维文学美学论著集》，北岳文艺出版社，第350页、第365页。

② 参看王国维：《文学小言》第十、十一、十二条，周锡山编校：《王国维文学美学论著集》，北岳文艺出版社，第27－28页。

③ 王国维：《屈子文学之精神》，周锡山编校：《王国维文学美学论著集》，北岳文艺出版社，1987年，第31页。

景物也，喜怒哀乐，亦人心中之一境界。故能写真景物、真感情者，谓之有境界。否则谓之无境界。"认为，"严沧浪《诗话》谓，盛唐诸公（一作'人'），唯在兴趣，羚羊挂角，无迹可求。故其妙处，透澈（当作'彻'）玲珑，不可凑拍（当作'泊'），如空中之音，水中之影（当作'月'），镜中之象，言有尽而意无穷。'余谓北宋以前之词亦复如是。然沧浪所谓兴趣，阮亭所谓神韵，犹不过道其面目，不若鄙人拈出'境界'二字为探其本也。"①王国维将是否写出了"真景物、真感情"作为有无境界的标准，虽然还是主客并重，但与严羽、王士禛的主张比较起来，却明显地前进了一步。严羽针对宋人以文入诗、以议论入诗、以才学入诗的倾向，明确提出"诗者，吟咏性情也"，提倡别才别趣，强调兴趣，要求"羚羊挂角，无迹可求"，"言有尽而意无穷"②。他的主张，对于宋诗之弊虽然有较大的补正作用，但又走向了另一个极端，即过于侧重主观，强调妙悟。结果诗歌变得虚灵，读者也难以悟得。王士禛针对清初学习宋诗而导致的"佶屈"，吸收司空图与严羽的观点，并受南宗画的启迪，提倡"神韵说"，强调"兴会"，标榜"大音稀声"，要求诗歌创作做到"神龙见首不见尾"。其结果与严羽一样，仍是过于偏重审美主体，强调诗人的主观世界。而王国维的"境界"则扬弃了前两人只重主体的偏颇，将文学的重心由主观移到客观上来，通过对"真景物、真感情"的强调，将主体的感情落实到客观的事物，通过两者的结合，创造出鲜明的形象。这样，文学的重点就由主观的一极移到了主客的平衡上来。

应该指出的是，王国维的"境界"说是针对词的评价而言的，因而主张主客的平衡，而就其对整个文学的论述来看，他在总体上更加重视客观的一面，则是无疑的。而强调文学的内容是人生，在人生中又强调人生客观的一面，实际上是把文学的重点放在了叙事文学上面。因为就性质、篇幅、结构、语言等内在要素来说，叙事文学更适合于表现客观的生活，而抒情文学则更适合于表现主观的情感。因此，王国维对文学内容的要求，无疑是

---

① 王国维：《人间词话》第一条、第九条、第六条，周锡山编校：《王国维文学美学论著集》，北岳文艺出版社，1987 年，第 348 页、第 350 页。

② 严羽：《沧浪诗话·诗辩》。

有利于叙事文学的发展的。这实际上反映了清末社会和思想、文学观念的转变。

四、王国维的古雅说——一种特别的文学形式观

在自己的论文《古雅之在美学上之位置》中，王国维对文学形式提出了自己独特的看法。

王国维对于形式这一概念的理解是广义的，与今天的理解有很大的区别。他认为："一切之美，皆形式之美也。就美之自身言之，则一切优美皆存于形式之对称变化及调和。至宏壮之对象，汗德（今译康德，引者注）虽谓之无形式，然以此种无形式之形式能唤起宏壮之情，故谓之形式之一种，无不可也。就美术之种类言之，则建筑雕刻音乐之美之存于形式固不俟论，即图画诗歌之美之兼存于材质之意义者，亦以此等材质适于唤起美情故，故亦得视为一种之形式焉。……戏曲小说之主人翁及其境遇，对文章之方面而言之，则为材质；然对吾人之感情言之，则此等材质又为唤起美情之最适之形式。故除吾人之感情外，凡属美之对象者，皆形式而非材质也。"①王国维是以感情为出发点，对形式进行论述的。在他看来，凡是能够唤起审美情感的事物都是审美对象，而凡是审美对象，都是一种形式。当然，就审美对象本身而言，它们也可能会具备一定的材质（即内容，引者），如叙事文学中的人物及其境遇，但这种材质只是相对于审美对象本身的形式如叙事文学的结构语言等而言，而相对人的感情，这种材质又只能被视为形式，因为它们和结构语言等一样，也只是唤起人的审美感情的东西。而进一步推论，审美活动是一种纯粹个体的活动，个体之间不能互相替代但却能够互相观照。换句话说，作为个体，你的审美情感不能替代他人的审美情感，但你却可以观照他人的审美情感，这样，他人的审美情感实际上也就成了你的审美对象；反之，你的审美情感也可能成为他人的审美对象。这样，从总体上来说，无论主体（个体的感情）还是客体（感情的对象）都可能成为审美对象，因而，也就都成为了一种形式。但是，一切美的对象虽然相对于感情而言只是一种形式，

---

① 王国维：《古雅之在美学上之位置》，周锡山编校：《王国维文学美学论著集》，北岳文艺出版社，1987年，第38页。

但是它们要成为艺术品，又需要通过一定的形式表现出来。因此，王国维在上述基础上继续论述道："一切形式之美，又不可无他形式以表之，惟经过此第二之形式，斯美者愈增其美，而吾人之所谓古雅，即此第二种之形式。即形式之无优美与宏壮之属性者，亦因此第二形式故，而得一种独立之价值，故古雅者，可谓之形式之美之形式之美也。"① 宽泛地说，王国维的"古雅"实际上就是审美对象在艺术中的表现形式也即王国维说的"第二形式"。但由于审美对象在艺术中的表现形式有成功的也有不成功的，因此，并不是所有的"第二形式"都能称为"古雅"，只有那些成功的表现形式才能称为古雅，这也就是王国维所说的"形式之美之形式之美"。因此，王国维的"古雅"实际上有两重含义，一重是指审美对象在艺术中的表现形式，一重是指成功的表现形式，但成功的表现形式也是表现形式，因此宽泛地说，王国维的"古雅"就是审美对象在艺术中的表现形式。

那么，古雅与我们今天所说的艺术形式是什么关系？首先，我们今天所说的形式既可以用于艺术，也可以用于自然，而古雅则只存在于艺术而不存在于自然。因为自然只以第一形式显现出来，"而艺术则必就自然中固有之某形式，或所自创造之新形式，而以第二形式表出之"。② 前者如人体雕塑，自然中已有人体这一形式，艺术再用金属、石头等第二形式将这第一形式表现出来。后者如鬼神的形象，自然界本没有鬼神，但人们可以在自然的基础上，运用自己的想象，创造出鬼神的形象来，再用金属、石头等将这些形象表现出来。其次，古雅也不等于今天所说的艺术形式。今天所说的形式，是与内容相对而言的，两者在观念上虽然可以分开，但实际上是分不开的。正如别林斯基曾经指出的那样，内容与形式是有机统一的。"无内容的形式和无形式的内容都不可能存在"③。但是，王国维的作为第二形式的古雅与它所表现的第一形式却是可以分开的。他论述说："同一形式也，其表

明
清
近
代
叙
事
思
想

——————————

① 王国维：《古雅之在美学上之位置》，周锡山编校：《王国维文学美学论著集》，北岳文艺出版社，1987 年，第 38 页。

② 王国维：《古雅之在美学上之位置》，周锡山编校：《王国维文学美学论著集》，北岳文艺出版社，1987 年，第 38 页。

③ 转引自朱光潜：《西方美学史》（下册），人民文学出版社，1979 年，第 550页。

之也各不同。同一曲也，而奏之者各异；一雕刻绘画也，而真本与摹本大殊。"再如杜甫的"夜阑更秉烛，相对如梦寐"，和晏几道的"今宵剩把银釭照，犹恐相逢是梦中"，两者的"第一形式同。而前者温厚，后者刻露者，其第二形式异也。一切艺术无不皆然，于是有所谓雅俗之区别起"。[①] 如果从我们今天对于内容与形式的理解出发，王国维的这段论述存在两个逻辑上的问题。首先，他把乐曲与乐曲的演奏、绘画的真本与摹本之间的关系，看作是第一形式与第二形式之间的关系，是把两个不同层面的东西拉到了同一层面进行比较。其次，他把第一形式与第二形式看作是可以分离的，第二形式就像是容器，第一形式是液体，同样的液体装在不同的容器里，便呈现出不同的面貌。这种观点是不符合艺术品的实际的。此外，他把艺术的雅俗的区分完全归之于形式的原因，也是站不住脚的。不过，我们说过，王国维所说的古雅，实际上不是与内容相对的艺术形式，而是与审美对象相对的艺术形式，这样，他的古雅就具有自己的独立性，是可以从作为审美对象的第一形式中抽象出来的。另一方面，审美对象本身已经具有内容（即王国维说的"材质"）与形式（如王国维说的"文章之方面"），王国维的古雅只涉及审美对象在艺术中的表现形式，而与审美对象本身的形式无关，如一幅画，画的"布置"也即构思、布局等"属于第一形式，而使笔使墨，则属于第二形式"，[②] 再如绘画中的原作与摹本、雕塑品所用的材料石头与金属等，其涉及的都不是审美对象本身的形式，而是它们在艺术中的表现形式。由此可见，王国维的古雅即现实的或虚构的审美对象在艺术中的表现形式。这一概念的其他方面都可以从这一基本内涵中得到解释。

古雅与它所表现的第一形式即审美对象的关系是复杂的。如果从审美对象本身的性质来看，则有两种情况。一种情况是审美对象本身是美的，古雅则使它的美更加显豁，美上加美。"优美与宏壮必与古雅合，然后得显其固有之价值。不过优美及宏壮之

---

① 王国维：《古雅之在美学上之位置》，周锡山编校：《王国维文学美学论著集》，北岳文艺出版社，1987 年，第 38 页。

② 王国维：《古雅之在美学上之位置》，周锡山编校：《王国维文学美学论著集》，北岳文艺出版社，1987 年，第 39 页。

原质愈显，则古雅之原质愈蔽。然吾人所以感如此之美且壮者，实以表出之之雅故，即以其美之第一形式，更以雅之第二形式表出之故也。"①美的第一形式本身虽然是美的，如一个美的人体，或一段感人的故事等，但它毕竟还不是艺术品，要成为艺术品，它必须用一定的形式表现出来，如将美的人体用石头雕刻出来，用镜头拍摄出来，或者直接将这美的人体置于一定的背景中，使它成为行为艺术的对象，都需要一定的表现方式，这种表现方式也即古雅如果运用得好，就能够使第一形式的美更加突出出来，使其变得更美。不过，古雅的作用与第一形式的美的程度不是成正比的关系。相反，第一形式美的程度越高，古雅在它成为艺术品的美中所起的作用就越小。比如一个绝色佳人，摄影师只要按其本色将其拍摄下来就行了，不需要更多地考虑灯光、角度、化妆等问题。一个本已非常感人的故事，作者也只要原原本本地把它叙述出来就行了，不需要过多地考虑技巧的问题。倒是那些本不很美的第一形式，更需要在表现形式上下工夫。

如果第一形式本身不美，那么古雅则有可能使它变得美起来。王国维是这样论述的："虽第一形式之本不美者，得由其第二形式之美雅，而得一种独立之价值。茅茨土阶，与夫自然中寻常琐屑之景物，以吾人之肉眼观之，举无足与于优美若宏壮之数，然一经艺术家（若绘画，若诗歌）之手，而遂觉有不可言之趣味。此等趣味，不自第一形式得之，而自第二形式得之无疑也。"②现实中不美的事物，由于其表现形式的古雅，也可以成为美的艺术品，如罗丹的雕塑《老妓》。那位年老色衰的妓女在现实生活中是丑的，而且以她为原型的雕塑品就其本身看也是丑的，但是由于将她表现出来所用的技巧、材料、角度、方式等，却使这个雕塑成了人人欣赏的艺术品。这里，王国维实际上接触到了现实丑转变为艺术美的问题，只是他囿于古雅的范围，没有进一步地展开。王国维认为，古雅一方面可以使现实中不美的事物在艺术中变得美，一方面其自身就具有一定的美的成分，这在

---

① 王国维：《古雅之在美学上之位置》，周锡山编校：《王国维文学美学论著集》，北岳文艺出版社，1987年，第38－39页。

② 王国维：《古雅之在美学上之位置》，周锡山编校：《王国维文学美学论著集》，北岳文艺出版社，1987年，第39页。

"低度之美术"如书法、石刻、钟鼎等中表现得特别明显,在这些艺术中,仅凭古雅本身就能美。在文学等高级艺术中,古雅的作用虽然没有那样大,但也不可忽视。"西汉之匡、刘、东京之崔、蔡,其文之优美宏壮,远在贾、马、班、张之下,而吾人之嗜之也亦无逊于彼者,以雅故也。"美之程度差一点的审美对象,如果其表现形式比较精致,能够与古雅结合起来,那么,它就可能与美之程度高一些的审美对象在艺术中处于同等的地位。从这个角度说,即使是优美宏壮的审美对象,也不能完全离开古雅,因为它们要成为艺术品,就必然要通过一定的形式表现出来。由此,王国维断言:"古雅之原质,为优美及宏壮中不可缺之原质,且得离优美宏壮而有独立之价值。"[1]

　　就美的性质来看,古雅与优美、宏壮是不同的。王国维认为:"优美及宏壮之判断之为先天的判断。""故亦普遍的、必然的也。易言以明之,即一艺术家所视为美者,一切艺术家亦必视为美。"而对于古雅的判断则是"后天的也,经验的也,故亦特别的也,偶然的也","由时之不同而人之判断之也各异。吾人所断为古雅者,实由吾人今日之位置断之"。[2] 因此,前人的东西在今人看来,总是要古雅一些。但是也正是因为古雅不是先天而是后天的,因而也就是可以"以人力致之"的,可以通过后天的学习与修养达到的。这样,王国维就为普通人从事艺术活动开辟了一条通道。另一方面,优美与宏壮既是先天的,因此也只有天才才能"捕摄之而表出之",非天才的文学家,则只能依靠古雅。这样,古雅在文学创作中就具有重要的地位。这具体表现在两个方面。其一,古雅可以补充艺术家天分上的不足,使其在艺术上获得成功。非天才的艺术家由于力有不逮,无法抓住优美与宏壮并将其表现出来,但他可以通过表现形式上的努力,使自己的作品具有古雅的特色,从而达到与天才的作品相比肩的地步。如在文学史上,许多作家"去文学上之天才盖远,徒以有文学上之修养故,其所作遂带一种典雅之性质。而后之无艺术上之天才者亦

① 王国维:《古雅之在美学上之位置》,周锡山编校:《王国维文学美学论著集》,北岳文艺出版社,1987年,第39页。

② 王国维:《古雅之在美学上之位置》,周锡山编校:《王国维文学美学论著集》,北岳文艺出版社,1987年,第39页、第40页。

以典雅故，遂与第一流之文学家等类而观之"。其二，古雅能使天才之作变得更加完美。因为即使是真正的天才作家，其所作也不全都是天才的作品："以文学论，则虽最优美最宏壮之文学中，往往书有陪衬之篇，篇有陪衬之章，章有陪衬之句，句有陪衬之字。"而这些陪衬的部分，则需要用古雅来"弥缝"，使它们在某一方面达到其他"神来兴到"的部分的水平，使整部作品成为一个完整的整体。① 因此，即使是天才的艺术家，也少不了古雅。由于古雅只能靠修养之力才能得到，因此，天才的艺术家也需要学习，不能倚靠自己的天才而不思进取。这样，王国维就为艺术上的天才或自视为有天才的人敲响了警策之钟。

对于古雅的价值，王国维主要从美学、美育两个方面进行了论述。王国维认为，从美学上看，古雅的价值的确比不上优美、宏壮，但也不是远低于后两者。从性质上看，与优美、宏壮一样，古雅同样也是"可爱玩而不可利用"的。"优美之形式，使人心和平；古雅之形式，使人心休息，故亦可谓之低度之优美。宏壮之形式常以不可抵抗之势力唤起人钦仰之情，古雅之形式则以不习于世俗之耳目故，而唤起一种之惊讶。惊讶者，钦仰之初步，故虽谓古雅为低度之宏壮，亦无不可。"因此，王国维认为，在美学上，古雅之位置在"优美与宏壮之间，而兼有此二者之性质"。② 也就是说，古雅是低度的优美与低度的宏壮两者的合一。而在美育方面，由于优美与宏壮是先天的，人是否具有发掘与表现优美与宏壮的才能也是天生的，不是后天的修养所能达到的，因此，它们不可能成为美育的对象。而古雅的能力，"能由修养得之，故可为美育普及之津梁。虽中智以下之人，不能创造优美及宏壮之物者，亦得由修养而有古雅之创造力；又虽不能喻优美及宏壮之价值者，亦得于优美宏壮中之古雅之原质，或于古雅之制作物中得其直接之慰藉"。因此，古雅可以成为美育的主要对象，在教育大众、培养大众的审美意识方面起到重要的作用。

王国维的"古雅说"的哲学基础，仍是他所接受的康德等的

① 王国维：《古雅之在美学上之位置》，周锡山编校：《王国维文学美学论著集》，北岳文艺出版社，1987年，第39页、第40页。

② 王国维：《古雅之在美学上之位置》，周锡山编校：《王国维文学美学论著集》，北岳文艺出版社，1987年，第39页、第41页。

"天才观"、"美无关利害"、"无目的的合目的性"说等。它从一个特定的角度，提出了审美对象在艺术中的表现形式问题，并作了自己的解说，不少观点是富有启发意义的。由于直到现在理论界对这一问题的重视仍然不够，因此王国维的"古雅说"在今天仍有其一定的价值。就叙事思想来说，王国维的"古雅说"强调形式，强调好的故事还需有好的表现形式，强调好的表现形式与好的审美对象几乎具有相等的地位，强调后天学习的重要性，因此，它对推动我国近代叙事思想的发展，推动叙事文学技巧特别是小说技巧的发展，是有着积极作用的。

五、王国维的文学形象观

抒情文学以情胜，叙事文学以象胜。自然，抒情文学也需要形象，但是抒情文学的形象大多是主观性的形象，它们或者由情感直接构成，或者由渗透了情感的景物和人的活动等构成。正是在这个意义上，王国维说："一切景语皆情语也。"[①] 而叙事文学的形象则主要是客观性形象，这类形象主要由客观性场景与人的活动等所构成。它虽然并不排斥情感的渗入，但并不非要有情感的渗入不可，凭着自己本身就能形成一个完整的文学世界。王国维十分重视文学的形象性，在自己的论著中多次进行了深入的探讨。这种重视形象的理论倾向是有利于叙事文学的发展的。

王国维讨论形象的逻辑出发点是文学与哲学的区别。他认为，哲学与文学的目的都是真理，而哲学家发现真理，文学家则"以记号表之"。[②] 这里所谓的"记号"，就是形象的意思。因为抽象不能表现抽象，能够表现抽象的真理的东西，必然是形象的。王国维将哲学与文学的职能截然分割开来，当然是绝对了一点，而且与事实不合，因为文学家也可能发现真理，哲学家也可以将真理以"记号"表现出来，如 20 世纪的存在主义哲学家。但王国维的重点不在强调哲学与文学的职能，而在强调哲学与文学的区别。作为人类精神生产的两大部门，哲学与文学最大的区

---

① 王国维：《人间词话删稿》第三条，周锡山编校：《王国维文学美学论著集》，北岳文艺出版社，1987 年，第 385 页。

② 王国维：《论哲学家与美术家之天职》，周锡山编校：《王国维文学美学论著集》，北岳文艺出版社，1987 年，第 34 页。

别就在一抽象一形象。文学以形象表现世界，并以形象将自己与哲学区别开来。这层意思，王国维在另一处地方表述得更为清楚，他认为：文学与哲学有"同一之性质。其欲解释者，皆宇宙人生上根本之问题。不过其解释之方法，一直观的，一思考的；一顿悟的，一合理的耳"①。文学要通过直观、顿悟的方法解释宇宙与人生，当然只有运用形象，因为只有形象才可能是直观的，也只有在理解形象的过程中才可能出现顿悟的现象。

在王国维看来，形象不仅是哲学与文学的分水岭，而且也是文学的本质特点。他阐述道："夫美术之所写者，非个人性质，而人类全体之性质也。惟美术之特质，贵具体而不贵抽象。于是举人类全体之性质，置诸个人之名字之下。譬诸'副墨之子'，'洛诵之孙'，亦随吾人之所好名之而已。善于观物者，能就个人之事实，而发见人类全体之性质；今对人类之全体，而必规规焉求个人以实之，人之知力相越，岂不远哉！故《红楼梦》之主人公，谓之贾宝玉可，谓之'子虚''乌有'先生可，即谓之纳兰容若，谓之曹雪芹，亦无不可也。"②王国维的这段论述，虽然是针对当时盛行的有关《红楼梦》主人公的考证之风而言，但其内涵却是十分丰富的。首先，它包含了后来典型说的基本内涵：文学是以"个人之事实"，表现"人类全体之性质"，这实际上也是一种共性与个性的统一。其次，文学具有虚构的性质，它所描写的个人，并不一定是现实生活中真实存在的个人，而是作者虚构出来、用以表现"人类之全体"的个人。因此，对于文学作品中的人与事，不必硬要去坐实。第三，文学的"特质"是形象，"贵具体而不贵抽象"，即使要表现某种抽象的思想或道理，也要选取具体的人与事来进行描写，而将抽象的思想或道理隐含在这具体的人、事之中，由读者通过对这些人与事所形成的形象的解读，去加以"发见"。三个方面的思想由形象贯穿起来。由此可见，王国维的形象观在其文艺思想中有着重要的位置。

这种重视形象的思想，在《人间词话》中也有明显的体现。

明清近代叙事思想

---

① 王国维：《奏定经学科大学文学科大学章程书后》，周锡山编校：《王国维文学美学论著集》，北岳文艺出版社，1987年，第57页。

② 王国维：《红楼梦评论》，周锡山编校：《王国维文学美学论著集》，北岳文艺出版社，第19－20页。

王国维在《人间词话》中强调真，要求写"真景物、真感情"，认为"词人之忠实，不独对人事宜然，即对一草一木，亦须有忠实之意"。① 而要写出真景物、真感情，就要写出它们的本来面貌，这种本来面貌，表现在文学中，也就是形象。②

但最值得注意的，还是王国维对"隔"与"不隔"的论述。对王国维的"隔与不隔"的含义，学者们的探讨已经很多，但观点并不一致。有的学者将王国维的"隔与不隔"与刘勰《文心雕龙·隐秀》中的"情在词外曰隐，状溢目前曰秀"联系起来，认为王国维说的"话语如在目前"的"不隔"，就是"状溢目前"的"秀"，而王国维的"隔"则是"情在词外"的"隐"，认为"文之英蕤，有秀有隐"，两者不应偏废。王国维赞扬"不隔"，批评"隔"，实际上是只赞成"秀"而反对"隐"，表现了王国维个人审美情趣上的偏颇。③ 这种观点是值得商榷的。王国维并不反对"隐"，他所说的"境界"，其实就含有"隐"的一面，他认为："词之为体，'要眇宜修'，能言诗之所不能言，而不能尽言诗之所能言。诗之境阔，词之言长。"④也有强调"隐"的一面。笔者以为，王国维的"隔"与"不隔"，实际上讨论的是文学的形象性的问题。

我们先看王国维的有关论述："白石写景之作，如'二十四桥仍在，波心荡，冷月无声。''数峰清苦，商略黄昏雨。''高树晚蝉，说西风消息。'虽格韵高绝，然如雾里看花，终隔一层。梅溪、梦窗诸家写景之病，皆在一隔字。""问'隔'与'不隔'之别，曰：陶、谢之诗不隔，延年则稍隔矣；东坡之诗不隔，山谷则稍隔矣。'池塘生春草，''空梁落燕泥'，等二句，妙处唯在不隔。词亦如是。即以一人一词论，如欧阳公《少年游》咏春草上半阕云：'阑干十二独凭春，晴碧远连云。二月三月，千里万里，行色苦愁人。'话语都在目前，便是不隔。至云：'谢家池

① 王国维：《人间词话未刊稿》第四十五条，周锡山编校：《王国维文学美学论著集》，北岳文艺出版社，1987 年，第 382 页。

② 赵炎秋：《形象诗学》第三章，中国社会科学出版社，2004 年。

③ 方智范等著：《中国词学批评史》，中国社会科学出版社，1994 年，第 477 - 478 页。

④ 王国维：《人间词话未刊稿》第一十三条，周锡山编校：《王国维文学美学论著集》，北岳文艺出版社，1987 年，第 372 页。

上，江淹浦畔'，则隔矣。白石《翠楼吟》：'此地。宜有词仙，拥素云黄鹤，与君游戏。玉梯凝望久，叹芳草、萋萋千里。'便是不隔。至'酒祓清愁，花消英气，'则隔矣。""'生年不满百，常怀千岁忧。昼短苦夜长，何不秉烛游?''服食求神仙，多为药所误；不如饮美酒，被服纨与素。'写情如此，方为不隔。'采菊东篱下，悠然见南山。山气日夕佳，飞鸟相与还。''天似穹庐，笼盖四野。天苍苍，野茫茫，风吹草低见牛羊。'写景如此，方为不隔。"①《人间词话》中集中论述"隔与不隔"的便是以上这些文字。在这些文字中，王国维虽然遵循中国古代文论的惯例，对"隔与不隔"没做多少正面阐释，大都是举例，需要读者自己领会，但他也作了两句关键性的揭示：所谓"不隔"，便是"话语都在目前"；所谓"隔"，便是"如雾里看花，终隔一层"。我们可以根据这两句提示和他举的例子以及《人间词话》中的其他一些相关论述来探讨"隔与不隔"的意思。

先看"话语都在目前"。这里说的话语，当然不是指的语言文字，而是指的话语所表达的东西。在文学作品中，话语所表达的主要只有两种，一种是一定的意思，一种就是通过话语所塑造的形象。那么，王国维这里所说的，究竟是话语所表达的意思还是所塑造的形象呢？表面上看，两者都说得通，但实际上只有形象才更符合王国维的原意。他所举的"不隔"的例子如"阑干十二独凭春，晴碧远连云。二月三月，千里万里，行色苦愁人"，"此地。宜有词仙，拥素云黄鹤，与君游戏。玉梯凝望久，叹芳草、萋萋千里"等，其妙处都在形象鲜明。如欧阳修的《少年游》通过春草写离愁。词作写春天里诗人独自凭遍了十二（极言之多）栏干，但眼前只是芳草千里，不见故乡、亲人的踪影，这一切都更增加了离别的痛苦。作者紧扣离愁，运用春天、芳草、栏干等意象，塑造了一组鲜明的形象，呼之欲出，栩栩如生。这正是"都在目前"的意思。如果话语是指意思，那么，就意思的显豁而论，这一阕与被王国维评为"隔"的"谢家池上，江淹浦畔"并没有什么明显的区别。这两句虽然用了典，但对欧阳修时代的人来说，这两个典并不难理解，就表达离愁而言，并不比上

明清近代叙事思想

---

① 王国维：《人间词话》第三十九至四十一条，周锡山编校：《王国维文学美学论著集》，北岳文艺出版社，1987年，第359－360页。

一阕更隐晦。王国维之所以认为它"隔",主要是因为其用典,导致形象不鲜明,不能呈现在读者"目前"。由此可见,王国维说的"不隔",就是指的形象鲜明,如在目前。

再看"如雾里看花,终隔一层"。从字面意思上讲,这句话是说雾中看花,由于雾的阻隔,花看得不大清楚、鲜明。如果把花理解为形象,这句话的意思就清楚了。王国维实际上是说,如果由于某种原因,词作中的形象不够鲜明,那么这样的词作就是"隔"的。他举的例子是姜夔的几首词中的词句。但就意思来讲,这些词句的意思并不隐晦。如"数峰清苦,商略黄昏雨",用拟人手法,写湖边山峰,正在酝酿雨意。意思并不含糊,其病在于形象不鲜明。用拟人手法写山,本来是使山峰形象生动的一种办法,但由于作者用了"清苦"、"商略"等两个比较抽象的字眼,使形象反而不鲜明了。因此王国维用了"虽格韵高绝,然如雾里看花,终隔一层"的评语。后面引的姜夔的《翠楼吟》的例子也是如此。就意思来讲,"酒祓清愁,花消英气"也并不隐晦,无非是讲靠流连酒杯、游玩风景来消磨志气,排遣忧愁。但是就形象而言,这两句的确模糊一点,与同一阕中的"此地,宜有词仙,拥素云黄鹤,与君游戏。玉梯凝望久,叹芳草、萋萋千里"相比较,这一点就更明显。

由此可见,王国维的"隔"与"不隔",谈的实际上是形象问题。他要求文学塑造出鲜明的形象,反对形象模糊、"终隔一层"的作品,不管这隔着的一层究竟是什么。在《人间词话》中,他要求写"真景物、真感情",反对用典、用替代字,在某种意义上都与形象有关。因为现实生活中的景物、情感都是具体的,词人如实地把它们表现出来,就能达到形象具体的效果。而用典、用替代字,或格韵过于高绝,虽然有其他方面的好处,但都会造成形象的模糊和不直接,使读者不能凭借自己的生活体验,直接把握作品中所表现的形象,因而是"隔",是应该避免的。

王国维是我国文学从古代向现代转换时期最重要的理论家与批评家之一。在他生活的时代,我国古典诗歌、散文逐渐衰落,属于叙事文学范围的小说、戏曲(剧本)逐渐占据文坛的主导地位。王国维敏锐地感觉到这一时代趋势,在自己的论著中进行了阐述与引导。虽然就个人的文学兴趣来说,他是喜爱抒情文学的，并在诗词方面写过许多成功的作品，但他的理论、批评体系和内在倾向，却是偏重于叙事文学的，并在某种程度上加以了肯定与提倡。由于他在当时及后世的影响，他的理论与批评对于我国叙事文学和叙事思想的发展的积极作用是不言而喻的。因此，在我国古代叙事思想发展史上，王国维不能不是重要的一环，值得我们肯定与研究。

第二节　梁启超的叙事思想

一、梁启超的生平及叙事思想简介

在出版于1921年的《清代学术思想概论》一书中，梁启超在论及自己时，曾有这样的评价："然其保守性与进取性常交战于胸中，随感情而发，所执往往前后矛盾；尝自言曰：'不惜以今日之我，难昔日之我。'世多以此为诟病，而其言论之效力亦往往相消。"他认为，他与他的老师康有为的最大的区别是"有为太有成见，启超太无成见，其应事也有然，去治学也有然。有为常言：'吾学三十岁已成，此后不复有进，亦不必求进。'启超不然，常自觉其学未成，且忧其不成，数十年在旁皇求索中；故有为之学，在今日可以论定；启超之学，则未能认定"。他认为自己"务广而荒，每一学稍涉其樊，便加论列；故其所述著，多模糊影响笼统之谈，甚者纯然错误；及其自发现而自谋矫正，则已前后矛盾矣。平心论之，以二十年前思想界之闭塞委靡，非用此种卤莽疏阔之手段，不能烈山泽以辟新局；就此点，梁启超可谓新思想之陈涉"[①]。除出自谦的成分，这段话的确道出了梁启超生活与学术道路的一个重要特点。梁启超生活在西风东渐、中国社会发生着巨大变化的时期。从出身来说，他属于清代旧知识分

---

① 梁启超：《清代学术概论》，夏晓虹编：《梁启超文选》（下），中国广播电视出版社，1992年，第253页、第256页。

子的营垒，① 然而他的整个一生，都在为新中国的催化、诞生和巩固而努力。为了这一目的，作为知识分子，在前行的路上，他不断地学习、吸收、思考，产生着新的知识、思想与文化，并不断地将自己的所得公之于众，以期启迪、唤醒国民，加快中国社会变化、向上的进程。套用恩格斯的一句话，梁启超可以说是一个中国新旧交替时期的巨人，他一只脚留在古代中国的土地，另一只脚却跨进了现代中国的门槛。他的生活与思想，以及他的思想的复杂性与变化性，都可以从此得到解释。

梁启超，字卓如，号任公，别号饮冰室主人。1873 年 2 月 23 日生于广东省新会县熊子乡茶坑村。祖父梁维清，字镜泉，中过秀才，曾担任过县学教谕。父亲梁宝瑛，字莲涧，未得功名，在乡间教书。

梁启超自幼在家中接受传统教育，6 岁读毕《四书》、《五经》，"八岁学为文，九岁能缀千言"（《三十自述》）。1889 年中举。1890 年赴京会试，不中。回粤途中路经上海，看到介绍世界地理的《瀛环志略》和上海机器局所译西书，眼界大开。同年结识康有为，投其门下。1891 年就读于康有为主办的万木草堂，接受康有为的思想学说，并由此走上改良维新的道路，时人合称"康梁"。

1895 年，中日甲午海战爆发，战争以中国失败而告终，两国签订《马关条约》。再次赴京会试的梁启超协助康有为发动在京应试举人 1300 多人联名请愿，要求清廷变法图强，史称"公车上书"。维新运动期间，梁启超十分活跃，他发起成立强学会，被任为书记。并曾先后参与筹办北京《万国公报》（后改名《中外纪闻》）、上海《时务报》和澳门《知新报》，发表《变法通议》等文章，宣传变法，在当时社会产生了很大影响。1897 年，应湖南巡抚陈宝箴、督学江标之聘，任长沙时务学堂总教习，在湖南宣传变法思想，学生有蔡锷等。1898 年回京，积极参加"百日维新"。7 月，受光绪帝召见，奉命进呈所著《变法通议》，赏

① 在《清代学术概论》中，梁启超将清代学术思潮分为启蒙、全盛、蜕分和衰落四个时期，其中蜕分与衰落重叠在同一段时期，认为康有为与自己是蜕分期也即衰落期的代表。参看夏晓虹编：《梁启超文选》（下），中国广播电视出版社，1992 年，第 231－234 页。

六品衔，负责办理京师大学堂译书局事务。

戊戌政变发生后，梁启超逃亡日本，与康有为建立保皇会（1899—1900），主张君主立宪，并先后创办《清议报》、《新民丛报》、《新小说》等报纸杂志。这一时期，梁启超政治上比较保守，坚持改良主义立场，反对资产阶级民族民主革命。但同时他以开通民智、改造国民思想品德为己任，集中外历史文化于一身，努力于"新学"即西方社会科学的介绍、中国传统的学术思想的整理和历史文化的研究，对动摇旧思想、旧文化起了很大的作用。

武昌起义爆发后的第二年，梁启超回国。他对袁世凯抱有幻想，以为通过袁世凯的统治可以实现他的改良主义政治理想，因而热心从事政治活动。他先参加黎元洪为首的共和党，又积极活动，将共和、民主、统一三党合并为进步党，以黎元洪为理事长，自己和张謇等为理事，与国民党争夺政治权力。1913 年 7 月，进步党"人才内阁"成立，熊希龄任总理，9 月，梁启超担任司法总长。1914 年 2 月，为币制局总裁。袁世凯称帝的野心暴露后，梁启超反对袁氏称帝，与蔡锷策划武力反袁。1915 年底，护国战争在云南爆发。1916 年，梁启超赴两广地区，积极参加反袁斗争，为护国运动的兴起和发展做出了重要贡献。袁世凯死后，梁启超出任段祺瑞把持的北洋政府的财政总长兼盐务总署督办。9 月，孙中山发动护法战争。11 月，段内阁被迫下台，梁启超也随之辞职，从此退出政坛，致力于学术研究。

1918 年底，第一次世界大战结束，梁启超赴欧考察，写成《欧游心影录》。在欧洲期间，他亲眼目睹了西方社会的许多问题和弊端，对西方社会和文化的看法发生了巨大变化，认为西方文明已经破产，主张光大中国传统文化，用东方的"固有文明"来"拯救世界"。

1919 年 3 月，梁启超从欧洲回国，以主要精力从事文化教育和学术研究活动，先后在天津南开大学、北京清华学校、上海东南大学任教，1925 年 9 月，正式就任清华国学研究院导师。梁启超学术兴趣广泛，学识渊博，在政治、文学、史学、哲学、佛学等诸多领域都有较深的造诣。主要著作有《清代学术概论》、《中国近三百年学术史》、《先秦政治思想史》、《中国文化史》、《儒家哲学》、《墨子学案》、《中国史叙论》、《新史学》、《中国历史研究法》、《中国历史研究法补编》、《大乘起信论考证》、《古书真伪及其年代》、《要籍解题及其读法》等。其著作总集《饮冰室合集》计148卷，1 000余万字。

1929年1月19日，梁启超因肾病病逝于北京协和医院。

梁启超一生有过两位夫人：李蕙仙和王桂荃。原配夫人李蕙仙长他四岁，是梁启超举人考试时的主考官李端棻的堂妹。两人于1891年结婚，婚后感情一直很好。李蕙仙与梁启超结婚时，带了两位丫环，其中一位即王桂荃。王桂荃聪明勤快，深得梁氏夫妇喜欢，1903年她成为梁启超的侧室。1924年，李蕙仙因病而逝，王桂荃成为正室。"文化大革命"中，王桂荃受到迫害，1968年于贫病中去世。

梁启超共有9个子女：思顺、思成、思永、思忠、思庄、思达、思懿、思宁、思礼，其中思顺、思成、思庄为李夫人所生，思永、思忠、思达、思懿、思宁、思礼为王夫人所生。9个子女都学有所成，不少成为杰出的人才。如长子梁思成，著名建筑学家，中国科学院院士；五子梁思礼为著名火箭控制系统专家，1993年当选为中国科学院院士。

梁启超是个百科全书式的人物，虽然只活到57岁，但一生的活动却涉及政治、文化、报刊、教育、宣传、学术等各个方面，文学艺术只是其活动的一个方面，而叙事文学又只是其文艺活动的一个方面。但尽管如此，他在叙事文学特别是小说方面却做了很大贡献，提出了许多有价值的观点与主张。由于他的地位与声望，这些观点与主张许多都在当时产生了巨大的影响。本节拟从小说观、文学形式观、史传文学观和论叙事诗等四个方面，对梁启超的叙事思想进行阐述。

二、梁启超的小说观

小说是叙事文学的主要类型。中国文学一向以诗文为正宗，小说被视为小道，不登大雅之堂，这种状况一直持续到19世纪末。然后，"忽如一夜春风来"，小说忽然受到人们的重视，成为文学的正宗，小说的创作、翻译、出版、阅读也很快蔚为大观，成为近代中国社会一道亮丽的风景。而造成这种观念的转换、帮助小说打了这一翻身仗的，则首推梁启超和他作于1902年的文章《论小说与群治的关系》。

梁启超是从政治与实用的角度重视小说的。作为维新与改良的领袖人物之一，梁启超当时迫切需要的，是把新的思想、文化、知识、观念等尽快地灌输给广大群众。但怎样才能达到又快、又广、又好的目标？靠政府显然是不可能的，宣传演讲涉及面太窄，靠教育也不行，中国读书人少，而且除了新式学堂，传统的私塾也不一定教这些。只有靠广大群众喜闻乐见的文学。但文学中的诗文受形式限制，不能容纳过多新的思想，而且也不易为没有文化的普通民众所接受。戏剧通俗易懂，但其演出需要一定的场地和条件。只有小说，可看可听，老少皆宜，而且没有任何条件限制，是宣传新思想的理想工具。因此，在《论小说与群治之关系》中，梁启超开门见山，直接肯定小说的重要地位："欲新一国之民，不可不先新一国之小说。故欲新道德，必新小说；欲新宗教，必新小说；欲新政治；必新小说；欲新风俗，必新小说；欲新学艺，必新小说；乃至欲新人心，欲新人格，必新小说。"①

梁启超从两个方面论述了小说的重要性：一是小说有"支配人道"的"不可思议之力"，一是"小说为文学之最上乘"。②

先看小说有"支配人道"的"不可思议之力"。这是从小说的社会作用的角度谈的。梁启超是从两个方面论述的。一个方面是小说能够对人产生的作用，梁启超把它叫做小说的"力"，这种力有四种："一曰熏。熏也者，如入云烟中而为其所烘，如近墨朱者而为其所染。……人之读一小说也，不知不觉之间，而眼识为之迷漾，而脑筋为之摇飏，而神经为之营注；今日变一二焉，明日变一二焉，刹那刹那，相断相续；久之而此小说之境界，遂入灵台而据之，成为一特别之原质之种子。有此种子故，他日又更有所触所受者，旦旦而熏之，种子愈盛，而又以之熏他人，故此种子遂可以遍世界。"这也就是我们所说的陶冶、感染。在读小说时，人们不知不觉进入小说之中，与小说取同一思想、感情、立场，从而不知不觉地改变了自己。不过，梁启超认为，"熏"不仅表现在小说与读者的关系之上，而且表现在读者与读

① 梁启超：《论小说与群治之关系》，夏晓虹编：《梁启超文选》（下），中国广播电视出版社，1992 年，第 3 页。

② 梁启超：《论小说与群治之关系》，夏晓虹编：《梁启超文选》（下），中国广播电视出版社，1992 年，第 3 页、第 4 页。

者的关系之上。没有读过某部小说的人，也可能受到读过这部小说的人的影响，从而间接地受到这部小说的影响，不知不觉地改变自己。应该说这种观点是有见地的。"二曰浸。熏以空间言，故其力之大小，存其界之广狭；浸以时间言，故其力之大小，存其界之长短。浸也者，入而与之俱化者也。""浸"仍是就陶冶而言。但是就时间的维度来看，文学对人的感染、改变，持续的时间愈长，其"浸"的力就愈大，如果能持续人的一生、一个或数个时代，那就是绝佳的作品。"一曰刺。刺也者，刺激之义也。熏浸之力利用渐，刺之力利用顿；熏浸之力在使感受者不觉，刺之力在使感受者骤觉。刺也者，能使人于一刹那顷，忽起异感而不能自制者也。""刺"是一种感奋、惊醒的力量。如果说"熏"、"浸"是一个不知不觉、耳濡目染的过程，那么，"刺"就是一种突然的意识，一种感情的激昂。"刺"使人突然意识到原来没有意识到的思想，感受到原来没有感受到的感情，看到原来没有看到的境界，从而达到感染读者、改变读者的目的。"一曰提。前三者之力，自外灌之使入；提之力，自内而脱之使出，实佛法之最上乘也。凡读小说者，必常若自化其身焉，入于书中，而为其书之主人翁。……夫既化其身以入书中矣，则当其读此书时，此身已非我有，截然去此界以入于彼界……所谓文字移人，至此而极。"① "提"是读者与小说的世界化而为一，在观念上成为小说中的一部分，小说的思想自然而然地成为人物的思想，小说中的人物自然而然地与读者化为一体。在这种情况下，不是小说在影响读者，而是读者自己就采用了小说的立场与思想，小说对于读者不再是外在的他律的东西，而成为内在的自律的东西。

另一方面是小说对民众的吸引力，或者说民众喜看小说的原因。梁启超先引用了社会上通常的看法，一是"其浅而易解"，一是"其乐而多趣"。但认为这两种说法虽有道理，却还不是民众喜看小说的根本原因。他认为，小说感人的根本原因，主要有两条：一是"凡人之性，常非能以现境界而自满足者也"，而小说则能"常导人游于他境界，而变换其常触常受之空气"；一是小说发人心中所有、口中所无的东西，将人所经历却没有感受，

① 梁启超：《论小说与群治之关系》，夏晓虹编：《梁启超文选》（下），中国广播电视出版社，1992年，第4—6页。

或有感受却无法表达的东西表达了出来："人之恒情，于其所怀抱之想象，所经阅之境界，往往有行之不知、习矣不察者；……知其然而不知其所以然。欲摹写其情状，而心不能自喻，口不能自宣，笔不能自传。有人焉和盘托出，澈底而发露之，则拍案叫绝。"① 梁启超的这段论述往往为学者们所忽视，其实却是十分重要的。前者从虚构的角度，指出小说或者说叙事文学虚构了一个与真实的世界相对的文学世界，使人们同时拥有两个世界。人们在真实的世界不能满足自己的精神需求时，可以用虚构的世界来弥补。而文学的魅力之一也就来源于这虚构的世界和虚构行为本身。后者则从心理的角度说明了小说魅力的另一个来源，即它能将一般的社会生活更高更好地表现出来，达到一般民众不能达到的程度，从而肯定了小说的形式与艺术性。

再看"小说为文学之最上乘"。梁启超还是从小说感人的两大原因出发进行论述的。他认为，小说魅力的这两大源泉不仅是小说的，也是文学的，不仅是魅力的源泉，而且也是"文章之真谛，笔舌之能事"，是文学最重要的特点，是作者最能展示自己的才华的地方。而在文学中，只有小说才能"极其妙而神其技"，将文学的这两大特点发挥到淋漓尽致的程度，因此在文学中，只有小说才具有最高的品位。

从小说的社会作用看，小说的四种力与小说的吸引力是相辅相成的。如果只有四种力而没有吸引力，则四种力无法发挥其功能；只有吸引力而没有四种力，则小说无法发挥自己的社会作用。两者结合起来，小说就可以发挥其惊人的力量。这种力量是无方向的，可以向好的方向发展，，也可以向坏的方向发展。而这又取决于小说本身的好坏。小说好，则可以"福亿兆人"，小说不好，则可以"毒万千载"。由此梁启超发出感叹："可爱哉小说！可畏哉小说！"②

因此，梁启超提出了"小说界革命"的主张。这一革命包括内容与形式两个方面。在内容上，要突破男女、英雄、鬼神三大

---

① 梁启超：《论小说与群治之关系》，夏晓虹编：《梁启超文选》（下），中国广播电视出版社，1992年，第3－4页。

② 梁启超：《论小说与群治之关系》，夏晓虹编：《梁启超文选》（下），中国广播电视出版社，1992年，第3－4页。

主题，表现新的思想；在形式上，要打破章回小说的结构形式和传统的表现手法，引入西方小说的结构、类型和表现手法。进行这场革命的主力梁启超则寄希望于小说家，他认为："今后社会之命脉，操于小说家之手者泰半。"小说家应该承担起自己的社会责任，不写"海盗海淫"的，不写"尖酸轻薄毫无取义之游戏"的文章。他甚至拿出因果报应来警告小说家们："公等须知因果报应，为万古不磨之真理。吾侪操笔弄舌者，造福殊艰，造孽至易。公等若犹是好作妖言以迎合社会，直接坑陷全国青年子弟使堕无间地狱，而间接戕贼吾国性使万劫不复，则天地无私，其必将有以报公等：不报诸其身，必报诸其子孙；不报诸今世，必报诸来世。呜呼，吾多言何益？吾惟愿公等各还诉诸其天良而已。"①自然，梁启超用因果报应来警告小说们，现在看起来有点可笑，而且也不一定有作用，因为对商业利润的追求实在超过了对因果报应与来世的恐惧。但对于梁启超来说，要呼吁文人们本着社会责任心写出向上的作品，除了利用当时人们尚存的因果报应思想之外，似乎也没有什么更好的办法。由此也可见梁启超的拳拳之心。

在小说创作方面，梁启超也做了一些尝试。最显著的成果是发表于 1902 的《新中国未来记》，虽然这部小说并未写完，在艺术上也比较粗糙，明显地存在思想冲击形象的现象，但在当时，却产生了很大的影响。这种影响，一是内容方面。早在发表于1898 的《译印政治小说序》中，梁启超就对政治小说推崇备至："在昔欧洲各国变革之始，其魁儒硕学，仁人志士，往往以其身之所经历，及胸中所怀，政治之议论，一寄之于小说。于是彼中缀学之子，黉塾之暇，手之口之，下而兵丁、而市侩、而农氓、而工匠、而车夫马卒、而妇女、而童孺，靡不手之口之。往往每一书出，而全国议论为之一变。彼美、英、德、法、奥、意、日本各国政界之日进，则政治小说也。"② 在《新中国未来记》中，梁启超也采用了政治小说的形式，对中国的未来和应走的道路进

① 陈平原、夏晓虹编：《二十世纪中国小说理论资料》（第一卷），北京大学出版社，1997 年，第 511－512 页。

② 梁启超：《译印政治小说序》，陈平原、夏晓虹编：《二十世纪中国小说理论资料》（第一卷），北京大学出版社，1997 年，第 37－38 页。

行了阐述。在形式方面，小说采用了日本政治小说的形式，全书以辩论为主，在辩论中交代情节、阐述观点、显示性格。时人评论道："拿着一个问题，引着一条直线，驳来驳去，彼此往复到四十四次，合成一万六千于言，文章能事，至是而极。""此篇辩论四十余段。每读一段，辄觉其议论已圆满精确，颠扑不破，万无可以再驳之理；及看下一段，忽又觉得别有天地；看至段末，又是颠扑不破，尤难驳了。段段皆是如此，便似游奇山水一般……然仅恃文才，亦断不能得此，盖由字字根于学理，据于时局，胸中万千海岳，磅礴郁积，奔赴笔下也。"①平等阁主人的评论虽有溢美之词，但是《新中国未来记》采用西方政治小说的形式，把辩论的技巧用于小说创作之中，在当时还是一种全新的样式，对于开阔人们的眼界，借鉴写作技巧，还是有帮助的。

自然，从西方经典叙事学的范畴看，梁启超发动小说界革命，提高小说的地位和重要性，还不能归入叙事思想的范畴，但是正如陈平原所说："除了西洋小说的译介外，真正影响中国小说形式发展的，可能是一句不着边际的'大话'：'小说为文学之最上乘'。"②梁启超发动小说界革命，肯定小说的价值与地位的理由现在看来可能不合逻辑甚至荒诞不经，但在当时特定的时代条件下，却为人们所接受，并由此兴起一股小说创作、出版和阅读的热潮。这股热潮在当时人的文章中可见一斑。如成之在《小说丛话》中写道："今试游五都之市、十室之邑，观其书肆，其所陈列者，十之六七，皆小说也。又试接负末之农、运斤之工、操奇计赢之商，聆其言论，观其行事，十之八九，皆小说思想所充塞也。不独农商也，即号为知识最高之士人，其思想，其行事，亦未尝不受小说之感化。若是乎，小说之势力，弥漫渐渍于社会之中。吾国今日之社会，其强半，直可谓小说所造成也。小说之势力亦大矣！"无名氏在《论小说与社会之关系》中写道："自小说有开通风气之说，而人遂无复敢有非小说者。"③由此可见近代

---

① 平等阁主人：《〈新中国未来记〉第三回总批》，陈平原、夏晓虹编：《二十世纪中国小说理论资料》（第一卷），北京大学出版社，1997 年，第 56 页。

② 陈平原：《中国小说叙事模式的转变》，北京大学出版社，2003 年，第 15 页。

③ 陈平原、夏晓虹编：《二十世纪中国小说理论资料》（第一卷），北京大学出版社，1997 年，第 438 页、第 167 页。

中国小说之盛，而其中不能不说有梁启超之一大功劳。

近代中国小说大潮的兴起，对中国小说和叙事文学的影响是多方面的。其一，它导致了读者群的扩大和小说服务对象的变化。小说的服务对象不再局限于读书人，而扩大到广大下层民众，这就使白话成为小说创作的主要语言。与文言相比，白话更有利于叙事和描写，更受下层民众的欢迎，这就必然导致小说叙事技巧与样式的一系列变化。其二，小说热潮的兴起导致读者的众多，小说的大规模商业化成为可能，加之报纸杂志的广泛发行，书籍的大量出版，小说的作者与读者逐渐分离开来，小说的流行方式由传统的"说—听"转为"写—读"，小说的接受者不再是传统说书场中的听众，而是独处一室的读者，小说成为主要依靠阅读的东西。这样，建立在传统的"说书"艺术上的章回小说的写作规则便无形中被打破了，说书人意识、连贯叙事与情节中心不再是小说家们必须遵守的准则，这就为新的小说形式和技巧特别是西方小说的形式与技巧进入中国近代小说扫除了障碍，由此导致叙事形式和叙事艺术的变化是必然的。其三，小说大潮的兴起也导致了作家队伍的变化。在小说被轻视的时代，小说作家大多是些失意的文人。小说大潮兴起之后，小说成为大道，写小说成为新潮，而且可以赚钱，加上 1905 年清朝政府正式废除科举制度，更使大批知识分子进入小说界来。小说作家队伍大大扩大，彼此的竞争也就更加激烈，从而导致流派的产生，小说技巧、形式的翻新。

由此可见，近代中国小说思想与小说形式的变化，与梁启超的小说观有着密切的联系。因此，在讨论中国近代叙事思想的时候，将梁启超和梁启超的小说思想放置其中，也就是必然的、不可缺少的了。

三、梁启超的文学形式观

在文学方面，梁启超关注的，主要是思想内容，对形式的涉及较少，但也不是没有论述。梁启超对于文学形式的论述，主要集中在语言文字、叙事技巧和文学中的情感表达方式等三个方面。

文学是语言的艺术，讨论文学也就离不开对语言的讨论。梁启超的文学语言观是传统的，基本上还是一种"工具论"的观点。在他看来，"文字不过一种工具，他最要紧的作用，第一，是要把自己的思想和感情完全传达出来；第二，是要令对面的人读下去能确实了解"。正是在这个意义上，他提倡白话，但是也并不反对文言。他主张在文体方面采取"绝对的自由主义……只要是朴实说理，恳切写情，无论白话、文言，都可尊尚，任凭作者平日所练习以及一时兴会所到，无所不可。甚至在一篇里头，白话、文言，错杂并用，只要调和得好，也不失为名文"①。梁启超的这个观点无疑是不大妥当的，他不仅没有看到白话本质上的优势，否定了新小说发展的方向，而且在实际上也是很难操作的。

然而问题在于，作为新小说的提倡者，梁启超为什么要对文言网开一面？特别是，他提出这个观点时已是1920年，他的晚年时期，而他自己也已采用白话进行写作。我们觉得，这里主要有两个原因，除了"工具观"之外，也与当时白话与文言各自的状况有着密切的关系。在《〈晚清两大家诗钞〉题辞》中，梁启超仔细比较了当时文言与白话各自的优缺点，认为当时通行的白话，与文言相比有四大不足。一是冗长，不能做到词约义丰；二是浅露寡味，不够含蓄，容易陷入一览无余的境地；三是字不够用，许多意思在白话中找不到合适的词语表达；四是音节的问题，如果用白话作诗，不大容易合韵。因此，梁启超断言："我想白话诗将来总有大成功的希望，但须有两个条件：第一，要等到国语进化之后，许多文言，都成了'白话化'。第二，要等到音乐大发达之后，做诗的人，都有相当音乐智识和趣味。"②

梁启超的观点，从总体上看是不对的。语言并不是一种纯粹、透明的表达工具，语言在表达思想的同时也建构着思想，不同的语言所表达的思想也不会完全相同。一部小说，使用文言还是白话，不仅要影响到内容的表达和形象的塑造，而且也会影响到小说的形式与技巧的运用。另一方面，梁启超对当时白话的不足的概括虽然符合事实，但却缺乏发展的眼光。

然而，梁启超的这些论述却隐含了一个十分深刻的思想。那

明清近代叙事思想

---

① 梁启超：《〈晚清两大家诗钞〉题辞》，夏晓虹编：《梁启超文选》（下），中国广播电视出版社，1992年，第17页、第18页。

② 参看梁启超：《〈晚清两大家诗钞〉题辞》，夏晓虹编：《梁启超文选》（下），中国广播电视出版社，1992年，第13 - 15页。

就是，成熟的语言，需要历史与文化的积淀。不仅语言的词汇、语言的表达和结构方式，而且词汇与语言的表达与结构方式所表达的意义，都需要历史与文化的积淀。只有经过一段时期的历史积淀，语言的表现形式以及与这些表现形式相适应的思想，才会变得丰富、成熟、优美。中国近代，正是文言向白话转变的时期。文言经过几千年的历史与文化积淀，其意义的丰富和表达的优美已经达到了很高的程度，这是才从民间口头语言进入书面语言的白话比不上的，也是当时的白话在形式的优美方面一时比不上文言的根本原因。但是白话的文、言合一的本质优势却是文言所不具有的。因此，只要假以时日，白话在形式的优美、表现的丰富等方面赶上文言是无可置疑的。梁启超其实也看到了这一点，在文章中，他反复说"我不敢说白话诗永远不能应用最精良的技术，但恐怕要等到国语经过几番改良蜕变以后"，"白话诗将来总有大成功的希望"，但"要等到国语进化之后"，① 就说明了这一点。只是他把这一过程估计得过长，因此得出了妥协的结论。

梁启超的语言文字观还有一个方面值得我们注意，即语言与思想的关系的问题。在讨论戴东原的哲学时，他曾引用戴东原的一段论述："经之至者道也，所以明道者词也，所以成词者字也。由字以通词，由词以通道，必有渐。"② 梁启超从两个方面对这段话进行了阐述。其一，思想通过语言表现出来，学习语言的目的是掌握它所表达的思想（道），而不是语言本身。因此，他反对"做了识字工夫便算完结，经通不通且不管。所以《尔雅》、《说文》之学大兴，却于思想上更没有一毫关系"的做法，认为"这是把手段看成目的"，这与他强调思想启蒙的目标是一致的。其二，思想虽然由语言表达出来，但思想是变化的，而语言却相对滞后。"人类的概念是一天比一天复杂的；语言文字无论长得怎样快变得怎样灵活，总不能以同速率的进步来应新增概念的要求。"这样，"字"便通不了"道"，语言与思想之间的联系出现

---

① 梁启超：《〈晚清两大家诗钞〉题辞》，夏晓虹编：《梁启超文选》（下），中国广播电视出版社，1992 年，第 13 页、第 15 页。

② 梁启超：《戴东原哲学》，夏晓虹编：《梁启超文选》（下），中国广播电视出版社，1992 年，第 333 页。

了模糊、混乱的现象，通过语言准确地表达、把握思想便成了问题，"概念错误，生出思想错误，影响延及社会"。[①] 因此，梁启超要求"正字"，准确地辨明字、词的意义，特别是已经变化了的字、词的意义。梁启超看到了语言与思想之间并不是如影随形的关系，认为它们之间可能存在一种结构性的错位，在运用语言表达、把握思想时要注意防止可能产生的错误，这种思想虽然现在看来没有多少新颖之处，但在他所生活的时代，在主张工具论的学者中间，梁启超的思想还是很深刻的。

此外，从工具论出发，梁启超还强调语言的民族性，要求对语言的纯熟掌握。他写道："用文字表现出来的艺术——如诗词歌剧小说等类，多少总含有几分国民的性质。因为现在人类语言未能统一，无论何国的作家，总须用本国语言文字做工具；这副工具操练得不纯熟，纵然有很丰富很高妙的思想，也不能成为艺术的表现。"[②] 文学家必须是语言运用的大师，没有对语言的炉火纯青的把握与运用能力，要想写出杰出的作品也是十分困难的。

对于叙事技巧的探讨，是梁启超文学形式研究的第二个重要组成部分。

对于文学技巧的学习，往往遇到两种障碍：一种认为文学是天才的事业，有了天才，学不学习技巧都没有关系；一种认为文学靠的是故事，而故事又来源于生活，有了好的生活和故事，技巧差点也没有什么关系。梁启超对于这两种观点都不认同。在与清华研究院的学生谈话时，他指出："大学者，不单靠天才，还要靠修养，如果用科学的方法来研究，并且要得精深结论，必需有相当的时间，并受各种磨炼，使其治学的方法，与治学的兴味都经各种的训练陶冶，才可以使学问成就。"[③] 由此可见，他虽不否认天才，但更重视的则是后天的修养。治学如此，文学创作也是如此。梁启超认为："文章做得好不好，属于巧拙问题；巧拙关乎天才，不是可以教得来的。如何才能做成一篇文章，这是规

① 梁启超：《戴东原哲学》，夏晓虹编：《梁启超文选》（下），中国广播电视出版社，1992 年，第 334 页。

② 梁启超：《情圣杜甫》，夏晓虹编：《梁启超文选》（下），中国广播电视出版社，1992 年，第 135 页。

③ 梁启超：《指导之方针及选择研究题目之商榷》，夏晓虹编：《梁启超文选》（下），中国广播电视出版社，1992 年，第 440 页。

矩范围内的事；规矩是可以教可以学的。我不敢说懂了规矩之后便会巧；然而敢说懂了规矩之后，便会有巧的可能性。又敢说不懂规矩的人，绝对不会巧；无规矩的，绝对不算巧。"①从表层看，梁启超的这段论述有点逻辑上的矛盾。他前面说，文章的巧拙有关天才，文章如何写成有关规矩，但后面他又把规矩与巧拙联系了起来。但从深层看，这段论述又是没有什么矛盾的，因为既然规矩有关如何做成文章，它当然也就牵涉到做成的文章的好坏也就是巧拙，因此，把规矩与巧拙联系起来也就没有什么不妥的地方。由此可见，梁启超虽然把天才与学习、巧拙与规矩并列起来讲，但他重视的，实际上还是规矩和后天的学习。

梁启超把叙述客观事实的文章称为记载文，宽泛点说也就是今天的记叙文，再宽泛一点，也就是叙事文。因此，他讨论的记载文的有关写作技巧也就是叙事文的写作技巧。

梁启超将记载文分为四类，第一类记物体之内容或状态，第二类记地方之形势或风景，第三类记个人之言论行事及性格，第四类记事件之原委因果。作这四类记载文，有两个必须遵守的原则。第一，"要客观的忠实"，记载文"以叙述客观的事实为目的……所以对于材料之搜集要求其备，鉴别要求其真，观察要求其普遍而精密。尤要者，万不可用主观的情感杂夹其中，将客观的事实任意加减轻重"。在这里，梁启超主要考虑的是客观的记叙文，而没有考虑文学类的叙事文如小说等，但他谈的忠实的原则对于文学类的记叙文也有参考的价值，因为小说等也有个真实和逼真的问题。第二条原则是"叙述要有系统。客观的事实，总是散漫的断续的"，而作文，则要"设法把散漫的排列起来，把断续的连贯起来。动笔以前，先要观察事实和事实的关系，究竟有多少处主要脉络，把全篇组织先立出个系统，然后一切材料能由我自由驾驭"②。梁启超的这两条原则看起来没有多少新奇之处，但却是记叙文写作的基本要求。

在对记载文作了总体论述之后，梁启超便进而论述具体的作

① 梁启超：《中学以上作文教学法》，夏晓虹编：《梁启超文选》（下），中国广播电视出版社，1992年，第110页。

② 梁启超：《中学以上作文教学法》，夏晓虹编：《梁启超文选》（下），中国广播电视出版社，1992年，第114页。

法。他认为，记载文有把客观事实全部记下的，但这只是特例，通常的情况是只记述部分的事实，但又要通过这部分将全体反映出来："纸面的记述虽仅限于一部分而能把全部的影子摄进来，便算佳文。"①而要达到这一目的，便需把握记叙的方法。他认为这样的方法主要有四种：侧重法、类概法、鸟瞰法、移进法。

所谓侧重法，就是"专注题中某一点或某几点，其余或带叙或竟不叙"。侧重法的关键是要找准侧重点："同一样的侧重法，侧重得握要不握要，文章价值自分高下。"而要找准侧重点，就要从事情的"最重要处落脉"，"双方攻击要塞，侧重法是专打一个炮台，所打的若是主力炮台，自然比打普通炮台效力更大"。不过，梁启超也看到，"一件事情，总容得许多观察点"。因此，一件事情，也不会只有一个重点，不同的人，可以找到不同的重点，但关键是要找到重点，只有这样，才能写出好的文章。②

所谓类概或类从法，指"所记叙的对象，不能有所偏重，然而又不能遍举，于是把他分类，每类挈出要领，把所有资料，随类分隶"。这种方法最适合记载"条理纷繁之事物"，使其眉目清楚。梁启超认为，运用这种方法，最重要的是分类："分类所必要的原则有三：第一，要包括，第二要对等，第三要正确。包括是要所分类能包含该事物之全部；对等是要所分类性质相等；正确是要所分类有互排性不相含混。"因此，类概法的关键是分类。"同是一种材料，组织得好，费话少而能令读者了解且有兴味；组织得不好便恰恰相反。"而要学习记载文的组织，"分类便是最重要的一步工夫"③。

所谓鸟瞰法，就是"像一只鸟飞在空中，拿斜眼一瞥下面的人民城郭；像在腾高二千尺的飞机上头用照相镜取山川形势"。这种方法只能看个大致，没有侧重法和类概法那样精细。但梁启超认为这种方法也自有它的重要性："若仅有部分的精密的观察，结果会闹成显微镜的生活，镜圈里的情形虽然看得无微不至，圈

---

① 梁启超：《中学以上作文教学法》，夏晓虹编：《梁启超文选》（下），中国广播电视出版社，1992 年，第 116 页。

② 梁启超：《中学以上作文教学法》，夏晓虹编：《梁启超文选》（下），中国广播电视出版社，1992 年，第 117 – 118 页。

③ 梁启超：《中学以上作文教学法》，夏晓虹编：《梁启超文选》（下），中国广播电视出版社，1992 年，第 119 – 121 页。

子外却是茫然。如此则部分与部分间的相互关系看不出来，甚至连部分的位置也是模糊，决不能算是看出事物的真相。鸟瞰法虽然只得着一个朦胧影子，但这影子却是全个的。"鸟瞰法的关键在于作者能够抓住事物的"全部的概要"，只有抓住了事物的主要轮廓，才能得到事物的全貌。如果只是抓住事物的某个局部，使用鸟瞰法只能得到相反的效果，全貌没有得到，精密也丧失了。①

所谓移进法，是指"作者不站定一点，循着自己所要观察的路线，挪动自己去就他。自然也邀同读者跟着自己走，沿路去观察"。移进法比较适合于运用于空间，但运用于时间也是可以的。"就历史的记载而论，纪传体是站在一个定点上观察的，编年体就是跟着时间挪移的。"所写的对象本来有空间、时间的层次，用移进法是正常的，但如果所写对象没有空间与时间的层次，也不是不可以用移进法，因为作者可以自己创造出一定的层次来。也就是说，运用一定的标准，将材料进行归纳分类，使其见出层次来。移进法的关键是抓住或创造出事物的层次，再移步换形地进行描写。②

除了上述四种方法外，梁启超还对第三类，即记个人之言论行事及性格的记叙文，和第四类，记事件之原委因果的记叙文的写法进行过专门的探讨。他认为："凡记叙一个人，最要紧地是写出这个人与别人不同之处。"因为"相类似是人类的群性，不雷同是人类的个性。个性惟人类才有，别的动物不能有"。因此，记人的文字的职责是写出人物个性。记人的文章又有两种类型。一种是"小说体的文"，这种文体写个人特性，全凭作者的想象力。一种是传记体的文。这种文体写个人特性，全凭作者的观察力。但有了这两种"力"还不行，还需要将所想象、所观察的"恰肖"地表达出来，这就需要一定的技巧。而最通用的技巧则是"凡足以表现传中人个性的言论行事，无论大小，总要淋漓尽致委曲详尽的极力描写，令那人人格跃然于纸上。宁可把别方面

① 梁启超：《中学以上作文教学法》，夏晓虹编：《梁启超文选》（下），中国广播电视出版社，1992 年，第 121－123 页。

② 梁启超：《中学以上作文教学法》，夏晓虹编：《梁启超文选》（下），中国广播电视出版社，1992 年，第 123－126 页。

大事抛弃，而在这种关键中绝不爱惜笔墨"①。

而在梁启超看来，记事件之原委因果的文章是四类文章中最难写的："因为凡事情总不会孤立……凡一篇记事文总是把许多人许多时候的动作聚拢一处来记。严格地说：并非记一件事，乃是记一组事；并非把各件各件叙述得详明正确便算了，一定要把许多性质不同的事前后八面相照应厘然成为一组。"所以这种文章难写。梁启超推荐的办法是"整理空间时间的关系"，"因为凡同一时间所发生的事实必异其空间，同一空间发生的事实必异其时间。作者但能把这两种关系观察清楚叙述得有法度，自然会把满盘散沙的事件弄成一组了"②。

总的来看，梁启超所讨论的叙事技巧还属于一些比较简单、基本的层次，并且是从传统的文章作法而不是从叙事的角度论述的。但是，他能用生动的文字，深入浅出地把这些叙事技巧说清楚，使人们能够把握，还是值得肯定的。

梁启超文学形式研究的第三个部分是对文学中情感表现形式的研究。他认为，情感是天下最神圣的东西，是人类一切动作的原动力。"用情感来激发人，好像磁力吸铁一样，有多大分量的磁，便引多大分量的铁，丝毫容不得躲闪。"这段话可以从两个方面理解：一是情感对人的感染力具有普遍性；一是情感的感染力有大有小，不同的情感有不同的感染力。但情感虽然具有巨大的作用，它的本质却不能说都是善的，因此需要情感教育。情感教育的目的就是"将情感善的美的方面尽量发挥，那恶的丑的方面渐渐压伏淘汰下去。这种工夫做得一分，便是人类一分的进步"。而文学艺术，则是情感教育最有用的武器："艺术的权威，是把那霎时间便过去的情感，捉住他令他随时可以再现；是把艺术家自己'个性'的情感，打入别人们的'情阈'里面，在若干期间内占领了'他心'的位置。"因此，艺术家有着重要的责任。他应该知道，"最要紧的工夫，是要修养自己的情感，极力往高洁纯挚的方面，向上提挈，向里体验，自己腔子里那一团优美的

① 梁启超：《中学以上作文教学法》，夏晓虹编：《梁启超文选》（下），中国广播电视出版社，1992年，第126－127页。

② 梁启超：《中学以上作文教学法》，夏晓虹编：《梁启超文选》（下），中国广播电视出版社，1992年，第129页。

情感养足了，再用美妙的技术把他表现出来，这才不辱没了艺术的价值"①。梁启超从情感的本质与作用，情感教育，艺术的情感、教育作用和艺术家的情感修养等四个方面对情感进行了论述，有些思想是比较深刻的。如认为艺术的情感教育作用在于它能用形象的方式把流动的情感固定、表现出来，使艺术家的情感能够和读者、观众的情感交流，并影响到读者、观众的情感。

梁启超接着讨论了情感的表现方式，讨论的范围是中国韵文里的情感，但实际上他所总结的表现方式对于叙事文学也是适用的。叙事文学不以感情的表现为主，但其中也必须有感情的表现。

感情表现的第一种方法是"奔进的表情法"。这种表情法是指用简单、朴素的语言把真实的、处于白热化状态的情感一泻无余地表现出来。运用这种表情法，往往都是"情感突变，一烧烧到'白热度'；便一毫不隐瞒，一毫不修饰，照那感情的原样子，迸裂到字句上"。梁启超认为，这种感情的特点是真、是热、是神圣。"这类文学，真是和那作者的生命分劈不开。——至少也是当他作出这几句话那一秒钟时候，语句与生命是迸合为一。这种生命，是要亲历其境的人自己创造，别人断乎不能替代。""进奔的表情法"最适合表现悲痛的情感，但其他的情感也不是不能表现，这里的关键是"当情感突变时，捉住他'心奥'的那一点，用强调写到最高度"②。

第二种方法是"回荡的表情法"。这种表情法是指"一种极浓厚的情感蟠结在胸中，像春蚕抽丝一般，把他抽出来"。这种表情法在热烈的方面与进奔的表情法没有什么区别，但它不是直线式的表现，而是曲线式的或多角式的表现。进奔式的情感，性质一般比较单纯，"容不得有别种情感掺杂在里头"，而回荡的表情法，则"有相当的时间经过，数种感情纠结起来，成为网状的性质"。在人类情感中，这种状态的情感是最多的，因而在文学上，也是这一类的情感表现法最为常见。回荡的表情法有四种类

---

① 梁启超：《中国韵文里头所表现的情感》，夏晓虹编：《梁启超文选》（下），中国广播电视出版社，1992 年，第 22 – 23 页。

② 梁启超：《中国韵文里头所表现的情感》，夏晓虹编：《梁启超文选》（下），中国广播电视出版社，1992 年，第 24 页、第 26 页、第 30 页。

型：一种是螺旋式。所谓螺旋式，是指情感的表达一层深过一层，就像螺旋一样，层层上升，如《诗经》中的《鸱鸮》。一种是堆垒式。所谓堆垒式，是把"磊磊堆堆蟠积在心中的情感"，一点一点地吐出来，而且在吐的过程中，不一定按照一定的顺序，而是"忽然说到这处，忽然又说到那处"。用这种方式来表现郁积的情感，"恐怕再妙没有了"，如《诗经》中的《小弁》。一种是引曼式。所谓引曼式，"是胸中有种种酸甜苦辣写不出来的情绪，索性都不写了，只是咬着牙龈长言永叹一番，便觉得一往情深，活现在字句上"。所谓弯弓搭箭，却不射出去，只对读者起一个引导的作用，如《诗经》中的《黍离》。一种是吞咽式。所谓吞咽式，指感情处于不自由的状态，不能自由地表达，"才发泄到喉咙里，又咽回肚子里去了"。运用这种表情法的作品的"音节很短促，若断若续"，如《诗经》中的《柏舟》。①

第三种方法是含蓄蕴藉的表情法。这种表情法最具中华民族的特色，一向被认为是文学正宗。它的特点是感情比较温和，表现比较含蓄。与前两种表情法相比，"前两种是热的，这种是温的，前两种是有光芒的火焰；这种是拿灰盖着的炉炭"。这种表情法可以分为四类。"第一类是：情感正在很强的时候，他却用很有节制的样子去表现他；不是用电气来震，却是用温泉来浸；令人在极平淡之中，慢慢的贪图出极渊永的情趣。"如《诗经》中的《君子于役》。第二类是不直接写出自己的情感，而是用"环境或别人的情感烘托出来"。如《孔雀东南飞》中写刘兰芝和焦仲卿言别的那一段。这是全诗中最悲惨的一段，但却不直接写悲写惨，而是"专从纪念物上头讲，用物来做人的象征；不说悲，不说泪，倒比说出来的还深刻几倍"。第三类则"索性把情感完全藏起不露，专写眼前实景（或是虚构之景），把情感从实景上浮现出来"。如曹操的《观沧海》。作者并没有把自己的感触写出来，只是写了自己眼前的大海，但读者读起来，却能感到作

---

① 梁启超：《中国韵文里头所表现的情感》，夏晓虹编：《梁启超文选》（下），中国广播电视出版社，1992年，第31页、第32页、第33页、第34页。

者那"宽广的胸襟，豪迈的气概"①。第四类是"虽然把情感本身照原样写出，却把所感的对象隐藏过去，另外拿一种事物来做象征"。如屈原的《离骚》，咏的是美人芳草，表达的却是对国家、对人的感情。

与对叙事技巧的讨论一样，梁启超对于各种表情法的探讨也还不是十分深入，他的成就在于把中国古代文学中感情的表达方法系统地总结出来，并配以生动的例证，对于人们进一步探讨文学作品情感的表现方式提供了一个坚实的基础。

四、梁启超对史传文学和叙事诗的探讨

与欧洲叙事文学不同，中国叙事文学不是按照神话—史诗—传奇—小说的线索发展的，而是从神话与历史两条线索发展而来的。中国叙事文学的一个重要源头是历史，史传文学对中国叙事文学的发展产生过重要的作用，历史叙事与文学叙事有着密切的联系。梁启超虽然没有对历史与文学、历史叙事与文学叙事之间的关系有意识地进行过研究，但由于他在历史与文学两个领域都有很深的造诣，因此，他对于历史著作中的文学因素也常常有所涉及。这主要表现在史传文学的研究上面。

梁启超对史传文学的研究主要集中在《史记》、《左传》与《汉书》上，特别是《史记》。梁启超对于司马迁十分推崇，认为他是中国六个有创造才能的历史学家之首，"史界之造物主"②，不仅是"史学的始祖"，而且是"辨伪学的始祖"。③

梁启超认为，司马迁作《史记》的目的是借历史发其"一家之言"。在司马迁之前的几部历史著作，"大抵为断片的杂记，或顺按年月纂录"，而司马迁"自出机杼，加以一番组织，先定全书规模然后驾驭去取各种资料"。值得注意的是，先定全书规模再去取材料，实际上也是叙事文学的作法。梁启超否定了编年史

---

① 梁启超：《中国韵文里头所表现的情感》，夏晓虹编：《梁启超文选》（下），中国广播电视出版社，1992 年，第 68 - 69 页、第 73 页、第 74 页、第 76 页、第 77 页、第 79 页。

② 梁启超：《中国之旧史》，www. white - collar. net／01 - author／l／20 - liang_ qc/ liang_ qichao. htm - 21k -

③ 梁启超：《古书真伪及其年代》，夏晓虹编：《梁启超文选》（下），中国广播电视出版社，1992 年，第 354 页。

式的写法，肯定司马迁的传记式写法，实际上是对历史中的文学因素的一种肯定。接着，梁启超引用司马迁的一段话，说明历史的创造与文学的创造的不同。司马迁说："余所谓述故事整齐其世传，非所谓作也。"梁启超评论说："此迁自谦云尔。作史安能凭空自造，舍'述'无由。史家惟一之职务，即在'整齐其世传'，'整齐'即史家之创作也。能否'整齐'，则视乎其人之常识及天才。太史公知整齐之必要，又知所以整齐，又能使其整齐理想实现，故太史公为史界第一创作家也。"①也就是说，文学的创造需要虚构，历史不能虚构，因此，历史的创作就表现在对历史材料的组织、构思和记述上。这也正是中国史传文学的特点。

梁启超认为《史记》的创造性表现在四个方面：

1. 以人物为中心。历史有两大要素，一是事件，一是人物。梁启超认为："虽两方势力俱不可蔑，而人类心力发展之功能，固当畸重。"《史记》一百三十篇"除十表八书外，余皆个人传记。在外国史及过去古籍中无此体裁。以无数个人传记合体成一史，结果成为人的史而非社会的史，是其短处，然对于能改动社会事变之主要人物，各留一较详之面影传于后，此其所长也。长短得失且勿论，要之太史公一创作也"。中国的史书注重记人，《史记》之前的《左传》、《国语》，都有比较精彩的写人篇章。但这两部史书仍是以事件为主体，真正以人物为主体，把史书人物的记叙、描写发展到一个空前甚至可以说绝后的高度，并形成中国史传文学的传统，对后代史书产生了巨大影响的，还是司马迁的《史记》。梁启超表面上说"长短得失且勿论"，但实际上，他对《史记》是肯定和推崇的。而对《史记》的肯定和推崇，也就是对史传文学的肯定和推崇。梁启超指出："善为史者，以人物为历史之材料，不闻以历史为人物之画像；以人物为时代之代表，不闻以时代为人物之附属。"人们"所贵乎史者，贵其能叙一群人相交涉、相竞争、相团结之道，能述一群人所以休养生息、同体进化之状，使后之读者爱其群、善其群之心，油然生

---

① 梁启超：《要籍解题及其读法》，夏晓虹编：《梁启超文选》（下），中国广播电视出版社，1992 年，第 427 页。

焉！"①历史毕竟是历史，而不是文学作品，其对人物的描写有其自己的规律。好的历史书籍，应该正确处理人物与社会、人物与时代、人物与群众、人物与环境的关系。应通过人物反映历史，而不是把历史作为人物的陪衬或塑造人物的资料；应该将人物置于群体之中，描写人物与社会、大众的关系，而不是将人物单独地突出出来。梁启超的这些论述，既是对史传文学的人物塑造经验的总结，也是对史传文学人物塑造的要求，是正确的。

2. 历史的整体观念。梁启超认为，《史记》以前的史书，"或属于一件事的关系文书——如《尚书》。或属于各地方的记载——如《国语》、《战国策》。或属于一时代的记载——如《春秋》及《左传》。《史记》则举其时所及知之人类全体自有文化以来数千年之总活动冶为一炉。自此始认识历史为整个浑一的，为永久相续的。……《史记》实为中国通史之创始者"。② 这段论述表面上看与史传文学没有什么关系，但实际上还是有联系的，它与前面梁启超对史书中人物的描写的观点是相通的，即强调史传文学的历史的特点，要求从历史的整体中来描写人及人类的活动。

3. 结构的复杂与新颖。《史记》共 130 篇，包括 12 本纪、30 世家、70 列传、10 表、8 书。"其本纪及世家之一部分为编年体，用以定时间的关系。其列传则人的记载，贯彻其以人物为历史主体之精神。其书则自然界现象与社会制度之记述，与'人的史'相调剂。内中意匠特出，尤在十表……各表之分合间架，总出诸史公之惨淡经营。表法即立，可以文省事多，而事之脉络亦具。《史记》以此四部分组成全书，互相调和，互保联络，遂成一部博大谨严之著作。后世作断代史者，虽或于表志门目间有增减，而大体组织，不能越其范围。可见史公创作力之雄伟，能笼罩千古也。"③ 这是从整体的角度谈《史记》的组织结构。此外，梁启超也常具体讨论《史记》各篇章的结构技巧。如在《中学以上

---

① 梁启超：《中国之旧史》，www. white - collar. net/01 - author/l/20 - liang_ qc/
liang_ qichao. htm - 21k -

② 梁启超：《要籍解题及其读法》，夏晓虹编：《梁启超文选》（下），中国广播
电视出版社，1992 年，第 428 页。

③ 梁启超：《要籍解题及其读法》，夏晓虹编：《梁启超文选》（下），中国广播
电视出版社，1992 年，第 428 - 429 页。

作文教学法》中，分析《史记·西南夷列传》的结构方法，指出司马迁先把"川边、川南、云南、贵州一带氐羌苗诸种族""分为三大部，土著游牧及头发的装束等等做识别。第一大部中复分为若干小部，每部举出一个或两个部落为代表。代表之特殊地位固然见出，其他散部落亦并不罣漏"①。司马迁运用类概法，将西南地区复杂的民族状况条分缕析，介绍得清清楚楚。而在对《史记·货殖列传》的分析中，则指出太史公运用鸟瞰法，先讲当时的经济社会状况，然后又把全国大致分为六个部分，一个部分一个部分地加以叙说，不仅说清了各地的特点，而且把各地的相互关系也勾勒了出来，整篇文章的结构十分严谨。

4. 叙述的扼要与优美。梁启超认为，与后世史家的列传多借史以传人不同，司马迁的列传"惟借人以明史。故与社会无大关系之人，滥竽者少。换一方面看，立传之人，并不限于政治方面，凡与社会各部分有关系之事业，皆有传为之代表。以行文而论，每叙一人，能将其面貌活现。又极复杂之事项——例如《货殖列传》、《匈奴列传》、《西南夷列传》等所叙，皆能剖析条理缜密而清晰"②。《史记》的叙述方式与语言为后来史家所推崇、借鉴，对我国史书与文学作品的写法产生了极大的影响，梁启超对其叙述的肯定是有道理的。

再看梁启超对叙事诗的探讨。古代中国是诗歌的国度，诗歌的主要作用是抒情，这是人们公认的一条准则，从某种角度来说，也是正确的。但是中国古代诗歌中也有不少叙事诗，这一点19世纪以前的批评家们不是没有看到，但不很重视。梁启超从启蒙的角度出发提倡小说，自然也比较关注诗歌中的叙事因素，并对此作了一定的论述。

梁启超认为，中国文学有浪漫与写实两大传统。"写实派作法，作者把自己的情感收起，纯用客观态度描写别人情感。作法要领，是要将客观事实照原样极忠实地写出来，还要写得详尽。因为如此，所以所写的多是三几个寻常人的寻常行事或是社会上

---

① 梁启超：《中学以上作文教学法》，夏晓虹编：《梁启超文选》（下），中国广播电视出版社，1992年，第119页。

② 梁启超：《要籍解题及其读法》，夏晓虹编：《梁启超文选》（下），中国广播电视出版社，1992年，第429页。

众人共见的现象，截头截尾单把一部分状态委细曲折传出。简单说，是专替人类作断片的写照。"① 这段论述，前一部分比较准确地把写实派的创作特点概括了出来。后一部分则主要是对诗歌中的写实诗的概括，忽视了小说等叙事作品，没有考虑到小说叙事比写实诗的深广与复杂。

梁启超认为，写实文学在《诗经》中就已经存在，但不够典型。他举的例子是《硕人》、《七月》等。但实际上，《诗经·大雅》中的《公刘》、《生民》等篇的叙事性更强，因此，要说《诗经》中已有比较典型的叙事诗也是站得住脚的。梁启超认为中国文学史上纯写实的第一首诗是汉乐府中的《孤儿行》，而最有结构的写实诗则是《孔雀东南飞》，而"诗圣"杜甫以及大诗人白居易的写实诗也写得很好。比如杜甫的《后出塞》："献凯日继踵，两蕃静无虞。渔洋游侠地，击鼓吹笙竽。云帆转辽海，粳稻来东吴。越裳与楚练，照耀舆台躯。主将位益崇，气骄凌上都。边人不敢议，议者死路衢。"全诗"仅仅六十个字"，却把安禄山那一班军阀的"豪奢骄塞都写完了。他却并没有一个字批评，只是用巧妙技术把实况描出，令读者自然会发厌恨忧危各种情感"。梁启超认为，写实派表面上"专用冷酷客观，不搀杂一丝一毫自己情感，这不过是技术上的手段"。实际上，"写实派大作家都是极热肠的"。也正因为热肠，他才能看到社会上各种不公的现实，从而成为写实派作家。如白居易。白居易的写实性的作品，主要是他称为"讽喻"的一类。这类作品主要包括十首《秦中吟》和五十首《新乐府》。但这些诗中真正"纯客观的只有几首"，其他的诗中，作者总是喜在每篇之末"下主观的批评"，发表自己的感情与意见。不过梁启超还是把这些作品看作是写实派的作品，"因为他对于客观写得极忠实极详尽"。写实诗基本上是讽刺诗，专写社会的黑暗方面，但也有写社会的光明方面的写实诗，如杜甫的《遭田父泥饮美严中丞》，"读起来令人感觉乡村垂涎之优美，那'田父'一种直率气象以及他对于社交之

---

① 梁启超：《中国韵文里头所表现的情感》，夏晓虹编：《梁启超文选》（下），中国广播电视出版社，1992年，第102页。

亲切对于国家义务之认真，都一一流露"。① 就中国古代文学的现实看，梁启超的这些观点基本上是正确的。特别是他主张从作品与现实生活的关系的角度判断写实诗，依据作品是否真实地描写了客观的世界，而不是根据是否表达了内心，来判断作品是写实的还是浪漫的观点，值得我们重视。

从上述观点出发，梁启超对杜甫诗中的写实因素进行了比较深入的分析。他认为，杜甫的有些诗主要是写自己家庭的状况，可以叫做"半写实派"。这种诗中，杜甫"处处把自己主观的情感暴露，原不算写实派的作法。但如《羌村》、《北征》等篇，多用第三者客观的资格，描写所观察得来的环境和别人情感，从极琐碎的断片详密刻画，确是近世写实派用的方法，所以可以叫做半写实"。这里用的标准，仍是作品与现实生活的关系。梁启超认为这种诗的最大价值，在于能够"确实描写出社会状况，及能确实讴吟出时代心理"。②

杜甫的诗中还有很多纯写实的。梁启超认为这种诗的"最妙处是不著一个字批评，但把客观事实直写，自然会令读者叹气或瞪眼"。他以杜甫的《丽人行》为例进行分析。全诗将近两百字，完全是站在第三者的位置观察与描写。"从'三月三日天气新'到'青鸟飞去衔红巾'，占全首二十六句中之二十四句，只是极力铺叙那种豪奢热闹情状，不惟字面上没有讽刺痕迹，连骨子里也没有。直至结尾两句：'炙手可热势绝伦，慎莫近前丞相嗔。'算是把主意一逗。但依然不着议论，完全让读者自去批评。这种可以说讽刺文学中之最高技术。因为人类对于某种社会现象之批评，自有共同心理，作家只要把那现象写得真切，自然会使读者心理起反应，若把读者心中要说的话，作者先替他倾吐无余，那便索然寡味了。杜工部这类诗，比白香山《新乐府》高一筹，所争就在此。《石壕吏》、《垂老别》诸篇，所用技术，都是此类。"③ 梁启超的分析，不仅说明了杜甫写实诗的特点，而且从心

明清近代叙事思想

① 梁启超：《中国韵文里头所表现的情感》，夏晓虹编：《梁启超文选》（下），中国广播电视出版社，1992 年，第 105 页、106 页、107 页、108 页、106 页。

② 梁启超：《情圣杜甫》，夏晓虹编：《梁启超文选》（下），中国广播电视出版社，1992 年，第 144 页、145 页。

③ 梁启超：《情圣杜甫》，夏晓虹编：《梁启超文选》（下），中国广播电视出版社，1992 年，第 146 – 147 页。

理的角度说明了写实诗能够对读者产生影响的原因，分析是十分精当的。而写实的也往往是叙事的，因此，梁启超对于杜甫写实诗的分析与肯定在某种意义上也是对于叙事文学的分析与肯定。

自然，从纯理论的角度看，梁启超的这些观点与分析并不算十分深刻。但正如他的小说革命理论一样，梁启超对于写实文学的主要贡献也并不在于提出了系统、深刻、无懈可击的理论，而在于他以自己的地位与影响肯定了写实诗的价值与作用，指出了它们的基本特点，对于写实以及叙事文学起了导向与促进的作用。

第三节　林纾的叙事思想

一、林纾的生平及叙事思想简介

林纾，字琴南，号畏庐，1852年11月8日生于福建闽县（今属福州）玉尺山一个小商人的家里。父亲林国铨，母亲陈蓉。林纾祖辈世代务农，到他祖父，才"辍耕治艺于城中"，但生活仍然艰辛。林纾少时，父亲经商不利，家境十分贫困，时常是吃了上顿没有下顿。但处于如此困境的林纾却喜欢读书。5岁时，就已经"背灯读《孝经》"。大概是6岁的时候，有一天，林纾随外祖母上街，恰好从一家私塾门前经过，他被屋内琅琅的读书声所吸引，情不自禁地溜到窗前，跟着背诵，反复几次，竟然能够背下来。从这以后，幼小的林纾常到这家私塾的外面窗下站着听课，有一次天下雨了都不知道。塾师被小林纾的好学精神所感动，破例允许他免费旁听。林纾由此正式开始了他的读书生涯。

林纾自幼性格躁烈，不善自制，喜怒溢于言表。长大之后，禀性难移。时值晚清，社会腐败，少年时代的林纾目睹社会的不公，自己家庭也曾受恶人欺凌，由此逐渐形成他疾恶如仇的正义感。两下结合，形成了耿介正直、任气使性的性格，被乡人目为"狂生"。

1882年，30岁的林纾中举，由福州城内有名的"狂生"，一跃而为福建省著名的壬午科举人。中举改变了林纾的生活环境与生活道路，使他眼界更开阔，交游更广泛，使他获得了饱读诗书、正式参与文学社团、进行文学活动的机会，其学识、文名逐渐显露，在福建的文人圈子里渐渐有了名声。他试图再接再厉，博取科举考试的"皇冠"——进士的头衔。然而，这一次命运却不再垂青于他，尽管他一而再、再而三，从 32 岁考到 47 岁，六次赴京赶考，却六次铩羽而归。漫长的考试过程不仅耗费了林纾的时间与精力，也损伤了他对科举考试的信心。另一方面，在多次赴京赶考的过程中，他也直接、间接地了解到一些官场的黑暗、当权者的昏庸与腐朽，以及某些官场中人的冷酷与无情，觉得在官场钩心斗角、与小人为伍、受制于人也不是自己的心愿。于是，在 1898 年最后一次赴京赶考未能及第之后，他毅然放弃仕进的打算，决心凭着自己的知识与文学才能自食其力。在此之后，他也曾碰到做官的机会，但都予以了拒绝或婉辞。

现在看来，林纾一辈子没有做官，对他也未必是件坏事。这使他一直保持着平民情怀，同时也使他摆脱了很多的政务、杂事与应酬，使他可以全身心地投入到自己所喜爱的文学与翻译事业之中，做出可观的贡献。但是，由于没有进入政坛，林纾对政治的认识始终比较幼稚，视野与康有为、梁启超等人相比有一定局限，这大概是他未能仕进的不利之处。

林纾六次进京赴考终以落第告终，不完全是运气问题，与他的知识结构也有一定关系。清代科举考的是八股文，考生需要反复研习，才能运用得炉火纯青。林纾幼时家贫，读书时断时续，对于应试所需的八股文缺乏长期一贯的训练，而且，他童年时对他影响最深的塾师薛则柯不喜八股，瞧不起只知应试、"对案至不能就一扎"的迂腐儒生，教学时只教欧阳修的古文和杜甫的诗歌，不教八股文，这对林纾也产生了不小的影响。另一方面，林纾兴趣多样，涉猎广泛，不可能也不愿意让八股文束缚自己。因此，林纾虽然知识广博，古文基础扎实，但八股文的确不是他的强项。这在某种意义上又成全了他，使他能够在一定程度上摆脱传统文人的偏见，把主要精力放在不登大雅之堂的小说与小说翻译上来。他翻译的第一部小说是法国作家小仲马的名作《巴黎茶花女遗事》（今译《茶花女》），由好友王寿昌口授，林纾笔译整理成篇。小说于 1899 年在福州正式出版发行，立刻受到读者欢迎，短短两年时间，竟然出现了三四个版本。从此林纾一发不可收拾，从 1897 年开始到 1919 年为止，二十余年时间，采用与人合译的方式，共翻译小说 181 种，其中有不少世界名著。

　　林译小说是中国翻译史上的一个奇迹，林纾也是中国翻译史上一个传奇式的人物。他本人不懂外文，完全靠着与懂外语的人的合作，"耳受手追"，翻译了一百多种英、法、美、俄、日等国的小说，取得世所公认的成就。当时人有"译才并世数严林"（康有为语）之说。如果说严复主要是翻译学术著作，那么林纾翻译的则主要是文学作品，两人可以并称为当时翻译界的双璧，相辅相成。林译小说影响了五四一代青年，是他们最初接触西方文学艺术和资产阶级思想的重要途径之一。著名学者钱钟书曾这样写道："商务印书馆发行的那两小箱《林译小说丛书》是我十一二岁时的大发现，带领我进了一个新天地，一个在《水浒》、《西游记》、《聊斋志异》以外另辟的世界。我事先也看过梁启超译的《十五小豪杰》、周桂笙译的侦探小说等等，都觉得沉闷乏味。接触了林译，我才知道西洋小说会那么迷人。"他承认："我自己就是读了他的翻译而增加学习外国文的兴趣的。"②鲁迅、周作人、郭沫若、茅盾等人都受过林译小说的影响。

　　林纾的翻译有不严谨的一面，误植、误译、删改、增补是其最主要的问题，其中又以删改为其最大弊病。这与他不懂外文有关，但有些则是他有意为之。他常常根据自己的判断和中国读者的爱好，将原著中一些他认为冗长或不符合中国读者口味的内容删去，有时又根据自己的理解，增加一些原著中没有的内容。不过，这在当时还处于草创阶段的中国翻译界，也是比较普遍的现象，另一译界大师严复在翻译《天演论》的时候，也加进了不少自己的东西。而且，林纾的删改对原著的整体风貌的损害不是很大。他有一种从基本内容、整体风格上把握原作特点的独特才能，能够比较准确地翻译出原作的内容、风格与特点，有些译文比原作更有吸引力，如《迦茵小传》。哈葛德的原作比较粗笨、啰嗦，林纾的译文则显得优美、简洁。林纾翻译用的语言是一种经过改革了的富有表现力的文言文，其中吸收了不少外来语和民间语言。这种翻译语言对于当时正统的古文语言是一种冲击，是

---

　　① 参见韩洪举：《林译小说研究》，中国社会科学出版社，2005 年，第 53 页。
　　② 钱钟书：《林纾的翻译》，薛绥之、张俊才编：《林纾研究资料》，福建人民出版社，1983 年，第 295 页。

有利于当时的语言改革和白话文的兴起的。

除了翻译之外，林纾在古文、小说创作、戏剧、诗歌以及绘画等方面都有建树。尤其是在古文方面，无论理论还是实践，在当时都是无人匹敌的，有人称他为中国最后一个"古文大师"，他自己最看重的也是自己在古文方面的造诣与成就，虽然说他的历史地位主要是由他的翻译造就的。

在新中国成立之后的文学史上，林纾是以反对白话文和新文化运动的面貌出现的，被视为封建顽固派的代表。尤其是他在新旧文化阵营斗争最激烈的时候，连续发表小说《荆生》、《妖梦》，对新文化人进行丑化，试图借助外力驱除他们，更是引起新文化阵营的愤慨。但问题其实没有这样简单。林纾的思想既有进步的一面，又有保守的一面。一方面，他具有强烈的爱国主义精神，强烈要求反帝救国，主张维新，主张向西方学习，反对重士轻工商的传统偏见，通过译书和自己的创作宣传资产阶级思想，批判社会的黑暗；另一方面，他又具有强烈的保皇倾向，反对以改朝换代的方式谋求反帝救国之道的资产阶级民族民主革命，他尊重传统，尊重三纲五常等传统道德，对文言文情有独钟。这两个方面在他身上奇妙地纠结在一起，形成他亦新亦旧、即新即旧的两重性。在历史的发展还处于维新的阶段的时候，在他身上，新的一面占主导地位，进步、革命是主要的，而当历史的发展进入资产阶级民主革命阶段的时候，旧的一面则上升为主导一面，他的守旧、落后便成为主要的了。因此，在戊戌维新时期，他是进步的，走在时代的前列，戊戌维新失败，中国走向资产阶级革命之路之后，他就慢慢落伍了，而在辛亥革命之后，他则站在了社会前进的对立面，以清朝的遗老自居、自豪了。但是，这也并不意味着晚年的林纾毫无是处。晚年的林纾政治上虽然保守，但在文化方面，还是做了许多有益的工作，特别是他在古文研究、整理方面的成果，至今仍有一定价值。而且即使在对待新文化运动的态度上，林纾也是可以分析的。实际上，在"文白之争"和"儒学存废"这两个与新文化阵营争论最激烈的问题上，林纾都不是绝对地保守的。在如何对待文言文的问题上，林纾与新文化阵营的主要分歧不是同不同意使用白话的问题，而是使用白话是否一定要废弃文言的问题；在对待儒学的问题上，两者之间的主要分歧也不是同不同意提倡新文化，而是提倡新文化是否一定要否定儒学的问题。现在看来，争论中林纾的有些观点和主张还是有一定的合理因素的。当然，这并不意味着林纾的反对新文化运动是正确的。王富仁从反对文化专制主义的角度出发，认为"在我们的社会生活中还有文化专制主义的影响的存在"，"文化专制主义随时都有可能卷土重来"，而"林纾这样的知识分子在自觉与不自觉中就会依傍当时主流意识形态的权力话语而反对那些背绳墨、离规矩、在权威话语的词典里找不到依据的出格言论"，意识到这些，"我们就不能以任何理由原谅林纾在'五四'新文化运动过程中的表现，也不能以任何理由减轻他的过失"①。王富仁的观点是有道理的。

1924 年 10 月 19 日，林纾在北京去世。

林纾一生著述丰富，在小说翻译、小说创作和古文理论与实践方面用力尤勤。这些著作里面，都包含了一定的叙事思想。在翻译西方小说的时候，林纾喜用序、跋、达旨、剩语、识语、短评等发表自己的思想与看法，其中的叙事思想尤为丰富。由于林译小说在当时影响广泛，他在其中所表现出来的叙事思想在当时也产生了十分重要的影响。本节试图以林译小说以及林纾在这些小说中所写的序、跋等为核心，结合林纾的其他著述，从文学价值与地位、文学虚构、文学创作、叙事理论与技巧等四个方面，对林纾的叙事思想进行阐述。

二、林纾对文学本质的看法

与经史相比，中国文学的地位历来不高，而在文学中，叙事文学的地位又更低，所谓"诗文虽小道，小说盖小之又小者也"。②文学叙事一直作为历史叙事的补充而存在并从此获得存在的价值。这种"崇史"倾向对于文学家们产生的影响是深远的，主要表现在两个方面：一是将小说作为史书的附庸与补充，一是将真实作为评价小说的主要标准。作为近代文人、世所公认的古文大师，林纾一方面受到这种"崇史"倾向的影响，一方面又突

---

① 王富仁：《"林纾现象"与"文化保守主义"》，见张俊才著：《林纾评传》，中华书局，2007 年，第 8－9 页。

② 邱炜萲：《梁山伯》，陈平原、夏晓红编：《二十世纪中国小说理论资料》，北京大学出版社，1997 年，第 30 页。

破这种倾向，成为近代小说思想变革的先驱。他认为："小说之道，虽别于史传，然间有记实之作，转可备史家之采撷。……余伏匿穷巷，即有闻见，或具出诸传讹，然皆笔而藏之。能否中于史官，则不敢知。然畅所欲言，亦足为敝帚之飨。"①这种观点还是传统的，认为小说的价值在于作为历史的补充，给史家提供相关的资料。但是林纾已不把给史家提供史料作为自己小说的唯一价值，认为即使"出诸传讹"，不能"中于史官"，这些作品也有它们自己的价值，因为它们是自己"畅所欲言"的产物。这里的"畅所欲言"应该包括了表达自己的思想情感的意思，也就是说，林纾认为，表达作家的思想情感，是小说的价值之一。在《赠李可拔舍人序》中，他提出："世变将兆，有识必先忧之者，非其惜死之心特笃于众也。同处大陆之上，目睹滔天泯夏之贼劫勒君父，残贼国众，既无遗噍，而吾亦将不独完其身，顾又无权以与之抗，则发为悲号，以警觉世人，如唐杜甫、元结之徒。而唐世叙论勋伐，曾无及此二公，而二公卒能自立于唐世，则其所以鸣号者，固大有益于其国众也。"②这里采用的，虽然还是韩愈的"不平则鸣"的观点，但已经有了新的内容。首先，诗人不一定是"不平"，而是感世忧国；其次，诗人的鸣号必须有益于社会和民众，如果仅仅鸣号个人的"不平"，是没有价值的。

另一方面，林纾虽然强调文学的真实性，但这个"真实"，只是一种艺术的真实，只是要求作家表现现实生活，他并不认为文学与现实是一一对应的关系，也不认为文学一定要实写现实的生活。他认为："故天下事，耳闻最乐，目击最不乐。小说所虚构，皆耳闻也。必执小说之言，律以身接之事，曾无一事与小说相符。"③所谓耳听为虚，眼见为实，林纾这里的"耳闻"与"目击"主要是在这个意义上对举的。小说所写的，就材料而言，是"耳闻"的，就性质而言，是虚构的，因此要以现实生活对照小说中描写的事件，这些事件自然没有一个是真实发生过的。在

---

① 林纾：《践卓翁短篇小说·序》，吴俊标校：《林琴南书话》，浙江人民出版社，1999年，第137页。

② 林纾：《赠李可拔舍人序》，许桂亭选注：《林纾文选》，百花文艺出版社，2006年，第87页。

③ 林纾：《〈膜外风光〉序》，吴俊标校：《林琴南书话》，浙江人民出版社，1999年，第124页。

林纾看来，小说不仅需要虚构，而且也离不开虚构。他的短篇小说《庄豫》写侠盗庄豫（又名芊）行侠仗义，劫富济贫，曾严惩一恶霸，并将其抢走的少女救回家，后因妓女出卖而被捕，从容就义。在小跋中，林纾写道："庄芊之事，吾闻之钱塘王君……余疑事迹近似点染，顾小说家又好拾荒唐之言，不尔，文字不能醒人倦眼。生平不喜作妄语，乃一为小说，则妄语辄出。实则英之迭更斯与法之仲马皆然，宁独怪我？"[1]短篇小说《林雁云》写书生林雁云白皙如玉，颇有才华。一日梦遇五代时闽王皇后陈金凤，言林雁云乃其情夫归守明转世，而她则即将转生于永嘉，约林雁云等她十六年而嫁之。十六年后，林雁云来到永嘉，结识当地绅士陆君，而陆君的小妹凤姑，正是陈金凤转生。两人以信物为证，再结因缘。在小跋中，林纾写道："玉箫、荆宝之事，特小说中悠谬之谈，毫无足据。今余所述，亦得诸人言，安知非凭虚构此一层楼阁以炫人耶？彼妄言之，余妄载之，诸君妄听之可也。外国小说，汗牛充栋，而尚不止，岂真皆有实际？观者固不必呶呶于余也。"[2]林纾不仅认识到小说内容的虚构性，而且认识到不虚构，小说"不能醒人倦眼"，无法吸引读者。而且这种虚构，不是某一作家或某一民族的个别现象，而是举世皆然，无论中外，都无法避免。

如果虚构是小说的本质，那么，小说与现实的关系又是怎样的？林纾主要从两个方面进行了论述。首先，他认识到，文学虽然离不开虚构，但是这种虚构不是远离现实，而是与现实有着密切联系的。生活是文学的源泉，但是，作者有创造的自由，文学不必亦步亦趋地摹写生活。"世有其人，则书中即有其事，犹之画师虚构一人状貌，印证天下之人，必有一人与像相符者。故语言所能状之处，均人情所或有之处，固不能以迭更斯之书斥之为妄语而弃掷之也。"[3]叶昼认为："世上先有《水浒传》一部，然后施耐庵、罗贯中借笔墨拈出，若夫姓某名某，不过劈空捏造，

---

① 林纾：《庄豫》，林薇选注：《林纾选集·小说卷上》。四川人民出版社，1985年，第35－36页。

② 林纾：《林雁云》，林薇选注：《林纾选集·小说卷上》，四川人民出版社，1985年，第196页。

③ 林纾：《〈滑稽外史〉短评数则》，许桂亭选注：《林纾文选》，百花文艺出版社，2006年，第53页。

以实其事耳。如世上先有淫妇人。然后以杨雄之妻、武松之嫂实之；世上先有马泊六，然后以王婆实之；世上先有家奴与主母通奸，然后以卢俊义之贾氏、李固实之。若管营、若差拨、若董超、若薛霸、若富安、若陆谦，情状逼真，笑语欲活，非世上先有是事，即令文人面壁九年，呕血十石，亦何能至此哉，亦何能至此哉！此《水浒传》之所以与天地相始终也与？"①两段论述，均强调生活是文学的本源，文学是生活的反映。在这一点，两者是一致的。但细细体味，两者的侧重点是不同的。叶昼受史传文学的影响，强调实录，认为先有某种生活，然后才有某种文学，作家不过是将生活中的事件改头换面移入文学而已。而林纾强调的是作家创造的一面，只是这种创造无法脱出生活的范围，不管作家如何创造，均为"人情所或有之处"。鲁迅说："天才们无论怎样说大话，归根结蒂，还是不能凭空创造。描神画鬼，毫无对证，本可以专靠了神思，所谓'天马行空'似地描写了，然而它们写出来的，也不过是三只眼，长颈子，就是在常见的人体上，增加了眼睛一只，增长了颈子二三尺而已。"②林纾的意思与鲁迅有些相似，与叶昼的观点比较，要更为辩证。

其次，林纾思考了艺术真实与生活真实的问题。他认为："凡天下必不然之事，往往出之小说之中。然小说中所必不然者，而人又往往蹈之。"③日本学者内田道夫认为，林纾的意思是说："在世上不具有必然性的事，小说中却作为必然性来写。在小说中不具有必然性的事，却又往往出现在现实社会中。这种议论，虽可以看做是他对于事实与虚构的关系的论点，但仍然难以得到要领。这恐怕在他的背后有一个所谓的'理'的观念。"④如果单从这一段话看，内田道夫的看法是有道理的。但是，联系到林纾的其他论述，笔者以为，林纾的这段话，实际上接触到了艺术真实的问题。如在《深谷美人·叙》中，林纾写道：作家"目击世

---

① 叶昼：《〈水浒传〉一百回文字优劣》，见《水浒传》（容与堂本）卷末。

② 鲁迅：《叶紫作〈丰收〉序》，《鲁迅全集》第6卷，人民文学出版社，2005年，第219页。

③ 林纾：《畏庐漫录·董紫薇》，薛绥之、张俊才编：《林纾研究资料》，福建人民出版社，1983年，第262页。

④ 内田道夫：《林琴南的文学评论》，薛绥之、张俊才编：《林纾研究资料》，福建人民出版社，1983年，第262页。

变之不可挽，故为慈祥恳挚之言，设为人世必有其事，因于小说中描写状态"。①小说描写的，应是"人世必有之事"。因此，内田道夫解读的林纾的那段论述，应该包含了这样的意思：世上很难发生的事，往往在小说中出现（因为其符合可然律与必然律），而小说中很难发生的事，现实生活中又往往可能发生（因为生活有偶然性）。亚里士多德认为："诗人的职责不在于描述已发生的事，而在于描述可能发生的事，即按照可然律或必然律可能发生的事。……因此，写诗这种活动比写历史更富于哲学意味，更被严肃的对待。"②林纾的认识没有亚里士多德的明晰，但他已经意识到了这个问题，在史传传统仍占优势的当时，这种认识还是难能可贵的。

最后，应该指出，对于文学的审美本质，林纾也有一定的论述。在前引《〈膜外风光〉序》的论述中，林纾提出"耳闻最乐，目击最不乐"的观点。"耳闻"是虚，"目击"是实，"虚"的东西更能给人带来愉悦，而"实"的东西则很难给人带来愉悦。这里，林纾不仅提出了小说的虚构本质，而且隐隐接触到了文学的艺术魅力与其虚构的特点有关的思想，提出了"乐"也就是审美的问题。在林纾看来，能够给读者带来审美愉悦，是文学的一大特点。他曾指出："诗之道，以自然为工，以感人为能。"③他自述自己译书时，"或喜或愕，一时颜色无定，似书中之人。即吾亲切之戚畹，遇难为悲，得志为喜，则吾身直一傀儡，而著书者为我牵丝矣"④。林纾的描述形象地说明了文学审美的特点。从审美出发，林纾指出了文学与政教的区别："莎士之诗，直抗吾国之杜甫，乃立义遣词，往往托象于神怪。西人而果文明，则宜焚弃禁绝，不令淆世知识。"然西人却对莎氏如醉如狂，读其作品，"欷歔感涕，竟无一斥为思想之旧、而怒其好言神怪者，

---

① 林纾：《深谷美人·序》，吴俊标校：《林琴南书话》，浙江人民出版社，1999年，第112页。

② 亚里士多德、贺拉斯：《诗学·诗艺》罗念生、杨周翰译，人民文学出版社，1982年，第28－29页。

③ 林纾：《梅花诗境记》，许桂亭选注：《林纾文选》，百花文艺出版社，2006年，第81页。

④ 林纾：《〈鹰梯小豪杰〉叙》，吴俊标校：《林琴南书话》，浙江人民出版社，1999年，第120页。

又何以故？……盖政教两事，与文章无属。政教既美，宜泽以文章；文章徒美，无益于政教。故西人惟政教是务，赡国利兵，外侮不乘，始以余闲用文章家娱悦其心目。虽哈氏、莎氏思想之旧、神怪之托，而文明之士，坦然不以为病也"①。林纾这段话，存在很多问题，如认为文学与政教无关（其实，这与他在其他地方表达的思想也是矛盾的）、莎士比亚思想陈旧等等。但是，这段话的主要观点却是站得住脚的。林纾看到了文学与政教的主要区别：文学是审美的，政教是现实的，因此文学作品只要写得好，思想陈旧一点，仍然有其艺术价值。这种思想在强调文学的社会功用（林纾本人也是其中一个）的当时，是有其价值的。

由此可见，林纾对于文学的虚构、审美、情感等特点都有比较清晰的认识。这种认识对于打破中国传统的文学观念，特别是"崇史"、"写实"观念对于小说的束缚，推动叙事文学的发展是十分有益的。从这种文学本质观出发，林纾从事自己的翻译和文学创作活动，在当时产生了很大的影响，在一定程度上推动了中国近代文学特别是小说的发展。

三、林纾的文学价值地位观

近代的中国危机四伏。继 1840 年的鸦片战争之后，1856 年又发生了第二次鸦片战争，接着是 1883—1885 年的中法战争、1894 年的中日甲午战争、1900 年的八国联军入侵北京，而每一次战争都是以清朝政府割地赔款、屈辱求和而告终。腐朽、庞大的清帝国已经到了不堪一击、气息奄奄的地步，中华民族面临着亡国灭种的危险，近代中国人面临着抵御侵略、振兴中华的双重重任。有识之士苦苦探索救国之道，他们开始寄希望于学习西方的科学技术，继而发现光在技术层面学习西方是不够的，还必须学习西方的制度，将西方的政治、经济制度引入中国，接着他们又发现，光学习西方的制度还不够，西方的科技与制度归根结底是建立在西方的文化、思想意识的基础之上的，要救国保种，振兴中华，必须在思想文化上学习西方，用先进的思想文化教育民众，改变国民的思想意识。这就需要宣传教育，需要启蒙。而对

---

① 林纾：《〈吟边燕语〉序》，许桂亭选注：《林纾文选》，百花文艺出版社，2006 年，第 13 - 14 页。

于广大民众特别是下层民众而言，最好的宣传教育手段就是文学，特别是小说。于是，梁启超、严复等人起而号召文学界革命，大力提倡小说，提高小说与小说家的社会地位，一时蔚为风气。林纾的文学价值地位观就是在这样的背景下形成的。

在写于1924年的《林琴南先生》一文中，郑振铎认为，林纾打破了中国轻小说的传统，"他以一个'古文家'动手去译欧洲的小说，且称他们的小说家为可以与太史公比肩，这确是很勇敢的很大胆的举动。自他之后，中国文人，才有以小说家自命的；自他之后才开始了翻译世界的文学作品的风气。中国近二十年译作小说者之多，差不多可以说大都是受林先生的感化与影响的"①。1961年，阿英也指出："小说在中国文学和社会地位的提高，'林译小说'最先是小仲马这一部名著译本（指《巴黎茶花女遗事》，引者），起了很大的作用。"②这些与林纾基本同时代或稍晚的评论家的看法是有道理的。林纾以著名古文家的身份翻译西方小说并自己从事小说创作；他盛赞西方小说家所取得的成就，将他们与中国文人心目中的典范司马迁、班固等相提并论；他翻译的西洋小说在当时热销中国，一时洛阳纸贵。这些，都大大促进了小说的流行与发展，提高了小说和小说家的地位与影响。

林纾高度评价文学特别是小说的价值与地位，认为"文运之盛衰，关国运也"③。这种思想，表面上看，与中国古代文人对于"文"的看法是一致的。如曹丕认为："盖文章，经国之大业，不朽之盛事。"但实际上，两人所指的"文"是有区别的。曹丕的"文"，是"西伯幽而演《易》，周旦显而制《礼》"④，指的主要是哲学、政治等方面的著作。而林纾的"文"，则主要指的是李太白、萧颖士、韩愈、柳宗元、皮日休、陆龟蒙等人的作品，偏

---

① 郑振铎：《林琴南先生》，薛绥之、张俊才编：《林纾研究资料》，福建人民出版社，1983年，第163页。

② 阿英：《关于〈巴黎茶花女遗事〉》，薛绥之、张俊才编：《林纾研究资料》，福建人民出版社，1983年，第274页。

③ 林纾：《古文辞类纂选本·序》，许桂亭选注：《林纾文选》，百花文艺出版社，2006年，第101页。

④ 曹丕：《典论·论文》，郭绍虞主编：《中国历代文论选》第一册，上海古籍出版社，1979年，第159页。

重于文学方面。①因此，他所说的文运关系国运，在很大程度上指的是文学的兴衰与国家的盛衰有着密切联系。联系林纾的其他论述，这一层意思就更加明显。在《神枢鬼藏录·序》中，他称赞西方的侦探小说，认为"果使此书风行，俾朝之司刑谳者，知变计而用律师、包探，且广立学堂以毓律师、包探之材，则人人将求致其名誉，既享名誉，又多得钱，孰则甘为不肖者。下民既免讼师及隶役之患，或重睹清明之天日，则小说之功宁不伟哉！"②一部小说竟然能够起到如此巨大的社会作用，"文运之盛衰"自然"关国运"了。因此，林纾力倡小说，提高文学家的地位。他以西方为榜样，指出："小说固小道，而西人通称之曰文家，为品最贵。如福禄特尔、司各特、洛加特及仲马父子，均用此名世，未尝用外号自隐。"③中国的文学家们自然也没有必要羞羞答答，犹抱琵琶半遮面了，而应像林纾那样，自豪地标举自己小说家的身份。

　　林纾肯定文学的地位与价值，主要是从文学的社会作用或者说教育作用出发的。与梁启超等人一样，他认为文学以形象与情感感人，对于民众有着重大的影响。"儿童初学，骤语以六经，茫然当不一觉。其默诵文，力图强记，则悟性转窒。故入人，以歌诀为至，闻欧西之兴，亦多以歌诀感人者。"④这是林纾早期、还没有从事小说翻译与小说创作前对于文学的看法，他认为，与六经相比，诗歌更容易为读者所接受，更易对读者产生影响。从事小说翻译和小说创作之后，他就将小说的影响力放在了诗歌前面。在《深谷美人·序》中，他指出："风漓俗窳，乃思及古道，始发为歌讴，用讽谕之义以感人；而又不已，则编为小说，演诸梨园，冀观者有所感触。"⑤文学不光是作者本人有感而发，其目

---

　　① 参看林纾：《古文辞类纂选本·序》，许桂亭选注：《林纾文选》，百花文艺出版社，2006年，第101页。
　　② 林纾：《神枢鬼藏录·序》，吴俊标校：《林琴南书话》，浙江人民出版社，1999年，第55页。
　　③ 林纾：《迦茵小传·小引》，吴俊标校：《林琴南书话》，浙江人民出版社，1999年，第24页。
　　④ 林纾：《闽中新乐府·序》，吴俊标校：《林琴南书话》，浙江人民出版社，1999年，第135页。
　　⑤ 林纾：《深谷美人·序》，吴俊标校：《林琴南书话》，浙江人民出版社，1999年，第112页。

的也是感染读者。不光诗歌如此，小说、戏剧也是如此。值得注意的是林纾在这里论述的顺序，诗人有感于世，先发为诗歌，"而又不已"，则创作小说和戏剧。与中国传统文学重视诗歌相比，林纾这里即使不是有意将小说、戏剧放在诗歌之上，至少在潜意识中，也是认为在表达作者的感受方面，小说、戏剧比诗歌更为有力。这种观点，与当时叙事文学地位的提高有着密切联系，反过来，它又有利于叙事文学地位的提高。

正因为文学特别是小说对于大众有着巨大的吸引力与影响力，它也就成为改良社会的重要工具，运用得好，就能对社会产生巨大的影响。林纾批判迂腐学究，认为"委巷子弟为腐窳学究所遏抑，恒颟顸终其身；而清俊者转不得力于学究，而得力于小说"①。有志青年从学究们那里学不到什么东西，反而是小说成为他们的有益教材。林纾中年之后，花了二十多年的时间，翻译了180余部西方小说，其目的就是要通过自己的翻译，激发国人反帝救国的热情，促使国人向西方学习，同时通过中西比较，批判中国社会中他认为不合理的东西。虽然由于林纾的思想新旧杂陈，他的批判有正确也有失误，实际上只有一半击中了目标，但他重视文学的作用则是值得肯定的。他曾坦言："畏庐，闽海一老学究也。少贱，不齿于人，今已老，无他长，但随吾友魏生易、曾生宗巩、陈生杜蘅、李生世中之后，听其朗诵西文，译为华语，畏庐则走笔书之，亦冀以诚告海内至宝至贵、亲如骨肉、尊如圣贤之青年学生读之，振动爱国之志气，人谓此即畏庐实业也。噫！畏庐焉有实业？果能如称我之言，使海内挚爱之青年学生人人归本于实业，则畏庐赤心为国之志微微得伸，此或可谓实业耳。"②林纾当时受实业救国的影响，希望中国青年能"归本于实业"，以强国自救。而他自己则以翻译作为自己的实业，希望通过自己的翻译鼓荡公众的爱国精神，使青年以实业救国。在《黑奴吁天录·跋》中，他叙述自己翻译此书的目的："非巧于叙悲，以博阅者无端之眼泪，特为奴之势逼及吾种，不能不为大众

① 林纾：《红礁画桨录·译余剩语》，许桂亭选注：《林纾文选》，百花文艺出版社，2006年，第31页。
② 林纾：《爱国二童子传·达旨》，许桂亭选注：《林纾文选》，百花文艺出版社，2006年，第57页。

一号。……今当变政之始，而吾书适成。人人既镯弃故纸，勤求西学，则吾书虽俚浅，亦足为振作志气、爱国保种之一助。海内有识君子，或不斥为过当之言乎？"①话虽说得谦虚，但对该小说的社会影响，对于该小说在"振作志气、爱国保种"中所起的作用，林纾是充满了信心、毫不怀疑的。

林纾认为，文学主要是通过干预、揭露与批判社会来改良社会的。在《贼史·序》中，他写道："迭更斯极力抉摘下等社会之积弊，作为小说，俾政府知而改之。……天下之事，炫于外观者往往不得实际。穷巷之间，荒伦所萃，漫无礼防，人皆鄙之。然而豪门朱邸沉沉中逾礼犯分，有百倍于穷巷之荒伦者，乃百无一知。此则大肖英伦之强盛，几谓天下观听所在，无一不足为环球法，则非得迭更斯描画其状态，人又乌知其中之尚有贼窟耶？顾英之能强，能改革而从善也。吾华从而改之，亦正易易。所恨无迭更斯其人，能举社会中积弊者著为小说，用告当事，或庶几也。呜呼！李伯元已矣。今日健者，惟孟朴及老残二君，能出其绪余，效吴道子之写地狱变相，社会之受益，宁有穷耶？仅拭目俟之，稽首祝之。"②在《海外轩渠录·序》中，他也发表了相似的看法："葛利佛所言，长篇累牍，竟若确有其事。……当时英政，不能如今美备。葛利佛侘傺孤愤，拓为奇想，以讽宗国。言小人者，刺执政也。试观论利里北达事，历历斥其弊端，至谓重要大臣，咸以绳技自进，盖可悲也。其言大人，则一味称其浑朴，且述大人诋毁欧西语，自明己之弗胜，又极称己之爱国，以掩其迹。然则当时英国言论，固亦未能自由耳。嗟夫！屈原之悲，宁独葛氏？葛氏痛斥英国，而英国卒兴。而后人抱屈原之悲者，果见楚之以三户亡秦乎？则不敢知矣。"③从今天的角度观察，林纾的看法是简单了一点，而且改良的气氛很浓，但他的基本观点还是值得肯定的。首先，他认为，任何社会，都有其阴暗的一面，而且越是表面繁荣的社会，其内在的阴暗越容易为人们所忽

明清近代叙事思想

---

① 林纾：《黑奴吁天录·跋》，许桂亭选注：《林纾文选》，百花文艺出版社，2006年，第2页。

② 林纾：《贼史·序》，许桂亭选注：《林纾文选》，百花文艺出版社，2006年，第70页。

③ 林纾：《海外轩渠录·序》，吴俊标校：《林琴南书话》，浙江人民出版社，1999年，第43-44页。

视。其次，他认为，文学应该将社会阴暗面揭示出来，应该对社会不合理的地方进行批判，以使民众特别是当权者知道，以利于社会的改革与改良。再次，他认为，文学对社会的揭露与批判对于社会是有益的，社会特别是统治者应该对之持欢迎的态度，及时根据文学的揭露与批判进行改革。这样，社会就能不断地强盛，不断地向前发展。这种观点现在看来，似乎没有什么特别之处，但在当时，却是很先进的。它将文学特别是小说放在了改革社会的重要位置，这对于提高文学与小说的地位是十分有益的。

对于文学的认识作用，林纾也有比较清楚的认识。他曾思考文学与现实的关系，认为文学是现实生活的反映，并初步意识到了艺术真实的问题，意识到了文学应该反映生活的可然律与必然律的问题。他认为，狄更斯的小说，"笔舌所及，情罪皆真；爰书即成，声影莫遁，而亦不无伤于刻毒者。以天下既有此等人，则亦不能不揭此等事示之于世，令人人有所警醒，有所备豫，亦禹鼎铸奸，令人不逢不若之一佐也"①。文学将生活中的人与事表现出来，使读者有所认识、有所准备，在生活中遇到类似的人和事便能事先防范、妥善处理。这种看法在文学的认识作用中又突出了它的社会效益的一面，与林纾对于文学的教育作用和社会作用的强调是一致的。

正是因为重视文学的社会作用，林纾肯定小说的思想性，要求小说对读者产生有益的教育与启迪作用。他曾比较《伊索寓言》与中国的同类作品，认为："小说克自成家者，无若刘纳言之《谐谑录》、徐慥之《谈笑录》、吕居仁之《轩渠录》、元怀之《拊掌录》、东坡之《艾子杂说》，然专尚风趣，适资以侑酒，任为发蒙，则莫逮也。余非黜华伸欧，盖欲求寓言之专作，能使童蒙闻而笑乐，渐悟乎人心之变幻，物理之歧出，实未有如伊索氏者也。"②在谈到神幻小说时，他又这样写道："故西人小说，即奇恣荒渺，其中非寓以哲理，即参以阅历，无苟然之作。西人小说之荒渺无稽，至《葛利栿》（即斯威夫特的《格列佛游记》，引

---

① 林纾：《滑稽外史·短评数则》，许桂亭选注：《林纾文选》，百花文艺出版社，2006年，第50页。

② 林纾：《伊索寓言·序》，吴俊标校：《林琴南书话》，浙江人民出版社，1999年，第6页。

者）极矣，然其言小人国、大人国之风土，亦必兼言其政治之得失，用讽其祖国。此得谓之无关系之书乎？若《封神传》、《西游记》，则其谓之无关系矣。"①林纾认为《西游记》等小说与社会、政治没有关系，这种看法是不正确的。《西游记》等作品虽不直接针对某一现实，但作品通过审美形象所表现出来的弘扬正义、反对压迫、歌颂善良的思想，对社会有着更深、更远的影响。但林纾也的确不是有意"黜华伸欧"。在当时的社会环境下，救国保种是中华民族压倒一切的任务，也是有识之士们孜孜以求的主要目标。因此，他们在强调文学作品的思想性的同时，又要求思想的显豁性、现实性与直接性，这样的作品才容易对民众起到教育、启迪的作用，达到干预社会政治、兴国新民的目的。因此，像《格列佛游记》这样直接批判社会、干预政治的作品自然容易受到"林纾们"的青睐，而《西游记》这样与现实的社会政治离得较远的作品就不容易得到他们的肯定。林纾对文学作品思想性的要求显然有急功近利的成分，但他强调文学的思想性，要求文学对社会人生有益，还是应该肯定的。

　　文学作品发挥社会作用需要两个方面的努力：一个方面需要作品具有思想性与教育性，另一方面也需要读者能够感受到作品的思想，接受作品的教育。因此，林纾要求读者，"凡小说之书，必知其宗旨所在，则偶读一过，始不为虚。若徒悦其新异，用以破睡，则不特非作者之意，亦非译者之意也"②。在《深谷美人·序》中，他自叙："余老矣，羁旅燕京十有四年，译外国史及小说，可九十六种，而小说为多。其中皆名人救世之言。余稍为渲染，求合于中国之可行者。顾观者以为优孟之言，不惟不得其二三之益，而转以艳情为病，此所谓买椟还珠，余亦无所伸其辩矣。"③在林纾看来，读小说是一件严肃的事，其目的是把握并接受小说的"宗旨"与思想，对于中国读者来说，尤其要注意把握与接受作品中的"救世之言"，只有这样，才能通过阅读小说达

---

　　①　林纾：《红礁画桨录·译余剩语》，许桂亭选注：《林纾文选》，百花文艺出版社，2006年，第31－32页。

　　②　林纾：《钟乳髑髅·序》，吴俊标校：《林琴南书话》，浙江人民出版社，1999年，第97页。

　　③　林纾：《深谷美人·叙》，吴俊标校：《林琴南书话》，浙江人民出版社，1999年，第113页。

到"救国保种"的目的。因此他反对将阅读文学作品当作茶余饭后的消遣，反对将小说看作一种消愁、解闷、"破睡"的工具，只在烦闷、无聊、提不起精神来时看一看。与此相联，他也反对"买椟还珠"式的阅读方法，即只注意作品中娱乐消遣的因素，而忽视作品严肃的旨趣和积极的思想。林纾的阅读观带有较强的功利性，在一定程度上忽视了文学的审美和娱乐特性。但这只是问题的一个方面，另一方面，林纾并不是不懂寓教于乐的道理，不知道文学的审美与娱乐特性，只是他出于维新与启蒙的迫切要求，更加强调文学的教育与认识作用。这种功利性的阅读观，实际上是当时时代的产物。

总的来看，对于文学的价值与地位，林纾有着极高的评价。他重视文学的教育、认识与社会作用，认为文学关系着国家与民族的命运，文学的盛衰关系着国家的盛衰。而在文学中，他又更加重视小说，因为相对而言，小说对民众的影响更大，更能起到维新与启蒙的作用。林纾也看到了文学有审美与娱乐的一面，但重视不够，甚至在某种程度上将它与文学的教育和认识作用对立起来，这主要应归因于他对文学的社会作用期待与要求太高，而不是他对文学寓教于乐的特点缺乏认识。林纾肯定与提高文学特别是小说的价值与地位对于叙事文学的发展是有利的。它有利于叙事文学创作的繁荣，有利于西方小说的翻译与介绍。而正是在这种繁荣与介绍中，近代小说发生了不可逆转的变化，为中国古代小说向现代小说的过渡创造了条件。

四、林纾的现实主义创作观

19 世纪与 20 世纪之交的中国，民族危机深重，社会矛盾重重，民不聊生，庞大的清帝国已经处于风雨飘摇之中，严峻的现实迫使作家将眼光投注到现实社会上来。梁启超等人提倡小说界革命，希望文学承担起教育、启迪民众，推动社会变革的重任。在这种社会氛围下，当时的文坛，自然是关注现实的思想占据了主导地位。林纾自然也不例外。

从思想资源上看，林纾的现实主义创作观的来源主要有两个：一是中国古代文学传统，一是西方小说思想。中国古代小说的源头之一是史传。受史传的影响，中国古代小说一直强调真实，要求小说能入史官之目，补历史之阙。林纾的现实主义创作思想有对中国传统文学思想的继承，但更多地则是由于他所翻译的欧美现实主义作家狄更斯、托尔斯泰、小仲马、司各特、斯威夫特、斯托夫人、哈葛德等人的小说的影响。林纾曾自述："予尝静处一室，可经月，户外家人足音，颇能辨之了了，而余目固未之接也。今我同志数君子，偶举西士之文字示余，余虽不审西文，然日闻其口译，亦能区别其文章之流派，如辨家人之足音。"①林纾翻译外国小说180多种，对于国外特别是欧美小说不仅熟悉，而且有深入的研究。在为自己翻译的小说写的序、跋等中，他对以狄更斯为代表的欧美批判现实主义的主要特征进行的论述，在当时是最全面系统的。这些论述在当时产生了广泛的影响，并实际上构成了林纾自己现实主义创作主张的一部分。

林纾的现实主义创作观，可从创作内容与创作方法两个角度来探讨。

在文学创作的内容上，林纾强调"真情"与"真实"。

所谓"真情"，有两个方面的含义：一是作家真实的感情，一是符合作家个性的感情。在谈诗时，林纾指出："诗之道，以自然为工，以感人为能。凡有为而作，虽刻形镂法、玉振珠贯，皆务眩观者之耳目而已；而欲感人心、广流传，则未之或逮。大抵诗者，不得已之言也。忧国思家，叹逝怨别，吊古纪行，因人情之所本有者，播之音律，使循声而歌之，一触百应，乃有至于感泣者。"②"为赋新诗强说愁"，是写不出好诗来的。诗是诗人感情激荡不得不发的结果。诗的目的是感动读者，而要感动读者，就要表达出作家的真实情感。这里，"人情之所本有者"值得注意。所谓"人情之所本有者"就是人的情感中自然的、固有的成分。林纾主张文学作品表现大众共通的情感，不赞成作家沉浸于个人特别的情感。这与艾略特的"诗歌不是感情的放纵，而是感情的脱离"，③似乎有些相似之处。另一方面，"真情"应表达出作家的性格，是从作者心中流出来的。"文必肖其性情以出，

① 林纾：《孝女耐儿传·序》，许桂亭选注：《林纾文选》，百花文艺出版社，2006年，第62页。
② 林纾：《梅花诗境记》，许桂亭选注：《林纾文选》，百花文艺出版社，2006年，第81页。
③ 托·斯·艾略特：《传统与个人才能》，李赋宁译注：《艾略特文学论文集》，百花洲文艺出版社，1994年，第11页

而后其言立……要必有真性情存乎其中，而后读者感焉。今之为文者，涂饰以为工，征引以炫博，失其性情之真，以云自信犹不足，欲以信人而作后世，乌可得哉?"① "文如其人"，作家的情感应该打上作家个人的烙印，这样才能感人，也才能使表现在文学中的情感显得千姿百态。这与"人情之所本有者"并不矛盾。"本有者"强调的是作家的情感应与公众相通，"真性情"强调的是作家的情感应体现、符合作家的个性。

诗文如此，小说当然也是如此。"天下至刻毒之笔，非至忠恳者不能出。忠恳者综览世变，怆然于心，无拳无勇，不能制小人之死命，而行其彰瘅；乃曲绘物状，用作秦台之镜。观者嘻笑，不知作者搤几许伤心之泪而成耳。"② 由此可见，作家只有动了真情，才能写出好的文学作品。

"真实"，是林纾现实主义创作观的关键词之一。所谓"真实"，首先是表现现实。前面说过，林纾强调文学的"虚构"本质，并不认为小说与现实生活是一一对应的关系，但这并不意味着文学作品不能或不应表现现实。在《不如归·序》中，林纾写道："吾国史家好放言，既胜敌矣，则必极言敌之丑敝畏葸，而吾军之杀敌致果，凛若天人，用以为快。……若文明之国则不然，以观战者多，防为所讥，措语不能不出于纪实。""纪实"也就是如实地表现现实。林纾坦言自己翻译《不如归》的一个重要原因是"其中尚夹叙甲午战事甚详"，③ 能使国人知道甲午海战的真相。其次，林纾要求的并不仅仅是停留在"现象"层面的"真实"，而是生活的真实。在《深谷美人·叙》中，他写道："自家族主义一变，欧人之有识者，尽然伤之，于是小说家言，恒谆谆于孝友一说。非西人之俗尚，尽出于孝友也；目击世变之不可挽，故为慈祥恳挚之言，设为人间必有之事，因于小说中描写状

---

① 林纾：《论文》，吴俊标校：《林琴南书话》，浙江人民出版社，1999 年，第 195 页。

② 林纾：《红礁画桨录·译余剩语》，许桂亭选注：《林纾文选》，百花文艺出版社，2006 年，第 31 页。

③ 林纾：《不如归·序》，许桂亭选注：《林纾文选》，百花文艺出版社，2006 年，第 74 页、第 73 页。

态。"①这里"人间必有之事"，也就是符合亚里士多德所说的"可然律"与"必然律"的事情。小说中的人物事件即使是虚构的，也应该符合生活的外在形态与内在规律。林纾不喜中国史家"放言"即说大话的传统，因为这无法反映生活的真实。他自言自己"四十以前颇喜读书，凡唐宋小说家，无不搜括。非病沿习，即近荒渺，遂置弗阅"②。"荒渺"自然无法表现生活的真实，而"沿习"也很难反映生活的真实。生活是不断发展的，不同的时代、不同的社会有不同的生活。按照已有的模式表现生活，是很难反映生活真实的，林纾"遂置弗阅"是有道理的。第三，"真实"也意味着"逼真"。小说离不开虚构，不可能是现实生活的原样摹写，但是小说所描写的生活在表现形态与内在规律上应该与现实生活具有同一性，这就是"逼真"。林纾在这方面的认识比较深刻。他认为："小说之足以动人者，无若男女之情。所为悲欢者，观者亦几随之为悲欢。明知其为驾虚之谈，顾其情况逼肖，既阅犹若斤斤于心，或引以为惜且憾者。"③小说虽然是虚构的，但仍能吸引与感动读者，使读者深陷其中而难以自拔，一个重要的原因就是描写的逼真，小说塑造的世界"逼肖"现实的世界。林纾自己的小说，其成就虽然不是很高，但写人状物，往往栩栩如生。当时人曾称赞他的小说"其能款款动人处，闭目思之，亦似确有其事"④。他自己也说："为小说者，惟艳情最难述。英之司各得，尊美人如天帝；法之大仲马，写美人如流娼，两皆失之。惟迭更斯先生，于布帛粟米中述情，而情中有文，语语自肺腑流出，读者几以为确有其事。余少更患难，于人情洞之了了，又心折迭更斯先生之文思，故所撰小说，亦附人情而生。或得新近之人言，或忆诸童时之旧闻，每于月夕灯前，坐而索之，得即命笔，不期成篇。词或臆造，然终不远于人情，较诸《齐

① 林纾：《深谷美人·叙》，吴俊标校：《林琴南书话》，浙江人民出版社，1999年，第112页。

② 林纾：《斐洲烟水愁城录·序》，许桂亭选注：《林纾文选》，百花文艺出版社，2006年，第74页、第23页。

③ 林纾：《不如归·序》，许桂亭选注：《林纾文选》，百花文艺出版社，2006年，第73页。

④ 臧荫松：《践卓翁短篇小说·序》，见《践卓翁短篇小说》卷首，都门印书局，1913年。

谐》志怪，或少胜乎?"①在这段话里，林纾提出了"不远于人情"的主张。这有两层含义。一层含义是符合生活的可然律与必然律，也就是生活真实的问题。另一层含义则是指的逼真。狄更斯于日常生活中叙"艳情"，"情中有文"，使读者以为写的是真事，取得了成功。而司各特、大仲马把美女或者当成天使，或者当成妓女来描写，这就超出了生活之外，无法使"读者几以为确有其事"，因而"两皆失之"。

作家要能如实地描写现实，写出生活的真实，一个重要的条件是要熟悉他所描写的对象。林纾以《红楼梦》为例说明这一观点："愚恒笑以为《品花宝鉴》学《红楼梦》者也。《红楼梦》多贵族手笔，而曹雪芹又司江南织造，上用之物靡不周悉。作《品花宝鉴》者，特一秀才，虽极写华公子之富，观其令厨娘煮粥，亲行命令，如某某之粉宜多宜寡，斟酌久之，如在《红楼梦》中，则一婢之口吻耳。须知汉时古书尚多，而国之气脉亦厚，所以子云、相如以鸿丽之笔横绝一世，此即《红楼梦》中之写楼台、衣服以饮食、起居诸事一无寒俭之态。"②杨雄、司马相如的赋之所以能千古称雄，不仅因为他们的才华，也因为他们所处的时代。《红楼梦》写富贵生活左右逢源，如鱼得水，一个重要原因是作者曹雪芹本是富贵中人，熟悉江南贵族生活。而《品花宝鉴》的作者只是一秀才，不熟悉富贵生活，因而写富贵生活便不免捉襟见肘，处处显出小家子气，从而也就失去了真实性。林纾这段话同时也说明了文学作品的成功同时代、作家生活的关系。作家应该写自己熟悉的生活，对自己不熟悉的生活，则应适当回避，不要硬写。

如果从广义的角度理解，现实主义在中国是古已有之。《诗经》是现实主义的，《楚辞》是浪漫主义的；杜甫是现实主义的，李白是浪漫主义的。但是这种意义上的现实主义更多地是指一种创作倾向，一种处理主体与客体关系的原则，而不是现代意义上的现实主义。日本学者内田道夫认为："中国小说是自发地走向

① 林纾：《洪罕筜》，《林纾选集·小说卷上》，四川人民出版社，1985年，第145页。
② 林纾：《论古文白话之相消长》，许桂亭选注：《林纾文选》，百花文艺出版社，2006年，第93页。

写实主义的。只不过是，中国小说长期以来，甘心居于低水平的评价，作为为人生而艺术，从意识上是远离的。从而在写实主义上，优秀作品的产生，精密理论的出现，不能不有待于西欧文学的影响。"①林纾通过自己对欧美现实主义小说的翻译、研究与介绍，丰富、发展了中国小说的现实主义思想。这可以从以下几个方面探讨。

首先，林纾在强调写现实、强调真实的基础上，要求将文学描写的重点放在下层社会、日常生活上来。他认为："天下文章，莫易于叙悲，其次则叙战，又次则宣叙男女之情。等而上之，若忠臣、孝子、义夫、节妇，决脰溅血，生气凛然，苟以雄深雅健之笔施之，亦尚有其人。从未有刻画市井卑污龌龊之事，至于二三十万言之多，不重复，不支厉，如张明镜于空际，收纳五虫万怪，物物皆涵涤清光而出，见者如凭栏之观鱼鳖虾蟹焉。则迭更司盖以至清之灵府，叙至浊之社会，令我增无数阅历，生无穷感谓矣。中国说部，登峰造极者，无若《石头记》。叙人间富贵，感人情盛衰，用笔缜密，着色繁丽，制局精严，观止矣。其间点染以清客，间杂以村姬，牵缀以小人，收束以败子，亦可谓善于体物。终竟雅多俗寡，人意不专属于是。若迭更司者，则扫荡名士、美人之局，专为下等社会写照，奸狯驵酷，至于人意未所尝置想之局，幻为空中楼阁，使观者或笑或怒，一时颠倒，至于不能自已，则文心之邃曲，宁可及耶？"②林纾通过与中国古典小说的对比，肯定了狄更斯"扫荡名士、美人之局，专为下等社会写照"的现实主义创作方法。林纾并不贬低中国古典小说，对《红楼梦》等给予了极高的评价。但在他看来，《红楼梦》主要描写上流社会，叙述富贵生活，对于下层社会，较少涉及，终究美中不足。不如狄更斯等欧美作家，侧重表现下层社会，一方面打破小说写作传统，更接近生活真实，一方面也更能增加读者对社会的认识。

林纾认为，下层社会，家常之事，较之富贵、冒险、盗侠等题材更为难写，因为其缺少这些题材所可能具有的戏剧、眩目、

---

① 内田道夫：《林琴南的文学评论》，见薛绥之、张俊才编：《林纾研究资料》，福建人民出版社，1983年，第273页。

② 林纾：《孝女耐儿传·叙》，许桂亭选注：《林纾文选》，百花文艺出版社，2006年，第62－63页。

新奇和紧张等特性。他认为《水浒》"叙盗侠之事，神奸魁蠹，令人耸慑。若是书（指《块肉余生述》，引者），特叙家常至琐至屑无奇之事迹，自不善操笔者为之，且恹恹生人睡魔。而迭更司乃能化腐为奇，撮散作整，收五虫万怪，融汇之以精神，真特笔也！史、班叙妇人琐事，已绵细可味矣，顾无长篇可以寻绎。其长篇可以寻绎者，惟一《石头记》；然炫语富贵，叙述故家，纬之以男女之艳情，而易动目。若迭更司此书，种种描摹下等社会，虽可哕可鄙之事，一运以佳妙之笔，皆足供人喷饭。英伦半开化时民间弊俗，亦皎然揭诸眉睫之下"。① 《水浒传》、《红楼梦》的题材本身，便有吸引读者的地方，而家常琐碎之事缺乏这些因素，更需要作者的写作才能和精心运作。

现实主义要求文学表现现实，如实地反映现实的本来面貌。但现实总是多样的。西方18世纪以前，文学描写的侧重点还在上流社会，直到18世纪，特别是19世纪批判现实主义之后，文学才侧重反映下层社会的生活，现实主义创作方法才走向成熟。至于中国小说，在林纾生活的时代，其描写的重点还未转到下层社会日常生活中来，传统小说即使是《金瓶梅》这样以写市民生活著称的作品，仍然一头连着官府，以男女艳情吸引读者。林纾借鉴欧美批判现实主义文学的特点，肯定下层社会日常生活的文学价值，肯定作家描写下层社会的必要性与重要性，肯定表现下层社会日常生活比表现富贵、传奇生活更为困难，更能见出作者的才能，这在中国小说和小说理论发展史上不能不说是一个很大的进步。它对于促进国内文坛文学观念的转变，对于推进中国现实主义文学的发展，有着积极的意义。

其次，与欧美现实主义文学一致，林纾强调细节的真实与形象的鲜明。巴尔扎克称小说为"庄严的谎话"，认为"在这种庄严的谎话里，小说在细节上不是真实的话，它就毫无足取了"②。恩格斯指出："现实主义的意思是，除细节的真实外，还要真实

---

① 林纾：《块肉余生述·二题》，许桂亭选注：《林纾文选》，百花文艺出版社，2006年，第66－67页。

② 巴尔扎克：《人间喜剧·前言》，伍蠡甫主编：《西方文论选》下卷，上海译文出版社，1979年，第173页。

地再现典型环境中的典型人物。"①细节的真实是现实主义创作方法的关键之一。林纾在这一点上的认识虽然没有达到恩格斯、巴尔扎克的高度，但也是十分清晰的。他称赞"《史记·外戚传》述窦长君之自陈，谓：'姊与我别逆旅中，丐沐沐我，饭我乃去。'其足生人惋怆者，亦只此数语"，只可惜"史公于此等笔墨，亦不多见，以史公之书，亦不专为家常之事发也"②。在《利俾瑟战血余腥记·叙》中，他肯定该书描写"兵间尺寸之事，无不周悉"。而他之前译的《拿破仑全传》由于为"正史之体"、"不能苟碎描写士卒冤穷之状，至可惜也。"③细节不仅是小说的特征所在，而且也是小说的价值所在，林纾的这一思想，是符合现实主义文学的主张的。

与细节的真实相比，形象的鲜明不一定是现实主义独特的特点，其他创作方法如浪漫主义也要求形象的鲜明。但林纾是在描绘下层社会日常生活的基础上强调形象的鲜明的，因而他对形象鲜明的强调也理当是其现实主义主张的一部分。在《鱼雁抉微·序》（今译《波斯人信札》）中，他称赞该书描写人物事件"雕镂描画，务穷形尽相而止，殆神笔也"④。在《孝女耐儿传·叙》（今译《老古玩店》）中，林纾指出，狄更斯"刻画市井卑污龌龊之事……如张明镜于空际，收纳五虫万怪，物物皆涵涤清光而出，见者如凭栏之观鱼鳖虾蟹焉"，极赞其作品形象鲜明，人物事件仿佛被清光包容、洗涤，读者仿佛凭栏观看池中的鱼、虾，清晰鲜明。而在各种形象中，人物形象最为重要。人物的成功与否，直接关系着小说的成败。人物的成功，首先在其形象鲜明，性格独特。如《滑稽外史》中尼古拉司的母亲，"其为淫耶？秽耶？蠢而多言耶？愚而饰智耶？乃一无所类。但觉彼言一发，即纷纠如乱丝；每有所言，均别出花样，不复不沓。因叹左、司、

明清近代叙事思想

---

① 恩格斯：《致玛·哈克纳斯》，《马克思恩格斯选集》第四卷，人民出版社，1972年，第462页。

② 林纾：《孝女耐儿传·序》，许桂亭选注：《林纾文选》，百花文艺出版社，2006年，第63页。

③ 林纾：《利俾瑟战血余腥记·叙》，吴俊标校：《林琴南书话》，浙江人民出版社，1999年，第14页。

④ 林纾：《鱼雁抉微·序》，吴俊标校：《林琴南书话》，浙江人民出版社，1999年，第117页。

班、马能写庄容，不能描蠢状，迭更司盖于此四子外，另开生面矣"①。尼古拉司的母亲，在《滑稽外史》（今译《尼古拉斯·尼克尔贝》）中只是一个次要人物，其性格特点很难用一句话概括，但其思维之混乱、言语之啰嗦、行为之可笑，却给读者留下了深刻的印象。成功的人物的另一特点，是语言符合人物性格。中国古典小说理论十分重视这一点。金圣叹称赞《水浒传》人物语言的个性化："一样人，便还他一样说话。"②林纾肯定《撒克逊劫后英雄略》"述英雄语，肖英雄也；述盗贼语，肖盗贼也；述顽固语，肖顽固也。虽每人出话，恒至千数百言，人亦无病其累复者"③。这里的"肖"，即指符合人物的身份、教养，也指符合人物的性格，只有这样，才是成功的语言。

再次，林纾看到了欧美现实主义作家如实描写现实，不直接表达自己的思想感情的特点。在《恨绮愁罗记·序》中，林纾写道："书叙非色野华侈之观，鲁意骄蹇之态，两美竞媚之状，群臣趋走卑屈之容，作者不加褒贬，令读者自见法国当日危敝，在于炭炭。法之君臣上下，均如洪醉，深可悯叹。"④作者不加褒贬，让读者自己从情节和场面的描写里体会其中所包含的思想，这正是现实主义的特点之一。恩格斯认为："倾向应当从场面和情节中自然而然地流露出来，而不应当特别把它指点出来。"⑤恩格斯的话指出了现实主义文学的一个重要特点。虽然林纾在自己的创作中常常做不到这一点，但他看到了这一特点并给予了肯定，应该说是难能可贵的。

林纾生活的清末民初，现代意义的现实主义在中国还处于草创时期。当时的人们对于现实主义的看法还未能从唐宋时期白居易的"文章合为时而著，歌诗合为事而作"，和明清时期的反映

---

① 林纾：《滑稽外史·短评数则》，许桂亭选注：《林纾文选》，百花文艺出版社，2006 年，第 50 页、第 52 页。

② 金圣叹：《读第五才子书书法》，金圣叹、李卓吾点评：《水浒传》，中华书局，2009 年，第 1 页。

③ 林纾：《撒克逊劫后英雄略·序》，许桂亭选注：《林纾文选》，百花文艺出版社，2006 年，第 18 页。

④ 林纾：《恨绮愁罗记·序》，吴俊标校：《林琴南书话》，浙江人民出版社，1999 年，第 88 页。

⑤ 恩格斯：《致敏·考茨基》，《马克思恩格斯选集》第四卷，人民出版社，1972 年，第 454 页。

"世情"、表现世态炎凉、描写悲欢离合的观念中跳出来。到五四时期，新文学家们还在提倡文学的平民化。如周作人的号召："我们不必记英雄豪杰的事业，才子佳人的幸福，只应记载世间普通男女的悲欢成败。"[1]林纾在借鉴西方现实主义小说理论和创作经验的基础上，从现实主义的角度，对小说的题材、人物、细节、形象和作者的倾向等作了初步的论述，这对改变人们的观念，推动现实主义小说和创作方法的发展，其意义是不可忽视的。

五、林纾对叙事理论的探讨

如果从内容、形式二分的角度看，叙事理论涉及的主要是叙事作品的形式问题。林纾对形式的重要性有比较清晰的认识，所谓"至道不得至文亦万不传"。[2]内容好还得形式好，好的形式能够帮助内容的表达，甚至克服内容的某些不足。狄更斯之所以杰出，不仅是因为他的小说的题材与思想，也是因为他在叙事上的高超技巧："虽可哕可鄙之事，一运以佳妙之笔，皆足供人喷饭。"[3]因此，在翻译与创作的过程中，林纾重视对叙事理论、叙事技巧的探讨与运用。这种探讨与运用主要体现在他为自己翻译的小说写的序、跋等，和他翻译、创作的小说中。

在叙事方面，林纾首先重视的是小说的结构。中国小说的传统形式是章回小说。章回小说发展到清代，已经非常成熟，出现了《红楼梦》这样的长篇巨著。但章回小说在发展的过程中也出现了许多程式化与公式化的东西，这些东西影响了小说与现实之间的契合，阻碍了小说对生活的反映，阻碍了小说的发展。因此到了林纾生活的时代，传统的章回小说的叙事形式已经处于非改不可的状况，但这种改革，单靠中国小说自身产生的变化因素是不够的，还必须借助外来的力量。因此，林纾对于欧美小说结构的重视与研究便是理所当然、顺理成章的了。

---

① 周作人：《平民文学》，见《每周评论》第 5 期，1919 年 1 月 19 日。

② 林纾：《论古文白话之相消长》，许桂亭选注：《林纾文选》，百花文艺出版社，2006 年，第 95 页。

③ 林纾：《块肉余生述·二题》，许桂亭选注：《林纾文选》，百花文艺出版社，2006 年，第 67 页。

林纾强调结构的整体性与系统性。在《孝女耐儿传·序》中，他赞扬狄更斯整体把握作品，"刻画市井卑污龌龊之事，至于二三十万言之多，不重复，不支厉"。[①]在《冰雪因缘·序》中，他通过比较，指出狄更斯小说的整体性与系统性的特点："陶侃之应事也，木屑竹头，皆资为用；郗超之论谢玄也，谓履屐之间，皆得其任。二者均陈旧语，然畏庐拾之以论迭更斯先生之文，正所谓木屑竹头皆有所用，而履屐之间皆得其任者也。英文之高者，曰司各得；法文之高者，曰仲马，吾则皆译之矣。然司氏之文绵褫，仲氏之文疏阔，读后无复余味。独狄更斯先生临文如善弈之著子，闲闲一置，殆千旋万绕，一至旧著之地，则此著实先敌人，盖于未胚胎之前已伏线矣。惟其伏线之微，故虽一小物、一小事，译者亦无敢弃掷而删节之，防后来之笔旋绕到此，无复叫应。冲叔初不著意，久久闻余言始觉，于是余二人口述神会，笔遂绵绵延延，至于幽渺深沉之中，觉步步咸有意境可寻。呜呼！文字至此，真足赏心而怡神矣。左氏之文，在重复中能不自复；马氏之文，在鸿篇巨制中，往往潜用抽换埋伏之笔而人不觉，迭更司亦然。虽细碎芜蔓，若不可收拾，忽而井井胪列，将全章作一大收束，醒人眼目。有时随伏随醒，力所不能兼顾者，则空中传响，回光返照，手写是间，目注彼处，篇中不著其人，而其人之姓名事实，时时罗列，如所罗门、倭而武二人之常在佛罗伦司及乃德口中是也。"[②]小说应有一个总体结构与布局，每一章、每一节、每一人物、每一情节都应该是这一总体结构中的有机组成部分，各处其位，各得其所。司各特、大仲马的小说总体上是优秀的，但其中的有些情节、场面等未能很好组织进这一有机的结构之中，因而或者显得散漫，或者不够严谨。而狄更斯创作犹如高手下棋，每一着都服从总体布局，"木屑竹头皆有所用"，因而其小说结构与司各特、大仲马的相比，就要严谨得多。

要使结构具有整体性与系统性，从形式上看，主要有两种方

---

① 林纾：《孝女耐儿传·序》，许桂亭选注：《林纾文选》，百花文艺出版社，2006年，第62页。

② 林纾：《冰雪因缘·序》，吴俊标校：《林琴南书话》，浙江人民出版社，1999年，第99页。

法。一是要有一个将小说的各个部分联系在一起的纽结。"凡长篇巨制，苟得一贯穿精意，即无虑委散。《大宛传》固极绵褫，然前半用博望侯为之引线，随处均着一张骞，则随处均联络。至半道张骞卒，则直接入汗血马。可见汉之通大宛诸国，一意专在马；而绵褫之局，又用马以联络矣。"①林纾这里说的"贯穿精意"，实际上也就是纽结。它大致等于线索，但比线索要宽泛一些，也可以是某种起线索作用的事物，如《大宛传》后半部分的汗血马。小说有了这种纽结，就能把各个部分贯穿成为一个整体。另一种方法则是要运用"伏线"、"抽换埋伏之笔"等叙事技巧，将小说的各个部分，人物、情节、场面等联系起来，使其互相结合、前后照应，形成一个有机的整体。"纾不通西文，然每听述者叙传中事，往往于伏线、接笋、变调、过脉处，大类吾古文家言。"②中国古典小说如《红楼梦》、《水浒传》等在伏笔、悬念、情节的转换、对接，叙事线索、对象与重点的转移等方面达到了很高的技巧。林纾认为，这些叙事技巧的运用，有助于小说结构的有机整一。

林纾赞赏的，是那种结构严谨、构思严密的作品，如狄更斯的《块肉余生述》："大抵文章开阖之法，全讲骨力气势。纵笔至于灏瀚，则往往遗落其细事繁节，无复检举，遂令观者得罅而攻。此固不能为能文者之病，而精神终患弗固。迭更斯他著，每到山穷水尽，辄发奇思，如孤峰突起，见者耸目。终不如此书伏脉至细，一语必寓微旨，一事必种远因，手写是间，而全局应有之人逐处涌现，随地关合。虽偶而一见，观者几复忘怀，而闲闲着笔间，已近拾即是，读之令人斗然记忆，循编逐节以索，又一一有是人之行踪、得是事之来源。综言之，如善弈之着子，偶然一下，不知后来咸得其用，此所以成为国手也。"③林纾喜用弈棋来比喻写小说，强调善弈之人，每一着均关全局，都与其他各着有着千丝万缕的联系。这也正是《块肉余生述》的结构特点。林

---

① 林纾：《斐洲烟水愁城录·序》，许桂亭选注：《林纾文选》，百花文艺出版社，2006年，第24页。

② 林纾：《撒克逊劫后英雄略·序》，许桂亭选注：《林纾文选》，第17页。

③ 林纾：《块肉余生述·二题》，许桂亭选注：《林纾文选》，百花文艺出版社，2006年，第66页。

纡将之称为"观音锁骨式"。"所谓观音锁骨者，以骨节钩联，皮肤腐化后，揭而举之，则全具锵然，无一屑落者。"如果以骨架作比，则小说的每个部分、每一情节、人物、事件、场面等便是其中的一个骨节，这些骨节各有其用，各安其位，互相钩联，牵一处而动全身，抓住关键而全局清楚。林纡称《块肉余生述》"为迭更斯生平第一着意之书……思力至此，臻绝顶矣!"①该书的结构在其中起了重要的作用。

客观地说，狄更斯的小说并不是以结构为其第一强项。即使是《大卫·科波菲尔》，与一些以结构见长的小说如托尔斯泰的《安娜·卡列尼娜》比较起来，其结构还是显得略显松散与拖沓。从这个意义上说，林纡囿于自己的阅读面，将狄更斯的小说作为结构的范例向中国读者推荐，还是可以商榷的。但问题的关键不在于推荐的对象，而在于林纡在一系列的文章中反复强调结构的重要，反复强调结构的严谨、结构的整体性与系统性，这对于改变中国传统小说结构的粗放和传统的章回体形式，是起了重要作用的。

自然，不同的小说由于反映的对象、构思、目的等的不同，其结构也不一定完全一致。如孟德斯鸠的《波斯人信札》，其主要目的就是通过一个个的事件，讲述波斯的故事，并借此表达作者自己对社会的看法，宣传启蒙思想。这样的作品自然就很难像《大卫·科波菲尔》那样结构严谨，整部小说构成一个有机整体。林纡自然也不可能做这种要求。但这并不意味着这种小说的结构就不需要精心经营。如《波斯人信札》的内容"不能熔为整片之文，则幻为与书之体。每一翰必专指一事，或一人一家而言"。②每一信所述内容构成一个整体，而信与信之间则通过人物、写信人与收信人等连接起来，整部小说仍然具有某种程度的整一性。总之，小说的结构虽然千变万化，应该因地制宜，但结构尽量完整、有机，则是不变的要求。

对于中西小说不同的叙事模式，林纡有比较深入的认识。与

① 林纡:《块肉余生述·二题》，许桂亭选注:《林纡文选》，百花文艺出版社，2006年，第66页。

② 林纡:《鱼雁抉微·序》，吴俊标校:《林琴南书话》，浙江人民出版社，1999年，第117页。

中国小说不同，欧美小说往往不以人物众多、事件繁杂和情节的快速推进为特点。如《撒克逊劫后英雄略》。"古人为书，能积至十二万言之多，则其日月必绵久，事实必繁夥，人物必层出；乃此篇为人不过十五，为日同之，而变幻离合，令读者若历十余稔之久。"①两种不同的叙事模式不仅只是叙事技巧和叙事方法的问题，它实际上是由不同的叙事观念造成的，牵涉不同的叙事形式。中国小说遵循司马迁"究天人之际，通古今之变"的思想，重视小说的教育与认识作用，倾向于通过有限的文字表现更多的生活内容。因此，在可能的情况下，总是倾向于多写人物与事件。而人物与事件的众多必然导致叙事展开与深入的困难，导致对于生活细致具体的描写的不够。另一方面，人物与事件的众多也造成了中国小说以情节取胜的特点，叙事方式多讲述而少显示，具体的细节与心理描写较少，流于"框架式"的介绍。这种形式有利于章回小说的发展。因为一方面，众多的人物、事件与快速进展的情节比较容易用章回的形式组织，另一方面，章回小说的"拟话场"情景也比较有利于"讲述"为主的叙事方式。而欧美小说遵循贺拉斯"寓教于乐"的传统，重视小说的审美娱乐功能，重视对于生活的深入细致的描写。在叙事方式上重视显示，具体细腻的细节与心理描写较多。比较而言，林纾显然是赞成欧美小说的叙事模式的。在自己的文章中，他曾多次提到欧美小说的这一特点，并进行了一定的探讨。

首先，林纾看到，欧美作家重视对于日常生活的具体描写。他认为："文章家语，往往好言人之所难言。眼前语，尽人能道者，顾人以平易无奇而略之；而能文者，则拾取而加以润色，便蔚然成为异观。此书原文至细切温雅，而不伤于烦碎，言之缕缕然，盛有文理。惜余不文，不能尽达其意，读者当谅吾力不能逮也。"②这里的"眼前语"不能就字面意思理解为人们常用的语言，它指的实际上是日常的生活。中国古典作家比较重视重大与非常的题材，如《三国演义》、《水浒传》、《西游记》、《聊斋志

---

① 林纾：《撒克逊劫后英雄略·序》，许桂亭选注：《林纾文选》，百花文艺出版社，2006年，第17页。

② 林纾：《拊掌录·跋尾》，许桂亭选注：《林纾文选》，百花文艺出版社，2006年，第39页。

异》等，像《金瓶梅》这样描写日常生活的不是主流，而且即使是《金瓶梅》也仍具有某种不平常的因素。倒是一些散文随笔如沈复的《浮生六记》生动地描写了日常生活，可惜未能对当时的小说创作产生方向性的影响。而近代欧美小说以具体细腻地描写下层民众的日常生活为主要内容，这就必然导致其对描写对象的充分展开、叙事方式上的重视显示和人物、事件相对而言的单纯。因为人物事件过于繁复，不利于对其进行充分的展开和描写。

其次，林纾探讨了欧美小说的展开方式。在《洪罕女郎传·跋语》中，他写道："哈葛德之为书，可二十六种。言男女事，机轴只有两法，非两女争一男者，则两男争一女。……机轴一耳，而读之使人作异观者，亦有数法。或以金宝为眼目，或以刀盾为眼目。叙文明，则必以金宝为归；叙野蛮，则以刀盾为用。舍此二者，无他法矣。然其文心之细、调度有方，常出诸空中楼阁，故思路亦因之弗窘。大抵西人之为小说，多半叙其风俗，后杂入以实事。风俗者，不同者也，因其不同，而加以点染之方，出以运动之法，等一事也，赫然观听异矣。"①林纾对于哈葛德小说结构方法的评论是否正确我们暂且置之勿论，但他从中总结出的欧美小说的展开方式则有一定道理。其一，欧美小说情节并不复杂，但作者能够设置"眼目"，加以变化，"使人作异观"，不觉其同一。其二，欧美小说构思精巧，情节安排合理，虚构、想象丰富，因此虽然人物、事件并不复杂，却能思路"弗窘"，源源不断地写下去。其三，欧美小说重视风俗，扩大点说，也就是重视环境的描写。环境是人物活动的场所，也是人物性格的依据。事件、人物类型相同，但环境不同，所敷演出的故事也就不同。中国小说不是十分重视环境的描写，因而难以写得十分细腻；欧美小说重视环境的描写，小说往往能够展得很开。其四，欧美小说往往将环境描写与人物行为、事件等的描写结合起来，而且根据环境等的不同，在描写的侧重点、人物的行动等方面进行变化，使类似的事情，显出不同的面貌。林纾的这些论述，不一定完全说明了欧美小说的展开方式，但对于当时的中国小说与

---

① 林纾：《洪罕女郎传·跋语》，许桂亭选注：《林纾文选》，百花文艺出版社，2006年，第26页。

中国小说家们来说，还是很有帮助的。

第三，林纾对欧美小说中的心理描写有比较深入的领悟。中国传统小说较少心理描写，《红楼梦》中虽然出现了大片成熟的心理描写，但并没改变整个中国小说不注重心理描写的基本格局。而欧美小说则善于用大段的心理描写来刻画人物，狄更斯、托尔斯泰在这方面都是大师。心理描写的大量运用，是西方小说人物展开的重要方式之一，它有助于揭示人物的内心世界，使人物形象更加丰富、鲜明，人物的行为更有依据，增进读者对他们的了解与认同。对于西方小说的这一特点，林纾是有认识的。如他评论《冰雪因缘》（今译《董贝父子》）："此书情节无多，寥寥数百语，可括东贝家事，而迭更斯先生叙致至二十五万言，谈诙间出，声泪俱下。言小人，则曲尽其毒螫；叙孝女，则直揭其天性。至描写东贝之骄，层出不穷，恐吴道子之画地狱变相不复能过，且状人间阘茸诡侉者无遁情矣。"①林纾极赞狄更斯描写刻画细致传神，方方面面都写得穷形极相，这里面自然也就包含了心理描写。在自己的创作中，林纾借鉴欧美小说中的心理描写技巧，对笔下人物心理活动也进行了比较生动的描绘，如他的长篇小说《剑腥录》、短篇小说《洪嫣篁》等。

小说是在时间中展开的艺术，任何小说都要涉及两种时间，一种是小说中故事发生的时间，一种是文本展开所需的时间。故事时间以自然时间为序，叙事时间以故事在文本中展开的时间为序，两者之间是不一致的，法国叙事学家热奈特将这种不一致称为时间倒错。当代叙事学从顺序、速度、频率三个方面研究故事时间与叙事时间之间的关系。实践总是先于理论。林纾对于叙事时间没有理论上的自觉，但对叙事作品中的时间倒错现象特别是叙事顺序中的倒叙的认识还是很清楚的。倒叙是一种重要的叙事技巧，它把过去发生的故事放在现在的某一时间点上来进行讲述。从形式上说，倒叙能够使叙事结构更加紧凑，增加情节的丰富性与吸引力。中国传统小说中有倒叙的运用。如明代芙蓉主人辑的《痴婆子传》，小说先叙阿娜七十余岁时的事情，再叙其年少时的风流韵事。但倒叙更多的是现代小说技巧，比较适合纯书

明清近代叙事思想

① 林纾：《冰雪因缘·序》，许桂亭选注：《林纾文选》，百花文艺出版社，2006年，第78页。

面的作品。由于章回体形式和拟书场情景，中国传统小说中，倒叙比较少见。欧美小说中，倒叙是一种常见的叙事技巧。林纾在长期的翻译过程中，对欧美小说中的倒叙有比较深入的认识。在《歇洛克奇案开场·序》中，他指出该书的特点："先言杀人者之败露，下卷始叙其由，令读者骇其前而必绎其后；而书中故为停顿蓄积，待结穴处，始一一点清其发觉之故，令读者恍然"①。这段评论虽短，却将倒叙的关键之处讲得十分清楚：先谈结果，再叙原因，使读者惊奇于结果而急于知道原因。而在叙述的过程中，故事的关键之处故意隐去，直到最后揭示谜底的时候，才一一交代出来。自然，这种"揭谜"式的叙述方式不是倒叙所必需的，但在《歇洛克奇案开场》中，它与倒叙相辅相成，共同造成了这部小说叙事上的成功。林纾受欧美小说倒叙手法的影响，在自己创作的小说中，也常常运用倒叙的方式，如长篇小说《剑腥录》。小说第一章先写一少年出游福州忠定祠，后通过友人来信，交代此少年叫邴仲光。第二章回头交代邴仲光的家世生平。相对于第一章，第二章就是倒叙。与传统小说如《痴婆子传》中的倒叙比较，林纾《剑腥录》中的倒叙无疑更有现代品味。《痴婆子传》仅在小说开头说一老妇阿娜年已七十，然"逸态飘动，丰韵潇洒"，引起燕笇客的好奇，询而问之，老妇因而讲述了自己年轻时的风流故事。开头的故事实际上只是一个引子，缺乏理论的自觉。而《剑腥录》中的倒叙则是作者有意为之，作为小说叙事策略的一部分，有着明确的叙事追求。

在晚清的中国文坛，林纾对于叙事理论的探讨是很有价值的，它为中国小说打开了一扇窗户，为中国小说家引进了西方的叙事理念与叙事技巧。由于林纾在当时文坛的影响力，这些介绍对推动中国小说形式与技巧的创新与发展，是起了重要作用的。

---

①　林纾：《歇洛克奇案开场·序》，吴俊标校：《林琴南书话》，浙江人民出版社，1999 年，第 65 页。

附录　明清近代小说中的叙事艺术

　　中国古代叙事思想不仅体现在理论性的文字之中，也体现在具体的文学作品之中。明清是中国古代叙事文学发展的高峰，也是中国古代叙事艺术的高峰。近代是中国叙事文学的转型时期，创作十分活跃，当时的各种叙事可能性都得到了探索。理论是灰色的，创作之树常青。探讨古代叙事思想，不仅应该注意叙事批评家的著作，也应关注叙事作家们的作品。从叙事作品中总结叙事思想特别是叙事方法与叙事技巧，不仅是了解古代叙事思想的重要途径，也是对理论形态的古代叙事理论的重要补充。由于篇幅、学识等的原因，本附录不拟对古代叙事文学的叙事艺术进行全面的探讨，而是选取《红楼梦》和《海上花列传》两部在明清与近代有代表性的小说，分析其叙事艺术，以管中窥豹，使读者对中国古代叙事艺术有一初步的了解。

第一节　《红楼梦》的叙事艺术

一、《红楼梦》中的影子作者

　　影子作者是从隐含作者引申出来的。

　　韦恩·布斯认为：作家在创作时，"他不是创造一个理想的、非个性的'一般人'，而是一个'他自己'的隐含的替身"。这个替身是"作者的'第二自我'"。布斯将这种"替身"称为隐含作者。一个作者可以有许多这样的隐含作者。"因为不管一个作者怎样试图一贯真诚，他的不同作品都将含有不同的替身，即不同思想规范组成的理想。"如菲尔丁的《江奈生·魏尔德》中的隐含作者"非常关心公共事务和不可抑制的野心对世界上掌握权力的'伟人们'的影响"；《汤姆·琼斯》中的隐含作者具有一种"与傲慢的漫不经心相结合的开玩笑态度"；而《阿美利亚》

的隐含作者则喜欢"故作庄重"。隐含作者不等于叙事者，"'叙述者'通常是指一部作品中的'我'，但是这种'我'即使有也很少等同于艺术家的隐含形象"。隐含作者是通过叙事文本建构起来的作者的形象。在叙事作品中，隐含作者没有直接地存在，他一般不直接参与故事，也不在叙事虚构世界中出现。"我们对隐含作者的感觉，不仅包括所有人物的每一点行动的受难中可以推断出的意义，而且还包括它们的道德和情感内容。简言之，它包括对一部完成的艺术整体的直觉理解；这个隐含作者信奉的主要价值，不论他的创造者在真实生活中属于何种党派，都是由全部形式表达的一切。"①

　　自从布斯提出隐含作者之后，这一概念很快便得到叙事学界的接受。隐含作者是一个很有价值的概念，它极大地推进了我们对叙事作品与叙事技巧的理解，也符合叙事作品的实际。但是它更多地是建立在西方叙事经验的基础之上，符合的也更多的是西方叙事文本的实际，对于中国古代叙事作品特别是白话小说来说，则有一定的距离。中国古代白话小说起源于话本。话本最初是说书人说书时用的底本。说书人在说书时实际上具有几重身份。首先，他要叙述一个故事，在这个意义上，他是叙事者。其次，他直接面对听众，他的形体、长相、性格、爱好，喜怒哀乐，都直接呈现在读者面前。熟悉他的听众甚至知道他的历史、家庭、嗜好。在这个意义上，他是真实的作者②。第三，说书人在说书时，不一定完全以自己的真实面貌呈现在听众面前，他会采取一定的叙事态度、叙事立场和叙事策略。从性格说，他可能是一个胆怯的人，但在叙述《三国》刘关张的故事的时候，他可能竭力使自己显出英雄气概。在现实生活中，他可能是个不苟言笑的人，但在叙述《西游》猪八戒的故事时，他可能会变得诙谐滑稽。有些说书人可能只说英雄故事，而有些说书人则喜欢说儿女情长。总之，说书场上的他与现实生活中的他并不完全一致。

---

　　① Ｗ·Ｃ·布斯：《小说修辞学》，华明、胡晓苏、周宪译，北京大学出版社，1987年，第80页、第81页、第82页、第83页。

　　② 如果故事是说书人自己创作的，他当然就是作者。在故事不是他创作的情况下，对于听众来说，一般仍会将他看作一个创作者。因为第一，说话底本的作者往往不为人所知，第二，说书人说书时不会简单地照搬底本，而是有所变化、有所创作。

换句话说，说书场上的他其实并不是真实的他，而是他通过说书，通过各种叙事策略建立起来的形象，是真实作者的"化身"。说书人的这种特点，也影响到话本小说的叙事建构。在话本小说中，真实作者是不存在了。但作者的"化身"仍然存在，而且具有十分强烈的存在。从叙事的角度看，这个化身有点类似布斯的隐含作者，但又有较大的区别。首先，他与真实作者的观点比较接近。他虽然不是真实作者，但往往代表真实作者讲话，表达真实作者的思想、感情、观点与愿望。其次，他与叙事者也比较接近，叙事者的思想感情往往与"化身"的思想感情是一致的，有时甚至是合二而一的关系。第三，与隐含作者不同，这个"化身"不一定总是躲在幕后，他有时也在作品中出现，发表自己的看法，自己直接建构自己的形象。由于他和叙事者的界限不是特别分明，话本中的讲述者有些时候很难分清是叙事者还是这个"化身"。如《卖油郎独占花魁》的开头："年少争夸风月，场中波浪偏多。有钱无貌意难和，有貌无钱不可。就是有钱有貌，还须着意揣摩。知情识趣俏哥哥，此道谁人赛我。　　这首词名为《西江月》，是风月机关中撮要之论。常言道：'妓爱俏，妈爱钞。'所以子弟行中，有了潘安般貌，邓通般钱，自然上和下睦，做得烟花寨内的大王，鸳鸯会上的主盟。然虽如此，还有个两字经儿，叫做'帮衬'。帮者，如鞋之有帮，衬者，如衣之有衬。但凡做小娘的，有一分所长，得人衬贴，就得十分。若有短处，曲意替他遮护，更兼低声下气，送暖偷寒，逢其所喜，避其所讳，以情度情，岂有不爱之理。这叫做帮衬。风月场中，只有会帮衬的最讨便宜：无貌而有貌，无钱而有钱。"①

《卖油郎独占花魁》中的男主人公秦重之所以能够得到花魁娘子莘瑶琴的青睐，并最终抱得美人归，除了瑶琴出身良家，久存从良之心，和纨绔子弟对她的粗暴与戏弄之外，最重要的原因就是秦重会"帮衬"。秦重存了一年多的钱，才积够见瑶琴的银子，交了银子过后，又跑了一个多月，才得到瑶琴的接待。但同床之时，他却不敢对之有所动作，只满足于坐在她的旁边。瑶琴醉酒，他在旁小心侍候。瑶琴呕吐，他用自己的袍子接着。天一

① 冯梦龙：《醒世恒言》，张明高校注，北京十月文艺出版社，1994年，第35页。

亮，便悄悄隐去，以免别人知道瑶琴接待了他这样身份的人而影响了瑶琴的声誉。由此可见，秦重获得瑶琴的欢心，一靠诚心，一靠小心。换句话说，靠的是会"帮衬"。靠着"帮衬"，他既压倒了别人的钱，也压倒了别人的貌。故事开头，实际上就已将这层意思揭示了出来。揭示这层意思的，可以说是叙事者，也可以说是作者的"化身"。但严格地说，是作者的"化身"似乎更加有理。因为在发表这段议论的时候，故事还没开始。直至这段议论说完，叙事者才开始自己的讲述，标志是"话说大宋自太祖开基"，这以后才进入故事的层面。另一方面，如果考虑到说书场景，说书人在讲述这段议论的时候，更多地大概不是以叙事者的身份，而是以说书人的身份。由于进入说书之后，说书人不一定以自己的真实面貌出现，因此也可以说是以说书人的"化身"的身份发表这段议论的。①

由此可见，话本小说中作者的"化身"与隐含作者有一定的相似之处，但也有较大的区别，不宜用"隐含作者"来称呼，最好叫作"影子作者"。之所以将他叫做"影子作者"，是因为在话本小说中，这一通过各种叙事策略、叙事表征建立起来的作者的形象没有和真实作者拉开距离，好像真实作者的影子一样，缺乏自己的独立性。

影子作者是话本小说的重要叙事特征之一。它建立在说书艺术的基础之上，是说书人三位一体的身份在叙事文本中的延续与变体，是作者与叙事者还未完全分化时的产物。与建立在西方文本基础之上的隐含作者相较，它至少有如下几个特点：第一，它在叙事文本中有比较明显的叙事存在。第二，它与真实作者之间的距离较小。第三，它与叙事者之间的界线不是十分清楚，有时有混同的现象。

影子作者在长篇章回小说中有一定的变化。吴小如认为，冯梦龙"三言"之类的话本小说与长篇章回小说在结构上区别不大。它们的不同，"只在于篇幅上的长短互异，却无本质上的严

---

① "帮衬"说见解并不深刻，而且在现实生活中也并不一定有效。说书人（或作者）本人并不一定相信。但这不影响他将这看作铁定的事实，放之四海而皆准的真理，并在说书（或文本）中采取这一立场。由此也可见出，发表"帮衬"看法的并不是说书人或作者，而是说书人或作者的化身。

格区别。盖每一篇话本小说都是有开头结尾的，尽管情节离奇曲折，故事性却相当完整。这一点同我国长篇章回小说的间架结构基本相同。……我们不妨套用鲁迅评《儒林外史》的话而反言之：'虽为短制，实等长篇。'"①从叙事结构的角度看，这一看法无疑是正确的。但从叙事行为的角度看，章回小说与话本小说还是有一定的区别。一个重要的表现就是，与话本小说相较，章回小说离说书情景更远，叙事者与作者的分离已经比较明显。表现在影子作者身上，就是影子作者在文本中的存在有所减弱，影子作者与叙事者的界线更加分明，两者之间开始出现不一致的现象。这在《红楼梦》中有比较典型的表现。

先谈两者之间不一致的方面。《红楼梦》中的影子作者已不像话本小说中的影子作者，与叙事者总是如胶似漆。《红楼梦》中的影子作者与叙事者已经开始有了分歧，两者的观点有时出现不一致的情况。如《红楼梦》第三十回。宝玉到王夫人处去，正遇王夫人午睡，于是便和王夫人的丫头金钏儿调笑。不想却被王夫人听见，翻身给了金钏儿一巴掌，并且不顾金钏儿苦苦求请，硬是撵了出去。这时叙事者写道："王夫人固然是个宽仁慈厚之人，从来不曾打过丫头们一下，今忽见金钏儿行此无耻之事，此乃平生最恨者，故气忿不过，打了一下，骂了几句。虽金钏儿苦求，亦不肯收留，到底唤了金钏儿之母白老媳妇来领了下去。"②这段话看起来似乎是在为王夫人辩护。她原来是再好不过的，只是因为金钏儿行的事太下作无耻，才不得不对她进行惩罚。然而这里有两个问题：其一，金钏儿与宝玉调笑，原是宝玉起的头。王夫人当时只是假寐，不可能不知道，然而她却只惩罚金钏儿，不追究宝玉；其二，贾环与彩云勾搭，原是事实，金钏儿只不过是把这一事实告诉了宝玉，然而，王夫人在严惩传播这一事情的人的同时，却不追究做出这一事情来的人。由此可以看出在这件事上，王夫人不仅不宽仁，而且也不公正。但是这不宽仁不公正并不是叙事者告诉我们的，相反，叙事者还在说王夫人的好话。我们之所以感到王夫人不够宽厚公正，是因为与这一事件相关的

① 吴小如：《新注本"三言"题记》，冯梦龙：《醒世恒言》，张明高校注，北京十月文艺出版社，1994年，第4页。
② 曹雪芹：《红楼梦》，人民文学出版社，1996年，第412页。

前后语境、构思与格局同叙事者所说的有矛盾。我们从这些矛盾中感到王夫人并没有叙事者要我们相信的那么好。而这些语境、构思与格局的制造者不可能是叙事者，而只能是影子作者。正是因为叙事者与影子作者的不一致，我们才在叙事者的叙述之下感到了另外一层意思。这一点如果联系第三十二回就更明显。宝钗听说金钏儿投井死后来见王夫人，只见王夫人在里间房内坐着垂泪。"王夫人点头哭道：'你可知道一桩奇事？金钏儿忽然投井死了！'宝钗见说，道：'怎么好好的投井？这也奇了。'王夫人道：'原是前儿他把我的一件东西弄坏了，我一时生气，打了他几下，撵了下去。我只说气他两天，还叫他上来，谁知他这么气性大，就投井死了。岂不是我的罪过。'"① 这段话也有几个问题。王夫人撵金钏儿是因为她与宝玉调请，"把好好的爷们教坏了"，这里却说成是把她的一件东西弄坏了。如果说这是因为当着宝钗，不好把话说透，还情有可原的话，那么，下面两点则难以自圆其说。其一，王夫人撵走金钏儿是永久的，并没有"还叫他上来"的意思。其二，金钏儿被撵时，曾哀求王夫人说："我跟了太太十来年，这会子撵出去，我还见人不见呢！"话里已露出不祥之兆，王夫人当时不发善心，在她死后却试图推卸责任。由此可以见出，王夫人不仅不宽仁公正，而且虚伪。其实，在金钏儿这件事上，影子作者并不希望读者原谅王夫人，因为这不符合影子作者的价值观念。"女儿是水做的骨肉"，贾宝玉的这一名言，正代表了影子作者的观点。《红楼梦》中，影子作者的全部同情，都在年轻女性的身上，对于那些备受压迫屈辱的丫鬟们，更是寄予了同情。正因为如此，他才巧做安排，使读者在叙事者的赞美声中，看到王夫人的不公与无情。王夫人的这一特点，在以后还多次有所表现。抄捡大观园，赶司棋、撵晴雯、逐芳官、驱四儿，都是王夫人的杰作。影子作者与叙事者在这里出现了分歧，而这种分歧，正是其走向独立的表征。

再谈影子作者在文本中的存在的减弱。与话本小说不同，《红楼梦》中，影子作者抛头露面的情况已经比较稀少。前面已经讨论，话本小说的开头一般有一段"入话"，发表议论、阐述

---

① 曹雪芹：《红楼梦》，人民文学出版社，1996年，第438页。

教训或介绍背景。一般认为做这些议论的是叙事者，但实际上，说是影子作者更有道理。《红楼梦》中，入话性质的开头仍然存在①。但这一入话性质的开头已不像话本小说甚至不像《三国演义》的开头一样发表议论，而是作为小说的有机组成部分，进行背景叙事，为后面主体故事的展开作好铺垫。在小说故事的进展过程中，影子作者的出现也比较少见。

不过，由于章回小说的叙事成规和话本小说叙事传统的影响，《红楼梦》中的影子作者虽然已经具有了自己的独立性，但还不像西方现代小说的隐含作者那样是一个完全独立的形象。如他与真实作者之间的距离较小。《红楼梦》的影子作者尊重女性、反对功名利禄、有"色空"思想，等等。从学者们研究的曹雪芹的生平与思想看，两者的吻合度是比较高的。另一方面，《红楼梦》中的影子作者与叙事者之间的界限仍有一定的模糊之处。读者通过阅读所建立起来的作者形象，与叙事者的联系比较紧密。因此，《红楼梦》中的作者形象仍是影子作者，不是隐含作者。

二、《红楼梦》的叙述层与叙事者

热拉尔·热奈特在《叙事话语 新叙事话语》中提出"叙述层"的概念，并给层次区别下了如下的定义："叙事讲述的任何事件都处于一个故事层，下面紧接着产生该叙事的叙事行为所处的故事层。"②也就是说，两个叙事，如果一个叙事是另一个叙事的叙事行为所处的层面，那么这两个叙事就不处于同一个层面。比如契科夫的《套中人》，两个夜宿旅店的猎人、他们的谈话属于一个故事层，而其中的一个猎人所讲述的别里科夫的故事则属于另一个故事层。一般地说，大多数叙事都只有一到两个叙述层，但像《红楼梦》这样庞大而复杂的叙事则可能有两个以上的叙述层，而每个叙述层又有自己的叙事者。分析这些叙述层与叙事者，不仅有助于我们理解《红楼梦》的叙事结构，也有利于我们理解中国古典小说的叙事技巧。

---

① 即第一回从"列位看官：你道此书从何而来"开始，到"满纸荒唐言，一把辛酸泪。都云作者痴，谁解其中味"止。

② ［法］热拉尔·热奈特：《叙事话语新叙事话语》，王文融译，中国社会科学出版社，1990 年，第 158 页。

1. 《红楼梦》的故事叙事

《红楼梦》写的是贾府的人、事与兴衰。但在故事主体之前，有一个楔子和引子，在故事之后，有一个交代与结尾。前后两个部分虽然不长，在叙事上却有着重要的地位，它不仅说明了《红楼梦》故事的缘起与目的，而且为故事主体提供了框架和背景，以及叙事上的依据。为了分析的方便，我们暂且将故事主体的叙事称为故事叙事，将前后两个与故事主体相关的部分称为背景叙事。

小说的故事叙事有两个叙述层面。第一层面是故事叙事的主要层面，叙事者处于故事之外，以第三人称全知视角面向读者讲述故事。如在小说的第六回，叙事者自问自答，从千里之外牵来一刘姥姥，引出故事，展开情节，叙事十分自由灵活。

不过，第一层面的叙事者虽处于故事之外，有时也进入到故事之中，发表议论。如第十五回，写秦钟与智能暗地云雨，被宝玉撞破，秦钟央求宝玉不要声张，宝玉声言睡下后再和他算账。但究竟如何算帐，叙事者却用一句议论巧妙地避开了："宝玉不知与秦钟算何帐目，未见真切，未曾记得，此系疑案，不敢纂创。"① 在这个例子中，叙事者虽然以发表议论的方式进入了文本，但其本人并没有进入故事，他以这种方式向读者表示，他牢牢地控制着叙事的主导权。

第二层面的叙事者是故事里的人物。《红楼梦》中人物众多，这些人物在有的情况下自己又成为叙事者，讲述一些事件，如果这些事件相对完整，就构成第二叙述层。但《红楼梦》中的第二叙述层不像《套中人》里的第二叙述层那样，构成了故事的主体内容，而只是一些零散的片断，虽然本身具有一定的完整性，但就整体而言，只起着辅助、补充第一层面叙事的作用。因此，《红楼梦》中的第二叙述层是次要的，从属于第一叙述层。如小说第二回"贾夫人仙逝扬州城　冷子兴演说荣国府"。这一回通过冷子兴的演说，将荣、宁二府的历史做了交代，补足了贾府故事的"前事"，对主体故事起了辅助、补充的作用。因此，叙事者将它放在全书的开头，贾府故事正式开始的前面叙述，以便读

① 曹雪芹:《红楼梦》，人民文学出版社，1996年，第200页。

者在阅读主体故事时，对故事的相关背景有一定的了解。

第二层面的叙事与第一层面的叙事是互相联系的，并且受到第一层面叙事的制约。这种制约主要表现在两个方面。其一，它是在第一层面叙事的框架中进行的，第一层面的叙事为它提供相关的背景与条件。其二，第二层面的叙事者同时又是第一层面叙事中的人物，而这人物包括他讲述的事件在逻辑上仍要经过第一层面叙事者的叙述，因此，第二层面叙事者讲述的故事在逻辑上仍在第一层面叙事者讲述的范围之内。换句话说，在第二层面叙事者讲述的故事背后，有着第一层面叙事者的影子，在某种意义上，可以说，是第一层面的叙事者"安排"他说出有关的事件的。自然，两者的区别也是明显的。首先，第二层面的叙事者无论在逻辑上还是实际上都只能属于第二层面，他可以成为第一层面的人物但不能充当第一层面的叙事者。第二，第二层面叙事的内容必须相对独立，具有内在的自足性。根据这两点区别，《红楼梦》中有些看似第二层面的叙事实际上都不属于第二层面。如第五回贾宝玉梦游太虚幻境。梦游过程将近一章，长达六千多字，有头有尾，内容丰富，但故事的叙事者仍是第一叙事层的叙事者，而不是第一叙事层中的人物贾宝玉，因此，贾宝玉的梦游仍然只是第一叙事层中的一个事件，而不能构成第二叙述层。

2.《红楼梦》中的背景叙事

背景叙事也有两个叙述层面。

第一叙述层就是小说最前面的那个楔子。这个楔子从"此开卷第一回也"开始，到"亦是此书立意本旨"结束，不过几百个字，却是一个单独的部分。有学者认为，这个楔子是脂评，不是小说的正文。①这一观点是有道理的。不过从叙事的角度看，这个楔子既然放在了小说的正文之中，它就成为了小说叙事的一部分，不应该将其从小说叙事中分割出去。但由于它在叙事上与小说的其他部分没有逻辑上的联系，因此它可以单独成为一个部分，构成背景叙事的第一层面，这一层面在形式上与小说故事无关，在内容上却是与小说故事紧密联系的。它说明了小说撰写的缘起与目的，点出了小说的主旨与特点。这一层面的叙事者是

---

① 曹雪芹：《红楼梦》，人民文学出版社，1996 年，第 20 页注［一］。

"作者自云"中的"作者"。这一"作者"不应是曹雪芹，也不应是脂砚斋。因为这个楔子既是脂评，"作者自云"中的"作者"自然就不应是曹雪芹，而这"作者"讲的又是《红楼梦》写作的缘起与目的，小说的主旨与特点，自然也不应是脂砚斋。退一步，即使这个楔子是曹雪芹本人所写，"作者自云"中的"作者"也不能等同于曹雪芹，而只能是曹雪芹设置在楔子中讲述故事的人物，他所讲述的缘起与目的等只能是曹雪芹写作《红楼梦》的一个部分与方面。因此，这个"作者"只能是虚构的角色。

楔子的后面是一个"引子"（与话本小说中的入话有点相似）。引子叙述了那块通灵之石因无才补天，正在自怨自艾之时，被茫茫大士渺渺真人携入人间，再返回大荒山青梗峰下的经过，以及小说成书的过程：先由空空道人传抄石上文字，再经曹雪芹披阅十载，增删五次，纂成目录，分出章回，题写书名。小说结尾，再次重复叙述了这一成书的过程，只是更加详细，增加了一些细节。两个部分构成背景叙事的第二层面。这一叙述层面的叙事者无疑就是那个自称"在下"的人。表面上看，这个"在下"似乎就是曹雪芹，但仔细推敲，又不是曹雪芹。这不仅是因为"在下"并不具备曹雪芹的真实存在，更是因为他所讲述的那些事件和人物如女娲、通灵之石、茫茫大士、渺渺真人、空空道人等，在真实作者曹雪芹那里自是虚构的产物，而在"在下"那里却是真实存在的东西。因此，"在下"只能是小说设置的故事叙事者。

另一方面，这个"在下"也不是小说中那位在"悼红轩"披阅十载，增删五次的"曹雪芹"。"在下"是第二层面的叙事者，"曹雪芹"是第二叙述层中的一个人物。自然，作为小说人物的"曹雪芹"也不可能是现实生活中的作者曹雪芹，虽然两者有一定的相似之处，现实生活中的曹雪芹写《红楼梦》也许的确是花了十年时间，写了五稿。但现实生活中的作者曹雪芹写作《红楼梦》完全是个人的独创，而作为这一叙述层的人物的曹雪芹则只是在别人稿子的基础上进行增删。

从叙事的角度看，这一层面之所以值得注意，不仅是因为它为《红楼梦》的故事主体提供了背景与框架，更因为它的叙事行为导致了故事主体的产生，故事主体的叙事者就是这一层面的人物。与这一叙事行为发生联系的有三个人物，一是那块通灵之石，一是空空道人，一是在悼红轩披阅十载的"曹雪芹"。根据小说的叙述，石头自下凡历劫之后，石头上面便有了许多文字。空空道人将这些文字照抄下来，交给"曹雪芹"，"曹雪芹"再经过十载披阅，五次增删，将其编定，成为现在传世的模样。根据这一叙述，我们首先可以将空空道人从主体故事的叙事者名单中去掉。因为他只是一个传抄者，没有进行任何创作活动。其次，我们也可将"曹雪芹"去掉，因为他只做了增、删，编目录、分章回的工作，这都是一些辅助性的工作，而不是真正的创作。因此"曹雪芹"充其量只是一个技术编辑，而不是主体故事的讲述者。主体故事的叙述者只能是石头。

3.《红楼梦》叙述层之间的关系

我们可以把《红楼梦》的叙述层面与叙事者用图表的形式表示如下：

```
                  ┌ 背景叙事 ┌ 第一叙述层   叙事者：虚构作者
《红楼梦》叙事 ┤          └ 第二叙述层   叙事者："在下"
                  └ 故事叙事 ┌ 第一叙述层   叙事者：石头
                             └ 第二叙述层   叙事者：故事中人物
```

故事叙事占了《红楼梦》百分之九十九以上的篇幅。背景叙事篇幅虽然不多，但并不是可有可无。从微观层面看，它为故事叙事提供了背景与框架，为小说的叙事虚构世界提供了存在的依据与合理性——虽然这种依据与合理性是以超自然力量的形式存在着的。从宏观层面看，它是中国传统文化在小说叙事中的体现。中国文化弥漫着一种宇宙意识，人们习惯于从大到小，从一般解释个别，从整体生出部分。中国小说在叙事时，大多是从宇宙天地、一般规律或故事渊源说起，逐渐落实到具体的人和事。如《三国演义》叙述三国的分分合合，却先追溯几十年前的恒帝、灵帝时代。《水浒传》演说梁山好汉的故事，却从洪太尉误走妖魔说起。《西游记》写唐僧师徒四人西天取经，却先写盘古开天、灵猴出世。《红楼梦》的叙事模式与此类似，但构思更为巧妙。它通过引子与主体故事，建构了大荒山与贾府两个叙事虚构世界，又利用佛教的轮回观念，通过灵石投胎，以及甄士隐、茫茫大士、渺渺真人、空空道人和贾雨村等在两个世界中的往来穿插，将两个虚构世界巧妙地结合起来，互相印证、互相指涉。不像《三国演义》等，虽然回溯的时间很长，但回溯的内容和后面的故事仍属于同一虚构世界。另一方面，中国古代小说多多少少总要涉及一些超自然的因素。《红楼梦》的背景叙事为故事叙事中的超自然因素做好了铺垫，使主体故事中的超自然因素成为有源之水、有根之木；而故事叙事则使超自然性质的背景叙事有了存在的意义，得到了落实。两者互相支撑，使《红楼梦》中的超自然因素在科学上虽然荒诞，但在情理与具体描写上却显得真实可信。

故事叙事和背景叙事各包括两个叙述层，四个层面按叙事性质又可以分为两个部分。背景叙事的第一叙述层单独为一个部分，其他三个叙述层为一个部分。三个叙述层形成一个叙事的连续体，互相依存又互相支撑，共同完成《红楼梦》叙事的任务与目标。从逻辑角度看，三个叙述层构成从属关系，上一叙述层不仅为下一叙述层提供故事的背景与框架，也为下一叙述层提供叙事的根据与动因。背景叙事第二叙述层中的人物"石头"为故事叙事第一叙述层的叙事者，他的叙事行为导致这一叙述层的产生；而故事叙事第一叙述层中的部分人物如冷子兴又成为故事叙事第二叙述层中的叙事者，他们的叙事行为导致第二叙述层的产生。从故事角度看，故事叙事的第一叙述层构成小说的主要叙述层，承担了叙述事件、塑造人物、表达思想的主要任务，其他两个叙述层则起着辅助、补充的作用，帮助主要叙述层叙事任务的完成。

《红楼梦》叙述层的设置与安排在中国古典小说中具有代表性。它既体现了中国文化与中国小说的基本特点，也体现了曹雪芹高超的叙事技巧。多层叙述的结构方式，为小说的史诗性内容提供了广阔的叙事空间，使小说中的人与事获得了广阔的活动舞台，使小说内容获得一种时间与空间的永久性，从而增强了小说意义的普遍性与持久性。

三、《红楼梦》中的预叙

预叙是叙事顺序的一种，它将未来发生的事情提前讲述出来。从叙事效果来看，由于它事先透露出了未来的信息，破坏了读者的阅读预期和等待结果的紧张心理，因而有损于阅读效果；但另一方面，它却产生了另一种性质的心理紧张，使读者产生希望知道导致预叙的事件产生的原因、填补从当前时刻到预叙事件之间的空白的迫切心理。因而，预叙用得好，不仅不会减损叙事的效果，反而会增加叙事的效果。

预叙可以分为两类四种。从预叙事件的信息的明晰程度，预叙可以分为显性预叙和隐性预叙，从预叙的事件与第一叙事时间的关系，预叙可以分为外预叙与内预叙。内预叙叙述的事件发生在第一叙事时间之内；外预叙叙述的事件发生在第一叙事时间之外，它通常用来报告某一延伸到第一叙事时间之外的情节线索的最终结局，或交代某一人物在第一故事时间之外的最终下场。《红楼梦》的叙事特点是以三人称不定视角按时间顺序叙述故事。这种叙事模式是可以容纳预叙的四种类型的，但《红楼梦》基本上是把故事都交代清楚了才结尾，因而很少外预叙。只有内预叙、显性预叙与隐性预叙三种。

内预叙的一项重要功能是填补未来叙事中出现的省略与空白，因为既然已在预叙中作了交代，那么在后文中便可以省略或一笔带过。《红楼梦》中的预叙都是内预叙。如第五回对宝钗、黛玉等人的命运进行了预叙，而这些人的命运在故事结束之前便已完成，也就是说，预叙的事件发生在第一故事时间之内。

显性预叙清楚地叙述若干时间之后发生的某件事情。典型的显性预叙应该：1. 它所叙述的事件必须是未来发生的某一具体的事情。2. 预叙插入其中的现在时刻应该具有整一性。也就是说，预叙前后的事件应该处于同一时间链上。3. 预叙的事件与其插入其中的前后的事件在时间上应该有一段距离。《红楼梦》中这种典型的显性预叙似乎没有。但是也不好说它没有显性预叙。如第二十四回，写贾芸来见宝玉，宝玉却到北静王府去了。"贾芸便呆呆地坐到晌午，打听凤姐回来，便写了个领票来领对牌。……次日一个五更贾芸先找了倪二，将前银按数还他。那倪二见贾芸有了银子，他便按数收回。不在话下。……如今且说宝玉，自那日见了贾芸，曾说明日着他进来说话。如此说了之后，他原是福贵公子的口角，那里还把这个放在心上，因而便忘怀了。这日晚上，从北静王府里回来……"[①] "次日……不在话下"可以看作显性预叙。因为事件是具体事件，时间上也在其前后的事件之

① 曹雪芹：《红楼梦》，人民文学出版社，1996 年，第 329－330 页。

后，符合显性预叙的基本要求。但又都不是典型的显性预叙。原因在于：1. 预叙的事件在时间上没有与其插入其中的事件特别是前面的事件拉开距离。2. 预叙前后的事件虽然处于同一时间链上，但故事线却不同一，后面的事件不是接着前面的人与事讲下去，而是另换了人或事进行讲述。《红楼梦》中这种类型的预叙的例子比较多，笔者认为，这可以看作是《红楼梦》中显性预叙的一个特点。

隐性预叙通过暗示的方式，把未来发生的事情间接地告诉读者。它一般不明确直接地叙述未来发生的事情，只是画出大致的轮廓，揭示大的趋势与可能。隐性预叙在《红楼梦》中有着举足轻重的作用。整部小说的内容在小说的开头就以三个大的隐性预叙暗示了。首先，是小说开头对"石兄"的经历的交代。它因为"无才补天，幻形入世，蒙茫茫大士、渺渺真人携入红尘，历尽离合悲欢炎凉世态"，暗示了小说后面的内容基本上是红尘中的大家闺阁琐事。① 其次，是小说前面的《好了歌》以及甄士隐的"解"，暗示了小说的基本思想或基调。再次，是第五回的"金陵十二钗"正册、副册、又副册和《红楼梦》十二曲调所暗示的书中主要人物的命运。《红楼梦》的内容实际上就是围绕这三个隐性预叙展开的。

《红楼梦》中的隐性预叙大致可以分出三种形式。一种是预示。通过这种形式，暗示人物与事件的未来。其中最著名的是第五章对林黛玉、薛宝钗等一干女子的命运的暗示。如："可叹停机德，堪怜咏絮才。玉带林中挂，金簪雪里埋。"分别暗示了黛玉、宝钗两人的命运，而且符合其性格特点、生平经历，应该说是很巧妙的。第二种形式可以称为暗指。暗指与预示有一定的不同。在预示中，讲的与指的是同一件事；而在暗指中，讲的与指的却不是同一件事。如第百零一回"王熙凤衣锦还乡"。凤姐抽的签讲的是汉朝王熙凤的事，暗指的却是她后来的死，"历幻返金陵"。两者并不是一回事。第三种形式是梦境。梦往往与人们

---

① 自然，从逻辑上说，"石兄"的经历应该在《红楼梦》的主体故事之前，从绝对时间的角度看不能构成预叙。但是"石兄"与主体故事不处在同一叙事层面，从相对时间的角度看，它仍是将后面发生的事情提前暗示了出来，因此算作预叙还是可以的。

清醒时的所见、所闻、所思、所感相关，在叙事作品中，常被作者用来透露未来的信息。《红楼梦》在这方面用得也很巧妙。如第八十二回，黛玉梦见凤姐等告诉她，她父亲做了湖北的粮道，并把她许配给了自己续弦的亲戚。黛玉不愿嫁给别人，刑、王二夫人等都不支持她。来求贾母，贾母也不给她做主。她来找宝玉，宝玉说她原是许给了他的，要她就住在贾府。黛玉还不放心，宝玉便拿刀子在自己胸前一划，鲜血直流。黛玉大哭，被紫鹃唤醒。这段梦隐含着许多未来的信息。首先，是木石姻缘的不可能，其次，是贾母等人对黛玉的疼爱的逐渐减损，再次，这个梦还暗示了宝玉在宝黛婚姻上的无所作为。因此，在某种意义上可以说，这个梦是木石前盟崩溃、金玉良缘取得胜利的一个前奏。

　　《红楼梦》中还有一种叙事现象，看似隐性预叙，其实不是隐性预叙。如第七十四回，凤姐奉王夫人之命，带人抄捡大观园。探春很是反感，说道："'你们别忙，自然连你们抄的日子有呢；你们今日早起曾议论甄家，自己家里好好的抄家，果然今日真抄了。咱们也渐渐地来了。可见这样的大族人家，若从外头杀来，一时是杀不死的，这是古人曾说的"百足之虫，死而不僵"，必须先从家里自杀自灭起来，才能一败涂地！'说着，不觉流下泪来。"[①] 这段话预示了贾家后来的走向衰败，而后来贾家也果然走向了衰败。但是这段话却很难说是隐性预叙，我们姑且将它称为预言。从理论上讲，预叙与预言的区别是清楚的。预叙是将以后发生的事情提前到"现在"进行讲述，预言则只是对未来作出某种形式的预测。在具体做法上两者之间至少有这样两个区别：1. 隐性预叙应该能够落实到后来出现的某一或某些具体的事件上，如"金陵十二正册"对巧姐命运的预叙："势败休云贵，家亡莫论亲。偶因济村妇，巧得遇恩人。"便与小说结尾处的贾府衰败，凤姐去世，巧姐因得刘姥姥的救助，出外躲避，避免了卖给外藩为妾的不幸相照应。而预言则无法做这样的落实。探春的感慨只是她的一种预感，一种愤懑之言，并没有相应的事件与其呼应。2. 隐性预叙的发出者一般是叙事者。如果对未来的预测纯

　　① 曹雪芹:《红楼梦》，人民文学出版社，1996 年，第 1030 页。

粹是由故事中的人物做出，那么这一预测一般都只能是预言。因为从情理上说，人物受其所处的特定的时空的限制，不可能知道将来的事情，因而也就无法预先叙述将来的事情。他能做的，只是依据某些情况进行推测（做为叙事者的人物除外）。因而，人物一般只能预言。而叙事者特别是全知全能的叙事者则有可能知道将来发生的事情，因而有可能进行预叙包括隐性预叙。正因为如此，《红楼梦》的结尾，宝玉的话几乎句句成不祥之兆，但却不是隐性预叙。他不过是把自己要做的事用暗示的方式提前说了出来。但第三回的一段话却是隐性预叙。大家问黛玉有什么病，"黛玉道：'我自来是如此……那一年我三岁，听得说来了个癞头和尚，说要化我出家，我父母固是不从。他又说："既舍不得他，只怕他的病一生也不能好的了。若要好时，除非从此以后总不许见哭声，除父母之外，凡有外姓亲友之人一概不见，方可平安了此一生。"疯疯癫癫，说了这些不经之谈，也没人理他。如今还是吃人参养荣丸。'"①其中癞头和尚的话却是一个隐性预叙。因为他的话虽然是由黛玉说出的，但黛玉只是引述他的话，这话本身则是叙事者安排的。

四、《红楼梦》中的复调

叙事中的复调是指叙事作品的某些部分、段落或文字，除了文字本身所表达的意思之外，还隐含着另外一层甚至多层意思，一个声部发出了几个声部的声音。由于复调能够在较少的文字中注入较多的意思与内涵，并且意思之下还有意思，引人深思，令人回味，余韵悠长，因而是一种重要的叙事手段，在叙事作品中经常被人运用。《红楼梦》作者知识渊博，叙事炉火纯青，小说人物大都聪明机智，具有一定文化水平，彼此之间或钩心斗角，或斗智争强，或含沙射影，或戏谑玩笑，表面水波不惊，内里暗藏机关。因此《红楼梦》中存在大量的复调现象。

1. 由文本构成的复调

《红楼梦》中最常见的复调是由文本本身构成的。所谓文本本身构成的复调是指由于文本的文字构成等方面的原因所形成的

---

① 曹雪芹：《红楼梦》，人民文学出版社，1996年，第39页。

复调。这也是叙事作品中最基本的一种复调形式。按照形成的原因，《红楼梦》中的这种形式的复调大致有这样几种类型。

首先，一般所说的潜台词。潜台词本是戏剧电影的用语，指角色台词的内在的含义。用在文学作品中，指的是作品语言中所包含的未表现出来的真实意思。《红楼梦》第十回写秦可卿得病，久治不愈，宁国府另请一姓张的大夫看病。医生开了药方之后，"贾蓉看了，说：'高明的很。还要请教先生，这病与性命终久有妨无妨？'先生笑道：'大爷是最高明的人。人病到这个地位，非一朝一夕的症候，吃了这药也要看医缘了。依小弟看来，今年一冬是不相干的。总是过了春分，就可望全愈了。'贾蓉也是个聪明人，也不往下细问了。"①张医生看出秦氏的病已无痊愈的可能，但又不好明说，只好另换一种说法。但话的意思已很明显：秦氏难过明年春分。因而贾蓉也不再"往下细问"。

其次，是话中有话。《红楼梦》第三十四回，宝玉挨打之后，薛姨妈与宝钗责怪薛蟠说话没思量，害得宝玉挨打。薛蟠为堵妹妹的嘴，故意说宝钗是因为看上了宝玉，因而一心护着他。宝钗听了，气得哭了一整夜。"次日早起来，也无心梳洗，胡乱整理整理，便出来瞧母亲。可巧遇见林黛玉独立在花阴之下……黛玉见他无精打采地去了，又见脸上有哭泣之状，大非往日可比，便在后面笑道：'姐姐也自保重些儿。就是哭出两缸眼泪来，也医不好棒疮。'"②黛玉表面上是嘲笑宝钗哭脸，实际上是暗讽宝钗对宝玉的感情。话中包含着另外的意思。

话中有话与潜台词有相似之处，都是话中包含着另外的意思。但两者也有明显的区别。潜台词中，潜在的意思是说话者的真正所指，表层意思只是指向潜在的意思。接受者只有把握了潜在的意思，才算是听懂了；我们可以把两者的关系比作能指与所指，接受者在把握了所指（潜在的意思）之后，往往不再关心能指（表层意思）。而话中有话的两层意思对于接受者都是有意义的，表层意思不是指向而是暗示潜在的意思，两者之间不是能指与所指的关系，而是表层与里层的关系。接受者在把握了里层的意思之后，并不忽略表层的意思。

---

① 曹雪芹：《红楼梦》，人民文学出版社，1996年，第149页。
② 曹雪芹：《红楼梦》，人民文学出版社，1996年，第460页。

再次，是别有所指。《红楼梦》第三十回，宝玉不小心将宝钗比作杨贵妃。"宝钗听说，不由的大怒，待要怎样，又不好怎样。……可巧小丫头靛儿因不见了扇子，和宝钗笑道：'必是宝姑娘藏了我的。好姑娘，赏我吧。'宝钗指他道：'你要仔细！我和你顽过，你再疑我。和你素日嘻皮笑脸的那些姑娘们，你该问他们去。'说的个靛儿跑了。"①宝钗表面上是说靛儿，但上下文的语境都指示着她实际说的是宝玉。

别有所指与话中有话也是既有联系又有区别。两者都是在表层涵义之下还有深层的涵义，但话中有话的深层涵义与表层涵义是两层不同的意思，而别有所指的深层涵义与表层涵义在意思上却是相同的，只是所指的不同而已。

第四，是一语双关。《红楼梦》第二十二回，贾母给宝钗过生日，在院子里唱戏。宝钗讨贾母的好，点了一出《鲁智深醉闹五台山》。宝玉嫌这戏太俗，宝钗便向他解释这出戏的妙处。"宝玉听了，喜的拍膝画圈，称赏不已，又赞宝钗无书不知。林黛玉道：'安静看戏吧，还没唱《山门》，你倒《妆疯》了。'说的湘云也笑了起来，于是大家看戏。"②《山门》与《妆疯》都是《鲁智深醉闹五台山》中的折子，黛玉借这两个折子名的字面意思，讽刺宝玉兴奋过了头，而骨子里则是不满宝玉夸奖宝钗。一语双关与别有所指都是意思相同，所指不同。但别有所指中所指的不同是话语所指的对象的不同，而一语双关中所指的不同则是话语意思的所指不同。如上引的例子，表面上黛玉是说《山门》还未唱，宝玉却提前进入了《妆疯》的剧情，实际上则是说他兴奋得过了头，显得疯疯癫癫。

第五，是由语气语调形成的复调。《红楼梦》第三十回，宝玉与黛玉闹翻了，又去向黛玉陪不是，两人重新和好。而宝钗因为宝玉不小心将自己比作杨妃，心里很不高兴。这时，正好黛玉问她才听了什么戏，她"便笑道：'我看的是李逵骂了宋江，后来又陪不是。'宝玉便笑道：'姐姐通今博古，色色都知道，怎么连这一出戏的名字也不知道，就说了这么一串子。这叫《负荆请罪》。'宝钗笑道：'原来这叫作《负荆请罪》！你们通今博古，

---

① 曹雪芹：《红楼梦》，人民文学出版社，1996年，第410页。
② 曹雪芹：《红楼梦》，人民文学出版社，1996年，第295页。

才知道"负荆请罪",我不知道什么是"负荆请罪"!'一句话还未说完,宝玉林黛玉二人心里有病,听了这话早把脸羞红了。"①宝钗通过加重话的语气,在"负荆请罪"的字面意思之下,又暗含了另外的意思,使宝玉和黛玉二人很不好意思。

第六,通过人物、事件等中的一些反常之处,构成复调。一般地说,叙事作品中的人物、事件等应该符合一定的逻辑与常识,但有时也出现一些反常的地方,这时,就应注意其中是否隐含了另外的意思。因为叙事者有时故意弄出一些反常的地方,露出一些破绽,使文本产生文字字面意思之外的意思,形成复调。如《红楼梦》第十三回。秦可卿死了之后,贾珍反常的言行。秦氏只是贾珍的儿媳妇,按理,贾珍也就是大事上安排安排,表示一下悲痛也就行了,具体的事件完全可以交给他的儿子、秦氏的丈夫贾蓉去办理。然而,他事必躬亲,悲痛得过了头,丧礼的规格高得过了头。这里明显地透露着反常,而这在反常的背后,则隐藏着贾珍与秦氏之间不正常的关系。深藏着的意思便通过这种反常表达了出来。

文本构成的复调,《红楼梦》中还有一种情况。即说的人并不一定有意,但听的人却听出了别的意思。如《红楼梦》第三十回。宝玉与黛玉口角后,宝玉来赔不是。黛玉"掌不住哭道:'你也不用哄我。从今以后,我也不敢亲近二爷,二爷也全当我去了。'宝玉听了笑道:'你往哪去呢?'林黛玉道:'我回家去。'宝玉笑道:'我跟了你去。'林黛玉道:'我死了。'宝玉道:'你死了,我做和尚!'林黛玉一闻此言,登时将脸放下来,问道:'想是你要死了,胡说的是什么!你家倒有几个亲姐姐亲妹妹呢,明儿都死了,你几个身子去作和尚?明儿我倒把这话告诉别人去评评。'"②和尚是不结婚的,一般只有在与自己的妻子或未婚妻说话时,人们才戏称"你死了,我做和尚去",以示自己的忠贞不贰。宝玉与黛玉虽然心心相印,但毕竟没有说破,黛玉敏感,因而发脾气。但是宝玉说话时并没有考虑到这一点。这似乎不能算是严格意义上的复调。因为就人物语言而言,复调的深层意义最好是说话人有意为之,听话人听出了几层意思,难以作

① 曹雪芹:《红楼梦》,人民文学出版社,1996年,第410-411页。
② 曹雪芹:《红楼梦》,人民文学出版社,1996年,第408页。

明清近代叙事思想

为判断的标准。因为人的主观因素不同，对话的理解也就会有差异。黛玉听出了其他意思的地方，别人比如黛玉的丫鬟紫鹃来听，就不一定有其他的含意。

2. 由人物、叙事者与影子作者构成的复调

一部叙事作品，既有人物，也有叙事者和影子作者。但在《红楼梦》中这三者之间并不总是和谐一致的。当这三者之间产生矛盾，而矛盾的一方又不直接将自己的意思表达出来，而是通过某种方式间接地暗示出来的时候，就可能产生复调。这种形式的复调在《红楼梦》中也很常见。

先看由人物与叙事者之间的矛盾产生的复调。人物有自己的思想，而叙事者也有自己的看法。在叙事作品中，叙事者有时并不把自己的看法直接地表达出来，而是把它隐含在对人物的叙述、描写之中，当这种隐含的看法与人物表现出来的形象不合拍时，就有可能产生复调。如《红楼梦》第二十二回。贾母喜欢宝钗稳重平和，自己出资给宝钗过生日。"到晚间，众人都在贾母前，定昏之余，大家娘儿姊妹等说笑时，贾母因问宝钗爱听何戏，爱吃何物等语。宝钗深知贾母年老人，喜热闹戏文，爱吃甜烂之食，便总依贾母往日素喜者说了出来。贾母更加欢悦。次日便先送过衣服玩物礼去，王夫人、凤姐、黛玉等诸人皆有随分不一，不须多记。"①《红楼梦》中，宝钗是个人见人爱、人见人夸的角色，贤惠贤淑，知书识礼，温柔宽厚。但读完全书，我们总感到她有奸猾的一面。但这一面从宝钗自己的言行和书中其他人物对她的评价中我们看不出来，我们之所以感到她有奸猾的一面，是由于叙事者的叙述。叙事者对这个人物显然有自己的看法，在叙述的过程中，时常看似无意实则有心地暴露出其奸猾的一面。上述例子表面上看似乎只是宝钗在讨贾母的好，但深入分析，却显示了宝钗工于心计的一面。她来贾府不久，却把贾母的习惯、爱好等了解得一清二楚，然后又投其所好，一一地说了出来，以讨贾母的欢心，这不是奸猾又是什么？这一例子表面上看是在夸赞宝钗，实际上是暗含贬义。

《红楼梦》中的影子作者与叙事者的结合比较紧密。但两者

① 曹雪芹：《红楼梦》，人民文学出版社，1996 年，第292 页。

的观点并不是完全一致的。当他们的观点不一致，而影子作者的观点又没直接表达而是通过叙事的安排表达出来的时候，就可能产生复调。如前面分析过的金钏儿死后王夫人的表现。再如小说中对贾政的描写。《红楼梦》中，无论是叙事者还是小说中的人物，对贾政都是夸赞有加。冷子兴说他"自幼酷爱读书"，林如海说他"为人谦恭厚道，大有祖父遗风，非膏粱轻薄仕宦之流"，叙事者也常常说他深心仁厚，不喜俗务，"一心做好官"，"古朴忠厚"。[①]但是实际上，他只不过是一个迂腐、世俗、毫无实际能力的官僚。实际上，就在上司认为他"古朴忠厚"的时候，他对自己的政务却一筹莫展，听任自己的下属与家人贪赃枉法，作威作福。两下构成鲜明对比，形成复调。而做出这种叙事安排，使贾政的无能违背叙事者的誉美而暴露出来的，无疑是影子作者。

　　3. 由移位的叙述造成的复调

　　文本本身构成的复调和由人物、叙事者与影子作者构成的复调，都是在同一文本中形成的，不同的文本与世界之间也可以形成复调。这主要是靠移位的叙述造成的。

　　所谓移位，是指叙述中的事件和既有的事件（曾被叙述过或者真实发生过）发生了某种对应关系，当读者察觉到这种对应的关系，既有的事件也就参与了叙述，隐隐地与叙述中的事件共振。这时，读者便在文本的表层意思之下，感到了另外一层意思。移位的叙述主要有三种：真实的世界与虚构的世界之间的移位，虚构的世界之间的移位和后设性叙述造成的移位。

　　虚构世界之间的移位是指某个叙事作品中所叙述的事件与另一叙事作品中所叙述的事件产生某种对应关系，在叙述一个虚构世界的同时，隐指另一个虚构的事件。在所叙述的故事之下，还隐藏着另外一个故事，由此形成复调的效果。《红楼梦》中，比较多的是虚构的世界之间的移位。如第二十三回。贾宝玉与林黛玉一起看《西厢记》。林黛玉"越看越爱看，不到一顿饭功夫，将十六出俱已看完"。"宝玉笑道：'妹妹，你说好不好？'林黛玉笑道：'果然有趣。'宝玉笑道：'我就是个"多愁多病身"，你就是那"倾国倾城貌"。'林黛玉听了，不觉带腮连耳通红，登时

---

① 曹雪芹：《红楼梦》，岳麓书社，1987年，第27页、第36页、第1360页。

直竖起两道似蹙非蹙的眉，瞪了两只似睁非睁的眼，微腮带怒，薄面含嗔……宝玉着了急，向前拦住说道：'好妹妹，千万饶我这一遭，原是我说错了。'……说的林黛玉嗤的一声笑了，揉着眼睛，一边笑道：'一般也唬的这个调儿，还只管胡说。"呸，原来是个苗而不秀，是个银样蜡枪头。"'宝玉听了，笑道：'你这个呢？我也告诉去。'林黛玉笑道：'你说你会过目成诵，难道我就不能一目十行么？'"①"多愁多病的身"，"倾国倾城的貌"原是《西厢记》中张生对崔莺莺说的话，而他们俩后来成了夫妻。宝玉用这两句话来比自己和林黛玉，也就把张生与崔莺莺的关系带了进来，难怪黛玉听了要生气。

后设性叙述指在原有的故事的基础上发展出新的故事。后设性叙述所交代的故事与原有的故事有前后相续的关系，但两者又不属于同一个"虚构的世界"。只是结构相似但内容并不相干的两个故事不能构成后设性叙述，如《尤利西斯》与《奥德修纪》。另一方面，两个故事没有质的区别，同属一个虚构世界，后一个故事只是前一故事单纯的继续，也不构成后设性叙述。后设性叙述一般在不同的作品中才能存在，但有时在同一部作品中也可以存在，如王安忆的《叔叔的故事》②。作者首先讲了叔叔的故事，然后又用具体的事件说明前面所讲的都是假的。在同一个文本后，首度性叙述（后设性叙述的对立面）与后设性叙述并存，后者不断地对前者进行拆台、填充、反转和评论，《红楼梦》中，在故事中发生过的事情，在后面有时又被提起，从而产生多种意思。如第六十三回，宝玉过生日，大家一起玩占花名儿。轮着湘云掷骰子。"湘云笑着，揎拳掳袖的伸手掣了一根出来。大家看时，一面画着一枝海棠，题着'香梦沉酣'四字，那句诗道是：'只恐夜深花睡去。'黛玉笑道：''夜深'两个字，改'石凉'两个字。'众人知他趣白日间湘云醉卧的事，都笑了。湘云笑指那自行船与黛玉看，又说：'快坐上那船家去罢，别多话了。'众人都笑了。"③《红楼梦》第五十七回，紫鹃想试探宝玉对黛玉的

① 曹雪芹：《红楼梦》，岳麓书社，1987 年，第 315 - 316 页。
② 《收获》1990 年第 6 期。
③ 曹雪芹：《红楼梦》，人民文学出版社，1996 年，第 871 页。

感情，故意说黛玉要回苏州，宝玉因此发病，闹着不让黛玉去，同时，又将十锦格子上陈设的一只西洋自行船要来藏在被子里，以免黛玉坐了船去。湘云的话，便是打趣这件事。这种形式的复调有点类似后设性叙述造成的移位所形成的复调，但不典型。它符合后设性叙述从既有的东西发展变化出新的东西的基本要求，但不符合后设性叙述的两个故事要分属两个不同的虚构世界的要求。然而，指出这种现象，对于我们理解《红楼梦》中复调的多样性是有帮助的。

第二节　《海上花列传》的叙事艺术

《海上花列传》是清人韩邦庆写的一部白话通俗小说，发表于1892年。小说叙事人语言用的是当时通行的官话（相当于现在的普通话），人物语言用的却是吴地方言，因而又是一部方言小说。对于这部小说，五四文学大家鲁迅、胡适、刘半农等都评价甚高，认为是吴语文学的杰作。本节拟从叙事风格、叙事结构、人物塑造和叙事手法等四个方面对小说的叙事艺术展开研究。

一、《海上花列传》的叙事风格

《海上花列传》的叙事风格可用鲁迅的"平淡自然"概括。所谓"平淡"，用鲁迅的话说就是，不"巧为罗织"，不"故作已甚之词"，[1] 不追求戏剧性和轰动效应，所谓"自然"，指的是真实，近似生活。

1.19世纪末的上海与《海上花列传》

在《中国小说史略》中，鲁迅用"狭邪小说"指称描写妓院或优伶生活的小说。"狭邪"本指城市中的小巷，妓女们常居于此，后用"狭邪"指称妓院。《海上花列传》取材近代上海。上海是鸦片战争之后，在外国势力与海外资本的参与之下，畸形发展起来的一个都市，娼妓业十分发达。1917年，英国学者甘博耳

---

① 鲁迅：《中国小说史略》，上海古籍出版社，1998年，第194页。

曾公布自己对世界八大城市的娼妓人数和城市总人口的比率的调查结果：伦敦1：906，柏林1：582，巴黎1：481，芝加哥1：437，名古屋1：314，东京1：277，北京1：259，上海1：137。① 由此可见当时上海妓院的兴盛。这时的上海妓女，已不同于传统的青楼女子。她们是市场经济的产物，将"卖身"看作"谋生"的一种手段，与其他的"生意"一样，是一种职业，没有多少羞耻与下作之感。与此相应，妓女们也不再追求才女的品位，以诗词歌赋、琴棋书画来取悦官僚和士大夫，她们更多地是以色相来吸引市民社会的富裕阶层包括风流文人，以周到的服务和相对高雅、自由的环境为人们提供消遣、休闲乃至处理商务的场所，感情本身也商品化为谋生的工具。

与古代青楼相比，这样的"狭邪"场所本身就是一个平庸的世界，都市烟花的才艺水平大不如前，客人不再像以前那样风流倜傥，也不再以风流倜傥作为自己行走于烟花场所的必备条件，妓女与客人之间的关系日趋平淡，浪漫的戏剧性的因素越来越少。《海上花列传》以这样的场所与人群作为自己描写的对象，为其平淡自然的叙事风格提供了一个良好的基础。

从叙事态度来看，韩邦庆是按照生活的本来面貌来反映生活的。他对上海妓院的生活十分熟悉。鲁迅说他"善弈棋，嗜鸦片，旅居上海甚久，曾充任报馆编辑，所得笔墨之资，悉挥霍于花丛中，阅历既深，遂洞悉此中伎俩"②。在小说的《例言》里，作者曾自述这部小说是为"劝戒而作"，在第一回中，他希望通过"一过来人""现身说法"的办法，将烟花巷中那些令人"目挑心许，百样绸缪"，"津津乎若有味"的东西，细细地"描摹出来"，使其"令人作呕"，使那些留连烟花的冶游子弟"爽然若失、废然自返"。作者希望通过对妓院生活的如实描写，起到"警觉提撕"，"发人深省"③的效果，而他自己对于妓院生活又十分熟悉，这使他在写作中不去追求一般狭邪小说所热衷的传奇性、戏剧性和夸张性，而把笔墨转向上海妓院的日常生活，写出

① 杨洁曾、贺皖南：《上海娼妓改造史话》，三联书店，1988年，第1页。
② 鲁迅：《中国小说史略》，上海古籍出版社，1998年，第191页。
③ 韩邦庆：《海上花列传》，岳麓社，2005年，第1页。

此时此地的人情世态。作者追求的是自然和真实。如小说对妓女的社会地位的描写。在小说中，妓女虽然总体上受到一定的歧视，但作为一个阶层，妓女们的地位并不特别低下，在大多数人眼中，妓女这种职业不过是一种谋生的手段，并没有什么不光彩的地方。自然，客人们在与妓女交往时信誓旦旦，过后就抛到九霄云外的现象是经常发生的，但这只是妓女这一职业伴随的必然现象，而不是妓女被欺凌的表现。实际上妓女们在与相好们周旋时，也有自己的种种打算与追求，背信弃义的现象并不是嫖客所特有。两者处于一种博弈的关系之中。谁在这种关系中占上风取决于主客两方面的各种条件，而不是因为双方的身份。自然，在交往的过程中，妓女在总体上处于劣势，因为她们毕竟在金钱也就是说在生存方面依赖于客人。但另一方面，客人也需要妓女提供娱乐、消遣、情感寄托和肉体的服务，因此，在两者的关系上，妓女并不总是处于劣势。黄翠凤将罗子富玩弄于股掌之中，周双玉在与朱淑人的争斗中占了上风。小说描写了风月场上的尔虞我诈，在这里，投入了真情的人总是容易受伤，如王莲生和赵二宝。但作者又没有将上海妓院写成一个完全尔虞我诈的地方，这里有欺诈，如黄翠凤与罗子富，也有真情，如陶玉甫和李漱芳；有始乱终弃，如史天然和赵二宝，也有有始有终，如葛仲英和吴雪香。小说没有把妓院写成都市里的一个毒痈，而是将它看作都市的一个有机组成部分，看作当时上海市民特别是上层市民生活的一个不可缺少的部分。无疑，这是更加符合当时上海的现实的。

2. 平淡自然的叙事风格

妓女与客人，本来是一个特殊的群体，两者的关系中纽结着复杂的社会关系，反映着众多的社会矛盾，另一方面，两者之间也的确存在着一些戏剧性的事件和浪漫的因素。以此为对象的文学作品对于自己所表现的内容可以有三种处理方式：一是侧重描写其中所隐含的社会关系与社会矛盾，一是侧重表现其中的戏剧性事件和浪漫因素，一是将两者结合起来。《海上花列传》采取的是第一种方式，按照生活的本来面貌写出上海妓院的日常生活，揭示出妓女和客人之间错综复杂的关系以及这种关系的社会内涵。小说所表现的生活平淡自然。妓女与客人就像普通的夫妻或情人一样地生活着，有争吵、有算计、有同床异梦、有生死相许、有离合不定、也有长期相处甚至结婚生子，但是没有戏剧，没有浪漫，没有激情。小说中最有激情的事件之一大概是第六十三回周双玉捏着朱淑人的鼻子灌鸦片烟，要与其同归于尽了。然而，周双玉的同归于尽的决心是装出来的，她的种种表现都是做戏，在一万洋钱面前全部露出了真相，因此，这种激情也就只能是一种表演，只有烟气，没有火花。

在情节的处理上，《海上花列传》也是尽量按照生活的原貌如实地描写。小说中情节的发展就如日常生活那样，自然而然，水到渠成，不故意制造起伏的波澜，追求轰动的效果。如赵二宝从一个乡下女孩成为都市名妓的过程。如果换种风格和处理方式，这一过程完全可以写得曲折多变，波澜起伏，甚至轰轰烈烈，惊天动地，但《海上花列传》却把它写得平平淡淡，自然而然。赵二宝开始因留恋都市生活而不想回乡，然后在一个叫施瑞生的青楼老手的引诱下对妓女生活产生认同，最后因经济困难而挂牌营业。整个过程没有丝毫做作，就像生活本身一样，慢慢推进，自然而然地就走到了那一步。这看似容易，实则困难，没有对生活的深入把握和高超的写作技巧，是很难做到的。

小说的语言追求的也是一种平淡自然的风格。从某种意义上说，作者让小说人物讲吴地方言，就是对生活原貌的一种追求。因为上海属于吴语地区，让人物说吴地方言，更能显现当时上海妓院生活的本来面貌。而不管是人物语言还是叙述人语言，都是酷似生活。作者既不掉文袋，也不堆砌一些不必要的词语，或者故作夸张、惊人之语，而且努力挖掘生活中活生生的语言，加以提炼，用口语的方式表达出来，逼真而又自然。刘半农曾引用小说第二回妓女王阿二见到张小村时的一段话，大加赞赏：

"'阿好！骗我阿是？耐说转去两三个月哩，直到仔故歇坎坎来！阿是两三个月嘎？只怕有两三年哉！我教娘姨到栈房里看仔耐几埭，说是勿曾来，我还信勿过，间壁郭孝婆也来看耐，倒说道勿来个哉。耐只嘴阿是放屁！说来噪闲话阿有一句做到！把我倒记好来里！耐再勿来末，索性搭耐上一上，试试看末哉！'

"其中那一句不是用尽了气力做的？然而我们看去，只觉得它句句逼真，不能增损一字，断断不会觉到丝毫的讨厌。其故是因为他所用的气力，是真气力，是用在文字骨里的，不比低手作者，说不出有骨子里的话，只能用上些讨厌刺激的字面拉拉场面。"①

刘半农这里所谓"用尽力气"，"用在文字骨里"，也就是人物语言符合人物性格，逼真、自然，是一种经过提炼了的活生生的口语。

3. 平淡自然中的艺术魅力

自然，说《海上花列传》叙事风格平淡自然，并不意味其缺乏艺术魅力。作者善于用白描的手法写出栩栩如生的生活，在平常的事件中显出人物性格，写出人物之间的张力，挖掘其内在的韵味。如小说第三十八回写赵二宝被史三公子派人请到史公馆，一夜未归。赵家人担心，由赵朴斋买了筐水果，前去史府探望：

"迤逦问到史公馆门首，果然是高大洋房，两旁栏凳上列坐四五个方面大耳、挺胸凸肚的，皆穿乌皮快靴，似乎军官打扮。朴斋呐呐然道达来意。那军官手执油搭扇，只顾招风，全然不睬。朴斋鞠躬鹤立，待命良久。忽一个军官回过头来喝道：'外头去等来浪！'朴斋喏喏，退出墙下，对着满街太阳，逼得面红吻燥。幸而昨日叫局的那人，牵了匹马，缓缓而归。朴斋上前拱手，求他通知小王。那人把朴斋略瞟一眼，竟去不顾。

"一会儿，却有一个十三四岁孩子飞奔出来，一路喊道：'姓赵个来浪陆里？'朴斋不好接应，悄地望内窥探。那军官复睁目喝道：'喊哉呀！'朴斋方喏喏提筐欲行。……孩子引朴斋一直兜转正屋，后面另有一座平房。小王（史天然的管家—引者注）已在帘下相迎。朴斋慌忙趋见，放下那筐，作一个揖。"②

这段描写，可与《红楼梦》第六回刘姥姥一进大观园媲美。富贵人家的高高在上、盛气凌人，穷人的自惭形秽、巴结讨好，都写得活灵活现。而史家人对待赵朴斋的态度也就暗示了赵二宝后来被史三公子抛弃的命运。

---

① 刘半农：《读〈海上花列传〉》，见［清］韩邦庆著：《海上花列传》，岳麓书社，2005 年，第 490 页。

② 韩邦庆：《海上花列传》，岳麓书社，2005 年，第 267 - 268 页。

二、《海上花列传》的叙事结构

胡适认为,《海上花列传》的结构承继了《儒林外史》,却"远胜于《儒林外史》"。[①] 这一评价一方面说明了《海上花列传》的结构与《儒林外史》的关系,一方面肯定了前者的结构。但胡适虽然肯定了《海上花列传》的结构,对这一结构本身却语焉不详,还有必要进一步研究。

1.《海上花列传》的断片式缀段体结构

受史传文学的影响,中国古典小说往往喜欢采用缀段体的形式。这种结构的代表有《水浒传》、《儒林外史》等。鲁迅认为,《儒林外史》"全书无主干,仅驱使各种人物,行列而来,事与其来俱起,亦与其去俱讫,虽云长篇,颇同短制;但如集诸碎锦,合为帖子,虽非巨幅,而时见珍异,因亦娱心,使人刮目矣"[②]。这段论述说明了以《儒林外史》为代表的缀段体小说的基本结构特征:整部小说由若干个故事构成,故事各有自己的核心事件与核心人物,相对独立;故事根据故事中的核心人物出现的先后依次讲述,一个讲完之后再讲述另外一个;故事之间通过人物、事件、因果关系等互相联系,通过人物接力从一个故事过渡到另一个故事。

从总体上说,《海上花列传》的叙事结构也可以归入这种缀段体。它由多个互相联系又各自独立的故事组成。胡适从史传文学的角度,称它是一部人物合传。这些人物的主体是些妓女与她们的客人,主要有如下几对:罗子富与黄翠凤、王莲生与张蕙贞、沈小红,陶玉甫与李漱芳、李浣芳,朱淑人与周双玉,以及葛仲英与吴雪香、陈小云与金巧珍、姚季纯与卫霞仙、马桂生、洪善卿与周双珠、朱蔼人与林素芬、史天然与赵二宝等。这些人物与相关的事件形成一个个的故事单元,这些单元特别是主要故事单元是相互独立的,各有自己的核心人物、主要事件与发展轨迹,将它们联系在一起的是共同的时空和人物之间的各种联系。

① 胡适:《〈海上花列传〉序》,见[清]韩邦庆著:《海上花列传》,岳麓书社,2005 年,第 478 页。

② 鲁迅:《中国小说史略》,上海古籍出版社,1998 年,第 156 页。

这些与《儒林外史》、《水浒传》等是一样的。

但与《水浒传》、《儒林外史》等小说不同，《海上花列传》有一个大致的框架。小说的前半部以赵朴斋的跌跤开始，后半部以赵二宝从乡下来上海寻兄开始，最后以赵二宝的梦结束，赵氏兄妹的经历贯穿了整部小说。和《儒林外史》、《水浒传》相比，它要更加整一一些。这似乎不符合缀段体小说的规定。但赵氏兄妹的经历本身只是小说中的一个故事单元，它不主宰也不影响其他的故事单元，也不像其他的一些小说，比如吴趼人的《二十年目睹之怪现状》中的九死一生的经历那样，形成一个总的构架，其他的故事都与这个构架联系，并因这个构架获得存在空间与叙事价值。因此，《海上花列传》虽有一个大致的框架，但其结构仍是缀段体，而不是如清末四大谴责小说那样的整一结构。

《海上花列传》与《儒林外史》等小说在结构方面的最大不同，是它对各个故事单元的处理。它的各个故事单元不是像《儒林外史》、《水浒传》那样一个一个地向前推进，一个故事讲完之后再讲下一个故事，而是多元并存，交错发展的。小说将各个故事单元拆散成一个个的断片，然后再将这些断片互相结合，平行发展，多个故事互相交织，直到整部小说的结束。而故事断片之间，则通过人物的穿插将其联系起来。往往是前一回讲的是这个故事，后一回讲的则是另一个故事，一个故事的内容在多个回目中出现，而一个回目有时又包括了多个故事中的内容。如小说第十一回，先是叙述王莲生与沈小红的故事，接着写王莲生公馆附近的火灾，再又叙述陈小云与金巧珍的故事。一回里包含了多个故事的内容。再如罗子富与黄翠凤的故事。开始罗子富与黄翠凤并不相好，黄翠凤的鸨母黄二姐从中拉皮条，说黄翠凤其实是喜欢罗子富的，使得罗子富抛弃了老的相好蒋月琴来做黄翠凤。黄翠凤假意要退回罗子富赠送的一对十两重的金钏臂，以示自己在乎的不是钱，而是人，并以此为理由，要罗子富将他装重要文书的拜匣放在她那里，以防他再去找蒋月琴。黄翠凤生意好起来后想要赎身自立门户，罗子富帮了一千大洋的赎身费和五千大洋的开张费。黄翠凤并不真心喜欢罗子富，只是想着他的钱财。她唆使以前的鸨母黄二姐偷了罗子富的拜匣，借此讹诈了罗子富五千大洋，而她自己则巧妙脱身，使罗子富对她没起一点疑心。但这些内容不是集中在一起叙述出来的，而是分散在小说的各个回目里。全书共六十四回，两人相好的事发生在第七回，而黄二姐偷拜匣的事则发生在第五十九回和第六十回，两人的故事几乎贯穿了全书的始终。

这种几个故事同时进行，同时发展，而且每个故事都被拆散成许多片断，然后再将这些片断组织成一个个叙事单元（回）的"多元并存、交错发展"的结构方式使《海上花列传》的结构与《儒林外史》、《水浒传》等小说的结构区别开来。如果将《水浒传》、《儒林外史》的叙事结构称为单元式缀段体的话，那么，《海上花列传》的叙事结构便可以称为断片式缀段体。

2. 断片式缀段体的结构特点

缀段体小说各个故事单元之间一般是通过人物进行过渡的。刘半农曾经归纳这种过渡的基本程式："有甲乙二人正在家中谈话，谈得一半，忽然来了一个丙，把话头打断。等到丙出了门却把甲乙二人抛开了，说丙在路上碰到了丁；两人话不投机，便相打起来。那边赶来了一个红头阿三，将他们一把拉进巡捕房；从此又把丙丁二人抛开了，却说红头阿三出了巡捕房，碰到了红头阿四，如何如何……"① 这种过渡方式我们可以称之为"人物接力式"。

《海上花列传》中故事之间的过渡主要也是依靠人物之间的接力。但由于小说中的故事不是一个一个完整地讲述，而是拆散成片断交错讲述的，仅仅是"人物接力"就不够用了，要完整地将各个片断组成一个有机的整体，就必须创造新的结构方法。韩邦庆将这种新的结构方法称为"穿插"与"藏闪"。按照作者自己的定义，所谓"穿插"是"一波未平，一波又起。……忽东忽西，忽南忽北，随手叙来，并无一事完，全部并无一丝挂漏"，而"藏闪"则是突叙一事，"劈空而来，使阅者茫然不解其如何缘故，急欲观后文，而后文又舍而叙他事"。② 换句话说，"穿插"就是将故事拆散成一个个的断片，交叉进行叙述；而"藏闪"则是突然叙述一事，而其缘起却在后文慢慢交代，而且这交代也不是一次性地和盘托出，而是时断时续，一点一点地透露出来，以

① 刘半农：《读〈海上花列传〉》，见［清］韩邦庆著：《海上花列传》，岳麓书社，2005 年，第 487 页。
② 韩邦庆：《海上花列传·例言》，岳麓书社，2005 年，第 2 页。

吊读者的胃口。如王莲生因沈小红对他不忠而娶张蕙贞为妾。张蕙贞以通情达理著称，两人关系很好。可在第五十四回，阿珠等人突然发现王莲生在暴打张蕙贞。但小说并没有接着叙述暴打的原因，而是转而叙述赵二宝与史天然、姚季纯与卫霞仙的故事。然后再通过姚季纯引出王莲生，通过王莲生的独自落泪引出洪善卿的议论，交代出王莲生打张蕙贞的原因：张背着他与他的侄儿私通。而洪善卿的讲述本身也是一点一点地透露出来的。王莲生的落泪引起阿珠等人的诧异，问洪善卿，洪只说是张蕙贞不好，不好的原因，洪却不肯说。后阿珠提起上次去王莲生公馆，听到张蕙贞被打一事，洪才说，王打了张之后，本来是打算不要张了。张蕙贞吞鸦片自杀，被洪等人劝住。后大事化小，小事化了，只将王的侄儿赶了出去，算是了结此事。再通过阿珠的叹息，暗示出张与王的侄儿的私通。这样一种讲述方式自然比从头叙说的方式更能吸引读者的注意。

穿插藏闪必须具有内在的逻辑性，只有这样，才能保证故事的有机性与有序性。《海上花列传》很注意这一点。小说中的每个故事尽管被拆得七零八落，但每个断片都紧紧地围绕着故事的叙事主线，很少偏离。以姚季纯与卫霞仙的故事为例。这个故事在小说中不算主要故事，但牵涉的人物较多，主要有姚季纯、卫霞仙、姚季纯的夫人和另一个妓女马桂生。在小说中，这个故事单元主要有四个片断。在第二十一回，姚季纯怕老婆，不敢在妓院呆得太晚，只好早点吃饭，早点回去。第二十三回，姚太太因丈夫晚上没有回去，跑到卫霞仙处要人，被卫霞仙连讽带讥说了一顿，当众出丑。第二十七回，姚季纯在太太与卫霞仙处两面讨好，却两面受气。第五十七回，姚季纯在太太的辖制下，不敢再做卫霞仙，改做马桂生。一天因醉酒晚上没有回去，姚太太找上门来。姚季纯吓得躲了起来。但姚太太这次来不是闹局，而是来请马桂生吃饭的。原来姚太太不愿别人说她是醋坛子。她无法禁止丈夫找妓女，只想他找一个老实的，不要影响了她的地位。她觉得马桂生老实，因而赞成丈夫与她交往，同时委托马桂生"拴住"姚季纯，别让他再找另外的妓女。四个主要片断都是围绕故事的主线——姚太太为保卫自己的地位与利益而进行的努力——展开，没有任何旁枝斜出。而且故事的关节在最后点出，点出之后这个故事也就结束了。小说将这个故事单元拆成多个片断，与其他故事片断组合在一起进行叙述，这是"穿插"；而首先突出姚太太的厉害，然后再说明她这样厉害的原因与苦衷，又是"藏闪"。这样，各个片断之间通过"人物接力"过渡，而同属一个故事的片断又通过一条叙事主线贯穿起来，再通过穿插、藏闪，使故事的各个部分互相联系，整部小说形成一个有机的整体。

穿插与藏闪的结构方法必然导致大量的悬念、伏笔与照应。如小说第十三回的回目是"挨城门陆秀宝开宝，抬轿子周少和碰和"。但这一回只写了周少和赌博（碰和），却没有写陆秀宝失身（开宝），由此留下悬念。这一回有这样一个细节：陆秀宝正缠着赵朴斋要戒指，"忽听得大姐在外喊道：'二小姐快点，施大少爷来哉！'秀宝顿然失色，飞跑出屋，竟丢下朴斋和善卿在房间里，并没有一人相陪"。这"施大少爷"是谁？为什么他一来陆秀宝的行为竟如此反常？小说并没有交代。由此又形成一个悬念，同时留下伏笔。在小说第二十五回，陆秀宝要施瑞生不要叫另一个妓女袁三宝的局，说叫她一个局要三块洋钱。"瑞生道：'袁三宝是清倌人，陆里有三块洋钱？'秀宝道：'起初是清倌人，耐去做仔末，就勿清哉哟。'瑞生呵呵笑道：'耐来里说自家。我就不过一个陆秀宝，故末起初是清倌人，我一做仔就勿清哉。'"原来，给陆秀宝开宝的就是施瑞生，他自然也因此在陆身上花了不少的钱，因此他一来，陆秀宝就丢下赵朴斋与洪善卿不管了，因为相比而言，他是更大的主顾。第十三回的悬念到这里得到破解，伏笔同时得到照应，而这一情节又为后来施瑞生做袁三宝埋下了伏笔。这一伏笔到第四十三回才得到照应。

伏笔与悬念有一定的关系。与后面的情节有联系的某一情节或细节如果只是叙述出来，是伏笔，如果叙述出来之后引起读者的注意，引起读者对它出现在此的原因和后来发展的猜测，那就是悬念。伏笔本身又有显性与隐性之分。显性伏笔是与后面的照应相对应的在前面的情节中明确安置了的伏笔。隐性伏笔是没有在前面的情节中安置，而是在后面的叙事过程中交代出来的伏笔。如小说第六十三回周双玉逼朱淑人喝鸦片时所提起的他们在一笠园起过的"愿为夫妇生死相同"的誓言。这誓言与起誓的过程前面其实并没有交代，但小说第四十一回的确写了他们在齐韵叟的一笠园中一起度过了几天时光，并长谈过一次。这誓言就是那长谈的内容的一部分，只是小说在当时没有写出来。因此，周双玉所说的誓言之事就不是平地起风、无根无据。这就是隐性伏笔。《海上花列传》对这两种伏笔的运用都十分娴熟。

3. 断片式缀段体与西方小说拼贴式结构的区别

如果就故事的片段性看，断片式缀段体结构与一些西方现代和后现代小说中的拼贴式结构颇为相似。两者都是把故事拆成片断，然后重新组合。如罗伯·葛利叶的《嫉妒》、《橡皮》、《窥视者》等。这些小说将故事拆成片断，打破自然的时间顺序和逻辑顺序，运用自由联想、时空错乱、跳跃等方式，将这些片断重新组合起来。从这个角度看，《海上花列传》在结构上有一定的先锋性。

但是两者产生的时代背景、依据的文学观念与小说理论都不一样，因此也有许多根本性的不同。

首先，断片式缀段体是由多个故事单元组成的。这是缀段体的基本特点。而拼贴式结构往往只有一个主体故事。如罗伯·葛利叶的《嫉妒》讲述的是一个三角恋爱的故事，《橡皮》讲述的是一桩谋杀案的侦破过程，《窥视者》讲述的是小岛上的一桩谋杀案。

其次，断片式缀段体虽然采取了将故事拆散、重新组合的方式，但各个片断之间的顺序还是按照自然时间的顺序安排的，而拼贴式结构中的故事断片不一定按照自然时间的顺序安排。如克洛德·西蒙的《佛兰德公路》，小说的情节在过去、现在之间不断地跳来跳去。

第三，断片式缀段体各个片断之间通过"人物接力"形成一种形式上的联系，而拼贴式结构则没有这种形式上的联系。或者说，它有意地切断了这种形式上的联系，以更好地表达当代人对于世界的感受与看法。

第四，断片式缀段体受中国传统文化的影响和古代小说叙事法则的制约，比较讲究故事性，故事或者说情节的完整在小说中居于主导地位。《海上花列传》的故事虽然被拆成许多片断，但每个故事的片断都是围绕着一个中心组织的，而且从情节发展的角度看，没有省略必要的环节。如果将这些片断抽取出来，重新组合，可以形成一个基本完整的故事。而拼贴式结构受西方文化、现代哲学、语言学和小说观念的影响，不大追求故事性，故事或者说情节的完整在小说中不占主导地位。这种结构的各个故事或者缺乏一条贯穿线，或者没有一个中心，或者故意省略了一些关键的环节，将这些片断重新组合，很难形成完整的故事。作者也并不追求故事的可读性与情节的完整，有时甚至有意地摒弃人物与情节，如法国作家娜塔丽·萨洛特。她的小说《金果》写一群人围绕一本叫作《金果》的书发表自己的看法，这些看法之间缺乏有机的联系，读者很难把握其内在的意义。作者试图通过这种方式达到其"抽象小说"的主张，表达当代人的机械与雷同。

另一方面，拼贴式结构喜欢描写人物内心世界，大段的心理描写或意识流冲淡了小说的故事性。如乔伊斯的《尤利西斯》。而《海上花列传》中人物的内心世界主要通过其言语和行动表现出来，小说没有受到大段的心理描写或意识流的影响，情节进展较快，故事性强。

断片式缀段体小说出现在近代中国，既是对传统单元式缀段体结构的发展，也是中国近代小说转型的结果。对它的研究有助于我们了解近代中国小说的发展，了解近代中国小说与西方小说的关系。

三、《海上花列传》的人物塑造

人物塑造是《海上花列传》的另一成就。胡适认为："《海上花》的特别长处不在他的'穿插，藏闪'的笔法，而在于他的'无雷同，无矛盾'的描写个性。"[①]自然，如果从创新的角度看，《海上花列传》的人物塑造比不上它的叙事结构，但如果将其放在晚清那个时段，它在人物描写方面的成就则是当时很多小说包括颇负盛名的四大谴责小说所比不上的。

1. 韩邦庆的人物观与《海上花列传》人物的特点

对于人物塑造，韩邦庆有自己的看法。他认为："合传之体有三难：一曰无雷同。一书百十人，其性情言语面目行为，此与彼稍有相仿，即是雷同。一曰无矛盾。一人而前后数见，前与后稍有不符，即是矛盾。一曰无挂漏。写一人而无结局，挂漏也，

---

① 胡适：《〈海上花列传〉序》，见［清］韩邦庆著：《海上花列传》，岳麓书社，2005年，第479页。

叙一事而无收场，亦挂漏也。知是三者而后可与言说部。"①《海上花列传》的结尾是开放式的，虽然作者以"跋"的形式对书中人物的结局略微做了一些交代，但这已在小说塑造的世界之外，读者更多地是以人物的性格和小说所描写的社会现实来推测人物与事件的结局。因此，作者自述的人物描写三原则之一的"无挂漏"，《海上花列传》似乎没有做到，而且从现代小说理论与实践的角度看，也不一定要做到。而在"无雷同"、"无矛盾"两个方面，《海上花列传》则达到了当时小说的最高成就。而这也是中国小说人物描写特别是古典小说人物描写的金科玉律。

所谓"无雷同"包含两层意思，一是性格鲜明，一是彼此区别。自然，这两者之间是相辅相成的。因为鲜明，所以人物之间区别度高，因为区别度高，所以性格才更加鲜明。

据笔者初步统计，《海上花列传》中有名姓的出场人物共有125人，这些人物特别是主要人物大都性格鲜明，彼此之间很少雷同。比如同是妓女，黄翠凤泼辣、精明，赵二宝能干、忠厚，李漱芳痴情、体贴，卫霞仙果敢、善辩，沈小红强悍、直露，张蕙贞平庸、老实，吴雪香憨厚、专一，再如李鹤汀的好赌，洪善卿的寡情，陶玉甫的专一，王莲生的优柔，都写得栩栩如生。同一类型的人物，作者也能写出他们的内在区别，很少雷同。如同是清倌人（尚未失身的年青妓女），同是天真，李浣芳是真天真，天真出自其内心的纯朴，与其天真相伴的是真情；而周双玉则是假天真，表面的天真烂漫出自内心的城府与心机，与其天真相伴的是骄横。这不仅表现在她与朱淑人的关系上，也表现在她与周双宝的关系上。周双宝比她先进妓院，但长相与应酬能力比她不上，生意没有她好，不受鸨母重视。周双玉仗着有利地位，处处与她为难，想方设法地整她，甚至撺掇鸨母周兰将她卖到另一处更差的妓院，幸为周双珠阻止，周双宝才得以嫁人，有一个好的归宿。

"无矛盾"也包含两层意思，一是性格统一，性格因素之间没有矛盾的地方；一是人物性格前后一致。

由于多元并存、交错发展的结构特点，《海上花列传》中的

① 韩邦庆：《海上花列传·例言》，《海上花列传》，岳麓书社，2005年，第3页。

人物不是像《水浒传》中的林冲、鲁智深、武松，《儒林外史》中的范进、严监生那样，相对集中地在一个叙事单元中塑造，而是通过散见于小说中的许多故事片断，一步步地塑造而成的。但是尽管"一人而前后数见"，人物性格却没有前后矛盾的地方。人物在各个片断中的性格、言行和表现，具有逻辑上的一致性，既使有发展变化，往往也只是人物身份、经历、地位的变化，而不是性格特点和性格因素的改变。如赵朴斋这个人物，小说开始的时候，他是一个才进都市的乡下青年，被都市生活所诱惑，迫不及待地想享受上海的花花世界。后来流落街头，成为洋包车夫。再后来依傍妹妹，开设妓院，随着妹妹的走红，地位上升，而当妹妹失势背霉时，又随之跌了下来。但不管地位、身份、经历如何变化，其胸无大志、浑浑噩噩、贪图享受、随遇而安的性格却没有什么变化，前后一致。这种性格不仅表现在他的言行中，也表现在他对事件的处理和他与他人的关系之中。

就性格因素而言，《海上花列传》没有《红楼梦》中贾宝玉那样性格多面复杂的"圆形人物"，但也很少《儒林外史》中严监生那样的只有一种性格因素的"扁型人物"。《海上花列传》中的人物性格虽然不很复杂，但一般都有几个性格因素，这些性格因素一般是相近、相似的，也有相互对立的，但这些相互对立的性格因素一般具有主次的关系，因而不是不可调和的。如王莲生这个人物，其性格的主导方面是懦弱、优柔。但这个懦弱的男人也有血性的时候。小说中，他曾两次大打出手，一次是在他的前一个相好沈小红与戏子小柳儿的私情被他发现的时候，另一次是他的后一个相好张蕙贞与他侄儿的私情被他发现的时候。但两次发作最后都以他的妥协而告终。因此，他的血性只是反衬了他的懦弱与优柔，而无法与他的懦弱与优柔构成矛盾的关系，因而他的性格在总体上是整一而不是矛盾的。

2. 《海上花列传》的人物塑造艺术

《海上花列传》中人物形象的上述特点，与作者"无雷同、无矛盾"的人物观有关系，与中国古典小说的人物塑造传统也有关系。中国古典小说人物描写一方面讲究栩栩如生，强调像是从生活中出来的一样；一方面又强调艺术的概括性，并不要求小说人物像现实生活中的人物那样复杂多面。《海上花列传》继承了中国古代小说的这一传统，并将其发挥到了炉火纯青的程度。小说中的人物虽然相对而言比较静止，性格因素比较单一，但却并不给人静止、扁平、远离生活的印象。在主观上，作者并没有将他们作为扁平人物塑造，他们性格的不丰富是由于他们没有机会表现出其性格的多个方面。也正是因为有这种潜在的现实性与丰富性的支撑，小说中的人物即使是次要人物，也都活灵活现，就像生活中的活人一样。这与小说高超的人物塑造艺术是分不开的。

这种艺术可以从三个方面探讨。

其一，是扣住性格特征，步步深化、完善。《海上花列传》的篇幅不是很长，但出场人物众多，而且只有主要人物，没有核心人物。因此，它不可能像只有几个核心人物的小说那样，对主人公性格的各个方面做淋漓尽致的描写，而只能抓住人物性格的某些重要特征。另一方面，《海上花列传》是一部如实描写现实的作品，其人物也像日常生活中的人一样，具有潜在的现实丰富性，只是由于人物展现自己的空间有限，作者对人物性格的描写不可能遍地开花，而只能抓住突出之处，作重点描写。这决定了《海上花列传》在塑造人物的时候，只能是扣住特点，步步深化、完善。

在具体操作上，《海上花列传》一般是先确定人物性格的主导方面，然后再围绕这一或这些主导方面，步步深化、完善。比如黄翠凤这个人物，前面已经说过，其性格的主导方面是泼辣、精明。这一特点在小说第六回她出场时就突现出来。小说开始写她我行我素，来得晚走得早，不在乎客人的看法。然后通过陶云甫道出其脾气不大好。接着又叙述黄翠凤通过吞鸦片自杀的办法将老鸨黄二姐治得服服帖帖，突出其泼辣。在第八回，黄翠凤假意退回罗子富的一对十两重的金钏臂，致使罗子富完全断绝与原相好蒋玉琴的来往，并把自己装重要文件的拜匣放在她处由她保管，从而完全控制了罗子富。通过这一情节，突出了黄翠凤的精明。以后，又通过她教训诸金花、赎身另立门户、唆使前鸨母黄二姐偷罗子富装重要文书的拜匣等进一步突出其泼辣与精明。特别值得注意的是偷拜匣事件。黄二姐来借钱，黄翠凤不愿借钱，却替她出主意，让她偷走罗子富的拜匣，讹走罗子富五千洋钱。而她自己则事先做好关节，瞒天过海，装出事先不知情的样子，将罗子富瞒得严严实实，做梦都想不到她是罪魁祸首。这就不仅仅是泼辣精明，而是有些阴险歹毒了。同时也说明这以前她对罗子富的种种表示都是虚情假意，她真正看中的，是罗子富的钱财。但这些方面，又都没有完全脱离其泼辣精明的范围，它们与黄翠凤的泼辣精明是相辅相成的，是对其泼辣精明的深化与完善。在《海上花列传》中，黄翠凤是塑造得最成功的人物之一，这与小说的这一人物塑造方法是分不开的。

其二，是在人物的相互关系中表现人物性格。《海上花列传》描写的，都是上海妓院的日常琐事，妓女与客人的日常生活，两者之间的尔虞我诈、卿卿我我，没有重大事件，也不涉及社会的重大问题，很难通过事件的重大与尖锐来表现人物性格。但小说善于描写人物之间的复杂关系，通过人物关系来塑造人物的形象。如王莲生这个人物，他的懦弱、优柔主要就是通过他与前后相好的两个妓女沈小红和张蕙贞的关系表现出来的。这个晚清社会的中层官吏先是与沈小红相好，后又包养了张蕙贞，但在包养张的同时，又不想与沈脱离关系，结果导致沈、张两人发生冲突，沈小红在大庭广众之前将张蕙贞痛打一顿。王莲生偏向张蕙贞，却不敢显露出来，反而到沈小红处委曲求全。但这个懦弱、优柔寡断的男人也有雷霆大怒的时候。在狂怒之下他大打出手，然而发作过后又偃旗息鼓。在发现沈小红的私情后，虽然仍与沈小红藕断丝连，但毕竟还能抛开沈小红娶张蕙贞为妾，而在发现张蕙贞的私情之后，他能做的则只是将侄儿赶走了事。这样，他的狂怒就只能成为他的懦弱与优柔的反衬。

其三，是使用曲笔。小说有时不从正面揭示人物性格，而是通过某一事件或人物的所作所为将其性格暗示出来。这有点像描写中的侧面描写，但与侧面描写又有不同。它不仅仅是一个描写角度的问题，而是对人物性格的一种处理方式，其中往往含有褒贬，因此，更符合我国古代文论中所说的"曲笔"的规定性。如小说第十回，沈小红大闹静安寺后，王莲生由人陪着去向沈小红赔罪。沈小红不依不饶，要找王莲生拼命。"莲生又羞又恼，又怕又急，四下里一逼，倒逼出些火性来"。回身便走。但还未走下楼梯，便听见楼上"板壁'蓬咚蓬咚'震天价响起来"。上楼一看，"只见小红还把头狠命往板壁上磕"。然而被拉住之后，"阿珠摸摸小红的头，没甚伤损，只有额角边被板壁上钉的钉头碰破些油皮，也不至流血"①。头在板壁上碰得"震天价响"的结果却是"没甚伤损"，这就令人怀疑沈小红是在真碰还是假碰，是用"头碰"还是在用"手碰"，结论自然只能是后者。她并不是真的不管不顾，而是在"耍泼"，目的是要在与王莲生的较量中占据上风。她也达到了目的。沈小红的"悍"也就由此显示了出来

《海上花列传》使用曲笔塑造人物，有篇幅的原因。小说人物、事件密集，一个事件往往牵涉几个人物，在表现了主要人物之后，又要兼顾次要人物，有时就需要使用曲笔，以间接的方式将次要人物的性格暗示出来。此外，也有叙事方式上的原因。《海上花列传》很少心理描写，也很少对人物性格进行正面分析，人物性格基本上是通过他们处理事件的方式和他们自己的言行表现出来，这就少不了曲笔，特别是当无法通过人物的行动言语正面表现其性格的时候。最后，曲笔的大量使用还与作者的叙事追求有关。中国文论一向讲究含蓄，讲究言有尽而意无穷。在《例言》中，作者自己也希望达到这样一种效果："阅之觉其背面无文字处尚有许多文字，虽未明明叙出，而可以意会得之。"② 使用曲笔塑造人物，自然容易达到这种效果。

四、《海上花列传》的叙事手法

在叙事手法上，《海上花列传》达到了很高的成就，本节主要讨论其中三个方面，即写实、白描，以及多层显现、由表及里，关键之处最后点出。

1. 写实

所谓写实，简单地说，就是按照生活的本来面貌进行描写。写实并不是一件自然而然的事情，而是一门高超的技巧，需要有意识地努力。

写实的基础是对生活细致的观察与表现能力。作为叙事手法的写实并不反对想象与虚构，但是这种想象与虚构要符合生活的本来面貌，不违反生活的逻辑与常识。这就需要作者对于生活有

---

① 韩邦庆：《海上花列传》，岳麓书社，2005 年，第 67 页。
② 韩邦庆：《海上花列传·例言》，《海上花列传》，岳麓书社，2005 年，第 2 页。

比较深入的认识，有对于生活的细致的观察与表现能力。没有这种能力，写出来的东西就只能是一种主观的幻想，与生活有着较长的一段距离。韩邦庆观察、表现生活的能力，胡适、刘半农都曾加以肯定。《海上花列传》中所描写的人物与事件，就像现实生活中那样，自然，鲜活。如小说第四十回，写齐韵叟在一笠园办的七夕晚会，豪华、新颖、热闹。没有相应的生活体验，没有对生活的细致的观察与表现能力，是写不出来的。

写实要求按照生活的本来面貌进行描写，不故意拔高、夸张人物与事件，不追求情节的曲折，甚至有意地避开那些可能具有戏剧和传奇性的因素。《海上花列传》很注意这一方面。如小说中的妓女李漱芳与其相好陶玉甫真心相爱，并因此付出生命代价。这本是可以大肆渲染的东西，但小说避开了这些有可能产生戏剧性的因素，将一个看似纯情的故事变成了一个略带猥琐的生活事件。原来陶玉甫因倾心于李漱芳，想娶她为正室，却因李的妓女身份而遭到家人的反对，陶玉甫不敢反对家人的意见，又不愿将李漱芳以妾的身份娶进家来，此事便拖了下来。而李漱芳虽然是被母亲逼着做的妓女，而且只做了陶玉甫一个人，但却无法说自己不是妓女，心中自然憋气，久而成病，最后因病去世。一般狭邪小说中的那种轰轰烈烈、奇奇怪怪，或一往无前、要死要活的爱情故事不见了，代之的是两个平庸男女在一个小小的障碍面前的一筹莫展，长吁短叹。然而，这无疑更符合当时的社会现实，更接近生活的真实。

写实要求细节的真实，有捕捉、描绘生活细节的能力。《海上花列传》的许多细节不仅真实、准确，而且富于生活情趣。如第四十四回："子富寻思半晌不语，珠凤乘间掩在靠壁高椅上打瞌睡。黄二姐一眼睃见，顺手横捽过去。珠凤'扑'的一交，伏身跌下，竟没有醒，两手还向楼板上胡抓乱摸。子富笑问：'做啥？'连问两遍，珠凤挣出一句道：'沓脱哉呀！'黄二姐一手拎起来，狠狠地再捽一下，道：'沓脱仔耐个魂灵哉！'这一下才把珠凤捽醒，立定脚，做嘴做脸，侍于一傍。"[1] 客人晚上不归，雏妓乘机打瞌睡，被鸨母一巴掌打了个跟头，还以为是下楼跌了跟

① 韩邦庆：《海上花列传》，岳麓书社，2005 年，第 316 页。

头。读来令人忍俊不禁。雏妓的憨态，鸨母的凶狠，客人的逗趣，都写得栩栩如生。没有丰富的生活积累，没有高超的写实技巧与写实能力，是写不出来的。

2. 白描

在文学中，白描指那种简练单纯，不加渲染烘托的写作手法。中国古典小说一般出场人物较多，情节进展较快，较少心理描写，因此在叙事手法上，一般倾向于白描。《海上花列传》在这方面也达到了很高成就。小说写人记事一般采用白描，通过简洁、传神的勾勒，写出事件的进展，人物的性格、精神面貌，暗示出其内心世界，很少渲染、夸张。如小说第五十七回："阿珠只装得两口烟，莲生便不吸了，忽然盘膝坐起，意思是要吸水烟。巧囡送上水烟筒，莲生接在手中，自吸一口，无端吊下两点眼泪。阿珠不好根问。双珠、双玉面面相觑，也自默然。房内静悄悄地，但闻四壁厢促织儿'唧唧'之声，聒耳得很。"① 王莲生先与沈小红相好，沈小红背着他私通戏子小柳儿，为了争气，同时也是为了惩罚沈小红，他娶了看似通情达理的张惠贞为姿，谁知张惠贞又背着他与他的侄儿私通。王莲生心中的愤怒、懊恼、尴尬、自伤自怜可想而知。在周双珠处，环境与双珠的言语勾起了他的满腹心事，而周围的人，知情的与不知情的，既不好劝也不好问，场面的尴尬也可想而知。作者只用了109个字，便把这种复杂的情形生动地表现了出来。看似平淡，实则深刻，耐人寻味。

有些白描不仅仅是交代事件，而且起着刻画人物、推动情节等多重作用。如小说第六十二回，赵二宝因史天然的背信，生活无着，只好重开馆子，再做皮肉生意。陈小云将此事告诉洪善卿："善卿鼓掌大笑道：'耐蛮聪明个人，上俚哚个当！我起先头就勿相信，史三公子陆里无处讨，讨个馆人做大老母！'双宝在傍也鼓掌大笑，道：'为啥几花先生小姐才要做大老母！起先有个李漱芳，要做大老母做到仔死；故歇一个赵二宝，也做勿成功；做到倪搭个大老母，挨着第三个哉！'小云不解，问第三个是谁。双宝努嘴道：'倪搭双玉，倒勿是朱五少爷个大老母？'小

---

① 韩邦庆：《海上花列传》，岳麓书社，2005年，第412页。

云道：'朱五少爷定仔亲哉哝。'"① 洪善卿本不赞成赵二宝一家滞留上海，更不赞成她做妓女，怕丢了他的面子，增加他的负担。另一方面，他也不愿意赵二宝一家搞得比他还好。而赵二宝如果嫁入史家，地位、钱财就可能在他之上，这是他不愿看到的。听到赵二宝重做生意的消息，他的心理是复杂的。他的高兴、幸灾乐祸、如释重负，都在那句话中表现出来了。而周双宝因为屡受周双玉的欺侮，自然将这件事联系到周双玉的身上，高兴她也做不了"大老母"（正室）。而陈小云是局外人，说话则不带感情倾向。而他们的谈话正好被周双玉听到，由此引起下一回周双玉逼朱淑人喝鸦片的事件。这段描写文字虽然简单，但却在简单的勾勒中描绘了多个人物，推动了情节的发展，手法是很高明的。

3. 多层显现、由表及里，关键之处最后点出

《海上花列传》叙事手法的第三个方面是多层显现、由表及里，关键之处最后点出。

这首先表现在人物形象的塑造上。《海上花列传》的人物塑造不像《儒林外史》、《水浒传》，甚至也不像《红楼梦》，它不是集中在一个单元或在相对连续的情节中描写人物，而是通过分散在全书各处的各个片断将人物形象表现出来。每个片断描写人物一个点，多个片断结合起来，就形成人物的整体形象。而在片断的先后次序上，则基本上是按照由表及里的原则安排的，表层的东西先表现出来，然后逐步深入，最后画龙点睛，整个人物就栩栩如生了。

比如赵二宝，这个人物主要是在以下片断中刻画出来的。从第二十九回接到洪善卿的信，邀张秀英到上海去找哥哥赵朴斋，到第三十回因舍不得上海的繁华而滞留上海，初步刻画了她的形象，她的老实、能干与要强。第三十五回，因为经济困难，赵二宝毅然决定不求别人，自己开馆子做生意，进一步写出了她的能干与果断。第三十八回，赵二宝与史天然交往，写出了她的老实和攀高枝的心理。第五十五回，赵二宝相信史天然的话，不要他给的生活费，并且停做生意，自己赊债办嫁妆，突出她的老实与

---

① 韩邦庆：《海上花列传》，岳麓书社，2005 年，第 452 页。

忠厚。第六十一回，写赵朴斋去南京打听到史天然已经订亲，赵二宝怨恨伤心之余，决定重新做生意，写她的能干与果断，同时侧面写她的忠厚老实。第六十四回，赵二宝不善逢迎，得罪赖公子，自己被打，家里也被砸烂。进一步写她的老实与要强，她还没有完全从乡下女孩转为上海妓女，因此还不适合做皮肉生意。小说最后以赵二宝的梦结束。在梦中，史天然做了扬州知府，接赵二宝去任所。赵二宝叮嘱前来报喜的母亲洪氏："无姆，倪到三公子屋里，先起头事体勿要去说起。"这是画龙点睛的一笔，赵二宝的老实、忠厚、果断与好强都在这句话中表现了出来。至此，这个人物便立了起来，栩栩如生。

这种表现手法在情节的安排上也常常用到。比如姚季莼这个故事单元。小说开始交代姚季莼怕老婆，不敢夜不归宿。接着写姚太太亲自出马，到姚季莼的相好卫霞仙处找姚季莼。给读者一个河东狮吼的印象。但第五十七回作者却告诉读者，实际上不是姚季莼怕老婆，而是姚太太怕自己地位的丧失。她无法管住丈夫，实际上也不想管住，只想丈夫找一个老实点的妓女，不要影响了她在家中的地位。真相揭出，情节也就此完结。

后　记

打开电脑，写下"后记"这两个字，我并没有如释重负的感觉。

上个世纪 90 年代初，我开始接触叙事学，1998 年，发表关于中国古代叙事思想研究的第一篇论文。[①]到现在，已经近二十年过去了。然而这方面的进展总是不尽如人意。其间固然有各种其他原因，如时间较紧、杂事较多、学术兴趣转移，等等，但与自己的愚钝也不无关系。在《形象诗学》的"后记"中，我曾写过这样一段话："从 1994 年选择这一课题，到博士论文，到《文学形象新论》，再到《形象诗学》，这本书整整写了 10 年时间。我常常因此感到羞愧。既羞愧于自己的愚钝，也羞愧于自己的低能。从 1986 年硕士毕业正式从事教学与科研算起，18 年的时间，虽然也出了七八本书，但自己勉强满意的只有 1996 年出版的《狄更斯长篇小说研究》和这本《形象诗学》。而这两本书的写作时间都超过了十年。平心而论，我觉得自己并不是一个懒惰的人，虽没做到'焚膏油以继晷，恒兀兀以穷年'，但'每天都摸书'，还是做到了的，然而近 20 年的时间，自己能够拿出呈现于世人眼前的，却只有这薄薄的两本小书，而且还不知道有没有价值。实在心中有愧。记得在北师大读博士时，同学之间开玩笑说，不读书而写得出东西来的是天才，读了书才写得出东西来的是庸才，读了书还写不出东西来的是蠢才。自己写了一点东西，大概不属蠢才之列，然而读了近三十年书（包括读大学、研究生），却只写出了这么一点东西，也只能列入庸才的末流了。"这段话是 2004 年写的，我觉得仍然可以用来概括我此时的心情。

---

① 赵炎秋：《中国古代叙事理论研究刍议》，《中国文学研究》，1998 年 1 期。

鲁迅《野草》有言：“当我沉默着的时候，我觉得充实；我将开口，同时感到空虚。”刘勰亦说：“方其搦翰，气倍辞前，暨乎篇成，半折心始。”我很喜欢这两句话，在自己的另一本书的后记中也曾引用过。在写作前的阅读过程中，总感觉有很多新鲜的思想在脑海中跳动，常常有一种写作的冲动。然而真正提起笔，进入写作过程，才发觉还有很多知识没有涉猎，还有很多想法不大完善，还有很多观点不够深刻。最终成形的，只是这样一本自己也羞于出手的东西。唯一可以聊以自慰的是，不管好坏，这本书是自己阅读的产物，里面有自己的思考和生命的印痕。托尔斯泰认为，创作应该是生命的燃烧，作家的鹅毛笔从墨水瓶里沾的不是墨水，而是作者的血与肉。其实，学术研究又何尝不是如此。

一首台湾校园歌曲唱道：“总是要等到睡觉前，才知道功课只做了一点点，总是要等到考试后，才知道该念的书都还没有念”。我在写作这本书的时候，也常常有这样的感觉。然而，校园歌曲唱的是“迷迷糊糊的童年”，而我早已过了“迷迷糊糊的童年”，但还没有进入“迷迷糊糊的老年”，应该知道哪些“该念的书都还没有念”。我以为本书有很多不足，但最大的不足应该是原始资料的搜集与阅读的不够，知识体系上有一定的漏洞与空白。从精益求精的角度说，本书还可以推迟一些时日出版，以做得更扎实些。但人生总有很多无奈，特别是在中国目前的学术环境与评价体制下。相信同仁们能够理解。另一方面，本书的资料不少来自一些选本。如黄霖、韩同文选注的《中国历代小说论著选》，周锡山编校的《王国维文学美学论著集》，夏晓虹编的《梁启超文选》等。按理，我应该找到这些作者的原著或者全集做进一步的阅读，至少也应该按照通常的做法，按图索骥，在原著或者全集中找到相关出处，在注释中注出来。我没这样做，除了时间紧、相信这些选家的眼光之外。还有一个也许不大成熟的想法。我总觉得，既然材料来自选本，出处也就应该注明出自选本。这既是对选家的尊重，对读者的尊重，也是对本书知识来源的负责。但这并不能改变这一不足的现实。好在以后还有时间改正。

夜正长，路也正长——好像也是鲁迅先生的话。古代叙事的领域是宽广的，可做的事情很多。我知道自己的路：先做古代叙事思想，再做本土叙事理论，再做古代叙事艺术。但我也知道自己的学术兴趣容易转移，难以"从一而终"。真希望能在不太长的时间内，将现在想做的事情做出来，也为中国古代叙事理论与叙事文学的研究"添一点砖加一点瓦"。这里可以套用孙中山先生的一句话："革命尚未成功，同志仍需努力。"我以此自勉。

赵炎秋

2010 年 12 月 31 日夜于岳麓山下